Zum Buch:

Aufregung in der Rue Ravignan am Montmartre, in der Buchhandlung von Monsieur Ruche. Nicht nur, daß die eingeschworene Lebensgemeinschaft seiner Wenigkeit mit Perrette, dem kleinen Max und den Zwillingen Léa und Jonathan im ersten Stock durch einen höchst eigenwilligen und sprechenden Papageien, Nofutur, aufgemischt wird, nein, etwas Mysteriöses bahnt sich an: Elgar Grosrouvre, ein ehemaliger Studienfreund Ruches, expediert seine einzigartige mathematische Bibliothek von Brasilien nach Paris. Er deutet in einem Brief an, eines der größten Rätsel der Mathematik gelöst zu haben – und dieser Triumph scheint eine tödliche Bedrohung darzustellen, denn Grosrouvre weiß, daß er nicht mehr leben wird, wenn der Brief Paris erreicht ...

Unfall oder Mord? Um die Ereignisse zu verstehen, begibt sich die kleine Gemeinschaft um Monsieur Ruche auf das Abenteuer einer mathematischen Erkundungsfahrt. Eine Reise durch die Höhen und Tiefen der Mathematikgeschichte zu großen Disputen und exotischen Schauplätzen. Faszinierende Rätsel, verblüffende Beweise und jede Menge Zahlenwerk entfalten sich zu einem funkelnden Historienbogen, den der Leser mit Spannung verfolgt, bis er plötzlich bemerkt, daß er die großartigsten Dinge verstanden hat.

DeNiS GUeDj

Das THeOReM des PaPaGeiS

Aus dem Französischen
von Bernd Wilczek

BASTEI LÜBBE TASCHENBUCH
Band 14596

1. Auflage: September 2001

Für die kompetente und geduldige Beratung
in allen mathematischen Fragen sei Jörg Freundel
herzlich gedankt.

Vollständige Taschenbuchausgabe

Bastei Lübbe Taschenbücher ist ein
Imprint der Verlagsgruppe Lübbe

© 1998 by Denis Guedj
Die französische Originalausgabe erschien 1998 unter dem Titel:
LE THÉORÈME DU PERROQUET
bei Éditions du Seuil, Paris
© für die deutschsprachige Ausgabe:
1999 by Hoffmann und Campe Verlag, Hamburg
Lizenzausgabe mit Genehmigung des
Hoffmann und Campe Verlags, Hamburg:
Verlagsgruppe Lübbe GmbH & Co. KG,
Bergisch Gladbach
Schutzumschlag und Illustration: Katja Maasböl
Satz: Textverarbeitung Garbe, Köln
Druck und Verarbeitung: Ebner Ulm
Printed in Germany
ISBN 3-404-14596-8

Sie finden uns im Internet unter
http://www.luebbe.de

Der Preis dieses Bandes versteht sich einschließlich
der gesetzlichen Mehrwertsteuer.

Für Bertrand Marchadier

Dank an
Brigitte, Jacques Binsztok, Jean Brette,
Christian Houzel, Jean-Marc Lévy-Leblond,
Isabelle Stengers

Inhalt

1. KAPITEL

Nofutur

Wie jeden Samstag machte Max seinen kleinen Abstecher zum Flohmarkt an der Porte de Clignancourt; quer durch den nördlichen Teil von Montmartre war er zu Fuß hingegangen. Erst stöberte er ein wenig bei dem Händler, bei dem Léa ihre fleckigen Nikes eingetauscht hatte, die Perrette ihr in der Woche zuvor geschenkt hatte, dann ging er in einen großen Schuppen mit Restbeständen aus der Kolonialzeit, wo er in einem hohen Stoß aus bunt zusammengewürfelten Sachen zu wühlen begann. Plötzlich bemerkte er im hintersten Winkel des Raums zwei gutgekleidete Typen, die sehr erregt wirkten. Er dachte, sie würden sich schlagen. Die ganze Angelegenheit ging ihn nichts an. Doch da sah er den Papagei; die beiden Typen versuchten, ihn wieder einzufangen.

Das Ganze wurde zu seiner Angelegenheit.

Der Papagei wehrte sich mit heftigen Schnabelhieben. Der kleinere der beiden Kerle bekam ihn am Flügelende zu fassen. Der Papagei drehte sich blitzschnell um und biß ihm in den Finger, bis er blutete. Max sah, daß sich der Mund des kleinen Typen öffnete, um einen Schmerzensschrei auszustoßen. Wütend versetzte der andere, große Mann dem Papagei einen furchtbaren Faustschlag auf den Kopf. Max trat näher heran; er meinte, den angeschlagenen Papagei schreien zu hören: »Mörder … Mörder!« Einer der beiden holte einen Maulkorb heraus. Einem Papagei einen Maulkorb anlegen! Max stürzte los.

Im selben Augenblick trat Perrette in der Rue Ravignan in das Garagenzimmer, wobei sie die Luft anhalten mußte, so stark roch es nach Altöl. Sie zog den Vorhang des Himmelbettes beiseite und hielt Monsieur Ruche einen Brief hin. Eine riesengroße Briefmarke zierte den Umschlag. Eine brasilianische Briefmarke! Perrette bemerkte, daß der Brief bereits vor mehreren Wochen aufgegeben worden war. Der Stempel verriet, daß er aus Manaus kam. Monsieur Ruche kannte niemanden in Brasilien, und erst recht nicht in Manaus.

Monsieur Pierre Ruche
1001 Blätter
Rue Ravignan
XVIIIᵉ Paris
FRANKREICH

Der Brief war richtig adressiert. Aber die Hausnummer fehlte, und die Schreibweise der Buchhandlung war wirklich eigenartig: »*1001*« anstelle von »*Tausendundein*«.

Manaus, im August 1992
Lieber πR,
die Schreibweise Deines Namens dürfte Dir verraten, wer ich bin. Verschluck Dich nicht, ich bin es, Elgar, Dein alter Freund, den Du seit einem halben Jahrhundert – ja, einem halben Jahrhundert, ich habe nachgerechnet – nicht mehr gesehen hast. Du erinnerst Dich, daß wir uns nach unserer Flucht getrennt haben. Das war 1941. Du wolltest, so sagtest Du mir, weiter in einem Krieg kämpfen, der für Dich noch gar nicht begonnen hatte. Ich dagegen wollte Europa verlassen, um mit einem Krieg abzuschließen, der in meinen Augen schon viel zu lange dauerte. Genau das habe

ich auch getan. Nach unserer Trennung habe ich mich nach Brasilien eingeschifft, wo ich seither auch lebe. Ich wohne in der Nähe von Manaus. Sicher hast Du schon von dieser einstigen Hauptstadt des Kautschuks gehört.

Warum ich Dir nach so vielen Jahren schreibe? Um Dich davon in Kenntnis zu setzen, daß Du eine Lieferung Bücher erhalten wirst. Warum gerade Du? Weil wir die besten Freunde auf der Welt waren und weil Du der einzige Buchhändler bist, den ich persönlich kenne. Ich werde Dir meine Bibliothek schicken. Alle meine Bücher: mehrere hundert Kilo mathematische Werke.

Sie enthält alle Juwelen der mathematischen Literatur. Sicher wird es Dich wundern, wenn ich im Zusammenhang mit Mathematik von Literatur spreche. Ich kann Dir aber versichern, daß diese Werke Geschichten enthalten, die unserer besten Schriftsteller würdig sind. Geschichten von Mathematikern wie etwa, um nur einige wenige, willkürlich ausgewählte Beispiele zu nennen, diejenige der Perser Umar al-Hayyam oder al-Tusi, des Italieners Niccoló Fontana Tartaglia, des Franzosen Pierre Fermat, des Schweizers Leonhard Euler. Und noch viele andere mehr. Geschichten von Mathematikern, aber auch mathematische Geschichten! Du brauchst meinen Standpunkt nicht zu teilen. Damit würdest Du zu der großen Mehrheit derjenigen gehören, die in diesem Wissen nichts anderes sehen als ein Sammelsurium von Wahrheiten, die traurige Langeweile atmen. Solltest Du eines Tages einmal eines der Werke aufschlagen, dann tu mir den Gefallen, alter Freund, Dir folgende Frage zu stellen: »Was für eine Geschichte erzählen mir diese Seiten?« Danach wirst Du, dessen bin ich mir sicher, die undurchsichtige und eintönige Mathematik in einem vollkommen anderen Licht sehen, das keinen Deiner Wünsche, Du unersättlicher Leser der schönsten Romane, offenläßt. Aber lassen wir das.

Die Kisten, die Du bald erhalten wirst, enthalten in meinen Augen das Beste des mathematischen OPUS aller Zeiten. Es fehlt nichts.

Es handelt sich, dessen kannst Du sicher sein, um die größte Privatsammlung mathematischer Werke, die es gibt. Wie ich dazu gekommen bin? Du, als alter Buchhändler, wirst Dir, sobald Du sie vor Augen hast, ohne weiteres vorstellen können, was sie mich gekostet hat. An Zeit, an Energie und natürlich auch an Geld! Ein Vermögen!! Du wirst sehen, daß sich auch mehr als fünfhundert Jahre alte Originalausgaben darunter befinden, in deren Besitz ich nach jahrelanger ... Jagd – ja, das ist das richtige Wort – gelangt bin. Wie ich sie mir leisten konnte? Du wirst verstehen, daß ich mich diesbezüglich in Schweigen hülle. Jedenfalls war es mir nicht immer möglich, den korrekten Weg und legitime Mittel zu wählen. Aber Du sollst wissen, daß an keinem dieser Werke Blut klebt. Hier und da kleben vielleicht ein paar Tropfen Alkohol daran, und zuweilen sind zweifelhafte Kompromisse damit verbunden.

Diese Bücher, von denen ich jedes einzelne selbst ausgewählt habe und die zusammenzutragen mich Jahrzehnte gekostet hat, boten sich mir an, nur mir allein! Abends wählte ich immer diejenigen aus, mit denen zusammen ich eine lange, durchwachte Nacht verbringen würde. Wollüstige Nächte, heiße und feuchte Äquatornächte. Sie waren, das kannst Du mir glauben, den glühenden Nächten, die wir in den Hotels in der Nähe der alten Sorbonne verbrachten, ebenbürtig. Ich schweife ab.

Noch ein Wort zum Schluß. Wenn Du Dich nicht verändert hast, dann sehe ich in bezug auf die Bibliothek voraus, daß Du sie 1. aufgrund Deines mangelnden Interesses für Geld nicht verkaufen wirst und Du 2. aufgrund Deines mangelnden Interesses für Mathematik keines der Bücher

lesen wirst und Du sie somit auch nicht stärker beschädigst,
als sie es jetzt sind.

Ich umarme Dich,
Dein alter Elgar.

Die Provokation, die dieser letzte Satz enthielt, war offensichtlich. Elgar Grosrouvre hatte sich nicht verändert. Monsieur Ruche schwor sich selbst, daß er dieses eine Mal die verwickelten Pläne seines Freundes durchkreuzen würde. Er nahm sich fest vor, diese Bücher, wenn er sie erhielte, zu lesen UND zu verkaufen.

Genau das war es, was Grosrouvre vorausgesehen hatte! Er wußte, daß Ruche nur auf eine einzige Art und Weise seinen Zweistufenplan verwirklichen konnte: Er mußte die Bücher zuerst lesen, um sie anschließend verkaufen zu können. Und er wußte auch, daß Ruche, hätte er sie erst einmal gelesen, sie nicht verkaufen könnte.

Im Amazonasgebiet? Was hatte er dort nur zu suchen? Und warum ausgerechnet diese Stadt, Manaus? Ganz in Gedanken verloren, hatte Monsieur Ruche nicht die beiden Zusätze auf der Rückseite der zweiten Seite bemerkt.

N.B.[1]. Die schönen Kartons, die ich mit größter Mühe anfertigte, sind aufgeplatzt. Ich mußte in aller Eile die Bücher ohne jede Ordnung in große Kisten packen. Du, lieber πR, wirst sie neu ordnen und so zusammenstellen müssen, wie es Dir beliebt. Aber das ist eigentlich schon gar nicht mehr meine Angelegenheit.

N.B.[2]. Vielleicht werde ich Dich besuchen kommen. Angesichts unseres fortgeschrittenen Alters wird dies nur in allernächster Zeit der Fall sein können. Ob Du mich wohl noch wiedererkennst? Mein Haar ist vollkommen grau, mein Gesicht ist von der Feuchtigkeit bläulich angelaufen, und meine Füße sind von der Hitze rot geschwollen. In den Wäldern des Amazonas, von wo ich Dir schreibe, bin ich, glaube ich, zu einem alten Hexer geworden.

Die Rue Ravignan ist eine abschüssige Straße. Sie ist breit und kurz. Am einen Ende liegt die Place Émile-Goudeau mit einem Brunnen, zwei Sitzbänken und dem Bateau-Lavoir, dem alten Atelier der Maler von Montmartre. Ein schräger Platz! Am anderen Ende laufen die Rue des Abbesses und die Rue d'Orchampt zusammen.

Ziemlich genau in der Mitte der abschüssigen Straße liegt die Buchhandlung von Monsieur Ruche, *Tausend-undein Blatt*.

Im Vergleich zu den kleinen Läden am Montmartre kann sie durchaus als ein geräumiges Geschäft bezeichnet werden. Pierre Ruche hat es so gewollt.

Zusammengepferchte Bücher auf zu schmalen Regalen waren eine der Sachen, die ihn am allermeisten aufregten. Andererseits konnte er es genausowenig ertragen, wenn sie zu locker in einem Regal standen. Es ist wie mit den Menschen, sagte er gern, sind sie zu allein, halten sie es nicht aus, hocken sie zu eng aufeinander, ertragen sie sich nicht mehr. Weder die Pariser Métro um 18 Uhr noch die Place de la Concorde an einem 15. August mitten in den Sommerferien zur Mittagszeit.

Den Büchern Platz zum Atmen zu lassen war eines der Prinzipien, die er Perrette Liard, der zierlichen jungen Frau, eingeimpft hatte, die mit ihm zusammen arbeitete. Perrette hatte es nutzbringend angewandt, insbesondere seit sie nach dem furchtbaren Unfall von Monsieur Ruche die Buchhandlung allein führte. Von morgens früh bis abends spät stand sie an der Front: Kunden, Lieferanten, Bestellungen, Verkauf, Bücher einordnen, Buchhaltung, Umtausch. Sie machte alles, und sie machte es gut.

Die Nase verkratzt, das Ohr aufgeschürft, blaue Flecke auf der Wange, die Hose zerrissen, stieß Max die Tür zum Wohn-Eßzimmer auf. Mit seinen gerade mal elf Jahren war Max bereits eine Trödlerseele. Von seinen Streifzügen über die Flohmärkte kehrte er jedesmal mit irgendwelchen ungewöhnlichen und wertvollen Dingen zurück. Diesmal trug das Ding ein Federkleid und stank.

Auf seiner unverletzten Hand saß ein zerzauster Papagei. Max setzte den Vogel auf der Rückenlehne eines Stuhls ab, der in der Nähe des kleinen Tisches stand, an dem Jonathan und Léa, seine Geschwister, gerade ihr Frühstück beendet hatten. Sie warfen dem Papagei einen flüchtigen Blick zu.

Er war ungefähr vierzig Zentimeter groß und schaukelte auf seinen dunklen Füßen hin und her. Sein grünes Federkleid war schmutzig; unter dem Staub erahnte man das leuchtende Rot der Schwungfedern. Auffällig an ihm war sein blaues Gesicht. Mitten im Blau klaffte eine große Wunde. Der Vogel hatte Mühe, die Augen aufzuhalten. Zwei tiefschwarze, von einem gelben Kreis umgebene Irisse.

Zunächst einmal hatte er eine Wäsche nötig! Der Vogel ließ alles gleichmütig über sich ergehen. Das Baumwollknäuel fuhr über ihn hinweg. Max säuberte zuerst die Federn, dann die Füße. Als er sich des Schnabels annehmen wollte, wäre das beinahe schiefgegangen. Die Augen des Vogels leuchteten, aber die Flamme flackerte. Es schien, als bräche er bald zusammen. Er fand aber die Kraft, mit den Flügeln zu schlagen, und hob ab. Er flatterte ungeschickt umher und landete schließlich auf dem Kranzgesims oberhalb des Kamins und schlief sofort ein, wobei er den Kopf nach hinten wegdrehte und in die Rückenfedern vergrub.

Das um einen Hängeboden aufgestockte eingeschossige Haus erstreckte sich über eine Länge von ungefähr zehn Metern an der Rue Ravignan. Zur Vorderseite hin lagen die Buchhandlung und die Garage, die durch einen Gang voneinander getrennt waren, der in den Hof nach hinten führte. In der Mitte des Hofs stand ein alter Lorbeerbaum; an seinem Ende befanden sich zwei nebeneinanderliegende Künstlerateliers.

Über der Buchhandlung und der Garage lag die Wohnung, die die gesamte erste Etage einnahm. Eine kleine Küche war direkt mit einem Wohn-Eßzimmer verbunden, dessen eine Wand von einem riesigen Kamin beherrscht wurde. Perrette bewohnte das ehemalige Zimmer von Monsieur Ruche. Ihr jüngster Sohn Max gebot über ein kleines Zimmer, das zwischen einer winzigen Toilette und einem geräumigen Badezimmer lag.

Die Fenster des Erdgeschosses lagen zur Straße hin, die der ersten Etage hingegen zum Innenhof, den ein langer Balkon im provenzalischen Stil überragte. Vom Hof aus gelangte man über eine schmale Treppe in die Wohnung. Die Atmosphäre des Hofs hatte etwas Maurisches. An der westlichen Mauer befand sich ein Brunnen; sein alter Wasserhahn aus Blei hatte das Wasser nie daran gehindert, sich in eine Brunnenschale mit orientalischen Formen zu ergießen.

Im Hängeboden waren zwei gleich große Zimmer eingerichtet worden, die sich Jonathan-und-Léa, die beiden Zwillinge, teilten. Eine winzig kleine Toilette am oberen Ende der Treppe war der Grund dafür, daß man um eine scharfe Ecke biegen mußte, um in die Zimmer zu gelangen. In das Schieferdach waren zwei große Dachfenster eingelassen worden, durch die tagsüber das Licht eindrang und die nachts einen Ausblick auf die relative Dunkelheit der großen Städte gewährten.

Sobald Jonathan-und-Léa in ihren Zimmern waren, verwandelten sie sich auf ihrem Hängeboden zu Raumfahrern. Sie reisten in den Himmel und in die Wolken, zum Mond und zu den Sternen. Mit anderen Worten: Dank dieser beiden Glasscheiben hatten sie an der Unendlichkeit der Welt teil.

Und im Hof befand sich der »Ruche-Aufzug«! Monsieur Ruche hatte ihn nach seinem Unfall vor zehn Jahren, durch den seine Beine gelähmt waren, bauen lassen. Bei dessen Entwurf ließ er sich von den Lastenaufzügen anregen, die es in den meisten Pariser Cafés gibt. Normalerweise befinden sie sich hinter dem Tresen unter einer Klappe. Sie dienen dazu, Flaschenkästen und Bierfässer aus dem Keller nach oben zu transportieren. Im Hof in der Rue Ravignan waren es keine Fässer, sondern Monsieur Ruche, den der Ruche-Aufzug zum Balkon in der ersten Etage heraufzog. Monsieur Ruche rollte mit dem Rollstuhl auf die Plattform, stellte die Räder fest und bediente den Aufzug mit Hilfe einer elektrischen Vorrichtung. Ein herrlicher Sonnenschirm, der an der Plattform angebracht war, krönte das Ganze. Man mußte einmal gesehen haben, wie er sich, majestätisch unter dem bunten Sonnenschirm in seinem Rollstuhl sitzend, langsam in die Luft erhob.

Nach seinem Unfall hatte Monsieur Ruche eine andere Einteilung der Wohnung vorgenommen. Er hatte sich ein speziell auf seine Bedürfnisse zugeschnittenes Zimmer eingerichtet.

Sein altes Auto konnte er nicht mehr gebrauchen. Wäre es dort stehengeblieben, wo es immer stand, hätte es ihn bloß an die guten alten Zeiten erinnert, in denen er mit durchgetretenem Gaspedal über die kleinen Landstraßen der Île-de-France fuhr. Er hatte es verkauft. In der freigewordenen Garage ließ er sich sein Zimmer einrichten. Da sie ebenerdig lag, konnte er mit seinem Rollstuhl direkt herausfahren, um seine tägliche Spazierfahrt zu unternehmen. Auf die hätte er um nichts in der Welt verzichtet. Durch die zwei genannten Umbauten hatte er sich seine Eigenständigkeit sowohl in bezug auf seine horizontale als auch auf seine vertikale Fortbewegung bewahrt.

Wenn es warm war, stieg vom Boden manchmal der Geruch von Motorenöl auf. Und die Erinnerungen gleich mit.

Bei der Auswahl seiner Möbel hatte er sich einen Traum verwirklicht: ein Himmelbett. Ein wahres Monument aus purpurroten Veloursvorhängen, das fast das ganze Zimmer ausfüllte. Wenn Monsieur Ruche es erwähnte, sprach er stets von »einer königlichen Bettstatt für einen Habenichts«.

Vom Himmelbett zu Schnürstiefeln ist es nur ein Schritt, den Monsieur Ruche jedoch die größte Mühe hatte zu tun. Der Eckschrank in seinem Zimmer war voller Schuhe. Auf der Tür war ein Aufkleber angebracht:

»Man versteht die Lehre von den Schuhen nicht, wenn man nicht versteht, was Wissen ist.« (Platon, *Theaitetos Parmenides*)

Schon seit einer Ewigkeit wartete Monsieur Ruche in seinem Haus in der Rue Ravignan auf nichts mehr; er hatte sich auf dem Dampfer seines abschüssigen Lebensabends eingeschifft. Getrieben von der leichten Brise der Jahre, glitt er auf eine ewige Abwesenheit zu. Und da zerstörte ganz unversehens ein Brief, den er immer noch in der Hand hielt, nachdem Perrette behutsam wieder das Garagenzimmer verlassen hatte, und der von einem Gespenst am anderen Ende der Welt verfaßt worden war, die wohlige Seelenruhe, in der er sich eingerichtet hatte.

An diesem Morgen war der Motorenölgeruch stärker als je zuvor.

Grosrouvre. Sie hatten sich während ihres ersten Studienjahres kennengelernt. Beide waren sie an der Sorbonne eingeschrieben, Ruche in Philosophie, Grosrouvre in Mathematik. Nach ein paar Jahren an der Uni bildeten sie sich etwas darauf ein, zu schreiben. Ruche hatte einen viel beachteten Essay über Ontologie verfaßt, Grosrouvre ein gut dokumentiertes Büchlein über die Null veröffentlicht. In der überschaubaren Studentenwelt wurden sie nur noch »Das Sein und das Nichts« genannt. Als Sartre mehrere Jahre später seinen berühmten philosophischen Essay veröffentlichte, war Monsieur Ruche davon überzeugt, daß er ihnen den Titel geklaut hatte. Aber hierfür gab es natürlich keinerlei Beweise.

Monsieur Ruche setzte sich in seinen Rollstuhl, öffnete die Tür des Garagenzimmers und brach beunruhigt zu seiner Spazierfahrt durch das Viertel auf. Was wollte Grosrouvre von ihm? Wollte er ihn am Ende des Weges aus der Ruhe bringen, um zu verhindern, daß er einem Zustand der Erschlaffung verfiele? Geschenk oder Zeitbombe?

Nachdem er von seiner Spazierfahrt zurück war, bestellte er den Schreiner aus der Rue des Trois-Frères zu sich. Im ersten der beiden Künstlerateliers wollte er Regale anbringen lassen, um Grosrouvres Bücher einzustellen. Falls sie eines Tages ankommen sollten … Denn schließlich bestand durchaus Grund zum Zweifeln. Grosrouvre hatte nicht mit einem Wort den Grund für seine Sendung erklärt. Vorausgesetzt, er hatte sich nicht verändert, war es andererseits jedoch so, daß er stets tat, was er ankündigte. Es war also durchaus vorstellbar, daß diese mehrere hundert Kilo Bücher von einem auf den anderen Tag bei ihm eintreffen könnten. Und wenn sie es nicht tun würden, so wäre dies immerhin eine Gelegenheit, das Atelier auszuräumen und es als Lager für die Bücher aus der Buchhandlung zu nutzen.

»Hier riecht es nach Katzenpisse!« schimpfte Perrette ausgesprochen übellaunig.

Sie war wie immer vollkommen lautlos ins Zimmer eingetreten. Sie bewegte sich ruhig und flink, wie auf einem Luftkissen. Man spürte, daß sie keine gezwungenen Gesten mochte. Ihr pechschwarzes, gelocktes Haar noch kürzer geschnitten als normalerweise und sehr dezent geschminkt, kam sie gerade vom Friseur zurück. Sie war schön. Ganz offensichtlich maß sie dem aber überhaupt keine Bedeutung bei.

»Ein Papagei, und mag er auch noch so schmutzig sein, riecht nicht nach Katzenpisse, Mutter«, stellte Jonathan richtig.

»Er stinkt höchstens nach Papageienpisse«, präzisierte Léa

»Ein Papagei?«

Perrette blickte sich im Zimmer um. Sie zeigten ihn ihr. Er saß ganz oben auf dem Kaminsims.

»Schafft mir das sofort hier heraus!«

»Mama, er schläft«, sagte Max vorwurfsvoll.

»Wir sollten so lange warten, bis er wach wird«, schlug Léa vor, der nicht sehr viel daran lag, den Vogel zu behalten.

»Als wären zwei Zwillinge, ein Schwerhöriger und ein Gelähmter im Haus noch nicht genug!« platzte es aus Perrette heraus. »Brauchen wir wirklich unbedingt noch zusätzlich einen Papagei?«

In ihrer Wut hatte sie das Quietschen des Rollstuhls gar nicht gehört. Sie wurde blaß. Der Rollstuhl kam vor dem Kamin zum Stehen.

Schließlich sagte Perrette noch:

»Entschuldigung, Monsieur Ruche.«

»Und wofür, Perrette? Sie haben doch nur die Wahrheit gesagt; es handelt sich um eine objektive Beschreibung der Bewohner dieses Hauses!«

Sie war dem Weinen nahe. Monsieur Ruche hatte bemerkt, daß sie seit einigen Tagen angespannt wirkte.

»Sie sehen gut aus mit Ihren Haaren«, sagte er, während er mit den Fingern kleine Kreise in der Luft machte.

Sie sah ihn fassungslos an.

»Was ist mit meinen Haaren?« Sie fuhr mit der Hand über den Kopf. »Ach so, ja. Sie gehen ein bißchen zu sehr in Richtung Ringellöckchen.«

»Laß mich dir alles erzählen, Mutter.«

Jonathan beschloß, Perrette die Umstände darzulegen, unter denen der Papagei in ihr Haus gelangt war. Erst als er das heldenhafte Verhalten von Max beschrieb, bemerkte sie die Spuren im Gesicht ihres Sohnes. Nachdem sie ihn eingehend gemustert hatte, stellte sie fest, daß keine Narben zurückbleiben würden.

»Was halten Sie davon, Monsieur Ruche?«

»Ich denke, daß keine Narben zurückbleiben werden.«

»Nein, ich meine den Papagei.«

»Ich denke, daß er eine Narbe zurückbehalten wird.«

»Nein, sollen wir ihn behalten oder …«

»Ah, wenn wir ihn, nach allem, was wir gehört haben, hinauswerfen, dann würde es sich unzweifelhaft um unterlassene Hilfeleistung bei einem in Gefahr befindlichen Papageien handeln.«

Sie lachten lauthals los.

Nur Max nicht.

Er starrte seine Mutter schon eine ganze Weile an. Mit ruhiger Stimme sagte er:

»Mama, du würdest tatsächlich jemanden nicht aufnehmen wollen, der Hilfe benötigt?«

Perrette wurde verlegen und hob den Kopf. Der Gedanke, der sie nun schon seit Tagen beherrschte, ließ sie einfach nicht los: ›Ich muß es ihnen sagen; worauf warte ich eigentlich noch länger?‹ sagte sie zu sich selbst. Laut fragte sie:

»Spricht er?«

»Nicht ein Wort … seit er hier ist«, versicherte Max.

»Nun, dann können wir ihm eine befristete Aufenthaltsgenehmigung erteilen.«

Sie lagen beide ausgestreckt auf dem Bett unter ihrem Dachfenster. Jonathan-und-Léa unterhielten sich durch die angelehnte Tür hindurch von einem zum anderen Zimmer miteinander.

»Warum wollten zwei ›gutgekleidete‹ Männer, wie Max sich ausdrückte, im hintersten Winkel eines Schuppens mit Kolonialwaren unbedingt einem Papagei einen Maulkorb anlegen?« fragte Jonathan.

»Um ihn am Sprechen zu hindern natürlich«, antwortete Léa.

»Am Sprechen oder am Beißen?«

Zusammen 33 Jahre alt und 3 Meter 40 groß. Jonathan, der ältere, und Léa, die um fast 2 Minuten 30 jüngere. Diesem Zieleinlauf bzw. dieser Startaufstellung verdankten sie ihren verknüpften Namen: Jonathan-und-Léa, »J-und-L«.

Diese 2 Minuten 30, die sie zur Zweitgeborenen machten, versuchte Léa unablässlich aufzuholen. Bei jeder sich bietenden Gelegenheit wollte sie die erste sein. Im allgemeinen gelang ihr das auch. Und Jonathan, der nicht darum gebeten hatte, den Reigen zu eröffnen, gab sich mit diesem geburtsbedingten Vorteil zufrieden. *Ihm flogen die gebratenen Tauben in den Mund!*

Jonathan-und-Léa ähnelten sich wie zwei Was⸍
fen, d.h. genau wie diese ähnelten sie sich überha⸍
Es war fast unmöglich, sich so sehr zu ähneln und g⸍
zeitig so verschieden zu sein. Sie waren »ein und dasse⸍
be«, aber in unterschiedlicher Verpackung. Nur ihre Augen waren dieselben. Niemand wäre dazu in der Lage
gewesen, die des Bruders von denen der Schwester zu unterscheiden. Sie hatten große Augen, die so blaßblau waren wie ausgewaschene Jeans.

Léa trug kurze Haare, Jeans und Jacke, Pullunder und
T-Shirt, Tennisschuhe, Nikes oder Doc Martens. Sie hatte
kleine, feste Brüste. Das Gesicht schminkte sie nie, aber
die Haare waren immer gefärbt. Perrette mochte ihr, so oft
sie wollte, sagen, daß das Haar durch das Färben kaputtging, sie probierte trotzdem ständig die ausgefallensten
Farbtöne aus und wechselte im Wochenturnus die Haarfarbe. Sie hatte die Geschmeidigkeit einer Liane, die Feinheit einer Linie. Euklid hätte gesagt: »Sie ist eine Länge
ohne Breite.«

Jonathan trug lange, lockige Haare im Stil der sechziger
Jahre, weitgeschnittene Kleidung und einen goldenen Ohrring im rechten Ohr. Er fror nie, war weder klein noch
zierlich. Er hatte Pickel im Gesicht gehabt, die aber inzwischen verschwunden waren. Bis auf einen unter dem Kinn,
an dem er herumspielte, wenn etwas nicht so recht funktionierte. Er hatte gepflegte Hände, keinen Hintern in der
Hose und einen geraden Rücken. Er war nicht dick, sondern breit gebaut, mit einem Oberkörper im 16/9-Bildschirmformat. Euklid hätte gesagt, daß er eine Oberfläche
ist, weil er nur über »Länge und Breite« verfügte.

Und die Tiefe?

Die Familie Liard verdankte sie Max. Er hatte ein vollkommen rundes Gesicht, eine Stirn, so breit wie eine Autobahn, die umrahmt wurde von einer lockigen, kupfer-

farbenen Haarpracht. Eine Spur mehr, und sie wäre rot gewesen. Er hatte ganz kleine schwarze Augen. Zwei anthra-
zitfarbene Kugeln. Ein Stirnrunzeln brachte sie fast zum
Verschwinden. Aber wie sie leuchteten! Für sein Alter
erstaunlich muskulös. Das wird ihn am Wachsen hindern,
verkündeten die Orakelpriesterinnen von Montmartre,
wenn sie ihm auf der abschüssigen Rue Lepic begegneten.

Dennoch lag auf diesem Gesicht eine erstaunliche
Ernsthaftigkeit, die manchmal sogar Unbehagen verur-
sachte, weil sie jedem die eigene oberflächliche Geschäf-
tigkeit vor Augen führte. Er legte eine Bestimmtheit an
den Tag, die seine Umwelt irritierte.

Und Euklid, was hätte er über ihn gesagt? Nun, daß er
einen *Körper* hat. Besaß Max nicht zugleich »Länge, Breite
und Tiefe«? Ein Körper also, der aber gleichzeitig ungeheuer ätherisch war.

Wie konnte Max dem Papagei, als er schrie, vom Schnabel ablesen: »Mörder …«? Er hatte es nicht abgelesen.
Aber er hatte es verstanden. Töne waren für Max wie Eisberge. Das, was man hörte, war nur derjenige Teil, der
über der Wasseroberfläche herausragte, der größte Teil des
Wortinhalts war unhörbar und gehörte nicht dem Bereich
der akustischen Wahrnehmung an. Er hatte mit der Zeit
einen siebten Sinn entwickelt. Sein ganzer Körper war am
Empfang von Tönen beteiligt und nahm das auf, was dem
Ohr entging. Monsieur Ruche, der diese erstaunliche Fähigkeit an ihm festgestellt hatte, gab ihm den Spitznamen
Max, der Äolier. Er hatte geahnt, daß er den Wind verstand.

2. KAPITEL

Max, der Äolier

Der Papagei hatte sich immer noch nicht von der Stelle gerührt. Ein kleiner Haufen Federn! Seinen immer noch nach hinten weggedrehten Kopf hatte er völlig in die Rükkenfedern vergraben. Gab er sich einem Heilschlaf hin, oder war er in ein ewiges Koma gefallen? Max zog den Tritthocker an den Kamin heran, stieg hinauf und setzte sich auf dessen oberste Stufe. Mit der Hand näherte er sich dem Vogel. Unmittelbar bevor er ihn berührte, hielt er inne. Er sagte sich, daß er nicht das Recht habe, von seiner Schwäche zu profitieren, um ihn zu berühren: Er mußte ihm die Möglichkeit geben, sich der Berührung zu verweigern.

»Warum hast du nicht ein Wort gesprochen, seit du da bist? Ich weiß, daß du sprichst, ich habe dich im Schuppen gehört. Du bist fast stumm und ich fast taub. Wir werden uns gut verstehen. Aber du mußt aufwachen. Natürlich kannst du dir Zeit lassen, aber du mußt trotzdem aufwachen.«

Max hielt inne, drehte sich um, um sicherzugehen, daß niemand im Zimmer war, während er sprach. Er wandte sich wieder dem Papagei zu: »Wenn ich nicht schaue, höre ich nichts. Du weißt nicht, was es bedeutet, taub zu sein. Niemand weiß das, außer den Tauben selbst, natürlich. Du hörst nur dich selbst, und das die ganze Zeit. Manchmal würde ich gern, wie soll ich sagen, ein wenig mehr Abstand zu mir selbst haben. Das genaue Gegenteil der Zwillinge. Hast du sie gesehen, die Zwillinge? Sie sind zu zweit, aber man könnte meinen, sie sind ein und dieselbe Person, Jonathan-und-Léa in einem Wort! Ich bin Max, der Äolier. Findest du, daß ich zuviel rede? Zum Glück bin ich nicht von Geburt an taub, denn dann wäre ich auch noch stumm! Es ist besser, zu hören und zu reden, als taubstumm zu sein, meinst du nicht auch? Wir werden einen Namen für dich finden müssen. Dazu hast du keine Meinung; das ist nicht dein Problem. Dein Problem ist, daß du dich von dem Schlag erholen mußt, den du auf den Kopf erhalten hast. Ich habe gesehen, wie er dich getroffen hat. Was für miese Kerle! Wenn die mir noch einmal über den Weg laufen! Einen von ihnen hast du gebissen. Gut gemacht! Vielleicht ist es doch besser, sie laufen mir nicht noch einmal über den Weg. Sie suchen dich, hm? Pah, Paris ist groß! Warum habe ich vorhin eigentlich ›taubstumm‹ gesagt? Weil, wenn du nichts hörst, dann kannst du auch nicht sprechen. Das ist lustig, hm, eigentlich ist es gar nicht lustig. Du sprichst nur, weil du hörst. Nicht nur Wörter, sondern Töne. Alle Töne, das Wasser vom Brunnen im Hof, das Quietschen von Monsieur Ruches Rollstuhl. Ich kann sie für dich nachmachen. Hör zu!«

Mit ganz leiser Stimme ahmte er das Wasser vom Brunnen im Hof und das Quietschen von Monsieur Ruches Rollstuhl nach.

»Siehst du, man ahmt immer nur nach. Wir sind alle Papageien!«

Er fing lauthals zu lachen an, der Tritthocker begann zu wackeln, Max hielt sich am Kaminsims fest und wartete, bis der Hocker wieder stabil stand.

»Nur zwei Dinge ahmt man nicht nach: schreien und weinen. Man braucht es nicht gehört zu haben, um es zu tun. Und lachen vielleicht; aber da bin ich mir nicht sicher.«

28

Das Wasser schlug so heftig gegen die Scheibe, daß es den Frachter bis zum Kiel erschütterte. Erschöpft stand Kapitän Bastos seit Stunden am Ruder. Drei Tage zuvor war er in Belem ausgelaufen; nur Gott allein weiß, wie oft er den Weg zwischen der brasilianischen Küste und Europa zurückgelegt hatte. In den dreißig Jahren, die er zur See fuhr, hatte er noch nie einen solchen Sturm erlebt! Obwohl er die See gut kannte, überraschte ihn die Gewalt der Elemente sowie die Plötzlichkeit, mit der der Wind aufgekommen war. Trotz der Kälte schwitzte er. Zu allem Überfluß schien das Radargerät nicht richtig zu funktionieren. Gerade hatte er auf dem Bildschirm noch einen leuchtenden Punkt gesehen, der mit einem Mal verschwunden war. Die Tür ging auf, der Erste Offizier wurde durch den Raum katapultiert und mußte sich mit einer Hand festhalten, um nicht gegen die Bedienungshebel geschleudert zu werden. Auch er wirkte erschöpft.

»Ich habe im Laderaum nachgeschaut; noch hält die Ladung, aber nicht mehr lange, vielleicht noch drei oder vier heftige Schläge wie dieser gerade, und die Taue lösen sich! Wir haben zuviel Ladung an Bord, Kapitän.« Er räusperte sich: »Wenn der Sturm nicht nachläßt, werden wir einen Teil der Ladung über Bord werfen müssen.«

Bastos drehte sich zu ihm um und schrie:

»Sie sind verrückt, da Silva! Ich kann doch keine Ladung über Bord werfen! Mir sind diese Waren anvertraut worden, und Sie wollen, daß ich sie den Fischen zum Fraß vorwerfe! Seit ich ein Frachtschiff befehlige, ist jede Kiste, jeder Container am Bestimmungsort angekommen, verstehen Sie. Bei meinem Vater und bei meinem Großvater, die auf derselben Linie fuhren, war das nicht anders. Gehen Sie lieber nachsehen, wie es im Maschinenraum steht.«

Der Erste Offizier zögerte, wollte etwas sagen.

»Das ist ein Befehl!«

Bastos wußte, daß er eine der besten Mannschaften im ganzen Südatlantik hatte. Er hatte persönlich jeden Seemann einzeln ausgewählt, harte und erfahrene Männer. Er wußte, wie wertvoll sein Erster Offizier war, mit dem er seit Jahren zusammenfuhr. Bei unzähligen Gelegenheiten hatte er schon seinen Mut zu schätzen gelernt. »Ich bin der Kapitän, und ich bin es auch, der entscheidet. Alles, was wir geladen haben, erreicht seinen Bestimmungsort.« Woraus bestand die Ladung? Bastos versuchte sich zu erinnern. Es gelang ihm jedoch nicht, so daß er angestrengt versuchte, sich den Moment vor Augen zu führen, als das Schiff beladen wurde. Baumstämme, wie immer, Möbel, Dutzende von Containern. Und Bücherkisten, die aus Manaus kamen.

Plötzlich geriet der Frachter ins Stocken; durch den Lärm hindurch war so etwas wie eine Stille zu hören, das Maschinengeräusch verstummte. Dann, nach einem Moment, der eine Ewigkeit zu sein schien, setzte die Maschine wieder ein. Aber es klang schwächer. Der Frachter schien sich noch mehr quälen zu müssen. Bastos' Herz zuckte zusammen, denn ihm war klar, daß eine der Maschinen ausgefallen war. Es gab nur noch eine Lösung: die Ladung ins Meer zu werfen. Dieser Gedanke widerstrebte Bastos immer noch. Die Ladung war heilig. Und die Männer? Zwei aufeinanderfolgende harte Schläge ließen den Frachter ins Schlingern geraten. Entweder man tat es jetzt oder nie. Leichenblaß traf Bastos seine Entscheidung. Ich will mich weder wie Kapitän Ahab verhalten, noch heißt mein Schiff *Pequod*.

Besiegt beschloß er, den Befehl zu geben, auf den die Mannschaft wartete. Die Ladung sollte ins Meer geworfen werden. Und Gott im Himmel bitten, daß dies reichen möge. Ein furchtbares Getöse, der Frachter bäumte sich auf, erhob sich noch ein wenig höher in die Luft, so als würde er vom Himmel angezogen. Als er, nach einem scheinbar ewig dauernden Aufstieg, die Krone der Welle erreicht hatte, glaubte Bastos durch die Gischt hindurch ein riesiges Schiff zu sichten, das auf sie zulief.

Auf dem Tisch im Wohn-Eßzimmer thronte ein Berg Spaghetti. Léa rührte sie ausgiebig mit der Gabel um, damit die Sauce gut verteilt würde. Die Hausgemeinschaft verfolgte ungeduldig jede ihrer Gesten. Mit einem Mal erklang eine krächzende Stimme: ›Ich rede nicht ohne einen Advokat.‹ Das war der Papagei.

Da Max nichts gesehen hatte, hatte er auch nichts gehört. Er konnte sich lediglich denken, daß ein Geräusch, das er als einziger nicht gehört hatte, die Ursache für das Erstaunen war, das er auf den Gesichtern der anderen ablas. Er drehte sich um. Der Papagei schüttelte sich wie eine alte Pendeluhr, die plötzlich wieder in Gang kommt. Er saß immer noch auf dem Sims, wo er es sich gemütlich gemacht hatte; sein Federkleid glänzte, und das Ende der Schwungfedern leuchtete hellrot. Auf seinem strahlend blauen Gesicht deutete ein feiner dunkler Streifen auf die vernarbte Wunde hin. Léa fiel auf, daß um die Narbe herum einige Federn die Farbe verändert hatten; sie bildeten ein kleines pastellfarbenes Büschel.

Perrette war die erste, die etwas sagte:

»Ihr hattet mir versichert, daß er nicht spricht!«

»Nun, jetzt spricht er eben!« erklärte Jonathan. »Aber nur um zu sagen, daß er nicht reden wird.«

»Nein. Daß er sprechen wird, aber eben nur in Gegenwart eines Anwalts«, berichtigte Monsieur Ruche.

»Warum hat er das nur gesagt?« fragte Léa sich. »Das ist doch irgendwie verrückt.«

»Er hat es gesagt, weil er es so gehört hat! Er wiederholt nur zuvor Gehörtes«, argumentierte Jonathan.

»Demnach gehört er also einem Anwalt«, entschied Léa.

»Nein, einem Gauner«, stellte Max richtig. »Das ist ein Gaunersatz.«

»Vielleicht ist es ja das, was er schrie, als die beiden Typen auf dem Flohmarkt ihn abmurksen wollten, meinst du nicht, Max?« mutmaßte Jonathan.

»Sie wollten ihn nicht abmurksen, sondern ihm einen Maulkorb anlegen«, stellte Max richtig.

Sie hörten ein lautes Lachen und drehten sich um. Perrette grinste fröhlich:

»Meine armen Kleinen, ihr lest zu viele Krimis. Er hat nicht *ohne meinen* Advokaten gesagt, sondern *ohne einen* Advokat. Und dieser Advokat trägt keine schwarze Robe, sondern hat eine grüne Haut, eine leuchtendgrüne Haut, und heißt Avocado. Er stirbt vor Hunger. Das ist es, was er braucht, der Papagei.«

Zu dieser Uhrzeit war nur der Lebensmittelladen von Habibi an der Ecke zur Rue des Martyrs geöffnet. Habibi aber hatte keine Avocados. Max mußte bis zu den afrikanischen Geschäften an der Goutted'Or gehen. Er kam mit einem Kilo Avocados aus dem Senegal wieder nach Hause zurück. Der Papagei verschlang sie.

Der Schlag, der ihn am Kopf getroffen hatte, war durchaus nicht folgenlos; zwar war die Wunde schnell vernarbt, aber der Vogel schien sich an nichts zu erinnern. Was ihn zu einem einzigartigen Geschöpf seiner Gattung machte: Er war der einzige Papagei, der wiederholte, was er nie zuvor gehört hatte. Sie beschlossen, ihn Nofutur zu nennen.

Die kunterbunten Federn, die auf seinem Kopf hochstanden, machten Nofutur zum ersten Punk-Papagei in der langen Geschichte der sprechenden Vögel.

Die mit einem Futtertisch, Futternäpfchen und einer kleinen Wanne ausgestattete Sitzstange wurde im Eßzimmer über der Treppe angebracht. Sie gaben acht, daß er vor Zugluft geschützt war. Eine unterhalb des Futtertisches angebrachte große Platte sollte die herunterfallenden Reste auffangen. Innerhalb kürzester Zeit brachte Max Nofutur bei, daß er von nun an Nofutur hieß.

»Du würdest also tatsächlich jemanden abweisen, der sich in einer Notlage befindet?« Diese Frage, die Max ihr unlängst abends gestellt hatte, erschütterte Perrette sehr. Es war beschlossene Sache, sie würde mit ihnen reden; jetzt war der Zeitpunkt gekommen, um ihnen zu erklären, warum sie alle fünf hier im Haus in der Rue Ravignan zusammenlebten. Noch an diesem Abend würde sie mit ihnen darüber reden. Alles hatte vor siebzehn Jahren seinen Anfang genommen. Als Folge eines Sturzes. Perrette war gerade zwanzig geworden. Sie studierte Jura und wollte bald einen jungen Untersuchungsrichter heiraten. Sie hatten sich im Winterurlaub in einem Skiort in den Pyrenäen kennengelernt, im Frühjahr an der Côte d'Azur wiedergesehen und geplant, zu Beginn der Sommerferien in Paris zu heiraten.

Sie war auf dem Weg ins Kaufhaus »Weiße Hochzeit« zur letzten Anprobe ihres Brautkleides. Den Kopf voll mit den tausend kleinen Dingen, die noch zu tun blieben, hatte sie das Loch mitten auf dem Gehweg gar nicht bemerkt. Entgegen allen geltenden Sicherheitsbestimmungen hatten die Kanalarbeiter die Steinplatte entfernt, ohne um das Loch herum das sonst übliche Absperrgatter aufzustellen. Perrette spürte nur noch, wie sie fiel, und sie stieß einen Schrei aus. Niemand hatte gesehen, wie sie in dem Kanalloch verschwunden war. Stunden später kam sie wieder herausgekrochen. Wie viele Stunden? Durchnäßt, schmutzig, wie gelähmt. Als sie am Kaufhaus »Weiße Hochzeit« ankam, waren die Rolladen heruntergelassen und die Türen verschlossen. Sie ging sofort nach Hause zurück, hängte das Telefon aus und wusch sich. In dieser Nacht schlief sie sehr unruhig und hatte Alpträume. Am darauffolgenden Tag löste sie ihre Verlobung. Neun Monate später wurden Jonathan-und-Léa, die beiden zweieiigen Zwillinge, geboren.

Ihre Eltern, denen gegenüber sie sich nicht erklärt hatte, verziehen ihr die abgesagte Hochzeitsfeier, die entstandenen Kosten und die hämischen Blicke ihrer Freunde nicht. Sie hatte sie seither nie mehr wiedergesehen. Genausowenig wie den jungen Untersuchungsrichter, dessen Frau sie beinahe geworden wäre.

Sie fand eine Anstellung als Verkäuferin in der Buchhandlung von Monsieur Ruche. Bei der Geburt der Zwillinge hatte dieser ihr vorgeschlagen, doch in das Haus in der Rue Ravignan einzuziehen. Sie zögerte keine Sekunde. Er arbeitete sie ein. Dann wollte sie ein drittes Kind haben. Wieder erklärte sie niemandem irgend etwas. Trotz des geltenden Adoptionsgesetzes, das zwingend vorschreibt, daß eine Frau, die sich eines fremden Kindes annehmen möchte, verheiratet sein muß, gesellte sich der kleine, gerade mal sechs Monate alte Max zu Jonathan-und-Léa in das Haus in der Rue Ravignan hinzu.

Perrette hörte auf zu sprechen. Es herrschte vollkommene Stille, die Menschen, die ihr am allernächsten standen, waren da. Max, Jonathan, Léa, Monsieur Ruche. Ihre Welt. Siebzehn Jahre ihres Lebens innerhalb weniger Minuten, in einem Zug erzählt. Während dieser kurzen Zeit hatte jeder etwas Wesentliches über sich selbst erfahren. Ausgenommen Monsieur Ruche, der schon seit langem Bescheid wußte.

Für Perrette war es wie eine Befreiung. Nie zuvor hatte sie über ihren Sturz gesprochen. Genausowenig wie über Maxens Adoption, und Monsieur Ruche, der es als einziger hätte tun können, hatte ihr diesbezüglich nie eine Frage gestellt. Perrette hatte mit monotoner Stimme geredet, ohne irgend jemanden dabei anzusehen. Sie hob den Kopf, fuhr sich mit der Hand durch die Löckchen und sah sie an:

Zu Max sagte sie:

»Du bist nicht von mir. Aber ich wollte dich haben.«

Zu den Zwillingen sagte sie:

»Ihr, Ihr seid von mir. Und ich habe beschlossen, Euch zu behalten.«

Dann sagte sie an ihre drei Kinder gewandt:

»Ich habe Euch. Ihr habt mich.«

Sie nahm eine Zigarette, zündete sie an. Monsieur Ruche streckte seine Hand in ihre Richtung aus:

»Würden Sie mir eine geben, Perrette?«

Er rauchte schon seit Jahren nicht mehr. Sie bot ihm eine Zigarette an. Während sie ihm das Streichholz entgegenstreckte und er sich zu ihr nach vorne beugte, flüsterte sie ihm zu:

»Und Sie, Monsieur Ruche, haben uns ein Zuhause gegeben.« Sie drückte ihre Zigarette aus, erhob sich ein wenig hölzern, wollte würdevoll wirken, stellte sich, mit leicht zerknittertem Gesichtsausdruck, ganz aufrecht hin. Ein unerwartetes Lächeln hellte ihr Gesicht auf. »Ich wünsche Euch eine gute Nacht.« Schwerelos wie eine Feder verließ sie das Zimmer.

Sie wußte nicht, weshalb sie an das Fischgeschäft an der Ecke Rue Lepic dachte, während sie ins Bett schlüpfte. Jedesmal wenn sie an der Auslage vorbeiging, dankte sie im stillen dem Besitzer. Als sie damals Arbeit suchte, wollte er sie nicht einstellen. Was wäre wohl aus uns geworden, wenn ich anstelle von Büchern Sardinen, Makrelen und Meeresschnecken verkauft hätte? Hierüber schlief sie ein.

Im Wohn-Eßzimmer stand zur selben Zeit Max, der bereits seinen Schlafanzug trug, mit aufgestützten Ellbogen an Nofuturs Sitzstange. Die Augen des Papageis funkelten im Halbdunkel. Er hörte Max aufmerksam zu. »Ich weiß nicht, woher du kommst«, sagte Max zu ihm. »Das ist aber nicht schlimm, weil ich selbst nämlich auch nicht weiß, woher ich komme. Du hast gehört, was Mama gesagt hat; sie hat gesagt: ›Ich habe beschlossen, dich zu behalten‹.« Er streichelte ihn. Der Vogel senkte den Kopf nach unten und ließ es sich gefallen. »Ich habe auch beschlossen, dich zu behalten. Eine vorübergehende Aufenthaltserlaubnis kommt für dich gar nicht in Frage!« Und mit einem kecken Lächeln: »Ich hatte es schon beschlossen, als ich dich vom Flohmarkt mit nach Hause nahm.«

Zur selben Zeit ein Stockwerk höher, unter dem Dachfenster. Sternenloser Himmel. Vom Licht der Großstadt, das sie reflektieren, rötlich gefärbte Wolken am Firmament. Jonathan beschloß, die Frage zu stellen, die ihm auf den Lippen brannte:

»Was genau wollte sie damit zum Ausdruck bringen, als sie meinte: ›Neun Monate danach …‹«

Léa unterbrach ihn:

»Die Zwillinge wurden geboren. Soll ich es dir aufmalen? Sie hat damit gesagt, daß wir in der Kanalisation geboren wurden.«

»Nein, daß wir dort gezeugt wurden.«

Sie stellte sich seinen feindseligen Gesichtsausdruck vor.

»Du wärst wohl lieber in einem weichen Bett geboren worden, das nach Veilchenparfüm riecht?« gluckste sie. »Und sie hätte auf einem Seidentuch und einem geblümten Kopfkissenbezug liegen sollen. Als Vater wünschst du dir dann vielleicht noch einen schmucken und sauberen Richter. Du hast ganz schön hergebrachte Vorstellungen, mein Armer!« schloß sie in entmutigtem Ton.

»Mir wäre es lieber gewesen, sie hätte gesagt: ›Ich möchte euch nicht verheimlichen, unter welchen Umständen ihr geboren wurdet‹, anstatt uns diese unglaubliche Geschichte aufzutischen. Mir wäre es lieber gewesen, sie hätte uns die Wahrheit gesagt«, stieß Jonathan wütend aus.

»Sie hat uns die Wahrheit gesagt!«

Zur selben Zeit im Erdgeschoß unter den Behängen des Himmelbettes. Monsieur Ruche brummte: »Alles auf einmal! Grosrouvre und seine Bücher, Perrette und ihre Enthüllungen, und auch dieser Papagei. Wie wollten sie ihn noch mal nennen? Nofutur. Mich sollten sie lieber so nennen; in meinem Alter … Sie sind drollig, diese Gören, mit ihren englischen Wörtern. Warum hat Perrette mir achtzehn Jahre lang nie etwas davon erzählt? Pah, was ändert das schon? Im Grunde genommen nichts. Aber für die Kinder … Ich muß mit ihnen reden. Vor allem mit den Zwillingen; ihnen geht es nicht gut, das spürt man. Mit Max ist das etwas anderes: Der ist robust. Wie aber soll ich mit ihnen reden? Ich habe noch nie mit Kindern geredet. Abgesehen davon sind es gar keine Kinder mehr. Es sind Jugendliche, das ist noch schwieriger. Wenn ich ganz direkt mit ihnen rede, werden sie sich sperren. Dickköpfe, stolz, empfindlich. Ich brauche einen Einfall.«

Bevor er den Einfall hatte, schlief er ein.

Im Laufe der Jahre war das Atelier zu einer regelrechten Karawanserei geworden. Monsieur Ruche hatte beschlossen, es vollkommen leerzuräumen. Bevor der Entrümpelungsdienst alles wegschaffte, hatte Max sich die besten Stücke gesichert und sie auf dem Flohmarkt verkauft, wo-

bei er sich davor hütete, an dem Schuppen mit den Restbeständen aus der Kolonialzeit vorbeizukommen.

Nachdem der Schreiner aus der Rue des Trois-Frères mit
dem Einbau der Regale für die – zukünftige – Grosrouvre-
Bibliothek im ersten Atelier fertig war, ließ Monsieur
Ruche ihn ins Garagenzimmer kommen. Mit sichtlichem
Wohlbehagen erteilte er ihm präzise Anweisungen bezüglich der Gestaltung des zweiten Ateliers. Monsieur Ruche
hatte den Einfall, auf den er seit mehreren Tagen wartete.

Thales!

3. KAPITEL

Thales, der Mann des Schattens

»Es war zur Zeit der Herrschaft des Sohnes von König Gyges. In der Nähe von Milet, in Ionien, an der Küste des Ägäischen Meeres ging Thales, der Sohn von Examyas und Kleobuline, über die Felder spazieren.«

Wer wagte es, Jonathan an einem Sonntag in aller Herrgottsfrühe zu wecken? Wie unmenschlich! Das war Léa. Grimmig dreinblickend spielte Jonathan an seinem Kragenknopf herum. Die Tür zwischen ihren beiden Zimmern stand wie immer offen. Die rauhe und näselnde Stimme fuhr fort:

»Thales ging in Begleitung eines Dienstmädchens über die Felder spazieren.«

Das war nicht Léa. Es war das Radio. Sein Radio.

»Während er ging, betrachtete er den Himmel.«

Das war nicht sein Radio.

Jonathan sprang aus dem Bett auf und lief zur Tür.

»Ich habe Wahnvorstellungen!«

An der Türzarge festgekrallt: der Papagei! Auf der anderen Seite der Tür starrte Léa das Federvieh genauso überrascht an, das sich daranmachte, seine Tirade fortzusetzen. Sie schenkten ihm weiter keine Beachtung und stürzten die Treppe herunter.

Die Pendeluhr im Wohn- und Eßzimmer zeigte elf Uhr an. Während Max die Reste des Frühstücks abräumte, tat Monsieur Ruche so, als würde er Zeitung lesen.

Léa herrschte ihn an:

»Finden Sie es eigentlich lustig, uns an einem Sonntagmorgen in aller Herrgottsfrühe von einem Papagei wecken zu lassen? Ein Papagei, der mit näselnder Stimme das wiederholt, was Sie ihm eingetrichtert haben?«

Heftig mit den Flügel schlagend, flog der Papagei an ihr vorbei und begann zu glucksen:

»Ich wiederhole nicht, ich berichte nicht, ich informiere nicht, ich unterrichte nicht. ICH ERZÄHLE!«

Die Federn, die sich um seine vernarbte Wunde wie Lanzen aufrichteten, zeigten den Grad seiner Verärgerung an. Léa, deren Morgenmantel sich geöffnet hatte, so daß ihre Brüste zu sehen waren, brachte ihr Kleidungsstück wieder in Ordnung. Während Jonathan an seinem Ohrring herumspielte, fragte er:

»Warum erzählt er von Thales? Und das auf nüchternen Magen!«

Ohne auf die Frage einzugehen, legte Monsieur Ruche seine Zeitung beiseite:

»Ganz so wie Nofutur es euch ja bereits erzählte«, er betonte das Verb ganz besonders, »betrachtete Thales den Himmel, um den Geheimnissen des Laufs der Gestirne auf die Spur zu kommen. Die junge Dienstmagd, die ihn begleitete, erblickte ein großes Loch mitten im Feld. Sie wich ihm aus. Thales dagegen, der weiterhin den Himmel betrachtete, fiel hinein. ›Du siehst noch nicht einmal, was vor Deinen Füßen liegt, und glaubst, entdecken zu können, was am Himmel passiert!‹ sagte sie zu ihm, während sie ihm aus dem Loch heraushalf.«

Und Monsieur Ruche schloß:

»Ja, alles beginnt mit einem Sturz.«

Die Tür ging auf, und herein kam Perrette, beladen mit schweren Einkaufskörben. Sie hatte noch den letzten Satz gehört. Jonathan-und-Léa sahen sie an und gingen wieder in ihre Zimmer zurück. Sie hatten die Botschaft verstanden. Léa konnte es sich nicht verkneifen, spöttisch zu bemerken:

»Und er hatte viele Kinder.«

»Ganz falsch, Léa«, jauchzte Monsieur Ruche. »Thales hatte nicht ein einziges Kind. Er hat den Sohn seiner Schwester Kybisthos adoptiert.«

Wie allen Schüler dieser Welt war Thales Jonathan schon mehrmals begegnet. Immer sprach der Lehrer nur über seinen Satz, nie über sein Leben. Im Mathematikunterricht wurde sowieso nie über irgend jemanden gesprochen. Hin und wieder fiel ein Name: Thales, Pythagoras, Pascal, Descartes, aber das waren nichts als Namen. Wie der von einem Käse oder einer Métrostation. Genausowenig wurde darüber gesprochen, woher oder aus welcher Epoche etwas stammte. Die Formeln, Beweise und Sätze wurden an die Tafel geworfen. Gerade so, als hätte niemand sie sich ausgedacht, als wären sie, wie die Berge oder die Flüsse, schon immer dagewesen. Die Lehrsätze wirkten dadurch zeitloser als die Berge oder die Flüsse! Mathematik war eben weder Geschichte noch Erdkunde oder Geologie. Was war sie eigentlich genaugenommen? Diese Frage interessierte kaum jemanden.

»Du warst großartig.« Max strich das Gefieder Nofuturs glatt. »Es war gut, wie du ihnen geantwortet hast.« Er spitzte den Mund und ahmte, während er hin und her wippte, den Papagei nach. »›Ich wiederhole nicht, ich erzähle.‹ Bravo. Sie waren völlig verdutzt. Jedenfalls hast du ein verdammt gutes Gedächtnis.«

Genau das war es auch, was Jonathan ein Stockwerk höher gerade dachte.

»Ich finde, daß er sich für einen stummen Papagei ziemlich gut macht. Hast du schon jemals einen Papagei so lange sprechen hören?« frage er Léa.

Sie antwortete nicht.

»Erinnerst du dich noch daran, als Perrette mit uns in die Tierhandlungen an den Seine-Quais gegangen ist? Wir haben eine Stunde vor den Käfigen mit den Papageien gestanden. Sie haben keinen Ton von sich gegeben.«

»Vielleicht waren es keine großen Redner«, vermutete Léa.

Aber er war mit den Gedanken woanders.

»Der hier ist kein Redner, er ist ein Schwätzer.«

Léa ließ ihn stehen und ging ins Wohn-Eßzimmer herunter. Sie stürzte auf Monsieur Ruche zu, der, ohne es sich anmerken zu lassen, auf sie wartete:

»Was hat mit dem Sturz von Thales angefangen?« fragte sie ihn in aggressivem Ton.

Sie setzte sich an den Tisch, um zu frühstücken. Während sie sich in der Küche zu schaffen machte, hörte Perrette zu. Monsieur Ruche ließ sich Zeit. Schließlich antwortete er:

»Thales ist der erste ›Denker‹ in der Geschichte gewesen. Damit will ich nicht sagen, daß es vor ihm niemanden gab, der dachte. O nein, es wird schon seit langem gedacht. Vor ihm gab es Magier, Schriftgelehrte, Priester, Buchhalter, Erzähler, die Gebete aufsagten, Rechnungen durchführten, Legenden erzählten. Thales aber hat etwas anderes gemacht: Er hat sich Fragen gestellt. Zum Beispiel: Was ist Denken überhaupt? Oder: Welche Beziehungen bestehen zwischen dem, was ich denke, und dem, was ist? Oder aber: Gibt es Dinge, die sich meinem Denken entziehen? Woraus ist die Natur gemacht? Heute wundern wir uns, daß derartige Fragen nie zuvor gestellt worden waren.«

Monsieur Ruche freute sich ungeheuer, denn er war mitten hinein in die Philosophie getaucht. Jonathan, der mit einer Art malvenfarbenem indischen Sari und Jutesandalen bekleidet war, stieß wieder zu ihnen. Er schüttete eine Schale Milch herunter, in die er vorher zwei gehäufte Löffel Müsli gegeben hatte.

»Aber sind das alles denn nicht philosophische Fragen, Monsieur Ruche?« fragte Léa, der Jonathan sofort beisprang:

»Ich dachte, Thales war Mathematiker.«

Monsieur Ruche jubelte, er hatte sie »an der Angel«. Ganz schnell erwiderte er:

»Im Zeitalter von Thales, d.h. im 6. Jahrhundert vor unserer Zeitrechnung, waren Philosophie und Mathematik vollkommen miteinander verwoben. Abgesehen davon existierten diese Begriffe überhaupt noch nicht. Sie wurden erst später erfunden. Und noch viel später wurden sie voneinander unterschieden. Heute möchte niemand mehr etwas davon wissen, daß sie ursprünglich eins waren.«

Nachdem er ihnen Thales erst einmal vorgesetzt hatte, gab es für Monsieur Ruche kein Halten mehr. Er kannte diesen Denker gut, er gehörte sogar zu denjenigen Denkern, die er ganz oben in seinem Pantheon angesiedelt hatte. Allerdings mußte er sein Wissen in bezug auf die mathematische Dimension seines Werkes ein wenig auffrischen.

Wo konnte er nur an die entsprechenden Informationen kommen? In der Bibliothèque Nationale! Die BN, wie sie zu seiner Zeit kurz genannt wurde. Wie sie auch heute noch genannt wird. Als Student hatte er Wochen darin verbracht. Natürlich mit Grosrouvre zusammen.

In die BN kommt man nicht so einfach hinein wie in ein Kino. Man braucht einen Leserausweis. Der wird einem erst nach einem eingehenden Gespräch mit einem Mitarbeiter der Verwaltung ausgestellt oder verweigert. Die Bibliothekarin, die sich seiner annahm, fragte ihn, ob er Lehrender oder Forscher sei, ob er eine Forschungsarbeit durchführe und welche und unter der Leitung wel-

ches Professors, ob er einen Studentenausweis hätte, ob …
Nachdem ihr mit einemmal das Alter ihres Gegenüber
auffiel, wurde sie verlegen:

»Diese Fragen werden jedem gestellt«, entschuldigte sie
sich.

Würde er ihr erzählen: »Also, ich lebe mit einer jungen
Frau zusammen, Perrette Liard. Als sie zwanzig war, fiel
sie in einen Kanalschacht usw., usw. Daraufhin habe ich
beschlossen, mich eingehender damit zu befassen, weil die
Zwillinge …« Sie würde kein Wort verstehen.

Er lächelte die Bibliothekarin breit an.

»Mein Name ist Pierre Ruche, ich bin Buchhändler in
Montmartre, ich bin 84 Jahre alt. Mein Doktorvater ist 1944
gestorben. Meine Doktorarbeit habe ich nie abgeschlossen.
Seither versuche ich, ohne sie zurechtzukommen. Meine
Forschungen dienen rein persönlichen Interessen; ich beab-
sichtige keine Veröffentlichung. Ich möchte gern Bücher
über Thales und die Anfänge der griechischen Mathematik
einsehen.« Zum Zeichen, daß dies vollkommen ausreichte,
hob sie die Hand.

»Möchten Sie eine Jahreskarte oder eine für zehn Einlässe?«

»In meinem Alter müßte ich eine für zehn Einlässe nehmen. Das wäre das vernünftigste. Ich nehme aber die Jahreskarte!«

Monsieur Ruche zahlte, begab sich in den Raum, in dem
das Foto gemacht wurde. Das sofort entwickelte Foto
wurde direkt auf den Leseausweis aus Hartplastik aufgedruckt. Ohne ihn sich anzusehen, nahm Monsieur Ruche
den Leserausweis und steckte ihn in seine Jackentasche.

Am Eingang zum Großen Lesesaal gab er seinen Leserausweis ab und erhielt dafür eine kleine Tafel ausgehändigt, auf der eine Platznummer aufgedruckt war. Im Lesesaal hatte sich nicht sehr viel verändert.

Früher lief Monsieur Ruche auf den Augengalerien herum; jetzt bereitete ihm die Fortbewegung mit dem Rollstuhl ein paar Probleme. Beim Vorbeifahren streifte er einen Stuhl, rollte über eine auf dem Boden herumliegende Aktentasche und zerschrammte ein mit Nachschlagewerken vollgestelltes Regal. Schließlich erreichte er seinen Platz mitten in einer der Tischreihen. Er erinnerte sich an die Gesten früherer Jahre und fühlte sich sofort mit den Örtlichkeiten vertraut. Er schaltete die Tischlampe an; das war eine der Gepflogenheiten in der BN, egal wie spät oder wie hell es war, die Lampen brannten immer. Der Saal, in dem sämtliche Kataloge und Karteikästen standen, befand sich im Untergeschoß. Man konnte nur über eine Treppe dorthin gelangen! In seiner Verärgerung wollte er sich schon beim Abteilungsleiter beschweren, als ihm wieder einfiel, daß es auch im Großen Lesesaal selbst einen Gesamtkatalog der Druckwerke gab. Er konnte also ohne weiteres im Gesamtkatalog nachschlagen, in dem sämtliche Bücher bis Anfang des 20. Jahrhunderts verzeichnet waren. Er notierte die Signaturen und füllte die Bestellscheine aus.

Er aß in einem Bistro in einer nahegelegenen kleinen Straße ein Sandwich und trank ein Glas Bordeaux. Er saß mit mehreren Stammgästen an einem Tisch.

Halb zwei. Das Bistro leerte sich. Monsieur Ruche blieb eine ganze Zeit lang sitzen und genoß die wieder eingekehrte Ruhe. Er fühlte sich wieder wie in seiner Studienzeit. Ein alter Student. Er holte seinen Leserausweis heraus, betrachtete das Foto. Es war winzig klein, aber erstaunlich scharf. Er sah zwei helle, sehr helle, fast durchsichtige Augen. Dichtes, feines, nach hinten gekämmtes Haar. Hohle Wangen, ein ausgeprägtes Kinn, eine gerade Nase und eine fast glatte, faltenlose Haut. Er lächelte: Die Falten sind innerlich! Er hatte sich schon so lange nicht mehr angesehen! Er steckte den Ausweis in seine Geldbörse.

In der Schreibwarenhandlung auf der anderen Seite des Platzes ließ er sich verschiedene Hefte zeigen. Da er in bezug auf Schreibzubehör sehr eigen war, entschied er sich schließlich für ein dickes Heft mit einem schwarzen Pappeinband, dessen Seiten kariert waren und einen breiten Rand hatten. Dann fuhr er mit dem Taxi in die Rue Ravignan.

Er ging direkt ins zweite Atelier, das der Schreiner aus der Rue des Trois-Frères gerade fertig ausgebaut hatte. Sein Bild von der Umgestaltung der Räume, die seinen Vorstellungen entsprechen sollten, hatte Gestalt angenommen. Der Schreiner hatte seine Anweisungen genauestens befolgt.

Monsieur Ruche begab sich in das Zimmer in der Garage und verbrachte den Nachmittag mit der Umsetzung seines Vorhabens. Am kommenden Sonntag mußte alles fertig sein.

Nach einigen Vormittagen in der BN war das Heft schon ziemlich vollgeschrieben. Monsieur Ruche nahm in einem der Gänge auf der rechten Seite des Lesesaals Platz und las noch einmal seine Notizen.

7. Jahrhundert vor unserer Zeitrechnung, kleinasiatische Küste. Während in Sardeis, der Hauptstadt des Königreichs Lydien, der Sohn von König Gyges herrscht, gibt es im nahegelegenen Ionien, in Milet, keinen König. Die Stadt ist einer der ersten Stadtstaaten. Eine freie Stadt! Hier wurde Thales um das Jahr 620 geboren. Ihm ist der berühmte Satz zu verdanken: »Erkenne dich selbst!« Er war einer der Sieben Weisen der griechischen Antike und der erste, der allgemeine Ergebnisse für mathematische Probleme formulierte.

Thales hat sich kaum mit Zahlen beschäftigt, sondern er hat sich vielmehr für geometrische Formen interessiert: Kreise, Geraden, Dreiecke. Er war der erste, der den Winkel als vollwertiges mathematisches Gebilde ansah, und machte es, neben dem bereits vorhandenen Trio aus Länge, Fläche und Volumen, zur vierten Größe der Geometrie.

Thales behauptete, daß die sich an ihrem Scheitelpunkt berührenden, gegenüberliegenden Winkel, die durch zwei sich schneidende Geraden entstehen, gleich sind.

Monsieur Ruche zeichnete sie:

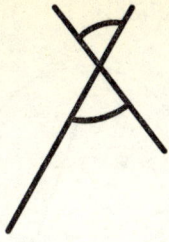

Wie finster und trist diese Zeichnung doch war! Sie ähnelte so sehr den Zeichnungen, die schon seine Jugend verdunkelt hatten. Monsieur Ruche las weiter. Dann notierte er:

> Verbindung zwischen Kreisen und Dreiecken. Thales hat bewiesen, daß sich um jedes Dreieck ein Kreis beschreiben läßt, der durch dessen drei Ecken verläuft. Für diesen Umkreis hat er ein allgemeingültiges Modell entwickelt.

Monsieur Ruche dachte nach, dann schrieb er an den Rand seines Heftes:
»Das heißt, daß ein Kreis immer durch drei Punkte verläuft. Durch sie verläuft aber auch immer nur ein einziger.«
Er las es noch mal. Nein, nein! Er fügte hinzu: »Nicht auf einer geraden Linie befindlich«, lägen die drei Punkte nämlich auf einer Linie, würde kein Kreis, sondern eine Gerade hindurch verlaufen. Er mußte genau sein, ansonsten würde er Unsinn aufschreiben. Dann fügte er noch hinzu: »Das heißt, daß drei nicht auf einer Geraden befindliche Punkte nicht nur ein Dreieck definieren, was offensichtlich ist, sondern auch einen Kreis, was nicht so offensichtlich ist.« Während er die Zeichnung anfertigte, wunderte Monsieur Ruche sich über das Interesse, das

Thales solchen Linien entgegenbrachte, die mathematische Objekte miteinander verbanden. Sie war fast genauso düster wie die vorhergehende!

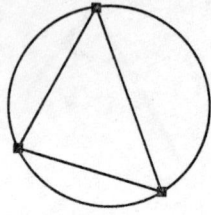

Er malte das Innere des Kreises grau aus. Das war schon nicht mehr ganz so häßlich.

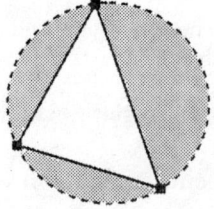

Anschließend holte er seine Utensilien aus dem Schreibmäppchen, zeichnete einen Rahmen um die Figur und kniff die Augen zusammen, um zu sehen, welche Wirkung er damit erzielte. Er war stolz auf seine Idee: geometrische Figuren wie gemalte Bilder darzustellen!

Das Mädchen, das am Tisch gegenüber saß, beobachtete ihn verwundert, denn das Verhalten dieses alten Herrn, der damit beschäftigt war, sein dickes Heft mit Zeichnungen zu füllen, irritierte sie. Monsieur Ruche strich mit der Handfläche über die Seite, um die Radiergummischabsel wegzuwischen. Dann beugte er sich wieder über sein Heft und schrieb:

Thales hat bewiesen, daß ein gleichschenkliges Dreieck zwei gleiche Winkel hat. Somit stellte er eine enge Beziehung zwischen den Seiten und den Winkeln her: zwei gleiche Seiten, zwei gleiche Winkel.

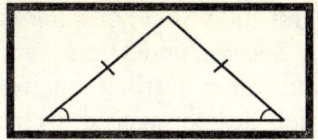

Als Monsieur Ruche die folgenden Zeilen noch einmal las, konnte er ein Lächeln nicht unterdrücken; er hatte geschrieben:

> Um ein Bison zu bezeichnen, sprechen die Indianer Amerikas von »Zweihörnern«. Bei Fahrrädern oder Motorrädern spricht man von Zweirädern. Und eine Figur mit drei Winkeln wird Dreieck genannt. Genausogut könnte man sie aber auch als Drei-Seit bezeichnen. Genau das taten die Menschen in der Antike, die es *trilaterus* nannten; ein Wort, das nach dem selben Prinzip gebildet wird – wie *quadrilaterus* (Viereck).

Damit war Monsieur Ruches etymologischer Schwung jedoch noch nicht erlahmt. Er fuhr fort:

> Und was ist mit dem Wort »gleichschenklig«? Es ist vom griechischen *isos* (gleich) und *skelos* (Bein) abgeleitet. Ein gleichschenkliges Dreieck ist ein Dreieck, das zwei gleiche Seiten hat! Mit einem Mal wurden beliebige Dreiecke, die drei verschieden lange Seiten haben, als ungleichseitige (griechisch: *skalênos* = hinkend) bezeichnet.

Monsieur Ruche träumte von einer mathematischen Aufgabenstellung, die mit »gegeben ein hinkendes Dreieck« begann. Dieser Satz hallte in seinem Kopf wider. Er dachte an Perrette, an ihren dreifachen Nachwuchs, »zwei Kinder plus eins«. Eine ganze Zeitlang träumte er so vor sich hin und dachte daran, was Perrette ihm über ihren Sturz erzählt hatte. In Wahrheit hatte sie ihnen fast überhaupt nichts gesagt. Ohne es zu bemerken, war Monsieur Ruche an den Ausgangspunkt zurückgekehrt, zum Motiv für seine Auseinandersetzung mit Thales.

Nachdem er erst die von Thales hergestellten Beziehungen zwischen Kreisen und Dreiecken, dann die zwischen Winkeln und Seiten bearbeitet hatte, befaßte er sich als nächstes mit den Beziehungen zwischen Geraden und Kreisen. Zu diesem Zweck mußte er ein Buch über die Anfänge der griechischen Mathematik zu Rate ziehen.

Als er gerade das zu Papier bringen wollte, was er zusammengetragen hatte, kam ihm eine Passage aus dem Brief von Grosrouvre ins Gedächtnis: *In diesen Büchern gibt es Geschichten, die unserer besten Schriftsteller würdig sind.* Die Mathematik in der Version eines Zola, Balzac oder Tolstoi! Wie gewöhnlich hatte Grosrouvre ein wenig übertrieben. Dennoch räumte Monsieur Ruche ein, daß er damit durchaus zu einer originellen Betrachtungsweise der Mathematik anregte.

Warum sollte er nicht einen Augenblick lang seinem Rat folgen? Was für eine Geschichte erzählen mir diese Seiten?

Die Geschichte ereignet sich auf einer Ebene und setzt eine Gerade sowie einen Kreis in Szene. Was kann zwischen einer Geraden und einem Kreis passieren? Entweder die Gerade schneidet den Kreis, oder sie schneidet ihn nicht. Sie kann ihn aber auch streifen, bemerkte Monsieur Ruche. Wenn sie ihn durchschneidet, teilt sie ihn zwangsläufig in zwei Teile. Wo muß die Gerade verlaufen, damit die beiden Teile gleich groß sind? Thales hat hierauf die Antwort gegeben: Damit die Gerade den Kreis in zwei gleich große Teile unterteilt, muß sie notwendigerweise durch dessen Mittelpunkt verlaufen. Tut sie das, handelt es sich um den *Durchmesser!* Der Durchmesser ist die längste Sehne, die es im Kreis gibt, er durchquert ihn in seiner ganzen Ausdehnung. Deshalb kann man auch sagen, daß der Durchmesser den Kreis »durchmißt«.

Ein Zirkel, ein Lineal, ein Stift. Das ergab dann folgendes:

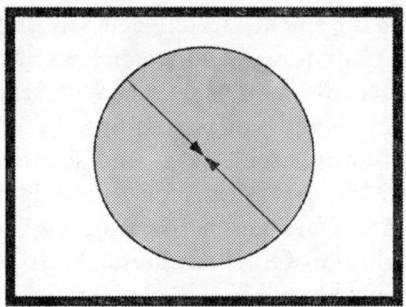

Monsieur Ruche las weiter. Dann schrieb er:

Thales' Lösung bezieht sich nicht auf einen besonderen Kreis, sondern auf jeden beliebigen Kreis. Er macht nicht die geringste Anleihe bei einem Zahlenergebnis, das aus einem Einzelfall abgeleitet wurde, so wie es vor ihm bei den Ägyptern oder Babyloniern der Fall war. Er ist bestrebt, Wahrheiten zu formulieren, die eine ganze Klasse von Dingen betreffen. Eine unendlich große Klasse! Er möchte Wahrheiten formulieren, die für eine unendliche Zahl von Objekten dieser Welt gültig sind. Dieser Anspruch ist absolut neu. Um ihn zu erfüllen, wird Thales gezwungen sein, sich vollkommen selbständig ein ideales Gebilde auszudenken, d.h. »DEN Kreis«, der in gewisser Weise der Stellvertreter ALLER KREISE DIESER WELT ist. Weil er sich für alle Kreise dieser Welt interessiert, und nicht nur für eine Handvoll von ihnen, und weil er beabsichtigt, Wahrheiten zu beweisen, die ihr Wesen als Kreis betreffen, kann man ihm den Titel als »ersten Mathematiker in der Geschichte« zuerkennen. Es handelte sich um eine wirklich neue Art und Weise, die Dinge zu sehen. Bei einem Satz wie: jede Gerade, die durch den Mittelpunkt eines Kreises verläuft, teilt diesen in zwei gleich große Hälften, kann man sich kaum vorstellen, was für eine Neuheit er darstellte.

Den Kopf voll mit Geraden und Kreisen, verließ er die BN.

Nofutur saß auf einem Ast des Lorbeerbaums im Innenhof, vollführte Kapriolen und lachte lauthals.

Perrette, die an einem Gartentisch saß und genüßlich ihren Erdbeer-Quinquina schlürfte, fiel es schwer, ernst zu bleiben. Monsieur Ruche kochte vor Wut, stand kurz davor, die Lektüre seiner Notizen zu unterbrechen. Widerwillig verließ Nofutur seinen Ast und setzte sich auf die Schulter von Max. Als Monsieur Ruche laut den Satz: »Thales möchte Wahrheiten formulieren, die für eine unendliche Zahl von Objekten dieser Welt gültig sind«, vor sich her sagte, konnte Jonathan nicht mehr an sich halten.

»Das, was Sie da sagen, ist ja furchtbar, Monsieur Ruche. Ob es irgendwo auf dieser Welt nicht vielleicht doch einen kleinen, verborgen gebliebenen Kreis, gewissermaßen einen Untergrundkreis gibt, der Widerstand leistet und sich Ihrem Lehrsatz entzogen hat?«

»Keinen einzigen! Niemals! Nirgendwo!« erwiderte Monsieur Ruche wie aus der Pistole geschossen.

»Hast du denn nicht richtig zugehört?« rief Léa. »Er hat doch gesagt, ALLE Kreise! Ohne Ausnahme!«

»Das ist trotzdem ganz schön gewagt!« sagte Jonathan lautstark.

»Du meinst, das ist totalitär!«

Monsieur Ruche sagte nichts; er bewunderte ihren jugendlichen Eifer. So mochte er sie, wenn sie gegen die Ordnung der Welt aufbegehrten. Es erinnerte ihn an die endlosen Diskussionen mit Grosrouvre in ihrem verrauchten Café an der Sorbonne.

»Man entzieht sich keinem Lehrsatz, der auf einen zutrifft!« erklärte Léa, aufgerichtet wie eine Schlange.

Perrette, erstaunt über so viel Ungestüm, sah Léa an. Sie goß sich einen kräftigen Schluck Quinquina in ihr leeres Glas und süßte es mit einem Schuß Erdbeersirup.

»Mit Ihrer Mathematik ist es wie mit dem Schicksal in den Tragödien, finden Sie nicht, Monsieur Ruche?« sagte Perrette leise.

»MEINE Mathematik?« Er war wütend. »Grosrouvre ist es, der glücklich sein wird! Sein Coup war erfolgreich!«

Aber Perrette ließ sich nicht beirren:

»Gibt es nicht vielleicht doch eine Beziehung zwischen Mathematik und Tragödie? Beide sind doch ungefähr zur selben Zeit in Griechenland entstanden, nicht wahr?«

Monsieur Ruche sah sie erstaunt an. Er hatte nie zuvor einen derartigen Vergleich angestellt. »Tragödie und Mathematik! Aischylos, Euripides, Sophokles ... Durchaus überlegenswert!«

Er antwortete Jonathan:

»Du kannst ganz beruhigt sein, Theoreme beziehen sich nur auf ideale Gebilde.«

»Dann braucht er also überhaupt nichts zu fürchten«, prustete Léa los.

»Absolut nichts«, pflichtete Monsieur Ruche bei. »Lehrsätze beziehen sich nicht auf Menschen.«

»Und auf Papageien?« fragte Max.

»Auch nicht.«

Bei Sonnenaufgang war es bereits warm. Den ganzen Morgen über stieg die Temperatur kontinuierlich an. Das Kino stellte die einzige Überlebenschance dar. Jonathan-und-Léa machten sich zur nahegelegenen Place Clichy auf; voller Verachtung ließen sie den Haufen winzig kleiner Kinosäle links liegen und nahmen in einem echten Kinosaal Platz. Weiche Sessel, dicke Teppiche, ein Vorhang, der ewig lang brauchte, bis er sich geöffnet hatte, eine Leinwand, so groß wie das Großsegel eines Dreimasters.

In der Pause stopften sie sich den Bauch mit Eis am Stiel voll und trällerten dabei einen absolut sinnlosen Abzählvers, den sie einmal selbst gedichtet hatten, als die völlig abgebrannte Perrette mit ihnen zusammen in die überfüllte Sonntagnachmittagvorstellung gegangen war.

> Das Beste am Eis,
> ist's draußen heiß,
> das ist der Stiel,
> denn von dem hat man lange
> ganz viel.

Der Zufall einer unheilverkündenden Programmplanung wollte es, daß der Film *Land der Pharaonen* von Howard Hawks gezeigt wurde. Ein großer Ausstattungsfilm von 1955 mit Jack Hawkins, Dewey Martin und Joan Collins, für den William Faulkner das Drehbuch geschrieben hat. Es ging um das Geheimnis des Baus der Pyramiden.

Der Film hatte sie begeistert. Voller Bedauern verließen sie den kühlen Kinosaal. Jonathan-und-Léa gingen zurück Richtung Butte, wobei sie die Caulaincourt-Brücke mit einem mulmigen Gefühl überquerten.

Der Pont Caulaincourt ist einzig in seiner Art. Die Brücke führt über einen Friedhof, so daß die Fußgänger gezwungen sind, über Gräber zu gehen! Ihre Anhänger behaupten, daß es besser sei, eine Brücke zu benutzen, die über einen Friedhof führt, als einen Tunnel darunter, denn, so geben sie zu bedenken, es sei vorteilhafter, die Gräber unter den Füßen als über dem Kopf zu haben.

»Nicht ein einziger Baum, der Schatten spendet, und da unten stehen sie sich auf den Füßen!« brummte Léa. »Es ist immer dasselbe; wer hat, dem wird gegeben!«

Sie haßte diese Brücke.

Jonathan sah, daß sie wie eine Schlafwandlerin vor sich hin trottete; das eingefallene Gesicht wirkte in sich gekehrt, die in sich zusammengesunkenen Schultern saßen auf ihrem wie aus Stacheldraht geformten Oberkörper. Ein Rabe mit dem Körper eines Reihers, dachte er liebevoll, während er ihr mit dem Ellbogen in die Seite stieß. Sie machte einen Satz zur Seite und wäre beinahe vom einzigen Auto erfaßt worden, das an diesem heißen Tag in der Stadt fuhr.

»Faß mich nicht an!« brüllte sie ihn an.

»Jetzt hör aber auf!« erwiderte Jonathan. »Du riechst angeschimmelt.« Diesen Ausdruck verwendete er immer, wenn Léa mal wieder die »Welt verteufelte«.

Max stand vor dem Eingang zur Buchhandlung und wartete auf die beiden. Er bedeutete ihnen, daß sie sich beeilen sollten, und führte sie ins Geschäft.

Der Raum war nicht wiederzuerkennen; auf dem Boden lag ein Teppich, der dicker war als der im Kino an der Place Clichy, und auf dem Teppich lagen verstreut dünne Matten aus Alfsgras. Nofutur thronte auf einem hohen, mit purpurrotem Velours überzogenen Hocker. Ganz aus dem hinteren Winkel begrüßte Monsieur Ruche sie mit einem zurückhaltenden Lächeln. Max ließ sie auf den Matten Platz nehmen und entfernte sich. Es folgte ein langes Schweigen, durch das hindurch sie das Geräusch von Wellen zu hören glaubten. Das war das Signal. Nofuturs rauhe Stimme erhob sich: »Gegen die Reling gelehnt, sah Thales, wie sich die ionische Küste, wo er bis zu diesem Tag gelebt hatte, immer weiter entfernte. Milet verschwand in der Ferne. Er brach nach Ägypten auf.« Es war Nofutur, der, gebieterisch wie ein Papst, auf seinem hohen Hocker saß und redete. Bei jedem einzelnen Wort schwoll sein Hals, und seine Augen funkelten; er richtete sich auf seinen

Beinen auf, so daß er einen besseren Halt fand, wahrscheinlich, um seiner Stimme mehr Nachdruck zu verleihen. Gerade so, als hätte er Sprecherziehung erhalten. »Angetrieben von den etesischen Winden, die nur während der Hundstage im Sommer wehen, gelang die Überfahrt ohne Zwischenstopp. Die ägyptische Küste kam in Sichtweite, das Schiff lief in den Mareotis-See ein, wo Thales sich auf einer Feluke einschiffte, die ihn nilaufwärts bringen sollte.«

Nofuturs Stimme verstummte, er war am Ende seiner Kraft. Max streichelte ihn zärtlich und bot ihm zur Belohnung etwas zum Knabbern an. In einer kleinen Schale hatte er einen Drei-Sterne-Cocktail angerichtet: geschälte und fein gesalzene Erdnüsse, Mandeln, Haselnüsse und Cashewnüsse.

Monsieur Ruche fuhr fort:

»Nach einer mehrtägigen Reise, die immer wieder von kurzen Aufenthalten in den am Fluß gelegenen Städten unterbrochen wurde, sah er sie. Inmitten einer ausgedehnten Ebene, unweit des Flusses, erhob sich die Cheopspyramide! Thales hatte nie zuvor etwas derart Beeindruckendes gesehen. In der Ebene erhoben sich noch zwei weitere Pyramiden, die Chephren- und die Mykerinospyramide; im Vergleich zur Cheopspyramide wirkten sie klein, und trotzdem … Auch wenn ihm die anderen Reisenden während der gesamten Fahrt über den Nil von der Pyramide erzählt hatten, übertraf die Größe des Bauwerks doch alle seine Vorstellungen. Thales verließ die Feluke. Je näher er kam, desto langsamer ging er; gerade so, als würde das Bauwerk allein schon durch seine Masse seinen Schritt verlangsamen. Vollkommen überwältigt setzte er sich nieder. Ein altersloser Fellache hockte sich neben ihn. ›Fremder, weißt du eigentlich, wie viele Menschenleben diese Pyramide, die du zu bewundern scheinst, gekostet hat?‹ – ›Bestimmt Tausende.‹ – ›Sagen wir: Zehntausende.‹

– ›Zehntausende!‹ – ›Sagen wir besser noch: Hunderttausende.‹ – ›Hunderttausende!‹ Thales blickte ihn ungläubig an. ›Vielleicht sogar noch mehr‹, fügte der Fellache hinzu. ›Warum so viele Tote? Um einen Kanal zu graben? Einen Fluß zu stauen? Eine Brücke zu spannen? Eine Straße zu bauen? Einen Palast zu errichten? Einen Tempel zu Ehren der Götter zu erbauen? Eine Grube zu graben? Nichts dergleichen. Diese Pyramide ist von Pharao Cheops einzig zu dem Zweck erbaut worden, um den Menschen ihre Kleinheit vor Augen zu führen. Das Bauwerk sollte alles bis dahin Dagewesene übertreffen, um uns zu überwältigen: Je riesiger die Pyramide wäre, um so kleiner wären wir. Das Ziel ist erreicht. Ich habe gesehen, wie du dich ihr genähert hast, und ich habe gesehen, wie sich die Wirkung dieser unermeßlichen Größe auf deinem Gesicht abzeichnete. Der Pharao und seine Architekten wollten uns zu der Einsicht zwingen, daß es zwischen dieser Pyramide und uns keinen gemeinsamen Maßstab gibt!‹

Thales hörte derartige Mutmaßungen über die Absichten von Pharao Cheops nicht zum erstenmal, aber nie zuvor waren sie so unumwunden und zugleich genau formuliert worden. ›Kein gemeinsamer Maßstab!‹ Dieses gewollt maßlose Bauwerk stellte für ihn eine Herausforderung dar. Dieses von Menschenhand geschaffene Bauwerk erschloß sich den Menschen seit 2 000 Jahren nicht. Was auch immer die Absichten des Pharao gewesen sein mögen, eines war gewiß: Die Höhe der Pyramide ließ sich nicht bestimmen. Sie war das am weitesten sichtbare Bauwerk der zivilisierten Welt, und es war das einzige, das man nicht ausmessen konnte! Thales wollte die Herausforderung annehmen. Der Fellache redete die ganze Nacht. Niemand hat je erfahren, was er Thales erzählte.

Als die Sonne den Horizont erhellte, stand Thales auf und sah, wie sein eigener Schatten in Richtung Westen fiel.

Ihm kam der Gedanke, daß, wie klein ein Objekt auch sein mochte, es immer ein Licht gibt, das es vergrößert. Er blieb eine ganze Zeitlang regungslos stehen und ließ den dunklen Fleck, den sein Körper auf dem Boden bildete, nicht aus den Augen. Er stellte fest, daß er in dem Maße schrumpfte, wie die Sonne aufstieg.

›Wenn ich die Messung schon nicht per Hand durchführen kann, dann tue ich es eben mit Hilfe meines Verstandes‹, nahm er sich vor. Thales betrachtete die Pyramide ausgiebig; er mußte einen Verbündeten finden, der seinem Feind ›angemessen‹ war. Langsam wanderte der Blick von seinem Körper zu seinem Schatten und von seinem Schatten zu seinem Körper zurück, schließlich heftete er sich auf die Pyramide. Dann schaute er nach oben, von wo die Sonne ihre furchtbar heißen Strahlen aussandte. Thales hatte soeben einen Verbündeten gefunden!

Ob Helios bei den Griechen oder Re bei den Ägyptern, die Sonne macht keinen Unterschied zwischen den Dingen dieser Welt, sie behandelt sie alle gleich. Genau das ist es, was man später in Griechenland in bezug auf das Verhältnis der Menschen untereinander als Demokratie bezeichnen sollte. Da die Sonne keinen Unterschied zwischen dem winzigen Menschen und der riesigen Pyramide macht, bietet sie die Möglichkeit eines gemeinsamen Maßstabs.

Thales war von folgender Idee überzeugt: Das Verhältnis, das zwischen mir und meinem Schatten besteht, ist dasselbe wie dasjenige zwischen der Pyramide und ihrem Schatten. Hieraus schloß er: In dem Moment, in dem mein Schatten gleich meiner Körpergröße ist, ist auch der Schatten der Pyramide gleich ihrer Höhe! Das war der Einfall, nach dem er gesucht hatte. Jetzt mußte er nur noch praktisch umgesetzt werden können.

Thales konnte dieses Unterfangen nicht allein durchführen. Man mußte zu zweit sein. Der Fellache erklärte sich bereit, ihm zu helfen. Vielleicht hat es sich ja wirklich so zugetragen. Wer weiß?

Am nächsten Tag ging der Fellache beim Morgengrauen zum Bauwerk und setzte sich in den riesigen Schatten der Pyramide. Thales zeichnete einen Kreis in den Sand, dessen Radius seiner Körpergröße entsprach, stellte sich genau in dessen Mitte und richtete sich auf, um auch wirklich eine gerade Haltung einzunehmen. Dann beobachtete er das Ende seines Schattens.

Als dieser die Kreislinie berührte, d.h., als die Länge des Schattens gleich seiner Körpergröße war, stieß er den zuvor vereinbarten Ruf aus. Der Fellache, der auf diesen Augenblick gewartet hatte, rammte sofort an der Stelle einen Pflock in den Boden, wo sich das Ende des Schattens der Pyramide befand. Thales lief zum Pflock.

Ohne ein einziges Wort miteinander zu wechseln, maßen sie mit Hilfe eines gut gespannten Seils den Abstand zwischen dem Pflock und der Basis der Pyramide. Als sie die Länge des Schattens ermittelt hatten, wußten sie, wie hoch die Pyramide war!

Unter ihren Füßen wirbelte der Sand auf; der Südwind wurde stärker. Der Ionier und der Ägypter gingen zum Fluß, wo eine Feluke angelegt hatte. Ihre müden Augen sahen die Spitze der Pyramide nicht mehr. Thales sprang auf die Feluke. Als sie abgelegt hatten, lächelte der Fellache. Die Feluke entfernte sich vom Ufer.

Thales war stolz. Mit der Unterstützung des Fellachen hatte er eine List erfunden. Die horizontale Strecke ist unzugänglich? Dann erreiche ich sie über die Vertikale. Ich kann die Höhe nicht messen, weil sie sich im Himmel verliert? Dann messe ich eben den Schatten, den sie auf den Boden wirft. Mit dem ›Kleinen‹ messe ich das ›Große‹. Mit dem ›Zugänglichem‹ das ›Unzugängliche‹, mit dem ›Nahen‹ das ›Ferne‹.

Die Mathematik ist eine List des Geistes«, schloß Monsieur Ruche erschöpft.

Den letzten Satz hatte er sowohl an seine Zuhörer als auch an sich selbst gerichtet.

Nofutur saß immer noch vollkommen regungslos auf seinem mit purpurrotem Velours überzogenen hohen Hocker. Man hätte meinen können, er schliefe.

»Eigentlich haben Sie uns doch einen Historienschinken erzählt, Monsieur Ruche«, bemerkte Léa.

»Dieses Kompliment rührt mich wirklich zutiefst. Ich bewundere Cecil B. de Mille, *Die Zehn Gebote, Ben Hur ...*«

»Der Ton war nicht schlecht, aber es mangelte an Bildern«, sagte Léa gespreizt. »Aber es ist trotzdem ein netter Mythos.«

»Ein Mythos!« donnerte Monsieur Ruche los. »Thales hat es wirklich gegeben, genauso wie Milet, die Pyramiden kann man immer noch besichtigen, die Sonne scheint auch immer noch, die etesischen Winde wehen jedes Jahr während der Hundstage im Sommer, der Nil fließt immer noch in dieselbe Richtung.«

Plötzlich verstummte er:

»Warum eigentlich nicht doch? Habt ihr etwas gegen Mythen? Ein Mythos, den Plutarch überliefert hat. Und was den Satz des Thales betrifft, der ist immer noch gültig.«

»Satz des Thales? Von Thales habe ich schon gehört, nicht aber vom Satz des Thales.«

Max lächelte verständnisvoll, denn am Nachmittag, als sie die Sitzung noch einmal durchgegangen waren, hatte er genau dasselbe gesagt.

Alles ging sehr schnell. Vor dem großen Fenster entrollte sich ein schwerer schwarzer Wandbehang und tauchte den Raum in tiefe Dunkelheit, während an der Rückwand gleichzeitig ein weißes Leinentuch heruntergelassen

wurde. Max stellte einen Projektor an; der Motor summte. Hier und da leuchteten winzige Lämpchen auf, die
kleine Lichtnischen in die Dunkelheit schnitten. Auf dem
weißen Leinentuch wurde etwas sichtbar. Zunächst noch
unscharf, dann aber deutlich erkennbar erschien folgende
Skizze:

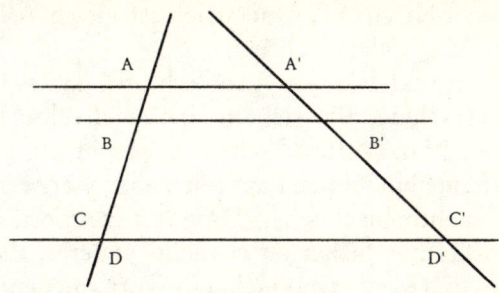

»Und das da, hat das irgend etwas mit eurem Satz zu tun?«
fragte Monsieur Ruche spöttisch.

»Verdammt viel«, bestätigte Jonathan.

Léa stimmte zu.

»Das nächste!« befahl Monsieur Ruche.

$$\frac{\overline{AB}}{AC} = \frac{\overline{A'B'}}{A'C'}$$

Max zeigte das nächste Dia.

»Puh«, riefen sie angewidert dreinblickend aus. »Monsieur Ruche, das ist kein Historienschinken mehr, das ist
ein Underground-Film. Im Vergleich zu Hawks heute
nachmittag ist das echt erbärml...«

Sie wurden abrupt von einer metallisch klingenden
Stimme unterbrochen. »Achtung! Achtung! Das ist ein
Lehrsatz!« Das war nicht Nofutur. Ein Licht ging an.

Gleich neben dem Fenster war kurz unterhalb der Dek-
ke ein Lautsprecher an der Wand verankert. LS war ein

alter Lautsprecher mit einem großen Schalltrichter, so wie man sie aus Gefangenenlagern während des Zweiten Weltkriegs kennt. Max hatte ihn auf dem Flohmarkt erstanden. Er knatterte los: »Das ist ein Lehrsatz! Das ist ein Lehrsatz! Mehrere Parallelen AA', BB', CC' unterteilen ein Sekantenpaar D und D' in Segmente, die sich entsprechen. AB Querstrich zu AC Querstrich ist gleich A'B' Querstrich zu A'C' Querstrich.«

Jonathan-und-Léa waren so verblüfft, daß es ihnen die Stimme verschlug. Sie erlebten eine regelrechte Ton- und Bildschau. Nur Nofutur schien LS nicht zu würdigen. Zum erstenmal in seinem Papageienleben war er mit einem anderen nichtmenschlichen Ding konfrontiert, das auch sprechen konnte. Sicher tat es nichts anderes, als zu wiederholen, und es verstand nicht ein Wort von dem, was aus seinem Schalltrichter erklang. Und zudem war in das Metall *Die Stimme seines Meisters* eingeritzt! Dieser Satz stellte für Nofutur, den freiheitsliebenden Papagei, eine echte Provokation dar.

Max drückte auf den Knopf des Kassettenrekorders und die Kassette blieb stehen. LS verstummte.

»Für den Anfang ist das nicht schlecht!« riefen Jonathan-und-Léa aus, wobei sie Monsieur Ruche verständnissinnig anlächelten.

»Ihr sagt es! Mit diesem Theorem nimmt das seinen Anfang, was später einmal zu einem der Prunkstücke der griechischen Mathematik werden sollte, und zwar die Wissenschaft der Proportionen. Satz des Thales oder *Satz der Proportionen*. Vorhin, vor dem, sagen wir, Zwischenakt, als Thales bewußt wurde, daß die Sonne keinen Unterschied zwischen den Dingen dieser Welt macht, bewegte er sich auf dem Gebiet der Ähnlichkeit. Und hinter der Ähnlichkeit steht DIE FORM! Alle ähnlichen Figuren haben dieselbe Form! Behält man die Proportionen bei, dann behält man auch die Form bei. Hm! Wollte man genauer sein, könnte man auch sagen: Die Form ist das, was erhalten bleibt, wenn man die Proportionen beibehält und die Dimensionen verändert.«

Er hielt inne, um zu sehen, welche Wirkung er mit seinen Ausführungen erzielte. Jonathan-und-Léa hörten ihm tatsächlich aufmerksam zu.

Auf der Leinwand erschien ein kleiner, leuchtendroter Punkt, der um die Formel herumschwirrte wie eine Fliege um eine Wunde.

»Die Formeln zum Sprechen bringen«, rief er, vom Verhalten der Zuhörer ermutigt, aus.

Er erinnerte sich daran, was Grosrouvre ständig wiederholte, wenn er sich mit einem mathematischen Text befaßte: »Die Formeln muß man zum Sprechen bringen! Wenn du wissen willst, was in ihnen steckt, dann frag sie aus!«

Damals hatte Monsieur Ruche nicht verstanden, was Grosrouvre damit meinte.

»Was habe ich gesagt?«

»Sie haben gesagt: zum Sprechen bringen, und dann haben Sie geschwiegen«, erinnerte ihn Jonathan.

»Ach ja, ›die Formeln zum Sprechen bringen‹. Was sagt die Formel von Thales aus?« Schweigen. »Ich wiederhole die Frage.«

»AB zu A'B' ist gleich AC zu A'C', mit Querstrichen überall«, antwortete Léa gespielt artig.

»Nein! Ich frage noch einmal: Was will sie uns sagen? Wenn man im alltäglichen Leben etwas sagt, dann will man damit einen Gedanken zum Ausdruck bringen, meistens jedenfalls. Mit der Mathematik ist es genauso. Die Formel von Thales WILL etwas sagen. Der leuchtende Punkt blieb auf AB stehen. Sie will sagen, daß AB für A'B' dasselbe ist wie AC für A'C'.«

»Ich gehöre zu dir wie sie zu ihm«, dachte Léa, behielt es aber für sich.

»Thales' Formel besagt«, fuhr Monsieur Ruche fort, »daß das erste und das zweite Paar im selben Verhältnis zueinander stehen. Damit ist es gesagt! Dieser scheinbar so belanglose Lehrsatz zieht alle Fragen nach sich, bei denen die Verhältnismäßigkeit eine Rolle spielt: Maßstabswechsel, verkleinerte Modelle, Pläne, Karten, Verkleinerungen, Vergrößerungen.«

Monsieur Ruche gab Max ein Zeichen, der den Projektor stehenließ und zu einem in der hintersten Ecke des Raums versteckten Gerät ging: dem Fotokopierer. Mit einem Filzstift zeichnete Max in drei groben Zügen eine Art Papagei auf ein weißes Blatt Papier, legte es auf den Kopierer, drückte auf den Knopf, auf dem 50 % stand, wartete, nahm das Original und zeigte es zusammen mit der Kopie her. Monsieur Ruche erklärte: »Verkleinerung. Dieselbe Form, nur kleiner. Um die Hälfte verkleinerter Papagei.« Max legte das Original wieder auf den Kopierer, drückte auf 150 %, wartete und zeigte sowohl das Original als auch die Kopie her. Monsieur Ruche erklärte: »Vergrößerung. Dieselbe Form, nur größer. Eineinhalbfach vergrößerter Papagei.«

Plötzlich stand Jonathan auf, nahm Max die Vergrößerung aus den Händen, schnappte sich die Verkleinerung, zeigte die beiden Blätter und erklärte mit der Stimme von Monsieur Ruche: »Dieselbe Form, nur größer.« Und indem er auf Léa zeigte, sagte er: »Der vergrößerte Papagei ist wieviel Mal größer als der verkleinerte Papagei?« Die überrumpelte Léa stammelte erst und antwortete dann: »Ich rede nur in Gegenwart eines Advokats!« Nofutur fuhr zusammen. Diese pädagogischen Übungen, die auf seinem Rücken und mit seinem Konterfei ausgetragen wurden, mochte er überhaupt nicht.

Um das Thema zu wechseln, merkte Léa an:

»Das alles zeigt uns aber noch nicht, wie Thales konkret vorgegangen ist. Schließlich ging es doch darum, die Pyramide auch wirklich zu messen, oder? Nicht um die Erfindung einer Formel auf dem Papier.«

»Du meinst, auf dem Papyrus«, verbesserte Jonathan sie unnachsichtig. »Ob Papyrus oder Papier, die Formel ist dieselbe. Sie hängt nicht vom Medium ab.«

Max begann von Formeln zu träumen, die vom Material abhingen, auf dem sie notiert waren; das »Plus« würde zum »Minus« werden, sobald es auf Zinn anstelle von Stoff notiert werden würde, der Punkt einer Multiplikation würde zum Bruchzeichen werden, sobald es auf Velin anstatt auf Pergament stünde …

»Wieviel Mal größer?« beharrte Jonathan.

Man erachtete es für nicht der Mühe wert, ihm zu antworten. Die Formel verschwand von der Leinwand. Monsieur Ruche machte weiter: »Wäre es um einen Baum, … den Obelisk auf der Place de la Concorde gegangen, der ja vor seinem Abtransport nach Paris in Ägypten stand, oder um einen schmalen Gegenstand, dann hätte Thales sich mit seinem Unterfangen nicht so viel Mühe machen müssen, da die Messung, die er durchgeführt hatte, ausreichend gewesen wäre. Aber die Pyramide wird nach unten hin breiter. Ihre geometrische Form zeichnet sich sogar gerade dadurch aus, eine Basis zu haben, auf der sie ruht. Die Cheopspyramide hat eine quadratische Basis, und ihre Achse befindet sich genau im Mittelpunkt des Quadrats. Die Höhe der Pyramide ist gleich der Länge der Achse. Und die Länge des Schattens der Achse ist gleich der Länge der Achse.

Ganz einfach!

Dia!

Auf der Leinwand erschien eine Skizze.

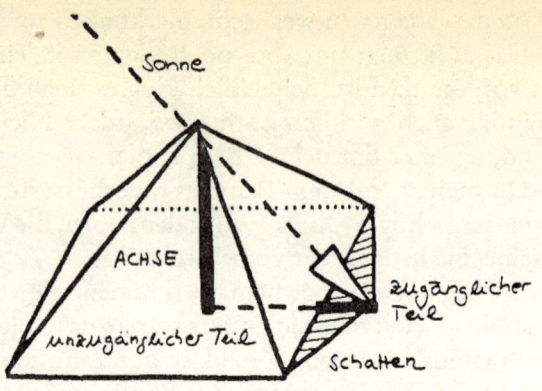

»Demnach kann Thales konkret nur den Teil messen, der außerhalb der Basis liegt.« Monsieur Ruche warf Léa einen eindringlichen Blick zu. »Der andere Teil, der im Innern des Bauwerks liegt, ist ihm unzugänglich.«

»Das alles hat ihm also nichts genutzt!« rief Léa empört aus.

»Genau das glaubte ich auch. Dann habe ich nachgedacht und die Lösung gefunden …, und zwar in einem anderen Buch. Thales muß das Problem gelöst haben, indem er in genau dem Moment die Messung durchführte, in dem die Sonnenstrahlen senkrecht zur Grundseite einer Seitenfläche standen.«

»Und das heißt?« fragte Léa.

»Puh! Laß mich nachdenken. Senkrecht zur Seite der Basis bedeutet, daß der verborgene Teil gleich der Hälfte einer Seite war. Somit war die Höhe der Pyramide gleich der Länge des Schattens plus der Hälfte einer Seite«, faßte Monsieur Ruche schnell zusammen.

»Ich habe nichts verstanden«, erklärte Léa.

»Und ich noch weniger«, fügte Jonathan hinzu.

»Essen!«

Der Gong ist gerade noch einmal rechtzeitig gekommen! dachte Monsieur Ruche. Perrette rief sie zum Abendessen.

»Ich habe auch langsam einen Bärenhunger bekommen«, erklärte er. Das nahm ihm niemand ab.

Am darauffolgenden Tag hatten Jonathan und Léa nachmittags keine Schule. Als sie von der Schulkantine zurückkamen, forderte Monsieur Ruche sie auf:

»Beeilt euch, ich habe Albert bestellt.«

Es klingelte. Das war Albert. Graue, großkarierte, schmutzige Schirmmütze, Brillengläser so dick wie eine Lupe, eine im Mund erloschene Zigarette, weltläufiges Auftreten, trotz seiner ungefähr sechzig Jahre und seiner gebeugten Haltung. »Guten Tag zusammen!« Gekonnt bemächtigte er sich sowohl des Rollstuhls als auch Monsieur Ruches selbst. In seinem alten, metallisch grau schimmernden Peugeot 404 mit Schiebedach fuhr er den Buchhändler seit dessen Unfall überall hin. Er war es auch, der ihn in den zurückliegenden Tagen in die BN fuhr.

Wenn Monsieur Ruche über Albert sprach, sagte er immer: »Er ist unabhängig.« Man muß das Vergnügen gesehen haben, das er empfand, wenn er dieses Wort aussprach! Auch er war auf seine Weise unabhängig. Albert war stolz darauf, daß er sich immer geweigert hatte, als Funktaxi zu fungieren. Er fragte sich, wie die Kunden während der Fahrt diese gellende Stimme ertrugen: »Rue de Vaugirard Nr. 105, Boulevard de Belleville Nr. 83, Impasse Guéménée vor der Nr. 8, Rue de Vaugirard Nr. 105, Rue du Faubourg Saint Denis Nr. 34, Impasse Guéménée vor der Nr. 8 ...« Er fuhr durch die Straßen und wartete darauf, herangewunken zu werden, oder er wartete an den Taxiständen vor den Bahnhöfen. Darüber hinaus hatte er einige Stammkunden wie Monsieur Ruche.

Durch dessen Unfall waren sie sich nähergekommen. Wenn Albert sich einen Tag frei nahm, holte er Monsieur Ruche morgens früh ab, und sie fuhren den Tag über zusammen aufs Land. Wie in den Filmen von Renoir stand dann auf dem Rücksitz immer ein Korb voller guter Sachen.

Max war in der Schule. Aber mit Perrettes Erlaubnis schloß er sich der Gruppe an. Alle, Nofutur mit eingeschlossen, zwängten sich in den 404. Perrette stand im Eingang der Buchhandlung und sah ihnen neidisch zu, wie sie aufbrachen. Monsieur Ruche wollte nicht sagen, wo es hinging. Place Pigalle, Notre Dame de Lorette, die Trinité, die Garnier-Oper, wo *Die Entführung aus dem Serail* gegeben wurde. Dann bogen sie in die Avenue de l'Opéra ein. Albert drosselte absichtlich die Geschwindigkeit, als er am Ausgang der Métrostation Pyramides vorbeifuhr.

Nachdem er am Palais Royal vorbeigefahren war, durchfuhr der Peugeot 404 die Torbögen des Louvre und erreichte den Carousel-Platz. Unversehens bremste Albert, und im Nu parkte er den 404 am Rand des Gehweges ein. In der Mitte der Cour Napoleon glänzte die Glaspyramide in der Sonne.

Sie stellten sich auf den Vorplatz.

»4 639 Jahre liegen zwischen der undurchsichtigen Pyramide von Cheops und der gläsernen des Louvre. Die eine steht am Ufer des Nils, die andere am Ufer der Seine.«

Während er sprach, hatte Monsieur Ruche ein Zeichenheft und Stifte hervorgeholt.

»Der Gedanke, daß die Sonne keinen Unterschied zwischen den Dingen macht, kommt für Thales in der Tatsache zum Ausdruck, daß alle Sonnenstrahlen parallel sind. Der Planet ist so weit weg und wir sind so klein, daß diese Einschätzung gerechtfertigt erscheint. Folgendermaßen stelle sich der Sachverhalt in dem Augenblick dar, in dem Thales die Messung durchführte.«

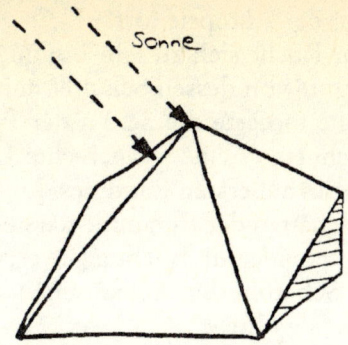

Sonne

Kaum hatte Monsieur Ruche die ersten Striche aufs Papier gebracht, setzte Nofutur sich auch schon auf dessen Schulter, so als würde er besser sehen wollen, was dieser zeichnete.

»Da die Pyramide, die Thales vermessen wollte, nicht wie diese hier durchsichtig war, muß ich eine Autopsie durchführen. Ich nehme alles das weg, was mich daran hindert, das Innere zu sehen; ich behalte den Schatten bei und zeichne die Achse ein.«

Monsieur Ruche radierte die mit Bleistift ausgemalten Seiten weg, zeichnete eine senkrechte Linie ein, die von der Spitze bis zur Mitte der Basis reiche:

»Die Höhe der Pyramide ist gleich der Länge der Achse«, erklärte er. »Sie ist es, nach der Thales sucht.«

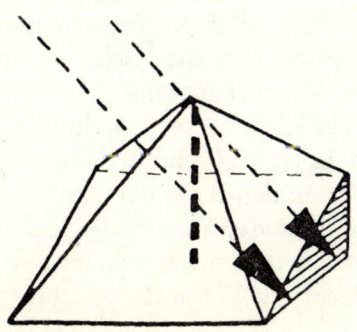

»Fahren wir mit der Autopsie fort!«

Da Monsieur Ruche sich zu sehr hin und her bewegte, wechselte Nofutur von dessen Schulter auf die von Max. Monsieur Ruche radierte die Seiten der Pyramide ganz weg. Dann zeichnete er eine waagerechte Linie vom Fuß der Achse bis zum äußersten Rand des dunklen Dreiecks, der den Schlagschatten der Pyramide darstellte:

»Wäre die Pyramide durchsichtig gewesen, dann würde man jetzt den Schatten der Achse sehen, dessen Länge Thales bestimmen wollte.«

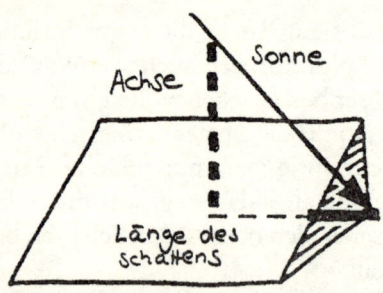

»Der Teil des Schattens, der sich innerhalb der Basis, also im Innern der Pyramide befindet, ist gepunktet; er ist unzugänglich. Thales kann ihn nicht messen; der andere Teil, der vom Seitenrand der Basis bis zum äußersten Ende des Schattens reicht, ist dick eingezeichnet; den konnte Thales messen. In der ganzen Geschichte ist das sogar das einzige, was für ihn meßbar war.«

Monsieur Ruche radierte das dunkle Dreieck aus, schraffierte die Achse und schrieb dann ein A an den Fuß der Achse, ein H an den Rand der Basis, wo der Schatten begann, und ein M an den äußeren Rand des Schattens. Er hielt die erste neben die zuletzt angefertigte Skizze.

»Vorher! Nachher! Wie in der Werbung für Schlankheitsmittel!«

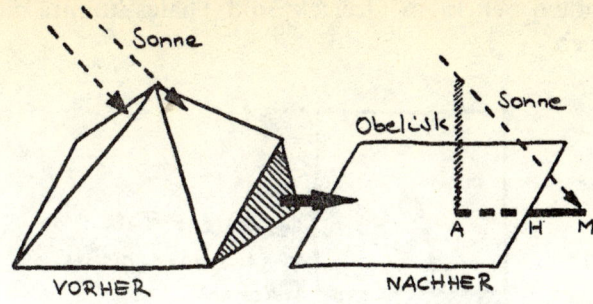

»Die Dinge entkleiden. Die Masse des Bauwerks vergessen, sie ausradieren und nur noch das davon bewahren,
was der Fragestellung dient. Ausradieren, klären, vereinfachen, vergessen, genau das ist es, was Thales gemacht hat.
Ich glaube sogar, daß alle Mathematiker so verfahren. Sie
nennen es ›abstrahieren‹. Für einen Mathematiker ist das
Problem damit gelöst«, schloß Monsieur Ruche.

»Was!?« empörten sich Jonathan-und-Léa.

»Hätte Thales es mit einem Obelisken zu tun gehabt,
wäre das Problem damit gelöst gewesen, denn er hätte die
Strecke AM direkt auf dem Boden abmessen können.
Aber er wollte ja eine Pyramide vermessen, bei der die
Strecke AH im Inneren der Basis verborgen lag und die
unzugänglich war.«

»Also ist es in die Hose gegangen«, jubelten Jonathan-
und-Léa.

Monsieur Ruche ging nicht auf die Unterbrechung ein.
Er hob den Kopf und bemerkte, daß ein paar Touristen
stehengeblieben waren und die Szene aus der Ferne beobachteten. Er kehrte wieder zu Thales zurück: »Was passierte auf dem Sand, von dem die Cheopspyramide umgeben war? Wenn die Sonnenstrahlen in einem beliebigen
Winkel auf die Seite der Basis einfielen, was beinahe die
ganze Zeit über der Fall war, dann bildete der Schatten

irgendein beliebiges Dreieck, und Thales konnte nichts machen.«

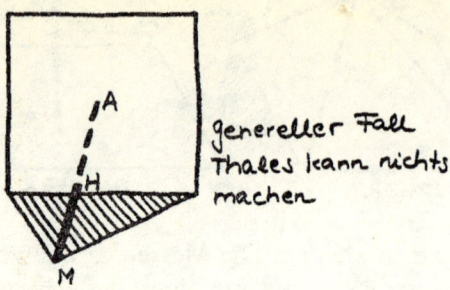

genereller Fall
Thales kann nichts
machen

»Vergeßt nicht, daß die Mathematik eine List ist! Thales wird nach einer besonderen Konstellation suchen, mit deren Hilfe er die Aufgabe zu lösen vermag. Er entdeckte sie, indem er sein Problem in einem ganz bestimmten Moment des Tages löste, und zwar in genau dem Moment, in dem die Sonnenstrahlen senkrecht zur Seite der Basis einfielen. Es handelte sich um die Konstellation, die ich euch zu Hause geschildert habe und die ihr scheinbar nicht begriffen hattet. Paßt auf!«

Er war nicht sicher, ob er sich klar auszudrücken vermochte. Und dann bildeten mittlerweile all diese Touristen auch noch eine regelrechte Menschentraube um sie herum!

»Das, was Thales nicht direkt messen konnte, sollte er mittels Überlegung herleiten. Welches waren seine Waffen? Nur eine einzige Sache war ihm von der Pyramide bekannt, und zwar die Seitenlänge der Basis. Ihrer sollte er sich bedienen.«

Monsieur Ruche zeigte eine weitere Skizze her, die er mit erstaunlicher Schnelligkeit angefertigt hatte.

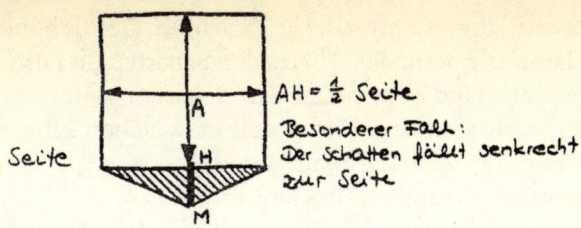

AH = ½ Seite

Besonderer Fall:
Der Schatten fällt senkrecht
zur Seite

Zufrieden schaute er in die Runde. Sie waren von noch
mehr Touristen umlagert. Langsam schloß er sein Zeichenheft, als …

»Wie konnte Thales wissen, daß die Sonne im rechten
Winkel zur Seite stand?« fragte Jonathan.

Der Schlag ins Kontor! Monsieur Ruche warf ihm
einen finsteren Blick zu.

»Das ist eine gute Frage, … die ich mir auch gestellt
habe.«

Widerwillig schlug er erneut sein Heft auf:

»Thales hatte kein Winkeldreieck, er hatte etwas Besseres: die Lage der Pyramide. Die Architekten hatten das
Bauwerk so geplant, daß eine der Seiten nach Süden ausgerichtet war.«

Monsieur Ruche stellte seine letzte Skizze fertig.

»Der Schatten befindet sich in dem Moment im rechten
Winkel zur Seite, wenn die Sonne im Zenit steht. Also
genau zu Mittag.«

»In genau dem Moment, in dem es am heißesten ist!«
bemerkte Jonathan.

»Wer wissen will, muß leiden«, philosophierte Léa.
»Steht in den Texten irgend etwas darüber, ob Thales sich
einen Sonnenbrand zugezogen hat? Das dürfte doch wohl
das mindeste sein, was einem um zwölf Uhr in der Sonne
mitten in der Wüste passiert!«

»Zwölf Uhr stimmt, aber im Schatten, Léa. Ich möchte dich daran erinnern, daß Thales den Schatten und nicht die Sonne maß. Und wenn man den Schatten vermißt, dann gibt es auch welchen, und wenn es welchen gibt, dann kann man sich auch darin aufhalten.«

Die ganze Gruppe lachte laut los.

»Apropos Schatten, könnten Sie sich nicht vielleicht doch ein wenig verrannt haben, Monsieur Ruche? Wirft die Pyramide an jedem Tag des Jahres um Mittag einen Schatten?«

»Nein!« antwortete Monsieur Ruche.

Jonathan strahlte: »Zunächst einmal muß es einen sichtbaren Schatten geben, das heißt einen Schatten, der sich außerhalb der Pyramide abzeichnet. Jedenfalls wenn ich richtig verstanden habe.«

»Er muß um genau zwölf Uhr sichtbar sein, denn zu keiner anderen Tageszeit kann Thales damit etwas anfangen«, ergänzte Léa.

»Und er muß gleich der Pyramide sein«, sagte Jonathan. »Das ist ein ganz schöner Haufen an Bedingungen, die nicht leicht zu erfüllen sind.«

Monsieur Ruche wartete, bis die Salve verpufft war.

»Die Pyramide erzeugt nicht jeden Tag um zwölf Uhr einen Schatten, der einen rechten Winkel zur Seite bildet. Genau darin besteht die Schwierigkeit. Um einen Schatten zu erzeugen, darf die Sonne im Laufe ihrer Wanderung von Ost nach West nicht zu hoch am Himmel stehen.«

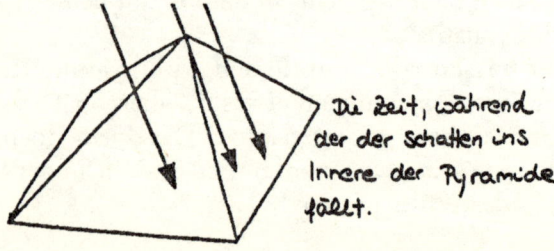

Die Zeit, während der der Schatten ins Innere der Pyramide fällt.

»Fassen wir zusammen. Zwei Bedingungen: Der Schatten muß gleich der Pyramide sein, und er muß im rechten Winkel zur Basisseite stehen. Um sie zu erfüllen, muß man das Gebiet der reinen Geometrie verlassen und sich auf dasjenige der Astronomie, der Vermessungskunde und der Geographie begeben. Man muß sich wieder an Ort und Stelle begeben. Die Cheopspyramide steht in Gizeh, am 30. Längengrad auf der nördlichen Erdhalbkugel; genau wie wir, nur sehr viel tiefer, über dem Wendekreis. Damit der Schatten gleich dem Gegenstand ist, müssen die Sonnenstrahlen mit 45° Neigung einfallen. In Gizeh fallen die Sonnenstrahlen um zwölf Uhr jedoch fast senkrecht ein. Demnach gibt es im Verlauf eines Jahres sogar einen vollkommen schattenlosen Zeitraum. Damit der Schatten sich am Mittag im rechten Winkel zur Basisseite befindet, muß diese darüber hinaus auf der Nord-Süd-Achse liegen. Diese Bedingungen werden nur an zwei Tagen im Jahr erfüllt. Die Astronomen behaupten, daß Thales seine Messung nur am ...« – er zog ein Notizbuch aus der Tasche und blätterte darinherum – »... 21. November oder am 20. Januar durchgeführt haben kann. Ihr habt die Wahl. Siehst du, Léa, es geschah tatsächlich um zwölf Uhr, aber im Schatten und im Winter. Und wenn Thales sich bei seiner Messung irgend etwas zugezogen haben sollte, dann wohl eher einen Schnupfen als einen Sonnenbrand.«

Eine Gruppe Japaner drängte sich um Monsieur Ruche; einige von ihnen wollten die Skizzen kaufen. Jemand machte ein Foto.

»Der Lehrsatz ist zweifellos etwas Allgemeines, aber die Messung etwas verdammt Besonderes. Was hat Thales konkret herausbekommen? Denn schließlich geht es doch immer noch darum, die Höhe der Pyramide zu bestimmen, nicht wahr?« fragte Léa.

»Alles, was er zur Hand hatte, war ein Seil, und er mußte eine Maßeinheit finden. Er benutzte den *Thales*, das heißt seine eigene Körpergröße. Mit dem Seil, dessen Länge mit Hilfe seiner Körpergröße festgelegt worden war, vermaß er den Schatten. Er maß 18 Thales. Dann vermaß er die Seitenlänge der Basis, geteilt durch zwei, was 67 Thales ergab. Er rechnete zusammen und schrieb das Ergebnis gut leserlich auf ein Blatt. *Die Cheopspyramide mißt 85 Thales.*

Ein Thales entsprach 3,25 ägyptischen Ellen, so daß die Höhe insgesamt 276,25 Ellen beträgt. Heute wissen wir, daß die Cheopspyramide 280 Ellen mißt. 147 Meter!«

Monsieur Ruche erzählte ihnen nicht, wieviel Zeit er in der letzten Nacht benötigt hatte, um all diese Rechnungen durchzuführen. Wie oft er sich dabei verrechnet hatte! Und während er auf die Pyramide im Louvre deutete, sagte er: »Die Maße von dieser hier betragen …« Er wollte gerade sein Notizbuch suchen, als Alberts Stimme erklang: »21,60 Meter hoch und 34,40 Meter Seitenlänge.«

Alle sahen ihn erstaunt an. Er spielte an seiner Schirmmütze herum. »Jedesmal wenn ich Touristen hier absetze, bekomme ich es zu hören«, fügte er entschuldigend hinzu.

»Damit die Fragerei ein Ende hat, habe ich einen ganzen Haufen Skizzen vorbereitet.« Monsieur Ruche riß die Blätter aus und zeigte sie her.

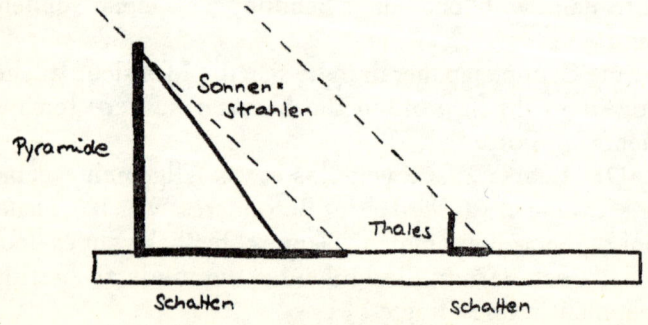

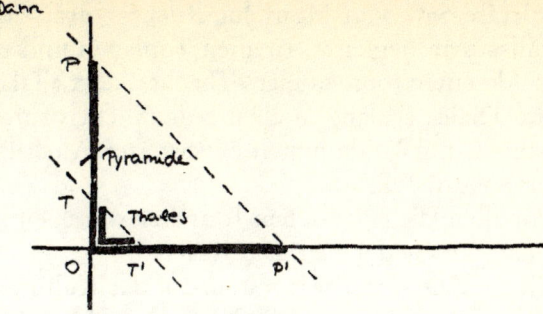

Was sich auch wie folgt darstellen läßt:

$$\frac{\overline{OT}}{\overline{OP}} = \frac{\overline{OT'}}{\overline{OP'}}$$

Japanische Touristen streckten ihm die Hand hin. Monsieur Ruche entschuldigte sich.

»Da seht ihr eure Zeichnung aus der Ton-Bildschau vom letzten Mal wieder, die den Satz des Thales darstellte, so wie Jonathan ihn in Erinnerung hatte.«

Dann zeigte er die letzte Skizze. Die Abstraktion hatte ganze Arbeit geleistet. Jetzt waren wirklich keine Kleider, keine Materie mehr vorhanden; die geometrische Zeichnung hatte den Gipfel erreicht. Alle hatten sie eine echte mathematische Darstellung vor Augen.

Monsieur Ruche faßte zusammen: »Dieser Lehrsatz legt in der Tat dar, was passiert, wenn mehrere Parallelen ein Strahlen-Paar schneiden.«

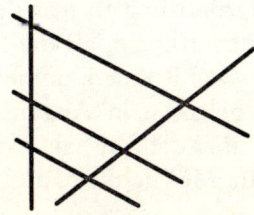

Der letzte Satz von Monsieur Ruche wurde von einem Beifallssturm begleitet. In allen Tonlagen und unmöglichen Akzenten tönte es hier »Thaelis«, dort »Talaiis«. Der Name Thales erklang in allen erdenklichen sprachlichen Varianten. Ein vollkommen begeisterter Amerikaner rief sogar: »Yeah! Telis!«.

Vor allem die japanischen Touristen waren entzückt; sie wollten ihm Geld geben. Das ist Paris!

Einige Zeit später war mitten auf der Kulturseite einer Tokioer Tageszeitung ein Foto zu sehen. Monsieur Ruche thronte in seinem Rollstuhl; neben ihm standen Max, auf dessen Schulter Nofutur saß, und Albert, der zwar gewohnheitsmäßig seine Schirmmütze abgenommen, aber den Stummel im Mund gelassen hatte. Im Hintergrund konnten die Tokioer Leser die berühmte Pyramide im Louvre sehen. Unter dem Foto stand folgende Bildunterschrift:

高齢のフランス人学者は、建築家イェオ・ミン・ペイの設計によるルーヴル美術館のガラス製ピラミッドの高さを、古代ギリシアの数学者タレスの、影を使う方式で測定する。

Die Sonne war hinter den Mauern der Tuilerien verschwunden, und es wurde langsam kühl. Anstatt ohne Umwege Richtung Norden zu fahren, fuhr der 404 am Seine-Ufer entlang und bog in just dem Augenblick auf die Place de la Concorde ein, als die Straßenbeleuchtung anging. Er drehte zwei Runden, um jedem genügend Zeit zu geben, den Obelisken in Augenschein zu nehmen. Dann fuhr Albert über die Rue Saint-Honoré und gab seinen Fahrgästen die Möglichkeit, die Vendôme-Säule zu bewundern.

»Wie ihr sehen könnt«, sagte Monsieur Ruche, der anfing, müde zu werden, »befördert man Säulen und Obelisken von einem Ort zum anderen. Schwieriger ist es, Pyramiden wegzutransportieren.«

»Und sie zu messen«, bemerkte Max.

»Das ist immer so«, fügte Monsieur Ruche nur an ihn gerichtet hinzu. »Mein Mathematiklehrer auf dem Gymnasium sagte: ›Und dann braucht man nur noch den und den Lehrsatz anzuwenden …‹, und legte die Kreide weg. Der hatte Einfälle! Es reicht …«

»Mathematik ist eigentlich ganz einfach, Monsieur Ruche«, erklärte Léa. »Nur ihre Anwendung ist schwierig.«

»Ich würde sagen: Mathematik ist schwierig und ihre Anwendung ist es noch mehr«, warf Jonathan ein.

»Du dramatisierst immer. Nimm doch zum Beispiel Thales, der Gehalt seines Lehrsatzes geht weit über alle Anwendungen hinaus, und dennoch hat er einen ganz besonderen Fall gewählt, um seine Pyramide zu messen, und zwar denjenigen, bei dem das Verhältnis zwischen der Pyramide und ihrem Schatten gleich 1 ist, weil es auf diese Weise einfacher für ihn war.«

»Einfacher, aber unüblicher«, sagte Jonathan.

»Das versteht sich von selbst, denn ein besonderer Fall ist unüblicher als der Normalfall. Es ist wie im Leben; man muß sich entscheiden: kompliziert und üblich oder einfach und selten«, gab sich Monsieur Ruche ganz philosophisch.

»Ich ziehe einfach und üblich vor«, sagten Jonathan-und-Léa, zwischen denen wieder Eintracht herrschte, unisono.

Max wurde wieder hochnäsig:

»Monsieur Ruche, das erstemal, als wir noch zu Hause waren, haben Sie gesagt, daß Thales Milet während der

Hundstage verließ und seine Reise vor der Ankunft an der Cheopspyramide eigentlich nicht unterbrechen mußte. Gerade aber haben Sie gesagt, daß er die Pyramide im Winter vermessen hätte. Die Reise hat doch wohl keine sechs Monate gedauert?«

Monsieur Ruche fiel aus allen Wolken. Erwischt!

»Vielleicht hat er unterwegs doch hin und wieder eine Pause gemacht, beispielsweise, um Alexandria zu besichtigen, was weiß ich. Nein, was sage ich? Nicht Alexandria: Die Stadt wurde ja erst später erbaut. Dann eben, um Theben zu besuchen. In Wahrheit jedoch glaube ich, daß Thales sich am Fuß der Pyramide niedergelassen und den günstigen Augenblick abgewartet hat, um seine Messung durchzuführen.«

»Und der Fellache?« fragte Max. »Was ist aus Thales' Fellache geworden?«

Monsieur Ruche nickte mit dem Kopf; den Fellachen hatte er völlig vergessen.

»Ohne ihn keine Messung!« pflichteten Jonathan-und-Léa bei.

»Ihr habt recht. Ohne ihn hätte Thales die Messung nicht durchführen können. Es wäre ihm nicht möglich gewesen zu überprüfen, ob sein eigener Schatten genauso groß war wie er selbst, und gleichzeitig das äußerste Ende des Schattens zu markieren. Um den Satz des Thales praktisch anzuwenden, muß man zu zweit sein.«

»Folglich müßte er eigentlich der Satz des Thales und des Fellachen genannt werden«, schloß Léa. »Dem Fellachen, was des Fellachen ist!

Monsieur Ruche nahm sich fest vor, jedesmal, wenn von einem Lehrsatz die Rede sein würde, die Frage zu stellen: Wer ist der Fellache des Lehrsatzes?

Alle versanken sie in den Ledersitzen des Wagen. Im Innern des 404 herrschte Schweigen.

Während sie den Hügel von Montmartre hinauffuhren, bedachte Monsieur Ruche, was alles geschehen war, seitdem er beschlossen hatte, ihnen, sagen wir aus persönlichen Gründen, etwas über Thales zu erzählen. Seine Darstellungen sollten mit dem übereinstimmen, was man über die tatsächlichen Geschehnisse wußte, sie sollten sich mit den geschichtlichen Fakten decken. Die Zwillinge hatten sich als aufmerksame und strenge Zuhörer erwiesen. Er wußte, daß sie ihm nichts durchgehen lassen würden. Dennoch hatte er nicht damit gerechnet, daß sich das Ganze als so verzwickt erweisen würde. Dafür aber auch als um so aufregender.

Albert schlängelte sich geschickt durch die Autostaus hindurch, immer knapp an einem Zusammenstoß vorbei.

»Monsieur Ruche, wußten Sie, daß Thales eine Sonnenfinsternis vorausgesagt hat?« fragte Jonathan ganz unvermittelt und brach das Schweigen.

»Ja.«

»Sie haben es uns aber nicht erzählt!«

»Nein.«

»Ich habe gelesen«, fuhr Jonathan fort, »daß er zu Lebzeiten überhaupt nicht wegen seines Lehrsatzes berühmt war, sondern wegen der Sonnenfinsternis, die er vorausgesagt hatte und die genau zum vorhergesehenen Zeitpunkt eintrat.«

Die von dieser Ausführung völlig aus der Fassung gebrachte Léa warf Jonathan einen finsteren Blick zu. Sie faßte sich jedoch sofort wieder und sagte zu Monsieur Ruche gewandt:

»Diese dumme Gans von einer Dienstmagd, die Thales begleitete, hätte besser geschwiegen. Ihre Bemerkung war vollkommen daneben«, sie lachte lauthals los, »wenn ich so sagen darf. ›Du siehst noch nicht einmal, was vor deinen Füßen liegt, und glaubst, entdecken zu können, was am Himmel passiert‹«, kreischte Léa höhnisch, wobei sie die ionische dumme Gans nachahmte. Sie hatte völlig unrecht.

Albert bremste so scharf, daß Léa gegen die Scheibe schlug. Sie fuhr unbeirrt fort:

»Es darf nicht heißen: ›Weil du das Loch nicht siehst, kannst du auch nicht sehen, was am Himmel passiert‹, sondern es muß im Gegenteil heißen: ›Weil du deine Zeit damit verbracht hast, herauszufinden, was am Himmel passiert, bist du in das Loch auf dem Weg getreten!‹«

Ohne Monsieur Ruche die Zeit für eine Erwiderung zu lassen, forderte sie Albert auf, anzuhalten. Sie stieg aus. Jonathan folgte ihr.

Während der 404 weiter den Hügel von Montmartre hinauffuhr, fragte sich Monsieur Ruche, warum er die Sonnenfinsternis nicht erwähnt hatte. Das Licht, das einen im einen Augenblick noch blendete, war im nächsten Augenblick verschwunden. Der Tag wird vom einen Moment auf den anderen zur Nacht. Thales, der Mann, der Beziehungen herstellt … Was von dem, was sie unmittelbar zuvor nur allzu gut sah, wollte Perrette nicht mehr sehen, als sie vor siebzehn Jahren in dem offenen Gully mitten auf dem Gehweg verschwand? fragte sich Monsieur Ruche.

J-und-L waren auf den Boulevard zwischen Pigalle und Blanche aus dem 404 ausgestiegen. Léa stellte sofort die Frage:

»Warum hast du mir nicht zuerst die Geschichte mit der Sonnenfinsternis erzählt? Du spielst jetzt wohl den Einzelkämpfer!«

»Du hättest dich doch genausogut vorher informieren können. Ich möchte dich daran erinnern, daß zwei auch zwei mal eins ist.«

Sie gingen über den Grünstreifen, kamen am Moulin Rouge vorbei, dessen kitschige große Flügel sie haßten. Jonathan ging verärgert voran: »Ich brauche sie doch wohl nicht über alles auf dem laufenden zu halten, was ich tue. Sie muß akzeptieren, daß jeder seine Eigenständigkeit bewahrt.« Dann kam er wieder auf die Sonnenfinsternis zurück. Thales hatte sie dank der Erforschung des Himmels vorhergesehen und konnte sich so von der Angst freimachen, die einen ganz sicher ergreift, wenn die Sonne plötzlich verschwindet.

Er wartete, bis Léa auf seiner Höhe war.

»Über das Loch denke ich folgendes: Thales hat das Risiko akzeptiert, hineinzufallen und von einer Dunkelheit umgeben zu sein, die, wie soll ich sagen …«

»Die begrenzt ist?« regte Léa an.

»Genau, er akzeptierte eine begrenzte Dunkelheit«, fuhr Jonathan fort, »vorausgesetzt, er könnte den Himmel erforschen und der allgemeinen Finsternis entkommen, die die ganze Erde überziehen und die Menschen in Angst und Schrecken versetzen sollte.«

Léa sah Jonathan fassungslos an. Konnte das, was Perrette ihnen in bezug auf ihre Herkunft erzählt hatte, Jonathan denn wirklich dermaßen durcheinanderbringen, daß er sich so ganz anders ausdrückte, als er es normalerweise tat? Sie gingen nebeneinander her. Zum erstenmal sagte sich Léa, daß es ein großes Glück für sie gewesen war, als sie zusammen geboren wurden, um dieses Problem gemeinsam zu bewältigen, und sie dachte: »Zwei, das ist auch eins plus eins.« Sie blieb stehen, rieb sich über die Beule, die das Ergebnis von Alberts Bremsung war, und zog Jonathan am Arm:

»Das Loch war der Preis, den er zu entrichten hatte, um sich von der Angst vor dem zu befreien, was geschehen würde. Ist es das, was du sagen willst?«

Nach reiflicher Überlegung machte Thales das Rennen. Jonathan-und-Léa beschlossen, diesen großen Neuerer anzuerkennen, der den Schatten beherrscht und die Dunkelheit der Welt gebändigt hatte.

4. KAPITEL

Die Bibliothek aus dem Urwald

Eine Erschütterung ließ die Fensterscheiben erzittern wie die Kunstflugstaffel der Armee, wenn sie am Morgen des französischen Nationalfeiertags die Köpfe der Pariser fast zum Platzen bringt. Jemand klopfte an die Tür des Garagenzimmers. Monsieur Ruche öffnete; ein kleiner Kerl herrschte ihn an, während er ihm das Stück Papier zeigte, das er in der Hand hielt:

»Der Straßenname steht drauf, nicht aber die Hausnummer. Sind Sie Monsieur Riche?«

»Ruche«, stellte Monsieur Ruche richtig.

Monsieur Ruche sah einen riesigen Sattelschlepper vor der Buchhandlung stehen. Er begriff sofort. Ein Umzugshelfer öffnete die hinteren Türen. Der Sattelschlepper war bis oben hin mit Kisten beladen. Es stimmte also doch! Bis zu diesem Augenblick hatte Monsieur Ruche nicht so recht daran geglaubt. Grosrouvres Bibliothek war da!

»He, hören Sie mich?« schrie der Mann Monsieur Ruche in die Ohren. »Ich sagte, daß Sie sie beinahe nicht erhalten hätten; der Frachter, der sie geladen hatte, wäre beinahe mitten im Atlantik gesunken. Ein kubanisches Kriegsschiff hat ihn aus der Seenot gerettet. Es hat ihn trotz des Sturms ins Schlepptau genommen. Der Frachter war überladen. Ein Seemann hat mir erzählt, daß das kubanische Schiff genau in dem Augenblick eingetroffen ist, als der Kapitän den Befehl gegeben hat, die Ladung über Bord zu werfen. Man könnte es als ein Wunder bezeichnen, daß sie hier sind.«

Er baute sich vor Monsieur Ruche auf:

»Ich für meinen Teil glaube nicht an Wunder. Wenn es nicht so gekommen ist, dann sollte es eben nicht so kommen.«

Die Kisten stapelten sich im Atelier.

»Nichts ist schwerer als Bücher«, brummte ein Umzugshelfer, als er an Monsieur Ruche vorbeiging. »Und dann packen die Leute sie auch noch bis zum Anschlag voll. Daran sieht man, daß sie die Kisten nicht zu tragen brauchen!«

Er setzte sich, wischte sich das Gesicht ab. Er deutete mit dem Finger auf eine Aufschrift auf dem Deckel und sagte:

»Sie kommen aus Brasilien. Normalerweise kommen nur Baumstämme von dort. Im Hafen habe ich riesige Stämme gesehen, imposante Exemplare, sage ich Ihnen. Im Vergleich dazu sind unsere Eichen Streichhölzer!«

»Hoffentlich sind sie wenigstens nicht naß geworden?« fragte Monsieur Ruche unversehens.

»Wir stecken nicht drin. Wir befördern sie nur.«

Einem Freund von Monsieur Ruche, der 1962 aus Algerien nach Frankreich zurückkehrte, war es passiert, daß beim Umschiffen im Hafen von Marseille eine seiner Kisten ins Wasser fiel. Man hatte die Kiste wieder aus dem Wasser gefischt, ohne ihn davon in Kenntnis zu setzen. Als er sie öffnete, war ihr gesamter Inhalt – Kleider, Bücher, Schachteln – verrottet. Monsieur Ruche machte sich daran, jede Kiste genauestens zu prüfen. Mit erstaunlicher Leichtigkeit kurvte er mit seinem Rollstuhl um sie herum, um mit der Hand über die Bretter zu fahren. Keine Spur von Feuchtigkeit, das Holz war unbeschädigt.

Die Umzugshelfer verließen das Atelier. Monsieur Ruche hörte das Dröhnen des Motors in der Rue Ravignan widerhallen. Dann kehrte in der Straße wieder Ruhe ein.

Die neuen Regale, die er beim Schreiner in der Rue des Trois-Frères bestellt hatte, schmückten die Wände. Durch das Glasdach drang eine Flut kaltes Licht ein. Wie alle Künstlerateliers war auch dieses nach Norden ausgerichtet. Schon bald würden die Regale mit Büchern vollgestellt sein. Sie haben hier einen guten Platz, dachte Monsieur Ruche. Weder direktes Sonnenlicht noch Feuchtigkeit.

Perrette setzte das Brecheisen unter dem Deckel an. Das Brett barst mit dem Geräusch einer Nuß, die man knackt. Alles ging so schnell, daß Monsieur Ruche kaum sah, wie sich der Deckel hob.

Bücher!

Aufeinandergestapelt füllten sie die Kiste bis zum Rand.

»Dieser Dreckfink!« rief Monsieur Ruche aus. »Die unten liegen, werden ganz zerquetscht sein!«

Perrette griff ein Buch, begutachtete es ausgiebig, sah ungläubig zu Monsieur Ruche hoch. Sie hielt ein Kleinod in der Hand, ein Werk aus dem 16. Jahrhundert in tadellosem Zustand. Überwältigt hielt sie es Monsieur Ruche hin. Er wollte es nicht in die Hand nehmen, so daß sie es auf dem nächstgelegenen Regal abstellte. Das erste Buch!

Monsieur Ruche verfolgte die Bewegungen Perrettes mit größter Aufmerksamkeit. Sie öffnete weitere Kisten, immer mit demselben Geräusch von Nüssen, die man knackt.

Das Quietschen des Rollstuhls durchbrach die Stille; Monsieur Ruche fuhr auf die Regale zu. Behutsam, sehr behutsam, mit äußerster Vorsicht ging er die Bücher durch, die Perrette dort abgestellt hatte. Er berührte kein einziges davon, begnügte sich damit, sie mit seinem Blick zu liebkosen und, falls dies möglich war, den Namen auf dem Buchrücken zu lesen. Das war erst ein winzig kleiner Teil von Grosrouvres Bibliothek! Der Rest befand sich noch in den Kisten.

»Er muß sehr reich gewesen sein, wenn er sich all diese Bücher leisten konnte!« entfuhr es Monsieur Ruche.

»Gewesen sein?« fragte Perrette. »Ist er es denn nicht mehr? Glauben Sie, daß er bankrott ist ... oder sogar tot?«

»Ganz und gar nicht! Was sagen Sie da? Wir werden bald schon Neuigkeiten von ihm erhalten«, beteuerte Monsieur Ruche tonlos.

Da Perrette weiterhin skeptisch dreinschaute, versicherte er: ›Ich bin mir sogar sicher, daß wir bald ...‹

Sie fiel ihm abrupt ins Wort:

»Sagen Sie um Himmels willen nicht ›bald unverzüglich‹.«

Er sah sie verwirrt an. Sie wiederholte:

»Sagen Sie nicht dauernd ›bald unverzüglich‹, ich bitte Sie, Sie nicht. Anfangs war es ein Spaß, und jetzt sagen alle es ständig, ohne zu merken, daß es sich um einen lächerlichen Pleonasmus handelt. ›Ich werde es Ihnen bald unverzüglich schicken‹, ›Ich komme bald unverzüglich wieder‹. Die Kunden, die Lieferanten, alle käuen es den lieben langen Tag wieder. Es ist wie eine Seuche.«

»Ich wußte gar nicht, daß Sie in Stilfragen so empfindlich sind. Aber ich möchte Sie darüber in Kenntnis setzen, daß ich nicht die Absicht hatte, ›unverzüglich‹ zu sagen.«

Was für eine Laus war Perrette über die Leber gelaufen? Sie hatte einfach keine Lust, in die Buchhandlung zurückzugehen, und es war Zeit, das Geschäft wieder zu öffnen. Sie wäre lieber mit den Büchern, die da neben Monsieur Ruche standen, im Atelier geblieben. Er begriff das und beschloß, sie zu begleiten. Das war ungewöhnlich. Seit seinem Unfall hatte Monsieur Ruche keinen Fuß in die Buchhandlung gesetzt.

Eine elegante junge Frau mit fleckigem Gesicht betrat das Geschäft, stürzte auf den Tisch mit den Neuerscheinungen zu, nahm sich ein Exemplar von *Ich heile Deine Haut!*, den Bestseller von Dr. Larrey über Hauterkrankungen, bezahlte und verließ gravitätisch die Buchhandlung.

Perrette trat wieder zu Monsieur Ruche heran: »Ich habe keine Aufschrift gesehen, aus der der Inhalt der Kisten hervorgeht.«

»Es gibt auch keine«, bestätigte Monsieur Ruche.

»Das hätte uns die Arbeit erleichtert.«

»In seinem Brief hat Grosrouvre mir mitgeteilt, daß er nicht die Zeit gehabt hätte, die Bücher in jeder einzelnen Kiste zu ordnen.«

Er unterbrach sich.

»Haben Sie ›uns‹ gesagt?«

Sie errötete:

»Wenn Sie einverstanden sind, helfe ich Ihnen beim Einordnen.«

»Wenn ich damit einverstanden bin? Natürlich bin ich das. Ich habe es nicht gewagt, Sie darum zu bitten. Bei der vielen Arbeit, die Sie in der Buchhandlung haben … Es wird ein wenig so sein wie zu Ihrer Anfangszeit in der Buchhandlung, als wir zusammenarbeiteten.«

»Werden Sie sie behalten?«

»Was denn?«

»Na, die Bücher.«

»Jedenfalls werde ich sie aufbewahren. So lange, bis Grosrouvre mir ein Zeichen gibt und sagt, was er damit zu tun gedenkt.«

»Trotzdem ist er eigenartig, Ihr Freund. Glauben Sie ihm die ganze Geschichte? Was mag ihn wohl so sehr gedrängt haben, daß er noch nicht einmal die Zeit hatte, die Bücher geordnet in die Kisten zu packen?«

»Diese Frage stelle ich mir unentwegt. Und das ist beileibe nicht die einzige. Warum schickt er mir auf einmal seine Bibliothek? Ohne mich vorher nach meinem Einverständnis zu fragen. Und wenn ich schon seit Jahren tot und sein Brief mit dem Vermerk ›unbekannt verzogen‹ an ihn zurückgegangen wäre? Abgesehen davon wäre ihm das ja auch tatsächlich beinahe passiert, weil er *1001 Blätter* anstelle von *Tausendundein Blatt* geschrieben hat.

Ein schelmisches Lächeln verjüngte sein Gesicht. »Und wenn ich ihm alle seine Kisten zurücksenden würde?«

Monsieur Ruche kostete seinen Rachegedanken aus, wobei er sich vorstellte, wie Grosrouvre auf seinem Anwesen mitten im Urwald saß und die ganze Ladung Kisten mit der Aufschrift »zurück an Empfänger« in Empfang nehmen mußte.

Seine Genugtuung war von kurzer Dauer.

»Haben Sie seine Adresse?« fragte Perrette ihn arglos. Monsieur Ruche war wie vor den Kopf geschlagen. Er hatte sie nicht! Genausowenig wie seine Telefonnummer. Er hatte nie versucht, sie herauszubekommen. So als würde, ganz im Sinne von Grosrouvre, die Kommunikation nur in eine Richtung verlaufen. Kurz, er verfügte über keinerlei Möglichkeit, sich mit Grosrouvre in Verbindung zu setzen. Perrette stürzte zum Telefonbuch. 1933 12, die Nummer der internationalen Auskunft, dann die 21, für Brasilien. Die Dame bei der Auskunft ließ keinen Zweifel bestehen, es gab keinen Elgar Grosrouvre in Manaus!

Da erinnerte sich Monsieur Ruche, daß Grosrouvre in seinem Brief davon sprach, in der Gegend von Manaus zu leben. Genaueres sagte er nicht.

»In diesen Regionen, mit den dortigen Entfernungen, der dortigen Landschaft, können das Hunderte von Kilometern sein«, merkte Perrette an, ohne den Hörer wieder aufzulegen. »Was?« sagte sie zu der Mitarbeiterin der Auskunft. »Sie benötigen den Namen einer Stadt oder eines Dorfes, sonst können Sie nichts tun?«

Sie legte auf. Monsieur Ruche zuckte enttäuscht mit den Schultern. Er saß in der Falle. So war es seit ihrer Studienzeit an der Sorbonne; Grosrouvre entschied, ohne irgend jemanden nach seiner Meinung zu fragen, dann richtete er es so ein, daß man sein Spiel mitspielte. Im allgemeinen funktionierte es. Man tat genau das, was er einen tun lassen wollte.

»Sind Sie sicher, daß es sich wirklich um Ihren Freund handelt?« fragte Perrette nach.

»Warum sollte ich daran zweifeln?«

Er schaute versonnen drein und sagte:

»»Mag es mir und allen anderen auch so scheinen, so folgt daraus noch lange nicht, daß es auch so ist. Allerdings kann man sich berechtigterweise fragen, ob es Sinn macht, daran zu zweifeln‹.«

Perrette sah ihn verwundert an.

Monsieur Ruche:

»Wittgenstein, Perrette! Welchen Sinn sollte es haben, daran zu zweifeln, nicht wahr?«

Eine Dame in den Fünfzigern stieß die Tür auf und fragte nach »einer Art Angellexikon oder etwas in der Art«. Als Geschenk für ihren Ehemann, der gerade in den Ruhestand gegangen war, fügte sie hinzu. Noch während Perrette die Kundin bediente, verließ Monsieur Ruche die Buchhandlung. Anstelle eines Lexikons sollte sie ihm lieber eine schöne Angel und gute Köder schenken, dachte Monsieur Ruche auf seinem Weg zurück ins Atelier.

Er griff mit der Hand in die Bücherkiste, die ihm am nächsten stand. Seine Gedanken verschwammen. In einem Flash sah er die Kisten hundert Meter unter der Wasseroberfläche auf dem Meeresboden liegen. Monsieur Ruche wurde von einem plötzlichen Schwindel gepackt. Schließlich lag das durchaus im Bereich des Möglichen und kam ja auch hin und wieder vor. So wie beim ersten Normalmeter, das der Nationalkonvent 1794 an den amerikanischen Kongreß schickte und das bei einem Schiffbruch in der Karibik untergegangen war, lag die schönste mathematische Bibliothek der Welt auf dem Meeresgrund verstreut. Das Bild war von unerträglicher Präzision.

Eine einzige Sache inmitten dieser Katastrophe tröstete ihn: Die Kisten waren unbeschädigt! Nicht eine war aufgebrochen. Die Bücher waren vor Wasser, Salz, Fischen, Weichtieren und Algen geschützt. In 2 000 Jahren würde man sie vielleicht wiederfinden, so wie man Goldstücke in griechischen Amphoren findet, die im warmen Wasser vor der Küste von Marseille liegen. »O nein!‹ Er stieß einen Schrei aus oder glaubte, ihn ausgestoßen zu haben. Eine der Kisten öffnete sich einen Spalt breit! Es drang Wasser ein. Eine Buchecke wurde sichtbar, dann der Einband, ein schöner, granatfarbener Einband aus genarbtem Marokkoleder, und schließlich das ganze Buch, das aus der Kiste glitt und im Wasser aufstieg.

Unter Aufbringung all seiner Kräfte streckte Monsieur Ruche seinen Arm aus und schaffte es, das Buch zu fassen, das, angezogen von den glitzernden Wirbeln, in Richtung Wasseroberfläche sauste. Aber auch aus den anderen weit offenstehenden Kisten stiegen Bücher auf. Monsieur Ruche verlor den Verstand.

Die Hilfe erreichte ihn in Form des sehr realen Buches, das er immer noch in der Hand hielt und an dem er sich in seinem Atelier in der Rue Ravignan festklammerte wie an einer Boje. Monsieur Ruche riß sich aus diesem Untergangsalptraum heraus. Das Bild verblaßte, aber der Eindruck des Schreckens dauerte noch ein wenig an, bevor er durch die tröstliche Berührung des Einbandes aus genarbtem Marokkoleder, den er glückselig streichelte, vertrieben wurde.

Sein erleichterter Blick heftete sich auf die Regalwände des Ateliers. Die wie durch ein Wunder verschonten Bücher waren da. Und in den geöffneten Kisten befanden sich all die anderen, die AUF IHN WARTETEN. Grosrouvre hatte sie ihm anvertraut; er schwor sich, darauf achtzugeben, daß ihnen nichts Mißliches widerführe.

Als Jonathan-und-Léa das Atelier betraten, trafen sie Monsieur Ruche in einem Zustand höchster Erregung an. Seine Augen, die normalerweise fast durchsichtig waren, glänzten auf eine für einen Mann seines Alters ungewöhnliche Art und Weise; seine knochigen Hände, die das Schwungrad des Rollstuhls umfaßten, bewegten sich langsam.

Jonathan-und-Léa waren inmitten von Büchern geboren worden, hatten mit ihnen gelebt. Sie waren ihnen genauso vertraut wie die Autowracks den Kindern, die in den Vororten in Schrottautos spielen. Aber das hier war etwas anderes. Der Anblick des durch diese vom anderen Ende der Welt stammenden Bibliothek veränderten Monsieur Ruche faszinierte sie. Sie nannten sie prompt die *Bibliothek aus dem Urwald.*

Die BAU.

Monsieur Ruche war ganz und gar von der Freude durchdrungen, die ein Kind empfindet, wenn es alle seine Spielsachen auf einmal auspackt. Er hatte wahnsinnige Lust, alle Bücher aus den Kisten herauszuholen und sie sofort in die Regale zu stellen, um die Größe der ganzen Bibliothek mit einem einzigen Blick erfassen zu können. Das war reiner Irrsinn. Wenn er so vorgehen würde, wie sollte er dann später eine Bibliothek nutzen, deren Werke vollkommen beliebig eingestellt worden waren? Er fühlte sich hin und her gerissen. Und das war noch gelinde ausgedrückt.

Schließlich obsiegte die Vernunft.

Monsieur Ruche bändigte seine Lust. Bevor er alle Bücher auf einmal betrachten konnte, mußte er ein System entwickeln, nach dem er die Werke der Bibliothek aus dem Urwald einstellen konnte.

Als Monsieur Ruche seine Buchhandlung eröffnete, mußte er auch ein Ordnungsprinzip ausarbeiten, um die Bücher der Kundschaft zu präsentieren: Romane, Essays, Krimis, Science-fiction, Reisen, Ratgeber usw. Zudem gab es eine kleine Abteilung mit Poesie und fremdsprachiger Literatur, Unterhaltungslektüre für die Touristen, die auf ihrem Weg nach Sacre-Cœur an der Buchhandlung vorbeikommen. Er erinnerte sich, daß er im Laufe der Zeit die Systematik mehrmals verändern mußte.

Grosrouvre machte ihm seine Aufgabe nun wahrlich nicht leicht. »Wenn ich ihn wenigstens erreichen könnte«, sagte er sich, »dann könnte ich ihn fragen, wie er seine Bibliothek geordnet hatte. Ich würde ihn bitten, mir seine Kartei und seinen Katalog zu schicken. Wie soll man denn ein vernünftiges Ordnungsprinzip einrichten, wenn man mit den Dingen, die man ordnen will, nicht vertraut ist. Wie soll man mathematische Bücher ordnen, wenn man nichts von Mathematik versteht? Was ich mich mit zwanzig weigerte zu tun, dazu zwingt er mich nun mit über 80! Grosrouvre hat alles so eingefädelt, daß ich mich in SEINE Mathematik vertiefe! Dieser Sauhund.«

Der Einband rutschte vom Rollstuhl herunter, Monsieur Ruche bückte sich, nutzte die Gelegenheit, um gleich seine Schuhe mit einem Armrücken zu polieren, und legte anschließend den Einband auf seine tauben Beine zurück.

94

Nachdem seine Wut sich gelegt hatte, verwarf Monsieur Ruche schließlich die Hypothese der ihm von Grosrouvre gestellten Falle. Trotz der bissigen Abschnitte in seinem Brief war der Ton doch insgesamt ernst. Es war ganz deutlich eine echte Dringlichkeit zu spüren. Monsieur Ruche kam langsam, aber sicher zu der Überzeugung, daß irgend etwas Grosrouvre dazu genötigt haben mußte, ihm seine Bibliothek in größter Eile zu schicken. Aber was?

»Lieber Pierre, Du wirst sie neu ordnen und so zusammenstellen müssen, wie es Dir beliebt. Aber das ist eigentlich schon gar nicht mehr meine Angelegenheit.«

»Natürlich, weil es meine geworden ist!« brummte Monsieur Ruche mißmutig vor sich hin. »Genau das ist es, was er wollte!«

Monsieur Ruche entschied sich für eine Kombination aus chronologischer und thematischer Systematik: Entscheidend für den Standort eines Werkes sollte in erster Linie das Erscheinungsdatum der Originalausgabe und in zweiter Linie dessen Inhalt sein.

Er mußte die Perioden in der Geschichte der Mathematik bestimmen. Sie würden die einzelnen Abteilungen bilden. Anschließend galt es, eine Übersicht über die behandelten Fachgebiete zu erstellen, die dann die Unterabteilungen bilden sollten. Da die Fachgebiete sich im Laufe der Zeit weiterentwickeln, sind die Unterabteilungen nicht zwangsläufig in jeder Periode dieselben. Manche verkümmern und verschwinden, weil sie in neuen Fachgebieten aufgehen, andere verändern sich und unterteilen sich in neue Teildisziplinen; wieder andere schließlich entstehen vollkommen neu.

Würde er eine solche Systematik erstellen, dann wäre dies gleichbedeutend mit einer Neugestaltung der gesamten Architektur der Mathematik. Um dieses Unternehmen erfolgreich zu Ende zu führen, müßte Monsieur Ruche als Geograph und Historiker gleichermaßen fungieren. Er müßte die Karte des mathematischen Universums anfertigen. Keine endgültige, sondern eine variable Karte.

»Grosrouvre macht es sich irgendwo mitten im Amazonas gemütlich, und ich sitze in meinem Atelier und muß mich zum Entdecker mausern«, schimpfte Monsieur Ruche.

Er beschloß, die Herausforderung anzunehmen.

Nach einem ersten groben Überschlag entschied er sich für drei große Perioden. Später würde er dann der Einteilung den letzten Schliff geben.

»1. Abteilung: Die Mathematik der griechischen Antike.«
   Eine etwas weiter gefaßte Antike, sagen wir zwischen 700 v. Chr. und 700 n. Chr.
»2. Abteilung: Die Mathematik der arabischen Welt.«
   Von 800 n. Chr. bis 1400.
»3. Abteilung: Die Mathematik im Abendland.«
   Ab 1400.

Und die Unterabteilungen? Erstellt man die Liste der verschiedenen Sachgebiete, die behandelt werden, so kommt das schlichtweg der Frage gleich: Wovon handelt die Mathematik? Ein Pappenstiel!

Wovon handelt sie also?

Von Figuren und Zahlen. Vom Raum und von der Menge. Seine erste Antwort lautete: *Geometrie, Arithmetik*. »Ein wenig bruchstückhaft«, mußte er zugeben. Bevor er in Lexika und Enzyklopädien nachschlug, versuchte er, sich die Titel der verschiedenen Seminare in Erinnerung zu rufen, die er während seiner Studienzeit belegt hatte. Außer den zwei bereits genannten erinnerte Monsieur

Ruche sich nach sechzig Jahren noch an: *Algebra, Trigonometrie, Wahrscheinlichkeitsrechnung, Statistik* und *Mechanik.* Die Geometrie befaßt sich mit Formen; die Arithmetik mit Zahlen; die Trigonometrie mit Winkeln; die Mechanik mit der Bewegung und dem Gleichgewicht von Körpern.

Max ließ sich mitsamt seiner Gerätschaften zwischen den geöffneten Kisten nieder: Schreibpapier, ein Radiergummi so dick wie eine Quitte, flaches Lineal, Buntstifte – er haßte Filzstifte. Aus mehreren zusammengeklebten Blättern bastelte er eine große Schreibtafel, die er an der Wand befestigte.

Mit aufgeschlagenem Notizheft, das auf seinen Knien lag, erläuterte Monsieur Ruche dem Auditorium die Systematik der BAU, damit dieses seine Zustimmung geben konnte. Da er eine demokratische Entscheidung wünschte, hatte er Perrette und die Zwillinge eingeladen, die gekommen waren, sowie Albert, der abgesagt hatte. Geometrie wurde einstimmig angenommen. Max zeichnete einen Kasten, in den er *Geometrie* hineinschrieb.

Mit der Arithmetik war es nicht so einfach. Einige wollten sie mit der Algebra gleichsetzen. Um die Notwendigkeit von zwei Unterabteilungen zu rechtfertigen, erläuterte Monsieur Ruche die Besonderheit jeder einzelnen von beiden:

»Arithmetik leitet sich vom griechischen *arithmos* ab.«

»Er läßt keine Gelegenheit aus, um sein Griechisch oder Latein anzubringen«, sagte Léa zu sich selbst, während sie scheinheilig fragte:

»Und wovon leitet sich Algebra ab?«

Monsieur Ruche hatte nicht die geringste Ahnung. Er fuhr fort, indem er seine Notizen vorlas:

»Die Arithmetik ist die Lehre von den natürlichen ganzen Zahlen: 1, 2, 3 …

Die Algebra ist die Lehre von den Gleichungen. Das ist nicht dasselbe. In der Arithmetik untersucht man die Form der ganzen Zahlen, ihre Eigenschaften, ob sie gerade oder ungerade, teilbar oder unteilbar sind. In der Algebra versucht man, Gleichungen zu lösen, ohne sich um die Substanz dessen, wonach man sucht, zu kümmern. Das einzige, was zählt, ist, wenn man so sagen darf, die Form der Zwänge, die man den gesuchten Objekten auferlegt.«

Der wenig überzeugte Gesichtsausdruck seiner Zuhörer veranlaßte ihn hinzuzufügen:

»›Die Summe aus zwei ganzen geraden Zahlen ist immer eine ganze gerade Zahl‹, ist ein arithmetischer Satz, während ›Die Gleichung ax^2 plus bx usw. hat zwei Wurzeln usw.‹ ein Satz aus der Algebra ist.«

Er glaubte, auf den Gesichtern einen Funken Verständnis ablesen zu können.

Das entscheidende Argument für die Einführung von zwei Unterabteilungen war der Hinweis von Monsieur Ruche, daß die Arithmetik im 6. Jahrhundert vor unserer Zeitrechnung in Griechenland entstanden ist, während die Alegbra sehr viel später das Licht der Welt erblickte.

Max zeichnete zwei Kästen.

Monsieur Ruche ging zur Trigonometrie über.

»Wie der Name schon sagt, ist die Trigonometrie das Messen von Dreiecken. Die Dreiecke werden unter dem Gesichtspunkt ihrer Winkel, nicht unter dem ihrer Seiten betrachtet. Gelegentlich wird davon gesprochen, daß die Trigonometrie die Lehre von den Schatten sei. Ihr wißt, worauf ich anspiele?«

Jonathan rief: »Yeah, Theales!«, mit dem amerikanischen Akzent der Touristen im Louvre.

»Sie ist«, fuhr Monsieur Ruche fort, »die Lehre von der Neigung der Objekte, der Lage und der Richtung sämtlicher Dinge, die sich mittels eines Winkels messen lassen. Mit Hilfe seines Sinus und seines Kosinus ist es möglich, den Winkel eines Dreiecks zu definieren, ohne ihn direkt zu messen. Der Sinus und der Kosinus eines Winkels sind Zahlen.«

Es bildeten sich unter den Zuhörern zwei Fraktionen, die eine plädierte für die Eigenständigkeit, die andere für die Eingliederung der Abteilungen. Und innerhalb der Fraktion, die für die Eingliederung war, gab es zwei verschiedene Meinungen; Jonathan stimmte für eine Eingliederung in die Geometrie:

»Weil der Sinus eines Winkels entscheidend ist und Winkel zur Geometrie gehören, ist die Trigo Teil der Geometrie.«

Natürlich vertrat Léa die genau entgegengesetzte Position, denn sie forderte die Eingliederung in die Arithmetik, »weil der Sinus eines Winkels eine Zahl ist und Zahlen zur Arithmetik gehören«.

Monsieur Ruche entschied die Auseinandersetzung zu seinen Gunsten, indem er sagte:

»Eben. Da die Trigonometrie die Verbindung aus beidem ist, benötigt das neue Paar auch ein eigenes Zimmer.«

Ohne zu warten, zeichnete Max einen Kasten.

Dann kam Monsieur Ruche zur Wahrscheinlichkeitstheorie.

»Die Wahrscheinlichkeit, daß Max einen Papagei aufstöbert, der in einem Schuppen auf dem Flohmarkt gerade eine Tracht Prügel verabreicht bekommt, ist doch praktisch gleich null?« fragte Léa »Und trotzdem hat er Nofutur aufgestöbert. Was für uns den ungeheuren Vorteil hat, daß er seither zu uns gehört.«

Nofutur warb dafür, daß die Wahrscheinlichkeitstheorie ein eigenes Kästchen erhielt. Das genügte Max, um eines zu zeichnen.

Bei der folgenden Unterabteilung hielt es Monsieur Ruche für angebracht, anzumerken, daß es bei dem, was in der Mathematik als Mechanik bezeichnet wird, um theoretisches und nicht um praktisches Wissen geht.

»Die Mechanik beschäftigt sich mit den Ursachen der Bewegung. Was bedingt eine Bewegung?« Die Frage war rein rhetorisch gemeint. »Kräfte«, beantwortete Monsieur Ruche seine Frage selbst, ohne abzuwarten. »Kräfte, die der auf Mechanik spezialisierte Mathematiker versuchen wird, mit Hilfe von Formeln, verschiedenen Funktionen auszudrücken.«

Schweigen. Monsieur Ruche bedauerte, daß Albert nicht da war.

Max zeichnete einen Kasten.

Perrette fragte, warum die *Statistik* nicht auf der Liste sei.

Monsieur Ruche erklärte, daß er sie ein wenig zu empirisch fände, um als eine Unterabteilung der Mathematik gelten zu können. Durchgefallen!

»Wissen Sie, was Sie vergessen haben?« rief Perrette aus.

»Die LOGIK!«

»Ich habe sie nicht vergessen«, entgegnete Monsieur Ruche bestimmt. »Die Logik gehört zur Philosophie. Aristoteles, der sie begründet hat, war, soviel ich weiß, Philosoph und kein Mathematiker.«

»Wenn es in der Mathematik keine Logik gibt, dann frage ich mich, wo es sie denn überhaupt geben soll?«

»Im Denken natürlich, Perrette!«

»Und ganz besonders bei der Beweisführung. Und ohne Beweisführung keine Mathematik.«

»Das nenne ich Logik, Mama!« rief Max, während er in die Hände klatschte. Dann zeichnete er ein weiteres Kästchen.

Totale Niederlage, Monsieur Ruche!

»Und die Moderne Mathematik?« fragte Max.

Es schloß sich eine sehr lebhafte Diskussion an, in deren Verlauf Perrette zu bedenken gab, daß »modern« kein Substantiv sei, das eine Disziplin bezeichnet, sondern ein Adjektiv, das die Zeit näher bestimmt.

»Adjektiv oder nicht«, meckerte Jonathan, »eine ›Einheit‹ ist weder eine Figur noch eine Zahl, noch ein Kosinus, noch eine Wahrscheinlichkeit, noch eine Beweisführung, und infolgedessen …«

Dagegen war nichts einzuwenden. Perrette stimmte unter der Bedingung zu, daß diese Unterabteilung, wie ein Substantiv, zusammengeschrieben wird.

Max zeichnete einen Kasten, in den er »Moderne Mathe« hineinschrieb.

Sie bestaunten die Tafel:

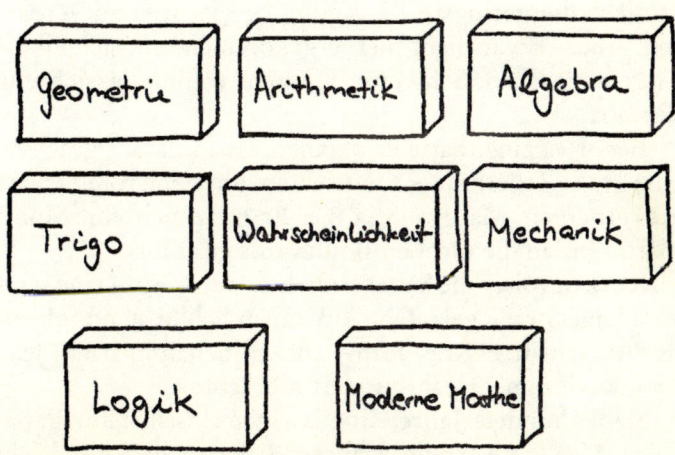

Sie zählten zusammen. Drei Abteilungen und acht Unterabteilungen. Vierundzwanzig Kästen, um die Bibliothek aus dem Urwald systematisch zu erfassen und einzustellen!

Pfautauben, Zwerghähne, Löffelenten, Turteltauben und Tauben, winzige Girlitze aus Moçambique, Blaukränze, Rotbäuche, Essigschwänze. Kanarienvögel aller Art, Sänger und Pfeifer; eine Diamanttaube mit korallenfarbigem Schnabel und orangenfarbenen Bäckchen; ein milchigweißer Königswiedehopf, dessen Kopf drei hellgelbe Federn und dessen innere Schwanzfedern ein eigelbfarbener Schimmer zierten; ein grüner Helmvogel mit violettem Körper, orangenfarbenem Schnabel und einem Kopf, der mit hinten purpurroten und vorne gelben Flecken übersät war. Angorakaninchen und Hermeline, Hamster und Meerschweinchen. Ein zwischen zwei Plastikplatten gepreßtes, getrocknetes Seepferdchenpaar, ein Leguan, ein Chamäleon und eine drei Jahre alte Boa in ihrem Glasterrarium, vor dem Max wie festgenagelt stand, um auch ja nicht die geringste Bewegung des Reptils zu verpassen. Aber er war nicht hierhergekommen, um sich all die Tiere anzusehen. Schweren Herzens trennte er sich von der Boa.

Bevor er ging, hatte er peinlich genau darauf geachtet, eine große Tellermütze aufzusetzen, um seine roten Haare zu verbergen. Man weiß ja nie. Er hatte sich von Montmartre bis an die Großen Boulevards gestohlen.

Kurz bevor er die Seine erreichte, war Max in eine winzig kleine Straße gelaufen. Auf einem Schild stand folgende Aufschrift: »Rue Jean-Lantier, benannt nach Jean Lantier, der im 13. Jahrhundert hier lebte«.

Siebenhundert Jahre, eine Ewigkeit! Selbst für Papageien. Max hatte gerade erfahren, daß manche Arten leicht hundert Jahre alt werden können. Wie alt mochte Nofutur wohl sein? Um eine Antwort auf diese Frage zu erhalten, war er hierhergekommen.

Entlang der Seine, zwischen dem Louvre und der Place du Châtelet, erstreckt sich der Quai de la Mégisserie, der Bereich der Tierhändler und Buchhändler. Auf dem oberhalb der Seine gelegenen Gehweg die Bücher, und getrennt durch den nie abreißenden Strom der über die Straße am rechten Seine-Ufer fahrenden Autos die Tiere.

Hier gibt es alle Vogelarten dieser Welt. Ausgenommen natürlich die geschützten Arten, deren Liste im Washingtoner Vertrag erstellt wurde. Der Verkauf dieser Arten ist verboten. Wenn man jedoch bereit ist, einen entsprechenden Preis zu zahlen ...

Max betrat eine der größten Vogelhandlungen am Quai de la Mégisserie. Genau wie in einer Bäckerei wies ein am Eingang angebrachtes Schild darauf hin: *Kein Zutritt für Tiere*. Max fing lauthals zu lachen an. Nach »Tiere« hatte eine unbekannte empörte Hand hinzugefügt: »Auch nicht für im Käfig gehaltene.«

Im ersten Raum gab es nichts als Hunde. Max ging erst an einer Ansammlung winziger, kläffender Hunde vorbei, dann an einem Yorkshire Terrier, einem Pekinesen mit ganz lockigem Fell, der neben einem Golden Rooker stand. In anderen Räumen waren noch mehr Hunde untergebracht; auf einem Hinweisschild stand zu lesen: »Sie betreten diesen Bereich auf eigene Gefahr.« Nofutur, der auf seiner Schulter saß, plusterte sich auf; seine Krallen drangen bis in Maxens Fleisch ein. Max umging diesen Bereich und begab sich in den Raum mit den Papageien.

Dort machte er eine erste Entdeckung. Die Männchen und die Weibchen ließen sich nicht ohne weiteres voneinander unterscheiden. Damit drängte sich die Frage auf, die er sich zu seiner eigenen Überraschung nie gestellt hatte.

War Nofutur ein Männchen oder ein Weibchen? »Das würde natürlich keinen Unterschied machen. Aber trotzdem wüßte ich es gern.«

»Die Männchen haben einen größeren Kopf als die Weibchen«, erklärte ein Verkäufer einem Kundenpaar.

»Kann man es denn nicht sofort erkennen, ich weiß nicht, zum Beispiel, indem man sich das Geschlechtsteil ansieht?‹ fragte die Frau.

»Nein. Ansonsten hätte ich das mit dem Kopf ja nicht erwähnt«, erwiderte der Verkäufer trocken. »Es ist nicht möglich, das Geschlecht eines Papageis zu erkennen, weder äußerlich noch indem man ihn anfaßt. Das liegt an ihrem Dimorphismus.«

Das Paar sah sich verblüfft an. Dann sagte die Frau:

»Ob Dimorphismus oder nicht, es gibt doch wohl Männchen und Weibchen, oder? Schließlich muß man ja wissen, was man kauft!«

»Es gibt nur eine einzige Möglichkeit, sich Sicherheit über das Geschlecht zu verschaffen, und dazu bedarf es einer kleinen Operation«, entgegnete der Verkäufer.

Er ließ sie stehen, um sich anderen Kunden zuzuwenden.

Max musterte verstohlen Nofuturs Kopf:

»Deiner ist jedenfalls nicht klein. Du kannst sicher sein, daß wir dich nicht operieren.«

Aus welcher Gegend dieser Erde stammte Nofutur? Zu welcher Gattung gehörte er? Ein Poster, auf dem die unterschiedlichen Ara-Gattungen abgebildet waren, enthielt erste Hinweise. Nofutur war kein Ara. Immerhin etwas. Da es aber mehr als einhundert Papageienarten gibt, war es doch nicht viel.

Auf einer Erdkarte waren die verschiedenen Verbreitungsgebiete von Papageien dargestellt. Zentralafrika und Südamerika waren die beiden wichtigsten Siedlungsgebiete, aber auch in Ostasien und Indien kamen sie vor.

Max schlich sich in die Abteilung mit der Tiernahrung.
Dort hatte man die Wahl zwischen der Luxus- und der
Normalmischung. Die Luxusmischung war eine reichhal-
tige Zusammenstellung verschiedener Körner: Sonnen-
blumenkerne, Hirse, Reis, Mohrenhirse, Buchweizen,
Weizen, Raps, Paddy, Hafergrieß. Die Normalmischung
dagegen war ein Gemisch aus Sonnenblumenkernen,
Glanzgras, Hirse, Hafergrieß, Hanfsamen.

Max nahm ein großes Paket der Luxusmischung. Er
verschmähte das Fertigfutter, »eine ausgewogene Mischung
mit pflanzlichen Eiweißen«, und nahm eine Handvoll
Honigstangen, die die Krönung der Nascherei darstellten.
Nervös wie eine Elster hüpfte Nofutur hin und her.

Max blieb vor einem Plakat stehen, auf dem die von der
Polizeipräfektur erstellte Liste sämtlicher Tierärzte in
Paris abgedruckt war. Er erschrak, denn das, was er gerade las, war bedenklich: Ein amtliches Plakat erinnerte
daran, daß für jedes Tier, das nach Frankreich eingeführt
wird, »unter Androhung der Beschlagnahme des Tieres«,
ein Gesundheitszeugnis vorhanden sein muß. Darüber
hinaus müßte das Tier bei seiner Ankunft auf französi-
schem Territorium in Quarantäne. Er mußte so schnell
wie möglich hier weg.

Die Hände voller Tüten, näherte Max sich dem Kassen-
bereich. Dort hatte sich eine Schlange gebildet. Als eine
Verkäuferin, die in der Nähe der Kasse stand, Nofutur
entdeckte, vermochte sie ihr Interesse nicht lange zu unterdrücken:

»Das ist ja eine wunderbare Blaukopf-Amazone! Mein
Glückwunsch, junger Mann. Zusammen mit den Jakos aus
Gabun sind sie die besten Sprecher, die es gibt. Wissen Sie
eigentlich, daß Sie mit Ihrem Papagei das Geschäft nicht
betreten dürfen? Stellen Sie sich einmal vor, er wäre krank
und würde … Aber sicher haben Sie ein Gesundheits-

zeugnis«, sagte sie mit einem beruhigenden Lächeln. »Man sieht sofort, daß er vor Gesundheit strotzt.« Und mit gesenkter Stimme fügte sie hinzu: »Ich kenne Liebhaber, die würden ein Vermögen für gute Sprecher zahlen. Spricht er gut?«

»Fragen Sie ihn selbst!«

»Sag mal was«, forderte sie Nofutur mit schmeichlerischer Stimme auf. Nofutur wandte den Kopf ab. Daraufhin die eingeschnappte Verkäuferin:

»Was hast du denn da?«

Sie näherte sich mit der Hand. Nofutur nahm eine Drohgebärde ein.

»Eine wirklich häßliche Narbe.«

Dann zu Max gewandt:

»Haben Sie ihn schon lange?«

Max war jetzt mit Zahlen an der Reihe. Er zahlte. Nachdem die Verkäuferin nicht lockerließ, sagte er:

»Ich habe es eilig, meine Mutter wartet, und abgesehen davon hat sie mir verboten, mit fremden Damen zu sprechen.«

Sie lachte gezwungen:

»Er hat Humor, der kleine Herr.«

Max wollte so schnell wie möglich heraus.

Sie waren noch nicht draußen, da begann die Frau in der Tasche ihrer Schürze zu kramen, holte einen Zettel heraus, hielt ihn nah genug vor die Augen, um die Telefonnummer lesen zu können, die draufstand.

Während er das Geschäft verließ, sagte er leise zu Nofutur:

»Ich finde, sie hat uns merkwürdig angesehen, dich vor allem. Sie kommt mir irgendwie verdächtig vor.«

Auch die Verkäuferin hatte die Stimme gesenkt. Den Mund ganz dicht an der Sprechmuschel des Telefons, sagte sie:

»Ja, ein ungefähr zwölfjähriger Junge mit einer Blau-kopf-Amazone. Ein wunderbares Tier.«

»Ja, ja, blaue Stirn und eine Narbe am Kopf.«

»…«

»Weiß ich nicht, seine Haarfarbe habe ich nicht genau gesehen.«

»…«

»Warum, wieso? Weil er eine Mütze trug.«

»…«

»Ich soll sie im Geschäft festhalten? … Aber …« Sie blickte zur Tür. »Sie sind bereits fort. Sie kommen sofort.«

Sie legte wieder auf. Indem sie die Kunden wegschub-ste, stürzte sie sich auf den Gehweg und suchte die men-schenüberfüllten Quais ab.

Von der gegenüberliegenden Seite des Quais aus, wo er, versteckt hinter einem alten Plakat, an der Auslage eines Buchhändlers stand, die er sich vermeintlich ansah, sah Max, wie die Verkäuferin verärgert wieder ins Geschäft zurückging. »Ich hatte dir ja gesagt, daß sie verdächtig ist«, flüsterte er Nofutur zu. »Wir verziehen uns! Jetzt bin ich mir sicher, daß es einen illegalen Handel mit Tieren gibt.« Er unterbrach sich. »Das ist es. Jetzt habe ich begrif-fen. Die beiden Typen vom Flohmarkt waren Papageien-händler! Die Verkäuferin hat ja gesagt, daß ein Papagei, der gut spricht, ein Vermögen kosten kann. Und, mein Alter, du dürftest ja wohl ein guter Redner sein. Du bist ein Vermögen wert, Nofutur. Vielleicht hast du sogar schon Wettbewerbe gewonnen. Sie waren wütend, weil sie mit ansehen mußten, wie ihr Geschäft geplatzt ist. Stell dir vor, sie hatten schon einen Käufer gefunden, der ihnen einen Vorschuß gezahlt hat, und du hast sie, weil du dich davongemacht hast, dazu gezwungen, das Geld zurückzu-zahlen. Logisch, daß sie wütend waren. Großartig, Nofutur, du bist großartig. Besser, wir halten uns nicht länger in dieser Gegend auf. Gut, daß ich meine Mütze aufgesetzt habe.«

Während er durch die Rue Jean-Lantier zurückging, zog Max das Fazit aus seinem Ausflug an den Quai de la Mégisserie. Was hatte er in Erfahrung gebracht? Er wußte nicht, ob Nofutur ein Männchen oder ein Weibchen war, und er wußte nicht, wie alt er war. Er wußte, der er kein Gesundheitszeugnis besaß und eines benötigte; er wußte, daß Nofutur eine Blaukopf-Amazone und ein ausgezeichneter Sprecher war.

Kurz nachdem Max und Nofutur den Quai de la Mégisserie verlassen hatten, hielt ein großer Mercedes mit zwei gutgekleideten Männern vor dem Eingang der Vogelhandlung. Der größere der beiden stieg aus.

5. KAPITEL

Die Hauptdarsteller in der Geschichte der Mathematik

Er würde nicht darum herumkommen! Trotz seiner Ungeduld, endlich die Bücher aus den Kisten befreien zu können, in denen sie wie Sardinen zusammengepreßt lagen, wußte Monsieur Ruche genau, daß er, wollte er ein ausgefeilteres Ordnungsprinzip für die Bibliothek aus dem Urwald entwickeln, noch mal in die BN mußte.

Schon für den darauffolgenden Tag bestellte er Albert, der ihn hinfuhr. Entsprechend der vorgenommenen Einteilung, entwickelte Monsieur Ruche einen zwar kurzen, aber ausgesprochen anspruchsvollen Arbeitsplan. Er mußte eine Art Inventar des mathematischen Personals der Menschheitsgeschichte erstellen. 2 500 Jahre Mathematik! Da Vollständigkeit von vornherein ausgeschlossen war, mußte eine Auswahl getroffen werden. Er traf sie.

Er ging gern in die BN zurück. Aber im Gegensatz zu seinen letzten Besuchen konnte er es sich nicht mehr erlauben, seine Zeit mit Herumschmökern zu vergeuden. Er mußte sich sofort an die Arbeit machen. Zum Wesentlichen kommen. Genau das aber, soviel hatte ihn seine Erfahrung als Philosoph gelehrt, war das schwierigste überhaupt.

Monsieur Ruche holte sein kartoniertes Heft heraus – es war schwer –, schlug es auf, blätterte darin. Zum Glück hatte er ein dickes Heft gekauft, denn es war schon ziemlich vollgeschrieben. Dick und schwer. Er packte seinen völlig neuen Federhalter aus, den ihm eine seiner ehemaligen Kundinnen kürzlich aus Venedig geschickt hatte. Ganz aus Glas! Nicht nur der Griff, sondern auch die Feder. Aus gedrehtem Glas. Er kam direkt aus Murano, »vor meinen Augen angefertigt«, hatte sie ihm in dem kleinen Begleitbrief versichert.

Er stellte sein Tintenfaß auf den Tisch, drehte den Deckel auf, tauchte die Feder ein und …, überall um ihn herum wurde die Arbeit unterbrochen. Seine Nachbarn starrten ihn befremdet an. Erst jetzt merkte Monsieur Ruche, daß er in der Ecke mit den Laptops saß. Er war von schwarzen Portables umgeben, deren graue Kabel in weißen Anschlußbuchsen steckten!

Glücklicherweise hatte er sich riesige mathematische Lexika und nicht weniger imposante Abhandlungen zur Wissenschaftsgeschichte bringen lassen, die einen Schutzwall bildeten, hinter dem er Deckung fand. Er tauchte seine Glasfeder in das Tintenfaß und begann zu schreiben. Die Feder knirschte. Sofort brach überall um ihn herum ein Rattern los. Auf den Tastaturen ringsherum wollten nervöse Finger ihn an die Überlegenheit der Elektronik gegenüber der Mechanik erinnern.

Monsieur Ruche vergaß sie. Er beschloß, keine Zeit mit dem Abfassen vollständiger Texte zu verlieren. Ein paar Notizen mußten genügen.

1. Abteilung. Erste Periode. Griechische Mathematik

6. Jhrdt. vor unserer Zeitrechnung, die Begründer: Thales, Geometrie, Pythagoras, Arithmetik.

5. Jhrdt. vor unserer Zeitrechnung, die Pythagoreer: Philolaos von Kroton, Hippasos von Metapont, Hippokrates von Chios, der Atomist Demokrit, die Eleaten (Elea, Stadt in Süditalien): Parmenides und Zenon. Der Sophist Hippias von Elis, ein Geometer.

4. Jhrdt. vor unserer Zeitrechnung: Schule von Athen. Platon, Arbeiten der Akademie: Eudoxos von Knidos, zusammen mit Antiphon der Begründer der Exhaustionsmethode, Vorgänger der Integralrechnung, Theodorus von Kyrene, Theaitetos, Archytas von Tarent. Und Aristoteles (Logik, Beweisführung). Menaichmos, Autolykos von Pitane. Und Eudemos von Rhodos, der Peripatetiker, Historiker der Mathematik und Astronomie.

3. Jhrdt., das Goldene Jahrhundert der griechischen Mathematik. Das große Dreigestirn: Euklid und Apollonios von Perge in Alexandria, Archimedes in Syrakus, die »Gesetzgeber der Geometrie«. Euklid und die *Elemente*, Apollonios und die *Kegelschnitte*. Und Archimedes.

Er notierte, daß die Werke der drei Letztgenannten fast ausschließlich mathematische waren:

Ab dem 3. Jhrdt. vor unserer Zeitrechnung spielt sich (fast) alles in Alexandria ab. Die sogenannte hellenistische Periode. Die nach den Reisen eines Thales und Pythagoras nach Ägypten entstandene Mathematik kehrt in ihr Ursprungsland zurück.

3. Jhrdt. vor unserer Zeitrechnung: Eratosthenes, Mathematiker, Astronom, Geograph, Vorsteher der Bibliothek von Alexandria, der als erster eine relativ genaue Messung des Erdumfangs durchführte.

2. Jhrdt. vor unserer Zeitrechnung: Hipparchos von Nikaia, Vorläufer der Trigonometrie, und Theodosius von Tripolis, der Astronom.

1. Jhrdt. vor unserer Zeitrechnung: Heron, der Mechaniker.

Zeitenwende, 2. Jhrdt.: Claudius Ptolemaios, Geograph und Astronom. Nikomachos von Gerasa, Theon von Smyrna (Zahlentheorie), Menelaos von Alexandria (Abteilung sphärische Trigonometrie).

3. Jhrdt.: Diophantos, Vorläufer der Algebra.

4. Jhrdt.: Pappos, Synthese der Geometrie der vorausgegangenen Jahrhunderte. Theon von Alexandria, Geometer, und seine Tochter, Hypatia, die einzige Mathematikerin der Antike.

5. Jhrdt.: Dann die »großen Kommentatoren« der griechischen Mathematik, Proklos, der Euklid kommentiert, Eutokios von Askalon, der Apollonios und Archimedes kommentiert.

6. Jhrdt.: Boethius, der letzte Mathematiker der Antike. Ende der griechischen Mathematik.

Es wurde Abend, der Montag ging zu Ende. In der Tischreihe waren sie nur noch zu zweit. Um Monsieur Ruche herum, im Großen Lesesaal der Bibliothèque Nationale, hatten sich die Arbeitsplätze geleert. Als Monsieur Ruche seine Notizen nochmals überflog, zählte er zu seiner großen Überraschung gerade einmal an die zwanzig Namen. Für ein Jahrtausend! Diese Handvoll Männer, deren Namen sich auf den Seiten seines Heftes fanden, waren die Begründer der griechischen Mathematik!

Er hatte sich gut aus der Affäre gezogen. Seine Notizen waren ein wenig kurz gefaßt, aber sie reichten, um die Werke dieser Periode einzuordnen. Er mußte eine Liste erstellen, die bis »heute« reichte. Unmöglich. Er beschloß, mit dem Jahr 1900 aufzuhören. Ein Pappenstiel! Mehr als 1500 Jahre! Bei dem Gedanken an all die Bücher der BAU, die in ihren Holzsärgen eingepfercht waren, geriet er in Wut.

Dienstag. Albert setzte Monsieur Ruche weit vor neun Uhr am Eingang der BN ab. Als Entschuldigung führte er an, daß er unbedingt um 9 Uhr 45 am Flughafen Roissy sein müsse.

Monsieur Ruche begann sofort mit der Arbeit. Am Vortag hatte er vorsorglich die Bücher bestellt, die er brauchte, um die 2. Abteilung in Angriff zu nehmen.

2. Abteilung. Mathematik in der arabischen Welt. 9.–15. Jhrdt.

Er hielt inne. Er begab sich auf unbekanntes Terrain. War er dazu in der Lage, einen einzigen arabischen Mathematiker zu nennen? Getrieben von dem Gefühl der Eile, vertiefte Monsieur Ruche sich in eine dicke Abhandlung und begriff sehr schnell, daß es gar nicht um arabische Mathematiker ging, sondern um Mathematiker, die ihr Werk in arabischer Sprache verfaßt haben. Unter ihnen waren Perser, Juden, Berber. In der Mehrzahl handelte es sich um Gelehrte mit einem »großen Spektrum«, die auf den Gebieten Medizin, Astronomie, Philosophie, Physik und Mathematik gleichermaßen tätig waren. In dieser Hinsicht ähnelten sie den ersten griechischen Denkern, für die das Wissen keine Grenzen kannte.

Die Abteilung erstreckte sich über sieben Jahrhunderte, in deren Verlauf sich die Mathematik in der gesamten arabischen Welt verbreitet hatte. Ihr Ausgangspunkt war Bagdad, von wo aus sie sich bis nach Khorasan, Turkistan, an die Ufer des Aral-Sees, Ägypten, Syrien, den Maghreb und die Iberische Halbinsel ausbreitete.

Nachdem es für ein paar Jahrhunderte vor sich hin schlummerte, knüpften zwischen dem 5. und 7. Jhrdt. unserer Zeitrechnung die arabischen Mathematiker an das griechische Wissen an und machten es, nachdem sie es erschlossen hatten, für sich nutzbar. Die Mathematiker gelangten aus dem heidnischen Alexandria über das christliche Byzanz nach Bagdad, der Hauptstadt des Islam.

Die arabischen Gelehrten, insbesondere die des 9. und 10. Jhrdts., zeichneten sich dadurch aus, daß sie zugleich große Mathematiker und ausgezeichnete Übersetzer waren. Sie nahmen das ungeheure Vorhaben in Angriff, die Texte der griechischen Mathematiker Euklid, Archimedes, Apollonios, Menelaos, Diophantos und Ptolemaios zu übersetzen. Erst dadurch konnten sie das mathematische Wissen der Antike in sich aufnehmen, um es dann beachtlich zu erweitern, indem sie neue mathematische Arbeitsfelder schufen, die dem griechischen Wissen noch unbekannt waren. Sie nährten sich auch aus anderen Quellen, vor allem aber aus der indischen Quelle.

Jetzt hatte er doch ganze Sätze abgefaßt. Gerade so, als hätte er viel Zeit!

Genau wie ihre griechischen Vorgänger verfügen die arabischen Gelehrten über ein »breites Spektrum«: Mathematik, Medizin, Astronomie, Philosophie, Physik. Die arabischen Mathematiker haben die Algebra, die Kombinatorik und die Trigonometrie erfunden.

Anfang des 9. Jhrdts.: Bagdad, al-Hwarizmi (Algebra, Gleichungen 1. und 2. Grades mit einer Unbekannten). Ägypten. Abu Kamil erweitert das Feld der Algebra (Systeme aus mehreren Gleichungen mit mehreren Unbekannten). Al-Karagi war der erste, der irrationale Mengen als Zahlen ansah. Al-Farisi schuf die Basis für die grundlegende Zahlentheorie. Er stellt fest: »Jede Zahl läßt sich notwendigerweise in eine begrenzte Zahl Primfaktoren zerlegen, deren Produkt sie ist.«

Zweite Hälfte des 9. Jhrdts.: Geometrie. Bagdad, die drei Banu Musu-Brüder. Zudem drei weitere Gelehrte: Tabit B. Qurra, al-Nairizi und Abu'l-Wafa (Flächenberechnungen: Parabel, Ellipse, Theorie der Brüche, Erstellung einer Sinustafel, Begründer der Trigonometrie als eigenständiges mathematisches Gebiet).

Ende 10. Jhrdt.: Zwei große Gelehrte, der Geograph al-Biruni, Astronom und Physiker, sowie Ibn al-Haitam (Zahlentheorie, Geometrie, Infinitesimalverfahren, Optik, Astronomie: Keine Algebra!), der im Abendland unter dem Namen »al-Hasan« bekannt ist.
    Ibn al-Khawwam stellte bereits die Frage, die später einmal zur berühmten Fermatschen Vermutung werden sollte:

Einen Kubus in zwei andere Kuben zu zerlegen ist unmöglich, und für die Gleichung

$$x^3 + y^3 = z^3$$

gibt es keine ganzzahligen Lösungen.

Zwei weitere große Mathematiker, al-Karagi, Ende des 10. Jhrdts., und al-Samawal, im 12. Jhrdt., der dessen Werk weiterführt. Al-Samawal erstellt ein System von 210 Gleichungen mit 10 Unbekannten. Und er löst es! Arithmetisierung der Algebra.

Diese Formulierung verlangte nach einer Erklärung.

Arithmetisierung der Algebra: Anwendung von Verfahren (+, x, Ziehen der Quadratwurzel) auf die Unbekannte, die von der Arithmetik ausschließlich bei Zahlen genutzt wurden. Ausweitung des Zahlenrechnens auf das algebraische Rechnen.

Al-Karagi benutzt die algebraischen Exponenten: x^n und $1/x^n$. Al-Samawal benutzt negative Mengen und beweist die Grundregel der Exponentialrechnung: $x^m x^n = x^{m,n}$. Er ist einer der ersten, die insbesondere in der Zahlentheorie den *Rekursionsbeweis* anwenden, um mathematische Ergebnisse zu erhalten. Berechnung der Summe von *n* ganzen Primzahlen, der Summe ihrer Quadrate und die ihrer Kuben.

Am Heftrand fing Monsieur Ruche zu schreiben an:
»1 + 2 +«. Nicht genug Platz!
Er benutzte die ganze Seite und umrandete die Formel:

$$1 + 2 + 3 + \ldots + n = \frac{n(n+1)}{2}$$

Er konnte es sich nicht verkneifen, die Formel auszuprobieren.

Er versuchte es mit n = 5, addierte die fünf ersten ganzen Zahlen. Das Ergebnis lautete 15.

Und mit der Formel lautete das Ergebnis wie?
Es lautete ...

$$\frac{5\times(5+1)}{2} = \frac{5\times 6}{2} = \frac{30}{2} = 15$$

Es funktionierte!

Er ging zur nächsten Formel über. Unverhältnismäßig viel schwieriger!

> Summe der Quadrate der n ersten ganzen Zahlen
> $$1+4+9+16+\ldots+n^2 = \frac{n(n+1)\,(2n+1)}{6}$$

Dann zur darauffolgenden:
Die Summen der Kuben der n ersten ganzen Zahlen ist gleich dem

> Quadrat der Summe dieser n Zahlen
> $$1+2^3+3^3+\ldots n^3 = (1+2+3+\ldots+n)^2$$

»So verliere ich wahnsinnig viel Zeit!« sagte sich Monsieur Ruche. »Ich werde mir nicht den Luxus erlauben, alle Formeln zu überprüfen, auf die ich stoße.« Er beschloß, keine einzige mehr aufzuschreiben.

Er hatte Lust auf einen Kaffee. Nicht den aus der Maschine in der BN. Eine echte Brühe. Er ging in das Café an der Ecke und kam gestärkt zurück. Während er sich seinem Platz näherte, suchte er schon von weitem seinen

Federhalter. Er sah ihn nicht. Er stürzte zu seinem Platz und stieß im Vorbeifahren an einigen Stühlen an. Die Laptop-Fronarbeiter sahen ihn unfreundlich an. Er suchte fieberhaft. Er lag definitiv nicht auf dem Tisch. War er vielleicht heruntergefallen? O Schreck! Dann wäre er sicher zerbrochen. Während er sich nach vorn beugte, um unter dem Tisch nachzusehen, bemerkte er die Wölbung in einem der dicken Bücher über Mathematik. Er schlug es auf. Da war er, der Federhalter aus Murano. Er war zwischen zwei Seiten gerutscht.

Ohne daß er es bemerkt hätte, war er Monsieur Ruche, unmittelbar bevor er ins Café ging, zwischen die beiden Seiten gerutscht. Er nahm ihn vorsichtig wieder heraus und strich liebevoll mit dem Finger über die Vertiefung der Spirale, mit der der Griff verziert war. Unnötig zu erwähnen, mit welcher Freude er notierte:

Ende des 11. Jhrdts.: Umar al-Hayyam, Mathematiker und Dichter, großer Algebraiker.

Ende 12. Jhrdt.: al-Tusi, ein weiterer großer Algebraiker. Er wendet Methoden an, die im Kern den Begriff der Ableitung enthalten, und das 500 Jahre vor den abendländischen Mathematikern.

13. Jhrdt.: Nasir al-Din al-Tusi (Astronom, Erneuerer des Ptolemäischen Systems).

Während er diesen Namen niederschrieb, kam es Monsieur Ruche so vor, als hätte er ihn schon einmal gehört. Aber wo? Er hatte es zu eilig, um der Frage weiter nachzugehen.

Anfang 15. Jhrdt.: Endpunkt der arabischen Mathematik; al-Kasi, der Leiter des Observatoriums von Samarkand, faßt die arabische Mathematik der zurückliegenden sieben Jahrhunderte systematisch zusammen: Beziehungen zwischen Algebra und Geometrie, Beziehungen zwischen Algebra und Zahlentheorie; Trigonometrie und Kombinatorische Analyse (Untersuchung der verschiedenen Möglichkeiten, die Elemente einer Menge miteinander zu kombinieren); Lösung von Gleichungen mit Hilfe von Wurzeln (Berechnung der Lösungen von Gleichungen durch die ausschließliche Anwendung der vier Grundrechenarten sowie der zweiten, dritten usw. Wurzel).

Gerade noch rechtzeitig fertig geworden! Der erste Glockenschlag erklang 19.45 Uhr. Er hatte gerade mal die 2. Abteilung abgeschlossen. Es war kaum vorstellbar, wie es noch schneller gehen sollte. Bei der Umsetzung würde er dann sehen, ob seine Notizen ausreichten, um die BAU zu ordnen. Am nächsten Tag wollte er den dicksten Brokken in Angriff nehmen, die Mathematik im Abendland seit dem 15. Jahrhundert. Der zweite Glockenschlag erklang. Monsieur Ruche griff an die Räder seines Rollstuhls und bewegte sich zum Ausgang des Großen Lesesaals der Bibliothèque Nationale.

Es war 20 Uhr.

Auf dem Gehweg der Rue Vivienne vor dem Eingang der BN mußte er lange warten, bis ein Taxi hielt. Es war kalt und feucht.

Es ist klar, daß Monsieur Ruche nicht alles verstand, was er in seinem Heft notierte. Manchmal verstand er sogar überhaupt nichts. Dann schrieb er es nochmal Wort für Wort ab. Diese Reise durch die Geschichte der Mathematik, der er sich mit großem Eifer widmete, sollte nicht dazu dienen, ihm die Türen zu deren Inhalten und erst recht nicht zu deren Verfahren zu öffnen. Er verfolgte mit ihr ein sehr viel bescheideneres Ziel: Sie sollte ihn mit den verschiedenen Gebieten der Mathematik vertraut machen und ihm einige Orientierungspunkte an die Hand geben, mit deren Hilfe er dann ein Verständnis für die großen

Geistesbewegungen entwickeln konnte, die diese Disziplin durchzogen hatten.

Welches waren die großen Themen einer bestimmten
Epoche? Die großen Arbeitsfelder? Die großen Männer?
Welche wichtigen Fragen, die sich im Laufe der zurückliegenden Jahrhunderte ergeben hatten, wurden zu welchem
Zeitpunkt der Geschichte endgültig gelöst? Welche neuen
Fragestellungen ergaben sich danach? Welche neuen Ar-
beitsgebiete taten sich auf? All dies galt es zumindest annäherungsweise zu erfassen. Nicht als Fachmann, sondern
als interessierter Laie.

Aber, und das war eine ganz entscheidende Fragestellung, kann man sich auf dem Gebiet der Mathematik überhaupt als interessierter Laie betätigen? Diese Frage drängte sich Monsieur Ruche schlagartig auf. Als er versuchte,
eine Antwort darauf zu finden, wurde ihm bewußt, daß er
gerade im Begriff war zu vergessen, daß er die Bücher
nicht mit der Absicht gelesen hatte, seinen Bildungshori-
zont zu erweitern. Er hatte einen Auftrag zu erfüllen; die
Unterbringung der Bibliothek aus dem Urwald, die nach
der dringend erforderlichen Befreiung der in ihren Kisten
eingequetschten Bücher anstand.

Am nächsten Tag mußte Monsieur Ruche im Bett bleiben. Fieber, überall Schmerzen; er hatte sich eine ordentliche Erkältung zugezogen. Zweifellos am Vortag, als er in
der zugigen Rue Vivienne vor der BN auf ein Taxi wartete.

Perrette bestellte Albert ab. Sie pflegte den Grippe-
kranken und hätschelte ihn. Hierzu muß man sagen, daß
sie Monsieur Ruche nicht oft krank erlebt hat, vielleicht
drei- oder viermal, seit sie sich kannten. Zwei Tage Bett-
ruhe! Ob Himmelbett oder nicht, das war kein günstiger
Zeitpunkt für eine Erkältung.

Zu guter Letzt verließ er dann doch dick eingemummt, hustend und schnupfend den Peugeot 404 und begab sich direkt in den Großen Lesesaal. Er packte all seine Utensilien aus.

Jetzt galt es, den dicken Brocken in Angriff zu nehmen. Er schrieb:

3. Abteilung. Mathematik im Abendland ab 1400

Diese Abteilung war in dieser Form ganz offensichtlich zu groß. Er würde sie weiter untergliedern müssen. Für den Augenblick genügte ihm das.

Geographische Untergliederung. Zunächst Italien. Dann Frankreich, England, Deutschland. Dann die Niederlande, die Schweiz, Rußland, Ungarn, Polen. Sehr wenige Mathematiker aus Südwesteuropa.

Er notierte:

16. Jhrdt.: Das große Zeitalter der Elementaralgebra. Italienische Schule von Bologna (Gleichungen 3. und 4. Grades): Tartaglia, Cardan, Ferrani, Bombelli. Entdeckung der komplexen Zahlen. Große Fortschritte bei der symbolischen Darstellung, Vieta, Stevin.

17. Jhrdt.: Erfindung der Logarithmen: Napier. Die barocke Mathematik. Algebra: Albert Girard, Harriot, Oughtred. Analytische Geometrie (die unter Zuhilfenahme der Algebra eine Beziehung zwischen Zahlen und Raum herstellt): Fermat, Descartes. Geometrie der Unteilbaren: Cavalieri, Roberval, Fermat, Gregoire de Saint-Vincent. Infinitesimalrechnung (Differentialrechnung, Integralrechnung): Newton, Leibniz, Jacques und Jean Bernoulli, Taylor, Mac Laurin. Zahlentheorie: Fermat. Wahrscheinlichkeitsrechnung und Kombinatorik: Pascal, Fermat, Jacques Bernoulli. Geometrie: Desargues, Pascal, La Hire ...

Sein Schädel brummte. Das war nichts mehr für sein Alter. Er hatte Lust, nach Hause zu fahren, um ein kleines Mittagsschläfchen zu halten. Er schloß die Augen. Das alles erinnerte ihn an die Zeit seiner Abschlußprüfungen an der Universität, als er wie ein Wahnsinniger gebüffelt hatte. Und das im Juni, zum Frühlingsende, wenn man vor Energie nur so strotzt! Reine Verschwendung. Jetzt war es zum Glück schon Herbst, aber er war nicht mehr zwanzig und krank.

Er konnte es sich nicht erlauben, einen Tag zu verlieren. Der Gedanke an all diese wertvollen Bücher, die zusammengepfercht in den Kisten im Atelier lagerten, verlieh ihm wieder Kraft:

18. Jhrdt.: Klassische Epoche. Goldenes Zeitalter der Analyse. Nach den Zahlen und den Figuren werden die Funktionen die bevorzugten Gegenstände der Mathematik. Differentialgleichungen, Kurvenberechnungen, komplexe Zahlen, Theorie der Gleichungen, Variationsrechnung, sphärische Trigonometrie, Wahrscheinlichkeitsrechnung, Mechanik: die Gebrüder Bernoulli, Euler, D'Alembert, Clairaut, Moivre, Cramer, Monge, Lagrange, Laplace, Legendre.
   Die Lösung von Fragestellungen, die Leibniz und Newton zu Beginn des Jahrhunderts entwickelt hatten, Quadraturen, Integration der Differentialgleichungen, machte große Fortschritte.

Noch ein Jahrhundert!

19. Jhrdt.: Eröffnung neuer mathematischer Arbeitsfelder, Erfindung neuer Werkzeuge (Gruppen, Matrizen …). Die Funktionentheorie einer imaginären Variablen beherrscht die Zeit Anfang des Jahrhunderts: Cauchy, Riemann, Weierstrass. Die Algebra mit Abel, Galois, Jacobi, Kummer. Die Geometrie mit Poncelet, Chasles, Klein. Und Gauss, der überall zu finden ist!
   Die nichteuklidische Geometrie: Gauss, Lobatschewsky Bolyai, Riemann. Matrizenrechnung: Cayley. Die Algebra von Boole. Die Mengentheorie: Cantor, Dedekind. Und Hilbert und …

Er konnte nicht mehr. Er war sicher, eine ganze Menge vergessen zu haben. … Sei's drum! Ihm platzte der Kopf. Monsieur Ruche hatte drei Taschentücher gebraucht und ein Dutzend Seiten gefüllt. Todmüde hielt er 2500 Jahre Geschichte der Mathematik in den Händen!

Perrette hatte eine Art Jogginghose und Turnschuhe angezogen, um sich wohl zu fühlen. Ruche, dem immer noch die Nase lief und der hustete, hatte einen Pullover übergestreift, der ihm Bewegungsfreiheit ließ. Sie hatten sich das Wochenende freigehalten, um die Bibliothek aus dem Urwald einzuordnen.

Monsieur Ruche stellte sich mit seinem Rollstuhl neben eine Kiste, hob den Deckel ab, holte ein Buch heraus und las in feierlichem Ton vor: »*Introductio in analysin infinitorum,* Euler. 3. Abteilung!« Das erste Buch der BAU erhielt seinen Platz im Regal. Unmittelbar gefolgt von *Arithmetica,* Diophantos. 1. Abteilung. Die erste Kiste wurde leergeräumt und danach in den Hof hinausgetragen. Dann die zweite, die dritte. Es waren überraschenderweise so viele moderne Bücher dabei, daß er gezwungen war, eine weitere Abteilung hinzuzufügen:

4. Abteilung. Mathematik des 20. Jahrhunderts

Sie waren erstaunt, so viele Bücher jüngeren Datums, ja, sogar sehr jungen Datums auszupacken. Hierbei handelte es sich nicht um Sammlerstücke; man konnte sie sich beispielsweise ohne weiteres in Fachbuchhandlungen im Quartier Latin kaufen. Dieser Umstand irritierte sie. Diese Vielzahl moderner Werke wirkte sich auf den Status der BAU aus. Neben einer Sammlerbibliothek, für die er sie zunächst hielt, entpuppte sie sich auch als eine Forscherbibliothek.

Um so mehr, als sie eine Kiste voller mathematischer Fachzeitschriften aus den letzten Jahren entdeckten. Da er der Meinung war, daß sie in den Kisten keinen Schaden nähmen, beschloß Monsieur Ruche, sie nicht in die Regale einzuordnen. Perrette verschloß die Kiste mit den Zeitschriften wieder und stellte sie an der Wand in der Nähe der Regale für die BAU ab.

»*The arithmetic of Elliptic Curves*, Silverman. 4. Abteilung.«

Das Einordnen ging weiter.

»*Einführung in die Kunst der Analytik,* Vieta. 2. Abteilung.«

»*Abhandlung über das ganze Viereck*, Nasir al-Din al-Tusi. 2. Abteilung.«

»*Mirifici Logarithmorum*, Napier. 3. Abteilung.«

»*Disquisitiones Arithmeticæ*, Gauss. 3. Abteilung.«

»*Miftah al-Hisab, Schlüssel zur Arithmetik*, al-Kasi. 2. Abteilung.«

»*Sphaerica*, Menelaos. 1. Abteilung.«

Unendlich viele Schätze gingen durch seine Hände. Die Regale füllten sich.

Am Montagmorgen waren sie mit dem Einstellen der Bücher noch nicht fertig. Bevor Perrette die Buchhandlung aufschloß, ging sie ins Atelier. Monsieur Ruche saß inmitten all der Kisten schlafend in seinem Rollstuhl. Er hatte die Nacht dort verbracht. Das englische Plaid, das normalerweise auf seinen Oberschenkeln lag, war heruntergerutscht und bedeckte eine Hose mit tadelloser Falte und blitzblank polierte Schuhe. Er sah glücklich aus. Sein seitlich weggekippter Kopf gab den Blick frei auf den für alte Menschen so typischen dünnen und faltigen, scheinbar nur noch von den Stimmbändern gehaltenen Hals. Bei jedem Atemzug bebte die Haut wie ein flackernder Stern. Perrette erinnerte sich, daß Monsieur Ruche unmittelbar nach seinem Unfall auf einen Schlag gealtert war. Innerhalb weniger Tage war er 10 Jahre älter geworden. Seither hatte er sich nicht mehr verändert. Sie ließ ihn schlafen.

Die Zuordnung der Bücher aus Grosrouvres Bibliothek war schwieriger, als Monsieur Ruche es sich vorgestellt hatte. Das Buch, das er gerade in der Hand hielt, beschäftigte ihn schon eine ganze Zeit. Er hatte nie von dessen Verfasser gehört, verstand nicht, worum es ging, und das Inhaltsverzeichnis blieb ihm ein Rätsel. Er blätterte ein weiteres Mal darin herum. Ein Blatt löste sich heraus. Natürlich fiel es unter die Regale. Es war unmöglich für ihn, es aufzuheben! Monsieur Ruche wollte niemanden um Hilfe bitten. Außer Perrette war sowieso niemand im Haus. Und Perrette arbeitete in der Buchhandlung.

Monsieur Ruche dachte nach. Sein Gesicht hellte sich auf: Er würde niemanden brauchen. Er rollte zum Wandschrank des Ateliers, holte einen Staubsauger heraus, steckte das Kabel in die Steckdose und zog ihn bis zu der Stelle, wo das Blatt verschwunden war. Während er die Bürste hin und her bewegte, stellte er die volle Wattzahl ein. Nach einiger Zeit holte er unter dem Regal ein kleines Stück Papier hervor, das an der Bürste hing.

Nicht nur die Mathematik ist eine List! Wenn du nicht zur Sache gehen kannst, kommt die Sache zu dir. Er feierte sich selbst als den Thales der Hausarbeit.

Auf dem Zettel fand sich eine handschriftliche Notiz. Er erkannte Grosrouvres Schrift, dieselben feinen Tuschfederzüge wie in dem Brief, nur ein wenig gedrängter. Das Stück Papier enthielt eine mit Kommentaren Grosrouvres gespickte Inhaltsgabe des Buches. Der Zettel war alt, schon vor langer Zeit verfaßt.

Monsieur Ruche sah in anderen Büchern nach. Am Ende jedes einzelnen von ihnen fand er ähnliche Zettel, die mit einem Plastikband auf der Innenseite des Buchdeckels befestigt waren. Er wunderte sich, daß er sie nicht schon früher bemerkt hatte. Der Zettel war aus dem Buch herausgefallen, weil sich das Plastikband gelöst hatte.

Jetzt würde er die Bibliothek ordnen können. Diese Zettel würden ihm eine große Hilfe sein.

Nach dem Abendessen, das sie in aller Eile zu sich genommen hatte, ging Perrette zu Monsieur Ruche ins Atelier. Ihr stand eine Nacht bevor, in der sie nicht ins Bett käme. Mittlerweile waren es immerhin mehr leere als volle Kisten. Schon bald gab es nur noch eine einzige volle. Wie alle anderen Bücher zuvor auch, die die Regale füllten, fanden auch die Werke dieser letzten Kiste ihren Platz in der BAU.

Aufzeichnungen zum Versuch, das Ereignis der Begegnung eines Kegels mit einer Fläche herbeizuführen, Desargues. 3. Abteilung. *Ars magna,* Cardan. 3. Abteilung. *Local Class Field Theory,* Iwasawa. 4. Abteilung …

Perrette brachte die Kiste in den Hof hinaus.

Der Tag brach an. Noch nie zuvor hatten sie so viele alte Bücher an einem Ort gesehen, außer in der Bibliothèque Nationale oder der Bibliothèque de l'Arsenal natürlich. Monsieur Ruche war zwar schon auf vielen Versteigerungen, aber nie wurden bei dieser Gelegenheit mehr als einige Dutzend ernstzunehmende Bücher angeboten. Unter ernstzunehmend verstand er solche Bücher, die gleichzeitig alt waren und deren Inhalt ein gewisses Interesse verdiente.

Sie hatten Lust, sich zu umarmen.

Es war unglaublich! Voller Stolz dachte Monsieur Ruche an seinen alten Freund. Nur er war dazu imstande, eine solche Bibliothek zusammenzutragen. Fast alle Werke waren Originalausgaben und manche mehr als fünfhundert Jahre alt. In Fachkreisen werden sie als Inkunabeln bezeichnet, Werke aus der »Wiegenzeit« der Druckkunst, d.h. Bücher, die vor 1500 gedruckt wurden. Mit anderen Worten, auf der ganzen Welt gab es nicht viele davon. Und wie viele zählte allein die Bibliothek aus dem Urwald?

Manchen Büchern war ein ganzer Stoß handschriftlicher Notizen und äußerst sorgfältig gearbeiteter Stiche oder Zeichnungen beigefügt, bei denen es sich um wahre Kunstwerke handelte. Eine große Zahl an Faksimiles von ausgezeichneter Qualität. Monsieur Ruche traute seinen Augen nicht, denn er hatte zahlreiche Exemplare des *non plus ultra* der Buchdruckerkunst vor sich, das Exemplar, von dessen Besitz jeder Sammler träumt, die *Editio princeps*, die Erstausgabe eines Werkes, d.h. diejenige Ausgabe, mittels derer der Text verbreitet wurde, die tatsächlich erste der Erstausgaben. Und das in allen nur denkbaren Formaten, im französischen, im italienischen, *inplano, infolio, inquatro, inoctavo* Format. Sämtliche in einem erstaunlich guten Zustand. Die meisten Einbände stammten aus der Zeit des Erscheinungsdatums. Sie wiesen jene unnachahmliche Patina auf, von der einzig und allein das Einbandvelin im Laufe der Zeit überzogen wird. Allerdings waren nicht alle von dieser allerhöchsten Qualität, sondern es gab auch Einbände aus Basane, die so manchen Buchliebhaber dennoch in einen Glücksrausch versetzt hätten.

Tausende von Büchern in griechischer, lateinischer, italienischer, deutscher, englischer, russischer, spanischer und französischer Sprache. Ein mathematisches Babel!

»Die Kisten, die Du bald erhalten wirst, enthalten in meinen Augen das Beste des mathematischen OPUS aller Zeiten. Es fehlt nichts. Es handelt sich, dessen kannst Du sicher sein, um die größte Privatsammlung mathematischer Werke, die es gibt.«

Grosrouvre hatte nicht übertrieben. Nur ein paar Details trafen nicht ganz zu. Wenn er etwas Unwahrscheinliches, etwas wirklich Unwahrscheinliches behauptete, dann konnte man sicher sein, daß es stimmte. Je übertriebener etwas bei ihm wirkte, um so größer die Wahrscheinlichkeit, daß es zutraf! Und was die Bibliothek betraf, so war nichts je übertriebener, und nichts war je wahrer.

Sie schlossen die Tür zur BAU hinter sich zu. Anschließend gingen sie ins Café an der Ecke, wo sie die ersten Kunden waren und ein riesiges Frühstück verschlangen.

6. KAPITEL

Grosrouvres zweiter Brief

Ein Kolibri mit bunten Flügeln mit einem undurchdringlichen Dschungel im Hintergrund; die riesige Briefmarke beanspruchte ein gutes Viertel des Umschlags aus schlechtem Papier, den Perrette Monsieur Ruche durch die zugezogenen Behänge hinhielt. Er nahm ihn an sich. »Grosrouvre!« rief er hinter den Behängen aus.

Zwischen den beiden Veloursbahnen kam sein Kopf zum Vorschein.

»Ich hatte es Ihnen ja gesagt, Perrette, daß wir noch mal was von ihm hören würden.«

Und mit den Augen zwinkernd: »Daß wir sogar unverzüglich von ihm hören würden.«

Perrette mußte lächeln, als sie an ihren jüngsten Wutausbruch wegen des ständigen »bald unverzüglich« zurückdachte. Sie schlug die Behänge zurück.

Bei etwas genauerer Betrachtung bemerkte Monsieur Ruche, daß der Umschlag einen gedruckten Briefkopf trug: *Polizei von Manaus. Bundesstaat Amazonas.* Er kam nicht von Grosrouvre. Enttäuscht öffnete Monsieur Ruche den Umschlag, wobei er diesmal darauf achtete, daß er die Briefmarke nicht beschädigte. Perrette öffnete die zum Hof hin gelegenen Fenster.

»Scheiße! Scheiße! Scheiße!«

Sie drehte sich überrascht um; es entsprach nicht den Gepflogenheiten von Monsieur Ruche, derbe Ausdrücke zu benutzen. Ganz mitgenommen hielt er ihr den Brief hin.

In gebrochenem Englisch erklärte der Polizeipräsident von Manaus, sein nur schwer leserlicher Name konnte möglicherweise »Grindeiros« lauten, der Polizeipräsident Grindeiros also teilte mit, daß Senhor Elgar Grosrouvre beim Brand seines in der Umgebung der Stadt gelegenen Hauses umgekommen sei. Seine Leiche wäre vollkommen verkohlt gewesen. Ein Indianer, der auf Grosrouvres Anwesen arbeitete, hatte in den Trümmern einen Brief gefunden, den er einige Tage nach dem Brand auf dem Polizeirevier abgegeben hätte. Der Brief lag bei.

Der von den Flammen angesengte Umschlag, der demjenigen des ersten Briefs von Grosrouvre ähnelte, trug Name und Anschrift von Monsieur Ruche. Es handelte sich ganz zweifelsfrei um Grosrouvres Schrift.

»Das sieht ihm wirklich ähnlich! Genau in dem Augenblick zu sterben, in dem wir wieder zusammenkommen!«

Monsieur Ruche schaute elend drein, als er diesen zweiten Umschlag öffnete und die Seiten herausnahm. Er war aber zu erregt, um zu lesen. Perrette nahm ihm behutsam die Blätter aus der Hand und begann zu lesen.

Manaus, September 1992

πR,

mir bleiben nur noch wenige Stunden, gerade genügend, um Dir einige Dinge erklären zu können. Das bin ich Dir schuldig. Zunächst muß ich Dir erklären, warum das Amazonasgebiet. Ich kann mir Deinen Gesichtsausdruck lebhaft vorstellen: »Was treibt er dort bloß?« In Europa bin ich erstickt. Du kennst mein unersättliches Verlangen nach freiem Atem: »Sechs Liter beim Spirometertest!«, »ein Brustkorb wie ein Bauernschrank«, das waren Deine Worte. Wohin also? In die »Lunge der Erde«, das »größte Sauerstoffreservoir der Welt« natürlich! Den Amazonas. Hier habe ich, das kannst Du mir glauben, vollkommen frei und tief durchgeatmet. Seit einigen Jahren jedoch ist alles anders geworden; diese Saukerle sind dabei, den Wald abzubrennen. Überall lodern Feuer auf. Es ist ein Jammer, mit ansehen zu müssen, daß Waldstücke so groß wie Regierungsbezirke sich in Rauch auflösen. Wer gebietet ihnen Einhalt?

Als ich Paris verließ, hatte ich folgendes portugiesisches Sprichwort aus dem 16. Jahrhundert im Kopf: »Jenseits des Äquators gibt es keine Sünde.« Schau in einer Karte nach. Manaus befindet sich zwei, höchstens drei Grad unterhalb des Äquators. Als ich mich in dieser Stadt niederließ, wechselte ich das Land, den Kontinent und die Hemisphäre zugleich.

Die Glanzzeit von Manaus liegt lange zurück. Genau wie bei mir jetzt. Die Zeit läuft ab, kommen wir zum Wesentlichen. Weil Du ansonsten alles andere, was folgt, nicht verstehen kannst, muß ich Dir zuallererst erklären, was die Leidenschaft meines Lebens war, zumindest die der letzten vier Jahrzehnte. Nach einigen Jahren harter Arbeit – ich verbrachte Wochen im Urwald, ohne einer Menschenseele zu begegnen –, ergriff ein Gedanke von mir Besitz, der mich nicht mehr losließ. Nur ihm allein habe ich es zu verdanken, daß ich die unvorstellbarsten Gefahren überlebte. Ich beschloß, einige der bekanntesten Vermutungen der Mathematik zu verifizieren! Das wird Dir sicher überhaupt nichts sagen. Jedenfalls war es eine ungeheure Arbeit.

Warum dieser Gedanke, den schon so viele andere vor mir gehegt haben? Um mich mit den Titanen der Mathematik zu messen und sie zu übertreffen? Nein. Konkurrenzkampf hat mich nie interessiert, sicher deshalb, weil die anderen für mich eine so geringe Rolle spielen. Um berühmt zu werden und einen Ehrenplatz im modernen Tempel der Wissenschaften zu erlangen? Noch weniger.

Kannst Du Dir etwa vorstellen, daß ich mein Leben in einem Forschungszentrum inmitten einer Schar von »Kollegen« verbringe? Nein, Pierre. Ich habe mich dieser Herausforderung schlichtweg deshalb gestellt, um zu überleben. Kannst Du Dir überhaupt die Natur in diesem Land vorstellen? Ihre Vitalität hat etwas Beängstigendes. Würdest Du mir glauben, wenn ich Dir sagte, daß ich gesehen habe, wie Bäume wachsen? Wenn es eine Gegend auf der Welt gibt, wo die Natur die Leere fürchtet, dann hier. Du verläßt einen Ort, den Du unter größten Anstrengungen gerodet hast. Einige Tage später kommst Du zurück, und alles ist wieder zugewachsen, als wäre es nie anders gewesen! Alles wuchert zu! Was sollte man einer unersättlichen Natur entgegensetzen, die alles innerhalb kürzester Zeit verschlingt, der nichts Leibhaftiges widersteht?

In dieser Atmosphäre, in der das Fleisch sich auflöst, in der die feuchten Körper zerfließen, in der alles verfault; in dieser Atmosphäre, in der das überbordende Leben den Tod beschleunigt, habe ich mich an Immaterielles, an Idealitäten festgeklammert, denen weder die drückende Hitze noch die unvorstellbare Feuchtigkeit etwas anhaben konnten. Der formlosen Üppigkeit, gegen die man machtlos ist, wollte ich die disziplinierte Strenge entgegensetzen. Um diesem Delirium der vergänglichen Materie zu widerstehen, habe ich mich in das Reich der starren Reinheit des Kristalls begeben.

Hat es schon jemals mathematische Definitionen gegeben, die sofort verdorben sind? Lehrsätze, die zerflossen, Beweisführungen, die verschimmelt, Axiome, die von Würmern zerfressen worden sind? Ich habe mich nicht nur deshalb für die Mathematik entschieden, weil ich dieses Fach studiert habe. Du wirst vielleicht darüber lachen, aber in dieser Situation, in der es um meine Rettung ging, ist mir bewußt geworden, daß die Mathematik überdauert. Um der Prägnanz dieser Wirklichkeit, die mich erstickte, zu entfliehen, mußte ich mich auf eine rein geistige Tätigkeit stützen.

Und auf welches mathematische Gebiet sollte ich meine Aufmerksamkeit lenken?

Du kannst nicht wissen, was es bedeutet, sich einen Pfad durch den Dschungel zu bahnen. Du bewegst Dich durch einen Tunnel, den Du Dir selbst mit der Machete schlägst, und Du durchdringst ein dichtes, nicht enden wollendes und formloses Geflecht.

Und was für ein Bild beherrscht im Gegensatz dazu Dein Denken – das meine zumindest? Eine ebene Wüste, in der sich in der Ferne ein Fels erhebt. Keine Fata Morgana, ein sehr realer Fels, dessen Existenz vollkommen außer Frage steht. Und diesen Fels kannst Du nicht erreichen. Glaube nicht, daß dieses Bild nur eine literarische Phantasie war; für mich war es ein Balsam, mit dessen Hilfe ich meiner Umgebung entfliehen, mich von ihr freimachen konnte. Angesichts der beängstigenden Überfülle habe ich nach äußerster Reinheit und absoluter Einfachheit gesucht. Wo waren sie zu finden? In der Form einiger der schönsten Vermutungen der Mathematik, d.h. in Form solcher Vermutungen, die jahrhundertelang trotz der Anstrengungen der größten Mathematiker nicht bewiesen wurden. So zum Beispiel die äußerst berühmten Vermutungen von Fermat, von Goldbach, Euler, Catalan und vielen anderen.

Stell Dir einen Kontinent vor, dessen gesamte Bevölkerung eine gesicherte Existenz führt und zu der man keinen Zugang findet; genauso verhält es sich mit einer mathematischen Vermutung! Aber das weißt Du ja. Was Du hingegen nicht wissen kannst, ist, daß es sich hierbei um eine der aufregendsten Dinge handelt, die es gibt: um eine ganz einfache Behauptung, die ein mittelmäßiger Oberstufenschüler verstehen würde. Eine Behauptung, die jeder für wahr hält, die aber nie von irgend jemandem bewiesen werden konnte. Genau das, was ich brauchte. Was für herrliche Knochen gab es da zu nagen!

Mit zwei von ihnen habe ich mich gründlich befaßt. Man kann nicht alles auf einmal machen. Meine gesamte Zeit habe ich damit verbracht, Tag und Nacht. Mehr noch die Nacht als den Tag. Und ich habe sie verifiziert! Ich hatte keine Wahl. Für mich war es eine Frage von Leben und … Nein, nur eine Frage von Leben. Sie sind »gefallen«! Die älteste und bekannteste von allen, die Stammutter aller Vermutungen, die Vermutung von Fermat, und dazu die von Goldbach! Beide, Hauptmann!, wie wir beim Militär sagten.

Was sagen sie aus? Ihre Kerngedanken sind erstaunlich einfach. Selbst Du, Pierre, würdest sie verstehen.

Glaube mir, wenn diese Nachricht verbreitet würde, wäre sie jeder Zeitung dieser Erde eine Titelschlagzeile wert. Aber sie werden es nicht erfahren. Ich habe beschlossen, die Neuigkeit zu verschweigen und meine Beweise geheimzuhalten. Ich bitte Dich, auch Deinerseits Stillschweigen zu bewahren. Aber selbst wenn Du sie öffentlich verkünden würdest, so fände sich doch niemand, der Dir glaubt. Man würde Dich für verrückt erklären!

Ich werde die Ergebnisse meiner Arbeit also nicht verbreiten. Empört Dich das? Mir bleibt nicht mehr viel Zeit, aber ich werde versuchen, Dir zu erklären, warum ich mich so entschieden habe. Mögen wir auch noch so verschieden sein, Du wirst mich verstehen. Zunächst einmal solltest Du wissen, daß in der Geschichte der Mathematik schon früher Dinge geheimgehalten wurden. Es handelt sich sogar um eine alte und durchaus gängige Praxis der Mathematiker, eine Praxis, die heutzutage sicher nicht *mehr üblich ist. Heute wäre es wohl eher umgekehrt. Man veröffentlicht ein Ergebnis, noch bevor es überhaupt vollständig verifiziert wurde. Ich beweise es, ohne es zu veröffentlichen. Und Du dürftest wohl der letzte sein, der mich auffordert, »modern« zu sein. Kommen wir aber wieder auf uns zu sprechen.*

Du wirst schwerlich vergessen haben, daß wir uns nie einig waren; in der Zwischenzeit bin ich zu der Überzeugung gelangt, daß dies der beste Kitt für unsere Freundschaft war. Ich liebte Aristoteles, der uns so viele Werke hinterlassen hat, Du hast für Sokrates geschwärmt, von dem kein einziges schriftliches Werk überliefert ist. Ich liebte Danton, weil er schwach werden konnte; Du liebtest Robespierre, weil er imstande war, sich nicht korrumpieren zu lassen. Du liebtest Rimbaud und hast Paris nicht verlassen; ich liebte Verlaine und bin ans andere Ende der Welt aufgebrochen. Zusammen aber haben wir so viele Dinge geliebt.

Die Philosophie hat zwei Urväter, sagtest Du, Thales und Pythagoras. Während Du Thales verehrtest, schwärmte ich für Pythagoras. Beide waren sie nach Ägypten gereist; vom Ufer des Nils war Dein Thales mit einer Schattengeschichte zurückgekehrt – die Du uns sehr gern erzählt hast – und mein Pythagoras mit einer Zahlengeschichte, die ich, soweit ich mich zurückerinnere, oft erwähnte.

Pythagoras sprach mit allen möglichen Tieren. Stell Dir vor, daß er einen Bären, der einen ganzen Landstrich in Angst und Schrecken versetzte, davon überzeugte, keine Menschen mehr anzugreifen, und ein Rind überredete, keine Saubohnen mehr zu fressen, von denen es Fieber bekam. Hier habe ich Dutzende Tiere bei mir aufgenommen. Es wäre reine Untertreibung zu sagen, daß wir beide lange Streitgespräche miteinander geführt haben.

Sicher weißt Du, daß Pythagoras eine Art ..., ja, Sekte – das ist der passende Ausdruck – gegründet hat. Eines der Gesetze dieser Sekte war das Verbot, das angeeignete Wissen zu verbreiten. Um zu verhindern, daß ihre Geheimnisse an Außenstehende verraten wurden, fixierten die Pythagoreer so wenig wie möglich schriftlich und übermittelten ihr Wissen in mündlicher Form. Die Texte sind das, was bleibt, das gesprochene Wort ist das, was verlorengeht. Damit ihr Wissen nicht verlorenging, entwickelten die Pythagoreer eine ganze Reihe von Übungen, um das Gedächtnis zu schulen.

Ein Mitglied der Sekte jedoch, Hippasos von Metapont, ein, so wird gesagt, ausgezeichneter Mathematiker, hat die Außenwelt von der unglaublichen Entdeckung der irrationalen Zahlen in Kenntnis gesetzt, an der er selbst beteiligt war. Für diese Kundgabe hat er gebüßt, als er einige Zeit später bei einer Schiffsreise in Seenot geriet und ertrank.

In meinem Fall haben einige wenige Personen – alte Bekanntschaften, zu denen ich geschäftliche Beziehungen unterhielt – von meinen Entdeckungen zu den mathematischen Vermutungen erfahren. Man kann nicht gerade behaupten, daß diese Leute besonders friedfertig wären; und auch nicht geduldig. Sie haben mir beträchtliche Summen geboten, damit ich ihnen meine Beweise überlasse. Ich habe abgelehnt. Bei Einbruch der Dunkelheit werden sie zurückkommen. Eines kannst Du mir glauben, Pierre, sie werden meine Beweise nicht bekommen! Ich werde sie verbrennen, sobald ich diesen Brief beendet habe. Falls mir ein Unglück zustoßen sollte und damit sie nicht für immer verloren sind, habe ich sie, nach dem Vorbild der pythagoreischen Akusmatiker, mündlich einem getreuen Gefährten anvertraut, der sie sich mit Sicherheit eingeprägt hat.

Wenn ich mich an unsere Jugendzeit zurückerinnere, dann war es immer so, daß Du, wann immer ich Dir etwas verheimlichte, es irgendwie geschafft hast, es schließlich doch herauszufinden. Und abgesehen davon habe ich Dir längst genug darüber mitgeteilt.

Du wirst Dich sicher daran erinnern, daß Thales in jungen Jahren ein geschickter Geschäftsmann war. Erst in fortgeschrittenem Alter hat er sich für Mathematik interessiert. Ich bin sicher, daß Deine Buchhandlung sehr gut läuft. Du hast es immer sehr gut verstanden, das zu »verkaufen«, wofür Du eine Vorliebe hattest. Aber wahrscheinlich ist es schwierig, in einer Buchhandlung nur solche Bücher zu verkaufen, die man mag.

Hast Du mittlerweile meine Bücher bekommen? Ich habe nicht übertrieben, sie sind doch wunderbar, oder? Oh, ich merke gerade, daß ich vergessen habe, Dir die Systematik zu schicken, nach der ich die Bücher in meiner Bibliothek geordnet hatte. Aber Du wirst sie zweifellos nicht mehr benötigen, weil Du sicher schon Deine eigene Systematik entwickelt hast.

Es wird bald dunkel. Ich muß meine Vorbereitungen treffen.

> *Ich umarme Dich.*
> *Dein alter Elgar.*

Habe ich Dir übrigens gesagt, was mich an Pythagoras so gefesselt hatte? Er hat das Wort Freundschaft erfunden; wußtest Du das? Als man ihn einmal fragte, was ein Freund sei, antwortete er: »Derjenige, der das andere Ich ist, wie 220 und 284.« Zwei Zahlen sind »befreundete« oder »verwandte« Zahlen, wenn jede die Summe der eigentlichen Teiler der anderen ist. Die beiden bekanntesten befreundeten Zahlen im pythagoreischen Pantheon sind 220 und 284. Sie bilden ein schönes Paar. Prüfe es nach,

wenn Du die Zeit dazu hast. Und wir zwei, sind wir
»Freunde«? Wie läßt Du Dich berechnen, Pierre, und wie
ich? Vielleicht ist ja die Zeit gekommen, die Summe dessen
zu bestimmen, was wir geteilt haben.

Perrette, deren Mund vom vielen Sprechen ganz ausgetrocknet war, legte den Brief auf den Nachttisch von
Monsieur Ruche, der, ausgestreckt auf seinem Bett liegend
und mit auf den Velourshimmel des Bettes fixiertem Blick,
zugehört hatte. Ohne ein Wort zu sagen, verließ sie das
Garagenzimmer. Er hörte nicht, wie sie die Tür hinter sich
schloß.

Das sieht Grosrouvre ähnlich. Ein halbes Jahrhundert
höre ich nichts von ihm, und in dem Moment, in dem er
mir mitteilt, daß er lebt …, setzt er mich gleichzeitig davon
in Kenntnis, daß er es nun schon nicht mehr tut! Jahrzehntelang habe ich getrauert, und wie zum bloßen Vergnügen
reißt er eine alte Wunde wieder auf, von der ich dachte, sie
sei für immer vernarbt!

Perrette war gegangen, um die Buchhandlung aufzu-
schließen. Das Eisengitter am Eingang quietschte. Monsieur Ruche brauchte länger als gewöhnlich, um sich anzuziehen. Aus dem Schuhschrank wählte er eifrig ein Paar
Lackleder-Mokassins aus, wie man sie bei Traueranlässen
trägt. Beharrlich polierte er sie so lange, bis sie glänzten.

Die Wut vermochte die Trauer nicht zu überdecken.

Monsieur wurde bewußt, daß Grosrouvre sein einziger
echter Freund war. Er verlor ihn zum zweitenmal. Und
diesmal war es endgültig.

Nachdem er, völlig geknickt, seine Schuhe zugeschnürt
hatte, richtete Monsieur Ruche sich, aschfahl, wieder auf.
Hätte Grosrouvre ihm nicht seine Bibliothek geschickt,
wäre sie ein Opfer der Flammen geworden! Die Gewißheit dieser Tatsache erschütterte ihn tief. All diese Bücher

verbrannt! Dieselben Bücher, die sie tagelang in die BAU eingeordnet und von deren unschätzbaren Wert sie einen Eindruck bekommen hatten, verbrannt! Ein nicht wieder-gutzumachender Verlust! Monsieur Ruche lächelte. Innerhalb von nur zwei Wochen war die Bibliothek zweimal knapp der Vernichtung entgangen. Nach Aussage des Lastwagenfahrers ein erstes Mal den Wellen des Atlantiks und ein zweites Mal der Feuersbrunst im Amazonas. Sie war sowohl dem Wasser als auch dem Feuer entkommen.

Ein Wunder! Es sei denn …, es gäbe einen Zusammen-hang zwischen der Anlieferung der Bibliothek und dem Brand. Beispielsweise den folgenden: Grosrouvre hat mir die Bibliothek geschickt, damit sie nicht das Opfer der Flammen wird. Sollte das jedoch tatsächlich so sein, dann würde dies bedeuten, daß der Brand vorhersehbar gewe-sen ist, Grosrouvre demnach bereits mehrere Wochen im voraus wußte, daß sein Haus dem Feuer zum Opfer fallen würde. Wußte er es, ahnte oder befürchtete er es? Mit einem Wort, war der Brand absehbar oder war er vorgese-hen? Und wenn er vorgesehen war, dann heißt das, daß er geplant war. Und wenn er geplant war, wer war dann der Urheber? Monsieur Ruche erschrak angesichts der unge-heuerlichen Konsequenzen dieser Vermutungen. Es war besser, von einem Zufall auszugehen. Von einem wunder-baren Zufall, durch den die Bibliothek verschickt worden war, ohne daß irgendein Zusammenhang mit dem Brand bestünde.

Nachdem er an der Kirche vorbeigekommen war, über-querte er die Place des Abbesses und blieb vor der Terrasse der Brasserie stehen. Der Nachmittag war ruhig. Mütter mit ihren Kinderwagen, das unvermeidliche Clochard-Trio auf seiner Bank, ein blondhaariges Touristenpärchen stand vor dem Eingang der Metro und bewunderte dessen lupenreinen Fin-de-siècle-Stil. Einige Stammgäste grüßten ihn. Er erwiderte ihren Gruß. Sein verschlossener Gesichtsausdruck schreckte jeden ab, möglicherweise mit ihm ein Gespräch anzufangen.

Er hörte sich selbst einen mit Wasser verdünnten Weinbrand bestellen. Er wußte nicht, warum. Als der Kellner das kleine bauchige Glas vor ihm auf den Tisch stellte, wußte er Bescheid. Es war ihr Lieblingsgetränk. Grosrouvre und er hatten es sich zu besonderen Anlässen gegönnt. Für Monsieur Ruche war es an diesem Tag der Trauertrunk. Er trank in kleinen Schlückchen, die ihm in der Kehle brannten. Eine Reihe von Fragen drängte sich ihm auf. Die einen betrafen die Todesumstände seines Freundes, die anderen bezogen sich auf die im Brief erwähnten mathematischen Fragmente.

Er war davon überzeugt, daß Grosrouvre sie nicht ohne Absicht erwähnt hatte. Er würde sich näher damit beschäftigen müssen. Und sich, genauso wie bei Thales, ausführlich mit Pythagoras auseinanderzusetzen haben. Diesmal jedoch stand alles unter ganz anderen Vorzeichen. Der Platz erlebte einen geruhsamen Nachmittag. Wenig Menschen, wenig Autos, eine wärmespendende Sonne. Eine Atmosphäre, die dazu einlud, sich in Erinnerungen zu verlieren.

Es stimmte, daß Grosrouvre und Ruche nie einer Meinung waren. Man hätte glauben können, daß sie entschlossen waren, die Welt zweizuteilen. Der eine Teil für dich, der andere für mich. Monsieur Ruche erinnerte sich an die Besessenheit, mit der sie ihre Gegensätzlichkeit betonten. Wenn man ein und dasselbe liebt, dann ist es so, als wiederholt man sich, sagte Grosrouvre. Nein, nicht er, ich war es, der das sagte. Er sagte, wenn er über mich sprach: Er ist er, und ich bin ich. Und wir sind nicht die anderen! Er drückte sich immer in dieser Form aus. Das brachte uns unseren Kommilitonen nun wirklich nicht gerade näher. Aber das war uns egal.

Die körperliche Stärke Grosrouvres hatte Monsieur Ruche immer beeindruckt. Es geschah bei der Armee, nur wenige Wochen vor der Kriegserklärung 1939; sie waren gerade eingezogen worden. Es wurden Tests durchgeführt. Als Elgar in den Apparat pustete, stieg die Nadel, und sie hörte überhaupt nicht mehr auf zu steigen. Erst jenseits der 6 war sie stehengeblieben. Der Adjutant pfiff anerkennend: »Sechs Liter auf dem Spirometer!« Und vollkommen unvermittelt brüllte er: »Grosrouvre, ab in den Wald, mit dem ganzen Marschgepäck! Sofort!« Zwanzig Kilometer. Elgar kam mitten in der Nacht wieder, sah aus wie das blühende Leben und hatte nicht einen Tropfen Schweiß verloren. Der Adjutant trat mit spöttischem Gesichtsausdruck auf ihn zu; er wollte ihn ein zweites Mal auf die Runde durch den Wald schicken und hatte bereits den Mund geöffnet. Elgars Blick hatte etwas Furchterregendes. Der Adjutant hielt plötzlich inne. Die ganze Stube hatte Grosrouvres Atem gehört: wie eine Schmiede. Man war um den Adjutant besorgt.

»Ein Brustkorb wie ein Schrank.« Das war tatsächlich mein Ausdruck, sagte Monsieur Ruche zu sich selbst. Wenn Grosrouvre zum Tanzen ging, kam es nur selten vor, daß ein Mädchen nicht ihr Gesicht an seine Brust schmiegte. Er, der einen Kopf größer war als das Mädchen, bahnte sich, regungslos wie die Gallionsfigur eines Schiffs, einen Weg durch die tanzende Menge, die sich auf der winzig kleinen Tanzfläche bewegte. »Zum Teufel mit diesen Erinnerungen!«

Monsieur Ruche bat den Kellner, ihm etwas zum Schreiben zu bringen, und er machte sich an die Arbeit. Über sein Blatt gebeugt, schrieb er eifrig. An seinen angespannten Gesichtszügen ließ sich ablesen, daß es nicht einfach war.

Jähzornig, strich er durch und begann immer wieder von neuem. Einige Zeit später hatte er, nach zahlreichen Streichungen und Verbesserungen, folgendes Ergebnis vorliegen:

Teiler von 220: 1, 2, 4, 5, 10, 11, 20, 22, 44, 55, 110
Teiler von 284: 1, 2, 4, 71, 142

Die Summe der Teiler von 220? Er fing zu addieren an, irrte sich, strich durch, begann noch einmal von vorn. Schließlich hatte er doch das Ergebnis: **284**! Über das Gesicht von Monsieur Ruche huschte ein Lächeln. Die Hälfte des Weges war bewältigt! Die Summe der Teiler von 284? Er addierte die Teiler, ohne einen Fehler zu machen, und notierte: **220**! »So, ich habe es nachgeprüft, die beiden sind tatsächlich befreundete Zahlen!«

Perrette gesellte sich zu ihm.

Sie setzte sich an Monsieur Ruches Tisch, bemerkte das bauchige Glas, das mit hochprozentigem Alkohol gefüllt war. Obwohl es noch nicht die Zeit dafür war, bestellte sie ihren Quinquina-Erdbeer-Apéritif.

»Wir zwei haben nie viel miteinander gesprochen, Monsieur Ruche.«

Monsieur Ruche sah sie lange an. Sie hatte sich nicht sehr verändert seit jenem Tag, als sie zum erstenmal die Buchhandlung betreten hatte. Mit ihren Haaren, die kürzer und gelockter waren als jemals zuvor, sah sie aus, als hätte sie ihren Schädel mit einem Holzkohleteppich geschmückt. Ein junges Mädchen mit einem geschmeidigen Körper. Wer hätte sie auf vierzig geschätzt?

»Das ist wahr«, stimmte er ihr zu.

Dann, nach einer Pause:

»Könnten Sie mich Pierre nennen?«

»O nein!« rief sie aus.

Sie errötete, weil sie so vehement geantwortet hatte.

»Wenn ich Sie mit Ihrem Vornamen anreden oder Sie duzen würde, dann wird uns das möglicherweise entfremden. Durch diese Distanz sind wir uns nähergekommen. Ich denke, daß Sie keine Vertraulichkeiten mögen.«

»Das hat noch nie jemand zu mir gesagt. Aber es wird wohl stimmen.«

»In der Rue Ravignan ist in letzter Zeit ziemlich viel passiert. Ich glaube, wir befinden uns an einem Wendepunkt unserer«, sie fand nicht das passende Wort, »... unseres Zusammenlebens. Nein, ich meine, unserer Hausgemeinschaft. Wir müssen ein wenig auf uns achtgeben.«

Monsieur Ruche hörte ihr zu. Er hatte sie noch nie zuvor so reden hören.

»Die ganze Geschichte ist reichlich kompliziert«, fuhr sie fort. »Allein werden Sie damit nicht fertig. Ich weiß, Sie bitten niemanden um etwas. Wie immer. Grosrouvre, den ich übrigens gern kennengelernt hätte, war Ihr Freund. Wissen Sie, an wen er mich erinnert? An den Onkel aus Amerika. Der als ganz junger Mann weggegangen ist, ein abenteuerliches Leben geführt hat, von dem man seit einer Ewigkeit nichts gehört hat und der eines Tages wie aus heiterem Himmel auf der Bildfläche erscheint: Von einem Notar wird einem eröffnet, daß man ein Vermögen von ihm geerbt hat. Bei der Geschichte mit Grosrouvre jedoch war es genau umgekehrt. Sie haben das Vermögen vor dem Testament erhalten. Die Bibliothek! ...« Ihre Augen glänzten. »Sie ist viel mehr als ein Vermögen, denn sie ist unbezahlbar. Und der Brief von heute morgen, was ist er anderes als ein Testament? Ein eilig verfaßtes Testament ...«

Monsieur Ruche hob plötzlich den Kopf. Sie blickte schelmisch drein. Ein leichtes Schulterzucken: »Mehr gibt es dazu wohl kaum zu sagen.«

Er hätte sich gern bei ihr bedankt.

»Allerdings ist es ein Testament mit Tücken« befand Perrette. »Sie werden sehen, daß die Kinder sehr gut damit zurechtkommen. Sie sind sehr pfiffig, und ich bin auch nicht auf den Kopf gefallen.«

Sie beschlossen, nach dem Abendessen im Wohn-Eßzimmer eine Familienratssitzung einzuberufen. Sie legte ihre Hand auf die seine.

Perrette wußte tatsächlich nichts über Monsieur Ruche. Sie waren beide gleichermaßen verschwiegen. Sowohl für den einen als auch für den anderen öffneten sich seit einigen Tagen die Türen einen Spalt breit. Mehr aber auch nicht.

Völlig unvermittelt fragte sie ihn:

»Warum liegt Ihnen so viel an Grosrouvre?«

»Warum?«

Von einem Augenblick zum anderen veränderte sich sein Gesichtsausdruck. Er schien weit, ganz weit in der Zeit zurückzureisen:

»Es war nach dem Angriff der Deutschen. Wir wurden völlig überrumpelt. Die meisten von uns gerieten in Gefangenschaft. Grosrouvre konnte fliehen. Ich nicht.

Eines Tages wurde auch er ins Gefangenenlager gebracht. Er humpelte ganz furchtbar. Bei einem Angriff hatte er sich das Bein gebrochen. Dann wurde es Winter. Es herrschte klirrende Kälte. Ich fing mir eine Lungenentzündung ein. Es gab keine Medikamente. Man gab nicht mehr viel auf mich. Grosrouvre sagte damals, daß das so nicht ginge. Ich weiß nicht, wie er es gemacht hat, aber er hatte Senf aufgetrieben. Er machte mir Senfpackungen, die er in seine Leinenunterhosen einwickelte. Es brannte. Ich zitterte. Er zog seinen gefütterten Mantel aus und deckte mich damit zu. Tag und Nacht wich er nicht von meiner Seite. Ich war im Delirium. Wenn ich aus meinem Delirium erwachte, sah ich ihn auf einem Hocker am Kopfende meines Bettes sitzen. Er hatte nichts an und sagte zu mir: ›Die Philosophie ist unsterblich, mach also keine Dummheiten. Man zählt auf dich.‹ Und er zählte die Namen derjenigen Philosophen auf, die ich schätzte.

Als ich wieder, dünn wie eine Bohnenstange, genesen war, sagte er zu mir: ›Sicher wird man nicht immer Senf auftreiben können, wenn uns also noch einmal etwas zustößt, werden wir hier krepieren. Ich kann jetzt wieder gehen und schlage deshalb vor, daß wir uns hier empfehlen.‹

Wir haben einen Fluchtweg gefunden. Wir mußten uns trennen, damit man uns nicht entdeckte. Ich habe mich über eine Weide davongemacht, er ist in einen Wald gelaufen. Seither haben wir uns nicht mehr wiedergesehen.«

Max hatte sich seiner Mutter genau gegenübergesetzt, um ihr besser von den Lippen ablesen zu können. Vollgestopft mit Honigstangen, döste Nofutur auf seiner Sitzstange vor sich hin. Jonathan-und-Léa saßen auf dem Sofa. Der Rollstuhl von Monsieur Ruche stand ein wenig abseits im Schatten. Nach den vielen Stunden, die er außerhalb des Hauses verbracht hatte, glänzten seine Lacklederschuhe nicht mehr ganz so.

Perrette trug über der Bluse einen Umhang, stand, mit dem Rücken zum Kamin, ganz gerade da und las den Brief vor. Sie las langsam, streute immer wieder kleine Pausen ein, so daß jeder die Bedeutung der Worte Grosrouvres ermessen konnte.

Als Perrette den letzten Satz vorlas: »*Vielleicht ist ja die Zeit gekommen, die Summe dessen zu bestimmen, was wir geteilt haben*«, fingen alle auf einmal zu sprechen an. Der Brand und Pythagoras, die mathematischen Vermutungen und die geheimnisvollen Aktivitäten Grosrouvres, die verschwundenen Beweise ... Perrette hielt Monsieur Ruche den Brief hin, der ihn abwesend an sich nahm. Aus dem Stimmengewirr erhob sich Maxens Stimme:

»Diese Kerle sind Dreckskerle.«

Aus seinem Mund kam dies einer Verdammung gleich. Und an Monsieur Ruche gewandt, sagte er:

»Wenn Ihr Freund denen nicht seine …, seine …«

»… Beweise«, kam ihm Perrette zu Hilfe.

»… seine Beweise verkaufen wollte, dann war das doch sein gutes Recht. Schließlich waren es doch seine Beweise. Er hat sie doch erarbeitet. Niemand konnte ihn dazu zwingen. Sie sind für das Unglück verantwortlich.«

»Warum sagst du Unglück?« fragte Jonathan.

»Es ist eins«, fiel Monsieur Ruche ein. »Seit heute morgen habe ich ständig darüber nachgedacht. Ich denke, daß ich teilweise dafür verantwortlich bin.«

»Was sagen Sie da?« empörte sich Perrette. »Sie wollen für ein Unglück verantwortlich sein, das sich 10 000 Kilometer von hier entfernt zuträgt?«

»Das ist keine Frage der Entfernung, Perrette. Was kann denn vorgefallen sein? Im Anschluß an seine Entscheidung, die Papiere verschwinden zu lassen, hat er den Brief zu schreiben begonnen. Acht Seiten! Er hat nicht gemerkt, wie die Zeit verging! Als er ihn beendet hatte, war es schon fast dunkel. Ihm blieben nur noch wenige Minuten; die anderen würden kommen und sich der Beweise bemächtigen. Er hat sich beeilt und seine Papiere mit Benzin übergossen. In der Eile ist ihm eine Ungeschicklichkeit passiert, und das Feuer hat sich im ganzen Haus ausgebreitet. Er konnte nicht mehr entkommen; weil er eben nicht mehr ganz jung ist …, ich meine war. Stellt euch das einmal vor, sein ganzes Werk, vierzig Jahre Arbeit, seine Hefte, seine Notizbücher verbrennen vor seinen Augen! Das muß furchtbar für ihn gewesen sein. Oder …, ich weiß nicht, ja, oder ihm ist übel geworden, so daß er das

Benzin verschüttet hat, das sich dann im ganzen Haus ausbreiten konnte ...‹

Tief bewegt sah Monsieur Ruche die verschiedenen
Szenarien vor seinen Augen.

»Nun, ich denke«, schaltete Jonathan sich behutsam
ein, »daß es sich nicht so zugetragen hat, wie Sie es darstellen. Sie sind für überhaupt nichts verantwortlich.«

Monsieur Ruche hob traurig dreinblickend den Kopf.

»Ihr Freund hatte alles arrangiert«, fuhr Jonathan fort.
»Der Brief, den er Ihnen schrieb, ist sein Testament. Er
hatte seinen Tod vorausgesehen und alles arrangiert.«

»Willst du damit sagen«, rief Monsieur Ruche aus, »daß
er ...«

»Daß er Selbstmord begangen hat. Ja, das meine ich«,
bekräftigte Jonathan.

»Das ist nicht Grosrouvres Art«, widersprach Monsieur Ruche.

»Hören Sie, Monsieur Ruche, Grosrouvre hatte beschlossen, deren Angebot auszuschlagen. Er hat alles ver-
nichtet, was diese Kerle in ihren Besitz bringen wollten. Er
wußte genau, mit wem er es zu tun hatte und wozu sie
imstande waren. Stellen Sie sich vor, wie sie zu ihm ins
Haus kommen und er ihnen mitteilt: ›Ich habe verbrannt,
wonach ihr sucht. Ihr werdet es nie bekommen!‹ Wie werden sie Ihrer Meinung nach darauf reagiert haben? Außer
sich vor Wut, werden sie sich auf ihn gestürzt und auf ihn
eingeprügelt haben, um etwas aus ihm herauszubringen,
weil sie nämlich glauben, daß es Kopien gibt, die er irgendwo versteckt hat. Grosrouvre weiß, daß genau das
passieren wird. Infolgedessen trifft er seine Vorkehrungen.
Er schreibt Ihnen, dann verbrennt er seine Papiere, zündet
das Haus an und bringt sich um. Wie? In diesen Ländern
dürfte es eine ganze Reihe von Möglichkeiten geben;
kommt das Curare nicht von dort?«

»Aber warum ist er nicht geflohen, statt sich das Leben zu nehmen?« fragte Perrette.

»Weil er sie genau kannte. Er wußte, daß, wo immer er auch hinginge, sie ihn finden würden. Es ist eine gut organisierte Bande.«

»Das ist eine filmreife Geschichte, die du uns da erzählst«, lästerte Léa, die bis dahin noch kein Wort gesagt hatte. »Kriminelle Bande oder nicht, ist es denn wirklich so wichtig zu wissen, was sich dort abgespielt hat?«

Ohne dem Einwand Léas irgendeine Beachtung zu schenken, stand Jonathan auf und schüttelte seine langen Haare.

»Weil er wußte, daß er sein Haus anzünden würde, hat er Ihnen seine Bibliothek geschickt. Er hätte sie nie verbrennen können; das war unmöglich. Seine Beweise, die konnte er verbrennen, weil er selbst sie entwickelt hatte, die Bücher aber … Ich fand es, ehrlich gesagt, sehr merkwürdig, daß jemand, der eine solche Bibliothek besitzt, sich ohne ersichtlichen Grund von ihr trennt und sie Tausende von Kilometern auf die Reise schickt. Das roch förmlich nach einer Zwangslage.«

Léa stand auf und ging, ohne auch nur ein Wort zu sagen, nach oben, um sich schlafen zu legen.

»Es sei denn, er hat sie Ihnen geschickt, um sie vor diesen Kerlen in Sicherheit zu bringen, die ihn damit möglicherweise erpressen konnten: Du verkaufst uns deine Beweise oder wir verbrennen jedes einzelne deiner Bücher«, regte Max an.

»In Wahrheit«, dachte Monsieur Ruche bei sich, »beweist der Versand der Bibliothek noch gar nichts.«

»Wenn ein Todesfall zu beklagen ist, gibt es vier Möglichkeiten: natürlicher Tod, Unfall, Selbstmord, Mord. Hier haben wir es ganz offensichtlich nicht mit einem natürlichen Tod zu tun. Ihr habt Unfalltod und Selbstmord in Betracht gezogen. Aber ihr habt die Möglichkeit eines Mordes vergessen«, erklärte Perrette bestimmt.

Sie sahen sie verblüfft an. Niemand hatte an einen Mord gedacht. Es herrschte betretenes Schweigen. Es wurde ungemütlich. Monsieur Ruche richtete sich in seinem Rollstuhl auf.

»Sie hatten kein Interesse daran, ihn umzubringen«, rief Jonathan. »Im Gegenteil. Nachdem die Papiere verbrannt waren, hatten sie nur noch Grosrouvre. Tot nutzte er ihnen nichts.«

Monsieur Ruche hörte aufmerksam zu; die Ungezwungenheit, mit der sie über Grosrouvres Tod sprachen, schmerzte ihn.

»Das stimmt. Wenn es also Mord war, dann unbeabsichtigt. Aber es bliebe trotzdem Mord. Sie haben versucht, ihn zum Sprechen zu bringen. So wie Jonathan gesagt hat. Grosrouvre hat sich geweigert, sie haben ihn bedroht. Er hat sich gewehrt, und der Schuß ist losgegangen. Oder aber er hat einen Herzinfarkt erlitten.«

Die Sache hat sich möglicherweise tatsächlich so abgespielt, wie Perrette sie beschrieben hat. Aber Jonathan ließ nicht locker: »Und warum dann der Brand?«

»Um den versehentlichen Mord wie einen einfachen Unfall aussehen zu lassen. Und um alle Spuren ihres Verbrechens zu verwischen«, schloß Perrette.

Unfall, Selbstmord oder Mord?

Es war spät. Nofutur schlief auf seiner Sitzstange. Die übrige Hausgemeinschaft schwieg; jeder wog für sich die Wahrscheinlichkeit der verschiedenen Möglichkeiten ab. Monsieur Ruche glaubte an einen Unfall. Jonathan tendierte zum Selbstmord, Perrette zum Mord; und Léa war es offensichtlich Wurscht. Max wollte sich in dieser Angelegenheit nicht äußern: Egal, ob Unfall, Mord oder Selbstmord, diese Kerle waren für den Tod des Freundes von

Monsieur Ruche verantwortlich. Deshalb mußte man auch herausfinden, wer sie waren und warum sie sich so sehr für die Beweise von Grosrouvre interessierten.

Weshalb zum Teufel waren sie derartig erpicht darauf, bisher unveröffentlichte mathematische Beweise in ihren Besitz zu bringen?

Es gab noch andere Fragen.

Diese Kerle, die Grosrouvres Tod zu verantworten hatten, unterhielten geschäftliche Beziehungen zu ihm. Um welche Art Geschäfte handelte es sich? Monsieur Ruche erinnerte sich, daß Grosrouvre im ersten Brief erwähnte, viel Geld verdient und sich einige Werke auf nicht ganz legale Weise beschafft zu haben. Waren sie vielleicht Schmuggler? Drogen, Diamanten, Waffen? Jonathan lag vielleicht gar nicht so falsch, als er von einer Mafia sprach.

Wie sollte man von der Rue Ravignan aus eine Antwort auf all diese Fragen finden? Das heißt, von einem anderen Land, einem anderen Kontinent, einer anderen Hemisphäre aus?

Wer war dieser treue Gefährte, dem Grosrouvre seine Beweise anvertraut hatte? In jedem Fall mußte es jemand sein, so schlossen sie, der über ein verdammt gutes Gedächtnis verfügte.

Léa saß in ihrem Dachzimmer auf dem Bett und ärgerte sich. Sie vergeudeten einen ganzen Abend damit, herauszufinden, wie dieser alte Typ in Manaus umgekommen ist, und scheren sich einen feuchten Kehricht darum, unter welchen Umständen man hier geboren wurde! Und Jonathan mischt auch noch fleißig mit. Warum ist es wichtiger aufzuklären, wie er in einem verlorenen Nest im Amazonas gestorben ist, als dahinterzukommen, wie wir in einem Loch mitten in Paris geboren wurden?

7. KAPITEL

Pythagoras, der Mann, der überall Zahlen sah

Da Monsieur Ruche Grosrouvre nun einmal sehr gut kannte, war er davon überzeugt, daß der Brief seines Freundes, neben dem, was ausdrücklich darin stand, noch verborgene Hinweise enthielt, die er, wie soll man sagen?, ja, genau, die er entschlüsseln müßte. Er beinhaltete ganz sicher zwei verschiedene Verständnisebenen. Alles drehte sich um Pythagoras. Warum war Grosrouvres Wahl auf ihn gefallen und was wollte er ihm damit zu verstehen geben?

Die erste Aufgabe von Monsieur Ruche bestand infolgedessen darin, sich mit Leben und Werk des alten griechischen Denkers sowie den Mathematikern seiner Schule zu beschäftigen. Wer genau waren eigentlich jene Akusmatiker, auf die Grosrouvre sich bezogen hatte, und warum diese Notwendigkeit zur Verschwiegenheit? Worin bestand die »unglaubliche Entdeckung« der Inkommensurabilität, und warum war sie so bedeutsam, daß sie letztlich den Tod jenes Hippasos von Metapont, dem Verräter des Geheimnisses, verursacht hat? Wodurch haben die Pythagoreer diese Entdeckung machen können? Bestand irgendeine Verbindung zwischen dem berühmten Satz des Pythagoras und dieser ganzen Angelegenheit?

In seiner Jugend hatte Monsieur Ruche zwar mit einigen dieser Fragen kokettiert, aber seine Erinnerungen daran waren, ehrlich gesagt, nur noch sehr vage. Er erinnerte sich beispielsweise, daß er, so wie Grosrouvre es in seinem Brief erwähnt hatte, nie eine besondere Vorliebe für die nach seinem Geschmack zu mystischen und religiösen pythagoreischen Lehrsätze hegte.

Monsieur Ruche begab sich in die BAU. Er rollte zu den Regalen der Abteilung »Griechische Mathematik«, die im oberen Bereich eingestellt war. Monsieur Ruche zog mit Hilfe seiner Bücherzange mehrere Werke über die Vorsokratiker heraus. Dann setzte er sein Gerät nochmals ein und legte damit das von Iambuichos im 3. Jahrhundert verfaßte *Leben des Pythagoras* auf seinem Schreibtisch ab.

Er rollte zum kleinen Schreibtisch, den er sich in der einen Ecke des Ateliers hatte aufstellen lassen. Ein wunderbarer, lederüberzogener Sekretär mit gedrechselten Beinen. Monsieur Ruche stürzte sich geradezu auf *Das Leben des Pythagoras*. Er las es, ein echter Roman! Der äußerst schlechte Zustand des Einbandes ließ darauf schließen, daß Grosrouvre viel damit gearbeitet hatte. Manche Seiten waren ausgesprochen stark zerknittert; ihnen galt Monsieur Ruches ganz besondere Aufmerksamkeit.

Er holte seinen Federhalter aus der Aktentasche.

Mit Glas schreiben! So würden ihm die Worte noch gebrechlicher und also wertvoller erscheinen. Monsieur Ruche schlug das Heft mit dem Pappeinband auf, blätterte bis zur ersten unbeschriebenen Seite weiter, tunkte den Federhalter in ein kleines Tintenfäßchen, und die gläserne Feder schrieb:

Pythagoras hat das Wort Philosophie erfunden.

Damit hätte er es bewenden lassen können, denn es hätte ausgereicht. Aber er mußte Nachforschungen betreiben und stand erst ganz am Anfang.

Genau wie bei Thales existiert von Pythagoras kein schriftliches Werk, und genausowenig ist das genaue Geburts- und Todesdatum bekannt. Man weiß lediglich, daß er im 6. Jahrhundert vor unserer Zeitrechnung lebte, auf der Insel Samos in der Ägäis geboren wurde und in Kroton (Crotone) im äußersten Süden Italiens starb.

Im Alter von 18 Jahren nahm Pythagoras an den Olympischen Spielen teil. Er gewann alle Faustkämpfe.

Nach seinem Sieg beschloß er zu reisen. Im nahegelegenen Ionien verbrachte er einige Jahre in der Nähe von Thales und Anaximander, dessen Schüler. In Syrien lebte er dann im Umfeld der phönizischen Weisen, die ihn mit den Mysterien von Byblos vertraut machten. Dann zog es ihn zum Berg Karmel im heutigen Libanon. Von dort aus schiffte er sich nach Ägypten ein, wo er zwanzig Jahre lang blieb. In den Tempeln an den Ufern des Nil hatte er genügend Zeit, um sich das Wissen der ägyptischen Priester anzueignen.

Mit einem Mal fallen die Perser ins Land ein, so daß Pythagoras gefangengenommen und nach Babylon gebracht wird. Dort verliert er keine Zeit. Während der zwölf Jahre, die er in der mesopotamischen Hauptstadt verbringt, eignet er sich das ungeheure Wissen der babylonischen Schriftgelehrten und Magier an. Welterfahren und klug kehrt er nach Samos zurück, das er vierzig Jahre zuvor verlassen hatte.

In Samos aber herrschte Polykrates, der Tyrann, und Pythagoras verabscheute Tyrannen. Also ging er wieder fort. Diesmal in Richtung Westen, an die Küsten Großgriechenlands. In Sybaris im Süden Italiens ging er an Land. Sybaris war im Altertum sprichwörtlich wegen seines Reichtums und seiner Üppigkeit! Pythagoras jedoch ließ sich in der nahegelegenen Stadt Kroton nieder. Dort gründete er auch seine »Schule«.

Von Pythagoras, der mehrere Jahre lang ein Schüler von Thales war, bis Archytas von Tarent, einem treuen Freund

Platons, bestand die pythagoreische Schule 150 Jahre und zählte 218 Pythagoreer. Keinen mehr und keinen weniger. Aber nur die wenigsten davon waren Mathematiker. Monsieur Ruche interessierte sich jedoch nur für sie, deren Namen lauteten: Hippokrates von Chios, Theodoros von Kyrene, Philolaos, Archytas von Tarent. Und Hippasos natürlich.

Monsieur Ruche schlug *Das Leben des Pythagoras* zu und die anderen Bücher über das mathematische Werk des Pythagoras und die Mitglieder seiner Schule auf.

Hippasos war einer der ersten Pythagoreer; er war der Führer der »Akusmatiker«, die sich noch darum bewarben, eingeweiht zu werden, während Pythagoras selbst den »Mathematikern«, d.h. den Eingeweihten, vorstand.

Hippasos war einer der Erfinder des dritten Mediators. Die Mediatoren sind solche Zahlen, die die verschiedenen Beziehungsarten bezeichnen, die drei Zahlen miteinander unterhalten können.

Vor Hippasos gab es zwei Verfahren, die Arithmetik und die Geometrie. Nach ihm waren es drei. Und der Name dieses dritten lautete Harmonische.

Das *arithmetische Mittel* zweier Zahlen a und c wird schlicht als Mittel bezeichnet: ihr Mittelwert. Er wird mit Hilfe von Addition und Subtraktion berechnet. Ein Satz veranschaulicht sehr gut, was er ist: *»Das Plus der ersten Zahl im Verhältnis zur zweiten ist dasselbe wie dasjenige der zweiten Zahl im Verhältnis zur dritten.«* Monsieur Ruche notierte die Formel und rahmte sie ein.

$$a - b = b - c.$$
b ist das *arithmetische Mittel* von a und c
$$b = \frac{(a + c)}{2}$$

Das geometrische Mittel zweier Zahlen a und c wird mittels Multiplikation und Division berechnet. Ein Satz veranschaulicht sehr gut, was es ist: »*Die erste ist für die zweite dasselbe wie die zweite für die dritte.*«

Für die Griechen stellt es die Figur der Analogie dar. Monsieur Ruche notierte die Formel und rahmte sie ein:

$$a : b = b : c$$
b ist das *geometrische Mittel* von a und c
$$b = \sqrt{ac}$$

Und zum Schluß zum neuen, zum harmonischen Mittel, das schwieriger zu definieren ist. »*Die erste Zahl ist um einen Bruch ihrer selbst größer als die zweite, während die zweite um denselben Bruch der dritten größer ist als die dritte.*«

Obwohl der Satz vollkommen klar war, verstand Monsieur Ruche ihn nicht. Der Text, aus dem er seine Informationen bezog, enthielt ein Beispiel mit den Zahlen 6, 4 und 3. Monsieur Ruche wandte die Definition auf diese Zahlen an: 4 ist das harmonische Mittel von 6 und 3. Denn 6 ist um 2, d.h. das Drittel von 6, größer als 4, und 4 ist um 1, d.h. das Drittel von 3, größer als 3. Eigentlich war es ganz einfach!

4 ist das *harmonische Mittel* von 6 und 3
$$6 = 4 + 2, \text{ mit } 2 = \tfrac{1}{3} \text{ von } 6$$
$$4 = 3 + 1, \text{ mit } 1 = \tfrac{1}{3} \text{ von } 3$$

Was für eine Anstrengung! Und das in meinem Alter!

Das Knirschen der Glasfeder auf dem Papier war eine Wonne. In kleinen Spiralen strömte die Tinte in die Federspitze und versorgte sie mit genau der Menge an Flüssigkeit, derer es für eine elegante Schrift bedurfte. Monsieur Ruche empfand körperliches Wohlbehagen, wenn er die Buchstaben formte und das Geräusch der Glasfeder auf dem Papier seines in Pappe eingebundenen Heftes hörte. Was schrieb er?

Hundertfünfzig Jahre vor Euklid verfaßte Hippokrates von Chios die ersten Elemente einer Geschichte der Mathematik. Dieser Hippokrates ist nicht mit dem Vater der Medizin, d.h. des Eides, zu verwechseln. Beide lebten im 5. Jahrhundert vor unserer Zeitrechnung, aber der Mathematiker wurde auf der Insel Chios und der Arzt auf Kos geboren.

Nach Aristoteles war Hippokrates einer der bedeutendsten Geometer, die es je gegeben hat, ansonsten aber, so führte er weiter aus, war er »einfältig und dumm«. Eine Anekdote hing ihm zeit seines Lebens an. Er hat sich ursprünglich als Geschäftsmann im Seehandel betätigt. Während einer Seereise haben ihn Steuereinnehmer aus Byzanz um sein ganzes Geld betrogen. Auch Thales war im Seehandel tätig, stellte Monsieur Ruche fest. Aber ein solches Mißgeschick wäre ihm nie im Leben passiert, dazu war er viel zu gewieft. Nachdem Hippokrates ruiniert war, blieb ihm nur noch eine Betätigungsmöglichkeit: Er wurde Mathematiker. Was wäre, wenn alle Bankrotteure dieser Welt dasselbe täten wie er? Und selbst wenn es nur die aus Montmartre wären, so dürfte deren Zahl doch groß genug sein, um eine Akademie zu gründen! Da man nur den Einfältigen und Dummköpfen leiht, wird behauptet, Hippokrates sei der Erfinder der *Beweisführung durch Widerspruch*. Ein Pappenstiel! Der Beweis durch Widerspruch ist eine der gefürchtetsten Waffen der Logik. Durch sie läßt sich die Wahrheit eines Satzes begründen, indem man zeigt, daß der gegenteilige Satz einen Widersinn erzeugt. Beispiele hierfür sind: »eine Zahl, die zugleich gerade und ungerade ist«, »zwei Parallelen, die sich schneiden«, »ein gleichschenkeliges Dreieck, dessen Winkel alle verschieden sind« usw.

Wenn Monsieur Ruche diese Form der Argumentation ganz besonders schätzte, so lag das daran, daß von einer falschen Hypothese ausgegangen wird, um zu einem wahren Satz zu gelangen! Das hat ihn immer an das Sprichwort erinnert: »Sag eine Lüge, so hörst du eine Wahrheit.«

»Wenn du beweisen willst, daß ein Satz wahr ist, dann nimm sein Gegenteil und betrachte es als wahr. Zieh die Schlußfolgerungen daraus. Sind sie widersinnig, so liegt das an deiner Hypothese. Da sie falsch ist, bedingt sie natürlich auch falsche Schlußfolgerungen. Und da sie nun einmal falsch ist, ist ihr Gegenteil folgerichtig wahr. Genau das wolltest du beweisen! Die Zwillinge werden begeistert sein. Obwohl sie auf dem Gymnasium sicher schon davon gehört haben. Wir werden sehen.«

Monsieur Ruche bemühte sich, folgendes auf ein unbeschriebenes Blatt zu zeichnen:

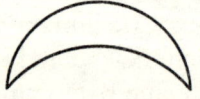

Thales suchte den Himmel ab, Hippokrates war auf der Jagd nach Mondsicheln. In der Mathematik werden sie als *Möndchen* bezeichnet. Hippokrates ermittelte die Quadratur der Möndchen. Es war die erste Quadratur eines gebogenen Gebildes. An den Rand schrieb Monsieur Ruche:

Zu einem späteren Zeitpunkt noch einmal auf die drei großen Probleme der griechischen Mathematik eingehen: Quadratur des Kreises, Verdoppelung des Kubus, Trisektion des Winkels.

In seiner Jugend hat man Hippokrates ruiniert. Im Alter wurde er aus der pythagoreischen Schule hinausgeworfen, weil er »Geometrie öffentlich vorgeführt und dafür Geld genommen« hat! Ist es nicht genau das, wogegen Grosrouvre sich gewehrt hat? Geld dafür zu nehmen, daß er seine Beweise dieser Bande zeigte, die ihm so sehr zusetzte. Hätte er akzeptiert, würde er heute noch leben, dachte Monsieur Ruche. Grosrouvre wollte seine Entdeckungen weder preisgeben, so wie Hippasos es getan hatte, noch sie verkaufen wie Hippokrates.

Monsieur Ruche las weiter. Die Schule ist in Kroton gegründet worden, ganz unten im italienischen Stiefel. In der Stadt lebte ein sehr reicher und einflußreicher Mann namens Kylon, der um jeden Preis Aufnahme bei den Pythagoreern finden wollte. Sein Ansinnen wurde mehrmals abgelehnt. Der gewalttätige und autoritäre Kylon ertrug es nicht, daß man es wagte, ihm etwas zu verwehren, was er begehrte.

Monsieur Ruche unterbrach seine Lektüre, denn das erinnerte ihn an einen Satz, den er schon einmal gehört hatte. Aber er konnte sich nicht genau erinnern. Ah, das Gedächtnis! Im Alter ... Plötzlich erinnerte er sich. Diesen Satz hatte er nicht gehört, er hatte ihn gelesen. In Grosrouvres Brief:

Gestalten, denen man nicht lange etwas verwehren kann, auf das sie ein Auge geworfen haben.

Kylon beschloß, sich zu rächen. Die Mitglieder der Schule versammelten sich regelmäßig in einem großen Gebäude, um Angelegenheiten zu erörtern, die die Stadt betrafen. Kylon und seine Anhänger schlichen sich heran und legten Feuer. Alle, die sich in dem Gebäude befanden, kamen im Feuer um, mit Ausnahme eines einzigen.

Monsieur Ruche zuckte zusammen. Eine solche Übereinstimmung konnte kein Zufall sein. Sollten die Leute, denen er nicht seine Beweise überlassen wollte, genauso gehandelt haben wie 2500 Jahre zuvor die Anhänger Kylons, als sie Grosrouvres Haus anzündeten? Monsieur Ruche war so sehr entrüstet, daß er nicht weiterzulesen vermochte. Perrettes Hypothese von einer Brandstiftung, an die er nicht geglaubt hatte, als sie von ihr erörtert wurde, könnte sich als zutreffend herausstellen. Ein Verbrechen! Sollte dies der Wahrheit entsprechen, dann wäre es dringend notwendig, den Kylon dieser Bande zu identifizieren, der seinen Schergen den Befehl gegeben hat, Grosrouvre zu ermorden. Bisher war es aber nichts weiter als eine Hypothese.

Monsieur Ruche verließ Kroton und das blaue Wasser des ionischen Meeres, um sich nach Manaus in den grünen Wald des Amazonas zu begeben.

Von wo er, noch überzeugter von der Hypothese als zuvor, erst einige Zeit später zurückkehrte. Er mußte seine mathematischen Nachforschungen fortsetzen; nur sie würden die Antworten liefern, die er suchte. Mit ihrer Hilfe würde er am Ende erfahren, was in Manaus wirklich geschehen und was aus Grosrouvres Beweisen geworden ist.

Wo war er stehengeblieben? Ach ja, der Überlebende, der den Brand unversehrt überstanden hatte. Es wird gesagt, sein Name sei Philolaos gewesen.

Wie viele Denker dieser Epoche beschäftigte auch er sich mit Astronomie und Kosmogonie. Er hatte sich ein erstaunliches Weltmodell ausgedacht. Die Erde drehte sich nicht nur, sondern sie war darüber hinaus nicht das Zentrum des Universums! Das hatte er sich 2000 Jahre vor Kopernikus und Galilei ausgedacht!

Was bildete demnach den Mittelpunkt des Universums? Die Antwort war unglaublich. Ein zentrales Feuer! Philolaos hatte im Zentrum des Universums ein Feuer plaziert, um das sowohl die Erde als auch all die anderen Planeten und die Sonne kreisten. Eine Frage ging Monsieur Ruche nicht aus dem Kopf: Hatte Philolaos sich sein erstaunliches Weltmodell vor dem Brand, den er wundersamerweise unversehrt überlebte, oder erst danach ausgedacht? Wie immer die Antwort auch lauten mochte, er zollte dem ersten Denker, der es gewagt hatte, die Erde aus dem Zentrum des Universums zu verdammen, seine Anerkennung.

Wäre Monsieur Ruche nicht gelähmt gewesen, er hätte geschworen, daß seine Beine kribbelten. In Wahrheit war es die ganze obere Körperhälfte, die kribbelte. Durch die starre Haltung während der langen Arbeit war ihm der Rücken eingeschlafen. Er mußte sich bewegen. Er schüttelte sich, fuhr in den Hof hinaus, drehte mehrere Runden, trank Wasser aus dem Brunnen und begab sich wieder hinein. Er hatte noch eine ganze Reihe Pythagoreer vor sich.

Genau gegenüber von Kroton, am Absatz des italienischen Stiefels, liegt Tarent. Hier lebte Archytas, über den Monsieur Ruche folgenden Satz las:

»Archytas von Tarent ist der Erfinder der Zahl 1.«

Der Erfinder? Monsieur Ruche hielt einen Augenblick lang inne. Hat es die 1 nicht schon immer gegeben? Eben nicht! Für die meisten der griechischen Denker begannen die Zahlen bei 2. Für sie gab es die 1 … und die anderen.

Die 1 sagt etwas über die Existenz aus, nicht über Quantitäten, behaupteten die Griechen. Die Menge gehört zum Bereich der Zahlen:

»1 ist das, was ist.«

Das ist pure Philosophie. Monsieur Ruche war im Himmel der Glückseligkeit. Endlich hatte er seine Kleinen wieder beisammen. Ihm kam es vor, als hätte er das alles schon immer gewußt. Indem er die 1 ihrer Einzigartigkeit und Andersheit entkleidete, hatte Archytas aus ihr eine Zahl wie jede andere auch gemacht. Zwar war sie nach wie vor die erste, aber wie jede andere Zahl auch bezeichnete sie von nun an eine Menge.

Monsieur Ruche schrieb weiter Notizen in sein Heft. An Stoff mangelte es ihm wahrlich nicht. Neben seinem Titel als »Vater der Eins« trug Archytas noch einen zweiten, nämlich den des »ersten Ingenieurs«. Durch die Anwendung zahlreicher mathematischer Regeln der Geometrie auf die Untersuchung wirklicher Geräte schuf er die Mechanik. Da er sich nicht damit zufriedengab, seine Maschinen auf Papyrus zu zeichnen, baute er sie auch wirklich. So stellte er einen mechanischen Vogel her! Das würde Nofutur gefallen.

Eine Holztaube, die flog! Angetrieben von der Energie, die ein in ihrem Bauch eingebauter Mechanismus lieferte. Sie schlug auch mit den Flügeln. Wenn sie erst einmal gelandet war, konnte sie jedoch nicht mehr auffliegen. Sie flog, hob aber nicht mehr ab. Und darüber hinaus sprach sie auch nicht. Der Papagei in der Rue Ravignan hatte also nichts zu befürchten.

Und noch etwas. Archytas war der erste Graffitimaler in der Geschichte. Und das kam so. Er war nicht dazu imstande, Schimpfworte zu benutzen. Als er sich einmal dazu gezwungen sah, es doch zu tun, wendete er sich von seinen Gesprächspartnern unversehens ab und trat schnell auf die hinter ihm befindliche Wand zu. Auf diese schrieb er in großen Buchstaben das Wort, das auszusprechen er sich geweigert hatte. Dieses Verhalten erinnerte Monsieur Ruche an jemanden. Max! Ja, Max sagte nie irgendwelche Grobheiten. Das fiel Monsieur Ruche bei dieser Gelegenheit auf. Für einen Jungen in seinem Alter war das wirklich äußerst ungewöhnlich. Als wären Worte etwas zu Wertvolles, um für so etwas verwendet zu werden.

Der Vater der Eins betätigte sich auf vielen verschiedenen Gebieten. Neben den Holztauben, der Mathematik und Musik beschäftigte Archytas sich auch mit Politik. Als guter Pythagoreer interessierte er sich für das Leben der Stadt. Tarent erfreute sich einer demokratischen Verfassung, und Archytas wurde siebenmal als Stratege wiedergewählt.

Ein Rekord!

Und er rettete Platon vor dem Tod. In den Augen von Monsieur Ruche war dies seine größte Tat. Der Tyrann von Syrakus, Dionisos I., hatte die Absicht, den Philosophen ermorden zu lassen. Archytas, der davon Kenntnis erhielt, entsandte ein Schiff mit Soldaten und einem Boten nach Syrakus. Dieser warnte Dionisos: Archytas verlange von ihm, Platon unverzüglich gehen zu lassen. Da Dionisos einen Krieg mit dem mächtigen Tarent fürchtete, gab er der Forderung des Strategen nach. Platon verließ Syrakus wohlauf.

Monsieur Ruche las seine Notizen noch einmal durch. Nachdem er die Feder in das Tintenfaß getaucht hatte, schrieb er:

Die Pythagoreer haben das mathematische Universum ausgeweitet. Sie haben es um die Musik und die Mechanik erweitert. Ihre Zahlenmystik hat sie nicht daran gehindert, die Arithmetik als Wissenschaft der Zahlen zu begründen. Ihnen verdanken wir die ersten echten Beweise in der Geschichte. Neben ihrem Beweis der Irrationalität der Wurzel aus 2 bewiesen sie beispielsweise, daß die Summe der Winkel aller Dreiecke immer 180 Grad beträgt.

Monsieur Ruche war zufrieden. Er hatte genug Material für die nächste Sitzung über Pythagoras & Co. zusammen.

Er schlug sein Heft zu, wischte die Feder ab und rollte zur Tür des Ateliers.

Zu der Zeit, wenn die Löwen sich ans Wasserloch begeben, betraten Jonathan-und-Léa durch die Seitentür den Sitzungsraum. Der Raum war in Dämmerlicht getaucht. Ein paar Stühle, sonst nichts, wie in einem kärglichen Gemeindesaal. Nachdem sie die Tür hinter sich geschlossen hatten, merkten sie, daß sie nicht allein waren. Jemand saß in der Nähe der Wand. Er trug eine Schirmmütze. Albert! Es herrschte völlige Stille. Sie beschlossen, ihn nicht zu stören.

Als sie sich an die Dunkelheit gewöhnt hatten, mußte Léa erstaunt feststellen, daß sie den hinteren Teil des Ateliers nicht sehen konnte. Schließlich wurde ihr auch klar, warum. Ein Vorhang teilte den Raum in Querrichtung, so daß man nicht sehen konnte, was in der anderen Hälfte des Raums vor sich ging. Die Stühle waren so aufgestellt worden, daß man auf den Vorhang sah. Sie wartete darauf, daß er gelüftet würde. Er hob sich nicht. Sie wartete darauf, daß ein Bild auf ihm sichtbar würde, so wie in der Sitzung über Thales. Kein Bild erschien. Auf der anderen Seite des Vorhangs wurde eine Lampe angeschaltet. Léa bemerkte den sehr schwachen Lichtschein. Gleichzeitig erklang eine kaum hörbare Folge von Tönen. Es hörte sich an wie ein melodisches Bimmeln.

Für sie unsichtbar machte Max sich auf der anderen Seite des Vorhangs zu schaffen. Auf einem niedrigen Tisch standen vier identische, zylinderförmige Vasen. Die erste war leer, die zweite, auf der ein Etikett mit der Aufschrift »1/2« klebte, war zur Hälfte mit Wasser gefüllt, auf der dritten stand »1/3« und auf der vierten »1/4«. Max saß mit einem Goldschmiedehammer in jeder Hand im Schneidersitz davor. Er versuchte die Tonfolge zu wiederholen, mit der er die Sitzung eröffnet hatte. Ein leichter Schlag auf die leere Vase, dann einer auf die halbvolle, das ergab zwei Töne. Dann schlug Max gleichzeitig auf die Vasen. Das ergab einen einzigen Ton, der sehr viel harmonischer klang als die beiden vorausgehenden.

»Oktavakkord!« rief Nofutur.

Danach herrschte einen Augenblick lang Stille. Dann schlug Max mit seinen beiden Hämmerchen gleichzeitig die leere und die zu einem Drittel gefüllte Vase an. Sie erklangen.

»Quintakkord!« rief Nofutur.

Wieder Stille. Dann schlug Max die leere und die zu einem Viertel gefüllte Vase an.

»Quartakkord!« rief Nofutur.

In Wahrheit hatte Max die Töne, die die Vasen erzeugt hatten, fast gar nicht gehört. Er hatte sehr großen Wert darauf gelegt, dieses Experiment selbst durchzuführen. Ausgerechnet er war mit der Durchführung der Klangexperimente beauftragt!

Auf der anderen Seite des Vorhangs hörten Jonathan-und-Léa zu, ohne recht zu begreifen, was das alles sollte. Albert dagegen lauschte, ohne sich irgendwelche Fragen zu stellen. Als Monsieur Ruche das Ergebnis mit eigenen Ohren hörte, bedauerte er, Max nicht darum gebeten zu haben, anstatt dieser Vasen eine gespannte Schnur zu benutzen und sie an unterschiedlichen Stellen anzuzupfen. Das Ergebnis wäre überzeugender ausgefallen. Er ärgerte sich darüber, das Spektakuläre dem Praktischen vorgezogen zu haben.

Jetzt war es nicht mehr zu ändern.

»Pythagoras sah überall Zah …!« schrie Nofutur.

Ihm stockte die Stimme. Es war ein Flügelschlagen zu hören, dann ein Räuspern. Nofutur fuhr etwas gedämpfter fort:

»... Zahlen! Für ihn ist alles, was es gibt, Zahl. In der Musik hat er dies zum erstenmal erkannt.«

Nofuturs Stimme stockte wieder.

Monsieur Ruche übernahm.

»Mit Hilfe dieses einfachen Mittels machte Pythagoras eine erstaunliche Entdeckung: ein Intervall in der Musik ist das Verhältnis zweier Zahlen! Das Oktavintervall, das die leere und die halbleere Vase erzeugt haben, kam in dem Verhältnis 1/2, das Quintintervall in dem Verhältnis 2/3 und das Quartintervall in dem Verhältnis 3/4 zum Ausdruck. Kennt ihr Zahlenverhältnisse, die einfacher sind als diese?« fragte Monsieur Ruche.

»Das macht er extra!« brummte Léa, die sich nur schwer beherrschen konnte. »Was soll das mit den Vasen? Er weiß doch genau, daß wir sie nicht sehen.«

»Er macht's bestimmt, um zu sehen, wie wir reagieren«, beruhigte sie Jonathan. »Wir lassen es einfach weiterlaufen.«

Und Monsieur Ruche fuhr fort:

»Auf diese Weise stellte sich heraus, daß sich mittels Zahlenverhältnissen musikalische Harmonien darstellen lassen! Ja, mehr noch, daß Harmonie an und für sich nichts anderes ist als in Töne umgesetzte Zahlenverhältnisse. Die Tonleiter wurde so zur Zahl und die Musik zur Mathematik!«

Im Atelier erklang eine Sopranstimme und sang *a capella* die Arie einer Bach-Kantate: *Ich habe genug.* Es war schön. Aber es kratzte ein wenig. Die Schallplatte, die Monsieur Ruche auf einem uralten Plattenspieler aufgelegt hatte, war ein Sammlerstück. In einer perfekten Überblendung wurde die Sopranstimme zunehmend leiser, während sich diejenige von Monsieur Ruche im gleichen Maße erhob: »Aber da war nicht nur die Musik. Für die Pythagoreer erstreckte sich die Harmonie auf das gesamte Universum; sogar die Ordnung der verschiedenen Himmel stellte sich in Form eines Tonleiters dar. Die Sphärenmusik! Um diesen Umstand zum Ausdruck zu bringen, brauchte man ein Wort. Pythagoras erfand es: Kosmos! Die gute Ordnung und das Schöne! Und die Geschichte der Welt ließ sich als der Kampf des Kosmos – gegen das Chaos – darstellen.

Monsieur Ruche überflog den weiteren Text, den er vorbereitet hatte.

Diese drei kleinen Töne läuteten den Beginn des ersten mathematischen Gesetzes der Natur ein. Sie markierten den Beginn der Suche nach Zahlen in den Dingen!

Der Kenntnis der Natur ein Zahlenfundament zu geben, das war das Anliegen der Pythagoreer. Um es umzusetzen, mußten sie sich mit den Zahlen selbst beschäftigen. Das war der Anfang der Arithmetik, der Wissenschaft der Zahlen, die sie auf jeden Fall gegen die Logistik, die eine reine Rechenkunst ist, abgrenzen wollten. Durch diese Unterscheidung erhoben sie die Arithmetik in einen Rang, der über die Bedürfnisse der Händler hinausging.

Monsieur Ruche beschloß, diesen Absatz nicht zu lesen. Lieber erteilte er dem Lautsprecher das Wort, der sofort erklang: »Achtung, Achtung, die Zuhörer dürfen jetzt auf die andere Seite des Vorhangs wechseln. Die andere Seite des Vorhangs.«

Zuhörer? Damit sind wir gemeint. Zuhörer, nicht Zuschauer, bemerkten Jonathan-und-Léa beim Aufstehen. Sie hoben den Stoff an und begaben sich auf die andere Seite des Vorhangs.

Hier herrschte eine völlig andere Atmosphäre. Drei Lampen schnitten drei Lichtkegel in die Dunkelheit. Die eine Lampe strahlte Max an, der vor einem Tisch saß, auf dem alle möglichen kleinen Gegenstände ausgebreitet lagen. Unter anderem auch die vier klingenden Vasen.

Die zweite Lampe leuchtete Nofutur an. Er saß auf seiner Sitzstange vor einer Art Notenpult, auf dem etwas lag, das aussah, als würde es sich um eine Partitur handeln. Die dritte Lampe mit dem stärksten Lichtstrahl diente Monsieur Ruche. Er stand mit seinem Rollstuhl auf einem Podest und hatte sich mit einer ganzen Batterie an audiovisuellen Apparaten umgeben. Vor sich hatte er Schallplatten, Kassetten und eine Stereoanlage aufgebaut. Auf einem weiteren Tisch standen, einsatzbereit, der Diaprojektor, den er schon in der Sitzung über Thales im Einsatz hatte. Vor dem Rollstuhl, in dem Monsieur Ruche unternehmungslustig thronte, standen zwei riesige Lautsprecherboxen.

Auf seinem Pult lagen seine Kladde und mehrere lose Blätter. Monsieur Ruche nahm eines davon und erklärte:

»Pythagoras nahm eine erste Einteilung der Zahlen vor. Sie kommt uns heute so natürlich vor, daß wir den Eindruck haben, sie hätte schon immer existiert. Dabei war sie eine echte Neuerung. Er unterteilte die ganzen Zahlen in zwei Klassen, in gerade und ungerade Zahlen. In solche Zahlen also, die durch zwei teilbar sind, und solche, die es nicht sind.«

In der Stille, die folgte, ertönte eine getragene, tragisch klingende Stimme:

»Diejenigen, die an die Zwei glaubten, und diejenigen, die nicht daran glaubten!«

Das war Léa. Der Satz war ihr herausgerutscht.

»Ach, sie schon wieder«, dachte Monsieur Ruche. »Sie verfügt über ein wahnsinniges Talent, immer irgendwelche eingängigen Formulierungen zu finden. Ich hoffe, sie wird später einmal nicht in der Werbebranche arbeiten.« Dann fuhr er ohne Umschweife fort:

»Pythagoras hat die Rechenregeln für die Parität aufgestellt.«

166

Nofutur unterbrach:

»Gerade plus gerade ergibt gerade. Ungerade plus ungerade ergibt gerade. Gerade plus ungerade ergibt ungerade.«

Monsieur Ruche:

»Und jetzt die Multiplikation.«

Nofutur:

»Gerade mal gerade ergibt gerade. Ungerade mal ungerade ergibt ungerade. Und gerade mal ungerade ergibt gerade.«

Hinter dem Vorhang öffnete sich die Seitentür. Ein frischer Luftzug strich durchs Atelier. Perrette glitt in genau dem Augenblick völlig geräuschlos in den Raum, als das bewundernde Pfeifen von Jonathan-und-Léa gerade ausklang. Sie wollte zu ihnen. Als sie jedoch Albert bemerkte, änderte sie ihre Meinung und setzte sich.

Daraufhin erhob sich die energische Stimme aus dem Lautsprecher:

»Achtung, Achtung, das ist eine Enthüllung! Das ist eine Ent…!«

Monsieur Ruche unterbrach den Kontakt und erklärte:

»Hier Ruche, ich kann euch ein Geheimnis offenbaren. Der Satz des Pythagoras ist gar nicht von Pythagoras.«

Diese Kurzmeldung löste einen Beifallssturm aus. Warum sie sich so sehr darüber freute, wußte Léa nicht zu sagen. Jonathan dagegen blieb wie versteinert.

»Ehre, wem Ehre gebührt«, fuhr Monsieur Ruche fort. »Und deshalb muß Pythagoras auch wieder weggenommen werden, was ihm nicht zusteht. Lange vor seiner Zeit war bereits den Ägyptern und vor allem den Babyloniern der Sachverhalt bekannt, daß es eine Beziehung zwischen den Seiten eines rechtwinkeligen Dreiecks gibt, und zwar genau diejenige Beziehung, die in dem berühmten Satz formuliert wird.«

Um seine Ausführungen nicht endlos in die Länge zu ziehen, verzichtete Monsieur Ruche darauf zu erwähnen, daß ein babylonischer Schriftgelehrter ungefähr 15 rechtwinkelige Dreiecke auf eine Tafel gezeichnet hatte, die nach dem englischen Archäologen, der sie entdeckt hat, als Plimpton-Tafel 322 bezeichnet wird, bei denen die Summe der Quadrate über den Katheten dem Quadrat über der Hypotenuse entsprach. Die Tafel war mehr als tausend Jahre vor der Geburt des Pythagoras graviert worden! Eines dieser Dreiecke wies die Werte 45, 60, 75 auf, was unserem berühmten Dreieck 3, 4, 5 entspricht.

Monsieur Ruche gab Nofutur ein Zeichen, der sich auf seiner Sitzstange aufrichtete, während Max aufstand. »Drei Holzstücke!« kündigte Nofutur an. Max nahm drei Holzstücke, die auf dem Tisch lagen, und zeigte sie den Anwesenden.

Nofutur.

»Die Länge des ersten Stücks ist 3, die des zweiten 4 und des letzten 5.«

Max demonstrierte, daß das kürzeste Holzstück dreimal so lang war wie seine geöffnete Hand, das mittlere viermal und das längste fünfmal so lang.

»Jetzt veranstalten sie eine Live-Show«, brummte Léa.

»Sie haben tatsächlich geübt!« murmelte Jonathan. »Wann haben sie nur diese Stewardeß-Nummer vorbereitet?«

In der Tat hatte Max ein gekünsteltes Lächeln aufgesetzt, und seine mechanischen Bewegungen erinnerten sehr stark an Stewardessen, die den Fluggästen die Handhabe der Sauerstoffmasken und Schwimmwesten erklären.

Nofutur fuhr fort:

»Das Quadrat von 3, also 9, plus das Quadrat von 4, also 16, ist gleich dem Quadrat von 5, also 25. Das Dreieck, das aus diesen Holzstückchen besteht, ist rechtwinklig!« Während er sprach, schrieb Max mit dem Zeigefinger das in die Luft, was Nofutur sagte:

$$3^2 + 4^2 = 5^2$$

Dann fügte er die drei Holzstückchen so zusammen, daß sich deren Enden berührten. Sie bildeten ein Dreieck mit einem perfekten rechten Winkel.

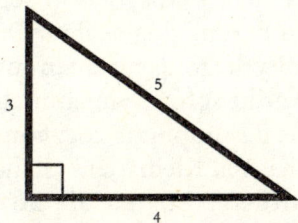

»Was sagt der Satz?« fragte Monsieur Ruche. »Er sagt uns, daß es eine Beziehung gibt zwischen der Länge der Seiten und der Gestalt eines Dreiecks. Und diese Beziehung läßt sich folgendermaßen beschreiben: Ist die Summe der Quadrate von zwei Seiten des Dreiecks gleich dem Quadrat der dritten:

$$a^2 + b^2 = c^2$$

dann ist dieses Dreieck rechtwinklig. Damit handelt es sich um eine sehr enge Beziehung zwischen der Länge der Seiten und der Größe eines Winkels im Dreieck.«

Monsieur Ruche goß sich ein Glas Wasser ein. Er trank langsam. Max, der sich an seinen Tisch zurückbegeben hatte, schlug eine der Vasen an: »Ruche-Akkord!« erläuterte er mit der rauhen Stimme Nofuturs, die er immer perfekter imitierte.

Monsieur Ruche hätte sich beinahe verschluckt.

Perrette hatte ihre Schuhe ausgezogen und die Beine langgestreckt. Sie war erschöpft vom langen Arbeitstag in der Buchhandlung. Vor dem blickdichten Vorhang sizend, hörte sie zwar alles ganz genau, sah aber nichts. Was sie vor allem nicht sah, war, daß dies alles etwas mit Grosrouvres Brief und den Fragen zu tun hatte, die sich durch ihn ergeben hatten.

Jonathan kochte und fuhr Monsieur Ruche an:

»Ich will ja nicht Pythagoras in Schutz nehmen …«

Aber genau darum ging es ihm. Die langen Haare und der Look des Pythagoras machten Jonathan diesen Vagabunden der Antike sofort sympathisch, der von den Ufern des Nils an die des Euphrats zog, von Theben nach Babylon, von den Küsten Kleinasiens an die Küste Syriens, von den Inseln in der Ägäis an die Strände des Ionischen Meeres.

»Ich will ja nicht Pythagoras in Schutz nehmen, aber Sie haben uns doch ausführlich dargelegt, daß man zwischen einem Ergebnis und seinem Beweis unterscheiden muß. Zwar besaßen die Babylonier und Ägypter ein Resultat, aber hatten sie es auch bewiesen?« fragte Jonathan.

»Offensichtlich nicht«, antwortete Monsieur Ruche.

»Infolgedessen kann man vom ›Ergebnis der Babylonier‹ und vom ›SATZ des Pythagoras‹ sprechen. Ehre, wem Ehre gebührt.«

Jonathan strahlte.

In diesem Moment fragte Perrette Monsieur Ruche mit Nachdruck:

»Was soll dieser Vorhang? Warum müssen wir eine Ewigkeit lang dahinter herumsitzen?«

»Mit dieser Frage habe ich gerechnet. Ich wundere mich ein wenig, daß sie erst so spät kommt. Solltet ihr etwa langsam geduldig werden?« fragte Monsieur Ruche ironisch. »Ich wollte euch – wenn auch nur für kurze Zeit – in dieselbe Lage versetzen, in der sich diejenigen befanden, die Schüler von Pythagoras werden wollten.«

»So prüfte er die Anwärter.«

»Als erstes wollte Pythagoras herausfinden, ob der Bewerber auch wirklich imstande war, ›seine Zunge zu zügeln‹, wie er selbst sich ausdrückte. Konnte er schweigen und für sich behalten, was er während der Unterrichtsstunden gehört hatte? Ihr seht also, daß Pythagoras sich zunächst einmal mehr für sein Schweigen als für seine Worte interessierte.

Der Unterrichtsraum war durch einen Vorhang geteilt. Pythagoras befand sich auf der einen Seite, die Anwärter auf der anderen; sie durften ihm nur zuhören. Sie hörten ihn, bekamen ihn aber nicht zu Gesicht. Diese Prüfung dauerte fünf Jahre!«

»Nichts zu sehen, zuhören und den Mund halten, das ist vielleicht ein Lernprogramm! Und das alles dann auch noch fünf Jahre lang!« explodierte Léa. »Das war eine echte Sekte!«

Max tobte. Und die Tauben hatten kein Anrecht auf Wissen? Wie sollten sie auch nur das Geringste mitbekommen, wenn sie sich hinter dem Vorhang befanden? Das gefällt mir überhaupt nicht. Das hätte er gesagt, wenn er etwas gesagt hätte. Da aber derlei Hitzigkeiten überhaupt nicht seinem Wesen entsprachen, behielt er seine Gedanken für sich.

Da er ahnte, was Max bewegte, machte Monsieur Ruche ihm ein Zeichen, das bedeutete: »Nun, so ist das eben, Max. Dafür kann ich nichts.« Dann fuhr er fort:

»Für die pythagoreische Schule war dieser Vorhang von außerordentlicher Bedeutung. Durfte man sich auf die andere Seite begeben, so bedeutete das, daß man die Prüfungen erfolgreich bestanden hatte. Die Mitglieder der

Schule waren, je nach Vorhangseite, auf der sie sich befanden, in zwei Gruppen unterteilt. Diejenigen, die sich auf der anderen Seite des Vorhangs befanden, hießen die *Exoteriker* ... Diejenigen, die sich, und das für den Rest ihres Lebens, auf Pythagoras' Seite aufhielten, waren die *Esoteriker*. Nur sie konnten Pythagoras sehen und – hören!«

»Als Sie uns auf IHRE Seite des Vorhangs hinüberwechseln ließen, wollten Sie uns damit zu verstehen geben, daß Sie uns für würdig befunden haben, als Esoteriker zu gelten?« fragten Jonathan-und-Léa unisono.

»So ist es«, antwortete Monsieur Ruche.

»Darf man erfahren warum?«

»Warum? Weil ihr, entschuldigt bitte meine Ausdrucksweise, als ihr auf der anderen Seite des Vorhangs gesessen habt, die ganze Zeit ruhig wart. Ich traute meinen Ohren nicht, aber ihr habt tatsächlich den Mund gehalten.«

»Es war also eine Falle«, bemerkte Léa, während sie Jonathan verständnisinnig ansah.

»Nein, eine Prüfung«, präzisierte Monsieur Ruche.

»Und wenn wir den Mund nicht gehalten hätten?«

»Dann wärt ihr auf der anderen Seite geblieben. Das hatten wir mit Max so abgesprochen. Nofutur war auch damit einverstanden.«

Als er seinen Namen hörte, glaubte Nofutur, den die lange Regungslosigkeit störte, zu der er durch die Teilnahme an dem Kolloquium gezwungen war, er sei entlassen, und begann im Raum umherzufliegen. Er streifte den Vorhang. Der Stoff bewegte sich hin und her. Max versuchte ihn festzuhalten, brachte den Vorhang aber entgegen seiner Absicht vollends aus dem Gleichgewicht. Mit einem dumpfen Krachen fiel er herunter und begrub Max unter dem schweren Stoff. Jonathan griff mit der Hand in den Stoffhaufen; mit einem heftigen Ruck zog er den völlig zerzausten Max heraus.

Als dieser Perrette erblickte, die ganz ruhig auf der anderen Seite des nicht mehr vorhandenen Vorhangs saß, sagte er:

»Mami, du warst da? Seit wann?«

»Seit dem Satz des Pythagoras«, gab sie ihm lächelnd zur Antwort ...

Niemand hatte sie hereinkommen hören. Auf seinem Stuhl regte sich Albert. Sie hatten ihn vergessen. Er schlief. Nicht einmal das laute Lachen vermochte ihn zu wecken.

Wie begabte Schauspieler, die ein Stück entgegen allen Widrigkeiten weiterspielen, fuhr Monsieur Ruche unbeirrt fort:

»Auch die Texte des Pythagoras waren geheim. Sie wurden in einer doppeldeutigen Sprache abgefaßt, so daß sie immer mehrere Verständnisebenen enthielten. Die eine Ebene war jedermann zugänglich, die andere hingegen nur den Eingeweihten verständlich. Die Pythagoreer sprachen von *symbola* und *anigmata*, von Symbolen und Rätseln.«

Als er dies darlegte, dachte Monsieur Ruche an Grosrouvres Brief. Dieser war, daran bestand überhaupt kein Zweifel, ein echter pythagoreischer Text, der zwei Verständnisebenen enthielt und gespickt war mit Symbolen und Rätseln.

»Die meisten Erkenntnisse wurden mündlich weitergegeben. Diese Form der Wissensübertragung war der Grund für eine zweite Unterteilung. Auf der einen Seite gab es die sogenannten *Akusmatiker*, denen die Ergebnisse vorgeführt wurden, nicht aber die dazugehörige Beweisführung. Auf der anderen Seite waren da die *Mathematiker*, denen die Ergebnisse sowie die dazugehörigen Beweise mitgeteilt wurden.«

Was die berüchtigten *akusmata* betraf, die Grosrouvre in seinem Brief erwähnte, so handelte es sich hierbei um

Wörter. Wörter, die nur mündlich übermittelt wurden und infolgedessen keine schriftlichen Spuren hinterließen. Als Grosrouvre von *akusmata* sprach, was wollte er ihm damit zu verstehen geben?

Stehen die *akusmata* für die Beweise, die er demjenigen mündlich mitgeteilt hatte, den er als seinen treuen Gefährten bezeichnet, weil er seine Aufzeichnungen verbrannt hat?

So wie die Schüler des Pythagoras muß der treue Gefährte alles auswendig gelernt haben, was Grosrouvre ihm mündlich mitteilte. Hierzu brauchte er noch nicht einmal alles zu verstehen, was er in seinem Gedächtnis speicherte. Das wäre schlichtweg unmöglich gewesen, bemerkte Monsieur Ruche. Mit einem Wort, er mußte kein Mathematiker sein. Es genügte, daß er genau das war, was die Pythagoreer als Akusmatiker bezeichneten. Wie lang mochten im übrigen diese Beweise wohl sein? Es gab niemanden, der die geringste Vorstellung davon hatte. Zwei Seiten, zehn Seiten oder vielleicht noch mehr?

Die anderen mußten zugeben, daß Monsieur Ruche sich mit Hilfe der Bibliothek aus dem Urwald sehr gut auf seine Ausführungen vorbereitet hatte. Monsieur Ruche schloß mit der Frage:

»Wer ist dieser treue Gefährte Grosrouvres mit dem guten Gedächtnis?«

Alle schwiegen. Léa lächelte.

»Auf der Suche nach einem Akusmatiker im Urwald! Ein schöner Titel für die Abendnachrichten!«

»Und welcher Gruppe ordnen Sie uns zu? Den Akusmatikern oder den Mathematikern?« fragte Jonathan.

»Das hängt davon ab, ob ihr die Beweisführungen versteht oder nicht. Und wie ihr euch daran erinnert. Nur die Zukunft wird darüber entscheiden.«

Jonathan-und-Léa warfen sich einen Blick zu.

»Alle Mitglieder der Schule mußten ihr Gedächtnis schulen«, fuhr Monsieur Ruche fort, dem der Blickkontakt zwischen Jonathan-und-Léa nicht aufgefallen war. »Ein Pythagoreer stand morgens nie auf, bevor er sich nicht die Erlebnisse des Vortages ins Gedächtnis gerufen hatte. Er versuchte sich genau daran zu erinnern, was er gesehen, was er gesagt, was er getan und mit wem er zusammen war.«

»Und diejenigen, die nicht aufgenommen wurden, was geschah mit denen?« fragte Léa unvermittelt.

»Jeder, der sich um die Aufnahme in die Schule bewarb, mußte alle seine Besitztümer der Gemeinschaft übereignen«, erklärte Monsieur Ruche.

»Genau wie bei den Sekten heute«, triumphierte Léa

»Mit dem Unterschied«, stellte Monsieur Ruche klar, »daß derjenige, der keine Aufnahme fand, vor seinem Abschied das Doppelte von dem erhielt, was er hinterlegt hatte.«

»Bei seinem Abschied war er also reicher als bei seiner Ankunft«, stellte Jonathan fest. »Das ist ein ziemlicher Unterschied zu den modernen Sekten, die die Leute bis aufs Blut aussaugen.«

»Ihm wurde das in Form von Geld gegeben, was er sich in Form von Wissen nicht anzueignen wußte«, erklärte Monsieur Ruche. »Aber ...« – er machte eine Pause – »... aber sobald sein Ausschluß beschlossen wurde, grub man ihm ein Grab.«

»Obwohl er nicht tot war?« rief Max.

»Es handelte sich um einen symbolischen Tod, Max«, sage Léa spöttisch.

Plötzlich stand Perrette auf. Ihre Augen glänzten:

»Der Tod war symbolisch, das Grab aber echt. Wenn jemand das Grab fand, so konnte er durchaus meinen, daß die Person, vor deren Grab er stand, tatsächlich tot war.

Man kann also davon überzeugt sein, die Beweise für den Tod eines Menschen in der Hand zu haben, der in Wahrheit lebt.«

»Worauf will sie hinaus?« fragte sich Léa

Max trat näher heran. Alle hatten den Worten Perrettes aufmerksam zugehört.

»Sie sprechen von Grosrouvre, nicht wahr?« fragte Monsieur Ruche.

»Ich möchte Sie daran erinnern, daß man den ...« – er brachte das Wort »Leichnam« nicht über die Lippen – »... Körper von Grosrouvre gefunden hat. Ich glaube, sie verwechseln das Behältnis mit dem Inhalt. Der Körper ist nicht das Grab ...«

»Ich verwechsle sie nicht miteinander, sondern ich sage, daß es Tote ohne Grabstätte gibt, und von Ihnen haben wir gerade erfahren, daß es Gräber ohne Tote gibt.«

»Ja, und?« fragte Monsieur Ruche beinahe aggressiv.

Sie wagte es.

»Wer sagt, daß die verkohlte Leiche, die man in den Trümmern gefunden hat, tatsächlich die Ihres Freundes war?«

Niemand hatte hieran bisher den geringsten Zweifel geäußert. Vielmehr war es bis zu diesem Zeitpunkt das einzige, was festzustehen schien. Sie schwiegen verblüfft. Monsieur Ruche war der erste, der reagierte:

»Nun, Perrette, entschuldigen Sie, wenn ich es Ihnen so offen sage, aber Sie reden Unsinn! Die diesbezüglichen Aussagen des Kommissars in seinem Brief sind unmißverständlich.«

»Monsieur Ruche, ich verstehe Sie nicht. Was wollen Sie eigentlich? Daß Ihr Freund tot ist oder lebt?«

»Was ich will? Was ich will? Als würde das irgendeine Bedeutung haben. Ich könnte es noch so sehr wollen, das würde ihn auch nicht wieder lebendig machen.«

»Aber Sie können ihn doch nicht einfach so umbringen, obwohl Sie sich nicht sicher sein können, daß er tot ist«, donnerte Perrette los.

»Wieso umbringen? Jetzt gehen Sie aber ein wenig zu weit«, empörte sich Monsieur Ruche. »Sie sagen, ich würde Grosrouvre umbringen?«

»Nur immer mit der Ruhe. Ich sage doch nur, daß wir keinen Beweis für seinen Tod in der Hand haben.«

»Keinen Beweis?!«

Monsieur Ruche war außer sich.

»Ist der verkohlte Leichnam, den man in seinem Haus gefunden hat, vielleicht kein Beweis?«

»Nein. Das einzige, was ein verkohlter Leichnam beweist, ist, daß die Person, um deren Körper es sich handelt, tot ist. Es sagt noch nichts darüber, wer es ist, noch nicht einmal, daß er nicht bereits tot war, als er verbrannte. Übrigens«, sie änderte den Ton ihrer Stimme, »hat jemand den Leichnam identifiziert? Ist eine Autopsie vorgenommen worden?«

»Das ist uns doch Wurscht!« donnerte Léa.

»Ich möchte Sie daran erinnern«, sagte Monsieur Ruche zu Perrette, »daß Sie selbst einen möglichen Mord an Grosrouvre ins Spiel gebracht haben. Und wenn ein Mord begangen wurde, dann gibt es auch eine Leiche.«

»Dem widerspreche ich auch nicht. Es geht hier doch nur um Hypothesen, und ich möchte keine unberücksichtigt lassen. In der Mathematik spricht man, wenn ich mich recht erinnere, in diesem Zusammenhang von verschiedenen Fallbeispielen. Wir sollten keines außer acht lassen.«

»Habt ihr keinen Hunger?« fragte Léa.

»Wenn dieser Leichnam nicht der von Grosrouvre ist, wessen Leiche ist es dann?« fragte Monsieur Ruche.

»Zunächst sollten wir versuchen, herauszufinden, ob es überhaupt der von Grosrouvre ist«, entgegnete Perrette.

»Auch wenn ihr vielleicht keinen Hunger habt, ich habe welchen«, beharrte Léa.

»Gut. Brechen wir hier ab«, stimmte Monsieur Ruche zu. »Aber nach dem Essen könnten wir weitermachen. Wir könnten eine, wie heißt es noch mal bei Kinos?«

»Spätvorstellung.«

»Ja. Wir sollten eine Spätvorstellung geben.«

Dieses Wort weckte Albert. Mit schiefsitzender Mütze und Zigarette, die ihm noch an den Lippen klebte, rollte er vor Erstaunen hinter seinen beschlagenen Brillengläsern mit den Augen.

»Ich glaube, ich bin ein wenig eingenickt. Ich habe die ganze Nacht gearbeitet. Ich stand am Flughafen Roissy. Das bringt gutes Geld, macht einen aber kaputt.«

»Albert hat auch kein einziges Wort gesagt«, bemerkte Max. »Für alle müssen dieselben Regeln gelten. Sie müssen ihn auch als Esoteriker akzeptieren, Monsieur Ruche.«

»Albert«, erklärte Monsieur Ruche, »du bist in den Kreis der Esoteriker aufgenommen. Jetzt bist du ein Pythagoreer.«

»Kommt gar nicht in Frage! Ich gehöre zu nichts und niemandem. Ich bin unabhängig. Ich pfeife auf Partei, Ge-werkschaft, Vereinigung, Petanque-Mannschaft oder Freundeskreis!«

8. KAPITEL

Von der Ohnmacht zur Gewißheit.
Die irrationalen Zahlen

Monsieur Ruche stellte seinen Rollstuhl auf der Plattform des Ruche-Aufzugs fest, drückte auf den Knopf und erhob sich im Innenhof des Hauses in der Rue Ravignan langsam in die Lüfte. Die Sitzung über Pythagoras war lang und anstrengend gewesen. Er bedauerte es schon, dummerweise eine »Abendveranstaltung« vorgeschlagen zu haben; die BAU war kein Kino und er keine fesche Kartenverkäuferin in einem Kinozentrum. Es quietschte furchtbar. Er würde Albert bitten müssen, den Mechanismus einzufetten. Das Geräusch der Führungsschiene des Ruche-Aufzugs erinnerte ihn an dasjenige der großen Achterbahn auf dem Jahrmarkt, wenn die Wagen ganz nach oben gezogen werden, um dann wenige Augenblicke später in die Tiefe zu stürzen, so daß es einem den Atem verschlägt.

Max war im Atelier geblieben, in dem die Sitzung stattgefunden hatte. Er hatte gar nicht bemerkt, daß Perrette sich noch im hinteren Teil des Raums aufhielt. Sie saß im Schatten und dachte über das nach, was gerade geschehen war. Warum hatte sie in einem so barschen Ton mit Monsieur Ruche gesprochen? Was sie am meisten erstaunte, war, daß sie das Bedürfnis verspürte, sich in eine Angelegenheit einzumischen, die den Tod eines Unbekannten betraf, eines Menschen, den sie noch nie gesehen hatte und von dessen Existenz sie bis vor wenigen Wochen nichts gewußt hatte. Sie mußte feststellen, daß sich die Stimmung in der Rue Ravignan verändert hatte, seit Grosrouvres erster Brief eingetroffen war. Bis dahin bildeten sie einen … lebendigen Bund, dessen Basis ein konfliktfreies und entspanntes Zusammenleben bildete, das bestimmt war von Gewohnheiten und einer stillschweigenden, keinesfalls jedoch leidenschaftlichen Zuneigung. Keine gemeinsamen Ziele, keine Abenteuer, keine gemeinsamen Leidenschaften; in Wahrheit gab es nichts, was sie wirklich teilten, außer ihrem Alltag. Perrette, die eine zentrale Stellung in diesem Gefüge einnahm, hatte nicht viel dafür getan, damit sich daran etwas änderte. Durch sie war der Bund ja überhaupt erst entstanden, deshalb oblag es auch ihr, Verbindungen zu knüpfen. Ihr wurde bewußt, daß sie ihren Pflichten nicht nachgekommen war.

Und dann geschah diese Sache mit Manaus. Die Bibliothek, die Bücher, die Mathematik, der Brand. War die Bibliothek ein Geschenk oder ein Unglück? Das würde sich wohl erst im Lauf der Zeit erweisen. Wie dem auch sei, im Augenblick stellte es sich so dar, daß es der richtige Zeitpunkt war, um ihnen das zu geben, was ihnen fehlte. Zum erstenmal spürte sie, wie die ganze Hausgemeinschaft unisono vibrierte. Sogar dieser Papagei war mit von der Partie.

Während Max den Vorhang ordentlich zusammenlegte, um ihn dann wegzuräumen, flog Nofutur im Atelier umher und landete auf dem Tisch, auf dem Maxens Musikinstrumente standen. Er hatte Durst. Er tauchte seinen Schnabel in eine der Vasen, kam aber nicht an das Wasser heran, weil das Gefäß zu eng war und das Wasser zu tief stand. Er versuchte es mit den beiden anderen Vasen, blieb allerdings auch hier erfolglos.

Als Max merkte, wie sehr sich der Papagei abmühte, eilte er ihm zu Hilfe. Perrette verfolgte belustigt das Schauspiel. Sie stand auf, um zu ihnen zu gehen. Max nahm das Gefäß, auf dem 1/3 stand, schüttete seinen Inhalt in das Gefäß mit der Aufschrift 1/2. Nofutur tauchte seinen Schnabel ein. Das Wasser war immer noch unerreichbar für ihn. Max nahm die Vase mit der Aufschrift 1/4 und wollte dessen Inhalt gerade umfüllen. Als Perrette bemerkte, daß das Heft von Monsieur Ruche aufgeschlagen auf dem Tisch lag, rief sie schnell noch: »Max, nicht!« Zu spät. Er hatte das Wasser schon umgegossen. Die zu volle Vase lief bereits über, und deren Inhalt ergoß sich über das Heft. Den Ausruf Perrettes hatte er mehr gesehen als gehört. Während er das Heft gegen sein Hemd drückte, um es zu trocknen, fragte er sie:

»Woher wußtest du, daß es überlaufen würde?«

Seit fast zehn Jahren führte Perrette die Kasse der Buchhandlung.

Sie war es gewohnt, die Rechnungssummen schon im Kopf auszurechnen, während sie sie in die Registrierkasse eintippte. Es machte ihr Spaß, sich mit der Maschine zu messen. Wer, sie oder die Kasse, hätte die Summe zuerst errechnet? Die Frau gegen die Maschine, eine *light*-Version der heldenhaften Schlachten, die die Schachgroßmeister gegen den Computer kämpften.

»Ich habe es ausgerechnet und wußte, daß sie überlaufen würde.«

»Wie?«

»Durch das Umgießen der drei Vasen hast du deren Inhalt addiert: 1/2 + 1/3 + 1/4. Das macht 13/12. Und 13/12 sind mehr als 1, d.h., sie sind größer als das Aufnahmevermögen jeder deiner Vasen. Folglich MUSSTE sie überlaufen!«

Max verbarg seine Bewunderung nicht.

»Und das hast du im Kopf ausgerechnet. Mami, das ist stark!«

Diese Reaktion war derart ungewohnt für Perrette, daß sie ihre Befangenheit durch einen Spaß abschüttelte:

»Die Berechnung ergibt zudem, daß sich 1/12 Liter Wasser über das Heft von Monsieur Ruche ergossen hat, worüber er nicht sehr glücklich sein wird.«

Das Wasser hatte Ränder auf den Seiten hinterlassen. Perrette begutachtete die Schäden. Die am stärksten betroffene Seite war die, auf der Monsieur Ruche das Leben des Pythagoras, seine Reisen, seine Ankunft in Sybaris und Kroton beschrieben hatte. Der Text war aber noch leserlich.

»Mami, du bist ein As!«

Abgesehen von der Glanzleistung Perrettes hatte Max durch diese Episode vor Augen geführt bekommen, daß man mit Hilfe von Berechnungen verhindern kann, daß »es überläuft«.

Die mit Kaffee gefüllte Kasserolle wurde auf dem Kocher bei kleiner Flamme erhitzt. Als deren Inhalt zu sprudeln anfing, drehte Albert das Gas aus und goß sich eine Tasse ein. Er machte es immer so, wenn er nachts gearbeitet hatte; am darauffolgenden Tag brauchte er seinen Liter Kaffee, ansonsten schlief er, so wie bei der Sitzung vorhin, zwangsläufig ein. Er trank gleich noch eine zweite Tasse, damit, wie er sagte, für ihn eine gewisse Aussicht darauf bestand, bei der Spätvorstellung dabeizusein.

»Warum arbeitest du nachts, wenn es dich so sehr anstrengt? Um mehr Geld zu verdienen?« fragte Jonathan.

»Manchmal schon, Aber letzte Nacht habe ich gearbeitet, weil ich Lust hatte, nach Rio zu reisen.«

»Nach Rio reisen!«

Das Messer, das Jonathan in der Hand hielt, rutschte ab, die Klinge schrammte über das Brett, auf dem er gerade Scheiben von einem geräucherten Bergschinken abschnitt; möglichst dünne Scheiben. Ansonsten wäre es seiner Ansicht nach Speck.

»Wenn ich genug von Paris habe, wenn es mir hier zu trübe ist, zu düster oder ich weiß nicht was, wenn mir der Sinn danach steht, verreise ich. Ich fahre nach Orly oder nach Roissy. Als ich gestern wach wurde, habe ich zu mir gesagt: ›Rio! Ich habe Lust auf Rio.‹ Ich habe im Flugplan nachgesehen, den ich immer im Haus habe. Rio, die Maschine landet um 5 Uhr morgens in Roissy. Pünktlich zur Ankunft der Maschine stand ich am Flughafen. Ich habe ein brasilianisches Paar einsteigen lassen, das in Rio lebte, und ich habe sie gefragt: ›Hat sich Rio sehr verändert?‹ Und ich habe ihnen eine Menge Fragen darüber gestellt, was sich in der Stadt gerade alles veränderte; ein Fahrgast hatte mir ein paar Wochen zuvor davon erzählt. Die Frau sagte zu mir: ›Sie kennen Rio aber gut! Wann sind Sie zuletzt dort gewesen?‹, und ich habe ihr geantwortet: ›Ich bin noch nie dort gewesen, gnädige Frau.‹ Sie hat mich mit ganz großen Augen angesehen. Danach hat sie kein Wort mehr gesagt.«

Jonathan schnitt einen schmalen Streifen vom Fett ab und hielt ihn Albert hin, der ganz versessen darauf war. Beinahe wäre die Asche seiner Zigarette in die Schüssel gefallen, in der Jonathan die Tomaten kunstfertig – wie er selbst glaubte – mit der Petersilie garniert hatte. Sie fiel ins Salzfäßchen. Während er das Salzfäßchen im Mülleimer ausleerte, beschrieb Albert Jonathan, wie ihm seine Fahrgäste zwischen Flughafen und Außenring von ihrer Heimatstadt erzählten, von ihren Lieblingsorten, von ihren Stammkneipen, von den Plätzen, über die sie am liebsten schlenderten, den Parks, in die sie sich gerne setzten, den Stadtvierteln, die sie verabscheuten, und wie er, Albert, sich mit jedem Flug ein Bild von der Stadt machte, in die er nie in seinem Leben einen Fuß gesetzt hatte, wie er sich die Orte vorstellte, die ihm jeder Fahrgast auf seine eigene Weise beschrieb. New York, Tokio, Bogotá, Singapur. Auf diese Weise hatte er gut zwei Dutzend Städte überall auf der Welt kennengelernt. Natürlich schlug er nie einen Reiseführer auf. Das wäre Verrat gewesen. Mit Ausnahme von Syrakus, der einzigen Stadt, bei der er sich in Reiseführern sachkundig gemacht hatte, weil er gern hingereist wäre und es keinen Direktflug gab, so daß er infolgedessen auch keine Fahrgäste von dort hatte, die er ausfragen konnte.

»Städte«, präzisierte er, »keine Länder. Länder sind Mist, sie gibt es nur auf Karten. Die Städte dagegen, die gibt es wirklich …«

Albert vertraute ihm an, daß diese Angewohnheit eine Folge der einzigen Auslandsreise war, die er je unternommen hat. Nach Rom, vor vielen Jahren. Er hatte seine Papiere und sein Flugticket verloren und sich eine Grippe eingefangen, die ihn während seines gesamten Aufenthaltes in seinem Hotelzimmer ans Bett fesselte.

»Kennst du Manaus?« fragte Jonathan ganz unvermittelt.

»Nein. Wo ist das?«

»In Brasilien, am Amazonas.«

»Ich habe dir ja schon gesagt, daß ich in Brasilien nur Rio kenne, und Brasilia. Manaus steht nicht auf den Fernflugplänen.«

Im Laufe der Unterhaltung hatte Albert den Tisch fertig gedeckt. Gefolgt von Max, trat Perrette in genau dem Moment ins Eßzimmer, als Léa aus ihrem Zimmer herunterkam. Sie setzten sich an den Tisch.

Jonathan streckte den Arm bis zum obersten Regal des Küchenschranks aus, um nach einer langen Metallschüssel zu greifen, auf der er die Schinkenscheiben anrichten wollte. Perrette fuhr ihn heftig an: »Streck deine Arme nicht so in die Höhe, das regt mich auf!« Erschreckt ließ er die Schüssel los, die auf den Boden fiel. Eine Explosion! Sogar Max fuhr zusammen! Nofutur flog erschreckt auf und setzte sich im Reflex auf den Kaminsims, so wie beim ersten Mal, als er im Haus in der Rue Ravignan ankam. Perrette mußte so sehr lachen, daß sie kein Wort herausbrachte. Schließlich sagte sie:

»Sie haben doch vorhin von Sybaris gesprochen, Monsieur Ruche. Als ich Jonathan in dieser Körperhaltung sah, mußte ich an eine Geschichte denken, die wir uns in der Schule erzählt haben.

Ein Sybarit ging übers Land. Als er an einem Bauern vorbeikam, der sein Feld aufhackte, blieb er abrupt stehen und rief: ›Streck Deine Arme nicht so in die Höhe, das regt mich auf!‹«

Jonathan hob die Schüssel wieder vom Boden auf.

Einmal richtig in Schwung, fuhr Perrette fort:

»Dann ist da noch dieser Sybarit, der allein durch den Anblick eines Sklaven, der Holz spaltete, in Schweiß ausbrach. Und ein weiterer, der ein kleines Boot geheuert hat, um sich nach Kroton, die Stadt, in der Pythagoras lebte, zu begeben. Vor dem Auslaufen hat er von den Seeleuten gefordert, daß die Ruder während der Überfahrt nicht zu hören sein dürften und darüber hinaus so sacht ins Wasser einzutauchen wären, daß kein Tropfen aufspritzt, andernfalls würden sie nicht entlohnt werden … Der Gipfel aber ist jener Sybarit, der, als er einmal morgens aufstand, sich darüber beklagte, die ganze Nacht nicht geschlafen zu haben, weil eine der Rosenblütenblätter, mit denen sein Bett übersät war, sich zusammengeknüllt und ihn gestört hätte. Ihr könnt Euch gar nicht vorstellen, wie sehr uns diese Geschichten amüsiert haben. Vor allem die letzte, die mit dem zusammengeknüllten Rosenblütenblatt.«

Der Schinken schmeckte ausgezeichnet.

In dem Moment, als alle sich vom Tisch erhoben, erklärte Perrette:

»Sybaris wurde von Truppen aus Kroton zerstört. Auf Veranlassung der Pythagoreer, soweit ich mich erinnere. Damit keine Spur erhalten blieb, haben sie einen Fluß umgeleitet, der die Stadt verschlungen hat. Das Vorhaben war so gut gelungen, daß nie auch nur ein Stein der Stadt der Vergnügungen gefunden wurde.«

Die Pause war beendet. Die Abendsitzung konnte beginnen. Monsieur Ruche war müde. Perrette schlug vor, die Sitzung auf den kommenden Tag zu verschieben. Monsieur Ruche lehnte ab. Perrette half ihm, aufs Podest zu kommen. Albert setzte sich in die erste Reihe. Orchestersitz! Fest entschlossen, bis zum Morgengrauen wach zu bleiben, wenn es denn notwendig sein sollte, war Nofutur auf seiner Sitzstange im Wohn-Eßzimmer hocken geblieben. Die Nachmittagssitzung hatte ihn erschöpft.

»Da einige der hier Anwesenden sich nicht 24 Stunden lang gedulden konnten, um zu erfahren, worin vor mehr als 2500 Jahren die Krise der irrationalen Zahlen bestand, sehe ich mich dazu veranlaßt, diese kurz zu skizzieren«, erklärte Monsieur Ruche mit klarer Stimme.

»Wir sind im 5. Jahrhundert vor unserer Zeitrechnung irgendwo in Großgriechenland, wahrscheinlich an der süditalienischen Küste in der Nähe von Kroton. Drama in 3 Akten.

Erster Akt. Alles ist Zahl.

Zweiter Akt. Wenn eine Zahl die Seite eines Dreiecks bezeichnet, so ist seine Diagonale nicht durch eine Zahl darstellbar. Diagonale und Seite sind inkommensurabel!

Dritter Akt. Infolgedessen gibt es Größen, die nicht durch eine Zahl darstellbar sind!

Diese von den Pythagoreern selbst stammende Feststellung bedrohte deren eigenes Weltbild. Sie mußte unbedingt geheim bleiben. Fangen wir noch einmal von vorn an.

Erster Akt. Alles ist Zahl. Welches waren die Zahlen, die dazu dienten, die Welt und die Harmonie zum Ausdruck zu bringen? Welches waren die Zahlen, die den Kosmos darstellten? Die ganzen Zahlen. Und auch die Brüche, die nichts anderes sind als Beziehungen zwischen ganzen Zahlen. Allerdings nur die positiven. Aus dem einfachen Grund, weil es in den antiken Kulturen keine negativen Zahlen gab.«

Verwunderung bei den Zuhörern. »Sie hatten keine 1!« – »Sie hatten keine 2!« – »Wie haben sie denn dann gerechnet?« ...

Monsieur Ruche war ein guter Redner, und deshalb wartete er so lange, bis die Zwischenrufe abklangen, bevor er weiterredete:

»Allerdings haben sich die Griechen der Beziehungen zweier beliebiger ganzer Zahlen bedient. In Ägypten zum Beispiel gab es dagegen nur die Halben und einige andere spezielle Brüche. Den Bruch 22/7 beispielsweise gab es nicht. Die wichtigste Funktion dieser Zahlen, die später als die *rationalen* Zahlen bezeichnet wurden, bestand darin, geometrische Größen in Zahlen darzustellen, das heißt sie zu messen.«

Albert hätte beinahe seinen Zigarettenstummel verschluckt. Er sah Monsieur Ruche vollkommen hingerissen an. Wie man das alles im Kopf haben konnte?

Monsieur Ruche kündigte an:

»Zweiter Akt. Das Erscheinen der Diagonale des Quadrats mit der Seite 1.«

Es war zu spät, um noch Schaubilder anzufertigen. Monsieur Ruche zeichnete ein Quadrat und eine seiner

Diagonalen auf ein Blatt Papier. Er hielt das Blatt über seinem Kopf hoch, damit alle es sehen konnten, und wollte gerade zu erklären anfangen, als er Perrettes Lächeln bemerkte und unterbrach.

»Ja, ich weiß: ›Streck deine Arme nicht so in die Höhe.‹ Falle ich Ihnen vielleicht auch auf die Nerven?«

»Überhaupt nicht!« schrie Albert. »Sie sind super, machen Sie weiter, Monsieur Ruche!« Und an die übrigen Zuhörer gewendet: »Diejenigen, die müde sind, können ja schlafen gehen.«

Seine Äußerung brachte ihm spöttische Bemerkungen und Pfiffe ein.

Als Monsieur Ruche das Blatt Papier erneut über seinem Kopf hochhielt, trat Ruhe ein. Er erklärte:

»Seite und Diagonale, die beiden bemerkenswerten Bestandteile eines Quadrats!«

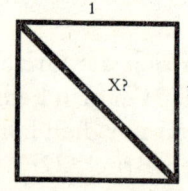

»In welcher Beziehung stehen sie zueinander? Nehmen wir das einfachste Quadrat, das mit der Seite 1. Wie lang ist seine Diagonale? Wenn wir es in der Mitte zerschneiden, erhalten wir zwei identische gleichschenkelige Dreiecke. Die gemeinsame Hypotenuse der Dreiecke ist die Diagonale des Quadrats.

Was sagt der Satz des Pythagoras?«

Das war keine ernstgemeinte, sondern eine rhetorische Frage, und trotzdem antworteten alle im Chor:

»Das Quadrat der Hypotenuse ist gleich der Summe der Quadrate der beiden anderen Seiten.«

»Wenn wir uns daran erin[...]
1 ist«, fuhr Monsieur Ruche[...]
folgendermaßen aus: Quadrat[...]

Quadrat der Diagona[...]

Das ist die zentrale Information: [...]
ist eine Zahl, deren Quadrat 2 ist!«
Monsieur Ruche ließ seinen Roll[...]
unterrollen, und während er sich de[...]
fuhr er an der ersten Sitzreihe entlang, [...] Frage, die er
stellen würde, ein wenig zu theatralisieren: »Wie lautet
diese Zahl? Würde man sagen, daß die Griechen nach ihr
suchten, dann trifft das den Sachverhalt kaum. Keine Zahl
paßte! Keine ganze Zahl, kein Bruch! Zwangsläufig stellte
sich die Frage: Gibt es diese Zahl überhaupt? Und wenn es
sie nicht gibt, wie kann man sich dessen vergewissern?

Um sich zu vergewissern, daß es eine Sache wirklich gibt,
braucht man sie nur vorzuführen. Wenn es sie aber nicht
gibt, was dann? … Die Nichtexistenz läßt sich nur schwer
vorführen. Was also tun? Die einzige Möglichkeit zu beweisen, daß eine Sache nicht existiert, ist der Nachweis,
daß es sie NICHT GEBEN KANN. Mit anderen Worten,
von der Unmöglichkeit, die fragliche Sache ausfindig zu
machen, muß man zu der Gewißheit übergehen, daß es sie
nicht gibt. Dieser Übergang hat einen hohen Preis, denn er
bedarf eines Beweises. Einen Unmöglichkeitsbeweis!

Genau das haben die Pythagoreer geleistet. Sie haben
bewiesen, daß es keine rationale Zahl geben kann, deren
Quadrat 2 ist. Wenn eine Zahl die Seite eines Quadrats
bezeichnet, kann es keine Zahl geben, die dessen Diagonale darstellt. Diagonale und Seite sind INKOMMENSU-
RABEL! Wie hätten sie dies anders als mittels eines Beweises bewerkstelligen können? Seht euch die Figur an!«

...lt er das Blatt in die Höhe. Nicht ganz
...hin. Er war sehr müde. Perrette fand sein
...ehr unvernünftig, aber sie wußte, daß er die
...g um nichts auf der Welt unterbrechen würde. Er
...derholte:

»Seht euch die Figur an. SIEHT MAN, daß die Diagonale und die Seite inkommensurabel sind? Nein! Es gibt keinen Hinweis, der unser Mißtrauen wecken könnte. Nichts ist zu erkennen von dieser Unmöglichkeit. Die Inkommensurabilität ist nicht sichtbar! Die Figur sagt nichts, nur Denkarbeit bringt sie zum Vorschein.

Dritter Akt. Wie reagiert die griechische Gesellschaft auf diese Entdeckungen? Dieses einfache Quadrat, das ich aufs Papier gezeichnet habe, enthält einen Abgrund, in dem Gewißheiten verborgen liegen. Die ganz entscheidende Beziehung zwischen Zahlen und Größen, die die Einheit des pythagoreischen Universums sicherstellt, war abrupt zerstört. Und das wegen einer der beiden zentralen Figuren der antiken Welt: dem Quadrat. Und um dem ganzen noch die Krone aufzusetzen, war dieser Schock auch noch durch die Anwendung der beiden bekanntesten Erfindungen der Pythagoreer ausgelöst worden: den Satz des Pythagoras«, Monsieur Ruche gab Jonathan ein Zeichen, »und die Unterscheidung der ganzen Zahlen in gerade und ungerade Zahlen. Ihr erinnert Euch sicher, daß wir vor dem Abendessen darüber sprachen.

Inkommensurabel, was genau bedeutet das eigentlich? Die Seite und die Diagonale ein und desselben Quadrats können kein gemeinsames Maß haben! Wenn eine Zahl das eine mißt, gibt es keine Zahl, die das andere messen kann! Das bedeutet, daß man die beiden nicht gleichzeitig genau bestimmen kann...«, er machte eine Pause, »... und trotzdem scheinen sie beide für uns denselben ...«, er suchte das passende Wort, »... Realitätsgehalt zu haben.

Das gleichzeitige Vorhandensein dieser beiden Größen beweist, daß die Realität über die Zahlen hinausgeht.

Man hat diese Diagonale erzeugt, ohne sie messen zu können! Bis dahin konnte man alles, was man erzeugt hatte, auch messen. Damit war das Ende der Verbindung von Hervorbringung und Berechnung besiegelt.

Die Entdeckung bestand in folgendem: Es gibt bestimmte Größen, die nicht durch Zahlen darstellbar sind! Aus diesem Grunde wurden sie als *nicht darstellbar, alogon*, bezeichnet.«

Monsieur Ruche war erschöpft, aber man spürte, daß er sich ungeheuer freute. Dies war reine Philosophie. Vierzig Jahre war ihm das nicht mehr passiert. Sein ausgemergeltes Gesicht strahlte förmlich vor Tatkraft und wirkte gleichzeitig vor lauter Müdigkeit völlig aufgelöst. Perrette war gefesselt und entsetzt zugleich. Hoffentlich würde ihm nichts zustoßen!

Monsieur Ruche fuhr fort:

»Das ist der ›logische Skandal‹, den Hippasos von Metapont außerhalb des Kreises der Pythagoreer bekanntgemacht hat, wofür er dann mit dem Schiffbruch bestraft wurde und umgekommen ist. Dieser Schiffbruch war zugleich derjenige eines bestimmten Denkens, das auf der Harmonie und der Allmacht der rationalen Beziehungen zwischen den Dingen dieser Welt basierte. Er war durch einen Beweis verursacht worden. In die Geschichte wird der Sachverhalt eingehen, daß der erste mathematische Beweis ein Unmöglichkeitsbeweis war!«

»Das dürfte nicht leicht zu beweisen gewesen sein«, dachte Perrette laut.

»Da täuschen Sie sich aber, Perrette. In Anbetracht der ungeheuren Konsequenzen, die dieser Beweis nach sich gezogen hat, war es eher leicht.«

Am Ende seiner Kräfte, verstummte Monsieur Ruche.

Das war nach übereinstimmender Auffassung aller Anwesenden seine beste Vorstellung gewesen. Eine Solo-
show. Ohne Max, Nofutur oder Lautsprecher. Wirklich
gelungen!

Albert nestelte an seiner Mütze herum und rief:
»Ich komme wieder. Ich komme wieder!«

Das Wasser schoß in einem starken Strahl aus dem Hahn.
»Von der Ohnmacht zur Gewißheit übergehen!« Wie eine
Kugel, die immer wieder von der Bande eines mit grünem
Filz überzogenen Billardtischs zurückprallt, huschte Jonathan dieser Satz von Monsieur Ruche immer wieder
durch den Kopf. Léa kam mit noch nassen Haaren, die sie
länger trug als sonst, aus dem Badezimmer. Sie setzte sich
auf ihr Bett, klemmte einen Spiegel zwischen die Falten
des Bettlakens, holte ihren Farbkasten hervor und begann
damit, die vorderen Strähnen blau zu färben. »Die Inkommensurabilität läßt sich an der Figur nicht erkennen!« hat
Monsieur Ruche gesagt. Jonathan starrte seine Schwester
lange an. Es stimmte, man sah sie ihr nicht an.

»Wir müssen uns an den Beweis heranmachen«, sagte
Jonathan leise, der sie von seinem Zimmer aus beobachtete.

Sie hielt inne. »Du hast mich kleingekriegt!«

»Ich würde gern mit dir zusammen den Beweis erbringen, den Monsieur Ruche uns nicht vorgelegt hat.«

»Auf einmal hat es dich gepackt! Darf man erfahren
warum?«

»Willst du es wirklich wissen? Gut. Ich möchte, daß
wir zusammen von der Ohnmacht zur Gewißheit gelangen,
verstehst du? Auch wenn es nur in der Mathematik ist.«

Ihr fiel der Pinsel aus der Hand. Das Bettlaken färbte
sich genauso blau wie ihre Haarsträhnen.

Sie stürzten sich auf die Bücher, wie sie es nie zuvor
in ihrem Leben getan hatten. Monsieur Ruche hatte zu

Perrette gesagt, daß der Beweis nicht besonders schwierig sei. Aber trotzdem! Es dauerte einige Zeit, bis sie begriffen, daß alles auf der von Pythagoras vorgenommenen Zweiteilung des Zahlenuniversums in gerade und ungerade Zahlen basierte. Nachdem er diese Aufteilung vorgenommen hatte, konnte er, angetrieben von einem einzigen Gedanken, seine Beweismaschine in Gang setzen: Er wollte eine Zahl vorweisen, die gerade und ungerade zugleich ist: ein Monster! Und nachdem er sie gefunden hätte, würde er mit ihrer Hilfe nachweisen können, daß die Hypothese, die zu dieser Unmöglichkeit geführt hatte, falsch wäre.

Mit ihrer Zwillingszuversicht würden sie es schon schaffen. Auch wenn sie eine durchwachte Nacht damit zubringen müßten. Eine halb durchwachte reichte ihnen. Noch vor Morgengrauen schliefen sie, den Beweis in Händen haltend, zufrieden ein und wachten erst lange nach Unterrichtsbeginn wieder auf. Sie verpaßten den ganzen Morgen in der Schule.

In der Zeit zwischen der Birne, die Monsieur Ruche in sein Weinglas eintauchte, und dem Käse, einem Ziegenkäse, den Perrette in feine Scheiben schnitt, ergriff Jonathan das Wort.

»Unter dem Vorwand, der Beweis der Irrationalität der Wurzel aus 2 sei einfach, hat Monsieur Ruche ihn uns gestern abend vorenthalten.«

»Ich habe euch überhaupt nichts vorenthalten«, sagte Monsieur Ruche, wobei er sich fast verschluckt hätte. »Ich habe gesagt, es hieße, er sei einfach.«

Zwei stattliche Rotweinflecken besudelten sein schmuckes weißes Hemd.

»Beweis durch Widerspruch der Irrationalität von Wurzel aus 2«, verkündete Léa mit kräftiger Stimme, während sie die kleine Schreibtafel hervorholte, die Jonathan in der Grundschule benutzt hatte.

Schlecht hergerichtet, wirkte das Blau ihrer Haare wirklich unansehnlich.

»Nehmen wir an, es gäbe einen Bruch a/b, dessen Quadrat 2 betrüge«, flüsterte Jonathan, indem er sich mit verschwörerischem Blick zu den Anwesenden nach vorn beugte.

»Das hieße: $a^2/b^2 = 2$«, fuhr Léa fort und schrieb es auf die Tafel.

»Nehmen wir den Bruch mit dem kleinstmöglichen Zähler und Nenner, einen nicht mehr zu kürzenden Bruch, der so aussieht. Seine Elemente a und b sind teilerfremd. Anders ausgedrückt, es gibt keine Zahl, die beide gleichzeitig zu teilen vermag.«

»Ich betone, a und b können demnach nicht beide gerade sein«, erklärte Léa.

»Und wenn $a^2/b^2 = 2$ ist, dann folgt daraus natürlich $a^2 = 2b^2$.«

»Folglich ist a^2 gerade, weil es ein Doppeltes ist«, verkündete Léa.

Was ist nur mit ihnen? Perrette verfolgte ihr Tun fassungslos.

»Aber nur das Quadrat einer geraden Zahl ist gerade«, belehrte Jonathan, während er seiner Mutter einen flüchtigen Blick zuwarf.

»Ich betone, a ist demnach gerade!« erklärte Léa.

»Folglich ist a ein Doppeltes, einer Zahl c, zum Beispiel: $a = 2c$.« Jonathan schrieb es auf die Tafel.

»Nicht so schnell« , rief Monsieur Ruche, der so tat, als wollte er ihnen folgen.

»Nehmen wir die anfängliche Gleichung: $a^2 = 2b^2$. Ersetzen wir a durch $2c$. $(2c)^2 = 2b^2$. Daraus folgt $4c^2 = 2b^2$ daraus folgt $2c^2 = b^2$.

194

»Da b^2 ein Doppeltes ist …«

»Ihr schreibt unleserlich wie kleine Säue. Normalerweise sehe ich noch ziemlich gut«, schimpfte Monsieur Ruche.

»Ich wiederhole«, verkündete Jonathan, »da b^2 eine doppelte Größe ist, ist b^2 gerade.«

»Derselbe Sachverhalt wie gerade eben! Ich betone, b ist demnach gerade«, erklärte Léa.

»Vergegenwärtigen wir uns noch mal die drei von Léa betonten Aussagen, die den Beweis durch Widerspruch ausmachen. Einerseits können a und b nicht beide gleichzeitig gerade sein, andererseits jedoch sind a und b gerade! Unmöglich! Was ist die Ursache für diesen Widersinn?« fragte Jonathan, wobei er die Zuhörer beinahe inquisitorisch anstarrte.

Ihnen war deutlich anzusehen, wie sie sich für einen mathematischen Beweis begeisterten!

Ein Wunder! Perrette und Monsieur Ruche sahen sich gegenseitig fragend an: Siehst du, was ich sehe? Hörst du, was ich höre?

Das Erstaunen der beiden Erwachsenen entzückte Max. Er war stolz auf die Zwillinge.

»Was ist die Ursache für diesen Widersinn?« fragte Jonathan noch einmal.

»Meine Hypothese«, bekannte Léa und senkte den Kopf.

»Wiederholen Sie diese falsche Hypothese!« befahl Jonathan. »Es gibt einen Bruch, dessen Quadrat 2 ist«, stotterte Léa.

»Verwerfen wir sie«, brüllte Jonathan.

Sie nahmen beide ihre Gabel in die Hand und schlugen gegen ihr Glas, so wie Max am Abend zuvor gegen die pythagoreischen Vasen geschlagen hatte. Auf eine Reggae-Melodie stimmten sie an:

O Fluch!
O Fluch!
Es gibt keinen Bruch
mit zwei als Quadrat
Das ist Verrat!
Das ist Verrat!

Diese einmalige Nummer löste einen Beifallssturm aus: Das Reggae-Finale eines Beweises durch Widerspruch.

»Auch wir haben geübt!«

Sie umringten Monsieur Ruche und stellten ihm die entscheidende Frage:

»Nun, Monsieur Ruche, Akusmatiker oder Mathematiker?«

Monsieur Ruche blickte drein wie ein pythagoreischer Prüfer und nuschelte:

»Gedächtnis, o.k. Verständnis der Beweise, o.k. Alle Anforderungen erfüllt.« Er trommelte mit den Fingern auf den Tisch. »Mathematiker, natürlich!«

Da sie dank dieser brillanten Vorstellung zu Mathematikern ernannt wurden, hatten sie das Anrecht auf einen Platz auf der anderen Seite des Vorhang erworben, wo sie sich, wenn ihnen danach war, mit Formeln und Theoremen, Lehrsätzen und Beweisführungen herumschlagen konnten.

Ohne daß Monsieur Ruche es bemerkt hätte, standen plötzlich die Zwillinge links und rechts neben ihm und flüsterten ihm gleichzeitig einen geheimnisvollen Satz ins Ohr:

»Kein Geheimnis ohne Feuer!«

9. KAPITEL

Euklid, der Mann der
wissenschaftlichen Strenge

Der November ging zu Ende. Drei Monate waren vergangen seit dem unverhofften Eindringen Grosrouvres in die kleine Welt der Rue Ravignan, die auf den Kopf gestellt zu haben er sich, auch nach seinem Tod, rühmen konnte.

Die Bibliothek aus dem Urwald war fertig eingeordnet; aber seit der großen Versammlung, die sie unmittelbar nach dem zweiten Brief von Grosrouvre abgehalten hatten, waren sie nicht weitergekommen mit ihren Nachforschungen.

Als Monsieur Ruche sich noch einmal in Erinnerung rief, wie sie alle mit dieser Geschichte, mit der sie wie aus heiterem Himmel konfrontiert wurden, umgegangen waren, mußte er zugeben, daß sie es hierbei an Strenge vermissen ließen. An Strenge und an Kombinationsvermögen. Dagegen mußte etwas unternommen werden.

Da Max festgestellt hatte, daß Nofutur morgens und insbesondere abends besser sprach, schlug er Monsieur Ruche vor, die Sitzungen am Abend abzuhalten.

An diesem Abend gingen sie aus! Die Sitzung fand nicht am gewohnten Ort statt, da, wo in den vergangenen Wochen Thales und Pythagoras behandelt worden waren. Jonathan-und-Léa begaben sich ins Atelier, in dem die BAU untergebracht war. Sie trugen Abendgarderobe. Man sollte vielleicht besser sagen, ihre Kleidung sollte als Abendgarderobe gelten. Léa hatte sich von einer ihrer Freundinnen ein langes Etuikleid mit hohem Gehschlitz ausgeliehen und von Perrette einen breitkrempeligen, malvenfarbigen Velourshut, der nach Naphthalin roch. Sie trug Schuhe mit sehr hohen Absätzen, auf denen sie bedenklich schwankte. Perrette hatte ihr eine Kette aus kleinen Perlen überlassen, durch die ihr Busen irgendwie prinzessinnenhaft wirkte. Eine Dame. In Begleitung ihres Auserwählten. Jonathan hatte Mühe, sich herauszuputzen. Sein Outfit war eine Mixtur, halb sportlich, halb Dandy. Er hatte eine goldene Krawatte gefunden, die auf seinem schwarzen Hemd hervorstach. Ihm war es gelungen, sich in eine silbergraue, zweireihige Jacke zu zwängen, die aus allen Nähten platzte. Seine Hose war undefinierbar, hatte aber eine einwandfreie Falte. Ein Detail fiel völlig aus dem Rahmen: Er trug Sandalen.

Voller Bewunderung empfing Max sie an der Tür. Er nahm ihre Eintrittskarten und führte sie zu ihrem Platz. Eine Sitzreihe mit verschlissenen Veloursbezügen. Sie setzten sich. Im Raum herrschte völlige Dunkelheit.

In der Mitte des Ateliers leuchtete ein Lichtkegel auf, der sich langsam zu drehen begann und wie das Blaulicht eines Polizeiautos den Raum ausleuchtete. Der Lichtkegel strich an den Regalen entlang und beleuchtete so eines nach dem anderen; nachdem die Buchrücken einen Augenblick lang angestrahlt worden waren, tauchten sie wieder ins Dunkel und ins Vergessen ein. Nachdem der Lichtkegel dann über die große Fensterfront glitt, verlor er sich in der unendlichen Weite des Innenhofs. Ein kaum vernehmbares Geräusch von Wellen begleitete den Lichtertanz. Bald ging es Jonathan-und-Léa nicht mehr aus den trägen Ohren. Ferien! Schon waren sie sehr weit weg. Es fehlten nur die Anis- und Thymiandüfte sowie der Gesang der Grillen, um sich in den Maures oder im Estérel zu wähnen. Jonathan riß sich die Knöpfe seiner taillierten Jacke auf. Langsam wurde der Lichtkegel schwächer. In der nun wieder herrschenden Dunkelheit ertönte die Stimme aus dem Lautsprecher:

»Achtung! Achtung! Sie haben soeben die große Bibliothek des Museions von Alexandria betreten. Blitzlichter, Zigaretten und Kaugummis sind strengstens untersagt!«

Léa zog ihre Schuhe aus und schob sie mit der Fußspitze unter den Sessel.

Monsieur Ruche begann:

»Wenn weder Thales noch Pythagoras während ihres Ägyptenaufenthalts in Alexandria waren, so lag das daran, daß es diese Stadt noch nicht gab. Sie wurde erst mehrere Jahrhunderte danach, im Jahre 331 vor unserer Zeitrechnung auf Geheiß Alexanders des Großen gegründet, nachdem er die Eroberung Ägyptens abgeschlossen hatte. Zwischen dem Mareotis-See und dem Meer gelegen, erstreckt sich die Stadt auf einer Landzunge, die im wesentlichen aus Sand und Sümpfen besteht. Der Stadt ist eine winzige Insel vorgelagert. Sie schützt die Stadt vor dem unaufhörlichen Wüten der Wellen. Pharos!

Alexandria ist eine neue Stadt. Innerhalb weniger Jahre am Reißbrett entworfen und dann planmäßig umgesetzt. Zu Ehren Alexanders hat der Architekt der Stadt die Form einer Chlamys gegeben, jene schweren, purpurroten Mäntel, die die makedonischen Reiter trugen, die den Feldherrn bei seinen Eroberungszügen begleiteten. Die Stadt war fast rechtwinkelig angelegt und wurde von Straßen durchzogen, die sich im rechten Winkel kreuzten. Eine geometrisch angelegte Stadt.

300000 Einwohner, die Sklaven nicht mitgerechnet! Im Gegensatz zu Athen ist Alexandria eine kosmopolitische Stadt. Hier leben natürlich Ägypter, die ursprünglich aus dem Niltal und den Dörfern im Delta stammen. Griechen vom Festland oder den Inseln, die an der gegenüberliegenden Mittelmeerküste ihr Glück machen wollen. Juden aus dem benachbarten Palästina, dazu Söldner aus ganz Europa, die in der Armee von König Ptolemaios anmustern wollen, Skythen, Thraker und vor allem die grausamen Gallier.

Die Reisenden, die hier an Land gehen, kommen in eine riesengroße Stadt von unglaublichem Reichtum. Sie ist durchzogen von Kanälen und gepflasterten Straßen, die so breit sind, daß vier Wagen nebeneinander herfahren können.

Zwischen Himmel und Erde erheben sich endlose Reihen beeindruckend hoher Marmorsäulen, die riesige Marmorplatten tragen, von denen jede einzelne so schwer war, daß sie nur von mehreren hundert Männern transportiert werden konnte. Eine gigantische, mit bunten Steinen verzierte Stadt, eine Stadt aus Marmor und Stein, die sicher war vor den Feuersbrünsten, von denen die anderen großen Städte ständig bedroht waren.

Überall in der Stadt und im Hafen herrscht reges Treiben. Richtiger gesagt: in den Häfen. Alexandria hat nämlich zwei, einen im Osten und einen weiteren im Westen. Unabhängig von der Windrichtung können die Schiffe jederzeit gefahrlos einlaufen. Wegen dieser geographischen Beschaffenheit wurde die Stadt eben dort erbaut. Zu jeder Stunde des Tages laufen Schiffe ein und aus. Sie kommen aus allen Mittelmeerhäfen, von den Küsten Kleinasiens, aus Milet, der Peloponnes, Großgriechenland, Syrakus, Italien, aus dem Norden und auch aus Libyen. Alexandria ist der Kontor der Welt. Riesige Lagerhäuser, die sich eines am anderen kilometerlang an den Kais erstrecken, sind bis oben hin mit den unterschiedlichsten Lebensmitteln gefüllt. Vor allem Getreide. Fabriken, in denen alle nur erdenklichen Produkte hergestellt werden. Das Glas aus Alexandria ist sprichwörtlich für seine außergewöhnliche

Feinheit, die es der Reinheit des Wüstensandes verdankt, der für dessen Herstellung benutzt wird. Auf den Werften hier werden alle Schiffstypen gebaut, hochseetaugliche und solche, die bis zum ersten Wasserfall den Nil hinabsegeln werden, und solche mit ganz flachem Rumpf für die umliegenden Sümpfe.

Verbindungsglied zwischen Europa und Afrika, Griechenland und Ägypten, dem griechischen Pantheon und den ägyptischen Gottheiten, sollte Alexandria sieben Jahrhunderte lang das Museum der griechischen Welt sein. Mehr als das doppelte der Zeit, die zwischen Euklid und Thales liegt.«

Von Monsieur Ruches Stimme in den Bann gezogen, hatten Jonathan-und-Léa keinerlei Mühe, sich die Stadt vorzustellen. Es wäre fast untertrieben zu sagen, daß sie viel dafür gegeben hätten, in der weißen Stadt Alexandria zu sein, anstatt im feuchten Paris mit seinen niedrighängenden Wolken und seinem Rauhreif zu verfaulen. Aber sie hatten für den Sommer schon eine andere Reise geplant, die sie noch weiter fortbringen würde. Pst! Es war ein Geheimnis, über das sie nur mit gedämpfter Stimme unter ihren Dachfenstern sprachen.

Ihnen waren einige Sätze von Monsieur Ruche entgangen; sie klinkten sich in dem Moment wieder in seine Darstellung ein, als er erklärte:

»Acht Jahre nach der Gründung Alexandrias stirbt Alexander. Er ist gerade mal 33 Jahre alt. Das riesige Reich, das er gegründet hat, zerfällt. Athen wird entthront werden. Es ist nicht mehr das Zentrum der griechischen Welt und wird nie mehr sein, was es einmal war.«

Der Stimme von Monsieur Ruche merkte man sein tiefes Bedauern hierüber an. Er verstummte. Für ihn war Athen *die* Stadt. Die Stadt der Philosophie.

»Alle Hauptstädte wetteiferten um die Nachfolge. Welche würde das neue Athen sein? Pergamon, Antiochia in Syrien, Pella in Makedonien, Ephesos oder Alexandria? Die jüngste unter ihnen setzte sich gegen die anderen durch; Alexandria folgte auf Athen. Es verfügte über einen ganz großen Trumpf: das Grab Alexanders! König Ptolemaios hatte es irgendwie geschafft, sich des Leichnams von Alexander zu bemächtigen, und er ließ ihn in der Stadt beisetzen. Sieben Jahrhunderte lang sollte Alexandria der schillernde Mittelpunkt des geistigen Lebens in diesem Teil der Welt sein.«

Einige tausend Kilometer von dort entfernt, in Paris, leuchtete an diesem späten Winterabend im glücklicherweise gut beheizten Atelier, in dem die BAU untergebracht war, der Lichtkegel auf, erlosch sofort wieder und leuchtete erneut, aber in eine ganz andere Richtung, so daß nach und nach der ganze Raum ausgeleuchtet wurde. Das war das Zeichen. Nofuturs Stimme erhob sich: »Ich bitte alle Herrscher und Regierenden dieser Welt, mir die Werke der Dichter und Erzähler, Rhetoren und Sophisten, Heilkünstler und Seher, Historiker, Philosophen und aller anderen Gelehrten in unsere Stadt Alexandria zu schicken …«

»Von wem stammt dieser Aufruf?« fragte Max, der seine Helferrolle ganz vorzüglich ausfüllte.

»König Ptolemaios I., genannt Soter, der Retter, der Begründer der Dynastie der Lagiden. Ein alter Freund Alexanders, der nach dessen Tod den ägyptischen Thron bestieg«, antwortete Monsieur Ruche. »Im Anschluß an diesen Aufruf wurden Dutzende von Boten in das ganze riesige Reich Alexanders entsandt, das mittlerweile in genauso viele Teile zerfallen war, wie es Anwärter auf dessen Nachfolge gab.

Dieser Aufruf war von einem Verbannten verfaßt worden. Ein Philosoph und Politiker. Er kam aus Athen, dessen angesehener Archon er zehn Jahre lang war: Demetrios von Phaleron. Bei der Kapitulation Athens vor Demetrios I. zur Flucht gezwungen, lebte er später als Privatmann in Alexandria, wo Ptolemaios ihn gern aufnahm.«

Demetrios von Phaleron hatte Pläne. Monsieur Ruche veränderte seine Stimme und redete jetzt leiser:

»Im Garten des Bürgers Akademos, der mitten in Athen lag, hatte Platon die *Akademie* gegründet. Einige Zeit später gründete Theophrast, ein Schüler von Aristoteles, in einem Gymnasion, das sich an einem Apollon Lykeion geweihten Ort befand, das Lyzeum. Die Schüler machten es sich zur Gewohnheit, ihre Diskussionen in den schattigen Wandelhallen des Gymnasions zu führen. Hieraus erklärt sich auch die Bezeichnung der aristotelischen Philosophen als *Peripatetiker,* d.h. als ›diejenigen, die gern beim Gehen diskutieren‹.

Demetrios beschloß, das aristotelische Vorhaben eines universellen Wissens umzusetzen. Das, was zu verwirklichen ihm in Athen verwehrt blieb, sollte ihm in Alexandria gelingen. Das wäre seine Rache. Diejenigen, die ihn verjagt hatten, würden vor Neid erblassen beim Anblick der beiden Einrichtungen, deren Begründer Demetrios war und die den Ruhm Alexandrias begründeten: das Museion und die Große Bibliothek.

An einem einzigen Ort das gesamte Wissen der Welt vereinigen! Das war das Bestreben des Demetrios von Phaleron. König Ptolemaios unterstützte dieses Vorhaben von Anfang an.

Nie zuvor war ein derartiges Vorhaben in Angriff genommen worden. Ein voller Erfolg. Männer und Bücher strömten herbei. Erstere wurden im Museion untergebracht, letztere in der Großen Bibliothek, so daß diese zur schönsten Bibliothek wurde, die es jemals gab. Allerdings gab es in der Stadt noch ein anderes Bauwerk, das ihnen den Rang streitig machte und alle Blicke auf sich zog: den Leuchtturm! Eines der ›Sieben Weltwunder‹.

Das erste Weltwunder kennt ihr. Es war Gegenstand unserer ersten Sitzung: die Cheopspyramide. Ein anderes Weltwunder kennt ihr auch, es ist der ganz aus Bronze gefertigte Koloß von Rhodos. Alexandria und Rhodos liegen fast haargenau auf demselben Längengrad. Für die Menschen in der Antike stellte dieser Längengrad die ›Weltachse‹ dar, auf der seit jener Zeit alle geographischen Karten basieren. Er ist es auch, den Eratosthenes, Vorsteher der Bibliothek und Mitglied des Museions, einige Jahre später vermessen sollte. Es war die erste Erdmessung, die jemals durchgeführt wurde.«

Da Monsieur Ruche ein guter Conférencier war, legte er eine Schallplatte mit Filmgeräuschen auf und spielte das Geräusch von Wellen und Wind ein. Hin und her geworfen von den Wellen und getragen vom Wind, steuerte das Atelier, in dem die BAU untergebracht war, auf Alexandria zu.

»Noch auf offener See, mehr als 50 Kilometer vor der Küste, sind die Seeleute, die dichtgedrängt wie Schmetterlinge auf dem Deck ihres Schiffes stehen, fasziniert von einem Lichtstrahl, der so stark ist, wie sie es nie zuvor gesehen haben. Er zieht sie förmlich an und geleitet sie sicher in den Hafen. Er steht so hoch am Himmel, daß man ihn für einen neuen Stern halten könnte. Seine Höhe ist atemberaubend. Könnt ihr euch das vorstellen? Ein Turm mit fünfzig Stockwerken, der auf einer winzig kleinen Insel steht, die ein paar Steinwürfe weit vom Ufer entfernt liegt! Das ist der Leuchtturm von Alexandria.

Er steht auf einem absolut soliden Sockel, der ihn vor der tobenden See schützt. Er besteht aus drei Teilen. Unten ein quadratisches, aus riesigen Steinquadern errichtetes Sockelgeschoß von etwa siebzig Meter Höhe; darüber ein gerade mal halb so hoher, achteckiger Mittelteil, auf dem sich der eigentliche, sehr viel schlankere, runde, noch einmal etwa zehn Meter hohe Leuchtturm erhebt. Alles aus weißem Marmor. Ganz oben, auf der Spitze, befindet sich eine von acht Säulen getragene Kuppel. Unter der Kuppel brennt ein riesiges Feuer, dessen Helligkeit von einer beeindruckenden Batterie an Spiegeln verstärkt wird.

Sechzehn Jahrhunderte lang sollte Pharos sein Licht in die alexandrinische Nacht aussenden, bevor ein furchtbares Erdbeben ihn …«, Monsieur Ruche warf einen Blick auf seine Notizen, »… 1302 zerstörte und seine Marmorblöcke ins Meer stürzten.«

»Was für Teufelskerle! Man fragt sich wirklich, wie sie es damals geschafft haben, so einen Leuchtturm zu bauen«, bemerkte Jonathan.

»Das Gigantische scheint doch wohl eher eine ägyptische Spezialität zu sein, oder?« schaltete Léa sich ein. »Ich frage mich, wer der Fellache von Pharos ist? Hat dessen Bau genauso viele Opfer gefordert wie der Bau der Cheopspyramide? Würdest du lieber in Gizeh erschlagen werden oder in Alexandria ertrinken?«

»Beides! In Gizeh von einem Steinquader erschlagen werden, der mich in Alexandria auf den Meeresgrund herunterzieht!« antwortete Jonathan und drehte seine goldene Krawatte nach hinten und zog sie über den Kopf hoch, um damit zum Ausdruck zu bringen, daß er genausogut hätte erhängt werden können.

»Und wie soll ich nach diesem Theater jetzt weitermachen?« klagte Monsieur Ruche.

Er fuhr trotzdem fort:

»Der Leuchtturm erleuchtet das Meer, das Museion erleuchtet die Geister. So sagte man in Alexandria. Auf dem

Frontispiz von Platons Akademie stand: ›Eintreten darf nur, wer Geometer ist.‹ Am Museion fand sich keine derartige Inschrift, der Ort war den Musen gewidmet. Allen Musen. Während Akademie und Lyzeum private Einrichtungen waren, die von dem Geld ihrer Mitglieder lebten, war das Museion eine öffentliche Einrichtung, die von den Zuschüssen lebte, die ihr der König ohne Umschweife großzügig gewährte.

Das Museion lag im Brucheion, mitten im Palastviertel, unweit des Privathafens von Ptolemaios. Von Gärten umgebene Gebäude in reinstem griechischen Stil mit zahlreichen schattigen Innenhöfen. Überall ruhige, helle, angenehme Arbeitsräume. Zudem Räume, die speziell dem Gespräch, und solche, die der Ruhe vorbehalten waren. Eine lange Promenade, die von Säulenhallen, Brunnen, Grünflächen gesäumt war, auf denen sich eine Vielzahl von Tieren tummelte, die man von den Expeditionen in den Süden mit zurückgebracht hatte; eine Bildergalerie, eine Skulpturensammlung. Alles war dort so angelegt, um die bestmöglichen Arbeitsbedingungen zu schaffen. Theaitetos, Eudoxos von Knidos und Archytas arbeiteten an Platons Akademie. Am Museion wirkten Eratosthenes, Apollonios, vielleicht Dositheus, der blinde Mathematiker und enge Freund des Archimedes. Einer der ersten und zugleich wohl auch der berühmteste Gelehrte, der dort lebte und arbeitete, war Euklid. Man weiß nicht, von wo er stammte.

Wann war er geboren worden, wann starb er?

Auch das ist nicht bekannt.

Neben der Ehre, Mitglied zu sein, bot das Museion auch riesige materielle Vorteile. Die wenigen, vom König persönlich ernannten Gelehrten, die dort arbeiteten und lebten, erhielten Essen, Unterkunft und Lohn. Und sie brauchten keine Steuern zu entrichten!

Der unvergleichliche Vorteil aber, den sie genossen, bestand in etwas anderem, und zwar in der Bibliothek, deren weitläufige Gebäude sich innerhalb der Mauern des Museions erstreckten. Sie konnten sie Tag und Nacht nutzen.

Eine Bibliothek ganz neu aufzubauen ist ein beachtliches Unternehmen. Leere Regale nach und nach mit wertvollen Werken zu füllen ist eine Titanenarbeit.«

Monsieur Ruche hielt einen kurzen Augenblick lang inne. Er hatte gerade an etwas gedacht. Seine Augen leuchteten:

Hat nicht Grosrouvre genau dasselbe vollbracht, als er die Bibliothek im Urwald aufgebaut hat? Er besaß jedoch weder die Unterstützung von König Ptolemaios noch die beachtlichen finanziellen Mittel, die dieser der Bibliothek zur Verfügung stellte. Schon bald beherbergte die Bibliothek von Alexandria 400 000 Rollen!

Und wie viele Bände mochte die BAU zählen? Monsieur Ruche ließ diese Frage nicht zu und beschloß, es gar nicht erst herausfinden zu wollen. Er weigerte sich, die Bibliothek seines Freundes unter rein quantitativen Gesichtspunkten zu betrachten.

Dann fuhr er mit seiner Erzählung fort:

»Diese Werke mußten zunächst einmal herbeigeschafft werden. Zu diesem Zweck organisierten die alexandrinischen Behörden eine unglaubliche Jagd. ›Bücherjäger‹ sind zu den wichtigsten Märkten im Mittelmeerraum ausgeschwärmt und haben alle Manuskripte, derer sie habhaft wurden, teuer eingekauft. Und wenn sie käuflich nicht zu erwerben waren, haben sie sie sich auf anderen Wegen beschafft. Diebstahl, Zwangsmittel, Erpressung.«

»Hat Grosrouvre Ihrer Meinung nach genau dieselben Mittel angewandt, um seine BAU aufzubauen, Monsieur Ruche?« fragte Max.

»Das weiß ich nicht.«

In seinem tiefsten Innern hätte Monsieur Ruche nicht sehr viel auf die Rechtschaffenheit seines Freundes gesetzt. Er zog es vor, das Thema zu wechseln, und fuhr fort:

»Ein Schiff läuft im Hafen von Alexandria ein. Es hat noch nicht ganz angelegt; da gehen auch schon Soldaten an Bord, um das Gepäck der Passagiere zu durchsuchen. Für das Gold interessieren sie sich genausowenig wie für die Stoffe oder Edelsteine.

Wonach suchen sie? Bücher!

Der Befehl des Königs ist unmißverständlich: ›Alle an Bord gefundenen Manuskripte sind zu beschlagnahmen und in die Werkstätten der Bibliothek zu bringen.‹

Nachdem sie von Schriftgelehrten sorgfältig durchgesehen und abgeschrieben worden waren, wurden sie ihren Besitzern zurückerstattet, während die Kopie den Bestand der Bibliothek erweiterte. Fand man jedoch ein seltenes Stück, wurde dem Besitzer lediglich die Kopie zurückgegeben. Das Original behielt man ein, um eine einzigartige Sammlung zu bereichern, die vollkommen zutreffend als ›Schiffsbestand‹ bezeichnet wurde.«

»Das ist Betrug!« rief Jonathan empört, während er den Knoten seiner Krawatte löste.

»Ich komme mit einem tollen Sammlerstück an und reise mit einer einfachen Fotokopie wieder ab! Und wenn ich das Maul aufmache, werde ich vermutlich auch noch eingelocht! Diese Ptolemäer sind wirklich widerwärtige Typen!«

»Ob Original oder Kopie, um sie herzustellen, benötigt man so oder so Papyrus. Und in den Sümpfen des Nildeltas um Alexandria wächst er üppig. Wißt ihr«, fragte er, »wie Papyrus auf griechisch heißt? Byblos. Deshalb nennt sich das hier«, er zeigte auf die Regale, von denen sie umgeben waren, »Bibliothek.«

Als guter Buchhändler, der sich für alles begeisterte, was mit Büchern zu tun hatte, konnte Monsieur Ruche einem bis ins kleinste Detail die Herstellung von Papyrus erklären.

»Die Stiele, die für die Herstellung der Blätter dienen, die zu Manuskripten werden sollen, müssen sofort verarbeitet werden, nachdem sie geschnitten worden sind. Die Pflanze ist mit Wasser vollgesogen. Sobald sie geschnitten ist, beginnt ein Wettlauf mit der Zeit. Die Pflanze verliert sofort eine große Menge Wasser, das sie zuvor in sich aufgenommen hatte. Nach achtundvierzig Stunden ist es schon zu spät, der Stiel ist braun und ausgetrocknet; er ist zusammengeschrumpft und hat die Hälfte seines Gewichts verloren. Die Herstellung der Blätter kann infolgedessen nur in der Nähe des Ortes stattfinden, an dem die Pflanze wächst. Aus diesem Grund war Ägypten der einzige Papyruslieferant im gesamten antiken Griechenland.

Die Bibliothek von Alexandria hatte einen Konkurrenten, Pergamon, die zweite wichtige Stadt für die Abfassung von Schriften. Ptolemaios war im Besitz eines Monopols; diese Position nutzte er aus und beschloß, den Export von Papyrus zu verbieten, an dem es den Bibliothekaren von Pergamon sowieso schon mangelte.«

Wie nie zuvor im Lauf ihrer Sitzungen war Monsieur Ruche ganz in seinem Element.

»Wie sahen diese Manuskripte aus? Papyrus läßt sich nicht falten. Es wird gerollt. Die ersten Bücher waren also Rollen, *volumen* auf Lateinisch.«

»Ich frage mich, was Sie ohne Etymologie nur machen würden!« bemerkte Léa.

»Ich würde die Worte weniger mögen.«

Die Antwort kam wie aus der Pistole geschossen, und sie war ehrlich gemeint.

»Demnach bestand jedes Volumen,« – er betonte das Wort mit Blick auf Léa – »aus einzelnen, aneinandergefügten Papyrusblättern, die ein Band bildeten, das an einem Stock aufgewickelt wurde. Die Texte wurden spaltenweise niedergeschrieben. Auf griechisch oder demotisch – der im damaligen Ägypten gültigen Schrift –, mit gelber, in Myrrhewasser verdünnter Tinte. Die Schreiber beschrieben nur eine Seite des Blattes. Hierzu benutzten sie ein kleines, angespitztes Schilfrohrstück, den Calamus. Um sie zu lesen, brauchte man beide Hände; die eine Hand hielt das Ende des Blattes, etwa so, mit der anderen Hand entrollte man den Text.«

Er untermalte seine Worte mit den entsprechenden Gesten.

»Die beschrifteten Rollen wurden in Fächern eingeordnet, die sich in Wandschränken befanden. Sie waren zunächst nach Gattungen geordnet: literarische, philosophische, wissenschaftliche und technische Texte. Dann in alphabetischer Ordnung der Autorennamen. Im großen und ganzen nach demselben Prinzip, das wir für die Bibliothek aus dem Urwald angewendet haben.

Alles, was die griechische Welt der Antike seit drei Jahrhunderten hervorgebracht hatte, fand sich in den Regalen der Bibliothek von Alexandria. Der ganze Homer; ungefähr zwanzig verschiedene Fassungen der Odyssee; die Tragiker: Aischylos, Sophokles, Euripides. Die großen Komödien des Aristophanes. Die Vorsokratiker aus Milet: Anaximander, Anaximenes. Die Sophisten, Eleaten, Megariker. *Über die rotierende Kugel* – des Autolykos von Pitane, die *Elemente* – des Hippokrates von Chios. Die Werke des Theudios und des Theodoros. Zudem die komplette Bibliothek des Aristoteles, die Ptolemaios nach hartnäckigen Bemühungen, mit viel Gold und so manchem Winkelzug in seinen Besitz zu bringen vermochte.

Aber Demetrios von Phaleron erlebte den Triumphzug seiner Bibliothek nicht mehr. Soter hatte mehrere Söhne, und Demetrios hatte sich dafür eingesetzt, daß einer der Söhne, den er sehr schätzte, ihm auf dem Thron nachfolgte.

Soter jedoch hatte einen anderen dazu auserkoren. Da Demetrios sich für den falschen ausgesprochen hatte, wurde er vom neuen König zum Tode verurteilt. Er zog es vor, Selbstmord zu begehen. Hatte dieser Mann der Bücher nicht einige Jahre zuvor geschrieben: ›Die Bücher haben mehr Mut, den Königen die Wahrheit zu sagen, als die Höflinge‹?

Ptolemaios II. trat die Nachfolge seines Vaters unter dem Namen *Philadelphos* an, ›der seine Schwester liebt‹. Entsprechend der ägyptischen Tradition, hatte er seine Schwester Arsinoë geheiratet, in die er wahnsinnig verliebt war. Es wird berichtet, daß Arsinoë von betörender Schönheit war.«

Léa pfiff leise vor sich hin.

»Auch Philadelphos war sehr schön. Er hatte, so wird erzählt, wunderschöne blonde Locken.«

Jonathan pfiff leise vor sich hin.

»Allerdings hatte er«, fuhr Monsieur Ruche fort, »einen starken Hang zur Dickleibigkeit.«

Wieder pfiff Léa vor sich hin, diesmal jedoch eine andere Melodie.

Monsieur Ruche veränderte plötzlich die Tonlage und zeigte nacheinander auf beide mit dem Finger:

»Erinnert ihr euch vielleicht noch, daß ihr mich, Léa, du warst es, einmal fragtet, ob es denn keinen schnelleren Weg in der Mathematik gäbe, es war im Zusammenhang mit dem Satz des Thales ... und des Fellachen, und, du warst es Jonathan, der dies fragte, wozu sie überhaupt dienten?« fragte Monsieur Ruche.

Die beiden Zwillinge setzten sich gleichzeitig gerade hin, so daß sie ein schönes Bild abgaben. Nicht unzufrieden mit der erzielten Wirkung, sagte Monsieur in freundlichem Ton:

»Nun, ich habe herausgefunden, daß Euklid Antworten ausgebrütet hat, die euch begeistern dürften.«

Und er begann zu erzählen:

»König Ptolemaios besuchte einmal die Bibliothek. Er verschaffte sich einen Überblick über den Bestand und blieb lange vor den Regalen stehen, in denen sich, versehen mit ihren Schutzhüllen, die vielen Rollen der *Elemente* eingeordnet fanden. Plötzlich drehte er sich zu Euklid um und fragte ihn, ob es denn keinen kürzeren Weg als diesen gäbe, um in die Materie der Mathematik vorzudringen. Euklid gab ihm zur Antwort: ›In der Geometrie gibt es auch für Könige keinen direkten Weg.‹ Man mußte verdammt mutig sein, um so zu antworten.

Bei einer anderen Gelegenheit, als Euklid einem Schüler gerade ein Theorem erklärt hatte, wollte dieser, ein ehrgeiziger junger Mann, von ihm wissen, welchen Gewinn er daraus ziehen könnte. Euklid rief einen Sklaven: ›Gib ihm ein Scherflein‹, befahl er diesem, ›denn er möchte unbedingt einen Gewinn aus dem ziehen, was er gerade gelernt hat.‹«

»Ich habe begriffen, Monsieur Ruche«, sagte Jonathan, indem er sich verbeugte.

Dann wandte er sich an Léa:

»Was Monsieur Ruche uns hier mit den Worten Euklids sagen will, ist: Wenn ihr euch mit Mathematik beschäftigt, dann sind Ungeduld und Habgier unangebracht, mögt ihr auch König oder Königin sein.«

Völlig verblüfft vom genauso unerwarteten wie korrekten Gebrauch dieses Konjunktivs, nickten Monsieur Ruche und Léa im Einklang mit dem Kopf.

»Du hast mich genau richtig verstanden, Jonathan«, bestätigte Monsieur Ruche. »Der … Lehrsatz, den du soeben formuliert hast, trifft zu, und das nicht nur für die Mathematik, sondern für alle Formen des Wissens. Auch für die Künste.«

»Und nicht zu vergessen, die Liebe«, fügte Léa hinzu.

»Zweifellos, zweifellos. Das erinnert mich an eine Antwort, die Grosrouvre einmal einer seiner Geliebten gegeben hat. Es war im Café an der Sorbonne, wo wir uns immer trafen. Grosrouvre hatte sich ziemlich stark verspätet. Das Mädchen wartete schon ganz ungeduldig auf ihn. ›Warum bist du so spät, Schatz?‹ – ›Ich habe eine Mathematikaufgabe gelöst.‹ Das Mädchen schüttelte mit dem Kopf, um auf diese Weise ihr Unverständnis darüber zum Ausdruck zu bringen. ›Ich verstehe nicht, wie du mit solchen Sachen so viel Zeit verbringen kannst. Wozu dient denn deine Mathematik überhaupt?‹ Elgar blickte ihr tief in die Augen. Sie wurde verlegen. Er hatte ihr zugeflüstert: ›Und die Liebe, mein Schatz, wozu dient die?‹ Wir haben das Mädchen nie mehr wiedergesehen.«

»Aber ihr Freund hat sich dieser Frage ja nur bedient, um seine …, ich mag das Wort Geliebte nicht, … um die dumme Gans zu verlassen, mit der er ging. Ein Mädchen, das seinen Typen ›Schatz‹ nennt, ist lächerlich!« erklärte Léa in einem Ton, der keinen Widerspruch zu dulden schien. »Und ihrem Freund war das offenbar vorher gar nicht aufgefallen. In Mathe war er wohl bewanderter als in weiblicher Psychologie!«

»Wir kommen vom eigentlichen Thema ab! Sie wollen also«, stellte Jonathan fest, »daß wir Mathematik betreiben, ohne daß sie uns etwas nützen soll?«

»Und daß wir zudem noch den längsten aller möglichen Wege in Kauf nehmen!« fügte Léa noch ergänzend hinzu.

Angesichts von so viel Unwillen platzte Monsieur Ruche fast vor Wut. Während er ihnen mit der Faust drohte, beschimpfte er sie. In seinem tiefsten Innern jedoch war er glücklich, und er erklärte:

»Junge Leute, junge Leute, von Aristoteles solltet ihr euch die gesunde Logik und von Euklid die harte wissenschaftliche Strenge aneignen.«

Er war glücklich, weil er endlich den Satz anbringen konnte, der die Sitzung eröffnen sollte. Alle Lichter gingen aus, und der Raum war in vollkommene Dunkelheit getaucht. Jonathan-und-Léa rutschten auf ihren Veloursesseln unruhig hin und her. Der, auf dem Léa saß, hatte eine gesprungene Feder, die ihr schon eine ganze Zeit in den Oberschenkel drückte. Sie nutzte die Gelegenheit und wechselte den Sessel.

»Pst!« machte Jonathan streng, um sie zu ärgern.

Wie in modernen Theaterinszenierungen wurde das Szenenbild verändert, ohne daß der Vorhang fiel. Im Dunkeln wurde fleißig gearbeitet. Es waren schnelle Schritte und das Geräusch von Möbelrücken zu hören. Dann trat Ruhe ein. Jonathan richtete sich auf. Die Bühnenbeleuchtung ging an.

Alles war anders.

Monsieur Ruche thronte auf einem Podium mitten im Raum, der von den Regalen der BAU umgrenzt war. Ein paar Meter vor ihm stand eine Reihe von halbkreisförmig angeordneten Pulten. Auf jedem dieser Pulte lag ein handschriftlich verfaßter Text von ihm. Monsieur Ruche richtete sich in seinem Rollstuhl auf und verkündete mit marktschreierischer Stimme:

»Die *Elemente* des Euklid! Dreizehn Bücher!« Mit einer halbkreisförmigen Armbewegung von links nach rechts zeigte er auf die dreizehn Pulte. »Der Verfasser hat sie von I bis XIII durchnumeriert, um deutlich zu machen, daß sie zusammengehören und diese Einheit einer genau festgelegten Ordnung unterliegt. Diese Ordnung gilt für jeden einzelnen Band genauso wie für die Bände insgesamt. Die zwischen den verschiedenen Werken bestehende Hierarchie stellt die Architektur des euklidischen Monuments dar.

Nach der Bibel ist dieses Werk dasjenige, das die meisten Neuauflagen erlebt hat. Bis heute mehr als 800! Die Ausgabe der BAU ist eine der ältesten überhaupt. Eine italienische Übersetzung von Niccoló Tartaglia, die 1543 in Venedig veröffentlicht worden war. Gott allein weiß, wie Grosrouvre es geschafft hat, sie in seinen Besitz zu bringen. Sie muß ihn ein Vermögen gekostet haben.«

Max und Nofutur betraten die Bühne. Max trug einen Frack wie die Solisten in der Oper, der ihm ein wenig zu groß war; er hatte ihn auf dem Flohmarkt aufgetrieben. Jonathan-und-Léa brachen in schallendes Gelächter aus. Monsieur Ruche konnte nur mit Mühe die Fassung wahren. Die Künstler stellten sich vor die am linken Ende des Halbkreises aufgebauten Pulte. Nofutur saß auf Maxens Schulter. Sie verharrten regungslos und warteten auf den Moment, in dem die Partitur ihnen ihren Einsatz vorgab.

»130 Definitionen, 465 Bedingungen!« verkündete Monsieur Ruche.

»Der Plan ist einsichtig. Zuerst die Geometrie der Ebene, dann die Zahlentheorie und schließlich die Geometrie des Raums. Als typischer Grieche der Antike, der Euklid war, hat er der Geometrie die Ehre erwiesen, sein Werk zu eröffnen; die ersten vier Bände sind ihr gewidmet. Das Lastenheft, das er sich selbst auferlegt, ist klar: Bestimmung der Figuren, Berechnung ihrer Fläche, ausgenommen der des Kreises, und Inangriffnahme ihrer Konstruktion.«

Er zeigte auf die vier Pulte, vor denen Max und Nofutur standen:

»In den ersten Zeilen seines Textes stellt Euklid, wie in einem Theaterstück, ›Akteure‹ des geometrischen Epos dar, das er in 13 Akten entwickeln wird. Das ist die Rolle der Definitionen.«

Er gab den Künstlern ein Zeichen. Max und Nofutur stimmten ein Duett an:

»Ein Punkt ist das, was keine Ausdehnung hat«, trällerte Nofutur.

»Eine Linie ist eine Verbindung zwischen zwei Punkten ohne Breite«, zwitscherte Max.

»Eine Fläche ist das, war nur Länge und Breite hat«, plapperte Nofutur.

»Der Winkel einer Ebene ist der Richtungsunterschied zwischen zwei von einem Punkt ausgehenden Strahlen, die keine gemeinsame gerade Linie bilden«, tirilierte Max etwas mühsam, weil der Satz so geschwollen war. Und nachdem er wieder Luft geholt hatte:

»Unter den Linien gibt es eine ganz besonders interessante, die gerade Linie.«

Diesen Begriff nahm Nofutur flugs als Stichwort auf.

»Gerade wird diejenige Linie genannt, die eine gerade Verbindung zwischen allen Punkten herstellt, die auf ihr liegen.«

Monsieur Ruche griff ein, um zu erklären, daß kein Punkt auf einer geraden Linie als solcher auszumachen ist.

»Anders gesagt, die gerade Linie behandelt alle Punkt, die auf ihr liegen, gleich.«

Er gab den Künstlern ein Zeichen, ihr Duett fortzusetzen.

»Unter den Flächen gibt es eine ganz besondere, und zwar die ebene Fläche«, trällerte Nofutur.

»Eine Ebene ist die Fläche, die in keinem ihrer Punkte gekrümmt ist. Sie ist bestimmt durch drei nicht in einer Geraden liegende Punkte«, schloß Max an.

Und um seinem eigenen Chef von vornherein den Wind aus den Segeln zu nehmen, fügte er gleich hinzu: »Auch die Ebene behandelt alle Geraden, die auf ihr liegen, gleich.«

Stille. Zwei Takte lang. Dann sagte Monsieur Ruche: »Winkel!«

Er hob den Arm, um ihn dann nach vorn zu strecken und den Unterarm anzuwinkeln.

»Der Name leitet sich ab von *winkil*, ›Ecke‹, eigentlich ›Biegung‹, ›Krümmung‹, ›Knick‹.«

Dann stoppte er die Aufwärtsbewegung des Unterarms auf halbem Weg:

»Es gibt einen besonderen Winkel, den rechten Winkel.«

Max legte seine Arme über Kreuz. Nofutur steckte seinen Schnabel in jedes der vier Felder, die so entstanden waren.

»Zwei sich kreuzende Gerade bilden vier Winkel. Wenn alle vier gleich sind, dann sind es rechte Winkel«, sagte Max.

Monsieur Ruche rekapitulierte:

»Darstellung der verschiedenen Figuren. Zuerst der Kreis, der nur eine einzige Form hat. Dann alle möglichen Arten geradliniger Gebilde. Zunächst das Dreieck.« Und er fuhr in veränderter Tonlage fort: »Es ist besser, gleich jetzt darauf hinzuweisen, daß, wenn ihr ein kleines Terrain abtrennen wollt und nur zwei Geraden zur Verfügung habt, es dann lieber gleich sein zu lassen, denn es wird euch nicht gelingen. Ihr braucht mindestens drei gerade Linien, um eine geradlinige Fläche auszuweisen. Das Dreieck ist die elementarste der geschlossenen geradlinigen Figuren.

Es gibt spitz zulaufende Dreiecke, die stumpfwinkligen, die einen stumpfen und zwei spitze Winkel haben, sowie die spitzwinkligen, bei denen alle Winkel kleiner als 90° sind. Dann wären da auch noch die unspektakulären, das gleichschenklige, gleichseitige und rechtwinklige Dreieck. Dann die Vierecke, bei denen das Quadrat den Ehrenplatz einnimmt, das ebenfalls nur eine einzige Form besitzt. Eine einzige Information in bezug auf dessen Seite genügt, um alles darüber zu wissen. Beim Rechteck genügen zwei Informationen, um es zu definieren. Die Raute, das Parallelogramm und das Trapez. Beinahe hätte ich vergessen, die große Menge der nichtssagenden Figuren zu erwähnen, und das, obwohl sie den größten Anteil ausmachen. Das heißt solche Figuren, die keine besonderen Merkmale aufweisen.«

»Diejenigen also«, meldete sich Jonathan zu Wort, »von denen man im Mathematikunterricht nichts hört.«

»So ist es«, bestätigte Monsieur Ruche. »Und das ist auch nicht weiter erstaunlich, denn was sollte man auch über ein belangloses Viereck sagen?«

»Daß es vier Seiten hat, vier Winkel, zwei Diagonale«, antwortete Jonathan.

»Natürlich auch noch, daß die Summe seiner Winkel 360° beträgt!« betonte Léa und untermalte ihre Aussage mit Hilfe ihres breitkrempeligen Hutes.

Max fuchtelte mit dem Arm herum. Monsieur Ruche schien etwas zu vergessen. Max erklärte:

»Zwei Geraden einer Ebene. Wenn man sie beide unendlich verlängert, was verdammt schwierig ist und ein wenig dauert ...«

Monsieur Ruche brach in schallendes Gelächter aus. Maxens Kommentar war nicht eingeplant. »Nun, wenn sich diese zwei Geraden nicht treffen, weder am einen noch am anderen Ende, dann sind sie PARALLEL!«

Monsieur Ruche fuhr, immer noch lachend, fort:

»Und der erste Band konnte nur mit einem absoluten ›Muß‹ schließen: Im bescheidenen Gewand des diskreten 47. Lehrsatzes findet sich dort nicht mehr und nicht weniger als der SATZ DES PYTHAGORAS!

Nachdem die Hauptdarsteller bestimmt sind, wird Euklid nun mit ihnen zu arbeiten anfangen. Einen Winkel in zwei gleichgroße Teile teilen, so daß die Konstruktionen der Winkelhalbierenden entstehen; dasselbe Verfahren bei einer Strecke erzeugt die Mittelsenkrechte. Flächen berechnen. Bestimmen, unter welchen Bedingungen zwei Figuren desselben Typs gleich sind. Bei den Dreiecken sind dies zum Beispiel die berühmten ›Kongruenzsätze‹, die ich als Schüler so sehr schätzte.

Nebenbei sollte vielleicht noch angemerkt werden, daß sich die beiden ersten Bücher mit der Geometrie geradliniger Figuren beschäftigen, während das dritte Buch die Geometrie kreisförmiger Gebilde zum Thema hat.

Und um der Geometrie der Ebene einen möglichst schönen Abschluß zu verleihen«, sagte Monsieur Ruche weiter, »stellt Euklid die Konstruktion regelmäßiger Vielecke dar. Für jedes von ihnen definiert er den *einbeschriebenen* – und den *umbeschriebenen* – Kreis. Wenn man ein Feuer eindämmt, dann kreist man es so eng es eben geht ein, damit es sich nicht weiter ausdehnt. Der *Umkreis* liegt außerhalb des Vielecks und verläuft durch alle seine Eckpunkte, der *Inkreis* – befindet sich innerhalb des Vielecks und berührt alle seine Seiten.

Bei einem gleichseitigen Dreieck, dem ersten der regelmäßigen Vielecke, sieht das folgendermaßen aus.«

Auf der Leinwand erschien die entsprechende Darstellung:

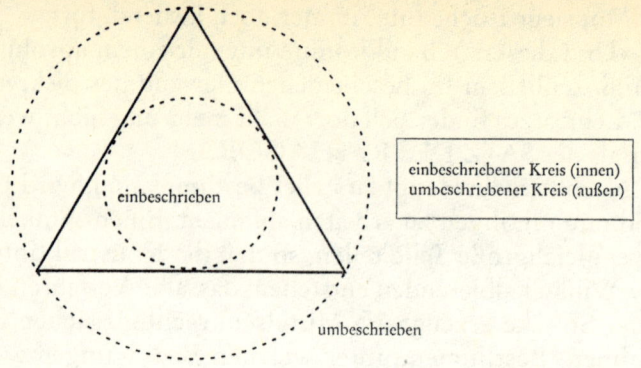

einbeschriebener Kreis (innen)
umbeschriebener Kreis (außen)

einbeschrieben

umbeschrieben

Max klappte die ersten vier Pulte zusammen und legte sie auf den Fußboden.

Das war das Zeichen für die Pause.

Die Lichter gingen wieder an. Léa hatte wahnsinnige Probleme, ihre Schuhe wieder anzuziehen, und Jonathan knöpfte nur mit größter Mühe seine taillierte Jacke zu, die während des Vortrags eingelaufen sein mußte. Sie gingen hinaus und rekelten sich im Innenhof, während Monsieur Ruche sich in seinem Rollstuhl streckte. Nofutur trank in großen Schlucken das Wasser, das Max in eine Schale gegossen hatte. Gong. Die Pause war zu Ende. Sie begaben sich wieder zu ihren Plätzen zurück. Die Lichter erloschen. Stille. Die Bühnenbeleuchtung ging an.

Max stand vor dem fünften Pult und kündigte kurz und bündig an:

»Das fünfte Buch, das berühmteste der dreizehn. Das ›Buch der Proportionen‹.«

Monsieur Ruche:

»Euklid möchte ermitteln, was ein Verhältnis zwischen zwei Größen ist, wenn diese Größen entweder geometrisch, d.h. Strecken, Flächen oder Rauminhalte, oder arithmetisch, d.h. Zahlen, sind – Max.«

»Ein Verhältnis zwischen zwei Größen besteht immer dann, wenn die größere ein Vielfaches der anderen ist.«

»Wir haben gesehen«, fuhr Monsieur Ruche fort, »daß die Pythagoreer kein Verhältnis zwischen inkommensurablen Größen denken konnten. Das ist jetzt vorbei. Euklid verleibt sie seiner allgemeinen Theorie des Verhältnisses und der Proportion ein. Eine echte Revolution ..., die nicht auf Euklid zurückgeht, der sie lediglich verbreitet und sie mit anderen Bereichen der Mathematik verbunden hat. Der eigentliche Erfinder der Proportionenlehre ist Eudoxos von Knidos, einer der hervorragendsten Mathematiker aller Zeiten, der gleichzeitig auch Astronom war, bei den Euklid fast den gesamten Inhalt des fünften Buchs entlehnt hat.«

Vor dem sechsten Pult stehend, kündigte Max an: »Das ›Buch der Ähnlichkeit‹.«

Monsieur Ruche:

»Die Form eines Objekts läßt sich nicht wirklich ›definieren‹. Versucht es, dann werdet ihr selbst sehen! Im Gegensatz dazu läßt sich jedoch sagen, wann sie die gleiche Form haben.«

Max:

»Die gleiche Form haben sie dann, wenn sie gleich sind, ... aber sie haben nicht zwangsläufig die gleiche Größe.«

»Ja«, bestätigte Monsieur Ruche, »abgesehen von der Größe sind sie gleich. Genau darin besteht das große Problem der Ähnlichkeit, das weit über den Rahmen der Mathematik hinausgeht: sich zu ähneln. Bei Euklid wird dieses Problem im Universum der Geometrie behandelt. Wann ähneln sich zwei Figuren?« fragte Monsieur Ruche.

Wie abgesprochen, richtete er diese Frage an Max, allerdings war es Nofutur, der antwortete:

»Wenn sie proportional sind.«

»Und wann sind sie proportional?« Nofutur schrie:

»Wenn ihre Stufenwinkel ... proportional sind und ihre ... Seiten ... Jede für die andere ...«

Bei Nofutur war offensichtlich der Faden gerissen.

Max schritt ein.

»Es ist nicht seine Schuld, der Text ist sehr schwierig.«

Monsieur Ruche ergriff das Wort.

»Der Satz lautete: Wenn ihre sich entsprechenden Seiten proportional und ihre Winkel untereinander gleich sind.«

Sie hielten den Zwischenfall damit für abgeschlossen. Da kannten sie Nofutur aber schlecht. Da er ein gewissenhafter sprechender Papagei war, hörten alle voller Verwunderung, wie er erklärte:

»Wenn ihre sich entsprechenden Seiten proportional und ihre Winkel untereinander gleich sind.«

Diesmal machte er nicht den kleinsten Fehler.

Er erhielt Beifall.

Es ließ sich kaum behaupten, daß es ihm gleichgültig war.

Noch sieben Bücher! Monsieur Ruche beeilte sich:

»Ehre den Ahnen. Der zweite Satz beinhaltet das Theorem des Thales.«

Max klappte die zwei Pulte zusammen und legte sie auf den Fußboden. Während er weiter nach rechts ging, erklärte er:

»Die drei arithmetischen Bücher.«

Monsieur Ruche:

»Euklid verarbeitet hierin große Teile von Arbeiten der Pythagoreer, insbesondere von Archytas, über die ganzen Zahlen. Wir haben ja bereits gesehen, daß eine der wichtigsten Tätigkeiten der Mathematiker die Klassifikation ist. Die erste Einteilung: gerade/ungerade. Léa, du erinnerst dich noch an deine schöne Formulierung: ›Diejenigen, die an die Zwei glauben, und diejenigen, die nicht daran glauben!‹ Die geraden Zahlen sind in zwei gleich große Teile teilbar, die ungeraden sind es nicht. Und dann gibt es noch solche Zahlen, die weder durch zwei noch durch drei oder irgendeine andere Zahl teilbar sind: die Primzahlen. Sie heißen deshalb so, weil sie sich durch keine andere Zahl mehr teilen lassen.«

Monsieur Ruche hielt inne. Ein Satz aus Grosrouvres Brief kam ihm in den Sinn:

»*Wie läßt Du Dich berechnen, Pierre, und wie ich? Vielleicht ist ja die Zeit gekommen, die Summe dessen zu bestimmen, was wir geteilt haben.*«

Er brauchte einen Augenblick, um wieder in die Gegenwart zurückzufinden.

Max hatte es bemerkt und rief:

»Zweite Klassifikation.«

Monsieur Ruche fuhr fort:

»Zweite Klassifikation: teilbare Zahlen/Primzahlen. Die Primzahlen werden sich zum wichtigsten Element der Arithmetik entwickeln. Es gibt unendlich viele!« Dann fügte er in vertrauensvollem Ton hinzu: »Eines hat mich wirklich sehr erstaunt, Euklid pfeift auf die Addition! Was ihn interessiert, ist die Division.

Dann geht es um die berühmte Zerlegung in Primfaktoren: jede positive ganze Zahl läßt sich auf eine und nur eine Weise – bis hin zur Bestimmung der Faktoren – als Produkt von Primzahlen schreiben.

Die Teiler einer Zahl suchen, diejenigen finden, die den zwei Zahlen a und b gemeinsam sind. Den größten dieser Teiler finden, den berühmten GGT, den Größten Gemeinsamen Teiler, der die größte ganze Zahl ist, der a und b genau teilt. Und nicht zu vergessen das genauso berühmte KGV, das Kleinste Gemeinsame Vielfache!«

Er bediente selbst den Diaprojektor. Auf der Leinwand erschien eine merkwürdige Zeichnung:

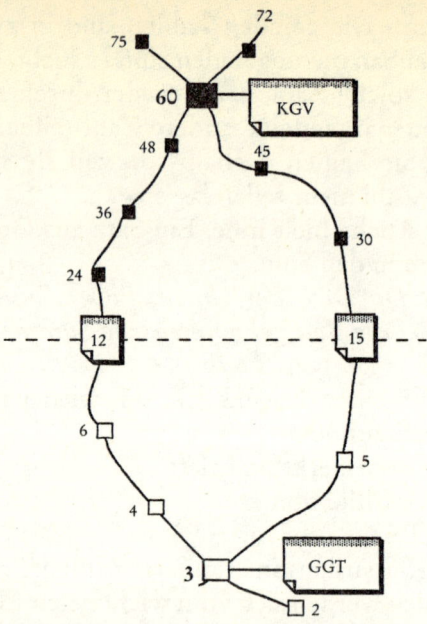

»Perfekt, wirklich perfekt«, lobte Monsieur Ruche, als er die Skizze sah, die Max im Laufe des Nachmittags angefertigt hatte. Zumindest einem kommen die Sitzungen zugute!

Max klappte die drei Pulte zusammen, die gerade »behandelt« worden waren, legte sie auf den Fußboden, stellte sich vor das nächste Pult und kündigte an:

»Das 10. Buch. Das ›Buch der irrationalen Zahlen‹.«

Monsieur Ruche:

»Euklid übernimmt die Ergebnisse der Arbeiten von Theodoros, dem Begründer der Inkommensurabilität. Er setzt sich sowohl mit den kommensurablen geraden Linien als auch mit den inkommensurablen sowie mit den ihnen entsprechenden quadratischen bzw. rechteckigen Flächen auseinander. Während die armen Pythagoreer mit der Quadratwurzel aus 2 nur über eine einzige irrationale

Zahl verfügten, konstruierte Theodoros eine ganze Reihe davon: er erbringt den Beweis für die Irrationalität der Quadratwurzeln aller ganzer Zahlen bis 17, mit Ausnahme der Wurzeln aus 1, 4, 9 und 16 natürlich. Warum er bei 17 aufhört, ist nicht bekannt. Theaitetos setzt die Reihe fort und beweist deren Irrationalität. Nebenbei sollte nicht unerwähnt bleiben, daß dieses Buch das mit Abstand schwierigste der dreizehn Bücher ist:«

Max:

»Deshalb wird es auch als das ›Kreuz des Mathematikers‹ bezeichnet.«

Monsieur Ruche glaubte, Jonathan vor sich hin brummen zu hören.

»Es ist auch das Kreuz Jonathans.« Das hinderte ihn jedoch nicht daran, fortzufahren:

»In diesem Buch wird einem vor Augen geführt, wie Euklid der Irrationalen ›Herr wird‹, die den Pythagoreern so viel Schwierigkeiten bereitet hatten.«

Max klappte das zehnte Pult zusammen und legte es auf den Fußboden.

»Nur noch drei«, dachte Jonathan, indem der die verbleibenden Pulte durchzählte. Der Kreuzweg war fast zu Ende.

»Geometrie des Raumes«, kündigte Max an.

Monsieur Ruche:

»Genauso wie bei der Geometrie der Ebene bestimmt Euklid die verschiedenen räumlichen mathematischen Gebilde, die Körper: Pyramide, Prisma, Kegel, Zylinder und natürlich die Kugel, die er um die regelmäßigen Polyeder ergänzt. Zum Teil berechnet er deren Oberfläche und Rauminhalt, zum Teil bestimmt er das Verhältnis zwischen den Rauminhalten.

Euklid hat ein von Eudoxos erfundenes, fast beängstigend effektives Verfahren angewandt, das später als *Exhau-*

stionsmethode bezeichnet werden sollte. Exhaustion bedeutet: das Denken ausschöpfen. Verstehen wir nicht unter einer ausführlichen Auflistung eine Aufzählung, die alle aufzuzählenden Gegenstände ›ausschöpft‹? Diese Methode besteht darin zu beweisen, daß zwei Größen identisch sind, indem gezeigt wird, daß ihre Differenz kleiner ist als jede beliebige gegebene Größe. Dieser Beweis wird nicht in einem oder in zwei oder in zehn Schritten erbracht, sondern durch die Anwendung eines endlosen Verfahrens, das ›mittels des Denkens‹ die aufeinanderfolgenden Schritte ›ausschöpft‹.

Will man zum Beispiel die Kreisfläche durch Exhaustion ermitteln, dann schreibt man dem Kreis zunächst ein regelmäßiges Viereck ein, dann verdoppelt man die Anzahl der Seiten. Die Fläche des Polygons vergrößert sich mit jedem weiteren Schritt, bleibt jedoch immer kleiner als die des Kreises. Das Ziel dieser Methode besteht nun darin, daß die Differenz zwischen dieser Fläche, die man berechnen kann, und der Fläche des Kreises, die man berechnen möchte, durch die Multiplikation der Seiten beliebig weit zu verringern ist. Folglich läßt sich die Kreisfläche so genau bestimmen, wie man will, ... allerdings wird man sie nie genau kennen.«

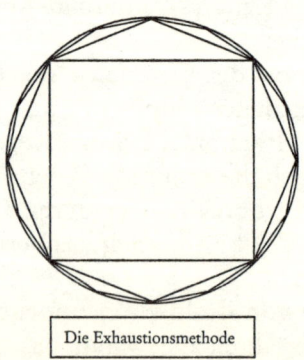

Die Exhaustionsmethode

Max klappte zwei Pulte zusammen. Mitten im großen Raum des Ateliers, in dem die Sitzungen stattfanden, stand jetzt nur noch ein einziges Pult.

Max:

»Das 13. Buch. Die Krönung des gesamten Werkes!«

Monsieur Ruche:

»Hierin stellt Euklid das dar, was die 12 vorausgehenden Bücher in die Wege geleitet hatten, und zwar die Konstruktion der fünf regelmäßigen, in die Kugel einschreibbaren Polyeder: das Tetraeder, eine von vier kongruenten, gleichseitigen Dreiecken begrenzte Pyramide; den Würfel, ein von sechs Quadraten begrenzter Körper mit 12 gleichen Kanten; das Oktaeder, eine vierseitige Doppelpyramide mit acht kongruenten, gleichseitigen Dreiecken; das Dodekaeder, ein zwölfflächiger Körper mit regelmäßigen Pentagonen; und das Ikosaeder, das von zwanzig gleichseitigen Dreiecken begrenzt wird.«

»Warum fünf, und nicht vier oder sechs?« riefen in ergreifendem Einklang Jonathan-und-Léa.

»Genau das ist der Punkt, denn das ist das bemerkenswerte an der ganzen Sache! Bei der unendlichen Zahl von Polyedern im Raum gibt es genau fünf regelmäßige! Sucht man innerhalb einer Gruppe von mathematischen Objekten derselben Klasse nach denjenigen, die eine ganz bestimmte Eigenschaft aufweisen, dann findet man in der Regel keines oder ein einziges. Oder man findet eine unendliche Menge. So sind zum Beispiel in eine Ebene unendlich viele regelmäßige Polygone eingeschrieben. Und bei den Körpern sind es nur fünf! Gott weiß warum. Jedenfalls haben sich die griechischen Denker ausgiebig mit diesem Phänomen beschäftigt. Platons Antwort lautete wie folgt:

Es sind fünf, weil es im Kosmos fünf Urelemente gibt. Jedes dieser vollkommenen Polyeder steht für eines dieser

Elemente, und alle fünf zusammen haben, da sie in die geometrische Sphäre eingeschrieben sind, die gleichzusetzen ist mit der Sphäre des Universums, teil an der Erschaffung der Welt, weil sie deren absolute Harmonie symbolisieren. Aus diesem Grund wurden sie im Altertum als *platonische Körper* gefeiert.

Abschließend noch einmal das Ergebnis, auf das das gesamte Unternehmen der Elemente abzielte:

Es gibt nicht mehr als die fünf beschriebenen regelmäßigen Polyeder!«

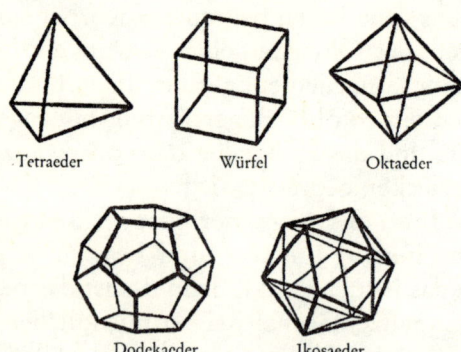

Tetraeder   Würfel   Oktaeder

Dodekaeder   Ikosaeder

Das letzte Pult landete auf dem Fußboden und vervollständigte die Sammlung der zwölf anderen. Max drehte sich zu den Velourssesseln um:

»Die dreizehn Bücher der *Elemente* stellen das Wissen dar, über das ein junger griechischer Mathematiker zu Beginn seiner Laufbahn im Jahre 300 v. Chr. verfügen mußte.«

»Haben Sie sie alle gelesen?« fragte Léa voller Bewunderung. »Alle dreizehn?«

Monsieur Ruche wollte die Frage bejahen. In seinem Alter Bewunderung bei zwei jungen Menschen hervorzurufen war ein so unerwartetes Vergnügen, daß es eine Sünde gewesen wäre, dieses nicht auszukosten. Er log:

»Ja, ja.«

Und er kündigte an:

»Elemente, Fortsetzung und Schluß!«

Nachdem er den Inhalt des Werkes dargestellt hatte, wollte Monsieur Ruche die Absicht des euklidischen Unternehmens erörtern.

Der Lautsprecher ertönte:

»Achtung, Achtung, kein mathematischer Satz wird anerkannt ohne Beweis, ohne Beweis!«

So lautete das Gesetz, dem sich die griechischen Mathematiker freiwillig unterworfen haben.

Ein ungeschriebenes Gesetz. Wie aber beweist man einen Satz? Indem man ihn von einem bereits als wahr anerkannten Satz ableitet.

»Ein Teufelskreis!« schrie Max. »Sollte die Mathematik vielleicht dazu verurteilt sein, sich in den eigenen Schwanz zu beißen? Wie kann man diesem Teufelskreis entkommen?«

»Das ist die Frage nach dem Ursprung!« erwiderte Monsieur Ruche. »Eine stets heikle Frage.«

Während er diese Worte sagte, wurde ihm, zu spät, bewußt, welche Wirkung sie zweifellos bei den Zwillingen erzielen würden. Sie reagierten sofort.

»Das ist sie nun aber wirklich. Mit irgend etwas muß man ja wohl anfangen«, bekräftigte Léa. »Nicht wahr, Monsieur Ruche? Übrigens bin ich in diesem Zusammenhang auf den folgenden Satz eines gewissen Polybios gestoßen: ›Der Anfang ist die Hälfte vom Ganzen.‹ Mit anderen Worten, wenn es schlecht beginnt, ist der Zug fürs erste abgefahren!«

»Wenn es gut beginnt, auch«, ergänzte Jonathan. »Wie dem auch sei, ohne Anfang keine Geschichte!«

»Und auch keine Konstruktionen«, fügte Léa hinzu. »Das ist der erste Stein. Auf ihm gründet das ganze übrige Gebäude.«

»Genau!« sagte Monsieur Ruche bestimmt. »Man benötigt ein ›Anfangskapital‹ an Wahrheiten. Das ist der Preis, den man zahlen muß, um die Maschine zur Produktion von Wahrheiten zum Laufen zu bringen. Dann muß die Maschinerie aus eigener Kraft funktionieren. Infolgedessen entkommt man dem Teufelskreis nur, wenn man einige Anfangswahrheiten anerkennt, die *a priori* und ein für allemal gesetzt werden. Ein Anfangskapital, das nicht beliebig veränderbar ist: Im allgemeinen verändert man das Fundament nicht alle naselang!

Womit fängt man am besten an? Mit Definitionen. Sie dienen dazu, die Existenz von ursprünglichen mathematischen Gebilden zu erklären, d.h. die Existenz von elementaren Gebilden, auf deren Grundlage sich weitere Gebilde konstruieren lassen. Auf diese Weise bevölkert man das mathematische Universum mit neuen Gebilden.«

»Sagen Sie, Monsieur Ruche, erinnert Sie das nicht an die Bibel? Am Anfang ist …, nein, vor dem Anfang ist Gott. Dann beschließt Gott, daß Adam sein soll. Er verkündet etwa folgendes: ›Adam soll sein. Adam ist ein Mensch.‹ Dann macht Adam Eva, und zwar aus einer seiner Rippen, glaube ich. Adam und Eva leben zusammen usw., und sie hatten viele Kinder: Abel, Kain und all die anderen.«

Monsieur Ruche hörte sich wie versteinert diese von Jonathan korrigierte und neu überarbeitete Bibelfassung an. Er hatte sie in eine axiomatische Bibel umgewandelt!

»Ich bin nicht besonders religiös, wißt ihr.«

»Ich auch nicht. Aber man kennt doch seine Klassiker.«

»Deine Klassiker? Hast Du etwa tatsächlich die Bibel gelesen?«

»So wie Sie die *Elemente* gelesen haben. Jedenfalls handelt es sich um die beiden am häufigsten übersetzten Werke auf der Welt …«

»Kehren wir zu …«

Beinahe hätte Monsieur Ruche »Gott zurück« gesagt, so sehr hatte ihn der Vergleich zwischen der Genesis und den Elementen verwirrt.

»Kehren wir wieder zu Euklid zurück. Gleich nach den Definitionen kommen die Postulate und Axiome. Erstere setzen a priori, daß bestimmte Konstruktionen möglich sind. Letzteres sind allgemeine, von allen anerkannte Begriffe, Prinzipien des Denkens, deren Legitimität nicht weiter in Frage gestellt werden braucht. Um ein Beispiel zu nennen: Was wäre mit der Gleichheit von Dingen, wenn zwei dieser Dinge, die mit einem dritten identisch wären, sich als voneinander verschieden erwiesen? Oder was wäre, wenn man Gleiches zu Gleichem gäbe und am Ende unterschiedliche Dinge dabei herauskämen? Oder wenn die Ebenbilder ein und derselben Sache sich voneinander unterscheiden würden? Nun?

Aus diesem Grund hat Euklid in aller Ruhe diese lange Liste von Axiomen aufgestellt, die weit über den Horizont der eigentlichen Mathematik hinausgehen.«

Max schaltete das Gerät an. Und begleitet von einem achtungsgebietenden Brummen, erschien das erste Dia auf der Leinwand:

Dinge, die demselben Ding gleich sind, sind auch untereinander gleich.

Klickklack. Das Dia verschwand. Es erschien:

Bei Addition gleicher Größen zu gleichen Größen sind auch die Resultate gleich.

Klickklack. Das Dia verschwand. Es erschien:

Bei Subtraktion gleicher Größen von gleichen Größen sind auch die Resultate gleich.

Klickklack. Das Dia verschwand. Es erschien:

Bei Addition ungleicher Größen zu gleichen Größen sind auch die Resultate ungleich.

Klickklack. Das Dia verschwand. Es erschien:

Größen, die übereinstimmen, sind gleich.

Klickklack. Das Dia verschwand.

Die nächsten beiden folgten unmittelbar aufeinander.

Die Entsprechungen desselben sind gleich.

Die beiden Hälften desselben sind gleich.

»Stellt euch zwei verschiedene Hälften vor. Das ergäbe ein merkwürdiges, völlig *ungleiches Ganzes!* Nur weil sie gleich sind, kann man ja überhaupt von einer Hälfte sprechen. Euklid fügte noch ein letztes Axiom hinzu, in dem es heißt, ›das Ganze ist größer als der Teil‹. Soweit also die Axiome. Und wozu dienen sie?

Zum VERGLEICH. Zum Vergleich der Hälften miteinander, des Teils mit dem Ganzen, der gleichen Größen, denen man gleiche Größen hinzufügt oder abzieht usw. Ohne sie gäbe es nicht die Möglichkeit des Vergleichs.

Nun zu den Postulaten! Zunächst war ich überrascht«, gestand Monsieur Ruche, »als ich feststellte, daß es nur in der Geometrie Postulate gibt, nicht in der Arithmetik.«

»Da braucht man eben keine!« sagte Léa schnippisch. »Andernfalls hätte er wahrscheinlich nicht davor zurückgeschreckt, seine Liste etwa in folgender Weise zu verlängern: ›Durch zwei Zahlen kann eine dritte verlaufen‹, oder: ›Alles ist Zahl‹. Oder aber so: ›Verlängert man eine Zahl, dann bleibt immer noch etwas von ihr zurück‹, oder: ›Eine Zahl ist gut, zwei Zahlen sind besser. Drei Zahlen, dann ist die Bescherung perfekt!‹ Oder …«

Angesichts des lauten Gelächters konnte Léa unmöglich weiterreden. Allerdings war die Tatsache, daß das schallende Gelächter nicht enden wollte, weniger Léas Humor als vielmehr der Müdigkeit zuzuschreiben.

Schritt für Schritt hatten sie sich vom Leuchtturm der weißen Stadt Alexandria, von den Straßen, in denen vier Wagen nebeneinander fahren konnten, den Gärten des Museions entfernt. Kurz gesagt, alle hatten langsam genug davon. Die Sitzung dauerte schon zu lange; an diesem Punkt hätte man Schluß machen müssen.

»Postulate der Geometrie. Euklid hat fünf angegeben.«

»Wie bei den Polyedern?« fragte Jonathan.

»Das hat nichts mit den Polyedern zu tun. Genausowenig im übrigen mit der Tatsache, daß Euklid, so wie die meisten seiner Kollegen im Museion, fünf Finger hatte. Das erste Postulat ist euch allen bekannt.«

Klick. Dia:

Es ist möglich, von jedem beliebigen Punkt zu jedem beliebigen Punkt eine Gerade zu ziehen.

Zwei
Punkte werden
durch eine Gerade
verbunden

»Was will Euklid mit diesem Postulat bezwecken? Wo auch immer zwei Punkte im Raum liegen, Euklid will sie

1. miteinander verbinden;
2. hierbei nichts umgehen müssen.

Deshalb postuliert er es.«

Klickklack. Zweites Postulat:

Es ist möglich, eine endliche Strecke stetig zu einer Geraden zu erweitern.

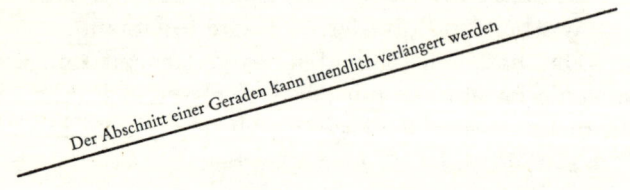

Der Abschnitt einer Geraden kann unendlich verlängert werden

»Was will Euklid mit diesem Postulat bezwecken? Eine endliche Strecke weist immer eine Begrenzung auf. Euklid möchte sie beliebig weit verlängern können. Damit er dies tun kann, benötigt er Platz. Tatsächlich möchte Euklid, daß der Raum in jeder Richtung unbegrenzt ist. Deshalb postuliert er es.«

Nach den Geraden die Kreise. Drittes Postulat:

Es ist möglich, einen Kreis mit beliebigem Mittelpunkt und Radius zu zeichnen.

»Was will Euklid mit diesem Postulat bezwecken? Er möchte, daß es überall Kreise geben kann! Und nicht nur an bestimmten bevorzugten Stellen des Raums. Zudem sollen diese Kreise so groß oder klein sein können, wie er will. Deshalb postuliert er es.«

Nach den Geraden und Kreisen nun die Winkel. Viertes Postulat:

Alle rechten Winkel sind gleich.

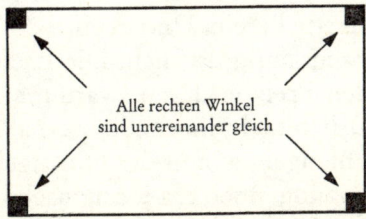

»Was will Euklid mit diesem Postulat bezwecken? Er möchte nicht, daß die rechten Winkel, je nach dem Ort, an dem sie sich befinden, ihren Wert verändern.«

»Welche anderen Möglichkeiten sollte es denn sonst noch geben können? Daß sie größer werden oder schrumpfen?« fragte Jonathan.

»Genau. Euklid will, daß es keine anderen Möglichkeiten gibt. Deshalb postuliert er es.«

Max war schon seit langem »out«. Monsieur Ruche mußte die ganze Arbeit allein machen.

»Und dann wäre da noch das berühmteste Postulat, und zwar das Parallelpostulat, das folgendermaßen lautet:

Parallel einer gegebenen Geraden auf einer Ebene kann durch einen gegebenen Punkt nur eine einzige Gerade gezogen werden.«

»Und das heißt …, was es heißen soll«, fügte Monsieur Ruche hinzu.

»Sie wollen wohl eher sagen: das heißt, was es heißt!« berichtigte Jonathan.

»Hör zu, Jonathan, ich will sagen, was ich sage, oder besser gesagt, ich sage, was ich sagen will« , brachte Monsieur Ruche nur noch mit Mühe heraus.

Das Gelächter ging wieder von vorn los, weil es ihnen einfach nicht möglich war, vor lauter Müdigkeit länger ernst zu bleiben. Mitten in diesen Ausbruch von Heiterkeit platzte Perrette herein. Und in einer solchen Situation wirkt man zwangsläufig dämlich. Die Lachenden wollen einem um jeden Preis erklären, warum sie lachen, sind dazu aber natürlich nicht imstande, weshalb sie noch lauter zu lachen anfangen, womit der Hinzugekommene, der finstere Eindringling, noch ein wenig nachdrücklicher aus dem Stamm der Lachenden ausgeschlossen wird. Es ist eigentlich überflüssig zu erwähnen, daß Perrette, nachdem Léa ihr endlich erklärt hatte, daß sie wegen des fünften Postulats von Euklid so lachten, die anderen ansah wie eine Versammlung von Durchgedrehten. Das einzige, was sie herausbrachte, war:

»Darüber könnt ihr lachen?«

Damit waren alle Dämme gebrochen! Monsieur Ruche, der seinen Rollstuhl nicht festgestellt hatte, schwankte mit seinem Gerät hin und her, ohne daß jemand auf den Gedanken gekommen wäre, ihn festzuhalten. Noch nicht einmal Max, dessen rote Mähne wild herumwirbelte. Seine von tausend feuerroten Strähnen umrahmten, leuchtenden Augen stachen aus seinem Gesicht, das man kaum sah, hervor. Es schien, als würde er sich gegen den Hintergrund der untergehenden Sonne abheben. Und Léa, die Langgliedrige? Ganz aufgebläht vom Glucksen, sah sie so rundlich aus wie eine Henne, die mitten auf dem Hühnerhof auf einem Bein herumhüpft. Die allgemeine Heiterkeit hatte sogar Nofutur erfaßt. Während er im Tiefflug herumflatterte, stieß er rauhe Schreie aus. Können Papageien lachen? war die einzige Frage, die Perrette sich zu stellen wagte.

10. KAPITEL

Die Begegnung zwischen einem Kegel und einer Ebene

Vom Lichtstrahl des Leuchtturms von Alexandria wechselte Monsieur Ruche zum Lichtkegel einer Stehlampe.

Als sie in den Sitzungsraum kamen, war er erneut in völliges Dunkel getaucht. Plötzlich erschien auf der Wand ein Lichtkreis. Max hielt den Fuß der Stehlampe so in seinen Händen, daß er sich im rechten Winkel zur Wand befand. Der Lichtstrahl, den der kegelförmige Lampenschirm an die Wand warf, bildete einen vollkommenen Kreis.

In der Dunkelheit erklang Nofuturs rauhe Stimme:
»Kreis!«

Max kippte die Stehlampe weiter seitlich ab. Der Lichtfleck zog sich in die Länge, der Kreis wurde oval.

»Ellipse!«

Max kippte die Stehlampe noch weiter ab. Die Ellipse zog sich in die Länge. Mit einem Mal brach sie auseinander. Der Lichtfleck auf der Mauer bildete keine geschlossene Form mehr; er dehnte sich, nur noch vom Sitzungsraum begrenzt, endlos aus.

»Parabel«, erläuterte Nofutur.

Max kippte den Fuß der Stehlampe noch mehr ab, so daß die Neigung des Lampenschirms im Verhältnis zur Ebene der Wand immer kleiner wurde. Die Parabel dehnte sich aus. Auf einmal erschien auf der gegenüberliegenden Wand ein zweiter Lichtfleck. Nofuturs zögernde Stimme verkündete:

»Hyperbel!«

Es klang ein wenig verlegen. Hierzu muß man sagen, daß sie auf der Wand nicht ganz deutlich zu erkennen war.

Um die Unzulänglichkeiten des letzten Teils der Demonstration auszugleichen, schritt Monsieur Ruche ein:

»Ihr seid soeben Zeugen einer Begegnung geworden. Ihr habt die Begegnung zwischen dem vom Lampenschirm erzeugten Lichtkegel und der Ebene der Wand erlebt. Aus diesem Grund werden die vier Figuren, die sich vor euren Augen gebildet haben, als Kegelschnitte bezeichnet. Versucht euch einen Augenblick lang vorzustellen, was Menaichmos, ein griechischer Mathematiker, empfunden haben muß, als er das Phänomen entdeckte; das war im 4. Jahrhundert vor unserer Zeitrechnung. Vier so unterschiedliche Figuren wie der Kreis und die Ellipse, die beide geschlossen sind.«

Monsieur Ruche schaltete den Overhead-Projektor ein.

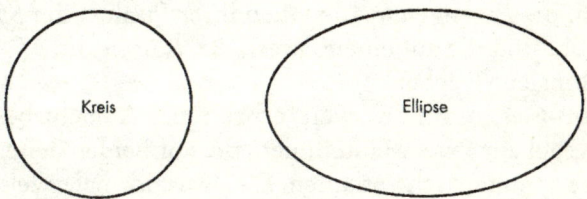

»So unterschiedlich wie die Parabel und die Hyperbel, die beide offen sind.«

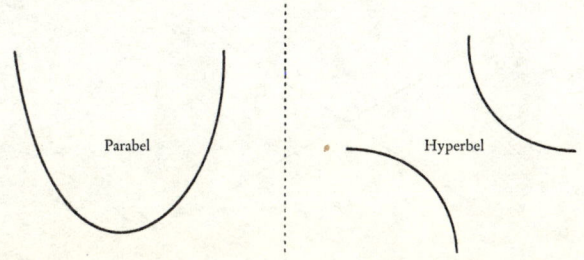

»So unterschiedliche Figuren wie die drei ersten, die aus einem Stück bestehen, und die letzte, die aus zwei unzusammenhängenden Ästen besteht. Ich sagte, daß ihr euch einmal vorstellen sollt, was Menaichmos empfunden haben muß, als er entdeckte, daß sich diese vier so unterschiedlichen Figuren aus ein und demselben Ereignis herleiten ließen: der Begegnung zwischen einem Kegel und einer Ebene, und daß man ohne weiteres durch die stetige Neigung der Achse des Kegels von der einen Figur zur anderen gelangen konnte.«

In den Augen der Zwillinge las Monsieur Ruche Erstaunen, Heiterkeit und auch so etwas wie aggressives Unverständnis. Er erahnte den Grund hierfür: Bei dem, was sie gerade gehört hatten, erkannten J-und-L nicht den ihnen bekannten Kegel wieder!

Monsieur Ruche ließ die Lautsprecher tönen:

»Achtung, Achtung, das ist eine Definition: Ein Kegel ist eine Figur im Raum, die durch die Rotation einer Geraden, die *Erzeugende,* um einen ihrer Punkte, der *Spitze,* entsteht und die auf einem Kreis, der *Basis,* ruht.«

Monsieur Ruche:

»Im Gegensatz zur weitverbreiteten Ansicht besteht ein Kegel aus zwei Mantellinien, die auf beiden Seiten der Spitze symmetrisch verlaufen. Das, was normalerweise für einen Kegel gehalten wird, ist in Wahrheit nur ein Halbkegel.«

»Ich habe meine ganze Jugend damit verbracht, kegelförmige Eistüten zu kaufen, und in Wahrheit hat man mir halbkegelförmige Waffeln angedreht!« erzürnte sich Jonathan.

»Sei doch froh! Versuch es doch mal mit einem echten Kegel! Während du an der oberen Kugel leckst, fällt dir die untere auf die Sandalen!«

Monsieur Buche:

»Ich möchte euch daran erinnern, daß geometrische Figuren Idealitäten sind, die man nicht leckt. Daß es sich um abstrakte Gebilde handelt, die einem nicht auf die Sandalen fallen. Geometrie hat nichts mit Eiswaffeln zu tun!«

Max stellte die Stehlampe auf ihren Fuß zurück. Der Lampenschirm warf wieder den üblichen Kreis an die Decke.

»Zwei Jahrhunderte nach Menaichmos nahm sich Apollonius von Perge des Problems an, um es, wenn ich so sagen darf, zu einem der Spitzenthemen der Geometrie zu machen. Er ist der Erfinder der Namen für die Kegelschnitte. Aus mathematischen Gründen, die ich euch nicht weiter erklären kann, weil ich sie nicht verstanden habe, erfand er die Namen: Hyperbel, dessen Wurzel *hyper* soviel bedeutet wie ›über … hinaus‹, Ellipse, was sich vom Griechischen *elleipein* ableitet und soviel bedeutet wie ›unterlassen, auslassen, ermangeln‹, und Parabel, was sich von *para* herleitet und soviel wie ›gleich, ausgewogen‹ heißt.

Diese geometrischen Kurven lassen sich bei vielen natürlichen Erscheinungen nachweisen. Zum Beispiel bei der Erdumdrehung. Die Planeten, deren Name sich vom Griechischen *planetes* ableitet, was soviel wie ›irrend, umherschweifend‹ bedeutet, heißen deshalb so, weil sie in der Sphäre der Fixsterne die einzigen Himmelskörper sind, die sich bewegen. Seit Urzeiten wollten die Menschen herausfinden, welche Bahnen diese Planeten beschreiben.

Die Harmonie machte es erforderlich, daß sich alles bogen- oder kreisförmig bewegte. Kosmos! Die griechischen Astronomen richteten es dergestalt ein, daß es so war. Vor allem Eudoxos. Aber die Natur läßt sich nun mal nicht zwingen. Die Planeten drehten sich gerade so um die Sonne, wie es ihnen gefiel, und sie verschmähten die Kreise.«

Monsieur Ruche erzählte, wie Kepler 2000 Jahre nach Eudoxos entdeckte, daß sich die Planeten ellipsen- und nicht kreisförmig um die Sonne drehten. Ein Brennpunkt der Ellipsen ist die Sonne!

Dann berichtete er von der Entdeckung eines italienischen Mathematikers namens Tartaglia Ende des 16. Jahrhunderts, der ahnte, daß die Flugbahn einer Kanonenkugel keine gerade Linie, sondern eine Parabel beschrieb.

Der Kreis und die Gerade hatten einen harten Schlag hinnehmen müssen.

»Der Mann der Kegelschnitte war ganz unzweifelhaft Apollonios, dem der begehrte Titel des *Großen Geometers* verliehen wurde. Er lebte in der zweiten Hälfte des 3. Jahrhunderts vor unserer Zeitrechnung in Alexandria. Wahrscheinlich war er Mitglied des Museion und arbeitete in der seinerzeit von Eratosthenes geleiteten Bibliothek. Sein Hauptwerk trägt den Titel *Kegelschnitte*. Es umfaßt insgesamt acht Bücher, von denen jedoch nur sieben wiedergefunden wurden.«

Sie lagen vor ihm auf dem Tisch.

»Ich muß euch gestehen, daß ich trotz der Zettel von Grosrouvre nicht besonders viel verstanden habe. Wie ihr seht, haben die griechischen Mathematiker nach Euklid ihren Weg fortgesetzt. Im 2. Jahrhundert vor unserer Zeitrechnung lebte Hipparchos von Nikaia. Ich lese euch die Notiz vor:

> Man ist sich darin einig, Hipparchos als den Begründer der Trigonometrie zu betrachten. In der Nachfolge der babylonischen Astronomen hat er die Teilung des Kreises in 360° vorgenommen. Dank seiner ungeheuer präzisen Beobachtungen der Sterne hat er den ersten ›Sternenkatalog‹ mit über 800 Sternen zusammengestellt, der lange Zeit das wichtigste Werkzeug für die mathematische Astronomie darstellen sollte. Dank der Genauigkeit seines Katalogs fand er heraus, daß die Erdachse nicht starr ist. Sie verschiebt sich in einer Kreisbewegung, um sich ungefähr alle 26 000 Jahre wieder an derselben Stelle zu befinden: die Präzession der Tagundnachtgleichen.
>
> N.B. Wenn sich die Erdachse verschiebt, dann bewegt sich die Erde. Nach Hipparchos dürfte es schwer gewesen sein, länger zu behaupten, die Erde bewege sich nicht. Und trotzdem wurde es von vielen weiterhin behauptet!

Wie stand es damals um Alexandria? Nach Ptolemaios I., genannt Soter, ›der Retter‹, übernahm Ptolemaios II., Philadelphos die Macht. Wir sprachen bereits davon. Zu Beginn des 1. Jahrhunderts vor unserer Zeitrechnung herrschte Ptolemaios IX., genannt Lathyros: ›Kichererbse‹. Warum Kichererbse? Hierfür findet sich nirgendwo eine Erklärung. Kein Ptolemaios X. Der elfte wurde von den Bewohnern Alexandrias umgebracht. Was den zwölften betrifft, Auletes, genannt der Flötenspieler, er wurde von ihnen vertrieben, woraufhin er nach Rom flüchtete, von wo aus er mit römischen Legionen zurückkehrte, die die Stadt nicht mehr verlassen sollten. Das war das Ende der ägyptischen Unabhängigkeit.

Der Flötenspieler hatte beschlossen, daß sein gerade einmal zehnjähriger Sohn unter der Bedingung zum Regenten von Alexandria werden sollte, daß er seine ältere Schwester heiratet.«

Monsieur Ruche hielt einen Augenblick lang inne, um einen größeren Effekt zu erzielen:

»Er verheiratete seinen Sohn mit seiner älteren Schwester Kleopatra! Schon sehr bald aber verstand sich das Paar überhaupt nicht mehr.«

»Oh, es war also nicht wie bei Philadelphos und Arsinoe«, sagte Léa in gespielt melancholischem Ton.

»Die liebten sich wenigstens!«

»Kleopatra flüchtete und kehrte später wieder zurück, und zwar mit Caesar, der sich in Alexandria aufhielt«, fuhr Monsieur Ruche unerschütterlich fort. »In Alexandria brach ein Aufstand aus, die Bewohner der Stadt setzten das Liebespaar fest.«

»Warum erzählt er uns das alles? Das ist überhaupt nicht seine Art«, murmelte Jonathan.

»Oh, er wird sich schon irgend etwas dabei denken«, flüsterte Léa.

»Um zu verhindern, daß seine Flotte gekapert wird, ließ Caesar alle Schiffe anzünden, die im Hafen von Alexandria lagen. Das Feuer griff auf das Festland über und legte auch die Bibliothek in Schutt und Asche. Hunderttausende Papyrusrollen wurden zerstört. Die Schriftrollen, die zusammenzutragen die ersten Bibliothekare so viel Mühe aufgewandt hatten, wurden von den Flammen verschlungen.«

Verständnisinniges Augenzwinkern der Zwillinge: Aha, so läuft der Hase!

»Cäsars Plan war aufgegangen, die Schiffe sanken. Aber auch die Bücher brannten.«

Monsieur Ruche konnte einfach nicht anders, als traurig und ohne jede Ironie hinzuzufügen:

»Die Schiffe sanken, und der ›Schiffsbestand‹, also die Originale, die zwangsweise von Bord der eingelaufenen Schiffe gebracht wurden, gingen in Flammen auf.«

244

»Unrecht Gut tut nimmer gut!« rief Léa Monsieur Ruche zu, der es nicht hören wollte.

»Zwischen Caesars Truppen und den Anhängern von Ptolemaios XIII. kam es zum Kampf, in dessen Verlauf dieser getötet wurde. Damit war Kleopatra Witwe. Aber nicht für lange Zeit. Sie hatte noch einen weiteren Bruder. Den heiratete sie. Er wurde zu Ptolemaios XIV. Auch er starb, weil Kleopatra ihn vergiften ließ. So wurde Kleopatra zum zweiten Mal die Witwe eines ihrer Brüder! Caesar kehrte nach Rom zurück, wohin Kleopatra ihm folgte. Dann wurde Caesar ermordet, woraufhin Kleopatra nach Alexandria zurückkehrte. Es dauerte nicht lange, und sie verliebte sich leidenschaftlich in einen anderen römischen General.«

»Antonius!« riefen J-und-L in einem ergreifenden Duo. »Sie liebten sich und hatten drei Kinder zusammen.«

»Ich sehe, daß euch die Angelegenheiten der Königshäuser bestens bekannt sind.«

»Da können Sie aber drauf spucken! Wir haben alle Kleopatra-Filme gesehen.«

»Mit Elizabeth Taylor und Richard Burton«, erinnerte Jonathan. »Und den mit Vivien Leigh«, ergänzte Léa.

»Und *Die Prinzessin vom Nil?* Den habt ihr nicht gesehen? Oder *Kleopatras Legionen?*« fragte Monsieur in sibyllinischem Ton. »Mit Linda Cristal in der Hauptrolle. Kennt ihr Linda Cristal? Sie war wunderbar. Aber lassen wir es gut sein mit den Filmen und kehren wir wieder zu den Büchern zurück. Kleopatra lag sehr daran, die Bibliothek wieder aufzubauen. Antonius plünderte die Bibliothek von Pergamon, der Konkurrentin, aus und ließ mehr als 200 000 Schriftrollen wegbringen, die er Kleopatra zum Geschenk machte. Sie ergänzten die Papyrusrollen, die nicht dem Brand zum Opfer gefallen waren.

»So gebt dem Kaiser, was des Kaisers ist!« rief Jonathan.

»Und raubt Pergamon aus, um Alexandria zu geben!« fügte Léa hinzu.

»Kleopatra war die letzte Königin von Ägypten. Von allen Herrschern aus dem Geschlecht der Ptolemäer war sie die einzige, die ihr Volk wirklich liebte, die seine Sprache sprach, seine Gebräuche pflegte. Lange wurde sie die ›Königin der Fellachen‹ genannt. Ägypten wurde zur römischen Provinz. Nicht anders als Phrygien, Mysien, Karien, Lydien, Thrakien, Skythien, Sarmatien, Kolchis, Armenien, Kappadokien, Paphlagonien, Galatien, Bithynien, Syrien, Libyen usw.«

Max, J-und-L sowie Nofutur sahen Monsieur Ruche bewundernd und beunruhigt zugleich an. Zweimal war ihm während seiner langen Aufzählung die Luft ausgegangen.

»Der griechische Teil von Alexanders Reich«, fuhr Monsieur Ruche fort, »ging im Römischen Reich auf. Ägypten ging von der einen Hand in die andere über: von der byzantinischen in die arabische, türkische, französische und englische. Es sollte zwei Jahrtausende dauern, bis es seine Unabhängigkeit zurückgewann.

Dennoch war Alexandria auch weiterhin die Heimstatt zahlreicher Gelehrter. Insbesondere der Name zweier dieser Gelehrten, beide Mitglieder des Museion, sollte aufgrund der Bedeutung ihrer Werke die Jahrhunderte überdauern. Ptolemaios im 2. Jahrhundert und Diophantos im 3. Jahrhundert.

Claudius Ptolemaios, der, nebenbei gesagt, nichts mit den Königen von Ägypten zu tun hat, ist eher als Astronom denn als Mathematiker bekannt, obwohl er in Wahrheit eher Mathematiker als Astronom war. Schließlich nannte er sein Hauptwerk nicht umsonst *Mathematische Syntaxis.*«

Max zeigte den Anwesenden das Werk von Ptolemaios, das Grosrouvre natürlich in den Bestand der BAU aufgenommen hatte, und verkündete:

»Dreizehn Bücher!«

Großer Schreck bei den Zwillingen. Max würde doch wohl nicht noch einmal sein endloses Schauspiel mit den dreizehn Pulten wie bei den Elementen des Euklid veranstalten!

Max begnügte sich damit, Grosrouvres Karteikarte vorzulesen:

»Damals galt die Astronomie als die Wissenschaft des ›Erscheinungsbildes des Universums‹, die die Sternenbewegungen darzustellen und eine geometrische Beschreibung davon zu geben hatte. Ob nun Eudoxos, Hipparchos von Nikaia oder Ptolemaios, die meisten großen griechischen Astronomen haben versucht, mathematische Modelle zu entwickeln, mit deren Hilfe die Bewegung der Himmelskörper erklärt werden sollte, um, wie Ptolemaios sich ausdrückte, ›die Erscheinungen zu retten‹.

In das Zentrum seines Systems stellt Ptolemaios eine unbewegliche Erde, um die die anderen Himmelskörper kreisen. Dieser von Kreisen und Kugeln übersäte Himmel erfordert natürlich eine Geometrie des Kreises und eine sphärische Geometrie, zu denen Ptolemaios eine lückenlose Abhandlung verfassen wird.«

»Theorien ausarbeiten, Modelle entwickeln, … um die Erscheinungen zu retten«, wiederholte Monsieur Ruche langsam.

Er blätterte in seinem Notizheft.

»Das Römische Imperium zerfiel, Byzanz nahm seinen Platz ein. Und das heidnische Alexandria wurde christlich. In Wahrheit war es dies bereits seit der Bekehrung der römischen Kaiser zum Christentum.

In demselben Maße wie die Wissenschaften in Griechenland geachtet wurden, vernachlässigte man sie in Rom. An den Ufern des Tiber zählte einzig die Regierungskunst. Und wenn man sich dort für Gesetze begeisterte, dann sicherlich nicht für mathematische, sondern für diejenigen der Rechtsordnung. Im Pantheon der Römer drängten sich die Idealitäten nicht gerade. Während der gesamten, fast tausendjährigen Geschichte des Römischen Imperiums findet sich nicht die kleinste Spur einer mathematischen Schule.

Das römische Desinteresse für geistige Dinge einerseits und die Abneigung der Christen gegen alles, was nicht mit Gott und den Heiligen in Zusammenhang stand, andererseits hatte verheerende Folgen für den Fortbestand der Wissenschaften. Dies bekam auch Hypatia zu spüren, die erste große Mathematikerin der Geschichte!«

Léa, die sich schon seit geraumer Zeit nicht mehr für die Zukunft Alexandrias interessierte, spitzte die Ohren.

»Ende des 4. Jahrhunderts lebte in Alexandria eine Familie berühmter Mathematiker: Theon und seine beiden Kinder Hypatia und Epiphanios. In seinen Werken hat sich Theon mit der berühmten Rechenmethode der Quadratwurzeln befaßt, die meine Jugend ruiniert hat. Seine Tochter Hypatia hat auf der Grundlage der Entdeckungen des Apollonios ganz herausragende Werke verfaßt; daneben beschäftigte sie sich mit den Arbeiten von Diophantos und Ptolemaios. Auch Epiphanios befaßte sich mit der Astronomie des Ptolemaios. Man sagt, daß er nicht so begabt gewesen sei wie seine Schwester.

An die Tradition der großen griechischen Gelehrten anknüpfend, war Hypatia eine ebenso gute Mathematikerin wie Philosophin, und sie lehrte beide Disziplinen. In ihre Kurse drängten sich Hunderte von Zuhörern, die von ihrer Intelligenz, ihrem Wissen und ihrer Schönheit gleichermaßen in Bann geschlagen wurden. Alles Eigenschaften, die den Anhängern der neuen moralischen Ordnung, die in der Stadt herrschte, ein Dorn im Auge waren. Hypatia war eine freie Frau.

Eines Tages im Jahre 415 griff der Mob, der lange vom Patriarchen von Alexandria aufgehetzt worden war, ihren Wagen an, warf sie zu Boden, riß ihr die Kleider vom Leib und schleifte sie in ein Gotteshaus. Man folterte sie mit messerscharfen Austernmuscheln, bevor sie bei lebendigem Leib verbrannt wurde. Ganz offensichtlich gibt es Geistliche, die nur solche Frauen lieben, die, so wie Hypatia, Jeanne d'Arc und die Zehntausende ›Hexen‹ der Inquisition, lebendig verbrannt werden.«

Léa sah ihn an, sie war blaß. Monsieur Ruche verübelte es sich, zu viele Einzelheiten ausgeplaudert zu haben, denn sie waren überflüssig.

»In der ganzen Antike gab es eine einzige Mathematikerin, und die wurde gefoltert und verbrannt!«

Und in vollkommen ernstem Ton fügte sie hinzu:

»Und da wundert man sich, daß sich so wenig Mädchen für Mathematik interessieren.«

Die Darstellung des Untergangs der antiken Kultur war noch nicht zu Ende.

»Nach Alexandria kam Rom. Die Römer hatten nur einen einzigen Mathematiker, den Senator Boethius. Auf Befehl Theodorichs wurde er als Hochverräter hingerichtet. Es sollte Justinian sein, der den Befehl erteilte, die Einrichtungen zu schließen, die von den damaligen christlichen Fundamentalisten als ›heidnische Lehranstalten‹ bezeichnet wurden. An erster Stelle die Akademic, und in der Folgezeit alle anderen Athener Schulen.

Zehn Jahre nach Mohammeds Tod nahmen die arabischen Heere im Jahre 642 Alexandria ein. Die christliche Stadt wurde islamisch. Und blieb es. Drei Jahre vor der Eroberung der Stadt durch die Araber brach ein Aufstand aus, und ein Großteil der Bibliotheksbestände wurde im öffentlichen Badehaus verbrannt.«

Im Anschluß an diese merkwürdige Mitteilung herrschte für einen kurzen Augenblick Stille.

»Einmal mehr«, stellte Monsieur Ruche fest, »gingen Wasser und Feuer eine Verbindung ein, um Bücher zu zerstören. Das war das Ende der Bibliothek von Alexandria. Dann war die Reihe am Museion. Im Jahre 718 befahl Omar II. den Gelehrten des Museion, sich in Antiochia niederzulassen. Das Ende von Alexandria! Und auch das der Sitzung.«

»Im allgemeinen tritt das Unmögliche nicht ein. Es sei denn …

Wenn etwas eintrifft, dann gibt es Gründe dafür, warum es eintrifft! Die Beantwortung der Frage, warum das, was geschehen ist, geschehen ist und aus welchem Grund ein Ereignis hier und nicht woanders, in diesem Augenblick und nicht zu einer anderen Zeit stattgefunden hat, ist eines der schwierigsten Probleme überhaupt. Es lassen sich allerlei Gründe ausmachen: politische, wirtschaftliche, religiöse und meinetwegen auch technische, daneben aber auch immer im eigentlichen Sinne menschliche Ursachen, die im Zusammenhang mit der Gedankenwelt des Menschen stehen.«

Diese mehr als unbeholfene, wortreiche Rede von Monsieur Ruche sollte eine Antwort auf eine Frage Léas sein, die sie am Tag nach der Erzählung vom Niedergang Alexandrias gestellt hatte. Während er seine Einkäufe auf dem Markt in der Rue des Abbesses machte, war Léa in sein Garagenzimmer gegangen. Sie stand noch ganz unter dem Eindruck des furchtbaren Todes von Hypatia. So viel war mit einem Mal zu Ende gegangen! Die Stadt, die Bibliothek, das Museion. Das Ende der Antike, die ihr, ohne daß sie es selbst gemerkt hätte, im Laufe der Wochen ans Herz gewachsen war, ging ihr nicht mehr aus dem Kopf. Sie wollte mehr über deren Anfänge wissen. Deshalb hatte sie ihm die Frage gestellt:

»Monsieur Ruche, warum ist die Mathematik nicht irgendwo, sondern in Griechenland, und nicht irgendwann, sondern im 6. Jahrhundert vor unserer Zeitrechnung entstanden?«

Natürlich hatte er sich diese Frage im Lauf seiner Nachforschungen unentwegt gestellt, und natürlich hatte er auch überzeugende Antworten darauf. Nachdem er den ganzen Morgen nachgedacht hatte, war er auf eine Erklärung gestoßen, die ihn voll und ganz überzeugte. Die Antwort ließ sich in einem Satz zusammenfassen:

DIE GRIECHEN DISKUTIEREN SCHRECKLICH GERN.

Ossobucco wird mit Safran-*Risotto* und *Gremolata* serviert.

Alles begann mit zwei Würfeln Hühnerbrühe, die in einen mit Wasser gefüllten Topf geworfen wurden. Die Zubereitung der Brühe, dem Hauptbestandteil des Gerichts, das Monsieur Ruche gerade kochte, nahm mehrere Minuten in Anspruch. Sobald die auf kleiner Flamme erhitzte Flüssigkeit leicht zu brodeln begann, entnahm er eine Schale davon, in die er dann den feinen Safran gab. Dann stellte er die Hitze so ein, daß die Brühe weiterköchelte. Das war wichtig.

Es herrschte ein Hundewetter. Während der Regen gegen die Fensterscheiben der offenen Küche schlug, breitete Monsieur Ruche die fünf Scheiben Kalbshaxe vor sich aus, deren Knochen gefüllt waren mit festem, dichtem Mark.

Léa vergegenwärtigte sich immer wieder Monsieur Ruches Antwort und verfolgte dabei jede seiner Bewegungen. Er hatte beschlossen, daß er genug geredet hatte, und schwieg, zumindest dem Anschein nach ganz vertieft in die Zubereitung des Gerichts.

In die alte Kupferpfanne, die er noch von seiner Mutter bekommen hatte und die er auf einer zweiten Gasflamme erhitzte, gab Monsieur Ruche drei ordentliche Löffel Butter, bevor er die erste Fleischscheibe in die Pfanne legte. In die brutzelnde Butter legte er die zweite Scheibe, dann die dritte. Bei der vierten Scheibe fragte Léa ihn in mürrischem Ton:

»Die Griechen diskutierten also schrecklich gern, Monsieur Ruche? Und deshalb haben sie die Mathematik erfunden. Und ich mußte mir zehn Jahre lang im Matheunterricht immer wieder sagen lassen: ›Mademoiselle Liard, hier wird nicht diskutiert!‹«

Monsieur Ruche sah ein, daß er ihr eine Erklärung schuldete. Wenn sie nichts dagegen einzuwenden hätte, würden sie sich über die Griechen und nicht über Lehrer unterhalten.

»Ich habe ›diskutieren‹ gesagt, Léa, nicht ›nörgeln‹. Für die Griechen der damaligen Zeit war die Diskussion eine ehrenwerte Tätigkeit. Man verfolgte damit immer eine bestimmte Absicht: Man wollte seinen Gesprächspartner mit Worten überzeugen.«

Die Beinscheiben wurden goldbraun.

»In den Stadien messen sich die Athleten körperlich, und auf den Rängen wetteifert man mittels Worten miteinander. Man tauscht Argumente aus, keine Schläge. Und dieser Austausch von Argumenten unterliegt denselben Regeln wie der Faustkampf, den, wie du dich sicher erinnern wirst, Pythagoras bei der Olympiade gewonnen hatte.« Monsieur Ruche zeigte mit dem Finger auf das Netz mit den Zwiebeln an der Wand. Sie nahm es unwillkürlich ab und holte eine Handvoll heraus.

»In feine Scheiben bitte«, bat er sie.

Sie schnitt sie in feine Scheiben und begann zu weinen.

»Macht es Ihnen denn gar nichts aus?« fragte sie Monsieur Ruche angesichts seiner trockenen Augen vorwurfsvoll und empört.

»Ich habe nicht mehr viele Tränen. Ich spare sie mir lieber für würdige Gelegenheiten auf«, sagte er, während er den Pfannenboden mit zwei Schichten Zwiebeln auslegte. Er gab Sellerie sowie Karotten dazu, löste mit einer Schöpfkelle Brühe den Bodensatz ab, legte die Beinscheiben in die Pfanne zurück, fügte Petersilie und Tomatenstückchen hinzu, die Léa entkernt hatte. Dann ließ er das Ganze köcheln.

Léa trocknete ihre Augen mit einem Kleenex. Monsieur Ruches Blick schien sich in der Ferne zu verlieren. Nach einem Moment des Schweigens begann er zu reden.

Es wurde heller im Raum. Der Regen schlug nicht mehr gegen die Fensterscheiben, der Lärm der Autos, die die Rue Ravignan herunterfuhren, wurde schwächer. Mit einemmal fühlten sie sich ganz behaglich, denn sie fühlten sich ans blaue Meer der Ägäis versetzt, nach Milet, Ephesos, Kolophon, ans Euxeinos Pontos, auf die Kykladen, die Sporaden, auf Chios, Samos, Delos und all die anderen Inseln, von denen es so viele gibt.

Er hatte die niedrigen, kalkweißen Häuser vor Augen, deren Fenster und Türen in einem schwindelerregenden Blau gestrichen waren. Monsieur Ruche beschrieb die Männergesellschaften, die in den kleinen griechischen Häfen an winzigen Tischen zusammensitzen und endlos miteinander diskutieren, während sie bei einem Glas Ouzo Argumente austauschen und dabei gegrillte Tintenfischstücke und scharlachrote, geviertelte Tomatenstücke aufspießen.

»Ich weiß nicht, ob es zu Lebzeiten eines Thales oder Pythagoras Ouzo gab, aber ganz bestimmt gab es Tintenfische und Feuer, um sie zu grillen. Und sie wechselten dieselben Worte miteinander.«

In der Küche der Rue Ravignan begann es richtig gut zu riechen. Sellerie und Karotten köchelten auf ihrem Zwiebelbett. Es wurde immer später; höchste Zeit, das Risotto zuzubereiten.

Genau wie alle anderen Ölflaschen klebte auch diese hier. Aber es war bestes, kaltgepreßtes Olivenöl direkt aus der Toskana. Léa wischte die Flasche ab, reinigte ihre Finger und reichte sie Monsieur Ruche, der ein Glas mit Öl füllte, bevor auch er sich die Finger abwischte.

»Damit die Diskussionen nicht durch die Wörter hindurchglitten wie diese Flasche zwischen unseren Fingern, haben sich die Griechen ein wirklich geniales System einfallen lassen; ein bombensicheres System.« Léa mochte Monsieur Ruches Scharfsinn.

»Je mehr ich darüber nachdenke«, fuhr er fort, »und seit du mir heute morgen die Frage gestellt hast, habe ich viel darüber nachgedacht, für desto gefährlicher halte ich dieses System.«

Er zeigte mit dem Finger auf Léa.

»Stimmst du zu, daß die Menschen sterblich sind?«

Erstaunen bei Léa. Als sie begriff, was Monsieur Ruche da gerade trieb, spielte sie das Spiel mit:

»Ja«, sagte sie so bestimmt wie eine Braut, die ihr Jawort gibt, »ich stimme zu.«

»Stimmst du zu, daß Sokrates ein Mensch ist?«

»Ja«, sagte sie, »ich stimme zu.« Er schlug die Hände zusammen:

»Schon passiert! Also ist Sokrates sterblich! Du kannst gar nichts machen, es hängt nicht mehr von dir ab. Die Falle hat zugeschnappt, meine liebe Léa. Du hast den beiden ersten Sätzen zugestimmt, so daß du gar nicht anders kannst, als auch dem dritten zuzustimmen!«

Sie war sprachlos. Dann erwies sie sich als schlechte Verliererin:

»Ich gebe dir den kleinen Finger, und du nimmst gleich die ganze Hand! Funktioniert so vielleicht ihr System?«

»So hätte ich es nicht ausgedrückt, aber das ist die richtige Sicht der Dinge. In meiner Jugend sagte man: ›Wenn du erst zwei hast, dann hast du gleich auch drei!‹«

»Monsieur Ruche, ich darf doch wohl bitten! Lassen Sie sich nicht so gehen!« zierte Léa sich mit schriller Stimme.

Auf der ersten Flamme köchelte die Hühnerbrühe vor sich hin. Léa nahm den schweren gußeisernen Schmortopf vom Regal und stellte ihn auf die zweite Flamme. Monsieur Ruche zerkleinerte zwei Schalotten, ohne eine Träne dabei zu vergießen, goß das Olivenöl in den Schmortopf und regulierte die Flamme.

»Nicht, daß das, was Sie mir da erzählen, uninteressant wäre, Monsieur Ruche, aber ich bin mir nicht sicher, ob Sie sich nach ihrem langen Ausflug zu Sokrates und den Tintenfischen noch daran erinnern, daß meine Frage lautete: Warum Griechenland und nicht anderswo?« ließ Léa nicht locker.

»Geduld, Geduld! Thales, Pythagoras, Hippasos von Metapont, Hippokrates von Chios, Demokrit, Theudios, Archytas von Tarent, wer sind all diese griechischen Denker, die die Mathematik entwickelt haben, so wie wir sie kennen, welchen Beruf üben sie aus, was ist ihre gesellschaftliche Stellung?

Sie sind weder Sklaven noch Staatsbeamte, wie die babylonischen oder ägyptischen Mathematiker-Kalkulatoren, die der Kaste der Schriftgelehrten oder der Priester angehörten, die im Besitz des Wissens- und Rechenmonopols waren. Die griechischen Denker waren keiner Machtinstanz gegenüber verpflichtet. Weder König noch Hohepriester konnten über den Inhalt ihrer Arbeit bestimmen oder ihren Untersuchungen Grenzen auferlegen. *Die griechischen Denker sind freie Menschen!* Allerdings ...«

Die Schalotten im Schmortopf waren noch nicht glasig.

»... allerdings mußten sie ihre Standpunkte gegenüber ihresgleichen vertreten«, fuhr Monsieur Ruche fort.

Monsieur Ruche erklärte Léa, daß diese Männer, auch wenn sie einer »Schule« angehörten, eigenständige Denker waren, eine bis dahin nie dagewesene gesellschaftliche Position. »Sie äußerten sich als Individuen, die von ihrer Freiheit des Denkens genauso Gebrauch machten wie von ihrem Recht, Thesen aufzustellen und Theorien zu entwickeln. Mit der damit verbundenen Verpflichtung, diese dann auch zu vertreten. Sie waren nicht mehr einer bestimmten Machtinstanz gegenüber verantwortlich, sondern gegenüber jedem, der seinerseits Gebrauch von seinem Recht machte, sie zu kritisieren, sie anzuzweifeln, sie zu widerlegen. Vergleichbar mit ihren Mitbürgern auf politischer Ebene waren sie auf der Ebene des Denkens Bürger des Geistes.

Griechenland war zu jener Zeit kein Reich, sondern eine Ansammlung von unabhängigen Städten, Stadtstaaten. Darunter gab es tyrannische genauso wie demokratische. In ihnen beteiligten sich die Bürger intensiv am politischen Leben, aber das weißt du ja alles. Was du vielleicht nicht weißt, ist, daß in Athen Versammlungen mit 7 000 bis 8 000 Bürgern abgehalten wurden, bei denen jeder das Wort ergreifen durfte! Stell dir einmal vor, was das bedeutete. Geschliffene Argumente, um zu überzeugen und Zustimmung zu erhalten. Am Ende der Versammlung stimmten alle Anwesenden ab, und jede einzelne Stimme hatte dasselbe Gewicht. Bei Gerichtsverhandlungen berief man sich weder auf ein Gottesurteil noch auf ein Königs-urteil, sondern auf das Urteil von Richtern und Schöffen, die es zu überzeugen galt. Politische Debatten, juristische Debatten, philosophische Debatten.«

»Und die Mathematik? Sie reden um den heißen Brei herum!«

»Nicht um den Brei, ich rühre ihn!«

Beide Flammen des Gasofens brannten auf gleicher Höhe. Monsieur Ruche hob die Deckel ab: In der Pfanne garten die Beinscheiben, im Schmortopf wurden die Schalotten glasig.

Monsieur Ruche kam wieder auf die Leidenschaft der Griechen für die Diskussion zu sprechen und erklärte:

»Man kann nur dann wirklich miteinander diskutieren, wenn es minimale Übereinstimmungen gibt. Wird dieses Minimum akzeptiert, kann's losgehen! Du sagst mir, ich sage dir, du behauptest dies, ich erwidere das, du feilst an deinen Argumenten, ich schärfe die meinen. Aber wer hat am Ende recht? Wie können wir uns einigen? Wer hat das letzte Wort?

Was die Wissenschaften betrifft, und insbesondere die Mathematik, haben sich die griechischen Denker entschieden von zwei Strömungen abgesetzt. Einmal von der politischen, juristischen und politischen Argumentation. Zum anderen von der ägyptischen und babylonischen Mathematik. Die griechischen Mathematiker haben zwei Forderungen erhoben.

Die griechischen Philosophen, Politiker und Rechtsgelehrten zeichneten sich durch ihre Überzeugungskunst aus, aber in der Praxis gab es Defizite, wenn man so sagen darf. Die Überzeugung räumt den Zweifel nicht endgültig aus. Aus diesem Grund forderten die Mathematiker etwas anderes als bloße Überzeugung. Sie forderten Unwiderlegbarkeit! Sie wollten in einer Weise überzeugen, daß niemand ihre Annahme widerlegen konnte, denn sie verfolgten die Absicht, jederzeit die Beweise zu erbringen, die zwangsläufig alle Zweifel ausräumen würden. Sie wollten makellose Beweise! In dieser Hinsicht hat sich die griechische Mathematik bewußt von anderen Überzeugungspraktiken abgesetzt.

Darüber hinaus hoben sich die griechischen Mathematiker insofern von ihren babylonischen und ägyptischen Vorgängern ab, als sie nicht die Ansicht akzeptierten, daß es nur der Intuition bedürfe, um mathematische Wahrheiten zu belegen. Zudem lehnten sie Bezeugungen ab. Ich bin von einer Sache überzeugt, weil ich sie sehe, und ich überzeuge dich, weil ich sie dir zeige. Dieser Art des konkreten Bezeugens bediente man sich an den Ufern des Euphrat und des Nils. Die griechischen Mathematiker lehnten es ab, sich mit dieser Art von Materialität zufriedenzugeben, und haben etwas anderes gefordert: den Beweis.«

»Vor ihnen gab es keinen Beweis?« fragte Léa überrascht.

»Nein. Erst sie haben ihn erfunden.«

Die Schalotten waren schön zusammengekocht. Jetzt war es soweit! Monsieur Ruche gab den Reis hinzu, vermengte ihn mit dem Öl und den Schalotten, bis die Körner glasig wurden. Der schwierigste Augenblick war gekommen, in dem sich alles entschied. Damit die Reiskörner nicht verklebten, durfte er nicht zu rühren aufhören. Monsieur Ruche rührte.

Als er seinen Rhythmus gefunden hatte, fuhr er fort: »Allerdings war die Ablehnung von Intuition und konkreter Gewißheit nicht folgenlos. Sie ebnet der Unsicherheit den Weg. Wenn es nicht mehr reicht, daß ich etwas sehe, damit ich es auch glaube, was gibt mir dann die Sicherheit, daß das, was ich behaupte, auch wahr ist? Wie kann ich mich selbst, wie kann ich mein Gegenüber von der Wahrheit dessen überzeugen, was ich sage? Was beruhigt mich wieder? Und so stellten sich den griechischen Denkern die Fragen, mit denen sie sich als erste in der Menschheitsgeschichte auseinandersetzten, wie von selbst: ›Wie denke ich? Warum denke ich, was ich denke? Wie kann ich mich dessen versichern, daß das, was ich denke, gültig ist?‹«

An der Leidenschaft, mit der Monsieur Ruche diese Fragen formulierte, erkannte Léa, daß es genau dieselben Fragen waren, die er sich selbst gestellt hatte. Die er sich immer noch stellte. Fragen, die sie sich noch nie gestellt hatte.

»Um über diese Unsicherheit, die sie als bedrückend empfanden, hinwegzukommen«, fuhr Monsieur Ruche fort, ohne deshalb die Zubereitung des *Ossobucco* zu vernachlässigen, »entwickelten die griechischen Denker Verfahren, die der Beruhigung dienten, weil sich mit ihrer Hilfe die Richtigkeit ihrer Behauptungen bestätigen ließ. Sie wendeten diese Verfahren wissentlich, ganz bewußt an. Und genau das ist das vollkommen Neue daran. Zum ersten Mal in der Menschheitsgeschichte hat sich das Denken selbst zum Gegenstand des Denkens gemacht.

Diese Entwicklung war zwischen dem 5. und dem 4. Jahrhundert vor unserer Zeitrechnung abgeschlossen. Aristoteles hat dies alles in einem Werk mit dem Titel *Organon* zu Papier gebracht, was soviel heißt wie Werkzeug, Werkzeug des Denkens. Das ist die Geburtsstunde der Logik als der Lehre von den Regeln des Denkens, deren Aufgabe es ist, die Grundsätze für die Formulierung von Wahrheiten festzulegen.

Da auf jeden einzelnen Satz dasselbe Verfahren angewandt wird, und nicht etwa irgendein *ad hoc*-Verfahren, das der Kumpanei verdächtig ist, stellt sich die Logik als demokratischer Raum dar, indem sie den Grundsatz aufstellt, daß alle Sätze denselben Gesetzen unterliegen.

Da diese *a priori* und unabhängig vom Gegenstand festgelegten Verfahren nicht der Parteilichkeit verdächtig sind, können sie von allen als eine Art richterliche Instanz anerkannt werden.«

Der Reis hatte das ganze Öl aufgesogen. Monsieur Ruche goß eine Schöpfkelle Brühe in den Schmortopf und rührte weiter.

»Besagte Verfahren gründen auf einigen ganz einfachen Prinzipien. Die allerdings bis dahin noch von niemandem formuliert worden waren. Alles beginnt mit einem Verbot.

Dasselbe kann nicht zugleich sein und nicht sein.

Mit anderen Worten: Eine Behauptung und ihr Gegenteil können nicht beide wahr sein. Der Satz von der Widerspruchsfreiheit. Dieses Verbot gilt uneingeschränkt!«

Und während er mit dem Umrühren fortfuhr, fügte Monsieur Ruche hinzu:

»Ein weiteres Prinzip besagt folgendes:

Eine Behauptung und ihr Gegenteil können nicht beide falsch sein.

Wenn das eine falsch ist, muß das andere wahr sein. Es gibt keine andere Möglichkeit. Hierbei handelt es sich um den *Satz vom ausgeschlossenen Dritten.*

So also haben die Griechen den Übergang von der Bezeugung zum Beweis vollzogen«, schloß Monsieur Ruche wie ein frisch berufener Professor, der gerade den letzten Satz seiner Inauguralvorlesung ausgesprochen hat.

Den Vortrag von Monsieur Ruche verfolgte Léa mit genauso großer Aufmerksamkeit wie die Zubereitung des

Ossobucco. Er stellte die Flamme so ein, daß alles weiter leicht köchelte, und gab den Safran hinzu.

»Die ganze Kunst der Risotto-Zubereitung besteht in der Art und Weise des Umrührens.«

Zum ersten Mal, seitdem er mit dem Kochen angefangen hatte, sah Monsieur Ruche auf den Zettel mit dem Rezept, um sich zu vergewissern, daß er auch alles richtig gemacht hatte. Das war der Fall.

»Ach ja«, sagte er, »beinahe hätte ich es vergessen. Die Einführung des Alphabets in der griechischen Welt einige Zeit zuvor hat diese Verfahren zur Beweisführung begünstigt. Es ist natürlich sehr viel leichter, sich davon zu überzeugen, daß keine Widersprüche vorliegen, wenn die Beweisführung in schriftlicher Form erfolgt, vor allem dann, wenn sie ausführlich ist.«

Jetzt mußte nur noch die *Gremolata* zubereitet werden. Er nahm mehrere Knoblauchzehen, zerkleinerte sie, füllte eine Tasse mit Petersilie, die er mit einer Schere zerschnippelte, und rieb die Zitronenschale, wobei er sich die Fingerspitzen aufschürfte.

Das war's. Und es würde ausgezeichnet sein. Eine Frage jedoch ließ Léa einfach keine Ruhe. Warum hatte Monsieur Ruche beschlossen, ein *Ossobucco* zuzubereiten, obwohl er doch wußte, daß er ihr alles das erzählen würde, was er ihr soeben erzählt hatte? Es gab ganz sicher irgendeinen Zusammenhang. Bis zum Schluß hatte sie damit gerechnet, daß er ihn endlich offenbarte, doch nichts dergleichen passierte. Sie offenbarte sich ihm. Er sah sie vielsagend an:

»Man muß nicht immer und überall Zusammenhänge vermuten, Léa. Die Freiheit besteht gerade darin, über die griechische Beweisführung sprechen zu können und gleichzeitig eine *Gremolata* zuzubereiten!‹

Auf dem Tisch im Wohn-Eßzimmer: fünf Teller. In der Küche: die Pfanne. Monsieur Ruche hob den Deckel ab, die Beinscheiben waren so, wie sie sein sollten; das Fleisch begann sich vom Knochen abzulösen. Jetzt war es an der Zeit aufzutragen. Er legte die Beinscheiben auf eine lange ovale Platte, und zwar genau die, die Jonathan am Abend der Nachtsitzung zu Boden hatte fallen lassen. Das Mark hatte sich nicht aus dem Knochen gelöst; fest und nicht ganz durchgebraten, befand es sich noch im Knochen. Monsieur Ruche bedeckte jede Beinscheibe mit einer Schicht *Gremolata,* füllte das Risotto in einen Stieltopf um, bestreute es mit Parmesan und gab alles in eine Schüssel, die er auf seine Oberschenkel stellte.

Er rollte zum Tisch, wo alle bereits warteten. Auf jeden Teller legte er eine Beinscheibe, verteilte das herrlich sämige *Risotto.* Léa holte den Chianti, der auf dem Balkon stand. Durch den Regen war die Flasche feucht. Ein *Gallo nero,* der von den besten Lagen der Toskana zwischen Siena und Florenz stammte.

»Italienischer Wein zu einer griechischen Erfindung!« sagte Léa.

Sie stießen an.

»Die Ägäis ist ein Meer der Worte; ihre Küsten sind eine Heimstatt des freien Meinungsaustauschs. Und jetzt wünsche ich euch allen einen guten Appetit!« sagte Monsieur Ruche, indem er den ersten Bissen *Ossobucco* hinunterschluckte.

Léa ließ es sich schmecken. An diesem Abend wurde das Licht im Wohn-Eßzimmer der Rue Ravignan erst sehr spät ausgeschaltet.

Frisch und prickelnd, die lagunengrüne Farbe der Flüssigkeit löste Fernweh bei einem aus. Die Bläschen enthielten einen gefährlichen Alkohol, der einen für den weiteren

Verlauf der Mahlzeit das Leben rosarot erscheinen ließ. Um sich für das *Ossobucco* zu revanchieren, hatten J-und-L sich für ein ganz anderes Essen entschieden. Auf ihrem Weg zusammen mit Monsieur Ruche ins Restaurant waren sie unterhalb der Porte Saint-Denis stehengeblieben, um sich das berühmte Basrelief anzusehen.

Gut geschützt von mächtigen Mauern, verteidigt von kriegserfahrenen Soldaten, war die Stadt bereit, allen Angriffen zu trotzen. Aber auch die Truppen, von denen sie belagert wurde, waren gut gerüstet und gut geführt. Die Stadt, die sie angriffen, war die am besten befestigte Stadt Europas.

Die Stadt wurde im Handumdrehen eingenommen. Nachdem sie den Rhein, die Maas und die Elbe überquert hatten, besetzten die französischen Truppen unter dem Befehl von König Ludwig XIV. innerhalb von sechzig Tagen drei Provinzen und nahmen vierzig Festungen ein. Der Name der Stadt, die an jenem Morgen gefallen war, lautete Maastricht. Die Stadt ist wegen eines berühmten Toten im Gedächtnis geblieben: In der Schlacht fiel der zum Feldmarschall beförderte Musketier d'Artagnan.

Die auf dem Basrelief dargestellte Szene war in den Stein der Porte Saint-Denis gemeißelt, die zwischen der Place de la République und der Oper lag. Ein großes Modernes Antiquariat gleich gegenüber, wo der Boulevard Bonne-Nouvelle anfängt, trug einen unerwarteten Namen:

Rüstzeug des Denkens!

Hundert Meter weiter, zum Faubourg hin, liegt der Eingang zur Passage Brady, wo man für 55 Francs seinen Hunger stillen und sich gleichzeitig die Haare schneiden lassen kann: der Tandoori-Reis zu 25 Francs und der Haarschnitt zu 30 Francs. Zum heutigen Anlaß jedoch leistete Léa sich etwas Besonderes. Das *Shalimar* war das

feinste aller indischen Restaurants – in Wahrheit handelte
es sich meistens um pakistanische Restaurants – in der
Passage Brady, in der es gut fünfzehn Stück davon gegeben
haben dürfte.

Der lagunengrüne Cocktail zeigte Wirkung. Monsieur
Ruche, der die Einladung von J-und-L angenommen hatte, war überrascht von diesem kleinen, ihm unbekannten
Restaurant. Er wollte gar nicht wissen, warum er hier war,
denn er war sich vollkommen sicher, daß er es bald erfahren würde. In seinem Alter war es besser, nicht zu sehr
über die Zukunft nachzudenken.

Und schon begann Léa mit geröteten Wangen, eine ne-
bulöse Antwort auf die Frage zu geben, die er sich nicht
stellen wollte:

»Lilavati besaß alle Vorzüge! Schön, geistreich, und zudem war ihr Vater ein großer Gelehrter, ein angesehener
Astronom. Als sie in heiratsfähigem Alter war, studierte
sie sehr ausführlich ihr Horoskop. Es enthielt eine furchtbare Voraussage: Wenn sie heirate, würde er sterben. Bhaskara, so lautete sein Name, liebte das Leben. Er weigerte sich, seine Tochter gehen zu lassen, und verbot ihr zu
heiraten. Um Abbitte zu leisten, gab er seinem Werk, das
sein Lebenswerk war, ihren Namen: *Lilavati*. Es enthielt
eine Vielzahl von Problemen, die er als erster gelöst hatte.
Er stellte sie in Form von Fragen, die an seine Tochter
gerichtet waren. *Lilavati* wurde zu einem der berühmtesten Werke der indischen Mathematik. Das alles ereignete sich Anfang des 12. Jahrhunderts.« Léa hielt inne, dann
fügte sie in sarkastischem Ton hinzu: »Jemand hat einmal gesagt, daß das Wesen der Mathematik die Freiheit
sei!«

»Das war Georg Cantor, der Begründer der Mengen-
lehre. Der Satz sorgte seinerzeit bei uns an der Sorbonne
für Furore.«

»Ich habe eine andere Fassung«, unterbrach Jonathan. »Der Anfang ist fast identisch. Nur daß Bhaskara etwas anderes im Horoskop gelesen hatte. Die Vorhersage lautete folgendermaßen: ›Wenn Lilavati heiratet, wird ihr Leben als Ehefrau sehr kurz sein‹. Bhaskara stellte fieberhaft Berechnungen an, um herauszufinden, ob es irgendeine andere Möglichkeit gab, der Vorhersage zu entgehen, als seiner Tochter die Heirat zu verweigern. Es gab sie: Lilavati mußte an einem ganz bestimmten Tag heiraten, den Bhaskara zu bestimmen vermochte.

Zur Berechnung der Zeit, die bis zu besagtem Tag verblieb, konstruierte Bhaskara eine Sanduhr, in der die Sandkörner durch eine enge Öffnung hindurchrieselten und so die verflossene Zeit maßen. Lilavati hat oft zugesehen, wie der Sand durch die Öffnung rieselte. Als sie einmal über der Uhr lehnte, löste sich, ohne daß sie es merkte, eine winzige Perle, die dort festgemacht war, aus ihrer Nase. Die Perle fiel in den Sand und verschwand zwischen den Sandkörnern. Jetzt rieselte der Sand langsamer durch die Öffnung, so daß die Hochzeit einige Tage nach dem mittels astrologischer Berechnungen festgelegten Datum stattfand. Kurze Zeit später starb Lilavatis Ehemann völlig unerwartet. Um sie zu trösten, widmete ihr Vater ihr das berühmte mathematische Werk.«

»Oh!« Leas Schrei erschallte durch die ganze Passage Brady. »Von dir habe ich auch gar nichts anderes erwartet! Natürlich ist es das Mädchen, das furchtbar kokette Mädchen mit ihrer Perle in der Nase, die die Zeitverschiebung verursacht und für den Tod ihres jungen Ehemanns verantwortlich ist. Zum Glück hatte sie ihren Vater, der für sie ein Buch schrieb, mit dem sie rein gar nichts zu tun hatte! Von dir durfte man ja auch nichts anderes erwarten als diese Macho-Version des Mythos. Aber nimm dich in acht, Jon, auch du wirst einmal älter!«

»Das hast du ja offensichtlich schon hinter dir. Du siehst dich von Machos umringt!«

»Manchmal erinnert ihr mich an ein altes Ehepaar«, vertraute Monsieur Ruche ihnen an.

Das war ein harter Schlag.

»Ich vermute, daß ihr mich nicht zum Essen eingeladen habt, um mich zum Zeugen für euren Streit über die beiden Fassungen des Mythos zu machen.«

»O nein«, sagten sie in unerwarteter Eintracht. »Wir wollten ihnen erzählen, daß ein gewisser Brahmagupta eine bunte Mathematik erfunden hat. Wenn es mehrere Unbekannte gab, war die zweite schwarz, die dritte blau, die vierte gelb, die fünfte weiß und die sechste rot. Bunte Gleichungen, stellen Sie sich das einmal vor!«

»Hatten sie irgend etwas gegen grün?« fragte Monsieur Ruche boshaft, bevor er den Rest seines Cocktails in einem Zug austrank. »A schwarz, E weiß, I rot, U grün, O blau. Kennt ihr das? Rimbaud, *Vokale*. Ein weiterer Beleg für die Verwandtschaft zwischen Poesie und Mathematik.«

»Der indischen Mathematik«, stellte Jonathan klar. »Von den Farben mal ganz abgesehen, wollten wir mit Ihnen über die Anfänge sprechen. Alles fängt mit Thales an, die Griechen haben den Beweis erfunden usw. Und die Babylonier, Monsieur Ruche, die Inder, die Chinesen? Bei dem demokratischen Abstimmungsverfahren über die Einteilung der BAU haben Sie uns für oder gegen die Statistik bzw. die Trigonometrie abstimmen lassen. Sie haben aber keine Abteilung zur Abstimmung gestellt, die Sie, sagen wir, ›Mathematik anderer Kulturen‹ oder ›Nichtabendländische Mathematik‹ genannt haben.«

»Von den Büchern, die aus Manaus bei uns eingetroffen sind, wäre keines in eine solche Abteilung einzuordnen gewesen.«

»Sie sagen es! Warum gehört *Lilaveti* nicht zum Bestand der BAU? Genausowenig wie eine babylonische Tafel? Warum kein chinesischer Text oder Kopien von Maya-Dokumenten? In der Bibliothek aus dem Urwald gibt es nicht einen einzigen Band, der sich nicht aus der Tradition der griechischen Mathematik herleitet! Aber Sie wußten es nicht, denn Sie haben das Verzeichnis *a priori* erstellt, noch bevor sie die Bücher aus den Kisten ausgepackt hatten.«

Treffer! Er, der Humanist, der offene, Unterschieden gegenüber tolerante Geist ist des Ethnozentrismus, des Eurozentrismus überführt. Jonathan griff mit den Händen unter den Tisch, holte ein Päckchen hervor, das er Monsieur Ruche reichte, indem er nur diesen einen Satz sagte:

»Ahmose, tausend Jahre vor Thales.«

Monsieur Ruche öffnete das Päckchen, in dem sich das *Papyrus Rhind* befand. Ein herrliches Faksimile der im 19. Jahrhundert in der Grabstätte von Ramses II. in Theben gefundenen Schriftrolle. Alexander Rhind hat sie gekauft, nach England gebracht und dem British Museum übereignet. Auf dieser über fünf Meter langen und aus 14 Papyrus-Blättern bestehenden Rolle finden sich Dutzende Probleme aller Art beschrieben. Sie ist die älteste uns heute bekannte mathematische Abhandlung.

Zunächst stellt sich der Verfasser selbst vor: Ahmose, Schreiber. Dann gibt er an, daß der Text im 4. Monat der Überschwemmungszeit im 33. Jahr der Herrschaft von König Apophis der 15. Dynastie in der Zweiten Zwischenzeit verfaßt wurde. Einfacher ausgedrückt: Mitte des 15. Jahrhunderts vor unserer Zeitrechnung. Damit aber noch nicht genug! Ahmose legt dar, daß dieser Text an einen älteren Papyrus anknüpft, der während der Herrschaft von Amenemhet, dem 6. König der 12. Dynastie, verfaßt wurde. 2000 Jahre vor unserer Zeitrechnung! Und noch mehr!

Nach Ansicht mancher Forscher nämlich datieren die mathematischen Inhalte im *Papyrus Rhind* aus der Zeit des Pyramidenbaus 2800 Jahre vor unserer Zeitrechnung!

Da sie ihren Vorteil nicht voll ausnutzen wollte, schlug Léa Monsieur Ruche folgendes vor:

»Wenn Sie damit einverstanden sind, können wir uns vielleicht auf folgende Formulierung einigen: ›Nicht alles beginnt mit Thales!‹«

Nicht leicht, das Angebot abzulehnen!

»So wie ein Zug einen anderen Zug verdecken kann, kann auch ein Anfang einen anderen Anfang verdecken, Monsieur Ruche«, erklärte Jonathan, während er krachend einen Hähnchenknochen zerbiß. »Im 2. Jahrtausend vor unserer Zeitrechnung gab es in Mesopotamien wie in Ägypten, in Babylonien wie in Theben noch weitere Anfänge der Mathematik. Zwar handelte es sich jeweils um eine andere Form von Mathematik, aber eben doch um Mathematik. Und in China zum Beispiel? Gab es dort Beweise? Die griechische Form der Beweise sicher nicht. Aber es gab Mittel, mit deren Hilfe sich das, was man über Zahlen und Figuren behauptete, begründen ließ, auch wenn es ganz sicher nicht Beweis genannt wurde. Gut, aber wir wollen uns nicht ewig damit aufhalten.«

Léa zeigte auf das Buch:

»Wie Sie in dem Buch lesen können, erklärt Ahmose, daß er die Regeln zur Forschung der Natur und zur Kenntnis all dessen darstellt, was es gibt, jedes Mysterium und jedes Geheimnis.«

»Alles, was es gibt!« erregte sich Monsieur Ruche. »Das wirkt ja gerade so, als sei ›alles‹ die am leichtesten zugängliche Sache der ganzen Welt.«

»Ahmose, Thales: Nichts ist alles«, bemerkte Jonathan, der gern zum Ende gekommen wäre.

Aber Léa hatte zwei Abende damit zugebracht, sich mit den Hieroglyphen zu beschäftigen. Sie wollte, daß jemand dies würdigte:

»Die ersten sechs Probleme, die Sie dort dargestellt sehen«, sagte sie, indem sie Monsieur Ruche Hieroglyphen-Reihen zeigte, »behandeln die Frage, wie sich eine bestimmte Zahl an Broten zwischen zehn Männern aufteilen läßt, wobei diese Zahl von 1 bis 9 reicht. Das war eine der Formen, in der die Ägypter das Einmaleins bis 9 darstellten.«

Rein zufällig brachte der Kellner genau in diesem Augenblick einen Teller mit *Nans*, den köstlichen kleinen, im Ofen gebackenen Broten, die sie sich zu dritt teilten. Deshalb kamen sie beim Einmaleins auch nicht weiter als bis 2, wodurch sich Jonathan jedoch nicht den Appetit verderben ließ. Er tunkte unablässig Nanstücke in eine dünnflüssige, scharfe, frische Sauce, die genauso lagunengrün war wie der Cocktail. Monsieur Ruche war gerührt. Es war das erste Geschenk der Zwillinge, und es war ein Buch! Er durfte seine Rührungen aber auf gar keinen Fall zeigen!

Léa blieb hartnäckig und fuhr fort, indem sie ihn auf eine Hieroglyphen-Gruppe aufmerksam machte:

»Problem 50. Es behandelt die Quadratur des Kreises, die Rechnung mit einem Wert nahe π. Ahmose nennt 3,16. Eine Abweichung von 0,5 % bei einer Rechnung, die 2000 Jahre vor unserer Zeitrechnung durchgeführt wurde!«

Dann zeigte sie ihm eine Zeichnung, ein in ein Quadrat einbeschriebenes Achteck: »Und diese Zeichnung hier gibt vielleicht schon einen Vorgeschmack auf die Berechnung der Kreisfläche mit Hilfe der, wie haben Sie noch mal gesagt … Exhaustionsmethode. Aber darauf brauchen wir jetzt nicht weiter einzugehen. Jedenfalls beschloß Ramses II. eines Tages, allen seinen Untertanen eine kleine, gleich große quadratische Bodenparzelle zu überlassen. Auf diese Weise mußten alle Untertanen dieselben Steuern abführen. Aber jedes Jahr schwemmte das Hochwasser des Nils Teile mancher Parzellen weg, so daß sie immer kleiner wurden. Ramses entsandte Schreiber, damit die Verluste registriert würden und die Betroffenen entsprechend weniger Steuern abführen müßten. Diese Maßnahme markiert den Beginn der Geometrie, und nicht ich bin es, die das behauptet, sondern ein Ihnen sehr gut bekannter griechischer Historiker namens Herodot schrieb dies in seiner *Darlegung der Forschung.*«

»Danke, daß du mich daran erinnert hast. Während ich dir zuhörte, dachte ich daran, daß es Herodot war, der gesagt hatte, daß erst, als die Gleichheit zerstört war, die Menschen die Geometrie erfinden mußten.«

Sein Blick verlor sich in der Passage Brady. Die entsprechend der Gepflogenheiten des Hauses auf jedem Tisch des *Shalimar* brennenden Kerzen verliehen dem Essen einen Hauch von »Candle-Light-Dinner«. Monsieur Ruche war weiter ganz in seine Gedanken vertieft und hörte gar nicht, was J-und-L ihm über die indische Mathematik erzählten, über die Erfindung des Schriftsystems für Zahlen bei den Sumerern, über die Existenz von negativen Zahlen bei den Indern und Chinesen, über die Werke der indischen Mathematiker, Aryabata im 5. Jahrhundert, Brahmagupta im 7. Jahrhundert, über die große chinesische Abhandlung *Neun Kapitel über die Kunst der Mathematik,* die Jiuzhang Suanshu ein Jahrhundert vor unserer Zeitrechnung verfaßt hat und in dem sich Rechnungen mit Kubikwurzeln finden.

Als er sich von seinen Gedanken losriß, fing er ein paar Worte auf:

»Jedesmal, wenn die Gleichheit zerstört ist, ergibt sich die Notwendigkeit, neue Kenntnisse zu erringen, um sie wiederherzustellen.«

»Die Gleichheit wiederherstellen! Die Freiheit begründen! Monsieur Rudre«, erinnerte Léa, »Sie haben mir erzählt, daß die griechischen Mathematiker und Denker freie Menschen waren, und das ist zweifellos richtig. Ich habe auch noch einmal darüber nachgedacht und bin zu dem Ergebnis gekommen, daß genau in diesem Umstand auch der Unterschied bestehen dürfte. Außer in Griechenland ist jede andere frühe Mathematik in großen, extrem hierarchisierten Reichen entstanden: Mesopotamien, Ägypten, Indien, China genauso wie in Amerika bei den Azteken und Mayas.«

»Der Ehrlichkeit halber muß ich sagen, daß die Schreiber, die ihre Verfahren von niemandem überprüfen lassen mußten und die lediglich am Erfolg der Anwendung der Schriften gemessen wurden, einen bedauerlichen Hang zur Geheimniskrämerei hatten. Mit allen damit verbundenen Konsequenzen«, gestand Jonathan. »Nun ja, Freiheit und Geheimnis.«

Zurück in der Rue Ravignan und in der BAU, richtete Monsieur Ruche eine fünfte Abteilung ein.

»5. Abteilung: Mathematik anderer Kulturen. Nichtabendländische Mathematik«. Er stellt den *Papyrus Rhind* ein.

11. KAPITEL

Die drei Probleme der Rue Ravignan

Sie waren kein Jota weitergekommen, hätten die Griechen gesagt. Und es ging bereits auf Mitte Dezember zu. Sie mochten sich noch so sehr abmühen, keine einzige der drei Fragen in bezug auf Grosrouvre war gelöst.

Der »treue Gefährte« war noch nicht gefunden. Genausowenig die Bande, die seine Beweise in ihren Besitz bringen wollte. Und was die Todesumstände von Grosrouvre betraf: Unfall, Verbrechen oder Selbstmord? Sie waren nicht schlauer als zu Beginn ihrer Nachforschungen. Drei Probleme, die sie in Atem hielten. Drei!

Monsieur Ruche hatte seinen Plan für das Festessen am Heiligabend festgelegt. Genauer gesagt für die Sitzung, die unmittelbar vor dem Weihnachtsessen geplant war und in deren Verlauf sie eine Zwischenbilanz ihrer Nachforschungen ziehen wollten.

Nofutur eröffnete die Sitzung mit dröhnender Stimme:

»Die drei großen Probleme der Antike! Verdoppelung des Würfels, Trisektion des Winkels, Quadratur des Kreises.«

Er sah wunderbar aus. Mit seiner azurblauen Stirn und den roten Federspitzen hätte er auf seiner Sitzstange den perfekten Werbeträger für die ersten amerikanischen Technicolor-Filme abgegeben.

Monsieur Ruche hatte alles schön hergerichtet. Goldene Girlanden und silberne Sterne, die an einem fast unsichtbaren Faden hingen, funkelten am Himmel des Raums.

Perrette hatte größten Wert darauf gelegt, nicht die letzte Sitzung des Jahres zu versäumen, obwohl die Zwillinge am darauffolgenden Morgen in den Skiurlaub fuhren. Ausnahmsweise hatte sie sich Mühe beim Schminken gegeben. Blauer Lidschatten für die Augen und roter Nagellack für die Fingernägel, so daß Nofutur hätte neidisch werden können. Auch sie sah wunderbar aus und hatte es sich in einem tiefen Sessel im Sitzungsraum gemütlich gemacht. Ein zweiter Sessel war für Albert bestimmt. Aber er hatte angekündigt, daß er wahrscheinlich nicht vor dem Abendessen da sein könnte. »Nicht, daß es mich nicht interessiert«, hatte er versichert, »aber der 24. ist ein lukrativer Abend für uns Taxifahrer.« Alle wußten, daß er seinen Peugeot 404 neu spritzen lassen wollte.

Sie hatten ohne ihn angefangen.

»Die Quadratur des Kreises ist so bekannt, daß daraus ein Sprichwort wurde«, erklärte Max im Anschluß an Nofuturs Auftritt.

Während er auf Jonathan-und-Léa zutrat, zeichnete er mit ausladenden Gesten einen Kreis in die Luft. Plötzlich blieb er stehen und durchschnitt den Raum mit vier plumpen Schritten, die die Seiten eines Quadrats darstellen sollten. Er erläuterte:

»Genau wie der Bogenschütze in einem Stück von Aristophanes, der die Luft teilen möchte, damit der Kreis quadratisch wird.« Und mit einer Verbeugung sagte er: »Das Stück heißt … *Die Vögel*.«

Nofutur spielte den Vogel.

Max mußte ihn bremsen. Nofutur fand ganz offensichtlich Gefallen daran.

Mit klarer und sanfter Stimme faßte Max die drei Probleme zusammen:

»Die Quadratur des Kreises besteht darin, ein zu einem gegebenen Kreis flächengleiches Quadrat zu konstruieren; die Verdoppelung des Würfels darin, einen Würfel mit doppeltem Rauminhalt wie ein gegebener Würfel zu konstruieren; die Trisektion des Winkels darin, einen Winkel in drei gleich große Teile zu teilen. Das erste Problem betrifft Flächen, das zweite Volumen, das dritte Winkel.«

Nofutur kündigte an:

»Quadratur des Kreises!«

Während Max sich hinter den Overhead-Projektor stellte, fuhr Monsieur Ruche fort:

»Schon in Babylon und in Ägypten interessierte man sich für die Beziehung zwischen Kreis und Quadrat, nicht wahr?« sagte er und sah Jonathan-und-Léa an. »In dem ältesten erhaltenen mathematischen Text«, stolz zeigte er den Papyrus Rhind in die Runde, »formulierte der Schreiber Ahmose die Aufgabe, ein ›Quadrat zu finden, das genauso groß ist wie ein gegebener Kreis‹. Er schlug hierfür ein Quadrat vor, dessen Seite 8/9 vom Kreisdurchmesser mißt. Hierbei handelt es sich lediglich um einen Näherungswert.

Später, in Griechenland, war Anaxagoras von Klazomenai, der Sohn des Hegesibulos …«

Jonathan-und-Léa blickten sich an. Vor drei Monaten hatte Monsieur Ruche an der gleichen Stelle gesagt: »Thales, der Sohn von Examyas und Kleobuline, ging in der Nähe von Milet über die Felder spazieren.« So begann seinerzeit die erste Sitzung. Wie lange das jetzt her zu sein schien! Sie erinnerten sich auch daran, mit welcher Absicht er ihnen von Thales erzählt hatte. Gleich neben ihnen hörte Perrette, die gemütlich in ihrem Sessel saß, den Worten von Monsieur Ruche aufmerksam zu:

»… der erste Grieche, der sich für diese Frage interessierte. Anaxagoras saß als politischer Gefangener im Gefängnis, als er sich in den Kopf setzte, das Problem der Quadratur zu lösen. Unter den spöttischen Bemerkungen der anderen Häftlinge nutzte er seine Zellenwände als Schreibtafel. Bald schon waren sie mit Skizzen und Rechnungen übersät. Ohne Erfolg.

Dank der Fürsprache von Perikles, dem Begründer der griechischen Demokratie, der sein Schüler gewesen war, kam Anaxagoras aus dem Gefängnis frei. Da er es nicht ertrug, ungerechterweise eingesperrt worden zu sein, beging er Selbstmord. Die Quadratur überlebte ihn.

Seit den Zeiten des Schreibers Ahmose hatte sich der Kern des Problems verändert. Es ging nicht mehr darum, einen Näherungswert zu errechnen, sondern darum, ein Quadrat zu konstruieren, das genau flächengleich zu einem Kreis war. Als nächster beschäftigte sich Hippokrates von Chios mit dem Problem.«

»Ist das derselbe, der sich über die Ohren hauen ließ?« fragte Léa.

»Genau der!«

»Der Mann, der sich den Möndchen verschrieben hatte!« rief Jonathan. »Genau der! Mir war klar, daß ihr euch an das erinnert, was wir in unseren Sitzungen erzählen«, sagte Monsieur Ruche anerkennend.

»Wir saugen Ihre Worte in uns ein«, rief Jonathan.

Und Léa ging noch einen Schritt weiter:

»Das, was Sie sagen, stößt hier nicht auf ...«

Sie hielt inne. Hinter dem Overhead-Projektor stand Max und sah sie an. Sie erwiderte beschämt seinen Blick, um sich zu entschuldigen. Durch ein kurzes Kopfnicken ermutigte er sie, ihren Satz zu beenden. »... taube Ohren«, sagte Léa leise.

»Jonathan spielte gerade auf die Hippokratischen Möndchen an, und das zu Recht. Denn um genau die geht es. Die Tatsache, daß es Hippokrates gelungen war, die

Quadratur der Möndchen zu errechnen, hatte ungeheure Auswirkungen. Bis dahin war man nur dazu in der Lage, das Problem der Quadratur von geradlinigen Gebilden wie Rechteck, Parallelogramm oder Trapez zu lösen. Da es ihm gelungen war, eine gekrümmte Form zu ›quadrieren‹, weckte Hippokrates ungewöhnlich große Hoffnungen. Nun vermochte niemand mehr zu behaupten, daß sich Flächen mit gebogenen Begrenzungen nicht ›quadrieren‹ ließen. Warum also sollte dies nicht auch bei einem Kreis möglich sein?!

Hippokrates versuchte es selbst und fiel damit auf die Nase. Und allen anderen griechischen Mathematikern nach ihm erging es nicht anders!«

Nofutur schlug mit den Flügeln und öffnete ganz weit den Schnabel:

»Verdoppelung des Würfels!«

Monsieur Ruche:

»Das erste Mal hörte man anläßlich einer großen Epidemie von der Verdoppelung des Würfels. In Athen wütete die Pest. Nichts vermochte sie einzudämmen. Eine Abordnung von Athenern schiffte sich nach Delphi ein, um dort das Orakel zu befragen, wie sie die Epidemie beenden könnten. Das Orakel zog sich zurück. Die Abordnung wartete. Dann erschien es wieder.«

Nofutur schlug mit den Flügeln und richtete sich auf seiner Sitzstange auf.

»Athener! Um die Pest zu beenden, müßt ihr den Altar Apollos auf der Insel Delos verdoppeln.«

Es schien, als hätte Nofutur seine Stimme erhoben, um das Orakel von Delphi zu mimen.

»Apollos Altar auf Delos war aus einer ganzen Reihe von Gründen in ganz Griechenland berühmt. Vor allem aber wegen seiner Form. Es handelte sich um einen Würfel«, erklärte Monsieur Ruche.

»Den Altar verdoppeln?« fragte Max hinter seinem Overhead-Projektor. »Nichts erschien den Athenern einfacher. Sie begaben sich auf die Insel und errichteten einen Altar, dessen Kanten doppelt so lang waren wie die des alten Altars.«

»Die Pest wütete weiter«, fuhr Monsieur Ruche fort. »Die Enttäuschung war groß. Ein weiser Mann, der zufällig vorbeikam, machte sie darauf aufmerksam, daß der neue Altar nicht doppelt so groß war wie der alte, sondern achtmal größer!«

Über Perrettes Augen huschte ein Schleier des Unverständnisses. Auf der Leinwand erschien ein riesiger Würfel neben einem winzig kleinen. Aus der Ferne ertönte Maxens Stimme:

»2 mal 2 mal 2!«

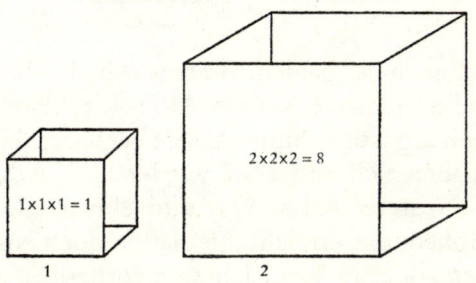

Perrettes Gesicht erhellte sich: »Ja natürlich«, sagte sie, »zwei im Kubik! Acht! Ich habe nie die Verbindung hergestellt. 2 im Quadrat, die Fläche des Quadrats mit der Seite 2. Und 2 im Kubik, der Inhalt des Würfels mit der Seite 2.«

Jonathan sah seine Mutter mit großen Augen an. Er hätte nie gedacht, daß sie sich für eine Frage in bezug auf einen Würfel begeistern könnte.

»Kehren wir doch wieder nach Delos und zu den Athenern zurück«, schlug Monsieur Ruche vor. »Nachdem sie erneut auf der Insel gelandet waren, zerstörten sie umgehend den großen Altar. Fest entschlossen, dieses Mal dem Orakel Genüge zu tun, machten sie sich an die Arbeit. Auf dem alten errichteten sie einen neuen, absolut identischen Altar.

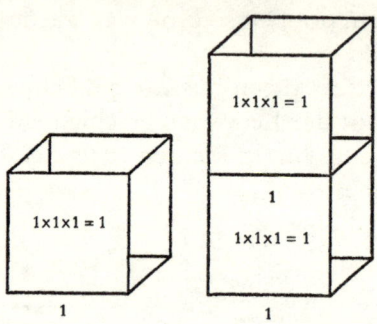

»Das Volumen der beiden Altäre war in der Tat doppelt so groß wie dasjenige des alten Altars«, erklärte Monsieur Ruche mit arglistiger Stimme. »Sie beglückwünschten sich und begaben sich zufrieden wieder nach Athen zurück. Die Pest wütete weiter. Wut und Unverständnis hatten ihren Höhepunkt erreicht. Sie hatten doch einen doppelt so großen Altar im Vergleich zum vorherigen gebaut!«

»Eben nicht!« rief Perrette ganz rot im Gesicht vor Erregung. »Was sich verdoppelt hatte, war nicht das Volumen eines Altars, sondern dasjenige von zwei Altären!«

Monsieur Ruche stimmte kopfnickend zu, er hatte dem nichts hinzuzufügen. Nach einer Weile erklärte er:

»Die Athener verstanden nicht, warum es ihnen nicht gelang, dieses scheinbar so einfache Problem zu lösen. Eine Strecke verdoppeln? Nichts ist leichter als das.«

Max legte eine Folie auf den Overhead-Projektor.

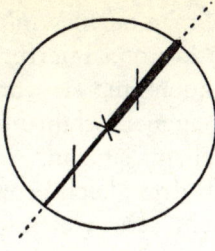

Verdoppelung einer Strecke

Monsieur Ruche fuhr fort:

»Ein Quadrat verdoppeln? Die Gelehrtesten der Athener wußten, daß dies möglich war, indem man es auf seiner Diagonale konstruierte.«

Max nahm die Folie fort und legte eine neue auf:

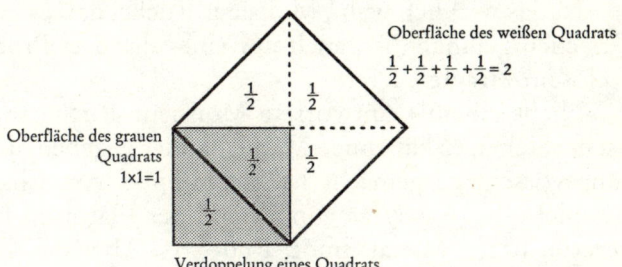

Verdoppelung eines Quadrats

»Warum schafften sie es dann nicht, trotz all der Anstrengungen, einen Würfel zu verdoppeln?« fragte Monsieur Ruche in tremolierendem Tonfall.

Nachdem er die Frage gestellt hatte, schwieg er. Perrette stand auf.

»Und die Pest, Monsieur Ruche? War die vorbei?«

Ohne der Frage Beachtung zu schenken, kündigte Nofutur an:

»Trisektion des Winkels!«

Max trat wieder nach vorne.

»Man wußte, wie man einen Winkel in zwei gleich große Teile unterteilen konnte. Hierfür hatte man die Winkelhalbierende erfunden, und sie war leicht herzustellen.«

Er wußte es aus eigener Erfahrung, denn in der Schule hatte er es schon mehrmals getan.

»Einen Winkel in drei gleich große Teile zu untergliedern sollte also nicht sehr viel schwieriger sein«, fuhr Monsieur Ruche fort. »Um so mehr, als man seit dem Satz des Thales und des Fellachen wußte, wie eine Strecke in drei gleich große Teile aufzuteilen war. Aber Irrtum! Auch an diesem Problem bissen sich die griechischen Mathematiker die Zähne aus. Warum? Bedauerlicherweise habe ich euch im Fall der Trisektion des Winkels keine Pest-Geschichte anzubieten. Die gibt es nur im Zusammenhang mit der Verdoppelung des Würfels.«

»Ist das wirklich wahr, Monsieur Ruche, daß es keinem Griechen gelungen ist, auch nur eines der drei Probleme zu lösen?« fragte Perrette.

»Nicht einem!« antwortete Monsieur Ruche theatralisch. »Sicher, es hat einige Mathematiker gegeben, die Lösungsvorschläge gemacht haben, Hippias von Elis zum Beispiel oder Archytas von Tarent, der Platon in Italien gerettet hatte, Menaichmos, Eudoxox. Aber das Gesetz vermochte niemand zu formulieren!«

»Gesetz? Was für ein Gesetz? Von einem Gesetz war bisher bei Ihnen noch nie die Rede«, erregte sich Jonathan, der, sobald er das Wort Gesetz hörte, sofort meinte, hinter ihm würde eine schwere Eisentür mit Gitterstäben zufallen.

»Zu Beginn der Sitzung habe ich darauf hingewiesen, daß sich die ganze Angelegenheit im Universum der Geometrie abspielen würde und daß es um Modelle sowie Figuren ginge. Wer Modell sagt, der sagt Werkzeug. Denk-werkzeuge natürlich, aber genausogut materielle Werk-zeuge. Von Denkwerkzeugen war hier schon häufig die Rede. Was die materiellen Werkzeuge betrifft, so haben die griechischen Geometer ihre Verfahren derart verfeinert, daß sie nur noch Lineal und Zirkel zuließen!«

»Und warum gerade diese beiden?« fragte Léa. »Sie hätten sich doch genausogut für andere, sagen wir schicke-re Instrumente entscheiden können.«

»Die griechischen Denker waren keine schicken Leute, Léa«, erklärte Monsieur Ruche sehr ernst. »Man kann so-gar sagen, daß sie alles, was schick war, nicht ertrugen. Das Lineal steht für die Gerade. Der Zirkel für den Kreis! Etwas Elementareres gibt es nicht. Ihr Denken kreist um die Vorstellung der Grundelemente. Um sie zu zeichnen, reicht ein einziger Strich. Die Gerade, eine lange, durchge-zogene Handbewegung, der Kreis, eine flüssige Drehung des Handgelenks.

Im Universum der griechischen Geometrie spricht man nur dann von einer Figur, wenn sie ausschließlich mittels Geraden und Kreisen entworfen wurde.«

Er trank einen großen Schluck Wasser. Perrette sorgte sich um das Weihnachtsessen. Das Ganze durfte nicht mehr allzu lange dauern.

»Jetzt kann ich die drei Probleme der Antike endlich korrekt formulieren«, erklärte Monsieur Ruche feierlich. »Es muß heißen: *Mit Hilfe von Lineal und Zirkel* zu einem gegebenen Kreis ein Quadrat mit gleichem Flächen-inhalt konstruieren, zu einem gegebenen Würfel einen Würfel mit dem doppelten Inhalt konstruieren, einen ge-gebenen Winkel in drei gleich große Teile unterteilen.

Die ersten Worte des Satzes sind das alles Entschei-dende. Einige griechische Mathematiker haben zwar Lö-sungen für diese drei Probleme vorgeschlagen, aber sie waren nicht mit Hilfe von Lineal und Zirkel zustande gekommen.«

»Und wurden sie deshalb verbrannt wie Giordano Bruno oder verurteilt wie Galilei?« fragte Jonathan.

»Nein, aber ihr erinnert euch doch sicherlich, wie es Hippasos von Metapont erging. Anaxagoras von Klazomenai, über den wir vorhin sprachen, ist nicht wegen seiner Arbeit als Geometer verurteilt worden, sondern wegen seiner Beschäftigung mit der Astronomie. Weder das Quadrat noch der Kreis haben ihn das Leben gekostet, es war die Sonne. Er hatte behauptet, die Sonne sei eine Art glühender Stein und keine Gottheit. Fünf Jahrhunderte vor unserer Zeitrechnung.«

»Die Behauptung, die Sonne sei nichts als ein Kiesel, mochte er auch leuchten, dürfte wohl kaum allen gefallen haben«, räumte Jonathan ein.

Perrette hörte nicht mehr zu, sie wirkte beunruhigt. Dann sagte sie ganz unvermittelt:

»Und die Pest, Monsieur Ruche? Ging sie nun zu Ende oder nicht? Sie stellen uns das Ganze wie eine schöne Würfelgeschichte dar; in Wahrheit geht es aber doch um etwas sehr Beklemmendes, und zwar um die Pest.«

»Das habe ich nicht vergessen«, erwiderte Monsieur Ruche.

»Nach dem zweiten gescheiterten Versuch, dem mit den übereinandergebauten Altären, was haben die Athener da gemacht?« beharrte Perrette.

»Sie merkten, daß sie völlig machtlos waren. In ihrer Verzweiflung beschlossen sie, die größten Mathematiker der Zeit um Rat zu bitten«, antwortete Monsieur Ruche. »Und wie gesagt, sie fanden auch tatsächlich welche, die das Problem lösten. Auf ihre Weise.

Archytas von Tarent, indem er einen Torus mit einem Kegel und einem Zylinder zum Schnitt brachte. Menaichmos, indem er eine Hyperbel und eine Parabel benutzte. Der erste aber, der es wagte, das Gesetz von Lineal und Zirkel zu brechen, war der Sophist Hippias von Elis.

Als Student hat mich Hippias fasziniert. Er war auf allen Gebieten des Wissens zu Hause. Er war das, was die Griechen als *polymathe* bezeichneten. Gebildet in Astronomie, Musik, Malerei, Bildhauerei, Mathematik. Er war dazu imstande, aus dem Stegreif einen Vortrag über jedes beliebige Thema zu halten und verfügte über ein außergewöhnliches Gedächtnis, das er mit mnemotechnischen Übungen schulte. Noch in hohem Alter war er dazu in der Lage, eine Liste mit fünfzig Namen, die man ihm vorgelesen hatte, in der richtigen Reihenfolge wiederzugeben. Seine Geschicklichkeit war sprichwörtlich. Alles, was er trug, hatte er selbst hergestellt: Tunika, Sandalen, Gürtel, Parfümphiole, Puder, einfach alles! In seiner Jugend war er sehr arm, als er starb, ungeheuer reich. Den Grundstock für seinen Reichtum legte er in einer winzig kleinen Stadt, einem verlorenen Nest in Sizilien, wo er wahnsinnig viel Geld verdient hatte. Es finden sich nirgendwo Angaben dazu, auf welche Weise er es verdient hatte.

Alle Probleme waren für ihn lediglich Probleme technischer Art. Mit Theorien belastete er sich nicht. Er bediente sich aller möglichen Mittel und Tricks, um seine Ziele zu erreichen. Sicher hat er so auch das viele Geld verdient. Seine gefürchtete Geschicklichkeit versetzte ihn in die Lage, alle Probleme in den Griff zu bekommen, ... technisch. Selbst die Quadratur des Kreises ermittelte er mit Hilfe der Quadratix, die er entwickelt hat. Drei Jahrhunderte später hat Diokles nach seinem Vorbild die *Kissoide* erfunden, mit der ihm die Trisektion des Winkels gelang. Und Nikomedes konstruierte noch ein Jahrhundert danach eine muschelförmige Kurve, die *Konchoide,* die sowohl für die Verdoppelung des Würfels als auch für die Trisektion des Winkels eine erhebliche Bedeutung hatte. Und …«

»Und die Pest, Monsieur Ruche? Sie vergessen schon wieder die Pest in Athen.«

»Seien Sie ganz beruhigt, Perrette, wir werden bald das Licht am Ende des Tunnels erblicken. Sämtliche von den Mathematikern erfundenen Kurven, mit deren Hilfe die drei Probleme gelöst werden sollten, waren *me-cha-ni-sche* Kurven! Das heißt keine geometrischen Kurven.

Für die herrschende Geometrie handelte es sich dabei um untergeordnete Mittel. Diese Konstruktionen wiesen einen schwerwiegenden Makel auf: Sie basierten auf Bewegung und Geschwindigkeit. Auf beweglichen Punkten! Auf sich verschiebenden Geraden! Auf mobilen Figuren! Durchweg verpönte Phänomene. Die offizielle Welt der griechischen Geometrie war eine statische Welt.

Und gewissermaßen als Sahnehäubchen wiesen diese zwar genialen Konstruktionen, die aber bedauerlicherweise auf bewegliche Elemente zurückgriffen, einen ganz entscheidenden Mangel für den Bau des Tempels von Delos auf: Sie waren nicht durchführbar. Genau das jedoch hatte das Orakel verlangt: Der Tempel mußte tatsächlich gebaut werden.«

Und in erzählerischem Ton fuhr Monsieur Ruche fort: »Demnach hatten die Erfinder der Kurven nicht die gewünschte Lösung beigebracht. Die Pest dauerte an! Daraufhin faßten die Athener den Beschluß, sich Rat bei der Philosophie einzuholen; sie suchten Platon in der Akademie auf. Und der sagte ihnen folgendes: ›Wenn Apollo durch den Mund des Orakels von euch diesen Bau verlangt hat, so tat er das sicher nicht, weil er einen doppelt so großen Altar nötig hat. Vielmehr wollte er damit zum Ausdruck bringen, daß er den Griechen vorwirft, die Mathematik geringzuschätzen, und daß er ihre Verachtung der Geometrie mißbilligt. In eurem Bestreben, das Problem um jeden Preis zu lösen‹, sagte er weiter, ›habt ihr nicht gezögert, euch unvernünftiger Mittel zu bedienen und auf empirisches Flickwerk zurückzugreifen. Und indem ihr dies tatet, verlort ihr da nicht unwiederbringlich *das Beste an der Geometrie?*‹«

In dem Augenblick, in dem Perrette den Mund öffnete, um ihre Frage nochmals zu wiederholen, sagte Monsieur ganz schnell:

»Und in Athen hatte die Pest ein Ende.«

Es war auch höchste Zeit, denn das Essen sollte bald auf den Tisch kommen, und noch mußte eine ganze Reihe von Kleinigkeiten zubereitet werden.

Ein Weihnachtsessen ist ein Weihnachtsessen. Diesbezüglich beharrte Perrette auf absolute Einhaltung der Traditionen. Foie gras, Truthahn mit Maronen, Clementinen, gefrorene, mit Creme gefüllte Biskuitrolle. Sie hatte nur eine einzige Abweichung von der Tradition zugelassen: Wegen der Abfahrt der Zwillinge in den Skiurlaub verschob sie den Truthahn vom Mittag des 25. auf den Abend des 24. Monsieur Ruche hatte die Weine ausgesucht. Einen lieblichen Bordeaux für die Foie gras, einen kräftigen Bourgogne für den Truthahn. Und für die Biskuitrolle einen trockenen Champagner aus Épernay.

Als sie gerade mitten bei der Foie gras waren, öffnete sich die Tür. Albert trat ein. Sein Erscheinen wurde von einem allgemeinen »Oh!« begleitet. Er war nicht wiederzuerkennen. Verschwunden sein grauer Arbeitskittel. Nichts zu sehen von seiner Schirmmütze. Die Haare fest an die Schläfen angedrückt, schnurgerader Scheitel, dunkler, unauffällig gestreifter Anzug, elfenbeinweiß schimmerndes Hemd, trat er näher und ließ sich bewundern.

Sie waren gerade mit dem Truthahn beschäftigt, als die Glocken von Sacré-Cœur zu läuten anfingen. Scheiben und Gläser erzitterten wie bei einem Bombardement der Alliierten.

»Wenn man bedenkt, daß sich alles, was Sie uns vor dem Essen erzählt haben, vierhundert Jahre vor dem Ereignis abgespielt hat, an das uns die Glocken deutlich vernehmbar erinnern sollen«, bemerkte Perrette im Tonfall von: »Wieviel Wasser doch seither unter den Brücken der Seine hindurchgeflossen ist!«

Von da an kreiste das Gespräch um den Inhalt der Sitzung. Das Gesetz, die Mittel, die man einsetzt, um ein Problem zu lösen, die Grenzen, die man sich bezüglich der eingesetzten Mittel auferlegt.

Natürlich dachten sie dabei alle an Grosrouvre und an die Art und Weise, wie er wohl in Manaus zu seinem unermeßlichen Reichtum gelangt sein mochte. Er hatte zugegeben, sich nicht immer ganz rechtmäßiger Mittel bedient zu haben. Er muß Schmuggelgeschäfte gemacht haben, so viel stand fest. Edelsteine? Gold? Seltene Hölzer? Tiere vielleicht?

»Hat er nicht betont, daß er kein Blut an den Händen hat?« fragte Perrette.

»Damit wollte er mir zu verstehen geben, daß er sich nicht aller Mittel bedient hatte. Was man von der Bande, die ihm zusetzte, offensichtlich nicht behaupten kann. Diesen Leuten schienen alle Mittel recht zu sein. Das waren nun wirklich keine Leute, die vor irgendwelchen Methoden zurückschreckten. Hammer und Sichel bei den Kommunisten! Kreuz und Banner bei den Christen! Schwert und Weihwasser bei den Königen! Und bei den Griechen?« fragte Monsieur Ruche.

Wie mit einer Stimme rief die Tischgesellschaft: »Lineal und Zirkel!« In den schlanken Gläsern prickelte der

Champagner, die Scheiben der Biskuitrolle, widerspenstige Eisberge, widersetzten sich dem Ansturm der Löffel.

Das Geschrei weckte Nofutur. Albert schlug vor, ihm einen Schuß Champagner in die Trinkschale zu schütten. Er erhob sich mit der Champagnerflasche in der Hand.

»Mach das nicht, Mensch!« gebot Monsieur Ruche ihm Einhalt. »Du weißt ja gar nicht, was du uns damit antust.« Aufrecht in seinem Rollstuhl sitzend, rezitierte er: »›Den indischen Vogel namens Papagei, von dem man sagt, er sei der menschlichen Sprache mächtig, bringt man nicht zum Schweigen, wenn man ihm Wein zu trinken gibt!‹ Aristoteles, *Geschichte der Tiere* …«

Nofutur bekam zwar keinen Champagner, dafür aber einen ganzen Teller voller Honigstäbe. Zwischen zwei Bissen Biskuitrolle bemerkte Perrette in Richtung Monsieur Ruche:

»Wenn ich recht verstanden habe, haben die Griechen ihre drei Probleme nicht in den Griff bekommen. Am Ende der Antike, tausend Jahre nachdem die Probleme zum erstenmal formuliert worden waren, hatten sie keines davon gelöst!«

»Sprich weiter, Mutter! Lineal und Zirkel waren der Grund dafür, daß sie die Probleme nicht gelöst hatten. Machen wir es genauso wie sie, oder machen wir es wie Archytas und Hippias und bedienen wir uns ›illegitimer‹ Mittel. Die Griechen lehnten die mechanischen Lösungen ab, weil sie auf Bewegung basierten, sagten sie? Haben wir uns nicht auch jede Bewegung verboten? Wir haben unseren Hintern noch nicht von hier wegbewegt!« erregte sich Léa.

Monsieur Ruche lächelte.

»Sie meine ich natürlich nicht, Monsieur Ruche, aber es ist doch wahr! Ich frage mich ganz einfach: Können wir, ohne uns von hier wegzubewegen, die *drei Probleme der Rue Ravignan* überhaupt lösen?«

Léas Äußerung erntete Beifall.

»Léas Schlußfolgerungen sind ein wenig überhastet. Zwar mögen die Griechen die Probleme nicht gelöst haben, aber die Geschichte ist ja nicht zu Ende. Es kamen noch andere Mathematiker. Wer sagt dir denn, daß es ihnen nicht gelungen ist, mit Hilfe von Lineal und Zirkel eines der drei, wenn nicht sogar alle drei Probleme zu lösen? Was weißt du darüber?«

Léa blieb stumm.

»Warum sprechen wir eigentlich von drei Problemen?« fragte Jonathan. »Eines wird nie erwähnt, gerade so, als wäre es ein Tabu. Obwohl es doch ganz entscheidend ist: Hat Grosrouvre tatsächlich die beiden Vermutungen bewiesen? Diese Frage stellt sich doch wohl, oder?«

»Drei plus eins, das macht vier!« sagte Albert ein wenig beschwipst. »Mit euren drei Problemen ist es wie mit den drei Musketieren, in Wahrheit sind es vier!«

12. KAPITEL

Die dunklen Geheimnisse des IfAS

Monsieur Ruche litt nicht unter Schlaflosigkeit. Im allgemeinen schlief er, kurz nachdem er das Licht ausgeschaltet hatte, ein. Das Licht schaltete er aus, wenn er spürte, wie die Müdigkeit ihn übermannte. Und in der Regel übermannte ihn die Müdigkeit, kurz nachdem er sich ins Bett gelegt hatte. Dann überließ er sich dem Schlaf. Bis zum Morgen.

In dieser Nacht jedoch war es anders. Er wachte mitten in der Nacht auf. Zweifellos hatte ein in den Bettlaken verstecktes, zusammengefaltetes Rosenblatt seinen Schlaf gestört, es sei denn, es waren Grosrouvres Briefe. Sie gingen ihm einfach nicht aus dem Kopf. Er war mittlerweile davon überzeugt, daß Grosrouvre ihm jenseits des Wortlauts eine Botschaft übermittelte.

Wenn er in seinem ersten Brief behauptete, die dort genannten Mathematiker rein zufällig ausgewählt zu haben, sollte er ihm das glauben? Oder sollte er im Gegenteil annehmen, daß sein Freund sie mit Absicht zitierte? Aus einem ganz bestimmten Grund, den es herauszufinden galt. Und den er nur herausfinden konnte, wenn er sich mit diesen Mathematikern beschäftigte und herausbekam, was in ihrem Leben oder ihrem Werk zur Beantwortung der Frage beitragen könnte, die er sich bezüglich der Ereignisse in Manaus stellte.

Wies Grosrouvre ihm nicht den Weg, indem er eine Verbindung herstellte zwischen dem Geheimnis der Beweise, das er für sich behalten wollte, und der pythagoreischen Praxis?

Monsieur Ruche war ganz aufgeregt. Ihm fiel ein ganz bestimmter Satz ein. Er richtete sich auf, zog an der Kordel. Die Vorhänge seines Himmelbetts hoben sich. Er schaltete das Licht an, öffnete die Schublade des Nachttisches und holte die sorgfältig zusammengefalteten Briefe heraus. Er fand den Satz sofort. Am Ende des zweiten Briefs hatte Grosrouvre geschrieben:

»Wenn ich mich an unsere Jugendzeit zurückerinnere, dann war es in jedem Fall doch stets so, daß Du, wann immer ich Dir etwas verheimlicht habe, es irgendwie geschafft hast, es dann doch herauszufinden.«

Was will er mir damit sagen? Daß er mir nie etwas verheimlichen konnte? Das entspricht nicht ganz der Wahrheit; wenn er es aber so darstellt, hat er es dann gerade deshalb getan, weil er mir damit zu verstehen geben will, daß ich zusehen muß, wie ich alles, was er mir in seinen Briefen verheimlicht, herausbekomme. »Schau zu, wie du das, was ich dir verheimliche, herausbekommst!« Ist es das, was er mir sagen will? Und warum sollte er mir etwas verheimlichen wollen, was ich dann am Ende doch herausfinde? Ja, warum? Monsieur Ruche wußte darauf keine Antwort. Dann glänzten plötzlich seine Augen: Nicht mir will er es verheimlichen, er will es verheimlichen. Aber wem will er es verheimlichen? All jenen, die seine Briefe in der niederträchtigen Absicht lesen könnten, darin Informationen über seine Beweise zu finden. Ich muß also zusehen, wie ich zurechtkomme. Wenn man es mit Grosrouvre zu tun hat, sind es immer die anderen, die zusehen müssen, wie sie zurechtkommen! Glücklich darüber, wieder zur alten Vertrautheit zurückgefunden zu haben, die sie einst verband, wollte Monsieur gerade den Brief zusammenfalten, als er auf einen Satz aufmerksam wurde. Ein

Satz, der ihm beim Lesen bisher überhaupt noch nicht aufgefallen war:

»Und abgesehen davon habe ich Dir längst genug darüber mitgeteilt.«

Herrgott noch mal! Monsieur Ruche fuhr hoch. Noch über seinen Tod hinaus ließ Grosrouvre ihm unzweifelhaft eine Botschaft zukommen, die in zwei kleinen Sätzen zusammenzufassen war:

1. Ich muß dir einige Dinge verschweigen.
2. Ich habe dir genug darüber mitgeteilt, daß du sie herausfindest.

Indem Monsieur Ruche in dieser Art und Weise dachte, praktizierte er da nicht das der Geheimhaltung dienende pythagoreische Verfahren der Lektüre auf zweiter Ebene, die den Eingeweihten vorbehalten war und an dem Grosrouvre so viel lag?

»Wenn meine Überlegungen zutreffen, enthalten diese beiden Briefe alles, um auf die Fragen zu antworten, die wir uns stellen«, dachte Monsieur Ruche. »Sie sind ein echtes Arbeitsprogramm. Ich werde jeden einzelnen Punkt, den er mir nennt, nachvollziehen und mich mit jedem der von ihm zitierten Mathematiker auseinandersetzen müssen. Grosrouvre gab einmal mehr den Ton an!«

Halb vier Uhr morgens im Garagenzimmer der Rue Ravignan. Monsieur Ruche fröstelte. Allerdings nicht vor Kälte. Er legte die Briefe in die Schublade seines Nachttischs zurück, löschte das Licht, zog an der Kordel. Hinter den schweren Behängen seines Himmelbetts gelang es ihm nicht, wieder einzuschlafen.

Die ersten Mathematiker, die Grosrouvre nannte, waren zwei Perser: Umar al-Hayyam und al-Tusi.

Albert setzte Monsieur Ruche am Quai Saint-Bernard, gleich an der Pont Sully ab, die das linke Seine-Ufer mit dem östlichen Ende der Ile Saint-Louis verbindet.

Er stand direkt vor dem Institut für Arabienstudien, das von allen kurz IfAS genannt wird. Nicht ganz dicht davor, denn sonst hätte er nicht die eigenartige Spiegelung bemerkt, den ein Gebäudekomplex auf dem oberen Teil der nördlichen Fassade erzeugte, vor der er stand. Monsieur Ruche durfte sich etwas darauf zugute halten, immer noch ganz ausgezeichnet zu sehen: Er hatte nie eine Brille getragen, und jetzt war es zu spät, noch jemals eine zu tragen. Weder Kurzsichtigkeit noch Astigmatismus, weder Weitsichtigkeit noch Grauer Star hatten je seinen Blick getrübt oder beeinträchtigt. Er konnte ja nicht alles gleichzeitig haben. Gelähmt und blind, das wäre eine Art Mandatshäufung gewesen.

Bei genauerem Hinsehen stellte er also fest, daß es sich gar nicht um eine wirkliche Spiegelung handelte, sondern um Gebäudeumrisse, die mit einem speziellen Verfahren auf die Scheibenfront aufgetragen worden waren. Monsieur Ruche fand die Idee des Architekten gut, die Realität der Fotografie der Virtualität der Spiegelungen vorzuziehen.

Wie auf allen Uferstraßen von Paris fuhren die Autos sehr schnell. Bei ohrenbetäubendem Getöse, das dem Lärm in den Straßen von Kairo näher gewesen sein dürfte als der Stille der arabischen Wüste, wartete Monsieur Ruche, daß die Ampel auf rot umschaltete. Er schob die Räder seines Rollstuhls energisch an und überquerte so schnell wie möglich die Straße.

Jetzt stand er direkt vor dem IfAS. Er fuhr am Bücherturm vorbei. Ihm kam hier alles etwas merkwürdig vor. Das Portal, durch das man in den mit Steinplatten ausgelegten Vorhof gelangte, der das IfAS von den Gebäuden der naturwissenschaftlichen Fakultät der Universität

Jussieu trennte, war mit schiefen Ebenen gebaut. Es war ein schöner, sonniger Tag.

Wie sehr sich alles verändert hatte! Er erkannte nichts wieder. An diesem Ort stand vor vierzig Jahren die Wein-Großmarkthalle. Ein Gewirr aus kleinen Gebäuden, Gärtchen, durch die grob gepflasterte, von hundertjährigen Bäumen gesäumte Wege verliefen. Das erstaunlichste aber war seinerzeit der mehr als hundert Meter lange Tunnel, der von der Seine bis zur Place Jussieu vom einen bis zum anderen Ende des gesamten Geländes verlief. Dieser Tunnel diente als Weinkeller.

Ein riesiger Weinkeller, in dem die Groß- und Kleinhändler den Wein deponierten. In gigantischen Fässern, deren Umrisse man im Halbdunkel mehr erahnte als sah, lagerten Zehntausende von Hektolitern Schankwein; der größte Teil dessen, was die Pariser konsumierten! Im Umkreis von mehreren Kilometern roch es nach Wein.

Mit einem Mal wurde Monsieur Ruche bewußt, daß man ein Institut zur Erforschung der arabischen Welt auf einem mit Wein getränkten Boden errichtet hatte. Wer hatte diese Idee gehabt? Sicher, es ging um die arabische, nicht um die islamische Welt, aber trotzdem!

Die Bibliothek öffnete erst am Mittag, so daß Monsieur Ruche sehr viel Zeit blieb, um die Örtlichkeiten zu erkunden. In diesem Rausch aus Glas und Metall war nur der Bücherturm aus Beton. Der eigentliche Grundstoff des Gebäudes aber war das Licht; es drang von überallher ein. Der Architekt hatte ihm tausend Möglichkeiten geboten, den Raum zu durchfluten, es konnte seitlich einfallen, von oben, von vorn oder durch Spiegelungen. Mitten im Hauptgebäude zum Beispiel, in dem sich auch die Bibliothek befand, hatte er einen Lichtschacht installiert, einen großen Glaskasten, in dem sich vier gleichfalls durchsichtige Aufzüge in einer bewundernswerten Choreographie auf- und abbewegten. Die gläsernen Kabinen begegneten sich lautlos, in einer Stille, die noch von einem leisen Klingeln – das ein wenig an das Geräusch der pythagoreischen Vasen von Max erinnerte – betont wurde, das jeden Halt ankündigte.

Mittag. Monsieur Ruche fuhr mit seinem Rollstuhl in einen der Aufzüge. Es war gerade ausreichend Platz. Die Tür schloß sich lautlos. Von Leere umgeben, wurde er sofort in luftige Höhen befördert. Auf der anderen Seite des Lichtschachts bewegte sich eine gläserne Kabine in dieselbe Richtung. Mit ihren Fahrgästen »im Schaukasten« sah sie aus wie eine bemannte Luftblase, die in einer mit Wasser gefüllten Säule nach oben trieb. Es war bezaubernd. »Das wäre ein wunderbarer Ruche-Aufzug«, dachte er und nahm sich vor, einen ähnlichen Aufzug im Hof der Rue Ravignan bauen zu lassen. Ein Geschenk zum nächsten Jahrtausend.

Die Bibliothek erstreckte sich über drei Stockwerke. Der Eingang befand sich auf der mittleren Ebene. Es gab keine Treppe. Eine spiralförmige Rampe verband alle Ebenen des Bücherturms miteinander. Um die Rampe herum standen vollgestellte Bücherregale. Zum ersten Mal in seinem Leben sah Monsieur Ruche schiefe Bücherregale.

Mit Schwung rollte er die Rampe herauf und fühlte sich sofort an das Schwindelgefühl früherer Jahre erinnert, wenn er mit seinem Auto die schmale Rampe eines Parkhauses hinauffuhr und dabei einen Drehwurm bekam.

Er bremste abrupt. Das dichterische Werk al-Hayyams stand bei der Signatur B. Er zog die Bücher aus dem Regal und stürmte in den Lesesaal. Er war groß, hoch und licht. Und sehr modern! Die Tische waren aus Metall! Bibliothekstische aus Metall! Metallic-grau, ungefähr so wie Alberts Peugeot 404. Die Stühle genauso. Ihr einziger Nachteil, die Form ihrer Rückenlehne: Sie war rund! Man kann ja mal versuchen, die Jacke über eine runde Rückenlehne zu hängen. Sie rutscht sofort herunter und fällt mit einem dumpfen Geräusch zu Boden. Das war allerdings nicht Monsieur Ruches Problem, der seine eigene Rückenlehne mitgebracht hatte. Er entledigte sich mit einem ihm bislang unbekannten Vergnügen seiner Jacke und hängte sie über die rechteckige Rückenlehne seines Rollstuhls.

Im Gegensatz zur Bibliothèque nationale standen die Bücher den Bibliotheksbenutzern sofort zur Verfügung. Sie waren in Handmagazinen untergebracht, so daß man sie ohne weiteres durchblättern konnte. Wenn ein Buch in einer der oberen Regalreihen stand, bat Monsieur Ruche eine hübsche Brünette, ob sie ihm die Bücher geben könnte, an die er nicht heranreichte. Sie tat es graziös und freundlich.

Umar al-Hayyam war nicht nur Mathematiker, sondern auch Poet. Das erste Buch, in das Monsieur Ruche sich vertiefte, waren die Rubâ'iyât. Eine Sammlung von Vierzeilern. Eine Notiz zur Form der Vierzeiler klärte ihn darüber auf, daß im Original der erste, der zweite und der vierte Vers miteinander verbunden waren, sie sich also reimten. Der dritte Vers war frei.

Den Baum der Schwermut, pflanz ihn nicht in Dein Herz. Lies jeden Morgen im Buch der Freude.
Du trinkst Wein und gibst Deinen Neigungen nach,
Unsere Zeit, unser Leben, der Himmel wird sie bewerten.

Dann las er die folgenden Verse:

Du zerschlägst meine Karaffe, o Gott.
Und auch mein Vergnügen nimmst Du mir, o Gott.
Ich bin es, der trinkt, und Du bist es, der taumelt.
Verzeih mir, o Gott, bist Du wirklich trunken?

Juwelen genüßlicher Dreistigkeit und Provokation!

Der Wein, das schöne Haar in Deinen Händen, sind eine Huldigung an das Leben. Wieviel Tage bleiben Dir noch?

Monsieur Ruche legte das Buch auf den Metalltisch. Eine leichte Traurigkeit befiel ihn. Wieviel Tage bleiben dir noch? He, Ruche, du wirst dich doch nicht so gehen lassen! Vergiß nicht, daß du im Dienst bist. Du hast eine Aufgabe zu erfüllen.

Ein weiter unten auf der Seite abgedruckter Vierzeiler erinnerte ihn glücklicherweise an den Grund, weshalb er sich überhaupt hierher begeben hatte. Dieser Vierzeiler, von dem man hätte meinen können, er sei von Grosrouvre an die Adresse seines alten Freundes geschrieben worden, vertraute ihm folgendes an:

Diejenigen, die durch ihr Wissen die Höhen der Welt erklimmen,
Mit ihrem Verstand die Unendlichkeit der Himmel erkunden,
Sie leben, einem auf den Kopf gestellten Himmelsschnitt gleich,
mit einem Schwindelgefühl.

Wie bei Grosrouvre, der, als er angeblich die beiden Vermutungen bewiesen hatte, die »Höhen der Welt« erklomm. Und nicht etwa nur die der mathematischen Welt. Das Schwindelgefühl, das er empfunden haben mußte, dürfte mindestens genauso stark gewesen sein wie nach einem Gelage mit erlesenen Weinen. Hatte er sie aber tatsächlich bewiesen? Er behauptete es jedenfalls. Warum sollte er ihm nicht glauben? Grosrouvre mochte zwar seine Schwächen haben, aber er war kein Prahlhans oder Aufschneider.

Monsieur Ruche wurde es immer wärmer. Obwohl er hemdsärmelig dasaß. Er versicherte sich, daß seine Jacke immer noch an der Rückenlehne des Rollstuhls hing. Nachdem er die Rubâ'iyât wieder beiseite gelegt hatte, las er in einem Buch über das Leben Umar al-Hayyams. Er war schon ziemlich weit gekommen, als er ein schrilles, metallisches Geräusch hörte. Monsieur Ruche schaute sich um, sah aber nichts, was dieses Geräusch verursacht haben könnte. Schließlich wanderte sein Blick zur Glasfassade hinüber. Aus dieser Richtung kam das Geräusch. Ein tausendfaches Blinken.

Das, was er sah, erstaunte ihn. All die vielen tausend Öffnungen, mit denen die Glasplatten besetzt waren, schlossen sich langsam, so als hätte ein unsichtbarer Dirigent ihnen dies befohlen. Unzählige Metallaugen gingen auf einmal zu. Das alles dauerte ein paar Sekunden. Dann brach das Geräusch ab. Die Augen waren fast völlig geschlossen.

Die hübsche Brünette mußte angesichts des verblüfften Gesichtsausdrucks von Monsieur Ruche unwillkürlich lachen: »Es sind genau 27000!« Da Monsieur Ruche ungläubig dreinblickte, erklärte sie ihm, daß jede Fassade 240 Glasplatten umfaßte und sich auf jeder Platte mehr als hundert Metallaugen befanden. Sie studierte Architektur und war hierher in die Bibliothek gekommen, um sich mit diesem Mechanismus auseinanderzusetzen.

Jede aus kleinen Metallplättchen bestehende Öffnung verhielt sich wie eine Blende, d.h. sie öffnete und schloß sich bei Bedarf. Eine mit einem Computer verbundene, zentrale fotoelektrische Zelle regulierte den Lichteinfall. Wenn die Sonneneinstrahlung, so wie jetzt gerade, zu stark war, übermittelte die Zelle den Metallplättchen den Befehl, sich zu schließen. Und sie schlossen sich! Die Öffnungen verhielten sich wie ein Auge, das man zusammenkneift, wenn das Licht einen blendet.

Hier gab es 27 000 Augen!

Die junge Frau machte ihn darauf aufmerksam, daß die Platten klassische geometrische Elemente der arabischen Architektur darstellten, insbesondere diejenigen der Alhambra. Sie erklärte dem entzückten Monsieur Ruche, daß all diese Figuren sich drehen ließen und es dem Erfinder gelungen war, ein geschicktes Zusammenspiel zwischen den unterschiedlichen geometrischen Formen – Quadrate, Kreise und Achtecke – zu arrangieren. Und nicht zu vergessen den Stern, der ein überkreuztes Vieleck ist, fügte sie noch hinzu, nachdem ihr eingefallen war, daß sie ihm Mathematikbücher heruntergereicht hatte.

Nachdem sie ihren kleinen Vortrag beendet hatte, vertiefte sie sich wieder in ihre Bücher und wandte sich von Monsieur Ruche ab, der sich gern weiter mit ihr unterhalten hätte. Eine Bibliotheksbekanntschaft, das hatte viel von Studentenleben! Da ihm nichts anderes übrigblieb, las er, mit den Gedanken ganz woanders, in seinen Rubâ'iyât weiter. Per Zufall stieß er auf folgenden Vierzeiler:

Ich habe es mir nie nehmen lassen, meine Zeit den Wissenschaften zu widmen.
Mit Hilfe der Wissenschaft habe ich einige dunkle Geheimnisse gelüftet.
Nach 72 Jahren unentwegten Nachdenkens
Weiß ich um meine Unwissenheit …

»Dieser al-Hayyam ist über die Jahrhunderte hinweg mein Bruder!« sagte Monsieur Ruche zu sich selbst. »Auch ich weiß um meine Unwissenheit. O ja; nie ist sie mir bewußter gewesen als in den vergangenen Monaten. Seit ich …« – Monsieur Ruche wußte nicht, ob er »wegen«

oder »dank« sagen sollte; er entschied sich für »dank«. »Seit ich dank Grosrouvre in dieses Abenteuer hineingeraten bin, habe ich so unglaublich viel erfahren. Gleichzeitig ist mir jedoch auch klargeworden, wie wenig ich weiß! Aber mindestens genauso groß war jedesmal die Freude darüber, wenn ich wieder etwas Neues gelernt habe!«

Als er das IfAS verließ, beschäftigte ihn eine Frage, zu der ihn einer der Verse al-Hayyams angeregt hatte: »Welche dunklen Geheimnisse habe ich seit dem Beginn dieses Abenteuers gelüftet?«

Dunkle Geheimnisse!

Nach einem kurzen Mittagsschlaf war Monsieur Ruche voller Tatendrang. Die Zwillinge waren in den Skiferien, Max Gott weiß wo auf einem Streifzug, ganz sicher auf dem Flohmarkt, und Perrette in der Buchhandlung. Er hatte noch den ganzen Nachmittag für sich. Er legte sich einen gefütterten Mantel über die Schultern, öffnete die Tür des Garagenzimmers, setzte seinen Rollstuhl in Bewegung und überquerte den Hof, wobei ihn die groben, unregelmäßigen Pflastersteine kräftig durchrüttelten. Eine trockene Kälte, die darauf hindeutete, daß es bald zu schneien anfing, schlug ihm ins Gesicht. Aber sein kleiner Finger sagte ihm, daß an diesem Tag keine einzige Flocke vom Himmel fallen würde.

Er öffnete die Tür der BAU. Der Raum war dunkel und warm. Er schaltete ein paar Strahler an, legte den Mantel ab, packte seine Arbeitsutensilien aus, legte sie auf den Schreibtisch, schlug das Notizheft auf, las noch einmal seine Notizen durch. Dann rollte er zu den Regalen der 2. Abteilung: Arabische Mathematik.

»Das Buch über die Berechnung von ebenen und sphärischen Figuren« der Gebrüder Banu Musa. »Das Buch der geschickten Verfahren und der Geheimnisse der Natur, über die Klugheit der geometrischen Figuren« von Abu Nasr al-Farabi. Von al-Karagi gab es »al-Badi« sowie »al-Fahri und Genügendes über das Rechnen«. Von al-Biruni »Die Abhandlung über die Schatten«. Von al-Samaw'l das »Einleuchtende Buch über die Arithmetik« und von al-Kasis »Der Schlüssel zur Arithmetik« ...

Monsieur Ruche suchte die Werke al-Hayyams und zog sie heraus. Dasselbe machte er mit denen von al-Tusi. Eine Kleinigkeit in bezug auf den Vornamen des Autors irritierte ihn. Auf einigen Büchern stand »Saraf-al-Din«, auf anderen »Nasir-al-Din«. Es mußte irgendeine Verwechslung stattgefunden haben. Monsieur Ruche schaute in seinem großen Notizheft mit Pappeinband nach: In der 2. Abteilung gab es zwei al-Tusi. Der eine, Saraf, wurde Ende des 12. Jahrhunderts geboren und starb 1213/1214. Der andere, Nasir, lebte im 13. Jahrhundert. Beide waren Perser. Welcher war der richtige? Meinte Grosrouvre den älteren oder den jüngeren?

»Die beiden al-Tusi werden mir die Aufgabe nicht gerade erleichtern!« Dann stieß Monsieur Ruche auf das kleine Werk über die befreundeten Zahlen von Tabit B. Qurra. Er zog es sofort aus dem Regal, holte die am Ende des Buchs befestigte Karteikarte heraus. In seiner feinen Handschrift hatte Grosrouvre folgendes notiert:

»Die älteste Abschrift von Euklids Elementen datiert aus dem 9. Jahrhundert. Einige Jahrzehnte später wurden sie von Tabit B. Qurra neu übersetzt.

Während Euklid sich überhaupt nicht mit den von den Pythagoreern so sehr geschätzten befreundeten Zahlen beschäftigt hatte, bestimmte Tabit B. Qurra die Voraussetzungen, unter denen sich die Paare befreundeter Zahlen herausfinden ließen, und bewies das, was einmal zum entscheidenden Satz für dieses Problem werden sollte. Die Griechen kannten nur ein einziges Paar befreundeter Zahlen ...«

»Ja, ja, 220 und 284, ich habe es überprüft«, murmelte Monsieur Ruche.

> »… die arabischen Mathematiker werden noch weitere Paare aufspüren: al-Farisi entdeckte das Paar 17296 und 18416, das unter dem Namen Fermat-Paar bekannt ist, weil Fermat es einige Jahrhunderte später nochmals entdeckt hat! Al-Yazdi entdeckte das Paar 9363584 und 9437056, das unter dem Namen Descartes-Paar bekannt ist, weil Descartes es ein Jahrhundert später nochmals entdeckt hat!«

In dieser Notiz erkannte Monsieur Ruche die Ironie Grosrouvres wieder. Seine Handschrift zu lesen verwirrte ihn mehr, als er gedacht hätte. Wann hatte er diese Notiz geschrieben? Es mußte Jahre her sein. Er stellte ihn sich in jungen Jahren in seinem großen Haus in Manaus vor, wie er im Unterhemd mit seinem mächtigen Oberkörper über einen Tisch gelehnt saß, um eine … In Wahrheit gelang es ihm nicht, ihn sich vorzustellen. Wie mag es wohl gewesen sein, dieses Haus? Lag es mitten im Dschungel? In irgendeinem Vorort? An den Ufern des Amazonas? Sah er von seinem Fenster aus das düstere Wasser des großen Flusses vorbeifließen? Monsieur Ruche schaffte es einfach nicht, sich vorzustellen, wie man zwei Schritte vom Äquator entfernt leben konnte, weil er Hitze und insbesondere schwüle Hitze zutiefst verabscheute. Die Erinnerung an die belebende trockene Kälte draußen im Hof war Balsam für ihn.

Ganz am Rande war ihm aufgefallen, daß Grosrouvre in seiner kurzen Notiz nicht die Gelegenheit versäumt hatte, den Namen Fermats zu erwähnen und ein paar Worte über die befreundeten Zahlen zu verlieren, mit denen er auch seinen zweiten Brief beendet hatte. Monsieur Ruche erinnerte sich fast wörtlich daran: *»Und wir zwei, sind wir ›Freunde‹? Wie läßt Du Dich berechnen, Pierre, und wie* *ich? Vielleicht ist ja die Zeit gekommen, die Summe dessen zu bestimmen, was wir geteilt haben.«*

»Deine Zeit ist vorbei, mein Freund. Und die meine?«
Die Tür ging auf. Perrette trat herein.

»Bei Ihnen ist es angenehm.«
Sie unterdrückte ein Lächeln und legte einen Umschlag auf den Schreibtisch.

»Die Zwillinge haben uns geschrieben.«
Sie trat näher heran.

»Ich kann nicht bleiben; ich habe Kundschaft im Geschäft.«

Zu seiner Zeit hätte Monsieur Ruche niemals die Buchhandlung verlassen, wenn er Kundschaft hatte. Sie jedoch vertraute den Leuten, und bei ihr wurde nie etwas gestohlen.

»Ich habe heute viel verkauft. Die Leute kaufen wieder Bücher, um sie zu verschenken«, erklärte sie fröhlich. »Stellen Sie sich einmal vor, es sind zwei alte Kunden wiedergekommen, die ich seit Jahren nicht mehr gesehen habe. Und sie haben mehrere Bücher bestellt.«

»Dann mußten Sie also viele Bücher als Geschenk einpacken?«

Monsieur Ruche fragte es sie mit einem leicht angewiderten Unterton. Er verabscheute Geschenkverpackungen. Sie waren ein Alptraum für ihn. Es gelang ihm nie, das Papier richtig zu falten, das mal zu groß und mal zu klein war.

»Ich liebe Geschenkverpackungen. Als ich noch ein kleines Mädchen war, habe ich die ganze Zeit Geschenke eingepackt. Manchmal war wirklich ein Geschenk drin, manchmal nicht. Ich nahm alles, was mir in die Hände fiel, Streichholzschachteln, Schuhe, grüne Bohnen, sogar ganz kleine Zuckerstückchen, wobei ich die Pinzetten meiner Mutter zu Hilfe nahm. Ich machte quadratische, runde und spitze Verpackungen. Am schwersten zu falten waren die spitzen, hornförmigen. Haben Sie schon mal ein kegelförmiges Päckchen gemacht, Monsieur Ruche?‹

»Oh, nein, Gott erbarme!«

»Wenn die Leute wieder zu lesen anfangen, ist das ein gutes Omen«, rief sie, während sie die Tür schloß.

Ja, es ist ein gutes Omen. Es ist sogar ein sehr gutes Omen. Die Umsätze der Buchhandelsbranche sind ein verdammt gutes Barometer der Gesellschaft. Er fuhr mit seinem Rollstuhl zum Schreibtisch und nahm den Umschlag, den Perrette dort hingelegt hatte, öffnete ihn und nahm zwei Fotos heraus. Auf dem ersten waren Jonathan-und-Léa in tadellosem Zustand abgebildet: Sie standen aufrecht, trugen Handschuhe, Stirnband, Sonnenbrille. Sie befanden sich am oberen Ende der Piste, die Skier in schöner paralleler Stellung, kurz davor, sich den Hang hinabzustürzen, von dem man annehmen konnte, daß er steil war. Auf der Rückseite stand geschrieben: »Vorher«. Das zweite Foto zeigte die beiden schneebedeckt auf dem Boden liegend, Skier und Stöcke wie beim Mikado schier unentwirrbar durcheinandergeworfen. Auf der Rückseite des Fotos:

»Nachher«.

Monsieur Ruche lachte lauthals und legte die beiden Fotos auf den Schreibtisch zurück. Die Zwillinge schonten sich selbst genausowenig wie die anderen. Diesmal hatten sie nichts verpatzt!

»Vorher, nach …« Gibt es in Samarkand Schnee? Monsieur Ruche rollte zu den Regalen und blieb vor den Werken al-Hayyams stehen. In der BAU gab es drei davon. Nachdem er die beiden ersten, »Algebra« und »Die Teilung eines Quadranten«, aus dem Regal gezogen hatte, begab er sich an seinen Schreibtisch.

»Al-Hayyam hat genauso viele Sätze aufgestellt, wie er Vierzeiler verfaßt hat«, stellte Monsieur Ruche fest. Er las die Karteikarten.

»Hayyam hat den Begriff des Polynoms erfunden. Anfangs bestand die Algebra aus der Analyse von Gleichungen, Hayyam weitet ihren Aufgabenbereich auf die Analyse von Polynomen aus. Addition, Subtraktion, Multiplikation, vor allem aber Division (er wandte das euklidische Teilungsverfahren der Zahlen auf die Teilung der Polynome an) und auch Quadratwurzeln eines Polynoms.«

Um besser zu verstehen, notierte Monsieur Ruche das berühmte $ax^2 + bx + c = 0$ auf einem Blatt Papier. Während er schrieb, sprach er laut zu sich selbst:
»Wenn ich ›$ax^2 + bx + c = 0$‹ schreibe, dann ist das eine Gleichung zweiten Grades. Ich kann die Wurzel ziehen oder nicht. Gut, wenn ich jetzt ganz einfach ›$ax^2 + bx + c$‹ schreibe, dann ist es keine Gleichung mehr, sondern ein Polynom. Ein Polynom zweiten Grades. Und da es aus drei Elementen besteht, handelt es sich um ein Trinom. Ein Trinom zweiten Grades!« rief er aus, als er die alte Formel wiedererkannte, deren Bedeutung ihm so lange verborgen geblieben war. »Damit ist ›$ax + b$‹ ein Binom ersten Grades. Und ein Monom? Hiervon spricht man, wenn es nur ein einziges Element gibt. Das ist wirklich lustig, denn zu meiner Zeit an der Sorbonne war ein Monom ein Umzug von Studenten durchs Quartier Latin, im Gänsemarsch mit den Händen auf den Schultern des Vordermanns, um ein wenig Radau zu machen. Ein Umzug mit einem einzigen Studenten wäre wohl mehr als lächerlich!«
Monsieur Ruche schlug die letzte Seite von al-Hayyams Algebra auf. Das Buch endete mit folgenden Worten: Abgeschlossen am Mittag des 23. Tages des Monats

Rabia, dem ersten des Jahres 600. Monsieur Ruche nahm wieder die Karteikarte Grosrouvres zur Hand.

»Al-Hayyam fertigte eine vollständige Klassifikation der Gleichungen ersten, zweiten und dritten Grades an. Während al-Hwarizmi vor allem die Gleichungen zweiten Grades behandelt hatte, beschäftigte er sich vornehmlich mit denjenigen dritten Grades, die er, entsprechend der unterschiedlichen Zahl an Elementen, die sie enthielten, in 25 verschiedene Typen unterschied. Er löste sie durch die Anwendung geometrischer Verfahren.

N.B. In der Nachfolge von al-Hujandi behauptete al-Hayyam, daß es für die Gleichung $x^3 + y^3 = z^3$ (in der heutigen Schreibweise) keine Lösung mit ganzen Zahlen gab. Ohne es zu beweisen. Bis zu Fermats Vermutung ist es nur ein Schritt. Und wir sind im 12. Jahrhundert!«

Wenn es um Algebra ging, hatte Grosrouvre auf seinen Karteikarten mehrmals al-Hwarizmi zitiert. Monsieur Ruche sagte sich, daß es gut wäre, wenn er sich ein wenig näher mit diesem Mathematiker beschäftigen würde.

Er verbrachte Stunden damit.

Als er die BAU wieder verließ, schneite es stark. Seit mindestens zwei Stunden, wenn man nach der dicken Schneeschicht auf dem Boden ging. Er war schon wieder im Irrtum. Noch nie hatte er etwas vom Wetter verstanden. Unter seinem gefütterten Mantel hielt er, gut geschützt, das Werk von al-Hwarizmi.

Vor dem Einschlafen las Monsieur Ruche noch dessen erste Zeilen: »Die Gelehrten früherer Zeiten und vergangener Kulturen haben stets Bücher verfaßt«, schrieb al-Hwarizmi. »Sie taten es, um ihr Wissen an diejenigen weiterzugeben, die ihnen nachfolgen. Auf diese Weise bleibt die Suche nach der Wahrheit immer lebendig. Und ihre Mühe, die sie darauf verwandt haben, die Geheimnisse der Wissenschaft zu entdecken und deren dunklen Teile zu erhellen, ist somit nicht vergeblich. Der eine mag etwas bislang Unbekanntes entdecken und es an die Nachgeborenen weitergeben. Der andere öffnet einen Weg, der den Alten versperrt geblieben ist. Beide beleuchten den Weg, erleichtern den Zugang. Die Lösung ist nah. Ein Dritter wiederum macht Fehler in einem Buch aus: Er versucht zu korrigieren, richtigzustellen, ohne dies dem Verfasser zur Last zu legen oder mit dieser Richtigstellung seinen Ruhm zu mehren.«

Der eine mag etwas bislang Unbekanntes entdecken und es an die Nachgeborenen weitergeben. Grosrouvre wäre gut beraten gewesen, diesen Satz zu lesen, bevor er sich auf das Geheimnis versteifte. Monsieur Ruche schlief ein.

Monsieur mußte zugeben, daß ihm die Zwillinge gefehlt hatten. Zum ersten Mal wurde ihm das bewußt. Vielleicht vermißte er sie aber auch tatsächlich zum ersten Mal. Als sie am Abend vollbepackt, redselig und schon ganz ungeduldig ins Wohn-Eßzimmer kamen, wurde es Monsieur Ruche einen kurzen Augenblick lang warm ums Herz. Als sie durch das Zimmer gingen, sah er ihnen nach und fragte sich, ob er nicht ganz richtig sah. Ihm schien, als würden Jonathan-und-Léa humpeln.

Er täuschte sich nicht. Es waren die Folgen ihres unglücklichen Zusammenpralls auf den verschneiten Pisten, der auf dem Foto »Nachher« verewigt worden war. Sie sahen trotzdem gut aus. Die gebräunten Gesichter mit den beiden weißen Ringen um die Augen ließ sie wie zwei Bergsteiger wirken. Nofutur erkannte sie nichtsdestoweniger wieder und bereitete ihnen einen zurückhaltenden Empfang.

Jonathan-und-Léa gingen hinkend die Treppe in ihre Zimmer unter dem Dach hinauf. Sie ließen sich auf ihre

Betten fallen, zogen sich aus und quälten sich ein wenig mit ihren Wehwehchen. Mit einer Salbe, die nach Menthol stank, rieb sie ihm den blauen Knöchel ein. Er rieb ihr das Knie mit einem streng riechenden Balsam ein. Das Farbspektrum ihres Knies reichte von aschgrau bis tiefschwarz. Die Beine jeweils auf einem weichen Kissen hochgelegt, schliefen beide in ihrem Iglu ein.

13. KAPITEL

Bagdad, während ...

»Die Algebra ist nicht in Griechenland erfunden worden!«

Diese lautstarke Mitteilung verfehlte nicht die erwartete Wirkung. Jonathan-und-Léa richteten sich gleichzeitig auf, bereit für die erste Sitzung im neuen Jahr, auf die jeder von ihnen insgeheim schon ungeduldig gewartet hatte.

Durch die Scheiben des Ateliers, in dem die Sitzungen stattfanden, drang das spärliche und blasse Dämmerlicht eines Januartages, der sich seinem Ende entgegenneigte. Mitten im Raum stehend, begann Monsieur Ruche zu erzählen:

»Ein Mann geht über die Straße. Er sucht nach dem Weg. Ein Passant geht an ihm vorbei, der Mann spricht ihn an: ›Ich muß in die X-Straße, können Sie mir vielleicht sagen, wie ich sie finde?‹ Der Passant sieht ihn verächtlich an: ›Mein Herr, wenn man es nicht weiß, bricht man nicht auf!‹«

Schallendes Gelächter.

»Nun«, fuhr Monsieur Ruche fort, »die Algebra ist das genaue Gegenteil hiervon. Wenn man es nicht weiß, bricht man auf!«

Die Anekdote war noch nicht zu Ende erzählt, da wurde der schwere schwarze Vorhang vor der Glaswand heruntergelassen. Max, der im Hintergrund stand, trat nach vorne. In seiner Hand leuchtete die Flamme eines Feuerzeugs. Er bückte sich.

Eine nach der anderen leuchteten die flackernden Lichter einer ganzen Reihe von Kerzen auf, die in kleinen Tontöpfen auf einer Sandunterlage standen. Eine Sicherheitsmaßnahme, denn auf der anderen Seite der Wand war die BAU untergebracht. Aber dieser Sand stellte auch ein in die Rue Ravignan importiertes Stück Wüste dar.

In einer Ecke wurde auf einem kleinen Kocher eine Teekanne erhitzt. Daneben standen auf einem prächtigen, kreisrunden Kupfertablett schlanke Gläser, deren rauhe Oberfläche mit bunten Motiven übersät waren.

Im Atelier breitete sich schwerer Weihrauchgeruch aus, durch den hindurch ganz undeutlich die lieblichen Klänge eines Saiteninstruments zu hören waren. Eine Laute. Jonathan schwebte im siebten Himmel. Er schloß die Augen und ließ sich treiben. Ah, fort von hier! Lawrence von Arabien. Getragen vom wiegenden Schritt eines Kamels, überließ er sich einem anderen Rhythmus. Wie weit die Düne da hinten doch noch weg ist! Oh, du brauchst dich nicht zu beeilen; du hast alle Zeit dieser Welt. Den Kopf frei, begab er sich auf eine Reise in die Wüsten der Ewigkeit.

Die eintönige Melodie, die ihn so weit von der Rue Ravignan wegbrachte, erstarb. Es erdröhnten die Schläge einer Darbuka. Jonathan fuhr hoch, was sich in seinem Knöchel schmerzhaft bemerkbar machte. Es klang nicht sehr laut, aber doch so nah, daß es sich ganz zweifelsfrei nicht um Musik »aus der Konserve« handelte, wie Léa zu sagen pflegte, sondern es war live. Im Halbdunkel des Ateliers trommelte jemand auf einer Darbuka!

Jonathan öffnete die Augen und gewahrte das Atelier in der Rue Ravignan, in dem die Sitzungen immer stattfanden. Alle saßen noch genauso da wie vor dem Kamel und der Wüste. Léa gleich neben ihm; Monsieur Ruche in seinem Rollstuhl; Max im kerzenbeleuchteten Sandkasten.

Dazu die Trommelschläge der Darbuka. Trotz all seiner Bemühungen schaffte Jonathan es nicht, den Musiker zu identifizieren.

Die neue Sitzung hatte begonnen!

Nach einem ohrenbetäubenden Knall, der Jonathan beinahe den Atem nahm, erklang die Darbuka noch ein letztes Mal. Die Ouvertüre war zu Ende. Das Thema, das sie einleiten sollte, war die Algebra.

An seinen Rollstuhl gefesselt, bedankte sich Monsieur Ruche mit einer Kopfbewegung beim unsichtbaren Musiker. Er schaute sich um und zollte dem von Max allein zusammengestellten Dekor Anerkennung.

Der regelmäßige Gang über die Flohmärkte und seine Trödlerseele hatten seinen Geschmack geformt. Max besaß das Talent zu einem guten Bühnenausstatter; mit einer Handvoll Gegenstände verstand er es, ein ganzes Universum zu erschaffen, dessen Kraft den Zuschauer belebte und dessen Wahrhaftigkeit ihn dazu einlud, sich in diese Welt zu begeben. Aber das, was sich hinter dieser Fähigkeit verbarg, war etwas noch viel Wesentlicheres, es war Maxens tiefstes Wesen. Sein ganzes Verhältnis zur Welt kam darin zum Ausdruck, seine Zurückhaltung, seine Ablehnung der Üppigkeit, seine Mißbilligung des Überflüssigen. Monsieur Ruche hatte Jahre benötigt, um zu bemerken, daß Max niemals etwas wiederholte, weder einen Satz noch eine Geste. Und was noch erstaunlicher war bei einem Jungen, der so schlecht hörte: Er ließ seinen Gesprächspartner auch niemals etwas wiederholen. So als sei das, was nur schlecht verstanden worden war, für immer verloren, so daß er nicht mehr darauf zurückzukommen brauchte. Diese Nüchternheit, diese Sparsamkeit der Mittel, genau das war Max. Ihm genügten wenige Worte, um viel zu sagen und viel zu verstehen.

»Wenn es nicht so sehr nach Weihrauch riechen würde, wäre es perfekt«, dachte Monsieur Ruche, bevor er zwanglos zu sprechen anfing:

»Alles begann an jenem Tag des Jahres 773, als eine schwerbeladene Karawane, aus Indien kommend, nach einer endlos langen Reise vor den Toren von Madinat al Salam, der Stadt des Friedens, eintraf:

Bagdad.

So wie Alexandria war Bagdad eine neue Stadt, die in gerade einmal drei Jahren erbaut worden war. Genau wie Alexandria war auch Bagdad von zwei Gewässern umgeben, vom Euphrat und vom Tigris. Und ebenso wie Alexandria auch wurde Bagdad von Kanälen durchzogen. Jeder Einwohner dieser Stadt, d.h. natürlich jeder vermögende Einwohner, war es sich schuldig, in seinem Stall einen Esel stehen und auf dem Fluß ein Boot liegen zu haben. Gleich Alexandria war auch Bagdad kosmopolitisch. War Alexandria jedoch rechtwinklig, so war Bagdad kreisförmig angelegt. Man nannte sie auch die runde Stadt.

Eine vollkommen kreisrunde Stadtmauer, von der man hätte meinen können, sie sei mit einem Zirkel gezogen worden, und genau in der Mitte dieses Kreises standen die Moschee und der Palast des Kalifen, wo die vier großen Hauptachsen ihren Ausgangspunkt hatten, die zu den vier Stadttoren führten. Diese vier Tore waren die einzigen Zugänge zur Stadt.

Durch eines dieser Tore, das Khorassan-Tor, betrat die mit zahllosen Geschenken für den Kalifen al-Mansur beladene Karawane die runde Stadt und näherte sich langsam dem Palast. Um sie herum bildete sich ein Menschenauflauf.

Im Inneren des Palastes durfte nur der Kalif auf einem Pferd reiten. Die Reisenden stiegen aus dem Sattel und begaben sich in den Empfangsraum.

Der Kalif, der prachtvolle rote Stiefel, den Mantel des Propheten, seinen Stab, seinen Säbel und seinen Siegelring trug, schlichtete in seiner Funktion als ›Rächer des Unrechts‹ gerade einen Streit zwischen zwei Klägern. Allerdings konnten die Reisenden ihn nicht sehen: Der Tradition gemäß befand er sich nicht sichtbar hinter einem Vorhang verborgen.

Als unmittelbarer Nachfolger des Propheten Mohammed war der Kalif das Oberhaupt der Gläubigen. Damit gebot er über alle Moslems dieser Welt. Und gegen Ende des 8. Jahrhunderts waren die Moslems sehr zahlreich auf dieser Welt geworden.

Der Islam, dessen Wiege ein wenige Morgen großes Stück Wüste in der Nähe der Stadt Medina war, hatte sich mit unerhörter Geschwindigkeit ausgebreitet. Das – wie soll ich sagen? – islamische Reich erstreckte sich von den Pyrenäen bis an die Ufer des Indus. Es lohnt sich durchaus, einmal die vom Islam eroberten bzw. innerhalb weniger Jahrzehnte zum Islam konvertierten Länder aufzuzählen: die iberische Halbinsel, der Maghreb, Libyen, Ägypten, Arabien, Syrien, die Türkei, der Irak, der Iran, Kaukasien, Punjab. Und bald auch Sizilien. Nach dem Reich Alexanders und dem Römischen Reich: das islamische Reich.

Zu jener Zeit, d.h. um 800, lebten zwei legendäre Herrscher:

Karl der Große und Harun ar-Rashid. Dem Herrscher des Abendlandes sein Rolandslied, dem Kalifen des Morgenlandes seine Geschichten aus Tausendundeiner Nacht.«

Nachdem sich die schwere Weihrauchwolke völlig aufgelöst hatte, atmete Monsieur Ruche freier. Und den Atem benötigte er auch, denn die Sitzung war noch längst nicht zu Ende.

»Um die islamisierten Völker zu einen, reichte die Religion nicht aus. Es bedurfte einer gemeinsamen Sprache, die als so etwas wie der Zement für Millionen von höchst unterschiedlichen Menschen fungieren sollte. Das in der Wüste geborene und nur von einer kleinen Gruppe Menschen gesprochene Arabisch war eine sehr junge Sprache. Damit sie all die vielen Dinge zum Ausdruck bringen konnte, die sie nicht enthielt, mußte sie erweitert, angepaßt, mit neuen Wörtern bereichert, mußten die Bedeutungsfelder ausgedehnt und neue Begriffe geschaffen werden. Glücklicherweise eignete sich ihre Struktur für die Bildung abstrakter Begriffe. Man könnte fast sagen, daß es sich um eine für die Algebra wie geschaffene Sprache handelt.

Übersetzen, anpassen, bereichern und entwickeln. Die Schöpfung einer Sprache ist ein außergewöhnliches Abenteuer. Dieses Abenteuer fand in Büchern statt.

Im al-Karkh-Viertel gab es den bis dahin größten Büchermarkt aller Zeiten. Die Werke, ob Papyrusrollen oder Pergamente, kamen aus aller Welt, aus Byzanz und Alexandria, aus Pergamon und Syrakus, aus Antiochia und Jerusalem. Sie wechselten zu horrenden Preisen den Besitzer.

Einmal mehr drängt sich ein Vergleich zwischen Alexandria und Bagdad auf. Alexandria hatte das Museion und die Bibliothek, Bagdad leistete sich eine Einrichtung, die dem Museion wie eine Zwillingsschwester glich, das Beit al-Hikma, das Haus der Weisheit.

In beiden Städten hatte man ein Observatorium errichtet. Und eine Bibliothek. Allerdings gab es einen Unterschied zwischen den beiden. In Alexandria bestand das Museion vor der Bibliothek; in Bagdad existierte die von Harun ar-Rashid gegründete Bibliothek vor dem Haus der Weisheit, das von seinem Sohn al-Ma'mun gegründet worden war. Die Bibliothek von Bagdad war die rechtmäßige Nachfolgerin der Alexandrias. Die meisten Bücher, die in Alexandria eintrafen, waren in griechischer Sprache verfaßt worden, wohingegen keines von denen, die im 9. Jahrhundert nach Bagdad kamen, in arabischer Sprache geschrieben war. Sie mußten übersetzt werden.

Das bedeutete den Beginn eines außergewöhnlichen Unternehmens. Übersetzen, übersetzen, übersetzen!

Die Gruppe der Übersetzer im Haus der Weisheit stellte seinen größten Reichtum dar. Es waren Dutzende aus aller Herren Länder, die über Manuskripten arbeiteten, die von überallher kamen. Die vielen verschiedenen Sprachen, die hier übersetzt wurden, machten den Ort zu einem gelehrten Babel: Griechisch, Sogdinisch, Sanskrit, Lateinisch, Hebräisch, Aramäisch, Syrisch, Koptisch. Alle hier arbeitenden Übersetzer waren Gelehrte. Hätte es denn angesichts der zu übersetzenden Werke überhaupt anders sein können? Wissenschaftliche Texte, philosophische Texte. An erster Stelle die Griechen: Euklid, Archimedes, Apollonios, Diophantos, Aristoteles. Der ganze Aristoteles. Ptolemaios, der Geograph, Hippokrates, der Mediziner, Galen und Heron, der Mechaniker usw.

In den großen Schreibsälen arbeiten pausenlos ganze Armeen von Schreibern. Die nunmehr ins Arabische übersetzten Werke beginnen die Regale im Haus der Weisheit zu füllen. Die Zahl der Abschriften nimmt ständig zu! Es sind die Voraussetzungen dafür geschaffen, daß sich das Wissen aus allen Ecken der Welt durch die nunmehr zugänglichen Bücher im riesigen arabischen Reich verbreitet.

Auch die Zahl der Privatbibliotheken schnellte in die Höhe. Die großartigste von allen, diejenige des Mathematikers al-Kindi, weckte bei allen die größte Begehrlichkeit. Ein Schatz, um den man sich nach seinem Tod erbittert stritt. Am Ende brachten sie die drei Gebrüder Banu Musa, Mohammed, Ahmed und Hassan, die ersten arabischen Geometer, in ihren Besitz. Die drei Mathematiker waren eine wahrhafte Institution mit eigenen Übersetzern, die sie für viel Geld ins Ausland entsandten, um dort die begehrtesten alten Werke zu erstehen.«

»Sagen Sie mal, Monsieur Ruche, erinnert Sie das nicht an etwas?« fragte Jonathan gespielt naiv.

»Ja, sicher hat mich das an etwas erinnert!« dachte Monsieur Ruche. »Aber im Fall von Grosrouvre war alles genau umgekehrt, denn die Bibliothek war an ihn übergegangen.«

»In historischen Zeitdimensionen gedacht, war es der arabischen Welt in kürzester Zeit gelungen, ihre eigene traditionelle Kultur um ein modernes Wissen von beträchtlichem Umfang zu bereichern. Siebenhundert Jahre lang, das heißt eine kaum weniger lange Zeitspanne als diejenige, die Thales von Menelaos trennt, blühten in dieser Region der Erde die Wissenschaften.

Alexandria hatte das Geschlecht der Ptolemäer, Bagdad seine Kalifen, die die Künste und Wissenschaften liebten. Die Kalifen organisierten eine Jagd nach Manuskripten, die in jeder Hinsicht mit derjenigen zu vergleichen war, die Ptolemaios tausend Jahre zuvor in Alexandria veranstaltet hatte. Nach al-Mansur, für den die Geschenke der indischen Gesandten bestimmt waren, kam Harun ar-Rashid, derjenige der Geschichten aus Tausendundeiner Nacht, dann dessen Sohn, dessen Name ich letzte Woche noch nicht kannte, al-Ma'mun. Ein wirklich außergewöhnlicher Mann, dieser al-Ma'mun. Ein rationalistischer Kalif. Als großer Verehrer des Aristoteles verabscheute er die religiösen Eiferer, die er während seiner gesamten Regierungszeit verfolgte. Er war die Seele des Hauses der Weisheit.

Nachdem seine Truppen das byzantinische Heer geschlagen hatten, bot al-Ma'mun dem Herrscher von Byzanz einen erstaunlichen Tausch an: Kriegsgefangene gegen Bücher! Der Handel wurde beschlossen: Tausend christliche Krieger, die die Araber freiließen, kehrten nach Konstantinopel zurück, während im Gegenzug ein Dutzend äußerst seltener Werke, die Prunkstücke der byzantinischen Bibliotheken, in Bagdad eintrafen und im Haus der Weisheit mit großer Begeisterung in Empfang genommen wurden.

Kommen wir aber zur Karawane zurück. Unter den prachtvollen Geschenken, die sie mit nach Bagdad gebracht hatte, befand sich eines, das für die arabischen Gelehrten von ganz herausragender Bedeutung werden sollte, das *Siddhantha,* eine Abhandlung zur Astronomie mit dazugehörigen Tabellen, die ein Jahrhundert zuvor von einem (der lagunenfarbene Cocktail, die Passage Brady ...) Mathematiker verfaßt worden war, der Jonathan-und-Léa sehr vertraut ist, Brahmagupta, der mit den bunten Unbekannten. Es wurde unverzüglich ins Arabische übersetzt und trat unter dem Namen *Sindhind* seinen Siegeszug an.

Diese Seiten enthielten einen wahren Schatz. Zehn kleine Zeichen! Und nichts dürfte euch vertrauter sein als sie. Es handelt sich um die zehn Ziffern, mit denen wir rechnen! Ja, eins, zwei, drei ..., bis neun. Und nicht zu vergessen die letzte, die ›Null‹!

Ein Gelehrter namens Kanka, der damit beauftragt war, dem Kalifen die Geschenke zu überreichen, kannte sie sehr gut. Schon seit Jahren stellte er mit ihnen alle seine Berechnungen an. Wie oft hatte er sie nicht zum Zeitvertreib im Laufe der unendlich langen Reise, die ihn in die runde Stadt führte, wiederholt? Da die Mitglieder der Karawane sie ständig hörten, kannten sie diese schließlich ebenfalls auswendig. Als sie einmal abends ums Feuer herum saßen, erklang mit einem Mal die Stimme eines der Männer, der die Zahlen in der Stille der Nacht laut vor sich hin sagte; die anderen Mitglieder der Karawane wiederholten sie im Chor.«

In der Stille des Ateliers der Rue Ravignan erklang Nofuturs rauhe Stimme, der sie im Stile eines Schülers aufsagte:

»Eka, dvi, tri, catur, panca, sat, sapta, asta, nava.«

Jede Zahl wurde mit einem Lauten-Akkord unterlegt.

»Und die Null?« fragte Léa.

Nofutur, der keine weiteren Anweisungen erhalten hatte, blieb stumm. Monsieur Ruche behielt sich den Löwenanteil vor. Ihm fiel die Ehre zu, die Null einzuführen:

»Çunya!«

Auf die Einführung der letzten Zahl ertönte ein langer Trommelwirbel. »Çunya bedeutet im Sanskrit leer. Die null wird durch einen kleinen Kreis dargestellt. Warum ein Kreis? Man weiß es nicht sicher. Dagegen weiß man, daß sifr die arabische Übersetzung von Çunya ist, was im Lateinischen zu nullus wird, was dann im Italienischen nulla und im Deutschen null ergab. Und die Bezeichnung für die Null, sifr, wurde zu derjenigen für alle Zahlen, nämlich Ziffer. Die Null, ›dieses Nichts, das alles vermag‹, trug ihren Beinamen zu Recht.«

Monsieur Ruche hielt inne. Mit einem Mal fiel ihm alles wieder ein. Es überraschte ihn, sich nach mehr als fünfzig Jahren so genau zu erinnern. Der Text, den Grosrouvre über die Null veröffentlicht hatte und der ganz sicher sein einzig veröffentlichter Text geblieben sein dürfte, war wie in sein Gedächtnis eingraviert. Schließlich war es ja dieser Text in Verbindung mit seinem eigenen Artikel über Ontologie, der ihnen den Beinamen »das Sein und das Nichts« eingebracht hatte.

»Diese zehn Ziffern bildeten den Teil eines universalen Instruments, mit dessen Hilfe es möglich war, Zahlen zu notieren und mit ihnen zu rechnen: die Dezimalzählung als Positionssystem mit einer Null. Ganz zweifellos eine der wichtigsten Erfindungen in der Menschheitsgeschichte.«

Monsieur Ruche machte eine kurze Pause.

»Warum ›Positionssystem‹?« fragte er. »Da niemand die Frage stellt, bin ich gezwungen, sie mir selbst zu stellen. Schlaft ihr alle, oder was?«

»Ganz und gar nicht. Ich höre zu«, empörte sich Léa. »Ich finde das alles so spannend, daß …«

Ein tiefer Seufzer Jonathans hinderte sie am Weitersprechen:

»Ah, Bagdad! …«

Ohne Witz, es schien sie wirklich zu interessieren. Die Menschen interessieren sich immer für Zahlen. Manchmal sogar zu sehr! In der freien Wildnis draußen laufen genügend Zahlenfanatiker herum! Als Monsieur Ruche noch in seiner Buchhandlung arbeitete, hatte er mit vielen von dieser Sorte zu tun. Er mied sie wie die Pest. Wenn sie einen erst einmal zu fassen bekommen haben, lassen sie nicht mehr los. Sie sehen überall Zahlen! Wenn man auf der Suche nach dem Wunderbaren ist, braucht man doch nicht all die lächerlichen Verrenkungen zur Interpretation von Zahlen anzustellen, die alles Mögliche zum Ausdruck bringen sollen. Man muß sich doch nur ansehen, was wirklich passiert.

Sosehr ihn die Arithmetik als Wissenschaft von den Zahlen begeisterte, seitdem er sie vor kurzem für sich entdeckt hatte, sosehr hatte ihn die Zahlenlehre abgeschreckt. Das Wunderbare an den Zahlen sind die Zahlen selbst! Warum muß man sie da noch mit mystisch-psychologischem Ballast versehen? Es ist in der Verteilung der Primzahlen enthalten, in der Fermatschen oder der Goldbach'schen Vermutung, in der Suche nach befreundeten Zahlenpaaren. Und in der Existenz der Primzahlzwillinge! Was ist denn das nun schon wieder?

Wäre der Lautsprecher eingeschaltet worden, hätte er verkündet:

»Achtung, Achtung! Zwei Primzahlen werden dann Primzahlzwillinge genannt, wenn sie so nah wie möglich zusammen liegen, d.h. wenn sie nur um zwei auseinander liegen.«

»17 und 19 sind Primzahlzwillinge, und 1 000 000 000 061 und 1 000 000 000 063 sind es auch. Frage: Gibt es unendlich viele Primzahlzwillinge? Nun, wir wissen es heute immer noch nicht! Das einzige, was man weiß, ist, daß sie äußerst selten sind. Wir haben es hier also mit einem Problem zu tun, das so manchen interessieren könnte!«

Die Glut des Teekochers leuchtete hell auf.

Monsieur Ruche begann mit der Antwort auf die didaktische Frage, die er sich selbst gestellt hatte:

»In der Praxis besaßen alle Völker ein Zählsystem, d.h. ein System, um Zahlen zu schreiben. Einige davon waren sehr effektiv, andere hingegen ziemlich einfallslos, wie zum Beispiel die römische Zählweise. In den meisten dieser Systeme ist der Wert einer Ziffer unabhängig von der Position, die sie bei der schriftlichen Darstellung der Zahl innehat: das Zeichen ›X‹ der römischen Zählweise bedeutet ›zehn‹, unabhängig davon, wo es steht. So bedeutet ›XXX‹ eben ›dreißig‹, zehn plus zehn plus zehn.

Bei einem Positionssystem ist es genau umgekehrt: Der Wert einer Ziffer hängt ab von der Position, die es bei der schriftlichen Darstellung einer Zahl einnimmt. Mit einem Wort, es ist die Position, die ›zählt‹! 1 bedeutet eins, zehn

oder hundert, je nachdem ob sie an der letzten, der vor-
letzten oder der vorvorletzten Stelle steht.«

»Der Wert hängt von der Position ab, die man bekleidet! Mir scheint, als hätte ich diesen Spruch schon mal
irgendwo gehört«, unterbrach Léa ihn. »Je höher die Position ist, die man in der Gesellschaft einnimmt, je wertvoller ist man; die gesellschaftliche Stufenleiter, die man
erklimmen muß, wenn man im Leben erfolgreich sein will
und blablabla.« Sie zog ein schiefes Gesicht. »Was hältst
du davon, Jonathan?«

»Ich stelle lediglich fest, daß Léa unsere Sitzungen poli-
tisieren möchte und …, daß ich mit ihr einer Meinung bin.
Aber …«

Und im Ton eines alten orientalischen Gelehrten:

»Ein Zwerg, der auf der obersten Stufe sitzt, ist größer als
ein Riese auf der untersten. Altes arabisches Sprichwort.«

Monsieur Ruche knüpfte hieran an:

»Und die 1 von 1 000 ist mehr wert als die drei Neunen
von 999! Die indische Zählweise vollbringt ein wahres
Wunder, das noch beachtlicher ist als dasjenige des Alphabets. Mit einer Handvoll Zeichen – genau so viele, wie
wir Finger an unseren Händen haben – macht sie es möglich, alle Zahlen der Welt darzustellen. Dieses System haben die Inder erfunden. Was ihren Vorsprung auf diesem
Gebiet gegenüber allen anderen Kulturen deutlich macht.
Heute werden auf der ganzen Welt Ziffern benutzt. Wenn
es eine Erfindung von wahrhaft universalem Ausmaß gegeben hat, dann war es diese.«

Und mit einem eindringlichen Blick in Richtung Zwillinge schloß Monsieur Ruche:

»Da hätten wir also eine Sache, die nicht von den Griechen erfunden wurde.«

Sie waren alle völlig verdutzt, als vollkommen unversehens eine Stimme erklang:

»Willst du uns vielleicht unsere Ziffern streitig machen, mein Freund?«

Es war die Stimme des Darbuka-Spielers. Er trat aus dem Halbdunkel heraus, in dem er sich bisher aufgehalten hatte. Habibi, der Lebensmittelhändler an der Ecke Rue des Martyrs! Er war also der Musiker, der so schön Laute und Darbuka gespielt hatte.

»Die Ziffern, die Null sind arabische Erfindungen!« rief Habibi. »Was tust du uns da an, Monsieur Ruche?« Er sprach seinen Namen »Riche« aus, genau wie die Umzugshelfer, die die Bücherkisten der BAU angeliefert hatten. »Das hätte ich nicht erwartet von einem alten Freund.«

»Es tut mit leid, Habibi. Bis vor wenigen Tagen dachte ich das auch noch. Aber es war ein Irrtum, die Ziffern, die wir heute benutzen, wurden von den Indern in Indien erfunden. So ist das nun mal. Wir können die Geschichte nicht neu schreiben!«

»Kannst du mir dann bitte schön erklären, warum man von ›arabischen Ziffern‹ spricht?«

In diesem Moment merkte Léa, daß Monsieur Ruche, ja, daß Monsieur Ruche Pantoffeln trug. Granatfarbene Pantoffeln! Wie der Kalif von Bagdad. Nur mit Mühe konnte sie ihr Lachen unterdrücken. Habibi hätte es möglicherweise auf sich bezogen, und sie wollte ihn nicht verletzen.

Sie hatte schon so viele Stunden in seinem Geschäft verbracht, wenn sie abends das noch bei ihm holte, was Perrette tagsüber vergessen hatte einzukaufen.

»Als die Ziffern nach Bagdad kamen«, erklärte Monsieur Ruche, »bezeichneten die Araber sie als indische Zeichen. Ein Mathematiker, Mitglied im Haus der Weisheit, hat eine Abhandlung verfaßt, um sie bekanntzumachen und darzulegen, wie sie anzuwenden seien. Durch ihn haben die Araber die indischen Ziffern kennengelernt. Mehrere Jahrhunderte später wurde das Buch ins Lateinische übertragen. Es wurde zu einem der größten spätmittelalterlichen Bestseller!

Dieses Buch machte sie in Frankreich, Italien oder Deutschland bekannt. Im Anschluß daran wurden sie im ganzen Abendland verbreitet. Da die Europäer durch die Araber von ihnen erfahren hatten, nannten sie sie ›arabische Ziffern‹ und erklärten die Null zu einer arabischen Erfindung. Und wenn alle von ›arabischen‹ und nicht von ›indischen Ziffern‹ sprechen, so liegt das daran, daß sich das Abendland schon seit Jahrhunderten anmaßt, die Dingen stellvertretend für die ganze Menschheit zu benennen.«

Habibi war traurig.

»Das ist keine gute Neuigkeit für mich, Monsieur Riche«, gestand er.

Verloren dreinblickend, dachte Habibi nach. Man spürte, daß er zum Ausdruck bringen wollte, welchen tiefen seelischen Schmerz diese Neuigkeit bei ihm hervorrief. Plötzlich hellten sich seine Gesichtszüge auf, und er erklärte:

»Es ist, als würdest du mir sagen, der Couscous sei von den Schweden oder den … Iren erfunden worden! Ja, von den Iren.«

Der Vergleich verfehlte nicht seine Wirkung.

Max, dem ein Gutteil des Wortwechsels entgangen war, merkte, wie niedergeschlagen Habibi war. Da er die gedrückte Stimmung, die im Atelier herrschte, sehr genau spürte, nahm er das Kupfertablett und stellte es mitten in den Raum. Nachdem er in jedes Glas einen Löffel Pinienkerne gegeben hatte, fragte er Habibi, ob er den Tee servieren wolle. Habibi stand auf, ging zum Teekocher, griff den Henkel der Kanne. Mit der unnachahmlichen Bewegung der Orientalen beim Eingießen von Tee nahm er ein Glas, hielt es ganz tief nach unten, hob die Teekanne mit dem anderen Arm so hoch es ging. Dann setzte ein schwindelerregendes Hin und Her der beiden Arme ein, in dessen Verlauf sich Glas und Kanne wechselweise einander näherten und voneinander entfernten. Plötzlich kippte er die Teekanne nach vorn, und der heiße Strahl schoß mit erstaunlicher Genauigkeit in das Glas. Nicht ein Tropfen war danebengegangen.

Monsieur Ruche fuhr seinen Rollstuhl näher heran. Da seine granatfarbenen Pantoffeln nun für alle sichtbar waren, konnte Léa ihm ihren Glückwunsch zu seiner scharfsinnigen Entscheidung aussprechen. Alle standen im Kreis um das Podest herum. Max öffnete die Schachtel mit den frischen Datteln, die Habibi aus der algerischen Oase mitgebracht hatte, aus der die Familie seiner Frau stammte.

Sie zergingen auf der Zunge. Zudem hatten sich alle, mit Ausnahme von Habibi, beim ersten Schluck Tee den Mund verbrannt. Wie hätte das Gespräch unter diesen Voraussetzungen nicht stocken sollen? Alle schwiegen. In der Stille ertönte das Schaben von Nofuturs Schnabel, der Körner aus seinem Futternapf herauspickte.

Als die letzte Dattel aufgegessen, der letzte Schluck Tee getrunken war, hatte Habibi sich beruhigt. Monsieur Ruche sagte sanft zu ihm:

»Sei nicht traurig, Habibi. Die Araber haben zwar nicht die Zahlen, dafür aber etwas wirklich Wunderbares erfunden. Als ich vorhin sagte, daß Griechenland nicht die Heimat der Algebra ist, dann wollte ich damit zu verstehen geben, daß sie in Bagdad erfunden wurde!«

Bevor sie sich weiter mit Arabien zu Beginn des 9. Jahrhunderts befaßten, war eine Pause angebracht. Habibi nahm die Teekanne, ging in den Hof hinaus, spülte sie im Brunnen aus, legte Holzkohle auf dem Teekocher nach, goß Wasser in die Kanne, faltete ein zusammengeknülltes Blatt Papier auseinander, um frische Minzblätter herauszuholen, an denen er ausgiebig schnupperte.

»Thales war der erste griechische, al-Hwarizmi der erste arabische Mathematiker.«

»Jetzt geht das schon wieder los! Monsieur Ruche kann nicht von seinen Ursprungsgeschichten lassen!« brummte Léa.

Wegen der fürchterlichen Aussprache von Monsieur Ruche hatte sie den Namen des ersten arabischen Mathematikers, der mit einer undeutlichen Silbe begann, überhaupt nicht verstanden. Allerdings war es auch ein Name voller schwer auszusprechender, für die Sprachen des Vorderen Orients so typischen Laute, die man nur durch ein starkes Reiben im hinteren Gaumenbereich erzeugen kann. Daran sind schon viele andere vor ihm gescheitert.

Habibi hatte Mitleid und machte es vor. Monsieur Ruche war nicht mehr in dem Alter, in dem man dererlei Mund- und Zungengymnastik anstellt. Trotzdem probierte er es. Er nahm all seine Energie zusammen und versuchte sich am vollständigen Namen: Abu Abdallah Muhammad Ibn Musa al-Hwarizmi. Das vom kräftigen »al« getragene »chw« brachte er tatsächlich über die Lippen. Für diese Leistung verdiente er größte Anerkenung.

Da Monsieur Ruche nur zu bewußt war, welchem Zufall er seinen Triumph verdankte, nahm er sich fest vor, nicht ein zweites Mal seinen Kehlkopf zu strapazieren.

»Dieser Name«, sagte er vorsichtig, »setzt uns darüber in Kenntnis – nicht wahr, Habibi? –, daß er der Sohn eines Mannes namens Musa ist, der aus – verdammt! schon wieder dieser Name, ach, was soll's! – Hwarizmi stammt!«

Er hatte ihn noch mal ausgesprochen. Jetzt beherrschte er ihn endgültig. Der Beweis:

»Hwarizmi ist der Name der Region am Aral-See. Nun gut. Wenn man eine Frage formuliert, dann sucht man nach einer Antwort!«

»Das versteht sich doch von selbst«, zierte sich Léa auch weiterhin.

Jonathan, der ganz aus der Fassung war, reagierte nicht.

Monsieur Ruche aber sprang in die Bresche:

»Es ist zuweilen ganz nützlich, Selbstverständlichkeiten zu äußern. Manchmal stößt man sogar auf die verborgensten Wahrheiten, indem man die Konsequenzen aus den größten Selbstverständlichkeiten zieht.«

Sogar Habibi sah ihn mit großen Augen an. Beunruhigt fragte er: »Ist alles in Ordnung, Monsieur Riche?«

Der angesprochene Monsieur Ruche reichte Habibi ein Buch und bat ihn, dessen Titel vorzulesen.

Habibi nahm das Buch respektvoll und auch ein wenig ängstlich entgegen. Gewissenhaft und jede einzelne Silbe betonend, las Habibi die Wörter auf dem Umschlag:

Kitab al-muhtasar fi hisab al-gabr wa al-muqabala.

Als er die letzte Silbe ausgesprochen hatte, behielt er sie, so wie ein Kind, das gerade ein Fruchtbonbon fertig gelutscht hat, im Mund.

Nachdem er das Buch wieder zurückbekommen hatte, las Monsieur Ruche aus den ersten Seiten vor:

»Dieses kurzgefaßte Lehrbuch beschäftigt sich mit den Rechenverfahren durch Ergänzen und Ausgleichen, den beiden vornehmsten und wunderbarsten aller Rechenverfahren. Ma'mun, der Fürst aller Gläubigen, hat mich dazu ermutigt, er, der den gebildeten Männern wieder Mut gemacht hat, sie zu sich gerufen, sie um sich versammelt, sie beschützt und ihnen geholfen hat. Er, der sie dazu aufforderte, Licht in das Dunkel zu bringen und das Schwierige zu vereinfachen.«

Er wiederholte den letzten Satz al-Hwarizmis:

»Licht in das Dunkel bringen und das Schwierige vereinfachen. Das ist mehr als ein Programm, das ist eine Philosophie.«

Der Satz verklang. Léa reagierte als erste:

»Die wir in die Tat umsetzen müssen, wenn wir die drei Probleme der Rue Ravignan lösen wollen, denn, daran brauche ich ja wohl nicht zu erinnern, schließlich ist das ja der einzige Grund dafür, weshalb wir in ich weiß nicht mehr genau welchem Jahr in Bagdad sind.«

»Ja, natürlich«, antwortete Monsieur Ruche sehr schnell. Die Schnelligkeit, mit der sie manchmal reagierte, gefiel Monsieur Ruche, der Léa zum Zeichen seiner Zustimmung zunickte, bevor er fortfuhr:

»Dieses Buch ist wohl eines der berühmtesten in der Geschichte der Mathematik. Auf diesen Seiten«, sagte er, während er vorsichtig in dem Buch blätterte, »wird eine neue, absolut originelle Disziplin begründet: die Algebra. Dieser Name leitet sich vom Titel des Buches ab: al-gabr.«

»Al-gabr bedeutet ergänzen oder wiederherstellen!« rief Habibi. Dann begann er ganz aufgeregt zu erzählen:

»Bei uns im Zeltdorf, wenn du dir etwas gebrochen hattest, ist man mit dir zum Einrenker gegangen.« Ihm war ganz offensichtlich eine Idee gekommen, und er nahm die Darbuka. »Ein kleiner Schlag links. Aua! Er brachte den Knochen wieder an die richtige Stelle. Dann fixierte er ihn mit flachen Holzbrettern, die er mit Stoffbändern umband. Aua! Aua! Aua! Und dann hattest du keine Schmerzen mehr«, sang er fröhlich, wobei er sich auf der Laute begleitete. »Ja, ja, gabr bedeutet, etwas, was gebrochen ist, wieder an die richtige Stelle zu bringen. Das haben die Araber also erfunden. Heute habe ich zwei Neuigkeiten von dir erfahren, Monsieur Riche, eine schlechte und eine gute. Mit der schlechten hast du angefangen. Ist das nun ein guter oder ein schlechter Tag für mich?«

Monsieur Ruche rief:

»Im Don Quijote gibt es einen algebrista, einen Ein-renker. Jetzt verstehe ich auch, warum. Cervantes hat das Wort von den Mauren in Spanien.«

»Und das andere Wort?« fragte Léa, die es tunlichst vermied, das Wort aussprechen zu müssen.

»Muqabala? Das ist, wenn du zwei verschiedene Sachen einander annäherst«, erklärte Habibi. »Wie sagt man noch?«

»Ausgleichen?« fragte Monsieur Ruche.

»Abhandlung über das Rechenverfahren durch Wieder-herstellen und Ausgleichen, so lautet also der Titel eines der berühmtesten Werke in der Geschichte der Mathema-tik! Wenn ich im Matheunterricht sage, daß das, was wir da tun, Wiederherstellen ist, werde ich die Lacher auf mei-ner Seite haben! Und wenn der Lehrer meckert, schicke ich ihn zu dir, Habibi!«

»Schick ihn zu mir, schick ihn zu mir!« antwortete Habibi.

»Wenn man einmal genau darüber nachdenkt, tut man bei der Algebra die ganze Zeit nichts anderes, als herum-zustochern. Man transportiert Dinge von der einen auf die andere Seite, man fügt rechts etwas hinzu, man fügt links etwas hinzu, man nimmt rechts was weg, man nimmt links was weg. Gerade so, als würde man Essen zubereiten.«

»Die Voraussetzung für die Zubereitung dieses Essens bildete aber die Anwendung eines erstaunlichen Verfah-rens. Al-Hwarizmi stellt es folgendermaßen dar: ›Zu-nächst einmal werde ich die Sache, die ich suche, benen-nen. Da ich sie aber nicht kenne, denn sonst würde ich sie ja nicht suchen, nenne ich sie: das Ding.‹«

»Auf arabisch: sai«, rief Habibi.

»Das ist also die Unbekannte, die er sucht. Erst jetzt kann er mit ihr arbeiten. Dieses Ding wird er, weil er es be-nannt hat, und obwohl es noch unbekannt ist, so behan-

deln, als sei es bekannt. Darin besteht seine Strategie. Das
ist schlichtweg ein genialer Coup. Seine große Erfindung,
zumindest soweit ich es verstanden habe, bestand darin, mit der Unbekannten so zu rechnen, als sei sie bekannt! Ich finde diese Idee großartig. Eine absolute Neuerung.«

»Wieso spricht man eigentlich von der Unbekannten in
weiblicher Form?« fragte Léa beiläufig.

»Bitte, äh ...«, stammelte Monsieur Ruche.

»Das Unbekannte ist immer weiblich, ein etwas veral-
tetes Klischee, oder?«

»Hör mal, Léa, wir sind nicht hier, um über Grammatik
oder Frauenfragen zu reden, sondern über Algebra«, wies
sie Jonathan trocken zurecht.

»Trotzdem darf ich anmerken, daß sich in der Algebra
das Weibliche gegenüber dem Männlichen durchsetzt!« erklärte Léa.

»Ich werde euch sagen, was ich von der Sache halte«,
fügte Jonathan in ernstem Ton hinzu.

»Diesem Verfahren wohnt ein Aspekt der Zähmung
inne, der mir überhaupt nicht gefällt. So wie Sie es beschreiben, hat es etwas von einer ... Zähmung von Unbekannten.«

Monsieur Ruche überraschte diese Betrachtungsweise
der Algebra, aber ihm war anzumerken, daß er sie reizvoll
fand:

»Ich für meinen Teil würde es anders ausdrücken. Der
oder die Unbekannte wird nun nicht mehr wie etwas
Fremdes zurückgewiesen. Sie ... er ... gehört jetzt zu den
anderen bekannten Größen. Sie ... er ...«

Er brauste auf.

»Hör zu, Léa, ich habe bis jetzt immer die Unbekannte
gesagt, und ich werde es auch weiterhin so machen. Niemand kann mir verbieten, dies zu tun.«

»Aber ich habe Ihnen doch gar nichts verboten, ich habe nur etwas angemerkt.«

Nur mit Mühe vermochte Monsieur Ruche den Faden wieder aufzunehmen.

»Die Unbekannte wird genauso behandelt wie bekannte Größen, al-Hwarizmi wird sie addieren, multiplizieren usw., nicht anders als bei den bekannten Größen. All das jedoch geschieht zu einem einzigen Zweck: Die Unbekannte soll entschleiert werden. Die Entschleierung der Unbekannten, das ist die Alchimie der Algebra!«

Alchimie hin, Alchimie her, Jonathan interessierte sich sehr viel mehr für diejenige, die Habibi bei der Zubereitung des Tees anwandte.

»Man darf nicht erwarten, daß die in al-Hwarizmis Buch behandelten Fragen in einer uns vertrauten Gestalt dargestellt wurden, d.h. es gibt keine Pluszeichen, Minuszeichen, Gleichheitszeichen oder irgendein kleines x. Diese Schreibweise ist erst später eingeführt worden. Alle Gleichungen werden in ausformulierten Sätzen dargestellt. Darüber hinaus besaßen die Araber keine negativen Zahlen. Alle vorherigen Begriffe für negative Zahlen müssen aus den Gleichungen getilgt werden. Wißt ihr, wie man sie nennt? Naquis, was so viel wie amputiert heißt! Al-Hwarizmi läßt nur positive und ganze Zahlen oder Brüche zu. Im übrigen leitet sich von ihm das Wort Bruch ab. Das lateinische Wort *fractiones* ist eine Übersetzung des arabischen Wortes *kasr*. Und wißt ihr, was kasr bedeutet? Zerbrochen! Brüche sind eben zerbrochene Zahlen!«

»Ihre Mathematik ist ein regelrechtes Schlachtfeld. Amputiert! Zerbrochen!« rief Jonathan. »Jetzt ist mir auch klar, warum es so viel zu ergänzen gibt!«

»Damit liegst du gar nicht einmal so falsch! Nimm die Zahl 1, zerlege sie in fünf gleich große Teile, in Fünftel; wenn du zwei davon wegnimmst, erhältst du 3/5! Über dem Bruchstrich benennt der Nenner; darunter zählt der Zähler. Diese Schreibweise kam erst sehr viel später. Wenn ihr genau wissen wollt, wann ...« Er blätterte in seinen Notizen herum. »Da ist es: Nicolas Oresme schuf in der Zeit des Hundertjährigen Krieges die Begriffe Zähler und Nenner.«

»Ah!« rief Jonathan erfreut. »Ich ahnte schon, daß ich eine Bildungslücke hatte. Vielen Dank, Monsieur Ruche!«

»Bedank dich bei Nicolas Oresme und bei al-Hwarizmi, der auch nicht mit irrationalen Zahlen arbeitete, die *assam* hießen. Wißt ihr, was assam bedeutet? Taub! Warum? Weil sich die irrationalen Zahlen nicht mit Worten ausdrücken lassen, d.h. sie lassen sich nicht mit Ziffern darstellen. Eine irrationale Zahl ist eine taube Zahl.« Wieder suchte Monsieur Ruche in seinen Papieren herum, dann las er. »›Wenn wir eine Größe nicht genau bestimmen können, nennen wir sie taub, weil wir sie wie ein dumpfes Geräusch nur schwer einstufen können.‹ Dieser Satz stammt von einem französischen Philosophen, Etienne Condillac. Und das Wort Wurzel«, fragte Monsieur Ruche, »wißt ihr, woher das kommt?«

»Von der Wurzel eines Baums?« fragte Max.

»Ja. Was ist die Quadratwurzel einer Zahl a?«

»Eine Zahl, die zum Quadrat erhoben a ergibt!« trompetete Jonathan.

»Das bedeutet? Eine Zahl, die man aus ihrem angestammten Platz ›ausgraben‹ muß, wo sie wie die Wurzel eines Baums eingegraben ist. Und nachdem man sie ausgegraben hat«, er deutete mit der Hand nach oben, »... erhebt man sie zum Quadrat. Ist das nicht schön?! Ah, die Wörter, ... die Wörter!«

»Das ist bukolisch! Wir wechseln vom Schlachtfeld in einen Obstgarten«, bemerkte Léa halb ironisch, halb ernsthaft. »Man spricht von der ›Wurzel einer Gleichung‹, weil sie verborgen ist und man sie ...«

»... freilegen muß«, schlug Jonathan vor.

»Ja, Max! Ah, die Wörter, die Wörter, Monsieur Ruche!«

»Apropos«, nahm dieser den Faden wieder auf, »al-Hwarizmi verdanken wir auch den Begriff Gleichung. Ein vollkommen neues mathematisches Gebilde. Es gibt sie in dieser Form weder in Griechenland bei Diophantos noch in Indien bei Aryabhata.«

»Wer?« fragten alle im Chor, um ihn zu ärgern.

»Aryabhata, sagte ich!«

Monsieur Ruche war sprachbegabt. Die indischen Namen sprach er genausogut aus wie die arabischen!

Kleinlaut fuhr er fort:

»Die Gleichungen wurden nicht erfunden, um ein bestimmtes Problem zu benennen, sondern ganze Klassen gleichgearteter Probleme. Zum Beispiel die Klasse von Problemen, die man folgendermaßen beschreiben könnte: ›Ein Ding, das einer ersten Zahl hinzuaddiert wird, ist gleich groß einer zweiten Zahl.‹ Das Problem besteht darin, diese Unbekannte jedesmal dann zu bestimmen, wenn die beiden Zahlen gegeben sind.«

»Gleichung ersten Grades«, rief Jonathan dazwischen.

»Die Spezialität von al-Hwarizmi ist die Gleichung zweiten Grades, die er auf sechs Grundformen zurückführt: ›Quadrate sind gleich Dingen‹, ›Quadrate sind gleich einer Zahl‹, ›Quadrate. und eine Zahl sind gleich Dingen‹, ›Quadrate und Dinge sind gleich einer Zahl‹, ›Dinge und eine Zahl sind gleich Quadraten‹, ›Dinge sind gleich einer Zahl‹. Und er gibt die Lösungen hierfür an.«

Natürlich war Monsieur Ruche nicht dazu imstande, das alles aus dem Gedächtnis vorzutragen. Er las gewissenhaft aus seinen Notizen vor, die er in der BAU auf der Grundlage von Grosrouvres Karteikarten angefertigt hatte.

»Jedesmal, wenn man Gleichung sagt, sagt man automatisch gleich. Was würde man ohne Gleichheit machen? Ohne Gleichheit gäbe es keine Mathematik.«

»Und keine Republik, Monsieur Ruche!«

»Sollte unsere Jugend vielleicht der Meinung sein, in unserer Republik gäbe es Gleichheit?«

»Lassen Sie uns doch unsere Illusionen. Die Gleichheit der Möglichkeiten gibt es natürlich nur für die, die über die Möglichkeiten verfügen, das wissen wir auch, aber wir tun so als ob.«

»Frage an den weisen und scharfsinnigen Monsieur Ruche: Sind die Menschen in ihrem Kampf für die Gleichheit gleich?« fragte Jonathan, der aufgestanden war, um seinen Knöchel ein wenig zu lockern, der steif wurde.

»Sie überraschen mich immer wieder«, dachte Monsieur Ruche. »Aber immerhin war die Mathematik zu etwas nütze; ich wüßte nicht, daß sie zuvor über dererlei Dinge miteinander gesprochen haben.«

Die Sitzung mußte fortgesetzt werden. Monsieur Ruche hielt seine geöffneten Hände auf gleicher Höhe in der Luft und erklärte:

»Eine Waage, ihre beiden Schalen. Gleichheit herrscht dann, wenn die beiden Schalen einer Waage ständig auf gleicher Höhe sind. Wenn man die eine belädt, …«

Max trat heran und tat so, als würde er etwas in Monsieur Ruches rechte Hand legen. Im selben Augenblick ging die linke Hand nach oben.

»… ist das Gleichgewicht aufgehoben!« stellte Monsieur Ruche fest, während er seine Hände in die Ausgangsposition zurückbrachte. »Wenn man eine Schale entlädt …«

Max tat so, als würde er von der rechten Hand Monsieur Ruches etwas wegnehmen. Sie ging nach oben, während dessen linke Hand nach unten ging.

»… ist das Gleichgewicht aufgehoben. Und die Gleichheit zerstört«, schloß Monsieur Ruche. »Vielleicht erinnert ihr euch ja noch, es war vor euren Skiferien, daß in mehreren euklidischen Axiomen von Gleichheit die Rede war.«

»Und ob, gleichen Dingen werden gleiche Dinge hinzugefügt, so daß alle gleich sind«, zwitscherte Léa, indem sie Nofuturs Stimme imitierte.

»Und ob, gleichen Dingen werden gleiche Dinge weggenommen, so daß die Reste gleich sind«, trällerte Jonathan, indem er Max' Stimme imitierte.

»Nun, eine Gleichung beinhaltet immer die Gleichheit zwischen zwei Ausdrücken, von denen der eine mindestens eine Unbekannte enthält. Ich sage euch, ich habe über achtzig Jahre warten müssen, um das endlich zu begreifen«, gestand Monsieur Ruche.

»Auch wenn wir jungen Leute es also noch nicht verstanden haben, dann bleiben uns ja noch gut sechzig Jahre Zeit dazu«, erklärte Léa. »Und falls wir es schon jetzt verstanden haben, dann haben wir die entsprechende Zahl an Jahren gewonnen.«

»Die Gleichheit überprüft man. Eine Gleichung löst man«, erläuterte Monsieur Ruche.

»Wenn man kann«, fügte Léa hinzu.

»Und wenn man sie gelöst hat und die Unbekannte durch die ermittelte Größe ersetzt, wird die Gleichung zur Gleichheit.«

»Sie wird zur Gleichheit, falls man sich nicht geirrt hat«, betonte Léa »Wenn man sich nämlich geirrt hat …«

»Dann herrscht eben keine Gleichheit. Im übrigen prüft man genau auf diese Weise, ob man sich geirrt hat oder nicht«, fuhr Monsieur Ruche fort, der fest entschlossen war, diesem Grünschnabel nicht das letzte Wort zu lassen.

»Wenn ich sage, ›2 + 2 = 4‹ ist eine Gleichheit und ›2 + x = 4‹ ist eine Gleichung, habe ich damit dann Zeit gewonnen?« fragte Max.

»Ein halbes Leben«, antwortete Léa.

Maxens Miene hellte sich auf. Seine Augen lachten.

»Die andere Hälfte wird dann ganz schön beschwerlich werden«, sagte er ganz leise.

Nofutur verließ seine Sitzstange und kam auf Max' rechte Schulter geflogen. Der ließ seine Schulter unter dem Gewicht so übertrieben weit nach unten sinken, daß er völlig verformt aussah. Total verrenkt und in der Haltung des Glöckners von Notre-Dame, erklärte er:

»Und das Gleichgewicht ist aufgehoben!«

Monsieur Ruche löschte das Licht im Atelier, die Kinder waren schon draußen im Hof und halfen Habibi, die Instrumente zu tragen. Monsieur Ruche holte etwas aus seiner Tasche hervor, das er vollkommen vergessen zu haben schien. Er rief den Kindern hinterher. Max drehte sich nicht um. Jonathan war zu bepackt. Léa kam zu ihm zurückgelaufen. Er hielt ihr einen Umschlag hin,

»Das ist für dich und deine Brüder.«

Sie dachte, es würde sich um ein zusätzliches Neujahrsgeschenk handeln. Weit gefehlt.

Es war jeden Abend dieselbe Zeremonie! Den Rollstuhl an den Bettrand heranfahren, die Armlehne auf der Bettseite herunterlassen, die andere fest umfassen. Dann sich mit den Armen hochstemmen und langsam vom Rollstuhl ins Bett herüberrutschen. Durchatmen. Die Beine herüberheben wie ein Paket und sie auf das Bett legen. Ein leichtes Paket! Diesbezüglich konnte er nicht klagen. Monsieur

Ruche zog seine granatfarbenen Pantoffeln aus. Mit einem dumpfen Geräusch fielen sie auf den Teppichboden.

Ergänzen, zusammenfügen. Während er sich unter Schmerzen in seinem Himmelbett ausstreckte, dachte Monsieur Ruche, daß er keinen Einrenker hatte, der ihm seinen seit dem Sturz in der Buchhandlung völlig verrenkten Körper wiederherstellte.

Er brauchte gar nicht naquis zu sein, wie die arabischen Algebraiker sagten, ihm reichte es auch, gebrochen zu sein. Gebrochene Zahl, gebrochener Mensch. Monsieur Ruche sagte sich, daß er einen merkwürdigen Bruch abgeben würde: ein Zähler ohne Nenner! Und der Bruchstrich verlief bei ihm unmittelbar unterhalb der Lendenwirbel.

Allerdings waren es nicht die Knochen, die gebrochen waren. Wie hatte es noch dieser Mathematiker formuliert? »Die vornehmsten und wunderbarsten aller Rechenverfahren.« Der vornehmste und empfindlichste Teil war gebrochen. Und der ließ sich nicht mehr zusammenfügen. Würde doch nur ein Algebraiker kommen und uns von diesen unsichtbaren Amputationen befreien. Mit einem bitteren Nachgeschmack im Mund und einem verlorenen Lächeln auf den Lippen schlief Monsieur Ruche ein.

Das Lächeln hatte sich unmittelbar vor dem Einschlafen auf seinen Lippen gezeigt, als er die schweren Behänge seines Himmelbetts ansah und sich unwillkürlich daran erinnerte, daß »Baldachin« sich von der Bezeichnung für »Bagdad« ableitete.

Wie angekündigt, hielt Léa am nächsten Tag im Mathematikunterricht ihren kleinen Vortrag. Ihre Wiederherstellungsgeschichte kam noch besser an als erwartet. Im Klassenraum C 113 kam richtig Stimmung auf.

Zwei Mitschüler, blöde Streber, wetterten gegen sie los und warfen ihr vor, die edle Disziplin zu diffamieren, indem sie diese auf niedere empirische Praktiken zurückführe. Léa schwebte im siebten Himmel, bereit, sich allen Vorwürfen auszusetzen, alles auf sich zu nehmen, vorausgesetzt, die beiden Möchtegerngenies, die Langeweile und Strenge, Unerbittlichkeit und Tiefe miteinander verwechselten, regten sich weiter auf. Um der Sache dann aber ein Ende zu machen, bezeichnete sie die beiden als »Hosenpisser« plus »Arschklemmer«! Den beiden verschlug es die Sprache, und sie saßen wie versteinert auf ihren Plätzen. Und die ganze Klasse versuchte sich vorzustellen, was bei Léas Formel wohl in der Praxis herauskommen würde.

Léa hatte sich mit ihren Brüdern in einem Café in der Rue Lepic verabredet. Max zeigte es nicht, aber er war stolz, sich mit Jonathan-und-Léa außer Haus zu treffen. Léa zeigte ihnen sofort den Umschlag, den Monsieur Ruche ihr am Abend zuvor ausgehändigt hatte. Er enthielt eine kleine Karteikarte, auf der geschrieben stand:

> »Perrette Liard hat, wie sie selbst sagt, 2 + 1 Kinder. Zwei Zwillinge und ein Einzelkind. Die Summe des Alters der Kinder beträgt 43 Jahre und der Altersunterschied 5 Jahre. Wie alt sind die Kinder?«

Jonathan und Max sahen Léa überrascht an und fingen lauthals zu lachen an. Max fuchtelte mit der Hand herum:
> »Das ist unter meinem Niveau.«

Dennoch war ihm die Frage nicht ganz gleichgültig. Er holte ein Blatt und einen Stift heraus und hielt es … – Léa ergriff beides.

Sie hatte sich am Morgen in der Schule Ratschläge eingeholt:
> »Es gibt drei Liard-Kinder mit zwei verschiedenen Altern. Hochachtung! Und es gibt zwei Angaben. System

zweier Gleichungen mit zwei Unbekannten. Kinderleicht! Erste Unbekannte, Jonathans und mein Alter, das identisch ist.«

»Fast. Mit einem Unterschied von 2 Minuten 30 Sekunden!« empörte sich Jonathan.

»Kleinkrämer!« erwiderte Léa ihm verächtlich. »Das Alter nenne ich x.«

»Das Ding, das ich suche!« sagte Jonathan, indem er al-Hwarizmi imitierte.

»Genau das! Die zweite Unbekannte ist das Alter von Max, ich nenne es y. Erste Angabe: Die Summe des Alters der Kinder von Perrette Liard ist gleich 43 Jahre. Also?«

»Also ist $x + x + y = 43$«, sagte Max.

»Zweite Angabe: der Altersunterschied beträgt 5 Jahre. Also?«

»$x - y = 5$«, antwortete Jonathan überzeugt.

Léa schrieb die beiden Gleichungen untereinander:

$$2x + y = 43$$
$$x - y = 5$$

Dann erklärte sie:
»Zwei Gleichungen mit zwei Unbekannten. Und jetzt ergänze ich wie eine Verrückte, ich gleiche wie eine Wahnsinnige aus.« Sie begann sehr schnell zu schreiben. »Ich tausche aus, ich ersetze …

$$x = y + 5, \text{ also } 2(y + 5) + y = 43,$$
$$\text{also } 2y + 10 + y = 43$$

Ich nehme 10 auf jeder Seite weg und erhalte:

$$3y = 33$$«
»Max ist haargenau 11 Jahre alt!« rief Jonathan.

Max nickte bewundernd, so als hätte er aus einem Stapel Spielkarten die Pik 7 ausgewählt, und der Zauberer ruft, nachdem er sie durchgemischt hat: »Pik 7!« und hält die Karte hoch.

Und Léa, einmal in Schwung:

»Und da y = 11 und x = 11 + 5, beträgt Jonathans und mein Alter 16 Jahre!«

Sie nahm den Kopf ihres Bruders in die Hände, um ihm eine Geste der Zustimmung abzunötigen.

Sie aßen ihren Schinkentoast mit Käse.

Seit einer gewissen Zeit blickte Max nachdenklich drein. Dann faßte er sich ein Herz:

»Irgend etwas leuchtet mir nicht ein, aber ich weiß nicht was. Warum hast du x – y = 5 geschrieben?«

»Natürlich weil die Differenz zwischen deinem und meinem Alter 5 Jahre beträgt!« antwortete Léa

»Genau das ist es!« Er sprang auf. »Sieh mal, Léa! Wenn du x – y = 5 schreibst, dann sagst du damit nicht bloß, daß die Differenz 5 beträgt, sondern du sagst darüber hinaus, daß die Zwillinge älter sind als das Einzelkind, wie Monsieur Ruche es nennt.«

»Ja, das stimmt!«

»Aber woher weißt du das? Monsieur Ruche hat das so nicht geschrieben. Woher weißt du, daß das Einzelkind nicht vielleicht älter ist als die beiden Zwillinge?«

Sie erwiderte nichts. Sie sah Jonathan an:

»Er hat recht. Es ist absolut stichhaltig.«

Sie mußte ihm einfach mit den Händen durch die Haare fahren.

»Etwas anderes war von dir ja nicht zu erwarten!«

Max lachte vergnügt.

Jonathan:

»Aber was ändert das?« »Du wirst schon sehen, was sich dadurch alles verändert!«

Sie nahm wieder das Blatt Papier zur Hand, strich »x − y = 5« durch und schrieb dafür »y − x = 5«.

Unter den aufmerksamen Blicken der beiden Brüder fing sie wieder sehr schnell an zu schreiben. Diesmal dauerte es aber länger als beim ersten Mal. Sie ließen sie nicht aus den Augen.

Schließlich konnte sie verkünden:

»Max wäre älter als siebzehneinhalb, und wir, mein Lieber, gerade mal etwas mehr als zwölfeinhalb Jahre.«

»Das wäre schön, das wäre wirklich schön!« rief Max.

Monsieur Ruche war nicht in der Rue Ravignan. Sie trafen ihn in Habibis Geschäft. Léa hielt ihm das im Café beschriebene Blatt Papier hin und erzählte ihm, wie sie seine algebraische Aufgabe gelöst hatten. Dann enthüllte sie ihm die Existenz der zweiten Lösung. Er war überrascht und ein wenig verlegen. Daran hatte er nicht gedacht, und zwar ganz und gar nicht.

»Wir haben die guten alten Verfahren Ihres al-Hwa …«

Paff! Léa! war hineingetapst. Ein Zungenbrecher!

»Er ist wirklich schwer auszusprechen«, gestand sie.

»Abu Abdallah Muhammad Ibn Musa al-Hwarizmi«, sagte Habibi, der sich an den vollständigen Namen erinnerte. »Hör mal, Léa, du kommst heute nachmittag ins Geschäft, wenn nicht viele Kunden da sind, und ich gebe dir Aussprachunterricht«, schlug Habibi vor.

»Vielen Dank, Habibi, aber im Abi habe ich schon Englisch, Spanisch und Italienisch …«

Er blickte traurig drein.

»Nach den Ferien vielleicht«, schlug Léa vor.

Und nach einer Pause:

»Sprichst du zufälligerweise Portugiesisch?«

Habibi bat sie in den Hinterraum und vertraute seinem Neffen das Geschäft an. Léa schob den Rollstuhl zwischen den mit Couscous-Packungen und Harissa-Dosen vollgestellten Regalen hindurch. Nicht zu vergessen die Krüge mit den Oliven. Grüne, schwarze, entkernte, nicht entkernte, scharfe, nicht scharfe … Es war wie mit den Dreiecken: Es gab sie in allen Variationen. Es waren aber nicht irgendwelche … denn sie schmeckten alle ganz ausgezeichnet.

»Gerade haben die drei Liard-Kinder, wie Sie sie nennen, ein wenig über die ›DPRR‹ nachgedacht«, erklärte Jonathan dem verdutzten Monsieur Ruche, »über die drei Probleme der Rue Ravignan.«

»Bei denen es sich in Wahrheit um vier Probleme handelt«, erinnerte Léa, »Die jedenfalls nicht einer Klasse angehören. Ganz und gar nicht.«

Monsieur Ruche stellte seinen Rollstuhl fest.

»Was wollt ihr damit sagen?«

»Daß die Lösungstypen sich sehr voneinander unterscheiden.

Beim ersten Problem: ›Wer ist der treue Gefährte?‹, gibt es nur eine Unbekannte, nämlich den treuen Gefährten, den es aufzuspüren gilt.

Beim zweiten: ›Wer sind die Typen, mit denen Grosrouvre Geschäfte machte und die an dem Abend wieder zurückkommen sollten, um seine Beweise in ihren Besitz zu bringen?‹, geht es auch um die Aufdeckung von Unbekannten, nur sind es eben mehrere, und man weiß nicht genau, wie viele. Demnach müssen eigentlich zwei Fragen gelöst werden: wieviel und wer?«

Beim dritten Problem: ›Wie ist Ihr Freund umgekommen, Unfall, Selbstmord oder Mord …?‹«

»Was für ein Freund?« unterbrach Habibi sie. »Sie haben einen Freund, der tot ist?«

»Ich erzähle es dir später«, sagte Monsieur Ruche zu ihm.

»Bei diesem Problem«, fuhr Léa fort, »gibt es drei Möglichkeiten; es gilt nur herauszufinden, welche die korrekte ist.«

Nachdem ihr klar wurde, was sie gerade gesagt hatte, verbesserte sie sich: »Ich meine, welche Lösung zutrifft.«

»Das vierte Problem stellt sich vollkommen anders dar: ›Hat Grosrouvre die Vermutungen bewiesen, von denen er behauptet, sie gelöst zu haben?‹ Hier geht es nicht mehr darum, irgend jemanden zu identifizieren, sondern mit ja oder nein zu antworten. Natürlich kann man auch antworten, daß er nur eine der beiden Vermutungen bewiesen hat, das ändert aber nichts am Wesen der Antwort.«

»Geht es Ihnen nicht gut, Monsieur Ruche?« fragte Léa besorgt.

Monsieur Ruche saß gedankenverloren und regungslos da. Dann lächelte er und rief:

»Umar al-Hayyams Vierzeiler! Ich hatte euch mehrere davon vorgelesen. Im Institut für Arabienstudien habe ich eine Notiz gelesen, der ich zunächst keine Beachtung schenkte. Sie bezog sich auf die Technik der Vierzeiler. Sie besitzen eine genau vorgeschriebene Form: Drei der vier Verse sind miteinander verbunden, sie müssen sich reimen, der vierte Vers ist frei. Nichts anderes habt ihr gerade gesagt. Wir haben vier Probleme zu lösen, drei sind miteinander verbunden, das vierte ist hiervon unabhängig.

Das bedeutet …«, er dachte lange nach, »… daß die Identität des treuen Gefährten, diejenige der Bandenmitglieder sowie die Todesart Grosrouvres rein gar nichts damit zu tun haben, ob er die Vermutungen bewiesen hat oder nicht! Welche Beweise haben wir in der Hand, die uns zeigen, daß er sie wirklich bewiesen hat? Es können doch nur mathematische Beweise sein.«

Alfred Russel Wallace inspizierte die Kisten. Hunderte von Pflanzenproben, von denen seine Kollegen in London die wenigsten kannten. Unzählige, sorgfältig inventarisierte und geordnete Proben. Die Sirene heulte. Zufrieden ging Wallace wieder an Deck und begab sich in seine Kabine zurück. Dort betrachtete er liebevoll seine zwei Koffer voller Notizen. Das Ergebnis seines vierjährigen Aufenthalts im Amazonasdschungel.

Sein Aufenthalt dort hatte von 1848 bis 1852 gedauert. Wieder heulte die Sirene. Der Dampfer Amazonas entfernte sich vom Ufer mit Kurs auf Liverpool. Vor ihnen lag eine 8000 Kilometer lange Reise, bevor sie die englische Küste erreichten. Er war schon ganz ungeduldig, endlich die Schätze in Augenschein nehmen zu können, die er auf seinen langen Exkursionen durch den unberührten Urwald zusammengetragen hatte.

Der Dampfer war schon weit von der Küste entfernt, als das Läuten einer Glocke erklang. Die Feuerglocke! Trotz der großen Anstrengungen der Matrosen breitete sich das Feuer aus. Es bestand keine Aussicht, es einzudämmen. Das Schiff sank. Wallace konnte sich retten, aber sein ganzes Gepäck war untergegangen. Alle seine Kisten mit den Tausenden von Pflanzen- und Insektenproben, seine Notizbücher, seine Aufzeichnungen. Alles in den Tiefen des Ozeans verschwunden!

Als J-und-L die Geschichte Monsieur Ruche erzählten, wurde er ganz blaß im Gesicht. Das war sein Alptraum! Der Dampfer von Wallace und das Frachtschiff von Grosrouvre fuhren auf derselben Route … Ohne das kubanische Schiff hätten die Bücher der BAU den Notizen von Wallace auf dem Grund des Atlantik Gesellschaft geleistet.

Als Grosrouvre im Hafen von Manaus die Bücherkisten beladen ließ, hat er da an die dramatische Reise von

Wallace gedacht? Er wird wohl tief bewegt gewesen sein, als er sah, wie sich das Frachtschiff auf dem großen Fluß entfernte. Mit einem Mal wurde Monsieur Ruche bewußt, daß Grosrouvre gestorben war, ohne zu wissen, ob seine Bibliothek wohlerhalten angekommen war.

Dort, wo der Amazonas auf den höchsten Gipfeln der Anden entspringt, ist er gerade einmal 150 Kilometer vom Pazifik entfernt. Anstatt sich einen Weg in Richtung des nahegelegenen Ozeans zu bahnen, dreht er ihm den Rücken zu und fließt in die entgegengesetzte Richtung. Er legt einen Weg von mehr als 6 500 Kilometer zurück und durchfließt den ganzen Kontinent, bis er endlich den Atlantik erreicht.

Anfangs ist das Gefälle enorm: 5 000 Meter Höhenunterschied auf den ersten tausend Kilometern! Wasserfälle, höllische Stromschnellen! Danach ist alles nur noch flach. Es wird flach, aber nicht eigentlich ruhig! Auf den letzten 3 000 Kilometern weist der Fluß ein Gefälle von 65 Metern auf. 2 Zentimeter Höhenunterschied pro Kilometer. Flacher geht es wohl kaum noch.

Alles begann mit diesem Gespräch.

»Entschuldigen Sie bitte, mein Fräulein, ich möchte gern nach Manaus, könnten Sie mir vielleicht sagen, wo das ist?« hatte Jonathan mit verstellter Stimme gefragt.

»Hören Sie zu, mein Herr«, antwortete ihm Léa gespreizt, »wenn man es nicht weiß, sollte man nicht aufbrechen!«

»Also, brechen wir auf«, rief Jonathan im Ton von Iwan dem Schrecklichen in *Iwan der Schreckliche*.

»Abgemacht? Brechen wir auf?«

»Abgemacht!«

»Abgemacht!«

Vor Weihnachten waren sie auf die Idee gekommen, aber anfangs vollkommen unentschlossen. Jetzt waren sie es! Nach dem Abitur würden sie nach Manaus reisen, ob sie es geschafft haben würden oder nicht. Zwei Monate Sommerferien, das sollte ausreichen. Ob es die richtige Reisezeit für das Amazonasgebiet war? Gleichwie, es gab keine andere Gelegenheit dazu.

Jonathan hatte einen ganzen Stapel Broschüren, Führer, Postkarten und mehrere Landkarten aus einem kleinen Kunstleder-Koffer herausgeholt. Er faltete die riesige Karte vom Amazonas auf. Jonathans Bett wurde vollkommen von einer unendlich großen Fläche bedeckt.

Jonathan verfolgte das auf der Karte nach, was Léa laut aus den verschiedenen Büchern vorlas.

»Flacher geht es kaum mehr, breiter geht es kaum mehr, bis zu 30 Kilometer, tiefer geht es kaum mehr, bis zu 70 Meter. Dutzende von Zuflüssen, die auch nicht gerade Rinnsale sind. In Manaus fließt der Rio Negro, der auch nicht kürzer als 2 500 Kilometer ist, in den Amazonas.

Anstatt gleich ihr Wasser miteinander zu vermischen, fließen die beiden Flüsse ungefähr 80 Kilometer nebeneinander her, ohne sich zu treffen. Und das ist auch zu sehen!« Auf einem Foto, das Léa Jonathan zeigte, war es tatsächlich zu sehen: Der Fluß schien in zwei endlose Streifen, einen gelben und einen braunen, zerschnitten worden zu sein, wobei der gelbe Streifen vom trüben und schlammigen Wasser des Amazonas herrührte, der dunkelbraune vom nährstoffreichen Wasser des Rio Negro. »Schließlich vereinen sich die Fluten der beiden Flüsse dann doch viele Kilometer flußabwärts von Manaus zu einem Hellbraun, das der Amazonas bis zu seiner Mündung noch einmal 1 500 Kilometer weiter beibehalten wird.«

Léa war jetzt ganz weit weg. In einer Hängematte auf einem mit Lebensmitteln beladenen Boot liegend, fuhr sie in Begleitung von Männern, die wehmütige Lieder trällerten, den Fluß bis Bélem hinunter. Léa war jetzt an der Mündung.

»Eine 300 Kilometer breite Mündung. In deren Mitte eine Insel. In der Broschüre stand … nein! Eine Insel so groß wie die Schweiz. So stand es dort! Die Schweiz mitten in einem Fluß gelegen. Der Wasserdurchfluß des Amazonas beträgt 70 Milliarden Liter pro Stunde! 500 mal mehr als die Seine. Ein Fünftel des gesamten Süßwasservorkommens der Erde, das in die Meere fließt. Nicht einmal der Ozean kommt gegen eine derartige Kraft an: Das Wasser des Amazonas arbeitet sich bis zu 200 Kilometer weit in den Atlantik hinein.

Um das Jahr 1500 stieß ein spanischer Kapitän, der an der Küste Südamerikas entlangsegelte, zum ersten Mal auf diesen riesigen braunen Teppich. Mit einem Eimer schöpfte er das Wasser aus dem Meer und probierte es: Süßwasser mitten im Ozean! Er gab dem Gebiet den Namen ›Süßes Meer‹. Er nahm Kurs Richtung Westen, um herauszufinden, wie ein solches Wunder möglich war. Er entdeckte den Amazonas.« *Die Zeit der Feuer,* das Buch, das sie in der Stadtbibliothek des 18. Arrondissements ausgeliehen hatten, berichtete vom Mord an Chico Mendes, einen »Kautschukzapfer«, der eine Gewerkschaft ins Leben gerufen hatte, um gegen die Massaker und andere Übergriffe der Großgrundbesitzer und ihrer Söldnerbanden zu kämpfen.

Wie all die anderen auch, die in den zurückliegenden Jahrzehnten den Mut aufgebracht hatten, gegen den Terror und die Unterdrückung zu kämpfen, die im Amazonas herrschen, wurde Chico Mendes umgebracht.

Wer erhebt sich im Wald, um sich den großen Gesellschaften entgegenzustellen? Die Menschen und die Bäume. Nachdem sie die Menschen aus dem Weg geräumt, die

Indianer versklavt, sie gefoltert, vergewaltigt, umgebracht haben, machen sich dieselben Dreckskerle jetzt an den Bäumen zu schaffen. Sie zünden den Wald an. Sie legen riesige Feuer, um das Land zu entwalden. Grosrouvre sprach in seinem Brief von der »Lunge der Erde«. Dem größten Sauerstofflieferanten des Planeten wurde gerade nachhaltig Schaden zugefügt!

»Und als würde das alles noch nicht reichen, mußten sie Grosrouvres Haus auch noch niederbrennen!« bemerkte Léa.

»Es stimmt, was du sagst! Wenn die Bande, die den Anschlag begangen hat, aus der Gegend kommt, dürfte sie, bei den dort herrschenden Gepflogenheiten, wohl nicht lange gezögert haben, als sie Grosrouvres Haus anzündete! Das wird Monsieur Ruche sicher interessieren.«

In einem der Reiseführer wurde die Waldfläche, die jeden Tag in Rauch aufging, in die entsprechende Anzahl Fußballfelder umgerechnet. »Vielleicht ist Brasilien ja deshalb das Land mit der besten Fußballmannschaft der Welt«, bemerkte Jonathan spöttisch. Das hob ihre Stimmung jedoch auch nicht.

Jonathan-und-Léa kochten vor Wut. Die Welt ist wirklich voller Sauhunde. Unabhängig voneinander faßten sie den Vorsatz, sich um die Belange der Welt zu kümmern.

Wie aber sollte man von da, wo sie gerade waren, verhindern, daß man dort den Wald abbrannte? Ein Grund mehr, nach Manaus zu reisen. Sie mußten den Wald, den sie unbedingt retten wollten, erst einmal sehen. Das Amazonasgebiet ist der Garten der Erde. Allerdings nicht in der Art des Gartens Eden, denn er ist Hölle und Paradies zugleich. Von allem gibt es viel, und zwar sehr viel mehr als anderswo. Wasser, Wald, Sauerstoff und 15 % der gesamten Vegetation der Erde.

»›Die Architektur des Waldes‹« – sie sprechen von ›Architektur‹, unterstrich Jonathan – »›ist das Ergebnis des Widerspruchs zwischen zwei Erfordernissen; einerseits die Notwendigkeit, Wasser und Nährstoffe aus dem Boden zu beziehen, andererseits, den Nachbarpflanzen das Sonnenlicht streitig zu machen.‹ Möglichst nah am Wasser sein, das im Boden ist, ist gleichbedeutend damit, weit entfernt vom Sonnenlicht zu sein, das über den Baumkronen scheint. Und umgekehrt. Die Bäume benötigen beides um jeden Preis. Wie können sie das bewerkstelligen? Ganz einfach! Höher wachsen als die Nachbarn. ›Die beeindruckende Höhe der Bäume erklärt sich aus der für jeden einzelnen Baum bestehenden Notwendigkeit, höher zu sein als die anderen.‹ Manche werden mehr als 100 Meter hoch, 30 Stockwerke, Wolkenkratzer aus Holz! Um ihr Laub in so unglaubliche Höhen zu bringen, verbrauchen sie einen Großteil ihrer Energie. Soviel zur Höhe. Und die Tiefe? Wie läßt sich das Wasser aus dem Boden aufsaugen und anschließend bis in die kleinsten Äste transportieren? Auch ganz einfach! Man benötigt eine Saugpumpe.

Dank der riesigen Oberfläche des Blattwerks und der Hitze – man ist in unmittelbarer Nähe des Äquators – erfolgt die Verdampfung in den Baumkronen derart schnell, daß sich alle Leitungen im Baum rasend schnell entleeren. Um diese Leere auszufüllen, werden unten das Wasser und die Nährstoffe ins Innere des Baumstamms aufgenommen. Das mit ungeheurer Kraft aufgesogene Wasser schießt förmlich nach oben. Innerhalb kürzester Zeit erreicht es das Blattwerk, das es in mehr als hundert Meter Höhe versorgt.«

Bevor er *Die Zeit der Feuer* wieder zuschlug, gab Jonathan noch eine kleine Information in bezug auf die Flora an Léa weiter: »Ein einziger Baum im Amazonas kann mehr als 1 500 Insektenarten beherbergen!«

Unter dem schelmischen Blick von Jonathan überlief Léa ein Schauer. Léa nahm sich zusammen. Chinin und Medikamententasche gegen Giftbisse und -stiche; sie war fest entschlossen. Sie war bereit, sich auf dieses gefährliche Abenteuer einzulassen.

14. KAPITEL

Bagdad, danach ...

Während Jonathan-und-Léa auf ihrem Dachboden mit Hilfe der Karte und der Reiseführer im Geiste ins ferne Manaus reisten, gelangte Monsieur Ruche in seinem Garagenzimmer zu der Überzeugung, daß er Grosrouvre »beim Wort« nehmen und sich mit al-Tusi beschäftigen mußte, den sein Freund unmittelbar im Anschlug an Umar al-Hayyam genannt hatte.

Die Antwort fand sich in den Büchern.

Als Monsieur Ruche das Atelier betrat, in dem die BAU untergebracht war, hatte er immer noch jenen Text eines Zeitgenossen von al-Hwarizmi mit dem Titel *Der Kadi und die Fliege* im Kopf, auf den er im IfAS gestoßen war:

»Die Bücher erwecken die Toten nicht wieder zum Leben, machen einen Irren nicht zu einem vernünftigen Mann oder einen Dummkopf zu einem Gelehrten. Sie schärfen den Geist, rütteln ihn wach, verfeinern ihn und stillen seinen Wissensdurst. Will jemand alles wissen, sollte seine Familie sich seiner annehmen! Dieses Verlangen kann nur von irgendeinem seelischen Problem herrühren.

Stumm, wenn du dir Ruhe von ihm erbittest, beredt, wenn du es sprechen läßt. Dank des Buchs erfährst du innerhalb eines Monats, was du aus dem Mund eines Lehrers nicht in einer ›Ewigkeit‹ erfahren würdest. Es befreit dich, erspart dir den Umgang mit widerwärtigen Leuten und die Gesellschaft von dummen, verständnislosen Menschen. Es gehorcht dir bei Tag und in der Nacht, sowohl auf deinen Reisen als auch in den Zeiten, in denen du an einem Ort verweilst. Fällst du auch in Ungnade, das Buch weigert sich dennoch nicht, dir auch weiterhin zu dienen. Bläst dir auch der Wind ins Gesicht, so wendet sich das Buch nicht gegen dich. Manchmal kann es sogar sein, daß das Buch seinem Verfasser überlegen ist. [...]«

Nachdem Monsieur Ruche jetzt so viele Namen arabischer Mathematiker kannte, stellte sich ihm die Frage, warum Grosrouvre gerade diese beiden erwähnt hatte. »Wenn meine Vermutung richtig ist«, sagte er zu sich, »muß ich herausfinden, aus welchem Grund er gerade sie ausgewählt hat, welche Verbindung er zwischen ihnen und seiner eigenen Geschichte herstellen wollte. Vielleicht wollte er aber auf Gemeinsamkeiten zwischen diesen beiden Mathematikern hinweisen, Gemeinsamkeiten, die einen Sinn ergeben müssen.«

Bevor er sich jedoch der Beantwortung dieser Frage widmen konnte, mußte er herausfinden, welcher der beiden al-Tusi der richtige war. Saraf oder Nasir? Hinsichtlich der Lebensdaten war Saraf näher an al-Hayyam als Nasir.

Es schneite nicht wie noch beim letzten Mal. Allerdings war es klirrend kalt. Im Hofbrunnen tropfte nicht einmal mehr das Wasser. Aus der Öffnung des Kupferrohrs hing lediglich so etwas wie ein gefrorener Nasenpopel.

Monsieur Ruche fand seinen Schreibtisch in genau demselben Zustand vor, wie er ihn verlassen hatte. Heillose Unordnung. Notizzettel voller Streichungen, eine Teetasse mit vergilbtem Boden, Zeitungen vom letzten Jahr sowie die beiden »Vorher-Nachher«-Fotos von Jonathan-und-Léa. Monsieur Ruche schlug das *einzige* Buch von Saraf auf, das sich in der BAU befand: *Abhandlung über Gleichungen,* ein Algebrabuch, wie schon der Titel sagte. Grosrouvres Karteikarte begann mit folgenden Worten:

Saraf führte die Tradition von Umar al-Hayyam fort ...

Das war eindeutig! Grosrouvre gab den Ton vor. Saraf al-Tusi führte in der Tat die Arbeit an der geometrischen Lösung der Gleichungen dritten Grades fort. Seine Betrachtungen veranlaßten ihn dazu, Kurven mit Hilfe von Gleichungen zu untersuchen. Mit anderen Worten, er war seiner Zeit voraus. Ein genialer Vorläufer; sein wichtigstes Hilfsmittel war die Verwendung von Ausdrücken, die der ersten Ableitung von Polynomen entsprechen.

Wenn Saraf der gesuchte al-Tusi war, welche Informationen wollte Grosrouvre ihm damit in Hinsicht auf die Ereignisse in Manaus übermitteln? Anders gesagt, inwiefern brachte ihn das Duo Umar-Saraf bei seinen Ermittlungen weiter? Monsieur Ruche beschloß, bei Nasir nachzuschauen. Er fuhr mit seinem Rollstuhl ans Regal und blieb vor den Werken von Nasir al-Tusi stehen. Als erstes zog er ein Buch mit dem Titel *Sammlung der Arithmetik mit Hilfe von Brett und Staub* aus dem Regal.

Die indischen Rechner des 5. Jahrhunderts und ihre arabischen Nachfolger schrieben ihre Ziffern direkt auf den Boden, sei es in lockere Erde bzw. Sand oder auf Holztafeln, die sie in kleinen Taschen bei sich trugen und die mit Staub oder Mehl bestreut wurden. Aus diesem Grund nannte man sie auch »Staubziffern«.

Monsieur Ruche rückte einige Zentimeter an den Regalen entlang nach vorne und blieb vor fünf sehr schön eingebundenen Werken stehen: *Die Enthüllung des Geheimnisses der Sekante*. Dieser Titel weckte in einem die Lust, den Schleier zu lüften. Er legte die Bücher auf seinen Schreibtisch. Es ging um Geometrie. Viele Figuren, darunter viele Kreise. Der Grund: Die Enthüllung war das Hauptwerk der arabischen Trigonometrie.

Auf seiner Karteikarte legte Grosrouvre dar, daß Nasir al-Tusi zusammen mit Abu-al-Wafa der eigentliche Begründer der Trigonometrie war. Zwar gab es sie schon vor seiner Zeit, aber sowohl in Griechenland als auch in Indien und in der arabischen Welt war sie lediglich ein Werkzeug der Astronomie, mit dessen Hilfe sich die notwendigen Berechnungen für die Erschließung des Himmels, die Position der Sterne und die Bewegung der Planeten anstellen ließen. Al-Tusi verlieh ihr den Adelsbrief, indem er sie zu einer eigenständigen mathematischen Disziplin machte, die auf der Geometrie des Kreises und der Kugel basierte.

Der Stil der Notiz auf der Karteikarte weckte Monsieur Ruches Aufmerksamkeit. Ganz offensichtlich war sie nicht ausschließlich für seinen eigenen Gebrauch bestimmt. Ihm fiel auf, daß dasselbe auch für die anderen Karteikarten galt, die er bisher in der Hand gehalten hatte. Grosrouvre hatte sie so formuliert, als würde er einem Leser erklären, welche Themen in jedem einzelnen der Bücher behandelt wurden. Auf der Karteikarte hieß es weiter:

Wie jeder andere Begründer auch hatte Nasir al-Tusi Vorläufer. In erster Linie die beiden Geographen und Astronomen aus Alexandria: Hipparchos im 2. Jahrhundert vor Chr. und Claudius Ptolemaios im 2. Jahrhundert nach Chr. Dann zwei Mathematiker, ebenfalls aus Alexandria: Theodosius im 2. Jahrhundert vor Chr. und Menelaos im 2. Jahrhundert nach Chr.

Instinktiv warf Monsieur Ruche einen Blick auf die beiden Fotos von Jonathan-und-Léa beim Skifahren, die immer noch auf seinem Schreibtisch lagen. Irritiert von diesem Reflex, las er erst weiter, als er verstanden hatte, wie es dazu gekommen war. In den letzten Zeilen schrieb Grosrouvre zweimal »vor« und »nach«! Sein Unterbewußtsein hatte sofort eine Verbindung mit den Fotos hergestellt. »Wir sind eine merkwürdige Maschine!« dachte er bei sich. Monsieur Ruche schätzte derartige Koinzidenzen, die in seinen Augen den Einbruch des Geheimnisvollen in den geordneten Ablauf der Dinge darstellten. Als entschiedener Rationalist, der jede überspitzte Interpretation ablehnte, wollte er darin nichts anderes sehen, und so las er weiter:

> Ein Jahrhundert nach Euklids Geometrie der Ebene begründeten erst Theodosius und im Anschlug daran Menelaos in der Sphärik die Geometrie der Kugel. Menelaos spürte eine Vielzahl von Eigenschaften der geometrischen Figuren auf der Kugel auf. Insbesondere die sphärischen Dreiecke, deren Berechnung ein grundlegendes Resultat zeitigte: Die Summe der Winkel eines sphärischen Dreiecks ist größer als 180°.

Größer? Er las noch einmal. Tatsächlich, größer, nicht gleich! Und er hatte immer gedacht, die Summe der Winkel eines Dreiecks betrüge 180°. Genau das nämlich behaupteten die Griechen! Aber »gleich« war sie nur auf einer Ebene. Sonst nirgendwo. Anderswo? Monsieur Ruche mußte sich selbst gegenüber eingestehen, daß er sich nie zuvor die Frage gestellt hatte: »Was passiert, wenn man es mit einer Kurve zu tun hat?« Was besagte das Ergebnis von Menelaos anderes als die Tatsache, daß »ein auf der Oberfläche eines Körperorgans ausgebreitetes Dreieck größer ist als ein auf dem Blatt des Orangenbaums ausgebreitetes«?

In seinem hohen Alter, nachdem er mehr als 80 Jahre auf der Oberfläche einer Kugel gelebt hatte, wurde ihm bewußt, daß er ein Mensch der »ebenen Fläche« war, der immer nur auf der Grundlage einer Ebene argumentiert hatte. Kurz gesagt, er war ein Erzeuklidianer. War es zu spät, sich ein runderes Bild von den Dingen zu machen?

Während er langsam zu den Regalen rollte, konnte Monsieur Ruche seine Verwirrung vor sich selbst nicht verbergen. »Die Summe der Winkel eines Dreiecks ist gleich 180°.« Dieser Satz, der ihm immer wie eine absolute Wahrheit verkündet worden war, war in Wahrheit lediglich eine bedingte Wahrheit. Sicher, sie traf auf alle Dreiecke der Welt zu, aber eben nur auf die *ebenen* Dreiecke. Dieses Adjektiv veränderte alles von Grund auf. Wie im richtigen Leben.

Diese für die Mathematik mehr als für jedes andere Wissen bestehende Notwendigkeit, genau zu bestimmen, in welchem Rahmen, unter welchen Bedingungen und welchen Voraussetzungen eine Behauptung wahr ist, machte sie zu etwas Beispielhaftem. Durch diese wenigen Zeilen auf Grosrouvres Karteikarte begriff Monsieur Ruche, in welchem Maße sie in philosophischer und selbst in politischer Hinsicht eine Schule gegen den Absolutismus des Denkens sein konnte.

Was rufen die Verkünder der Gewißheiten, die Marktschreier des Unumstößlichen, wenn sie jemanden mundtot machen wollen? Sie verkünden das Unvermeidliche: »So wie zwei und zwei vier sind!« Nun, zwei und zwei sind eben nicht überall vier. Sie sind dort vier, wo man will, daß sie es sind. Sie sind es in den Zahlenuniversen, in denen wir uns jeden Tag bewegen.

Aber es gibt noch andere Zahlenuniversen, in denen zwei und zwei etwas anderes ergeben als vier. Es gibt sogar welche, in denen zwei und zwei null ist! O Schreck! Wenn die Mathematik erst einmal die Autoritätsargumente zum Teufel jagt ...

Monsieur Ruche jubelte! Die Mathematik verkündet keine absoluten Wahrheiten, sondern begrenzt gültige. Sie sind begrenzt gültig, aber von bronzenem Klang. Beinahe wäre sein Leben zu Ende gegangen, ohne diese verblüffende Erkenntnis gemacht zu haben!

Im Laufe der vielen Stunden, die er in der BAU verbrachte, fand er langsam Gefallen an dieser Mathematik, die er bisher für eine spröde und unsinnige Welt gehalten hatte, in der die Wahrheit, die hier die alleinige Befehlsgewalt innehatte, jede fleischliche und leidenschaftliche Verbindung mit dem untersuchten Gegenstand ausschloß. Er hatte regelrecht empfunden, daß die Mathematik, daß die mathematischen Wahrheiten nicht über die Universen hinausgingen, sondern an die Räume gebunden waren, in denen sie den Anspruch auf Wahrheit erhoben. Diese Empfindung versetzte ihn in einen Zustand der Euphorie und spornte ihn zum Weitermachen an.

Für Monsieur Ruche waren philosophische Entwürfe niemals kaltes Denken gewesen, das ausschließlich dem Geist entspringt. Er lebte mit ihnen wie mit gefühlsbegabten Wesen, mit denen er eine körperliche Beziehung pflegte, die von Empfindungen und Zuneigung geprägt war. Manchmal auch von Abneigung. Das war sein Selbstverständnis als Philosoph.

Nach dem, was jetzt passiert war, befand er sich vielleicht auf dem Weg dazu, ein vergleichbares Verhältnis zu den Gebilden zu entwickeln, die das mathematische Universum bevölkerten. Er dachte, daß er diese Bereitschaft, sich anderen Wesen zu öffnen, zweifellos der Tatsache verdankte, nicht mehr gehen zu können und an den Rollstuhl gefesselt zu sein. Diesen Verlust an körperlicher Bewegungsfreiheit glich er aus, indem er neue Räume des Denkens erschloß. Jeder versucht, seine Situation so gut er kann zu meistern.

Wenn er sie meistert!

Den Kopf voller sprudelnder Ideen, rollte er wieder an seinen Schreibtisch und setzte die Lektüre von Grosrouvres Notizen über Nasir al-Tusis Buch an der Stelle fort, an der er sie unterbrochen hatte.

Monsieur Ruche hatte kaum und keine guten Erinnerungen an die »Trigo«. Ein ganzer Haufen von auswendig zu lernenden Formeln, um einen ganzen Haufen mühseliger Rechnungen durchzuführen, um … ja, was herauszubekommen?

Er war gerade im Begriff zu verstehen, daß es auch hierbei um das Verhältnis zwischen Kurve und Gerade ging, zwischen den Kreisbögen und deren Sehnen: die Berechnung der Sehne unter Berücksichtigung des Radius. Schon die Wortwahl sagte alles. Beim Bogen, der für die Jagd eingesetzt wird, wird die Sehne durch die Spannung, die der Holzbogen an deren Enden ausübt, gerade gezogen, während der Bogen durch die gespannte Sehne gekrümmt wird. Allem Anschein nach leitete sich das Wort Sehne vom Hethitischen »Darm« ab, das dann im Griechischen zu »Wurst« wurde. Und im Arabischen wurde dann daraus die kleine Hammelfleischwurst, dachte Monsieur Ruche belustigt, und seine Gedanken wanderten unwillkürlich zu Habibi. Es fiel ihm schwer, wieder ernst zu werden.

Den Notizen Grosrouvres entnahm Monsieur Ruche, daß nach den Kreisen die Dreiecke zum bevorzugten Gebiet der Trigonometrie wurden und sie eine Verbindung zwischen Winkeln und Seiten herstellte. Dadurch wurde sie zu einem Werkzeug, das sich ganz hervorragend dazu eignete, von der Berechnung der Winkel zu derjenigen der Seiten überzugehen und umgekehrt. Ihm gefiel dieser doppelte Übergang »Kurve-Gerade« im Kreis und »Winkel-Strecke« im Dreieck.

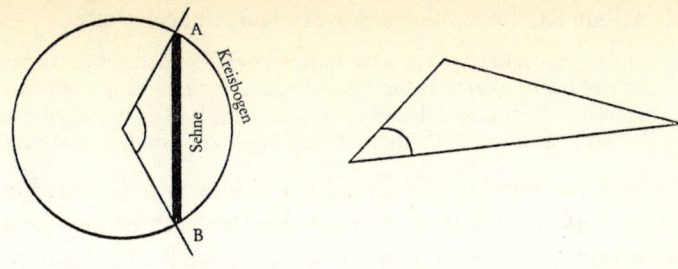

Eine der Aufgaben der Astronomie bestand in der Erstellung von Tabellen. Die ersten Tabellen, diejenigen von Hipparchos, sind verlorengegangen. Was die Tabellen des Ptolemaios betrifft, so führten diese die Übereinstimmungen zwischen den Sehnenlängen und den verschiedenen Bogengrößen auf. Grosrouvre hatte eine kleine Anmerkung eingefügt:

> Die Sehnentabellen sind die ersten Beispiele für Funktionen in der Geschichte der Mathematik. Zu dieser Zeit wurde es bei den Griechen üblich, den Kreis in 360° zu unterteilen.

Später haben die Inder die Sehnentabellen durch leichter zu handhabende Sinustabellen ersetzt. Der Sinus ist nichts anderes als die Halbsehne. Die Bezeichnung leitet sich von jiva aus dem Sanskrit ab: »Bogensehne«. Im Arabischen wurde daraus *jiba*: »Tasche, Kleiderfalte«. Nicht zu vergessen das Lateinische *sinus*: Busen!

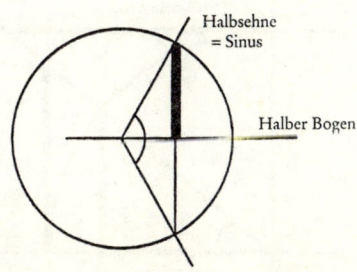

Monsieur Ruche las Grosrouvres Karteikarte weiter.

> Die Genauigkeit jeder astronomischen Berechnung basiert auf der Richtigkeit der Sinustabelle, deren Erstellung vom Problem der Trisektion des Winkels abhängt! Al-Hwarizmi war der erste arabische Mathematiker, der Sinustabellen erstellte.

Da war sie wieder, die Trisektion! Das war ja wirklich lustig. Offensichtlich hatte man das Problem immer noch nicht gelöst. Dieser al-Hwarizmi schien sich aber auch mit allem möglichen befaßt zu haben, denn er stand fast immer am Anfang aller mathematischen Problemfelder, mit denen sich die arabischen Mathematiker beschäftigt haben. Eine Art Super-Thales!

Als hätte Grosrouvre seine Gedanken gelesen, fuhr er auf seiner Karteikarte mit folgender Notiz fort:

> Unmittelbar darauf erfand Abbas al-Hasib die Tangente. Al-Hasib bedeutet »der Rechner«. Die Tangente ist das ideale Werkzeug, um die Höhe eines Objekts zu berechnen.
> N.B. Die Höhe der berühmten Cheops-Pyramide läßt sich direkt bestimmen, wenn man über eine Tangententabelle verfügt. Thales verfügte nicht darüber ...

Monsieur Ruche begegneten die vier Musketiere der Trigonometrie wieder: Sinus, Kosinus, Tangens und Kotangens. Er nahm Stift, Lineal und Zirkel zur Hand und fertigte auf die schnelle eine Zeichnung an. Plötzlich war ihm alles wieder eingefallen.

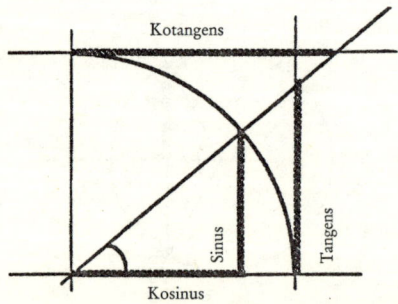

Um möglichst vollständige Tabellen zu erstellen, benötigten die arabischen Mathematiker eine Theorie, hatte Grosrouvre in seiner Notiz noch hinzugefügt. So entwickelten sie die berühmten Formeln der Trigonometrie, die den Schrecken ganzer Generationen von Gymnasiasten darstellten.

$$\cos(a \pm b) = \cos a \times \cos b \mp \sin a \times \sin b$$
$$\sin(a \pm b) = \sin a \times \cos b \pm \sin b \times \cos a$$

usw.

Kennt man zum Beispiel Sinus und Kosinus von Winkel a und Winkel b, lassen sich mit Hilfe dieser Formeln Sinus und Kosinus von Winkel (a + b) oder von Winkel (a − b) berechnen. Dazu dienten also diese verfluchten Formeln! Der schrittweisen Vervollständigung der trigonometrischen Tabellen ausgehend von wenigen einfachen und bekannten Werten.

Nachdem er dies herausgefunden hatte, schlug Monsieur Ruche das Buch von al-Tusi wieder zu, glücklich darüber, endlich zu wissen, was Trigonometrie ist, aber enttäuscht darüber, keine Hinweise darauf erhalten zu haben, welche Verbindung nun zwischen Umar und Nasir al-Tusi bezüglich ihrer mathematischen Arbeiten bestand. Mit Ausnahme eines einzigen Punktes: Der eine hatte sich in erster Linie mit Algebra beschäftigt, der andere mit Trigonometrie und Astronomie. Wenn es also zwischen beiden irgendwelche Gemeinsamkeiten im mathematischen Bereich gab, dann blieb logischerweise nur ein einziges Betätigungsfeld übrig: die Geometrie.

Monsieur Ruche verließ das Garagenzimmer nicht, ohne zuvor seinen Wintermantel übergezogen zu haben. Einen auf halber Höhe abgeschnittenen Wintermantel. Man hätte meinen können, die Straßenlaternen hätten nur darauf

gewartet, daß Monsieur Ruche herauskommt, um anzuge-
hen. Es war noch nicht völlig dunkel. Das elektrische
Licht, das die Dunkelheit so gut bekämpfte, vermochte
gegen das Dämmerlicht nichts auszurichten. Monsieur
Ruche fuhr die Straße in Richtung Place Emile-Goudeau
hinauf, der nur zwei Radumdrehungen entfernt lag. In
seinem Kopf ging es – ihm fiel der Ausdruck der Kinder
ein – »drunter und drüber«. Die Luft war kühl und trok-
ken. Die Gehirnzellen mit Sauerstoff versorgen! Er mußte
sich körperlich betätigen.

Keine Menschenseele! Am Winter mochte er nicht nur,
daß keine Blätter mehr an den Bäumen waren, sondern
auch keine Touristen mehr in Montmartre.

Bevor er in die BAU zurückkehrte, warf er durch
das Schaufenster einen Blick in die Buchhandlung. Keine Kundschaft. Die Zeit nach den Feiertagen war das
schlimmste überhaupt, obwohl doch der Winter mit seinen
langen Nächten eigentlich der ideale Zeitpunkt zum Lesen
wäre. Perrette saß an einem kleinen Rattantisch neben der
Kasse und war in das große Geschäftsbuch vertieft.

Nach der Kälte auf der Straße kam ihm das Atelier fast
unerträglich warm vor. Er schaltete einige Strahler an.
Jetzt hieß es, sich die Geometrie vorzunehmen!

Würde er endlich die erwartete Verbindung zwischen
Umar und Nasir herstellen können? Von Umar zog er die
*Anmerkungen über die Schwierigkeiten einiger Euklidi-
scher Axiome* aus dem Regal. Er brauchte es gar nicht erst
aufzuschlagen, um festzustellen, daß es sich mit Geometrie beschäftigte. Monsieur Ruche erinnerte sich nämlich,
daß es bei Euklid nur Axiome in bezug auf die Geometrie
gab.

Von Nasir konnte er kein Buch finden, das sich mit dieser Disziplin beschäftigte. Sollten die beiden Autoren etwa

keinerlei Gemeinsamkeiten in ihren mathematischen Arbeiten aufweisen? Monsieur Ruche bezweifelte das. Wenn seine Vermutung zutraf, mußte das gesuchte Buch notwendigerweise zum Bestand der BAU gehören. Fragte sich nur, wo? Monsieur Ruche fuhr langsam an den Regalen entlang und las aufmerksam jeden einzelnen Titel. Er hatte fast das Ende der 2. Abteilung mit der arabischen Mathematik erreicht, da fiel sein Blick auf ein Buch mit dem überraschenden Titel: *Kleines Buch, in dem Zweifel in bezug auf die parallelen Geraden dargelegt werden.* Es stammte von Nasir al-Din al-Tusi, und es war ein Geometriebuch!

Ermutigt legte Monsieur Ruche die beiden Bücher auf den übervollen Schreibtisch. Entsprechend der chronologischen Reihenfolge, schlug er zunächst dasjenige von al-Hayyam auf und zog mit einer geschickten Handbewegung die Karteikarte heraus.

Das Buch beschäftigt sich mit dem 5. Axiom über die Parallelen. Seitdem Euklid es formulierte, haben die Mathematiker immer wieder über dieses Axiom nachgedacht. Was hat man daran auszusetzen? Sein Inhalt ähnelt eher einem Theorem als einem Axiom, und es besitzt tatsächlich den Stellenwert eines Theorems. Man kann nicht darauf verzichten. Ohne dieses Axiom kein Satz des Pythagoras. Es ist die Voraussetzung für die Behauptung, daß die Summe der Winkel eines ebenen Dreiecks 180° beträgt, ja sogar für die einfache Behauptung, daß es Rechtecke gibt. Eine Kleinigkeit!
Um diesen Mangel zu beheben, waren die Mathematiker stets bemüht, es seines Rangs als Axiom zu entheben und es zu einem gemeinen Theorem zu machen. Sie haben hartnäckig versucht, es zu beweisen (aus anderen Axiomen abzuleiten). Wie äußert sich al-Hayyam dazu? Zwei Geraden, die sich im rechten Winkel zu einer dritten Geraden befinden, können weder konvergieren noch an beiden Seiten gleichzeitig auseinanderlaufen.

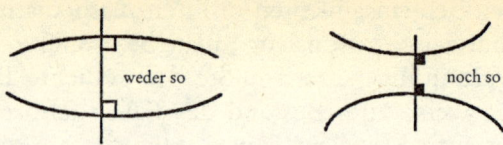

weder so   noch so

Aus diesem Grunde schlug al-Hayyam eine andere Interpretation der Parallelen vor: Zwei Geraden sind dann parallel, wenn sie sich im rechten Winkel zu einer dritten Geraden befinden. Vorteil: Die Parallelität läßt sich unmittelbar, vor unseren Augen feststellen. Nachteil: Da sie der Orthogoalität unterliegt, ist sie keine ursprüngliche Eigenschaft mehr. Das bedeutet, daß sich die Parallelität von zwei Geraden nicht direkt überprüfen läßt. Zur Überprüfung bedarf es einer dritten Geraden. Das gefällt mir nicht besonders.

Überflüssig zu erwähnen, daß er bei weitem nicht alles von dem verstand, was er gerade gelesen hatte, aber es erinnerte ihn an einen Kalauer, den man sich auf dem Schulhof erzählte: Parallelen sind wie Eisenbahnschienen, sie drehen sich gleichzeitig! Er schlug al-Hayyams Buch zu und öffnete das von al-Tusi. Ausgezeichnete Darstellungen! Die Karteikarte.

Auch Nasir al-Din al-Tusi wollte das 5. Axiom beweisen. Er warf al-Hayyam vor, sich geirrt zu haben. Aber auch er hat bei seiner Beweisführung einen Fehler gemacht. Nasir wollte das 5. beweisen, indem er von der Tatsache ausging, daß eine Senkrechte und eine Schräge durch eine Gerade sich zwangsläufig schneiden.

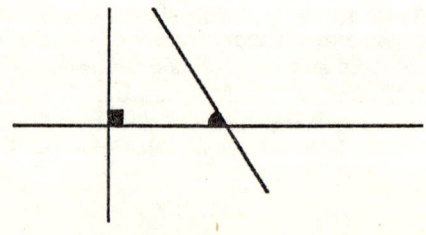

Weder al-Tusi noch al-Hayyam oder irgendeinem anderen arabischen Mathematiker ist es gelungen, das 5. Axiom zu beweisen. Den Mathematikern des Abendlandes, die später folgten, stellte sich dieses Problem als nach wie vor ungelöst dar. Ein Stachel im Fleisch der Geometrie.

N.B. Nasir al-Din hat folgende Formel vorgeschlagen: »Wenn gerade Linien einer Ebene in eine Richtung auseinanderlaufen, können sie sich in dieser Richtung nicht treffen, es sei denn, sie laufen aufeinander zu.«

Da war sie, die Gemeinsamkeit! Sowohl Umar als auch Nasir al-Din wollten das 5. Axiom beweisen, und keinem von beiden ist es gelungen! Was folgte daraus?

Während er seinen Schreibtisch aufräumte, zog Monsieur Ruche kurz Bilanz. Die Ausbeute war spärlich. Wollte er mehr herausfinden, müßte er sich über das Leben von al-Hayyam und Nasir al-Tusi informieren. Monsieur Ruche warf Notizzettel weg, steckte die Teetasse in seine Tasche, um sie über dem Becken im Hof auszuwaschen, nahm die beiden Fotografien und steckte sie in einen Umschlag. Aus dem Briefumschlag fiel ein kleines Stück Papier heraus und flatterte in die hinterste Ecke. Allerdings nicht unter die Regale, wie die erste Karteikarte Grosrouvres. Monsieur Ruche beugte sich nach vorn, um es aufzuheben. Da er es nicht schaffte, nahm er die lange Bücherzange, die er ständig unter seinem Rollstuhl aufbewahrte. Er hob den Zettel auf. Ein Stück Papier aus einer Zigarettenschachtel, auf das Léa folgendes notiert hatte: »Monsieur Ruche, nach zahllosen Stürzen schlagen wir Ihnen folgendes Axiom vor: ›*Ein Fuß, der sich außerhalb des Skis befindet, wird mit von einem Ski und einer Parallele zum gegebenen Ski geschnitten.*‹«

Der große Glasturm von Shinjuku NS ist über 200 Meter hoch. Das Gebäude mitten im berühmten Geschäftsviertel

von Tokio zieht alle Blicke auf sich. Sein Inneres ist noch
aufsehenerregender: ein hohler Baumstumpf, von dem nur
noch die Rinde übriggeblieben ist. 6000 Fensterscheiben!
ist in den Stadtführern vermerkt.

Aus welchem Grund auch immer ist es nur im 29. Stockwerk des Shinjuku NS – und damit in einer Höhe von
immerhin gut hundert Metern über dem Erdboden – möglich, das Gebäude über eine Brücke direkt und in gerader
Linie zu durchqueren, ohne, wie in allen anderen Stockwerken, um die Leere in der Mitte herumgehen zu müssen.

Über diese Brücke mitten im Dickicht der Stadt ging
ein Mann. Er war in Eile. Nachdem er einen Teil der
Geschäfte erledigt hatte, derentwegen er sich in Tokio aufhielt, machte er sich auf den Weg zum Shibuya-Bahnhof,
wo er am Fuß der Statue des Hundes verabredet war.
Während er sich durch eine Gruppe von Gymnasiasten in
marineblauer Uniform hindurchschlängelte, die ihm
schnatternd mitten auf der Brücke den Weg versperrte,
erinnerte sich der Mann noch an die Geschichte, die ihm
einer seiner »Kunden« gerade über die Statue, einem der
beliebtesten Treffpunkte in der japanischen Hauptstadt,
erzählt hatte.

Die Geschichte ereignete sich in den zwanziger Jahren.
Jeden Morgen ging ein Universitätsprofessor in Begleitung seines Hundes Hachiko zum Bahnhof Shibuya. Kurz
bevor sein Herrchen wieder von seiner Arbeit zurückkam,
trollte Hachiko sich zum Bahnhof, wo er auf ihn wartete.
Dann kehrten sie gemeinsam nach Hause zurück. Das
ging jahrelang so. Eines Abends kam der Professor nicht.
Er war von einem Auto überfahren worden und auf der
Stelle tot. Niemand sagte dem Hund Bescheid. Hachiko
lief jeden Abend wieder zum Shibuya-Bahnhof, um auf
sein Herrchen zu warten. Wenn der letzte Reisende ausge-

stiegen war, lief Hachiko nach Hause. Sieben Jahre lang. 1935 starb Hachiko. Zur Erinnerung an diese Treue errichteten die Einwohner Tokios zu Ehren von Hachiko eine Statue. Wenn man sich an der Hundestatue verabredet, dann kann man sicher sein, daß so lange auf einen gewartet wird wie nötig.

Der Mann mußte nicht lange warten. Sein »Kunde« war schon da. Japanische Pünktlichkeit. Die Angelegenheit war schnell erledigt. Der Tag war erfolgreich. Sein Chef würde zufrieden sein.

Es wurde Abend in Tokio. Weihnachten lag wenige Tage zurück. Traditionsbewußt bedauerte es der Mann, die Feiertage nicht bei seiner Familie verbracht zu haben. Die Arbeit. Er tröstete sich, indem er in eines der luxuriösesten Restaurants der Stadt essen ging.

Er erfreute sich an den Takoyaki, fritierten Tintenfischen, die es nur in Tokio gibt, und an Sushi, begleitet von reichlich ausgezeichnetem Sake. Er war satt. Der Abend hatte gerade erst begonnen.

Mit dem Taxi fuhr er ins Kabuki sho-Viertel. Eines der nächtlichen Vergnügungsviertel von Tokio. Da er sich über die Dauer der Fahrt wunderte, erklärte ihm der Taxifahrer, daß das gesamte Stadtzentrum aus dem Kaiserpalast und aus riesigen Parkanlagen bestünde, die für den Autoverkehr gesperrt seien.

»Im Shinjuku NS gibt es wenigstens im 29. Stockwerk einen direkten Übergang!« bemerkte der Mann.

»Die Hochhäuser sind amerikanisch, die Gärten japanisch«, erwiderte ihm der Taxifahrer.

Er stieg vor einer Karaoke Bar aus, stieß die Tür auf und tauchte sofort in die schwüle und süßliche Atmosphäre ein. Auf einer winzig kleinen Bühne stand eine Frau im schwachen Scheinwerferlicht und sang, begleitet von einer Playback-Musik. Eine Kundin.

Trotz seiner schweren und muskulösen Statur und seines energischen Auftretens hatte der Mann ein zartes Gemüt; er liebte Liebeslieder. Begleitet vom Applaus der anderen Gäste, ging die Sängerin an ihren Tisch zurück.

Der Conférencier trat auf ihn zu: »Sie Franzose?« Der Mann nickte zustimmend. In Wahrheit war er Italiener, aber so vereinfachte das die Sache. Der Conférencier hielt ihm das Mikrofon hin: »Japaner viel lieben französische Lieder. Sie singen?« Er hatte französisch mit ihm gesprochen, und nicht englisch. Der Mann lehnte das Angebot ab. Der Conférencier machte eine abrupte Bewegung, das Mikrofon fiel ihm aus den Händen. Ungeheuer reaktionsschnell fing der Mann es auf, noch bevor es den Boden berührte. Das war ein Trick des Conférenciers. Das Mikro war an einem Band befestigt, das er um das Handgelenk gewickelt trug. Das Publikum kannte den Trick und brach in lautes Gelächter aus. Jetzt hielt der Mann das Mikro in der Hand. Er konnte sich nicht länger weigern. Der Conférencier schob ihn zur Bühne, während er ihm ein kleines Heft hinhielt, das die Texte französischer Lieder enthielt.

Es wurde still, und das entzückte Publikum hörte zu, wie dieser kräftige, mit einem tadellosen gestreiften Anzug bekleidete Typ sang: »Parlez-moi d'amour, me dites-moi des choses tendres …« Es war schön.

Stürmischer Applaus. Der Mann setzte sich wieder auf seinen Platz zurück. Am Nachbartisch erhoben zwei junge und hübsche Frauen ihre Gläser in seine Richtung. Er hob das seine. Sie tranken auf ihre Gesundheit und auf die Liebeslieder. Die eine der beiden, diejenige, die gerade gesungen hatte, als er die Bar betrat, zeigte ihm eine Zeitschrift, und, unterbrochen von ständigem Gekicher, sagte sie ihm mit einem ganz starken Akzent: »Paris! Paris!« Dann kramte sie in ihrer Tasche herum und holte eine zerknitterte Zeitung heraus, die sie auf einer ganz bestimmten

Seite aufschlug. In der Mitte der Seite war ein Foto abge-
druckt. Der Mann erkannte die Pyramide im Innenhof des
Louvre. Darunter stand ein Text, von dem er nicht ein
Wort verstand:

高齢のフランス人学者は、建築家イェオ・ミン・
ペイの設計によるルーヴル美術館のガラス製ピラ
ミッドの高さを、古代ギリシアの数学者タレスの、
影を使う方式で測定する。

Als er die Zeitung gerade zurückgeben wollte, sah er sich,
ohne zu wissen, warum, das Foto noch einmal an. Berufs-
reflex. »Mein Gott!« Er brüllte derartig laut, daß die junge
Frau vor Schreck die Hand wegzog. In der Mitte des
Fotos hatte er gerade einen Jungen gesehen, auf dessen
Schulter ein Papagei saß! Er sprang von seinem Stuhl auf,
warf einen Geldschein auf den Tisch und verließ mit der
Zeitung in der Hand die Bar. Er ging in die erste Einkaufspassage, stürzte auf einen Fotokopierer zu, breitete die
Zeitungsseite darauf aus, plazierte das Foto genau in der
Mitte, wählte eine Vergrößerung. Die Fotokopie war von
ausgezeichneter Qualität. Japanische Qualität! Wie spät
war es jetzt in Paris? Acht Stunden Zeitunterschied; dort
war gerade Nachmittag. Er hatte nicht eine Minute Zeit zu
verlieren.

Ein paar Meter weiter in der Einkaufspassage gab es ei-
nen Drugstore, von wo aus man faxen konnte. Er bat um ein
Blatt Papier, zog einen goldenen Kugelschreiber aus seiner
Innentasche, der so dick war wir eine Havanna, und schrieb:
»Das ist ein Foto des Jungen! Wie Du auf dem Foto erken-
nen kannst, befindet sich der Papagei immer noch in Paris.
Jetzt bist Du am Zug! Finde ihn so schnell wie möglich
wieder!« Er faxte beides an seinen Komplizen in Paris.

Seine Anspannung löste sich wieder. Sein Chef würde zufrieden sein. Der Mann zupfte sein elegantes, gestreiftes Jackett zurecht und verließ den Drugstore. Es war einer der beiden gutgekleideten Typen, der große, mit denen Max im Schuppen auf dem Flohmarkt Clignancourt zusammengestoßen war.

Monsieur Ruche rollte in die verglaste Kabine, die ihn in den siebten Himmel der Bibliothek brachte. Um mehr über das Leben Umar al-Hayyams in Erfahrung zu bringen, hatte er beschlossen, ein weiteres Mal in die Bibliothek des IfAS zu gehen. Wie schon beim ersten Mal hatte Albert ihn an der Ecke Quai Saint Bernard/Pont Sully abgesetzt. Und genau wie beim ersten Mal mußte er eine Ewigkeit warten, bis er die Straße überqueren konnte.

Unmittelbar nachdem er sie betreten hatte, rollte er so schnell wie möglich die spiralförmige Rampe des Bücherturms herauf, über die er in den Lesesaal gelangte, wo er sich über den Anblick der Metalltische und Stühle mit den abgerundeten Rückenlehnen freute.

Er holte die entsprechenden Bücher aus den Regalen und nahm an einem Tisch Platz, während er sich nach allen Seiten umblickte, ob er vielleicht die hübsche Brünette wiedersähe, die ihm neulich so liebenswert geholfen hatte. Sie war nicht da. Er machte sich schleunigst an die Arbeit, um so mehr, als er um fünf Uhr mit den drei Liard-Kindern im neunten Stock auf der Terrasse der Brasserie verabredet war.

Umar al-Hayyam wurde am 18. Juni 1048 in einem kleinen persischen Dorf im Khorasan, dem Land der aufgehenden Sonne, geboren. Sein Vater hieß Ibrahim, was nichts anderes ist als die arabische Version des Namens Abraham. Er verkaufte Zelte.

Als Umar Dichter wurde und sich einen Namen geben mußte, wählte er al-Hayyam: Sohn desjenigen, der Zelte verkauft. In einem Zeitalter, in dem das Reisen noch sehr lange dauerte und es sehr viele Karawanen gab, war das ein gutes Geschäft. Ibrahim schickte seinen Sohn zum Studium nach Nishapur. Sehr bald schon schloß Umar dort Freundschaften. Insbesondere mit zwei anderen jungen Männern, Abdul Kasein und Hassan as-Sabbah. Das Trio wurde unzertrennlich. Die jungen Menschen erlebten wunderbare gemeinsame Augenblicke des Studiums und des Vergnügens. Wie alle Studenten der Welt zu allen Zeiten verbrachten sie unvergleichliche Abende auf endlosen Festen.

Am Ende eines solchen Abends schlug einer der Freunde, es ist nicht bekannt, welcher, den anderen einen Pakt vor. »Wir wollen uns Treue schwören. Wir sind alle drei gleich und eins. Das soll immer so bleiben. Der erste von uns, der zu Ruhm und Reichtum gelangt, soll den beiden anderen helfen.« Sie schworen.

Der erste, der zu Ruhm gelangte, war Abdul Kasem. Unter dem Namen Nisam u'l Mulk wurde er zum Großwesir von Sultan Alp Arslan. Die beiden anderen suchten ihn auf. Er hatte den Pakt, der sie miteinander verband, nicht vergessen.

Das erinnerte an eine Erzählung aus *Tausendundeiner Nacht*.

Monsieur Ruche fuhr fort.

Nisam u'l Mulk bot Umar eine wichtige Stellung am Hof an. Umar lehnte ab: »Ich möchte keine Stellung, die größte Gunst, die du mir erweisen könntest, wäre, mir die Mittel zur Verfügung zu stellen, damit ich so lange wie nötig weiterstudieren kann.« Nisam gewährte ihm eine Rente und ließ für ihn ein Observatorium in der Stadt Isfahan erbauen.

Dann war die Reihe an Hassan. Im Gegensatz zu Umar nahm dieser sofort die ihm von Nisam angebotene wichtige Stellung am Hof an. Intelligent und gebildet, wie Hassan war, genoß er sehr bald das Ansehen des Sultans. Von da an intrigierte er unentwegt gegen Nisam, weil er ihm seine Stellung streitig machen wollte. Nisam aber war ein genauso kluger wie vermögender Wesir, der Hassans Vorhaben durchkreuzte und ihn zum Tode verurteilen ließ. Umar setzte sich beim Sultan dafür ein, Hassan am Leben zu lassen. Hassan wurde aus der Stadt verbannt. Allerdings war er ständig auf der Flucht vor Nisams Männern, die geschworen hatten, ihn zu töten. Er begab sich auf die Suche nach einem sicheren Versteck, wo ihn seine Häscher nicht finden würden.

Im Süden des Kaspischen Meeres erstreckt sich der Elburs, eine lange Bergkette, deren höchste Gipfel eine Höhe von 6000 Metern erreichen. Hassan hatte von einer in den Bergen verlorenen kleinen Festung gehört. Er beschloß, sich dort zu verstecken.

In Begleitung einer kleinen Gruppe von Freunden brach er dorthin auf. Nach einer viele Tage langen, beschwerlichen Reise über fürchterliche Wege, die an tiefen Schluchten vorbeiführten und von dunklen Engpässen eingefaßt waren, erblickte er, mitten in Schnee und Eis, ganz oben auf dem Berg gelegen, einen wahren Adlerhorst. Die Festung Alamut! Umgeben von Wassergräben mit eiskaltem Wasser. Nur ein einziger Weg führte hinein. Eine Zugbrücke, die über tiefe Abgründe hinwegführte.

Auf den ersten Blick erkannte Hassan, daß die Festung uneinnehmbar war. Er beschloß, sie in Besitz zu nehmen. Da sie aber uneinnehmbar war, konnte er sie nicht gewaltsam erobern. Nachdem er seinen Kameraden befohlen hatte, sich zu verstecken, näherte er sich ihr allein und verlangte, den Kommandanten zu sprechen. Die Zugbrücke

wurde heruntergelassen, und gleich nachdem er sie über-
schritten hatte, wieder hochgezogen. Hassan sagte zum
Kommandanten: »Ich habe hier eine Rinderhaut.« Er breitete das Rinderfell aus. »Ich gebe dir 5 000 Goldstücke,
wenn du mir so viel Land verkaufst, wie man mit dieser
Rinderhaut einfassen kann.«

Der Kommandant traute seinen Ohren nicht. Er wollte
das Gold sehen. Hassan zeigte ihm das Gold. Der Kommandant ließ die Goldstücke zählen. 5 000! In der festen
Überzeugung, es mit einem Dummkopf zu tun zu haben,
ließ er sich auf den Vorschlag ein: »Gib mir das Gold, und
ich gebe dir auf der Stelle das von dir gewünschte Stück
Land.« Wieder wurde die Zugbrücke heruntergelassen.
Hassan ging auf die Ringmauern zu und zeigte mit dem
Finger auf den Boden. Aber anstatt die Rinderhaut an dieser Stelle auszubreiten, rammte er dort einen Pfahl in die
Erde, holte ein Messer hervor, zerschnitt das Fell in feine
Streifen, verknotete sie miteinander und befestigte an dem
Pfahl das eine Ende des Lederbandes, das er gerade gefer-
tigt hatte. Das andere Ende hielt er in der Hand, während
er an der Ringmauer entlangging. Bald war er um die
Festung herumgegangen. Er hatte sie mit seinem Leder-
band eingefaßt. Die Festung gehörte ihm! Somit profitier-
ten auch seine Kameraden von seiner List, und sie zogen
in die Festung ein. Der ehemalige Kommandant verließ
die Festung mit seinen 5 000 Goldstücken.

Unmittelbar nachdem sie sich dort niedergelassen hatten, ließ Hassan merkwürdige Veränderungen vornehmen.

Auf der anderen Seite der düsteren Ringmauer ließ er
in einer den Blicken entzogenen, entlegenen Ecke der
Festung ein wahrhaftes Paradies errichten. Herrliche
Gärten, kristallklare Bäche, Wäldchen, Blumenbeete. Ein
streng abgegrenztes, herrliches Stückchen Erde. Mit Ausnahme einiger weniger Vertrauter wußte niemand von

dessen Existenz. Es war ein geheimer Ort, dem Hassan eine ganz besondere Rolle zugedacht hatte.

Während er las und Notizen machte, belauerte Monsieur Ruche aus dem Augenwinkel heraus, ob sich die Lamellen schlossen. Dieses Ereignis hatte er in lebhafter Erinnerung behalten. Sie schlossen sich aber nicht einen Millimeter. Das Tageslicht war zu schwach.

Hassan hatte mehrere Dutzend junger Männer um sich versammelt, die im ganzen Orient sorgfältig wegen ihrer Kraft und ihrer kriegerischen Fähigkeiten ausgesucht worden waren. In Alamut mußten sie eine intensive Grundausbildung absolvieren, in deren Verlauf sie über Monate in allen Kampfarten vorbereitet wurden. Als die letzten Tage ihrer Ausbildung nahten, lud Hassan sie zu einem großen Festessen ein. Am Ende der Mahlzeit verabreichte er ihnen große Mengen Drogen. Ein Kraut, von dem er einen riesigen Vorrat besaß. Während sie tief schliefen, wurden sie in den geheimen Garten gebracht. Als sie am nächsten Tag aufwachten, trauten sie ihren Augen nicht. Sie waren im Paradies! Ein von wunderbaren Mädchen bewohntes Paradies, die sich über sie beugten und mit allerlei Liebkosungen weckten.

Damit begann für sie ein Tag voller Sinnenfreuden, wie sie ihn sich nicht einmal in ihren kühnsten Träumen ausgemalt hatten. Am Abend dann wurde ihnen während eines opulenten Abendessens nochmals jene Droge verabreicht. Dann brachte man sie in ihre Zimmer.

Als sie am nächsten Morgen erwachten, waren sie bis aufs äußerste erregt, nichts vermochte sie mehr zu bremsen, sie waren unersättlich, die Schönheit der Mädchen, ihre Zärtlichkeit, ihre Liebe, die wunderbaren Gärten, die tausendfarbigen Vögel, die Mahlzeiten, die Früchte, die Weine … Ein Traum. Ein ungeheuer intensiver, ungeheuer realistischer Traum. Hassan beruhigte sie. Mit der ganzen ihm eigenen Autorität versicherte er ihnen, daß dies kein Traum gewesen sei, sondern das Paradies selbst. Und er versprach ihnen feierlich, daß sie dorthin zurückkehren würden. Allerdings nur dann, wenn sie bei der Erfüllung einer der Missionen, auf die sie in den vielen Wochen der Ausbildung vorbereitet worden waren, den Tod fänden. Und zu einer solchen Mission würden sie schon am kommenden Tag aufbrechen.

Welche Missionen?

Hassan hatte sich sehr verändert; aus dem Geächteten war der allmächtige Großmeister einer religiösen Sekte der Ismaeliten geworden. Wesire, Kalifen und Sultane verfolgten die Mitglieder der Sekte wegen ihres Glaubens. Hassan erklärte ihnen einen erbarmungslosen Krieg, denn er hatte beschlossen, die Führer dieser Hemisphäre zu vernichten. Seine Waffe waren jene jungen Krieger, die er auf jedes von ihm gewünschte Ziel ansetzte. Sie nahmen alle Gefahren auf sich, fürchteten den Tod nicht. Sie sehnten ihn sogar herbei, denn er war ihr Eintrittsbillet zum Paradies, das Hassan ihnen versprochen hatte. Sie verfehlten ihr Ziel nie.

War es der Name des Krauts, Haschisch, das die Männer vor ihren Einsätzen zu sich nahmen, oder war es die Tatsache, daß diese nach dem Paradies Trunkenen von Hassan ausgesandt wurden, um zu töten, daß man sie die *Assassinen*, was Haschischgenießer und Mörder zugleich bedeutet, nannte?

Monsieur Ruches Herz schlug heftiger. Das alles entbehrte nicht einer gewissen Dramatik. Vor einigen Wochen hatte er begonnen, sich vollkommen arglos mit der Lebensgeschichte eines Dichters und Verfassers berühmter Vierzeiler zu beschäftigen, der die Frauen und den Wein liebte, der der Vater der Polynome war, Spezialist für Gleichungen dritten Grades, ein angesehener Astronom, persischer Mathematiker, der Schwierigkeiten mit dem

5. Euklidischen Axiom hatte, und jetzt hatte er es mit einer Gruppe von Mördern zu tun, die ihre Bluttaten auf Anordnung eines genialen Fanatikers ausführten, der sich in einer uneinnehmbaren Festung verschanzt hatte. War es nicht genau das, was Grosrouvre ihm mitteilen wollte?

Seine innere Anspannung war so groß, daß er nicht auf seinem Platz zu bleiben vermochte. Früher wäre er auf und ab gegangen, um sich zu beruhigen. Jetzt konnte er nur mit seinem Rollstuhl durch den Lesesaal der Bibliothek fahren. Dann las er weiter.

Eines Morgens fand man den Wesir Nisam u'l Mulk erstochen in seinem Zelt mitten im königlichen Feldlager. Der von seinem alten Jugendfreund Hassan as-Sabbah mit dem Mord beauftragte Assassine wurde auf der Stelle hingerichtet. Als der Scharfrichter ihm den Kopf abschlug, lächelte er, weil er sich danach sehnte, ins versprochene Paradies zu gelangen.

Hassan starb in seinem Bett in Alamut, das er seit jenem Tag, als er es zum ersten Mal betrat, nie mehr verlassen hatte. Lange Zeit sprach man angsterfüllt vom »Alten auf dem Berg«.

Es war nach fünf. Monsieur Ruche stürmte zum Aufzug, der ihn in den neunten Stock brachte. Nachdem er über eine kleine Verbindungsbrücke gefahren war, die die beiden Gebäudeteile miteinander verband, gelangte er auf die große, menschenleere Terrasse. Er nahm sich nicht die Zeit, das Panorama zu genießen, und fuhr in die ebenfalls vollkommen verglaste Brasserie, die ebenfalls eine wunderbare Aussicht gewährte.

Léa, Jonathan und Max bemerkten sofort seine Erregung. Monsieur Ruche bestellte einen Minztee und zwei kleine Stückchen libanesisches Mandel- und Honiggebäck. Sie erwarteten eine Mathematikstunde und hörten einen kurzen Vortrag über Religion.

»Der Ismaelismus entstand um das 7. Jahrhundert und predigte nicht von Anfang an den Mord als politische Waffe. Nach Hassans Tod wurde die Bewegung wieder sehr viel friedfertiger. Die Lehre bestand und besteht immer noch darin, den Geist von allem zu befreien, was ihn behindern und Macht über ihn erlangen könnte. Die erste philosophische und wissenschaftliche Enzyklopädie der Geschichte wurde ausschließlich von Ismaeliten verfaßt, und auch die *Geschichten aus Tausendundeiner Nacht* sind vom ismaelitischem Denken beeinflußt! Da fällt mir ein, wißt ihr eigentlich, was Ismael bedeutet?« fragte Monsieur Ruche. »Es bedeutet ›Gott erhört dich‹, Yishsma-El! Auf hebräisch. Es ist der Name eines Sohnes von Abraham und seiner Sklavin Agan. ›Du wirst einen Sohn gebären und ihn Ismael nennen, denn Jahwe hat dich in deiner Verzweiflung erhört‹, sagte Gott zu ihm.«

»Das hatte gerade noch gefehlt«, dachte Léa, »jetzt wird der Heide Monsieur Ruche auch noch zum Pfaffenknecht!«

Aufmerksamer denn je zuvor hatte Max jedes Wort von den Lippen Monsieur Ruches gelesen. Isma Max. Max hört!

Der Tee war gut, konnte es aber nicht mit dem von Habibi aufnehmen. Monsieur Ruche erzählte ihnen von den drei Freunden, von Alamut und von allem, was er im Laufe des Nachmittags erfahren hatte.

»Sie wollten uns etwas über al-Hayyam erzählen, und Sie erzählen uns von Hassan as-Sabbah«, bemerkte Jonathan.

In der Tat. Die Bedienung begann die Tische für das Abendessen einzudecken. Sie standen auf. Die Terrasse hatte die Form eines etwas merkwürdigen rechtwinkligen Dreiecks, die beiden Seiten des rechten Winkels, diejenige, die in die Spalte zwischen den beiden Gebäudeteilen hineinragte, und diejenige, die parallel zur Fensterfront der Brasserie verlief, waren gerade; die Hypotenuse paßte sich dem Lauf der Seine an und war gebogen. Gegen das Geländer gelehnt, das beinahe über dem Wasser schwebte, schauten Jonathan, Max und Léa auf Paris hinunter. Die Aussicht war herrlich.

Paris! Die Ile de la Cité und die Ile Saint-Louis. Notre-Dame von hinten!

Der einzige Mensch, den Hassan bewunderte, war Hayyam. Er war sein Freund, er hatte ihm das Leben gerettet, er war ein großer Gelehrter. Er bat ihn mehrmals, sich in Alamut niederzulassen. Er hatte eine beachtliche Bibliothek zusammengetragen, in der sein Freund alle Werke vorfände, die er benötigte. Hayyam lehnte ab. Genauso wie er es ablehnte, sich am Hof des Sultans niederzulassen, worum dieser ihn nachdrücklich bat. Aber er willigte ein, an der Erarbeitung des neuen Kalenders mitzuwirken. Hayyam war zu einem der größten Astronomen der arabischen Welt geworden. Diesen Umstand verdankte er seinen herausragenden geistigen Fähigkeiten sowie den Forschungsarbeiten, die er dank des Observatoriums durchführen konnte, das Nisam u'l Mulk für ihn in Isfahan erbauen ließ. In der arabischen Welt sprach man lange vom »Hayyam-Kalender«.

Darüber hinaus war er Astrologe. Aus diesem Grund sind sowohl sein genaues Geburts- als auch sein genaues Todesdatum bekannt, was für die damalige Zeit äußerst selten ist. Einmal vertraute al-Hayyam einem seiner Schüler an, daß sich sein Grab dereinst an einem Ort befinden würde, wo der Nordwind weht und die Araber zweimal im Jahr ihre Blumen verstreuen.

Viele Jahre später, als der ehemalige Schüler einmal nach Nishapur zurückkehrte und vom Tod des Dichters erfuhr, erkundigte er sich nach dem Ort, wo man ihn begraben hatte. Man führte ihn hin. Das Grab lag mitten in einem dem Wind ausgesetzten Garten, am Fuße einer kleinen Mauer, über der sich das Geäst von Pfirsich- und Birnbäumen wölbte. Der Grabstein war mit zwei Schichten verwelkter Blüten bedeckt.

Die jungen Leute gingen wieder fort. Die Zwillinge wollten den Abend zusammen mit Freunden verbringen, und Max ging zu Fuß in die Rue Ravignan zurück. Monsieur Ruche blieb noch einen Augenblick lang auf der Terrasse. Es war dunkel geworden. Er vergaß seine Nachforschungen, Grosrouvre und die BAU und dachte an al-Hayyam, dem er sich sofort so nah gefühlt hatte. Ihm fielen zwei Daten ein. »Geboren am 18. Juni 1048. Gestorben am 4. Dezember 1131.« Al-Hayyam war in seinem 84. Lebensjahr gestorben. Im selben Alter wie auch Grosrouvre! …

Er zog sich aus seinem Rollstuhl hoch, umfaßte das Geländer. Gegen den Nordwind rief er in die Kälte der Pariser Nacht: »Genauso alt wie ich!«

Monsieur Ruche stand mitten in seinem 84. Lebensjahr. In diesem Augenblick wußte er, daß ihm in diesem Jahr nichts mehr widerfahren würde. Er hatte das Gefühl, schon ewig zu leben …, fast jedenfalls.

Noch ganz zittrig von seinem Schrei, begab er sich wieder in den Lesesaal der Bibliothek des IfAS. Er rollte schnell zwischen den Tischen hindurch; sie waren jetzt alle besetzt. Am anderen Ende des Lesesaals sah er sie, vertieft in die Lektüre eines dicken Buchs, ganz sicher eines Architekturbuches, sitzen. Die Brünette war da. Wie sehr ihn das freute! Ihm stieg die Röte ins Gesicht. Es sei denn, es lag am Temperaturwechsel. Die Anwesenheit des Mädchens unmittelbar nach dem Ereignis oben auf der Terrasse war ein Zeichen. Ein Lebenszeichen. Er fuhr ganz nah an ihr vorbei. Ganz vertieft in die Lektüre des Buchs, bei dem es sich in der Tat um ein Architekturbuch handelte, hob sie nicht den Blick. Monsieur Ruche fuhr an seinen Platz. Seitdem er ihn gegen fünf Uhr verlassen hatte, war eine Ewigkeit vergangen. Albert würde ihn abholen; bis zur Schließung blieb ihm nicht mehr viel Zeit. Jetzt war die Reihe an Nasir al-Din al-Tusi.

Nasir al-Din wurde im Jahre 1201 in Tus, einer kleinen Stadt im Nordosten des Iran, geboren. Aus diesem Grund hieß er al-Tusi: aus Tus. Sein Vater war ein bekannter Gelehrter. Genau wie Ibrahim, der Zeltverkäufer, schickte er seinen Sohn zum Studium nach Nichapur. In dieselbe Universität wie al-Hayyam, mit dessen gesamtem Werk er sich intensiv beschäftigte. Genau wie dieser interessierte er sich sehr für Astronomie, und er träumte davon, ein Observatorium, vergleichbar dem in Isfahan, zur Verfügung zu haben.

Zwei Mathematiker. Der eine begeisterte sich für die Dichtkunst, der andere für Religion. Nasir al-Din schrieb *Der Garten des wahren Glaubens.* War das vielleicht der Grund dafür, fragte der Autor des Buches, das Monsieur Ruche gerade las, weshalb Nasir al-Tusi sich in der immer noch von den Anhängern Hassan as-Sabbahs gehaltenen Festung aufhielt?

Monsieur Ruche traute seinen Augen nicht. Er las den Satz ein zweites Mal. Nasir al-Din hielt sich in Alamut auf! Kein Zweifel, das war der al-Tusi, nach dem er suchte! Sowohl bei Umar als auch bei Nasir al-Din bestand eine Verbindung zu den Assassinen. »Das ist die Gemeinsamkeit, auf die Grosrouvre mich hinweisen wollte, als er die beiden arabischen Mathematiker erwähnte. Diese beiden, und keine anderen.«

Vollkommen aufgewühlt las Monsieur Ruche weiter. Er blickte zur Uhr. Ihm blieb nicht mehr viel Zeit bis zur Schließung.

Neben dem sagenhaften »Paradies auf Erden« von Alamut, das Nasir al-Din mit Verzückung entdeckte, hatte es ihm ein anderer Ort noch mehr angetan, und zwar die von Hassan zusammengetragene Bibliothek. Den allergrößten Teil seiner Zeit verbrachte er dort.

Dort hielt er sich auch auf, als die Mongolen in das Leben von Nasir al-Din traten.

Nichts vermochte sie aufzuhalten. Innerhalb von 50 Jahren hatten ihre Truppen Asien und Europa erobert. Beim Tod Tschingis Khans im Jahre 1227 erstreckte sich das Reich der Mongolen von der chinesischen Pazifikküste bis ans Kaspische Meer. 8000 Kilometer lang und 3000 Kilometer breit! Monsieur Ruche hob den Kopf und blickte in die Runde, als würde er diese ungeheure Ausdehnung ermessen wollen. Der Platz hinten im Lesesaal war leer. Die hübsche Brünette war fortgegangen, ohne daß er es bemerkt hatte. Er hatte sie weder kommen noch gehen sehen. Es war fast niemand mehr im Lesesaal. Im Winter gehen die Studenten früh nach Hause.

Nach dem Reich Alexanders, dem Römischen Reich und dem Arabischen Reich das Reich der Mongolen! dachte Monsieur Ruche. Es war das vierte, mit dem er es seit Beginn seiner Reise in die Geschichte der Mathematik zu tun hatte. Peking, Moskau, Nowgorod, Kiew. Keine Stadt widersteht. Die mongolischen Truppen gelangen bis vor die Tore Wiens. Das Territorium ist so groß, daß es unter den Nachkommen des Großen Khan aufgeteilt wird. Hulagu, der Enkel Tschingis Khans, erhielt den Teil der Welt, in dem Nasir al-Din lebte. Der Khwarezm fiel, und damit auch der Aralsee. Genauso der Khorossan und Kurdistan, Iran und Irak. Samarkand, Buchara, Isfahan, Nichapur … Inmitten dieses Territoriums widerstehen noch zwei Orte den Mongolen, Bagdad und sein Kalif sowie Alamut und die Assassinen.

Hulagu beginnt mit Alamut. Die Assassinen werden gejagt, einer nach dem anderen getötet. Am Ende braucht der Khan nur noch das Herz der Sekte anzugreifen, die Festung.

An einem Dezembertag des Jahres 1256 hört Nasir al-Din Schreie. Er verläßt die Bibliothek und läuft zur Ringmauer.

Über den Weg, der zur Festung führt, nähert sich ein großes Heer. Die Männer sitzen auf jenen kleinen, nervösen Pferden, die die Menschen so sehr beeindruckten. Sie ziehen die furchtbaren Kriegsmaschinen, die die Mauern der am besten befestigten Städte der Welt fallen ließen. Die Schlacht wird beginnen.

Alamut, die Uneinnehmbare, wird nicht fallen. Sie wird sich ergeben.

Es wird erzählt, daß es Nasir al-Din gewesen sei, der den Großmeister der Ismaeliten davon überzeugte, sich den Mongolen nicht entgegenzustellen. Umar wohnte der Geburt von Alamut bei, Nasir al-Din ihrem Tod.

Der Großmeister, der die Nachfolge von Hassan as-Sabbah angetreten hatte, wurde geköpft. Es erging der Befehl, die Festung zu schleifen; nicht ein Stein sollte auf dem anderen bleiben. Vor der Bibliothek hält Hulagu inne. Nachdem er einen Gelehrten aus seiner Gefolgschaft zu sich gerufen hat, zeigt er auf einen Karren, der zufällig dort herumstand: »Ich gebe dir eine Nacht lang Zeit, um den Karren mit den Büchern deiner Wahl aus der Bibliothek zu füllen. Alle anderen werden beim Morgen-grauen in Flammen aufgehen.«

Der Gelehrte schließt sich in dem großen Saal ein. Die Auswahl beginnt. Warum dieses Werk und nicht ein anderes? Ah, wenn sie doch nur dünner wären, dann könnte er mehr von ihnen retten. Und der Karren ist auch viel zu klein! Es wird Abend. Monsieur Ruche zitterte. Er litt mit diesem Gelehrten und war während dieser furchtbaren Nacht bei ihm.

Wenn es etwas gibt, was ein Buchhändler nachvollziehen kann, dann ist das folgendes: Eine Handvoll Bücher auswählen dürfen und damit die anderen zum Scheiterhaufen verurteilen. Ohne es erst lesen zu müssen, wußte Monsieur Ruche, daß sich der Gelehrte sein ganzes Leben lang dafür verfluchte, nicht alle anderen Bücher gerettet zu haben.

Nasir al-Din steht draußen im Schnee und beobachtet alles. Beim Morgengrauen sieht er, wie der Gelehrte die Bibliothek verläßt und den von Büchern überquellenden Karren vor sich her schiebt. Ein Buch fällt zu Boden, Nasir al-Din tritt einen Schritt nach vorn, um es aufzuheben, aber ein Soldat stößt ihn zurück. Die Bibliothek brannte sechs Tage lang. Hulagu läßt Nasir al-Din am Leben.

Der Großmeister von Alamut, der das tragische Ende der Festung nicht vorhersah, hatte, anders als Grosrouvre, keine Vorsorge getroffen, die Bibliothek an einen anderen Ort bringen zu lassen. Und sie damit zu retten.

Albert wartete vor dem Eingang zum IfAS in der Rue des Fossés-Saint-Bernard. Auf der Fahrt sprachen sie kaum miteinander. Ganz von dem in den Bann gezogen, was er gerade erfahren hatte, brachte Monsieur Ruche die Lippen nicht auseinander. Albert setzte ihn vor der Buchhandlung ab.

Perrette ließ gerade das Gitter vor dem Geschäft herunter; das Licht hatte sie schon ausgemacht. Als sie seine eingefallenen Gesichtszügen sah, wußte sie, daß er mit jemandem reden mußte. Sie schaltete eine Lampe an und setzte sich in ihren Korbsessel. Monsieur Ruche erzählte ihr alles. Sie hörte ihm zu, ohne auch nur ein einziges Wort zu sagen.

Mehrere Minuten lang verharrte sie stumm.

»Abgesehen von der Tatsache, daß die Bibliothek von Alamut genauso verbrannt ist wie Grosrouvres Haus. Und abgesehen von der Tatsache, daß sowohl al-Hayyam als auch al-Tusi sich mit Geometrie beschäftigt und sich die Zähne ausgebissen haben am ...«

»5. Axiom«, hauchte Monsieur Ruche ihr zu.

»... am 5. Axiom. Was haben Sie, abgesehen davon, herausgefunden?«

Monsieur Ruche antwortete nicht. Sein Schweigen war beredt.

»Fangen wir noch einmal von vorn an«, schlug Perrette vor. »Zuerst erzählt Grosrouvre Ihnen eine Geschichte, in der es nicht um zwei, sondern um drei Freunde geht, die sich in jungen Jahren in Nishapur begegnet sind. Dann geht es in der Geschichte um die Beziehung, die sie im Alter zueinander haben.«

»Ja, außer der Tatsache, daß wir nur zwei sind...«

»Ja«, stimmte sie nachdenklich zu. »In Ihrer Geschichte gibt es nur zwei Freunde. Aber ich weiß nichts über Ihr Leben. Waren Sie vielleicht irgendwann einmal drei enge Freunde? Ein Trio? Sie, Grosrouvre und noch ein anderer, von dem Sie uns nie etwas erzählt haben? Darin könnte doch dann die Gemeinsamkeit bestehen.«

Monsieur Ruche sah sie erstaunt an:

»Drei?«

Er versuchte sich angestrengt zu erinnern.

»Nein, ich wüßte wirklich nicht, wer der Dritte sein sollte. An der Universität nicht. Das Sein und das Nichts, Sie erinnern sich? Im Kriegsgefangenenlager gab es einen Haufen Typen, denen wir uns nah fühlten, aber wir waren immer zu zweit. Wir sind zu zweit geflohen. Nein, wirklich, ich wüßte nicht, was für ein Trio.«

»Gut, dann müssen wir eben in einer anderen Richtung suchen.«

Sie überraschte Monsieur Ruche, der noch ganz in seine eigene Vergangenheit vertieft war, indem sie unvermittelt fragte:

»Und der Karren des Gelehrten, Monsieur Ruche, was ist aus ihm geworden?«

»Ach ja, der Karren des Gelehrten!«

Monsieur Ruche erzählte ihr den Fortgang der Geschichte von Nasir al-Din al-Tusi. Nach dem Fall von Alamut rückte Hulagu auf Bagdad vor. Er umstellte die Stadt. Es war sinnlos, sich ihm zu widersetzen. Der Kalif schickte Unterhändler zu Hulagu. Zu ihnen gehörte auch Nasir al-Din. Ja, Nasir al-Din al-Tusi war nach Bagdad gegangen, nachdem die Mongolen ihn freigelassen hatten.

Das Oberhaupt der Gläubigen verließ die Stadt, um sich Hulagu zu ergeben, der ihm erlaubte, in Begleitung von Nasir al-Din und einiger Soldaten wieder nach Bagdad zurückzukehren. Nasir al-Din al-Tusi sollte später von der letzten Begegnung zwischen dem Sultan und dem mongolischen Fürsten berichten. Hulagu nahm ein Goldstück, hielt es dem Sultan hin und forderte ihn auf: »Iß!« – »Das ist keine Nahrung«, erwiderte ihm der Sultan. »Warum behältst du es dann bei dir und hast es nicht deinen Soldaten gegeben, die dich besser verteidigt hätten?« Nasir al-Din erzählte, daß der Sultan zusammen mit seinen Schätzen als einziger Nahrung eingesperrt wurde und wenige Tage später starb. Er verhungerte.

Zum zweiten Mal in seinem Leben hielt Nasir al-Din sich in einer Stadt auf, die Hulagu in die Hände fiel. Genau wie in Alamut gab es auch in Bagdad ein Massaker. 100000 Tote, ein Zehntel der Bevölkerung! Wochenlang zeugten zu Pyramiden aufgetürmte Schädel vor jeder Tür in der Stadt, was es kostete, sich dem Khan zu widersetzen.

Hulagu forderte Nasir al-Din auf, seine Forschungen fortzusetzen. Nisam u'l Mulk hatte in Isfahan ein Observatorium für Umar al-Hayyam errichten lassen. Hundert Jahre später ließ Hulagu in der Stadt Maragha ein noch größeres für Nasir al-Din al-Tusi bauen.

Als er das Gebäude bezog, befand sich in Nasir al-Dins Gepäck etwas, das ihm wichtiger war als alles andere. Der Karren des Gelehrten. Hulagu hatte ihn al-Tusi zum Geschenk gemacht.

Eines nach dem anderen stellte Nasir al-Tusi die aus Alamut geretteten Bücher in die reiche Bibliothek des Observatoriums ein, die schon bald zur wichtigsten wissenschaftlichen Einrichtung des islamischen Mittelalters werden sollte. Nach dem alten Haus der Weisheit in Bagdad natürlich.

Der Mord am Kalifen erschütterte die ganze Welt zutiefst. Der Fall der Hauptstadt des Oberhaupts der Gläubigen bedeutete das Ende des abbassidischen Kalifats, das ein halbes Jahrtausend Bestand gehabt hatte. Und Bagdad? Nach Hulagu kam Tamerlan. Die Stadt wurde ein zweites Mal eingenommen. Das war zuviel. Jahrhundertelang versank die runde Stadt in die Bedeutungslosigkeit.

Und Bagdad, danach ...

15. KAPITEL

Tartaglia, Ferrari
Von der Klinge zum Gift

Nie zuvor war die große Kirche von Brescia so voller
Menschen. Aber die Menschen, die sich in ihr drängen,
sind nicht ausnahmslos Gläubige, die am Gottesdienst
teilnehmen möchten. Dutzende Frauen und Kinder warten zusammengedrängt und erwartungsvoll. Sie hoffen.
Sind sie hier, im Haus Gottes, nicht in Sicherheit? Nicolò,
seine Mutter, sein Bruder und seine Schwester suchen in
der Nähe eines Pfeilers Schutz. Im Kirchenschiff drängen
sich so viele Menschen, daß es trotz der winterlichen Kälte
fast warm ist. Es herrscht völlige Stille. Alle Blicke sind
auf das große Portal gerichtet. Das Getöse draußen wird
immer lauter, nähert sich immer mehr. Der Atem stockt,
die Körper sind wie versteinert. Es ist der Morgen des
19. Februar 1512.

Das Portal zerbirst mit einem fürchterlichen Krachen.
Durch die klaffende Öffnung dringt eine Mördertruppe
ein. Die Schwerter schwingend, reiten sie in den Kirchen-
innenraum hinein. Die Pferde, die furchteinflößend wie-
hern, gehen auf die vor Angst kreischende Menschenmenge los. Die Menschen haben sich erhoben, sie können
nicht fliehen. Sie werden umgerissen, erdrückt, niederge-
trampelt. Aber das Furchtbarste steht noch bevor. Die
Meute zerstückelt die wehrlosen Körper mit Schwerthie-
ben. Wie entkommen? Nicolò hat sich noch kleiner gemacht; er hat sich in die Arme seiner Mutter gekauert. Ein
Reiter nähert sich dem Pfeiler, in dessen Nähe die Familie

sich verkrochen hat. Nicolò sieht das riesige Schwert größer und größer werden ... Dann sieht er nichts mehr. Das Schwert ist auf ihn niedergegangen. Auf seinen Kopf, auf sein Gesicht. Aus Unachtsamkeit des Mörders ist die Mutter unversehrt geblieben. Sieg! Mordend, vergewaltigend, plündernd, brandschatzend haben die französischen Truppen den kleinen norditalienischen Marktfleck in ihre Gewalt gebracht.

Sie werden von einem schönen, gerade einmal zweiundzwanzigjährigen Mann angeführt, dem grausamen Gaston de Foix, genannt der »Blitzstrahl Italiens«. Er starb 54 Tage später in der Schlacht von Ravenna, das Gesicht von 15 Lanzen durchbohrt.

Monsieur Ruche zitterte vor Erregung. Es war dieselbe Empfindung, die ihn vor fünfzig Jahren, 1944, überkam, als er die Berichte über das Massaker der SS in der kleinen Kirche von Oradour-sur-Glane las. Er hatte nicht damit gerechnet, mit dieser Art von Erinnerung konfrontiert zu werden, als er sich mit dem dritten Mathematiker des von Grosrouvre verfaßten »Curriculums« zu befassen anfing. Dasselbe Entsetzen und dieselbe Empörung wie seinerzeit, aber auch dieselbe Gewißheit wie damals, daß die Kräfte des Lebens am Ende immer obsiegen.

So erging es auch dem kleinen Nicolò in der Kirche von Brescia. Unter den Dutzenden von Toten barg man seinen leblosen Körper. Zwei furchtbare Wunden klafften in seinem Gesicht. Sein Kiefer war gebrochen, aber er lebte.

Nicolò war zwölf Jahre alt. Er wirkte viel jünger, denn er war sehr klein, genau wie sein Vater, den man Micheletto den Reiter nannte, weil er seinen Lebensunterhalt damit verdiente, den ganzen Tag über die Straßen zu reiten, um die Briefe der Adligen der umliegenden Gegend auszutragen. Micheletto war sechs Jahre vor den besagten Ereignissen gestorben. Vor Entkräftung. Durch seinen Tod verarmte die ohnehin nicht wohlhabende Familie.

Sie war zu arm, um sich einen Arzt für Nicolò zu leisten. Seine Mutter pflegte ihn allein; sie verband seine Wunden, trug Salben auf. Und ließ die Zeit heilen. Monatelang konnte er kein Wort sprechen. Man fürchtete, er würde stumm bleiben. Schließlich artikulierte er ein paar Laute. Langsam erlernte er wieder das Sprechen. Aber er stotterte. Seine Kameraden nannten ihn Tartaglia, den Stotterer. Er beschloß, diesen Namen beizubehalten. Man schrieb das Jahr 1515, das Jahr also, in dem der französische König François I. in einem nahegelegenen Dorf namens Melegnano einen wichtigen Sieg errang. Hartnäckig nannten die Franzosen es Marignan.

Genausowenig wie sich die Familie einen Arzt zu leisten vermochte, konnte sie sich einen Lehrer leisten. Um die Wahrheit zu sagen, Nicolò hatte einen Lehrer, das heißt, er hatte ihn nur zu einem Drittel ..., der ihm auch nur ein Drittel des Alphabets beibrachte. Von A bis I.

Als Nicolò sechs wurde, hatte sein Vater einen Lehrer angestellt. Der Lohn sollte in drei Raten bezahlt werden. Micheletto bezahlte das erste Drittel und verstarb unmittelbar darauf. Der Lehrer brach seinen Unterricht abrupt ab, und Nicolò stand nach einem Drittel des Alphabets ohne Lehrer da. Was kommt nach dem I und wie wird es geschrieben? Nicolò brannte darauf, es zu erfahren. Es gelang ihm, sich ein vollständiges Alphabet zu besorgen und die zwei übrigen Drittel allein zu erlernen. Bis zum Z!

»Alles, was ich weiß, habe ich in den Werken verstorbener Männer entnommen«, erzählte er am Ende seines Lebens.

Wer waren diese »Toten«, in deren Schriften Tartaglia die Mathematik erlernt hatte?

Diesmal hatte Monsieur Ruche keine Lust, eine Sitzung zu organisieren; ihm fehlte die Kraft. Und war es in seinem Alter überhaupt angebracht, neue Gewohnheiten anzunehmen? Seit der denkwürdigen Sitzung über al-Hwarizmi zusammen mit Habibi trafen sie sich während der ruhigen Nachmittagsstunden regelmäßig in seinem Geschäft. In dem gemütlich eingerichteten Hinterraum des Ladens tranken sie Tee. Monsieur Ruche las in den Werken, die er aus der BAU mitgebracht hatte, und Habibi erledigte die Buchführung oder döste vor sich hin. Sobald die Klingel ankündigte, daß ein Kunde das Geschäft betrat, stand er auf. Wenn er zurückkam, berichtete er immer, was der Kunde gekauft hatte: zwei Flaschen Bier, eine Flasche Mineralwasser, zwei Scheiben Schinken. Ohne den Kopf zu heben, sagte Monsieur Ruche jedesmal mechanisch: »Ah, gut«, und der Nachmittag floß weiter ruhig dahin.

Seitdem er sich mit der dritten Person auf Grosrouvres Liste beschäftigte, hatte er aus den Regalen der BAU Tartaglias Werke *Quesiti e Invenzioni diverse* und *General Trattato* sowie Cardanos *Ars magna* herausgezogen. Um Tartaglia ein wenig zu verstehen, mußte man etwas weiter zurückgehen.

Bis ins 13. Jahrhundert zu Leonardo Bigollo, genannt Leonardo von Pisa, dem größten Mathematiker des Mittelalters. Bigollo bedeutet: der »Faulenzer«. Als gehorsamer Sohn war er seinem Vater, einem Mann namens Bonaccio, an die Küste Kabyliens nach Algerien gefolgt, wo dieser einen Posten als Konsul in Bougie bekleidete.

Habibi kannte Bougie gut. Er beschrieb ihm liebevoll den kleinen, an die wilde Gebirgslandschaft Kabyliens geschmiegten Hafen. Die Olivenbäume und Korkeichen, die in gefettetem Papier gebackenen Steinbarben, die Seeigel … Das schönste aber, und Habibi sprach an dieser Stelle mit einem Tremolo in der Stimme, war der Küstenstreifen bis Djidjelli. Eine mehrere Dutzend Kilometer lange, steil ins Meer abfallende Felsenküste, »schöner als die Côte d'Azur«.

»Dort gibt es eine Höhle, die kurz über dem Wasserspiegel liegt, sie ist größer und kühler als die große Moschee von Algier. Weißt du, wie sie heißt? Die *wunderbare Höhle!* Diesen Namen trägt sie keineswegs zu Unrecht. Warum kommst du nicht einfach diesen Sommer mit mir dorthin? Man wird dir dort einen festlichen Empfang bereiten!«

»Ich bin alt, Habibi. In meinem Alter reist man nicht mehr.« »Soll ich dir mal was sagen? Ich finde dich weniger alt als früher.«

In dem Buch, das Monsieur Ruche gerade in Händen hielt, wurde beschrieben, wie Leonardo im Geschäft eines Krämers in Bougie Arabisch lernte. Monsieur Ruche sah den in seine Rechnungen vertieften Habibi freundschaftlich an. Würde man später in der Biographie der Berühmtheiten von Montmartre Ende des 20. Jahrhunderts vielleicht lesen: »Pierro, der Sohn von Rucho, genannt Birucho, bekannter Philosoph der 2. Hälfte des 20. Jahrhunderts, lernte Arabisch im Hinterzimmer eines Lebensmittelgeschäfts in der Rue des Martyrs.«? Leonardo ging in den Vorderen Orient, nach Syrien, Ägypten. Noch einer! Ägypten war das Santiago de Compostela der Mathematiker!

Wenn man sich seinerzeit für Mathematik interessierte, war die Beherrschung der arabischen Sprache ein ausgezeichnetes Hilfsmittel. Umar ließ sich al Hayyam nennen, der Sohn des Zeltverkäufers, Leonardo gab sich den Namen »Sohn des Bonaccio«, *filius Bonacci,* woraus er dann »Fibonacci« machte. Unter diesem Namen wurde er als Verfasser des ersten großen mathematischen Werkes des

Abendlandes bekannt, des *Liber abaci,* das Buch des Rechenbretts oder, wenn Sie so wollen, des Schildes.

Auf seinen Reisen durch die arabischen Länder war Fibonacci konvertiert: zu den indo-arabischen Zahlen, zu deren Fürsprecher er sich im christlichen Abendland machte, indem er jedem, ob er es wollte oder nicht, ihre unbestreitbare Überlegenheit gegenüber den römischen Ziffern veranschaulichte. Auf den Seiten dieses Werkes entdeckten die Christen die Null, wurden mit dem Stellenwertsystem bekannt gemacht (»Ein Zwerg auf der obersten Stufe ist größer als ein Riese auf der untersten«, hatte Jonathan einmal gesagt), erfuhren von der Zerlegung der Zahlen in Primfaktoren und von den Teilungskriterien durch 2, durch 3 usw. sowie viele andere Dinge mehr. Zu diesen Dingen gehörte auch die Sache mit den Hasen.

Fibonacci interessierte sich sehr für die Vermehrung von Hasen und fragte sich, was wohl aus der Nachkommenschaft eines Hasenpärchens nach einem Jahr würde.

Wenn das Pärchen im Januar mit seinen Liebesspielen beginnt, gebiert das Pärchen im Februar ein zweites Pärchen, aus dem wiederum jeden Monat ein weiteres Pärchen hervorgeht. Jedes Pärchen gebiert im zweiten Monat nach seiner Geburt ein neues Pärchen, und in der Folgezeit dann jeden Monat ein weiteres.

Fibonacci errechnete folgende Anzahl an Pärchen: 1, 1, 2, 3, 5, 8, 13, 21, 34, 55, 89, 144, 233. Innerhalb eines Jahres wies das Hasenpärchen Fibonaccis eine Nachkommenschaft von 232 anderen Hasenpärchen auf! Vom dritten Pärchen an ist jede Zahl in der Folge die Summe der beiden vorhergehenden Zahlen. Fibonaccis Darstellung dieser Folge bei der Nachkommenschaft der Hasenpärchen war nichts anderes als die Erfindung des mathematischen Begriffs der Zahlenfolge, dem eine große Zukunft bevorstand.

Und was noch erstaunlicher ist: Verlängert man diese Folge und stellt eine Beziehung zwischen einer Zahl und der vorausgehenden Zahl her, dann sieht man, daß diese Beziehung nach

$$\frac{1+\sqrt{5}}{2} = 1,61803\ldots$$

tendiert.
Die berühmte Goldene Zahl!

Als der gutgekleidete kleine Typ, der »GGKT«, das Fax seines Komplizen, des gutgekleideten großen Typs, des »GGGT«, aus Tokio erhielt, steckte er das Foto in eine Hülle und fuhr so schnell wie möglich zur Vogelhandlung am Quai de la Mégisserie. Auf der Suche nach der Verkäuferin lief er kreuz und quer durch das ganze Geschäft. Es war sehr voll. Er mußte an ihr vorbeigelaufen sein, ohne sie gesehen zu haben. Er machte noch einmal eine Runde durch die Vogelhandlung, konnte sie aber nicht finden.

Er versuchte es nicht noch ein drittes Mal, und obwohl es nicht besonders vorsichtig war, sprach er einen Verkäufer an und fragte ihn, wo er dessen Kollegin finden könnte.

»Maria?« fragte dieser. »Sie hat heute ihren freien Tag.« So ein Mist. Jetzt blieb ihm nur noch die Möglichkeit, sie zu Hause aufzugabeln.

Er klingelte. Niemand da! Er beschloß, in der Brasserie gegenüber auf sie zu warten. Er bestellte ein kleines Bier und begann vor sich hin zu träumen. Tokio! Was für eine Stadt! Wie gern ich jetzt dort wäre, aber er ist da, und ich nicht. Es ist immer dasselbe, er ist immer in der besseren Position als ich. Paris verlassen! Bei dem idiotischen Job, den ich hier mache. Eine Marotte des Chefs, ein Job, der in keinem Verhältnis zu meinen Fähigkeiten steht. Er erhielt einen kräftigen Klaps auf den Rücken. Um ein Haar wäre er erstickt. Er warf das Glas um. Die Flüssigkeit ergoß sich nicht über die Mappe, in der das Foto war, wohl aber über die Jacke von GGKT. Er sprang wütend auf, so als würde er jemandem an die Kehle gehen wollen. Das Mädchen sah ihn breit lächelnd an.

»Giulietta!«

Sie hieß nämlich nicht Maria Giuletti, wie der Besitzer der Vogelhandlung glaubte, sondern Giulietta. Giulietta Mari. Sie warf einen schelmischen Blick auf den großen Fleck auf der gestreiften Tweedjacke. Das Mädchen war einen guten Kopf größer als GGKT.

»Zum Glück hast du ein kleines Bier bestellt, sonst wäre der Fleck noch größer«, bemerkte sie betrübt dreinblickend.

Er hätte sie am liebsten erwürgt. Sie machte sich über ihn lustig. Aber sie gefiel ihm so sehr. Eine attraktive Braunhaarige mit elfenbeinfarbener Haut. Typisch Italienerin!

»Was machst du hier?« fragte sie ihn.

»Stell dir vor, ich warte auf dich. Es gibt Neuigkeiten.«

Er holte das Foto aus der Mappe. Max und Nofutur waren mit einem Textmarker eingekreist.

»Ist das der Bengel, den du im Geschäft gesehen hast?«

Sie hielt das Foto dichter, ganz dicht vor die Augen, denn sie war sehr kurzsichtig und wollte in der Öffentlichkeit keine Brille tragen.

»Er ist es.«

»Bist du sicher?«

»Wenn ich einmal etwas gesehen habe …«

»Wenn es dir gelungen ist, etwas zu sehen, meinst du wohl.«

Und tack! Schließlich mußte ihr ja klargemacht werden, wer hier der Herr im Ring war, oder? Sie warf ihm einem tödlichen Blick zu. Er fragte noch mal nach:

»Ist er es, oder ist er es nicht?«

»Diesen unverschämten Gesichtsausdruck habe ich sofort wiedererkannt. Am liebsten hätte ich ihm eine Ohrfeige verpaßt, als er zu mir sagte: ›Meine Mutter hat mir verboten, mit fremden Frauen zu sprechen.‹«

»Mach dir nichts draus. Wenn ich ihn erwische, dann kriegt er eine von mir verpaßt. Im Schuppen auf dem Flohmarkt hat er mir dermaßen fest in den Bauch geschlagen, daß ich zehn Tage lang Magenschmerzen hatte. Und was diesen Papagei anbelangt, krrk!« Er machte eine schraubenförmige Bewegung mit den Händen, um so zum Ausdruck zu bringen, daß er ihm nur zu gern den Hals umdrehen würde. »Sieh mal, was er mit mir gemacht hat!«

Er zeigte ihr den kleinen Finger der linken Hand, dessen Spitze ganz zerfleischt war. Er mußte ihn ganz nah an Giuliettas Gesicht heranführen. Sie hob den Kopf und nickte zustimmend:

»Tatsächlich! Er hat dich ganz schön zugerichtet. Zum Glück ist es nur der kleine Finger der linken Hand.«

»Du sagst mir heute nun schon zum zweiten Mal, daß du findest, ich hätte Glück gehabt, und du sagst es mir jedesmal, wenn mir irgendein Scheiß passiert ist«, stellte er aufgebracht fest.

»Ja und?« sagte sie, von seiner Reaktion überrascht. »Das habe ich von meiner Mutter. Sie sagte immer zu mir: ›Sieh mal, Giulietta, wenn dir etwas Schlimmes passiert, dann mußt du dir sagen: Glück gehabt, es hätte schlimmer kommen können. Und es geht dir gleich schon viel besser.‹«

»Vielen Dank auch an deine Mutter. Mir geht es schon viel besser. Aber es wird mir noch viel besser gehen, wenn ich diesen Scheißpapagei erst einmal erwischt habe.«

Die Beschäftigung mit den Vorläufern von Tartaglia dauerte länger als vorgesehen. Monsieur Ruche wollte die Bücher wieder ins Regal zurückstellen, konnte aber nicht dem

Bedürfnis widerstehen, eines aufzuschlagen. *Blütenlese von Antworten auf einige Fragen in bezug auf die Zahl und die Geometrie.* Warum spricht er von Blüten? Weil, antwortet Fibonacci, mehrere dieser Fragen, »auch wenn sie dornig sein mögen, auf eine blumige Art und Weise dargestellt werden und weil sich aus diesen Fragen, genau wie bei Pflanzen, deren Wurzeln unsichtbar im Boden stecken, um zu gegebener Zeit ans Tageslicht hervorzubrechen und Blüten zu treiben, eine Vielzahl anderer Fragen ableiten läßt«. Eines dieser blumigen Probleme war die Fragestellung, um die es bei einem von Kaiser Friedrich II. organisierten Turnier ging, bei dem er gegen Giovanni von Palermo antrat. Es handelte sich um das erste Duell in der Geschichte der Mathematik. Später sollte es noch viele davon geben. Tartaglia verstand einiges davon. Bevor er sich aber eingehender mit ihm befassen konnte, mußte Monsieur Ruche sich mit einem Franziskanermönch namens Luca Pacioli beschäftigen.

Seine *Summa de arithmetica, geometria proportioni et proportionalità* war ein wahres Wunderwerk. Monsieur Ruche blätterte es ergriffen durch. Wie war es Grosrouvre nur gelungen, in den Besitz eines solchen Juwels zu gelangen? Ein im Jahre 1494 verfaßtes Buch! Geschrieben während der Blütezeit der Renaissance, als in Bologna, Siena, Venedig, Urbino oder Florenz Leonardo da Vinci, Raffael und Piero della Francesca pausenlos an ihren Werken arbeiteten, die später die Museen dieser Welt füllten. Im Museum von Neapel kann man noch heute ein Gemälde von Jacopo de Barberi bewundern, das Luca Pacioli zeigt, dessen Hand auf seiner Summa ruht: das erste gedruckte Werk zur Algebra! Vierzig Jahre zuvor hatte Gutenberg in seiner Mainzer Werkstatt das erste Buch gedruckt. Von da an war alles sehr schnell gegangen.

394

Buchausgaben mit einer Auflage von mehreren Dutzend oder hundert Exemplaren zirkulierten in ganz Europa und wurden von den nun ebenfalls immer zahlreicheren Buchhändlern vertrieben. Monsieur Ruche stellte sich vor, was ein Buchhändler zu jener Zeit empfunden haben mag, als das erste gedruckte Buch in seinem kleinen Verkaufsladen ankam. Wenn er, der bis dahin immer nur Handschriften auf Velin in Händen gehalten hatte, zum erstenmal ein auf Papier gedrucktes Buch in Händen hielt!

Der erste Eindruck war ganz sicher Erstaunen. Erstaunen angesichts des ungewöhnlich einheitlichen Erscheinungsbilds der Seite. Alle *A's* einer Seite ähnelten sich sehr! Und alle *B's*, und alle *C's* auch! Diese Einheitlichkeit erleichterte zwar das Lesen, aber dennoch empfand er so etwas wie einen Verlust. Eine zwar beruhigende, aber auch etwas traurige Monotonie. Das Erstaunen nahm noch zu, wenn er erst zwei Exemplare desselben Buchs erhielt und beim Durchblättern merkte, daß sie Seite für Seite völlig identisch waren. Zwei austauschbare Exemplare! Das eine verbrennt, das andere nicht, dachte Monsieur Ruche zwangsläufig. Zwillingsbücher! Als Vorstufe der Überschwemmung durch … geklonte Bücher.

Buchhändler im Zeitalter der Erfindung des Buchdrucks! Davon träumte Monsieur Ruche. Um 1480 Inhaber einer Buchhandlung in der Rue des Escholiers zu sein, nur einen Steinwurf von der Sorbonne entfernt, wo die ersten gedruckten Bücher Frankreichs hergestellt wurden! Dieses Abenteuer nicht erlebt zu haben, bedauerte er sehr.

Dieses erste gedruckte Buch zur Algebra, in dem Pacioli sich als Verfechter des Rechnens mit der Feder erwies, enthielt keine neuen Ergebnisse, sondern war eine Zusammenstellung des algebraischen Wissens im Abendland Ende des 15. Jahrhunderts. Und dieses Wissen rührte in erster Linie von den Werken der arabischen Mathematiker sowie von deren Übersetzungen der griechischen Autoren her. Aber die Arbeiten eines Umar al-Hayyam oder diejenigen eines Saraf al-Din al-Tusi zum Beispiel waren fast völlig unbekannt.

Bagdad und Alamut waren sehr weit weg von Norditalien. Obwohl die Massaker eines Grafen von Foix denjenigen der Mongolen in nichts nachstanden. Während er über al-Hayyam nachdachte, fiel ihm die Frage nach einem Trio ein, die Perrette ihm in der Buchhandlung gestellt hatte.

Monsieur Ruche erinnerte sich an einen kleinen Italiener. Wie hieß er noch? Tavio! Er bediente in der Bar-Tabac an der Sorbonne. Ein netter Junge, etwas jünger als wir, der anfangs ziemlich eng mit Grosrouvre befreundet war. Mehrere Monate lang waren wir eine kleine verschworene Bande, haben die Nächte zusammen durchgemacht. Bis zur Kriegserklärung, als Grosrouvre und ich zum Militärdienst eingezogen wurden. Wir haben ihn nie mehr wiedergesehen. Ein ziemlich kurzlebiges Trio. Monsieur Ruche mochte noch so lange in seiner Vergangenheit stöbern, außer diesem einen fiel ihm kein weiteres Trio ein. Obwohl es da noch eine andere Geschichte gab ... Grosrouvre und er waren in eine russische Barsängerin verliebt, die Tania hieß und um die Dreißig war. Auch sie bildeten zusammen ein Trio. Aber auch ihm war nur ein kurzes Leben beschieden, denn sie ging mit einem türkischen Sänger fort. Weder die Sängerin noch der kleine Kellner dürften sich nach Ansicht von Monsieur Ruche für mathematische Beweise interessiert haben. Nein, Perrette war auf der falschen Fährte.

Er kehrte zur Mathematik zurück, zur Geschichte und zur Geschichte der Mathematik. Al-Hwarizmi besaß im europäischen Mittelalter einen sehr hohen Bekanntsheitsgrad.

Monsieur Ruche konnte es sich nicht verkneifen, den Namen ganz laut auszusprechen – er erinnerte sich noch lebhaft an Habibis Empörung über den von den Irländern erfundenen Couscous.

Seit dem 12. Jahrhundert gab es eine Vielzahl von Übersetzungen seiner Werke. Als erstes sein Buch über die indischen Rechenverfahren: *Dixit algorismi,* das zur Bibel der Mathematik wurde, so daß man dieses Rechenverfahren Algorismus nannte, wovon sich der Name *Algorithmus* ableitet. Die römische Schreibweise war zum Rechnen vollkommen ungeeignet, denn schon die kleinste Rechnung konnte nur mit Hilfe von *Abacussen,* dem Pendant zu den chinesischen Rechenbrettern, angestellt werden, bei denen es sich um Tafeln mit Spalten handelte, auf die man Steinchen legte.

Die Einführung der neuen Rechenmethode war eine echte Revolution, die ihre Feinde und ihre Anhänger hatte, die in zwei unversöhnliche Lager gespaltenen Abacisten und die Algoristen. Erstere, die der Zunft der professionellen Rechner angehörten, kämpften für die Aufrechterhaltung ihrer Privilegien.

»Ein Lösungsverfahren durchzuführen«, dieser für uns so selbstverständliche Vorgang, der darin besteht, Zahlen zu schreiben und mittels Bearbeitung des Geschriebenen ein Ergebnis zu erzeugen, war für die meisten Menschen damals – das heißt für die winzige Minderheit derjenigen, die rechnen konnten – schlichtweg unvorstellbar. Im Laufe der ersten Jahrhunderte des 2. Jahrtausends standen einem die Türen zu einer Verwaltungslaufbahn offen, wenn man multiplizieren konnte.

Die große Veränderung bestand darin, nicht mehr mit Hilfe irgendwelcher Gegenstände zu rechnen, zum Beispiel mit Kieselsteinen, dessen französische Form, cailloux, sich vom lateinischen Wort *calculus* ableitet, mit

Kügelchen oder Münzen, sondern mit WORTEN. Man rechnete mit den Namen der Zahlen selbst! Das Wesen des Rechnens änderte sich von Grund auf, es wurde zu einem RECHNEN MITTELS SCHRIFT, und zwar ausschließlich mittels Schrift. Das hatte Monsieur Ruche nie zuvor bedacht. Die Worte wurden zu Operatoren. Schwer vorstellbar, was für ein Schock das war.

Und die Entdeckung der Null? Ein ungeheures Erstaunen!

Monsieur Ruche konnte es sich einfach nicht versagen, die Geschichte ihrer Erfindung zu ergründen. Die Null mußte einen langen Weg zurücklegen, um zu der Zahl zu werden, die wir heute kennen.

In den aus Spalten bestehenden Vorrichtungen wurde eine Zahl durch eine der neun Ziffern dargestellt, die in die jeweiligen Spalten eingetragen wurden, um auf diese Weise die Menge der Einheiten darzustellen, Zehner, Hunderter usw., die maßgeblich für sie sind.

Als Besitzer einer Buchhandlung namens *Tausendund-ein Blatt* probierte er es natürlich mit der Zahl »tausendundeins« aus.

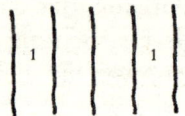

Er radierte die Trennungslinien aus: Es brach alles zusammen!

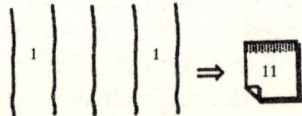

Nachdem die Trennungslinien entfernt waren, brach die Zahl zusammen. »Tausendundeins« wurde zu »elf«!

Eines Tages kam jemandem – wem? – der Gedanke, ein besonderes Zeichen einzusetzen, mit dem eine leere Spalte dargestellt wurde: ein kleiner Kreis. Monsieur Ruche zeichnete kleine Kreise in die beiden leeren Spalten:

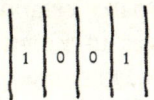

Es sieht fast aus wie nichts, aber es bedingte einen enormen Sprung nach vorn. Etwas Abwesendes, das durch etwas Anwesendes dargestellt wird! Eine Leere, die wie eine Menge behandelt wird! Anstatt dieses Zeichen zu einem besonderen Wesen zu machen, es besonderen Regeln zu unterwerfen, wie zum Beispiel ein Satzzeichen, wurde ihm der für alle anderen Zahlen gültige Status zugesprochen. Es wurde zu einer Zahl genau wie die neun anderen!

Nachdem Monsieur Ruche die Nullen eingezeichnet hatte, radierte er die Trennungslinien aus. Wie die kleinen Röhrchen, die man in die Arterien einführt, damit sie nicht verstopfen und das Blut ungehindert durchfließen kann, verhinderten die beiden Nullen, daß die beiden »Einsen« sich verklumpten, sie sorgten dafür, daß der Abstand zwischen ihnen bestehen blieb. Die Zahl hatte genügend Platz zum Atmen.

»Tausendundeins« wurde zu:

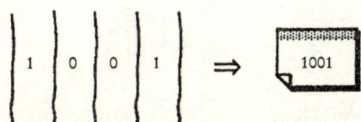

Und die von ihren Krücken befreiten Zahlen konnten sich allein auf den Beinen halten! Monsieur Ruche beneidete sie.

Bei seinen weiteren Nachforschungen stellte Monsieur Ruche erstaunt fest, daß es bereits dreihundert Jahre vor unserer Zeitrechnung eine solche Ziffer in Babylon gab. Die babylonische Null war die erste Null der Geschichte. Die Schriftgelehrten stellten sie mittels eines doppelten geneigten Sparrens dar. Später erfanden die Astronomen der Maya eine Null-Ziffer in Form eines horizontalen Ovals, das ein Schneckenhaus darstellte.

Es dauerte bis zum 6. Jahrhundert unserer Zeitrechnung, bis die Menschen endlich eine »vollwertige« Null erfanden, die nicht nur eine Ziffer, sondern eine Zahl war. Das heißt ein Gebilde, das als Element einer Rechenoperation fungierte. Hierbei handelte es sich um die Geburtsstunde der Zahl Null, die große Erfindung der Inder! Çunya, definiert als das Ergebnis der Subtraktion einer ganzen Zahl um sich selbst:

$$0 = n - n$$

Monsieur Ruche formulierte diese Definition philosophisch: Die Null ist die Differenz zwischen dem Selben und sich selbst.

Ohne jede Bedeutung bei der Addition: $n + 0 = n$. Allmächtig beider Multiplikation: $n \times 0 = 0$.

Völlig ausgeschlossen von der Division:

Erstaunlich dezimierend bei der Erhebung zur Potenz:

$$a^0 = 1, \text{ wenn } a \neq 0.$$

Das sind die Wirkungsbereiche dieser neuen Zahl.

Durch die Einführung der Null wird aus der negativen Antwort: »Da ist nichts«, die positive Behauptung: »Da ist null«! Indem sie den Status der Zahl revolutioniert, wird 0 zu einer Größe, zu einer Größe unter anderen.

Wieviel?

Null!

Nachdem die Abacusse und die anderen Rechengeräte überflüssig geworden waren, bediente man sich des Papiers. Zunächst kam es aus China, dann aus der Umgebung von Bagdad und schließlich aus den italienischen und französischen Manufakturen. Auf diesem Papier wurden mittlerweile auch die meisten Bücher geschrieben.

Zwischen Fibonacci und Pacioli hatte ein ganz entscheidendes Ereignis stattgefunden. Im Jahre 1453 besetzten die Truppen von Sultan Mohammed II. Konstantinopel. Der Fall dieser Stadt, die sich jahrhundertelang rühmte, die »Stadt in der Mitte« zu sein, weil sie zwischen Rom und Bagdad lag, bedeutete, daß sich die christliche und islamische Welt nun unmittelbar gegenüberstanden. Dieses Ereignis hatte ungeahnte Auswirkungen. Hunderte byzantinischer Gelehrter und Übersetzer flohen, wobei sie Hunderte griechischer Werke mitnahmen, deren Eintreffen im Abendland den Lauf der Dinge entscheidend veränderte.

Der Türke wurde zum Feind. In einem Werk mathematischer Zerstreuungen, einer damals neu entstandenen Gattung, ließ Tartaglia sich dazu hinreißen, folgende Aufgabe zu formulieren: »Ein Schiff, auf dem sich 15 Türken und 15 Christen befinden, gerät in einen Sturm. Der Steuermann erteilt den Befehl, die Hälfte der Passagiere über Bord zu werfen. Um diejenigen auszuwählen, die es treffen sollte, ging man folgendermaßen vor: Alle Passagiere stellen sich im Kreis auf. Man beginnt bei einem beliebigen Passagier zu zählen, und jeder neunte wird über Bord geworfen.« Die Frage lautete also: »Wie müssen sich die Passagiere aufstellen, damit es nur die Türken trifft?« Zur Lösung des Problems mußte der Steuermann via Tartaglia auf die von den Arabern erfundene Algebra zurückgreifen.

Tartaglia interessierte sich für die Lösung von Gleichungen dritten Grades. Monsieur Ruche war überrascht, daß es nach Umar al-Hayyam und Saraf al-Din al-Tusi diesbezüglich noch etwas zu sagen gab.

Immer wieder stieß er auf eine ganz bestimmte Formulierung: Lösung von Gleichungen durch Radikale. Hierbei ging es um die Suche nach Formeln, mit denen sich eine Gleichung lösen ließ. Keine beliebigen Formeln allerdings, sondern ausschließlich solche, die sich der vier Grundrechenarten und des Wurzelziehens bedienten: Quadratwurzeln, Kubikwurzeln usw. Nur um solche Formeln ging es. Monsieur Ruche begriff schließlich, daß es sich um solche operativen Formeln handelte, die eine effektive Zahlenberechnung der Lösungen ermöglichten.

Umar al-Hayyam, Saraf al-Din al-Tusi und andere arabische Mathematiker hatten sich daran versucht. Niemandem war es gelungen.

Sie hatten zwar Lösungen gefunden, aber ausschließlich über den Umweg geometrischer Konstruktionen. Am Ende äußerte Umar al-Hayyam den Wunsch, daß es nachfolgenden Mathematikern gelingen möge, was ihm verwehrt geblieben war, nämlich die entsprechenden Gleichungen »nur mittels Berechnung« zu lösen. Das heißt durch *Radikale* ...

Genau das war es, wofür Tartaglia sich interessierte. Monsieur Ruche schlug dessen *Quesiti e Invenzioni diverse* auf. Darin erzählte der Autor von dem traurigen

Abenteuer, das für ihn die Lösung von Gleichungen dritten Grades darstellte. Beim Durchblättern des Buchs fielen Monsieur Ruche kleine Kreuze an den Seitenrändern auf. Wer war der Missetäter? Nachdem er die Passagen gelesen hatte, an deren Rand sich die Kreuze befanden, bestanden keine Zweifel mehr. Grosrouvre! Schmutzfink! Wenigstens hat er nicht die ganzen Abschnitte unterstrichen, dachte sich Monsieur Ruche.

Seit Tartaglia sich die beiden übrigen Drittel des Alphabets selbst beigebracht hatte, war viel Zeit vergangen. Zwar war er immer noch genauso klein, aber sein Bart war gewachsen. Er verbarg seine Narben fast völlig. Nur einem aufmerksamen Ohr dürften einige Holprigkeiten in seiner Aussprache nicht entgangen sein. Dieser anerkannte Gelehrte hatte in der Zwischenzeit nicht nur aus den »Werken verstorbener Männer«, wie er selbst schrieb, gelernt, sondern sie auch übersetzt: Euklid und Archimedes. Bei der Ausgabe der *Elemente,* mit der Monsieur Ruche gearbeitet hatte, handelte es sich, soweit er sich erinnerte, um eine Übersetzung Tartaglias. Er wollte nachprüfen, ob dies auch für die Werke des Archimedes zutraf. Er suchte in den Regalen nach den Ausgaben; sie standen nicht an dem Platz, an dem sie eigentlich hätten stehen müssen. Hatte er sie vielleicht falsch eingestellt? Später, er hatte jetzt keine Zeit zu verlieren.

In Paciolis Werk war aus dem arabischen *chei* für die Unbekannte das lateinische *cosa* geworden. Fortan lautete die Bezeichnung für Algebra die Kunst des Dings. Das Quadrat der Unbekannten hieß *censo,* ihr Kubik *cubo.* Die vollständige Formulierung für die Gleichung zweiten Grades lautete:

censo et cose egual a numero

Quadrat plus cosa ist eine Zahl. Die Formulierung der Gleichung dritten Grades in ihrer verkürzten Form (ohne eine Unbekannte im Quadrat):

cubo et cose egual a numero

Kubik plus cosa ist eine Zahl. Auf diese Gleichung werden die italienischen Mathematiker der Schule von Bologna im 16. Jahrhundert ihr Augenmerk richten, die somit Norditalien für die Dauer eines Jahrhunderts zu einem Land der Algebra machten.

Grosrouvres erstes Kreuz in Tartaglias Werk markierte eine Stelle, in der dargelegt wurde, daß der erste, der die Bresche zu schlagen versuchte, ein Bologneser Mathematikprofessor namens Scipione Del Ferro war, dem es gelang, einige Lösungen für Gleichungen dritten Grades zu finden. Anstatt sie zu veröffentlichen, hielt er sie geheim. Es ist klar, was Grosrouvre hervorheben wollte. Er war nicht der einzige, der seine Ergebnisse geheimhielt; einmal ganz abgesehen natürlich von den Pythagoreern, die diese Praxis eingeführt hatten.

Am Ende jedoch hat Scipione Del Ferro sein Verfahren seinem Schwiegersohn, Annibal de la Nave, anvertraut. Das jedoch hat Grosrouvre nicht getan, weder vertraute er sie seinem Schwiegersohn an, den er offenbar auch gar nicht hatte, noch seinem alten Freund. Zum ersten Mal zeigte sich Monsieur Ruche überrascht, daß Grosrouvre ihm seine Beweise nicht unter dem Siegel der Verschwiegenheit mitgeteilt hatte, nicht einmal im letzten Moment. Gerade so, als wollte er bis zum Schluß der einzige sein, der sie kannte.

Annibal de la Nave vermochte seine Zunge nicht im Zaum zu halten; er machte einen seiner Freunde mit dem Verfahren vertraut: Anton Maria Del Fiore. Der behielt

das Geheimnis bis zum Tod Del Ferros im Jahre 1526 für
sich. Allerdings teilte Del Fiore später dann das, was man
ihm anvertraut hatte, nicht etwa der Öffentlichkeit mit,
sondern er forderte in seinem eigenen Namen die Mathematiker seiner Zeit heraus.

Monsieur Ruche stellte sich vor, wie er selbst, nachdem
er in Besitz von Grosrouvres Beweisen gelangt wäre, mittels Rundfunk und Fernsehen die Mathematiker auf der
ganzen Welt herausforderte. Zu Lebzeiten eines Del Fiore
mögen es einige Hundert gewesen sein, heute waren es
Zehntausende.

Tartaglia nahm den Fehdehandschuh auf. Zwischen den
beiden Männern entwickelte sich ein algebraisches Duell.
Jeder von beiden hinterlegte bei einem Notar eine Liste
mit dreißig Aufgaben sowie einen Geldbetrag. Derjenige,
der innerhalb von vierzig Tagen die meisten Probleme gelöst haben würde, wäre der Sieger, und ihm stünde der
gesamte Geldbetrag zu. Die dreißig Aufgaben Del Fiores
sind bekannt. Sie lauteten beispielsweise: »Finden Sie eine
Zahl, die, zu ihrer Kubikwurzel hinzuaddiert, sechs ergibt«, oder: »Zwei Männer verdienen zusammen 100 Dukaten, der Verdienst des einen ist die Kubikwurzel vom
Anteil des anderen«, oder: »Ein Jude verleiht einen Geldbetrag unter der Bedingung, daß ihm am Ende des Jahres
ein Zinssatz in Höhe der Kubikwurzel des Betrages zusteht. Ende des Jahres hat der Jude 800 Dukaten erhalten,
Leihbetrag und Zinsen zusammengerechnet. Wie hoch ist
der Leihbetrag?«. Tartaglia hatte seine Türken, Del Fiore
seine Juden …

Sämtliche Aufgaben Del Fiores brachten Gleichungen
dritten Grades ins Spiel. Tartaglia löste sie alle innerhalb
weniger Tage. Del Fiore löste keine der Aufgaben, die sein
Gegner formuliert hatte. Dennoch stellte er die Lösungen in Frage. Nachdem er zum Sieger erklärt worden war,

wollte Tartaglia nichts von einem so schlechten Verlierer annehmen: Er lehnte das Geld ab. Man wartete auf die Veröffentlichung des Verfahrens, mit dessen Hilfe er leichthändig über seinen Gegenspieler triumphiert hatte.

Neben einem Abschnitt, in dem beschrieben wurde, daß Tartaglia sein Verfahren nicht veröffentlichte, befand sich ein zweites Kreuz am Seitenrand. Aus welchem Grund? Im Moment sei er, so sagte er, zu sehr mit seinen Übersetzungen beschäftigt. Er behauptete, er wolle jedoch seine »Erfindungen nicht mit ins Grab nehmen«, und kündigte an, ihnen ein ganzes Buch zu widmen, das er schon bald veröffentlichen würde.

Danach betrat ein Arzt aus Mailand die Bühne. Ein Arzt und Mathematiker. Geronimo Cardano wurde 1501 in Pavia geboren, zu einem Zeitpunkt also, als die Franzosen das Land immer noch besetzt hielten. Die französische Form seines Namens lautet Jérôme Cardan. Monsieur Ruche war deshalb bestens mit dessen Leben vertraut, weil Cardano in fortgeschrittenem Alter unter dem Titel *Mein Leben* die erste Autobiographie der abendländischen Literatur verfaßt hat.

Cardano war noch nicht einmal einen Monat alt, als er die Pocken bekam. Man tauchte ihn in ein Essigbad, er genas wieder. Mit acht Jahren erkrankte er an der Ruhr. Mit neun Jahren stürzte er die Treppe hinunter, und zu allem Unglück trug er dabei auch noch einen schweren Hammer. Der Hammer glitt ihm aus der Hand und fiel ihm auf die Stirn, die bis auf den Knochen aufplatzte. Da ein Unglück selten allein kommt, löste sich wenige Zeit später, als er ganz ruhig auf der Türschwelle saß, ein Ziegel vom Dach und fiel ihm auf den Kopf! Mit achtzehn wurde er Opfer der Pest. In Venedig und im Gardasee wäre er beinahe ertrunken. In Bologna brach er sich den Ringfinger der rechten Hand und wurde zweimal von Hunden gebissen. Und zu allem Elend erwies er sich auch noch als impotent. Trotz all seiner Versuche mit leichten Mädchen vermochte er nicht, seine Impotenz zu überwinden. In seiner Hochzeitsnacht, mit 31 Jahren, gelang es ihm endlich, und er litt nie mehr darunter. Aber mit 35 Jahren begann er sehr viel Wasser zu lassen (bis zu sechzig Unzen pro Tag). Und das sollte immer so bleiben. Im Gegensatz zu seinen Hämorrhoiden, unter denen er sehr litt und die auf wundersame Weise verschwanden, als er fünfzig wurde! »Manchmal befiel mich der Wunsch, mich umzubringen; ich denke, das geht auch anderen so, nur mit dem Unterschied, daß sie dies in ihren Büchern nicht erwähnen.«

Soviel zu seiner Gesundheit. Und was war mit seiner Familie?

Cardanos Vater, Fazio, war Anwalt beim Fiskus, Arzt, Jurist, Gelehrter; der typische Renaissancemensch. Genau wie Tartaglia stotterte Fazio. Auch er hatte als Kind einen fürchterlichen Unfall, bei dem ihm ein Stück des Schädelknochens verlorenging. Seither mußte er immer eine Mütze tragen. Aber er machte alles mit seinen Augen wieder wett. Nachts sah er wie eine Katze, und sein ganzes Leben benötigte er keine Brille. »Genau wie ich«, dachte Monsieur Ruche. »Nein, doch nicht, denn meines Wissens fehlt mir kein Stück vom Schädelknochen.«

Cardanos Mutter war, glaubte man ihrem Sohn, »dick, bigott, jähzornig«, verfügte dafür aber »über ein ausgezeichnetes Gedächtnis und großen Scharfsinn«. Fazio behandelte Geronimo wie einen Hausdiener. Er verlangte von ihm, daß er ihn, egal wie müde das Kind sein mochte, begleitete, wo immer er hinging. In einem Punkt waren sein Vater und seine Mutter, die sich ansonsten überhaupt nicht verstanden, vollkommen einig: Sie schlugen ihn ständig. Und jedesmal wäre er, wie er später gestand, am liebsten gestorben. Als er sieben war, beschlossen seine Eltern, ihn nicht mehr mit der Rute zu schlagen.

Er war mittelgroß, hatte kleine Füße, die zu den Zehen hin breiter wurden, eine schmale Brust, ziemlich dürre Arme, die Finger der rechten Hand standen so weit auseinander, daß die Handleser ihn für stumpfsinnig und tölpelhaft hielten, seine linke Hand mit ihren langen, schlanken und eng beieinanderliegenden Fingern war schön. Das Kinn gespalten, die Unterlippe dick und herabhängend, kleine, fast geschlossene Augen, außer wenn er eine Sache aufmerksam betrachtete. Ein kleiner, linsenähnlicher Fleck auf dem linken Augenlid. Ein sich hinten zu einer Art kleiner Kugel zusammenziehender Kopf. Gleich unterhalb der Kehle eine kleine harte und vorstehende Geschwulst, die er von der Mutter geerbt hat.

Trotz all seiner Unzulänglichkeiten und Unglücke arbeitete sein Kopf gut, ganz ausgezeichnet sogar. Mit zwanzig unterrichtete er Euklid an der Universität von Pavia, von wo er in dem Augenblick nach Padua wechselte, als der französische König François I. beschloß, sich dort zu verschanzen und zu kämpfen. Man schrieb das Jahr 1525. Nach seiner Gefangennahme äußerte der König von Frankreich, alles verloren zu haben, ausgenommen seine Ehre. Aber er war der Aggressor. Hatte er demnach nicht auch seine Ehre verloren?

Genau wie sein Vater wurde Geronimo Arzt und Mathematiker, und genau wie er unterrichtete er Mathematik. Vor allem aber war er Arzt. Zunächst in einem Dorf, dann in Mailand und Pavia. In beiden Städten lehrte er auch Medizin. Einmal schickten seine Feinde, von denen es zahlreiche gab, so etwas wie Inspektoren, die seinen Unterricht prüfen sollten. Obwohl er gar nicht im Saal war, in dem Cardano unterrichtete, notierte der Inspektor in seinem Bericht: »Ich mußte feststellen, daß Geronimo Cardano gar nicht seine Schüler unterrichtet, sondern Bänke. Er ist ein Mann mit schlechten Gewohnheiten, er begegnet jedem unfreundlich und verfügt über ein gehöriges Maß an Torheit ...«

Cardano genoß großes Ansehen als Astrologe und verbrachte einen Großteil seiner Zeit mit der Erstellung von Horoskopen. Nicht anders als al-Hayyam vierhundert Jahre zuvor.

Zweimal verbrannte Cardano im Laufe seines Lebens einen Teils seines Werkes. Beim erstenmal neun Bücher, beim zweiten Mal 124! Nach diesen beiden Bücherverbrennungen blieben dennoch um die fünfzig gedruckte Bücher und ebenso viele Manuskripte übrig. Monsieur Ruche fiel auf, daß sich am Rand dieses Abschnitts kein Kreuz befand.

Grosrouvre ist sehr viel radikaler gewesen als Cardano. Er hatte weder neun noch 124 Bücher verbrannt, sondern alles. Alle seine Papiere, alle seine Hefte, alle seine Notizen ... sein ganzes Leben! Es war herzzerreißend! Zum ersten Mal wurde Monsieur Ruche klar, in welchem Zustand sich sein Freund befunden haben mußte, als er ihm seinen zweiten Brief schrieb. Er stellte sich vor, wie er schrieb und von Zeit zu Zeit einen Blick auf die Manuskripte warf, die er mitten im Zimmer aufgestapelt haben mußte.

Dieser Brief war ein echtes Testament.

Monsieur Ruche verweilte recht lange in dem Zimmer des Hauses in Manaus an der Seite seines Freundes, dessen letzte Stunde geschlagen hatte. Dann kehrte er wieder zu Cardano zurück.

Unter den Büchern, die den Flammen entkommen waren, befand sich auch ein Werk mit dem Titel: *Über die Kunst, die Gesundheit zu bewahren!* Cardano wußte, wovon er redete! Und die *Ars magna*, sein mathematisches

Hauptwerk. Seine Bücher wurden nicht nur in Italien, sondern auch in Basel, Nürnberg und Paris publiziert.

Cardano wurde immer berühmter und erhielt Einladungen aus ganz Europa, aus Rom, Lyon, Dänemark und Schottland. Man entlohnte ihn fürstlich, als er einmal bis nach Edinburgh reiste, um dort einen Erzbischof zu behandeln. Auf dem Rückweg nahm er die Gelegenheit wahr, um in London das Horoskop von Edward VI. zu erstellen, dem jungen Sohn von Heinrich VIII. und Jeanne Seymour, der mit neun Jahren den Thron bestieg. Der Herrscher ging auf die sechzehn zu und las erfreut Cardanos Horoskop, das ihm ein langes Leben vorhersagte, »sehr viel länger als die durchschnittliche Lebenserwartung seiner Zeitgenossen«. Kaum war Cardano in Italien eingetroffen, ereilte ihn die Nachricht: Edward VI. war gestorben! Mit Spott überhäuft, ließ Cardano sich nicht aus der Fassung bringen. Er machte Rechenfehler geltend; was für einen Mathematiker nichtsdestoweniger unangenehm ist. Er beschloß, alles noch einmal neu zu berechnen, und fand schließlich heraus, daß Edward VI. »tatsächlich zum richtigen Zeitpunkt gestorben ist. Wäre er auch nur einen Augenblick früher oder später gestorben, hätte sein Tod nicht dem berechneten Datum entsprochen.« Das ist wahrlich große Kunst!

Cardano hatte zwei Söhne und eine Tochter. Mit der Tochter gab es keine Probleme. Mit seinen Söhnen aber um so mehr … Der ältere, Giovanni Battista, war sein Lieblingssohn; auch er litt unter einer schwachen Gesundheit. Mit vier Jahren wurde er infolge der Nachlässigkeit seiner Amme auf dem rechten Ohr vollkommen taub. Trotzdem erlernte er die Musik und war ein ausgezeichneter Musiker. Genau wie sein Vater wurde er Arzt. Aber auch wenn er nicht wie sein Vater impotent war, vermochte er nicht dem feurigen Temperament seiner Frau zu genügen. Sie betrog ihn ständig. Bis zu dem Tag, als er ihr einmal ein Stück Kuchen zu essen gab. Giovanni Battista wurde wegen der Vergiftung seiner Frau zum Tode verurteilt und mit 26 Jahren enthauptet. Das war die größte Tragödie in Cardanos Leben. Allerdings hatte er noch einen zweiten Sohn. Zu seinem Unglück.

Aldo, der jüngere, war ausgesprochen gewalttätig, er riß ständig aus und beging unzählige Diebstähle. Wenn er wieder zu seinem Vater zurückkehrte, machte er ihm fürchterliche Szenen. Am Ende bekam Cardano es mit der Angst zu tun. Er warf ihn aus dem Haus und enterbte ihn.

Als ihn einmal jemand fragte, wie es möglich sei, daß ein so kluger Mann so unbesonnene Kinder haben könne, gab er ihm zur Antwort: »Weil ich nicht so klug bin wie sie unbesonnen.«

Mit Hilfe eines Studenten, der für Cardano als Sekretär arbeitete, drang Aldo in das Haus seines Vaters ein, brach eine Truhe auf und stahl alles darin befindliche Gold und alle Edelsteine. Sie kamen nicht weit. Nachdem man sie eingefangen hatte, wurde Aldo verbannt und sein Komplize zur Galeerenstrafe verurteilt. Aldo schwor Rache. Vom Gefängnis aus schrieb er einen Brief an das Heilige Offizium in Rom, die furchtbare Inquisition. In dem Brief denunzierte er seinen Vater.

Cardano wurde sofort verhaftet. Die Inquisition zwang ihn, den Irrtümern seiner Bücher abzuschwören und auf die Lehre zu verzichten. Er nahm das Urteil an und wurde von der Universität entlassen.

Dreißig Jahre später, im Jahre 1600, verurteilte dasselbe Heilige Offizium Giordano Bruno zum Tod auf dem Scheiterhaufen. Noch mal dreißig Jahre danach, im Jahre 1633, machte wieder dasselbe Heilige Offizium Galileo Galilei einen Prozeß, der in den kommenden Jahrhunderten nicht gerade dazu beitrug, das Bild der katholischen

Kirche als gütige und verständnisvolle Institution zu prägen.

Welche Verbrechen hatte Cardano also begangen, um den Zorn dieser kriminellen Institution auf sich zu ziehen?

1. Er hatte geschrieben, daß das Christentum den anderen monotheistischen Religionen nicht wirklich überlegen sei.
2. Er war gegen das Dogma der Unsterblichkeit der Seele.
3. Sein schlimmstes Verbrechen aber bestand darin, daß er in seinem Kommentar zu *Ptolemaios* das Horoskop von Jesus Christus erstellt hatte. Gerade so, als sei er ein ganz normaler Mensch gewesen. Es ist nicht überliefert, ob er vorausgesehen hatte, was diesem 1500 Jahre zuvor widerfuhr.

Ein Satz Cardanos traf ganz besonders auf Monsieur Ruche zu. Er ging ihm auch lange, nachdem er dessen Autobiographie wieder zugeschlagen hatte, nicht aus dem Kopf. »Wenn du dich waschen willst, lege dir zuerst das Handtuch bereit, mit dem du dich abtrocknen willst.«

Soviel zum Menschen Cardano. Und seine Beziehung zu Tartaglia? Und die Lösung der Gleichungen dritten Grades?

Nachdem er Kenntnis von der außerordentlichen Errungenschaft Tartaglias bekam, nahm Cardano Verbindung mit ihm auf. Mehrere Jahre lang drängte er Tartaglia, ihm seine Formeln zu überlassen. Tartaglia weigerte sich. Cardano wurde nachdrücklicher. Listen, Bitten, Täuschungen und sogar Drohungen. Empört über diese hartnäckige Weigerung, schrieb er ihm schließlich einen Brief, in dem er ihn als hochmütig bezeichnete und ihm vorwarf, sich »für wichtig zu halten und sich auf dem Gipfel des Berges zu wähnen, während er doch nur im Tal sei«.

Cardano änderte ganz unvermittelt sein Verhalten und freundete sich mit Tartaglia an. Der vertraute ihm den Text einiger Aufgaben an, die er Del Fiore gestellt hatte. Andere jedoch, wie etwa die folgenden, hielt er geheim:

»Zerschneiden Sie eine Gerade mit einer gegebenen Länge in drei Segmente, aus denen sich ein rechtwinkliges Dreieck konstruieren läßt«, oder: »Ein Faß ist mit reinem Wein gefüllt. Man entnimmt ihm jeden Tag zwei Eimer und füllt es dafür mit zwei Eimern Wasser auf. Nach sechs Tagen besteht der Inhalt je zur Hälfte aus Wein und aus Wasser. Welches Fassungsvermögen hat das Faß?«

Noch am selben Abend stellte Monsieur Ruche, als er Habibis Lebensmittelgeschäft verlassen hatte, dem Besitzer des Wein-Bistros in der Rue des Abbesses die Aufgabe. Als ihm klar wurde, daß er, genausowenig wie Cardano, die Artwort wußte, erfuhr er am eigenen Leib, wie unangenehm Geheimnisse sein konnten. Und das um so mehr, als ihn der Bistrobesitzer fragte, ob man dasselbe Ergebnis erhielte, wenn man ein Faß Wasser im selben Verhältnis mit Wein auffüllte.

Obwohl längst nicht mehr so erbittert, war Tartaglias Widerstand doch keinesfalls gebrochen. Allerdings hatte Cardano einen Trumpf in der Hand: Er war Arzt! Für Tartaglia, der in seiner Jugend so viel entbehren mußte, war dies eine Art Eintrittsbillet, das Cardano alle Türen öffnete. 1537 veröffentlichte Tartaglia seine *Nova scientia*. Man riß sich darum in der Hoffnung, darin die wunderbaren Formeln und Verfahren zu finden, mit deren Hilfe er die Gleichungen gelöst hatte. Kein Wort darüber! Keine Spur von Algebra in dem Buch.

Woran hatte der Überlebende des Massakers in der Kirche von Brescia gearbeitet? An der Herstellung von Sprengstoffen! Woran noch? An der Flugbahn von Kanonenkugeln! Eine Frage ließ ihm keine Ruhe: Welche Verbindung besteht zwischen der Reichweite eines Geschosses und dem Winkel, in dem es abgeschossen wurde? Tartaglia fand zwei Antworten auf diese Frage:

1. Die Flugbahn einer Kugel ist nie gerade. Je schneller sie ist, um so gerader verläuft die Kurve.
2. Die größte Reichweite hat eine Kanone bei einem Abschußwinkel von 45 Grad.

Auf der Grundlage dieser beiden Entdeckungen begründete Tartaglia eine neue Wissenschaft, die Ballistik, d.h. die Wissenschaft von der Flugbahn der Geschosse. Von diesem Zeitpunkt an empfahl es sich für die säbelschwingenden Horden eines Herzogs von Foix, außerhalb der Reichweite von Tartaglias Kugeln zu bleiben!

Die Formeln waren immer noch nicht veröffentlicht, und in dem Maße, in dem Cardanos Nachdruck wuchs, ließ Tartaglias Widerstand nach. Als Cardano dies bemerkte, gab er ihm ein Versprechen: »Wenn Sie mich in Ihre Errungenschaften einweihen, werde ich sie nicht nur niemals veröffentlichen, sondern ich werde sie auch in Form von Zahlen notieren, so daß sie nach meinem Tod niemand zu verstehen vermag.«

Natürlich war dieser Abschnitt mit einem Kreuz gekennzeichnet. Monsieur Ruche hörte abrupt auf zu lesen. Vielleicht handelte es sich hierbei um eine völlig neue Information? Sollte Grosrouvre seine Beweise verschlüsselt haben? Damit wäre der getreue Gefährte lediglich im Besitz des verschlüsselten Textes. Die Sache wurde spannend. Wenn diese Vermutung sich als zutreffend erweisen sollte, müßte man nicht nur herausfinden, wer er ist, sondern darüber hinaus den Code entschlüsseln. Und hinsichtlich der angenommenen Existenz dieses Codes ver-

414

fügten sie über keinerlei Informationen. Es sei denn ...
ach nein ... es sei denn, man würde noch einmal ganz von
vorn anfangen und darauf achten, ob er nicht doch irgendwelche Hinweise darauf gab. Noch einmal bei Thales beginnen!

Monsieur hoffte inständig, diese Vermutung möge nicht
zutreffen.

Eines schönen Tages im März 1539 gab Tartaglia nach.
Cardano spürte, wie sein Herz heftiger schlug. Er setzte
sich und hörte zu. Die Stimme seines Freundes, deren
leichtes Stottern er bemerkte, erhob sich:

> *Quando che'l cubo con le cose appresso,*
> *Se aggnaglia a qualche numero discreto,*
> *Trovami dui altri differenti in esso.*

> *Dapoi terrai questo per consueto*
> *Che'l lor prodotto, sempre sia eguale*
> *Al terzo cubo delle cose netto.*

> *El residuo poi tuo generale*
> *Delli lor lati cubi ben sottratti*
> *Varra la tua cosa principale.*

Nach al-Hayyams Vierzeilern kam Tartaglia mit seinen
Dreizeilern! Monsieur Ruche hätte nicht gedacht, daß es
so viele Dichter unter den Mathematikern gab.

Das Gedicht besagte: »Du willst die Gleichung *Kubus
plus cosa ist eine Zahl* lösen. Finde zwei Zahlen, deren
Differenz die gesuchte Zahl ist und deren Produkt der Kubus des Drittels der cosa ist. Folglich ist die Lösung die
Differenz der Kubikwurzeln der beiden Zahlen.«

Es schien ganz einfach!

Jedenfalls für Mathematiker.

Aber auch für die Mathematiker war es offensichtlich gar nicht so einfach! Trotz des Gedichtes gelang es Cardano nicht, die Gleichungen zu lösen. Er offenbarte sich Tartaglia und gab ihm unterschwellig zu verstehen, daß er die Lösung ja überhaupt nicht gefunden hätte. Tartaglia antwortete ihm, daß er, Cardano, es sei, der sich irrte: Er hatte den Sinn des letzten Verses im zweiten Dreizeiler – *Al terzo cubo delle cose netto* – falsch interpretiert. Es hieß nicht »das Drittel des cubo«, sondern »der cubo des Drittels«!

Das waren sie also, die Formeln, nach denen man seit 500 Jahren suchte. Al-Hayyams Wunsch war in Erfüllung gegangen.

Allerdings nur für die Gleichungen dritten Grades!

Einige Zeit nachdem Tartaglia Cardano das Gedicht vorgetragen hatte, veröffentlichte dieser seine *Ars magna*. Die große Kunst. Tartaglia las eilig das Buch seines Freundes. Was fand er darin? Sein eigenes Lösungsverfahren der Gleichungen dritten Grades, und das bis in die kleinste Einzelheit. Cardano hatte ihn getäuscht.

In seinem Buch beschrieb Tartaglia seine Enttäuschung und seinen Schmerz. »Für Cardano empfinde ich keine Zuneigung mehr«, schrieb er. Und dann dieser Satz: *»Quello que tu non voi che se sappia, nel dire ad alcuno.«*

Wenn es etwas gibt, von dem du willst, daß niemand es wisse, dann sage es niemandem! Daneben hatte Grosrouvre an den Seitenrand zwei Kreuze gezeichnet.

Niemandem! Grosrouvre hatte sich Tartaglias Rat zu eigen gemacht, und genau das war auch die Erklärung dafür, weshalb er ihm seine Beweise nicht geschickt hatte.

Monsieur Ruches Erwartungen waren enttäuscht worden, denn in den Quesiti stand nicht ein Wort über die große Abhandlung, die Tartaglia vorzulegen versprach.

Erst elf Jahre später begann Tartaglia mit der Veröffentlichung dieser Abhandlung, seinem sechsteiligen *General Trattato*. Vier Teile erschienen 1556. Der Verleger ließ den fünften Teil drucken. Aber noch bevor das Werk aus der Druckerei kam, starb Tartaglia. Der sechste Teil, in dem die Lösung der Gleichung dritten Grades behandelt werden sollte, wurde nie gedruckt. Von ihm fand man nicht die geringste Spur.

Monsieur Ruche war wie benommen. Bis zu seinem Ende blieb der Stotterer vom Unglück verfolgt. Sofort dachte Monsieur Ruche: Hätte Cardano nicht gegen den Willen Tartaglias dessen Formeln veröffentlicht, wären sie mit ihm verschwunden, und wir würden sie nicht kennen. Tartaglias Formeln gehören unter der Bezeichnung *Cardanische Formeln* zu den bekanntesten der Algebra.

Wie lauteten sie?

Monsieur Ruche brannte vor Ungeduld, sie zu sehen. Er sah sie! Und er war enttäuscht. Er erwartete Formeln, die denjenigen irgendwie ähnelten, mit denen er während seines lange zurückliegenden Studiums vertraut war. Formeln, in denen es von *x, y, a, b* und verschiedenen Zeichen nur so wimmelte, die einem unmißverständlich vor Augen führten, daß man es mit Mathematik zu tun hatte, und er fand etwas vor, das eher an einen literarischen Text erinnerte. Nicht ein »=«, sondern mehrere »Aeq« für aequalis und immer wieder ein »P« für »plus« ...

In seiner *Ars magna* war Cardano weiter gegangen als Tartaglia. Er hatte nicht nur dessen Formeln veröffentlicht, die in Wahrheit nur für ganz bestimmte Gleichungen zutrafen, sondern er hatte sie um eigene Formeln ergänzt. Er war der erste, der eine vollständige Lösung der Gleichungen dritten Grades vorstellte. Ihm verdankte man die Erkenntnis, daß die Gleichungen dritten Grades mit Hilfe von Radikalen zu lösen sind.

Cardanos *Ars magna* enthielt noch ein weiteres wunderbares Ergebnis. Cardano löste auch die Gleichung vierten Grades. Das Lösungsverfahren stammte, trotz ihrer Bemühungen, weder von Tartaglia noch von Cardano, sondern von dessen Schüler Ludovico Ferrari.

Im Alter von fünfzehn Jahren stellte Cardano Ferrari bei sich als Laufbursche an. Man sagt, er sei ein sauberer und rosiger Junge mit einer sanften Stimme, einem heiteren Gesicht und einer hübschen kleinen Nase gewesen, der sich gern vergnügte und sehr intelligent war, der aber auch die Anlagen eines Teufels besaß! Als er das offensichtliche Interesse seines Laufburschen bemerkte, gestattete Cardano ihm, an seinen Kursen teilzunehmen. Ludovico war ein so gelehriger Schüler, daß er bald seinen Lehrer übertraf, der ihm eine aufrechte Zuneigung entgegenbrachte. Er war für ihn der geliebte Sohn, den er sich immer gewünscht hatte. Ludovico wurde zum Vertreter der Sache Cardanos und stand in dessen Kampf gegen Tartaglia in vorderster Linie. Später entsponnen sich zwischen den beiden Männern fürchterliche Dispute, aus denen Ferrari als Sieger hervorging. Da ihm alles, was er anfaßte, gelang, wurde er schnell ein reicher Mann. Süchtig nach Vergnügungen, führte er ein ausschweifendes Leben. Der einzige Mensch, zu dem Ludovico Zuneigung empfand, war seine Schwester. Er starb mit 43 Jahren, von seiner Schwester vergiftet, so wird von einigen behauptet. Andere jedoch vertreten die Meinung, es sei der Liebhaber der Schwester gewesen, der ihm das Gift verabreicht hatte. Monsieur Ruche erschauderte. Ein Mann vergiftet seine Frau, eine Schwester ihren Bruder! Die Suche nach der Lösung von algebraischen Gleichungen mit Hilfe von Radikalen ist begleitet von tragischen Todesfällen. Auch wenn das alles sich in der Blütezeit der Renaissance im Norden Italiens ereignete und seit den Borgias der Gebrauch von Gift ein durchaus gängiges Mittel zur Lösung von Problemen darstellte.

Gleichung dritten und vierten Grades, das Problem war erfolgreich gelöst worden. Würde es mit derjenigen fünften Grades genauso sein? War auch sie durch Radikale lösbar? Würde die Suche nach einer Lösung auch von Tragödien begleitet sein?

Vereinbarungsgemäß mußte Monsieur Ruche den anderen Mitgliedern des Vereins berichten, was er in Erfahrung gebracht hatte. Um dann mit ihnen gemeinsam die Informationen zu analysieren, die möglicherweise eine Beziehung zu Grosrouvres Geschichte aufwiesen. Was dann schließlich zu der unvermeidlichen Frage führen würde, inwiefern die Beschäftigung mit diesen Mathematikern die Untersuchungen weiter vorangebracht hatte.

Max, den die Kindheit Tartaglias rührte, hätte gern mehr darüber erfahren. Was die Lösung der Gleichung fünften Grades betraf, sagte er geradeheraus, daß sie ihm völlig Wurscht wäre. In der Schule wären sie gerade bei den Lösungen von Gleichungen ersten Grades, und die waren auch schon schwierig genug.

Durfte man bei einer so wichtigen Frage wie der Lösung der algebraischen Gleichungen, fragte Léa ernst, auf halbem Weg stehenbleiben?

»Es wird langsam frustrierend«, platzte es aus Jonathan heraus. »Erst die Quadratur des Kreises, die Verdoppelung des Würfels, die Trisektion des Winkels und jetzt die Lösung mit Hilfe von Radikalen! Ich möchte euch daran erinnern, daß wir immer noch keine Antworten auf die drei ersten Probleme haben. Sind sie lösbar oder nicht? Wer weiß? Probleme lassen sich doch nicht auffädeln wie Perlen! Am Ende werden wir vollkommen durcheinander sein.«

Der feine Herr! dachte Monsieur Ruche, wobei er peinlich genau darauf achtete, den interessierten Gesichtsausdruck zu bewahren, den er aufgesetzt hatte. Jonathan schaute vollkommen ernsthaft drein und sagte: »Monsieur Ruche, die Jugend von heute durchlebt eine schwere Krise. Die Jugend verlangt ...«

Léa kniff sich in die Nase, um nicht zu explodieren.

»Sie verlangt nach Orientierung, nach Verbindlichem, nach Antworten! Auf halbem Wege stehenzubleiben ist wie ein *Koitus interruptus!* Und in unserem jugendlichen Alter führt das zu vielen Pickeln.«

»Wo hat er denn das ausgegraben?« fragte Léa sich voller Bewunderung. »Sexualität und Mathematik!«

»Und die Sprache?« rief sie.

Monsieur Ruche und Jonathan blickten sich überrascht an. »Sie geht weit«, dachte sich Jonathan.

»Ja, die Sprache, in der das alles formuliert ist. Die *cosa,* der Kubus der *cosa,* die Zahl, das klingt zwar alles gut, aber ich verstehe es nicht. Es ist langsam an der Zeit, daß es sich ein wenig anhört wie das, was wir in der Schule lernen.«

Monsieur Ruche bekam seine Revanche.

»Man sollte nicht schneller marschieren, als die Musik spielt! Glaubt mir, ich weiß, wovon ich rede. Tartaglia ist eben Tartaglia, und das 16. Jahrhundert ist nicht das 20. Jahrhundert.«

Soweit waren alle einverstanden. Die beiden Tautologien von Monsieur Ruche machten »plumps« und lösten nichts als zustimmendes Kopfnicken aus.

»Wenn ihr die Bedeutung der Zeit unberücksichtigt laßt, versteht ihr nicht, wie wir dorthin gekommen sind, wo wir hingekommen sind«, fuhr Monsieur Ruche fort. »Ihr lest ein Buch und wollt Kapitel überspringen, um zu wissen, wie es ausgeht. Wie sind die Dinge zu dem geworden, was sie sind? Genau das ist Geschichte!«

»Ist Geschichte aber nicht auch das, was hätte sein können?« fragte Léa

»Ja, auch das ist Geschichte. Die Möglichkeiten, die nie
eingetroffen sind, die Wege, die sich eröffneten, die aber
nicht beschritten wurden ...«

16. KAPITEL

Gleichheit

In seinem spärlich möblierten Arbeitszimmer saß Robert Recorde beim Schein einer Kerze zum Schreiben bereit mit einer Feder in der Hand über ein mit Zahlen und Buchstaben vollgeschriebenes Blatt gebeugt. Er dachte nach. Nachdem er sich entschieden hatte, tunkte er die Feder entschlossen ins Tintenfaß ein und zeichnete einen kleinen horizontalen Strich. Unmittelbar darüber zeichnete er mit viel Geschick, parallel zum ersten, einen zweiten, genauso langen Strich.

Er legte die Feder nieder, nahm das Blatt und hielt es am ausgestreckten Arm in der Hand. Er zwinkerte mit den Augen und betrachtete ausgiebig das Zeichen, das er gerade entworfen hatte. Zufrieden legte er das Blatt auf den Sekretär. Es hatte was. Vor sich sah er das, was zum bekanntesten mathematischen Zeichen werden sollte, das Gleichheitszeichen. Zwei gleich lange, parallele Striche, nur durch einen kleinen Zwischenabstand voneinander getrennt:

$$=$$

Man schrieb das Jahr 1557, und schon seit einiger Zeit stellte sich die Frage, durch welches Zeichen sich das Wort *aequalis,* gleich, bei der Niederschrift von Gleichungen ersetzen ließ. Wie konnte dieser zugleich so vertraute und doch so schwierige Begriff dargestellt werden? Später, als das Zeichen, das er erfunden hatte, bereits in der Welt der Mathematiker verbreitet war, wurde Recorde einmal nach den Gründen für seine Entscheidung gefragt. »Ich habe mich für zwei parallele Linien entschieden, weil sie sich gleichen wie ein Zwilling dem anderen, und nichts ist gleicher als zwei Zwillinge.«

Jonathan blickte Léa an, und Léa blickte Jonathan an. Nicht wie in einem Spiegel. Ein Spiegel wirft immer nur ein Spiegelbild zurück, weil es mit dem identisch ist, wovon es das Bild ist. Das, was die beiden Liard-Kinder im anderen sahen, war gerade das, was sie voneinander unterschied: Die winzigen Unterschiede, die besser als alles andere ihre identische Form zum Ausdruck brachten! Sie suchten nach ihnen wie ein Liebespaar die Sommersprossen auf der Nase des Geliebten. Sie ähnelten sich nicht wie ein gedrucktes Buch dem anderen, sondern wie zwei Handschriften desselben Schreibers.

Mit einem Wort, sie sagten sich, daß sie nicht mehr eins waren, als zwei eben eins sein können.

Nichts ist gleicher als zwei Zwillinge! Als Jonathan-und-Léa den Satz Recordes lasen, verzogen sie keine Miene, aber in ihrem Inneren brodelte es. Was versteht dieser Engländer denn schon von Zwillingen? Zwei Striche übereinander. Welcher von beiden steht oben? Welcher unten?

Sie? Ich? Er, ich?

Recorde war Mathematiker, aber auch Arzt. Er war so berühmt, daß er der Leibarzt des Königspaares Edward VI. und Marie Tudor wurde.

»Ist das derselbe Edward, für den Cardano das Horoskop erstellt hatte? Derselbe, der lange leben sollte und mit sechzehn gestorben ist?« fragte Léa.

»Ich glaube schon.«

»Er war wirklich in guten Händen, der Arme. Der eine Arzt und Mathematiker sagte ihm ein langes Leben vorher, und der andere war nicht imstande, seinen frühen Tod zu verhindern.«

»Erinnerst du dich noch daran, was Cardano gesagt hatte? Edward sei genau zum richtigen Zeitpunkt gestorben. Wäre er auch nur einen Augenblick früher oder später gestorben, hätte sein Tod nicht dem berechneten Datum entsprochen. Grob gesagt, vor der Zeit ist genausowenig der richtige Zeitpunkt wie nach der Zeit. Der richtige Zeitpunkt ist der richtige Zeitpunkt. Wenn das keine Apologie der Gleichheit ist. Weder mehr, noch weniger.«

»Übrigens, wann sind eigentlich das Plus- und das Minuszeichen erfunden worden?«

»Nicht schneller als die Musik! Wir sind noch nicht fertig mit Recorde. Hör zu! ›Kurz nachdem Recorde das Gleichheitszeichen erfunden hatte, warf man ihn wegen seiner Schulden ins Londoner Gefängnis. Dort starb er wenige Monate später.‹«

»Das darf doch nicht wahr sein!« Léa sah ihn erstaunt an, dann lachte sie lauthals los:

»Der Kerl, der das Gleichheitszeichen erfunden hat, ist im Gefängnis gestorben, weil er mehr Geld ausgab, als er verdiente! Mehr, nicht genausoviel.«

»Die eine Linie war länger als die andere!«

»Seine Buchführung war unausgewogen!«

Noch vor kurzem hätte sie nicht geglaubt, daß sie mit Mathematik herumscherzten …!

Auf dem Bett lagen einige Bücher aus der BAU:

Eine Geschichte der mathematischen Zeichen und Schreib-weisen sowie Cardanos Werke. Mit dem festen Vorsatz, Monsieur Ruche zu zeigen, an welchen Zeichen sie sich erwärmten, hatten J-und-L beschlossen, sich mit Cardanos Formeln zu beschäftigen. Die ausgeschriebene Form, in der Monsieur Ruche sie ihnen vorgestellt hatte, machte sie absolut unleserlich. Sie würden sie ihm »klar darlegen«.

Daß es vor 1557 kein Gleichheitszeichen gegeben haben soll, hatte sie verblüfft. Léa sagte sich, daß sie am nächsten Tag in der Mathestunde ihren »Zusammenfügungscoup« mit dem Gleichheitszeichen noch einmal wiederholen würde. Und wenn die beiden Möchtegerngenies auch nur ein Wort gegen das Zwillingslinienpaar sagen sollten, setzt es was. Für Stimmung im Klassenraum C 113 wäre gesorgt!

»Erst muß jemand am anderen Ende der Welt sterben, damit man erfährt, wo das Gleichheitszeichen eigentlich herstammt. Warum erfahren wir so was nie im Matheunterricht?«

Sie stieß einen Schrei aus, der an Rachel im letzten Akt der Phädra erinnerte:

»Jonathan! Um ein Haar wären wir doof gestorben!«

»Gestorben?« (Er musterte sie mißtrauisch.) »Du hast doch wohl nicht die Absicht ... Ferrari wurde von seiner Schwester vergiftet.«

»Oder vom Liebhaber seiner Schwester.«

»Hast du einen Liebhaber?« fragte er sie mißtrauisch.

»Wir waren mitten in einer Tragödie, und du wechselst unversehens in das Genre einer Boulevardkomödie!«

»Du hast doch Liebhaber gesagt.«

»Hast du einen Liebhaber?«

»Genau wie Nofutur beantworte ich diese Frage nur in Gegenwart meines Anwalts. Wir sind zwar Zwillinge, aber ich habe auch mein Privatleben. Der Psychologe hat gesagt, daß jeder ein Privatleben braucht.«

»Er hat aber nicht gesagt, daß wir nicht auch dasselbe haben könnten.«

»Du spinnst! Hab keine Angst, Jonathan Liard, du bist nicht Ludovico Ferrari. Du erinnerst dich doch sicher: ein sauberer und rosiger Junge mit sanfter Stimme, einem heiteren Gesicht und einer hübschen kleinen Nase. Und außerordentlich intelligent. Keine Gemeinsamkeiten mit dir!«

»Aber ... er hatte die Anlagen zu einem Teufel!« brüllte Jonathan, der sich auf Léa stürzte.

Zum Glück lag Maxens Zimmer unter dem ihren, und ihn vermochte nichts aufzuwecken.

Er hätte sie beinahe erdrückt. In scherzhaftem Ton sagte sie zu ihm:

»Wir sind eins, ... bis auf das Zeichen!«

»*Geschichte der mathematischen Zeichen und Schreibweisen*«, sagte er in Anspielung auf den Titel, der neben ihnen auf dem Bett lag.

Er begann mit den Zeichen und erzählte ihr, daß sowohl das + als auch das − zum erstenmal in einer Abhandlung zur Handelsarithmetik aufgetaucht sind. Im Jahre 1489 hat ein gewisser Widmann diese Zeichen benutzt, um Truhen mit Waren damit zu kennzeichnen.

Die Truhen hießen lagels. Wenn sie mit Waren gefüllt waren, sollten sie vier *centner* wiegen. Wenn es nicht gelang, genau dieses Gewicht zu erreichen, mußte dies auf dem Deckel vermerkt werden, Wenn eine Truhe etwas weniger als vier *centner* wog, sagen wir 5 Pfund weniger, zeichnete man einen langen horizontalen Strich und vermerkte: ›**4c−5p**‹. Im entgegengesetzten Fall, wenn die Truhe zum Beispiel 5 Pfund zuviel wog, durchkreuzte man den horizontalen Strich mit einem kleinen vertikalen Strich, um das Übergewicht anzugeben: ›**4c+5p**‹. Vom Holz der Truhen wurden die Zeichen auf Rechenpapier übertragen, und vom Handel gelangten sie zur Algebra.«

Auf dem Bett ausgestreckt, hörte Léa mit geschlossenen Augen zu. Als Jonathan fertig war, konnte sie es sich nicht verkneifen zu bemerken, daß das Minus vor dem

Plus da war, das letztendlich nichts anderes war als ein durchgestrichenes Minus.

»Wer das Wenige pflegt, hat viel«, sagte Jonathan philosophisch, während er Léa die Reproduktionen der ägyptischen Hieroglyphen zur Darstellung von Addition und Subtraktion zeigte.

Sie tauschten einen kurzen Blick aus: Monsieur Ruche würde es sicher gefallen!

Jonathan fuhr mit der Auflistung der Zeichen fort. Das vom Engländer William Oughtred im Jahre 1631 erfundene Kreuz für die Multiplikation »×«. Die beiden liegenden Vs für »kleiner als« und »größer als«: »<« und »>«, die kurz zuvor ebenfalls von einem Engländer namens Thomas Harriot erfunden wurden. Das vom Deutschen Rudolff 1525 erfundene Zeichen $\sqrt{}$ für die Quadratwurzel. Die drei aufeinanderfolgenden $\sqrt{}\sqrt{}\sqrt{}$ für die Kubikwurzel, die vier aufeinanderfolgenden für die vierte Wurzel ...

»Und das für unendlich?«

»Die unendliche Wurzel?«

»Nein, das Zeichen für unendlich.«

Jonathan blätterte in dem Buch, fand die Antwort. »Schon wieder ein Engländer: John Wallis. Er erfand die liegende acht als Zeichen für unendlich: ›∞‹. Sieh mal einer an, er war auch Arzt. Schon der dritte.«

Jonathan machte mit den Exponenten weiter und beschrieb Léa, der es völlig gleich war, haargenau die Vorgehensweise des Franzosen Nicolas Chuquet, der im 15. Jahrhundert mit seiner *Dreifaltigkeit in der Wissenschaft der Zahlen* die erste französischsprachige Abhandlung zur Algebra vorlegte.

»Weißt du, was Chuquet war?«

»Arzt!«

»Der vierte! Angeblich sind doch die Mathematiker Dichter. Quacksalber sind sie! Ganze Zahlen, zusammenfügen, Bruchzahlen … Chuquet hat also, um ›2 mit der Potenz 4‹ darzustellen, ganz einfach ›mit der Potenz‹ weggelassen und die vier nach oben gesetzt: 2^4. Und wenn die Zahl im Nenner stand, hat er sie zum Zähler hochgestellt und vor den Exponent mit dem Vorzeichen ›–‹ versehen. Raffiniert!

$$\frac{1}{2^4} = 2^{-4}$$

Negative Exponenten, und das, wo andere Mathematiker Jahrhunderte benötigten, um überhaupt eine negative Zahl zuzulassen. ›Zieht man minus 4 von 10 ab, bleiben 14. Und sagt man minus 4, dann ist das so, als hätte jemand nichts, und als würden ihm hierzu noch 4 fehlen. Sagt man 0, dann bedeutet das ganz einfach nichts …‹ Eine negative Zahl heißt, daß noch etwas zum Nichts fehlt.«

Léa unterbrach Jonathan beim Vorlesen:

»Da fällt mir auch eine Geschichte ein. Mittagszeit. Eine Spinne bereitet sich in ihrem Netz auf das Essen vor. Drei Fliegen schweben dicht am Netz vorbei. Die Spinne beobachtet sie nachdenklich: Wenn ich richtig verstehe, ist ›minus eine Fliege‹ das, was ich hinzuaddieren muß, um zwei von ihnen zu fressen!«

»Mit Hilfe der negativen Zahlen kann man etwas hinzuaddieren, und am Ende bekommt man weniger heraus, als man zu Anfang hatte«, zeigte sich Jonathan bei seiner Zusammenfassung genauso philosophisch wie die Spinne. »Wenn du ›minus 3‹ hast, dann ist das so, als hättest du nichts und würdest mir zudem noch 3 schulden!«

»Genau das war das Problem des armen Recorde. Negative Zahlen führen auf direktem Weg ins Gefängnis! Wenn null nichts ist, dann ist eine negative Zahl ›weniger als nichts‹.«

»Nicolas Chuquet war seiner Zeit ganz schön weit voraus! Nur daß er seine *Dreifaltigkeit* nie veröffentlicht hat. Niemand hat sie damals gelesen. Das Buch übte keinen unmittelbaren Einfluß aus.«

»Es wird immer deutlicher, daß Grosrouvre beileibe nicht der erste war, der seine Arbeitsergebnisse nicht veröffentlicht hat«, dachte Léa laut. »Und was ist mit den schriftlichen Formulierungen?«

»O nein, können wir ihn nicht ein wenig vergessen? Wo wir schon mal ausnahmsweise nicht über ihn gesprochen haben!«

»Mein Gott, warum bin ich nur mit so einem Zwillingsbruder bestraft worden! Ich meine nicht Grosrouvres schriftliche Formulierungen in den Briefen, sondern die in den Formeln!«

»Das ist ein ganz anderes Kapitel!«

Er blätterte wieder in dem Buch. Nach ein paar Minuten sagte er dann endlich:

»Da, der Held scheint ein gewisser François Viète, genannt ›der Gelehrte‹, zu sein. Vor ihm ersetzte man hier und da bestimmte Mengen durch Buchstaben. Viète hat überall Buchstaben benutzt, sowohl zur Darstellung bekannter als auch unbekannter Größen. Ausschließlich Großbuchstaben: Die Vokale A, E, I … für unbekannte, die Konsonanten B, C, D … für die bekannten Größen. Und jetzt zum geschichtlichen Kontext: In Frankreich tobten die Religionskriege, Ermordung des Duc de Guise, Bartholomäusnacht, Heinrich IV. usw. Eines Tages fingen die Gefolgsleute des Königs verschlüsselte Briefe der Spanier an die katholische Fraktion ab. Sie waren nicht imstande, sie zu entschlüsseln. Sie enthielten nicht weniger als 500 verschiedene Zeichen. Heinrich IV. legte sie Viète vor. Es wurden noch weitere Briefe abgefangen. Die Spanier veränderten den Code mehrmals. Aber Viète hatte ein

Verfahren entwickelt, das es ihm ermöglichte, die Veränderungen des Codes ›nachzuvollziehen‹. In der festen Überzeugung, daß niemand ohne Zuhilfenahme teuflischer Magie die Botschaften entschlüsseln könnte, denunzierten ihn die Machthaber in Madrid bei der Inquisition. Um ein Haar wäre er als Hexer vor das Heilige Offizium in Rom zitiert worden. Das alles geschah etwa zur selben Zeit, als Cardano von eben demselben Heiligen Offizium ins Gefängnis gesteckt wurde. Man spricht gern davon, daß es Priesterfresser gibt, aber damals waren es wohl eher die Priester, die die Mathematiker fraßen!

Wir überspringen ein paar Jahrzehnte und kommen zu Descartes. Er hat die Großbuchstaben durch Kleinbuchstaben ersetzt und legte fest, daß die ersten Buchstaben des Alphabets: *a, b, c* ... für die bekannten und die letzten Buchstaben des Alphabets: *z, y, x* ... für die unbekannten Größen stehen. Auch die heutige gültige Schreibweise der Exponenten geht auf Descartes zurück.

Soweit zum Symbolismus der Gleichungen. Man hat alles auf die linke Seite der Gleichungen herübergeschafft. Folglich blieb rechts nur noch die Null übrig. Deshalb ist immer alles gleich null. He, hörst du mir überhaupt zu? Ich habe keine Lust, mit den Wänden zu sprechen, Schätzchen!«

»Deshalb sind sie immer gleich null«, wiederholte Léa mechanisch, der es schwerfiel, die Augen offenzuhalten. »Und nenn mich nicht Schätzchen! Sonst nenne ich dich Herzblatt.«

»Und so erhielt man *axzweiplusbxpluscistnull*«, triumphierte Jonathan voller Stolz.

»Da sind sie ja endlich, meine lieben Kleinen«, seufzte Léa unhörbar.

»Endstation!«

»An die Arbeit«, brummte Jonathan und nahm Cardanos Buch zur Hand.

Léa hatte sich verabschiedet. Sie schlief wie ein Engel. In der Stille der Nacht machte Jonathan sich allein an die Arbeit und übersetzte die »bei Tartaglia entlehnten« unendlich langen Formeln Cardanos in die Sprache eines Gymnasiasten im ausgehenden 20. Jahrhundert. Als er fertig war, legte er das Blatt ordentlich ab, schaltete das Licht aus, öffnete das Dachfenster über seinem Bett, wischte den Schnee weg, betrachtete den schwarzen Himmel und schloß das Fenster wieder. Mit einem Mal bemächtigte sich die Dunkelheit des Dachgeschosses.

Am darauffolgenden Morgen schob er ein Blatt unter die Tür des Garagenzimmers, als er sich auf den Weg in die Schule machte.

Der GGKT öffnete den in Tokio aufgegebenen Brief. Sein Komplize schickte ihm die Übersetzung der Bildunterschrift:

Ein betagter französischer Gelehrter mißt die Höhe der Louvre-Pyramide des Architekten Floh Ming Peï mit Hilfe des vom griechischen Mathematiker Thales erfundenen alten Schattenverfahrens.

»Was soll ich mit seiner verdammten Bildunterschrift anfangen? Was ist denn das für ein Typ, dieser Thales?«

Er ging trotzdem zum Louvre, und obwohl er dem Aufsichtspersonal und den Führern ordentlich was in die Hand drückte, vermochte er über den alten Gelehrten in der Mitte des Fotos nichts in Erfahrung zu bringen. Für Thales galt dasselbe.

Der GGKT machte ein Dutzend Fotokopien des Fotos der Tokioter Zeitung. Er postierte einen seiner Männer am Quai de la Mégisserie, falls der Bengel noch einmal dorthin zurückkommen sollte.

Nach drei kleinen Bier hatte sich ein Gedanke seinen Weg gebahnt. Kinder gehen doch in die Schule. Es sprach nichts dagegen, warum dieser Bengel nicht auch hingehen sollte. In Frankreich besteht Schulpflicht. Wenn man in Kalkutta, in Rio oder auch in Neapel wäre, könnte man nicht ganz so sicher sein. Wie alt mochte er wohl sein? Mit Bälgern kannte er sich überhaupt nicht aus.

Giulietta behauptete, er dürfte so elf oder zwölf sein. Eher zwölf als elf, also ging er wohl auf ein Gymnasium, nicht auf eine Grundschule. Er rief in der Schulbehörde an.

»Wieviel Gymnasien sagten Sie? Mein Gott. Multipliziert mit der Zahl der sechsten und siebten Schuljahre pro Schule macht das ja mehr als zehn!«

Der GGKT war am Boden zerstört. Er würde sich doch nicht bei Unterrichtsschluß an den Ausgang aller Pariser Gymnasien stellen! In ihrer unendlichen Barmherzigkeit bemerkte Giulietta:

»Vielleicht besucht er ja auch eine Schule in der Vorstadt. Viele Bälger aus den Vorstädten gehen auf den Flohmarkt!«

In der Tat, das war nicht auszuschließen. Ein zwölfjähriges Kind in einer Stadt mit 10 Millionen Einwohnern wiederfinden! Ein Ding der Unmöglichkeit! Und zudem sehen die Bälger alle gleich aus.

Giulietta teilte diese Meinung nicht.

»Ich sage dir doch, daß er irgendwie eigenartig war«, versicherte sie ihm. »Er hatte irgend etwas, wie soll ich sagen, etwas Außergewöhnliches. Wenn du mit ihm gesprochen hast, starrte er dich ganz merkwürdig an; er sah dich mit einer Aufmerksamkeit an, die dich …«

»Vielleicht fand er dich ja hübsch«, bemerkte der GGKT. »Er wäre nicht der einzige«, sagte er mit einem schmeichlerischen Lächeln.

Sie machte eine abweisende Handbewegung, gab ihm zu verstehen, daß er ihr langsam auf den Wecker ging. Dann fügte sie noch, fast wie zu sich selbst, hinzu:

»Er hat ein merkwürdiges Gefühl in mir ausgelöst, dieser Junge.«

»Entdeckst du jetzt vielleicht noch deine Zuneigung zu kleinen Jungen?«

»Mein Gott, bist du ein blöder Kerl!«

Sie drehte sich um und ging mit festem Schritt davon. Sie war wirklich beleidigt.

»Er ist tatsächlich hübsch, dieser Bengel. Er erinnert mich an einen Freund aus meiner Jugendzeit, mit dem ich nichts anfangen durfte. Meine Mutter sagte zu mir: ›Wenn du dich noch mal mit ihm triffst, steche ich dir die Augen aus.‹«

»Und hast du ihn noch mal wiedergesehen?«

»Du kannst dir wohl denken, daß mir meine Augen wichtiger waren als er.«

Der Plan von GGKT war nicht aufgegangen. Um sie zu erobern, mußte sie ihn bewundern. Er würde ihr seine Fähigkeiten unter Beweis stellen! Er suchte angestrengt nach einem zweiten Einfall. Und fand ihn auch. Er ließ sich in einem Satz zusammenfassen: Foto für Foto.

Er hatte das Foto des Jungen, und der Junge besuchte eine Schule. Und was macht man jedes Jahr in der Schule? Man macht ein Klassenfoto. Bei einem Fotografen, der Klassenfotos machte, würde er den Jungen finden! »Das hat was, mein Luigi«, sagte er und strich sich über den Schädel.

Er suchte einen Schulfotografen nach dem anderen auf, von denen er sich eine Liste besorgt hatte. Alle waren mißtrauisch. Zunächst lehnten sie unter Berufung auf ihre Schweigepflicht ab. Darüber hinaus handelte es sich um

Minderjährige. Aber der GGKT hatte eine kleine Strategie ausgearbeitet, mit deren Hilfe er schnell den Widerstand brach. Er arbeitete als Korrespondent für eine große japanische Tierzeitung. Um seine Aussage zu bekräftigen, zeigte er mit dem Finger auf den Papagei, der auf der Schulter des Jungen saß. Der Junge auf dem Foto, auf dessen Schulter der Papagei saß, hätte den Leserpreis der Zeitung gewonnen, für die er arbeitete. Er suchte ihn, um ihm den Preis zu übergeben. Eine beträchtliche Geldsumme, nebenbei gesagt.

»Natürlich darf derjenige, der dabei behilflich ist, ihn zu fassen zu bekommen, … ich meine, ihn ausfindig zu machen, mit einer entsprechenden Belohnung rechnen.« Jetzt bräuchte er nur noch zu warten.

Es gab aber noch eine dritte Spur: den Flohmarkt. Mit einemmal erblaßte er. Und wenn der Bengel den Papagei an eine der Banden verkauft hat? Scheiße! Scheiße! Das wäre eine Katastrophe. Der Chef wäre außer sich. Nichts fürchtete der GGKT mehr als dessen Wutausbrüche. Sie waren furchtbar. Wenn einer dieser Wutausbrüche sich an ihm entzündeten, war er völlig wehrlos. Er war dermaßen wehrlos, daß er sich am liebsten unter dem Tisch verkrochen hätte. Wie als kleiner Junge, wenn sein Vater auf ihn losging und er völlig verschreckt war. Er war nicht gläubig, aber er sprach ein Stoßgebet an die Madonna. »Mach, daß ich diesen Scheißpapagei wiederfinde.« Er war sich sicher, er würde ihn wiederfinden. Der Chef würde ihn beglückwünschen, der GGGT würde vor Neid sterben, und Giulietta wäre baff. Er errötete vor Wohlbehagen.

Etwas später am Vormittag hob Monsieur Ruche das Blatt auf, das Jonathan unter die Tür des Garagenzimmers hindurchgeschoben hatte. Verdutzt las er folgendes:

434

So schrieben die Ägypter die Zeichen in Rechenverfahren:

Addition
Zwei Beinchen, die sich
in dieselbe Richtung
bewegen wie die Schrift.

Subtraktion
Zwei Beinchen, die sich
in die der Schrift entgegengesetzten Richtung
bewegen.

Seine eigenen Beine, die sich weder in die eine noch in die andere Richtung bewegten, beschloß Monsieur Ruche warm einzupacken. Aus dem kleinen, mit Schuhen vollgestopften Eckschrank holte er sich ein Paar mit Schafsfell gefütterte Halbstiefel heraus. Als er dabei den am Schrank angebrachten Satz Platons: »Man versteht die Lehre von den Schuhen nicht, wenn man nicht versteht, was Wissen ist« las, dachte er, daß es, auf seine Person angewendet, besser wäre, die Bedeutung des Satzes umzukehren: »Man versteht nicht, was Wissen ist, wenn man nicht versteht, was die Lehre von den Schuhen ist.«

Der weitere Inhalt von J-und-Ls Botschaft war sehr viel konkreter: »Wenn man, um es mit Ihren Worten zu sagen, schneller ist als die Musik, dann stellt sich Cardanos Formel einige Zeit später in der Form des folgenden Bandwurms dar.«

Monsieur Ruche betrachtete das Gebilde. Hm ... genau die Art von Formeln, die ihn in seiner Studienzeit so sehr gequält haben und wegen denen er Grosrouvre für einen Barbaren hielt, der sich einer erbarmungslosen Sprache bediente.

$$\sqrt[3]{\left[-q/2+\sqrt{\left(q/2\right)^2+\left(p/3\right)^3}\right]}+\sqrt[3]{\left[-q/2-\sqrt{\left(q/2\right)^2+\left(p/3\right)^3}\right]}$$

Sie legten ihm die Daumenschrauben an! Monsieur Ruche spürte, daß er nicht mitten in der Furt stehenbleiben konnte. Er wußte immer noch nicht, wie es um die vollständige Lösung der Gleichungen dritten Grades bestellt war. Waren sie nun mit Hilfe von Radikalen zu lösen oder nicht?

Wer war der Urheber dieser Formel? Nun, jedenfalls hatte sie einen Haken. Egal, ob sie in einem modernen Gewand daherkam oder nicht, sie löste längst nicht alles! Es dauerte eine Weile, bis Monsieur Ruche sie verstand. Mal erwies sich die Formel als fruchtbar und lieferte mehr Lösungen als erwartet, mal erwies sie sich als unergiebig, so daß sie unmöglich anzuwenden war.

Einmal formulierte einer der Briefpartner Tartaglia gegenüber seine Schwierigkeiten, daran zu glauben, daß eine Gleichung dritten Grades zwei oder sogar mehr Lösungen haben könne. »Sicher ist es nicht leicht, daran zu glauben«, antwortete ihm Tartaglia, »und wenn die Erfahrung es nicht belegte, würde ich es sicher auch kaum glauben.«

Es konnte also mehr als nur eine Lösung für eine Gleichung dritten Grades geben? Wie viele? Zwei, drei, noch mehr? Einmal mehr drehte sich alles um die Frage negativer Größen.

Die Parkhauskinder des ausgehenden 20. Jahrhunderts haben keine Probleme mit negativen Zahlen. Die −2 auf dem Knopf eines Fahrstuhls bedeutet für sie schlichtweg, daß es sich um das zweite Untergeschoß handelt, wo das Auto abgestellt wurde.

Auch wenn sein Verhältnis zu negativen Größen nicht ganz so modern war, scheute Cardano weniger als seine Vorgänger davor zurück, sie als Lösungsmöglichkeit zuzulassen. Für ihn waren sie, um es mit seinen eigenen Worten zu sagen, zwar »weniger reine« Wurzeln, aber sie waren trotzdem Wurzeln.

Ein Teil der Formel, die Jonathan unter die Tür hindurchgeschoben hatte, stellte ein Problem dar:

$$\sqrt{(q/2)^2 + (p/3)^3}$$

Sollte die Größe unter der Wurzel: $(q/2)^2 + (p/3)^3$ unglücklicherweise negativ sein, wäre die Formel nicht mehr anwendbar! Aus einer negativen Größe läßt sich nämlich keine Quadratwurzel ziehen. Monsieur Ruche versuchte sich zu erinnern, warum dies so war. Schließlich fiel ihm die Begründung wieder ein. Je länger er mit der Mathematik herumhantierte, um so mehr kam ihm das, was er tat, wie ein geistiges Training vor, das ihm alles andere als unangenehm war.

1. Das Quadrat einer Zahl ist immer positiv. Egal, ob die Zahl positiv oder negativ ist. Die Zeichenregel schreibt dies vor: Plus mal plus und minus mal minus ergeben plus.

2. Was ist die Quadratwurzel der Zahl a: $\sqrt{a}$?

   Eine Zahl, die zum Quadrat erhoben a: $\left(\sqrt{a}\right)^2 = a$? ergibt.
   Und wenn a negativ wäre? Dann ergäbe das ein negatives Quadrat! Und das ist unmöglich, denn es stünde im Widerspruch zum vorherigen Ergebnis!

   Keine Quadratwurzel bei negativen Größen!

Wenn also $(q/2)^2 + (p/3)^3$ negativ ist, ist die Formel nicht anwendbar, und demnach gibt es keine Wurzel! Vielleicht entdeckte Cardano bei der Lektüre von Tartaglias Übersetzung von Archimedes' *Kugel und Zylinder* ja, daß der

Mathematiker aus Syrakus bewies, daß es in genau diesem Fall drei Wurzeln gab.

Cardano zog eine Zwischenbilanz.

1. Meine Formel ist richtig.
2. In einem konkreten Fall ist sie nicht anwendbar, wodurch sie im Widerspruch zu den Ergebnissen des Archimedes steht.
3. Der einzige Grund für diesen Widerspruch ist die Unmöglichkeit einer negativen Quadratwurzel.

Cardano war der Meinung, damit die Lösung gefunden zu haben. Würde ein Mann, der es wagt, das Horoskop von Jesus zu erstellen, davor zurückschrecken, die Quadratwurzel aus einer negativen Zahl zu ziehen?

Cardano schreckte nicht davor zurück. Seinen Lesern riet er: »Denken Sie nicht an die geistigen Qualen, die Sie dadurch erleiden mögen, und führen Sie diese Größen in Ihre Gleichungen ein.« Er führte Dinge wie » $\sqrt{-1}$ « ein. Und es funktionierte!

Es hatte ungeheuer lange gedauert, bis man sich endlich über das Schicksal einer Kleinigkeit wie $\sqrt{2}$ im klaren war. Wie würde es wohl bei $\sqrt{-1}$ werden?

Die Griechen hatten die Existenz von irrationalen Größen zugelassen, weil sie sich aufdrängten. Aber sie verwehrten ihnen den Status von Zahlen. Die Araber zeigten sich großzügiger und erteilten ihnen die Legitimation als Zahlen. Nachdem die irrationalen Größen (fast) zu Zahlen unter anderen geworden waren, boten sie sich auch als Lösungen algebraischer Gleichungen an. Nichtsdestoweniger mangelte es ihnen an einer Definition im eigentlichen Sinne des Wortes. Das 16. Jahrhundert neigte sich seinem Ende entgegen.

$\sqrt{-1}$ war zunächst ein vergleichbares Schicksal beschieden.

Der erste, der das Staffelholz übernahm, war Raffaele Bombelli. Er scheute noch weniger als Cardano vor ihm die Verwendung jener *umo*: »unidentifizierte mathematische Objekte«. Er beschloß, nach denselben Regeln mit den Wurzeln negativer Größen zu arbeiten, wie sie für die »normalen« Zahlen galten. Seine *Algebra,* wo er diese Neuerungen darlegte, stellten Tartaglias und Cardanos Arbeiten sofort in den Schatten. Leider konnte der arme Bombelli seinen Ruhm nicht lange genießen; das Werk erschien im Jahr seines Todes, 1572!

Monsieur Ruche notierte beiläufig, daß Bombelli darauf hingewiesen hatte, daß das Problem der Trisektion des Winkels auf die Lösung einer Gleichung dritten Grades hinauslief. Das war zwar neu, löste jedoch nicht das Problem seiner Durchführung mit Lineal und Zirkel. Dennoch war diese Information von allergrößter Bedeutung: Das Problem blieb nicht mehr ausschließlich auf die Geometrie beschränkt, sondern fiel auch in das Aufgabengebiet der Algebra.

Noch etwas. Bombelli erfand ein ganz entscheidendes Zeichen, das Jonathan-und-Léa auf ihrer Liste vergessen hatten: die Klammern. Die großen Vergessenen der mathematischen Symbole.

Die Klammern treten immer paarweise auf. Links geht die Klammer auf, recht schließt sie sich wieder. Ihnen kommt eine ganz entscheidende Bedeutung zu: Sie ermöglichen eine vollkommen unzweideutige mathematische Schreibweise. Monsieur Ruche machte an zwei aneinandergereihten Divisionen die Probe aufs Exempel: 2 geteilt durch 3 geteilt durch 5, das ergibt?

Schreibt man es »2 : 3 : 5«, dann ergibt das rein gar nichts. Ist es die 5, die 2 : 3 teilt, oder ist es 3 : 5, das die 2 teilt? Es läßt sich nicht feststellen! Ohne Klammern herrscht ein einziges Wirrwarr!

Mit Klammern hingegen hat man die Wahl. Entweder man setzt sie an den Anfang: »(2 : 3) : 5«, so lautet das Ergebnis 0,13333333333…; ans Ende gesetzt: »2 : (3 : 5)«, lautet das Ergebnis 3,3333333333… Und das ist etwas vollkommen anderes.

Genau darin hatte sich Cardano bei seiner Interpretation von Tartaglias Strophe geirrt! Al terzo cubo delle cose netto. Cardano hatte verstanden, das »Drittel des Kubus«, während Tartaglia vom »Kubus des Drittels« sprach! Mit Klammern wäre jeder Irrtum ausgeschlossen gewesen. Cardano hätte nicht $(p^3) : 3$ lesen können, wenn Tartaglia die Formel in der Form $(p : 3)^3$ notiert hätte.

Monsieur Ruche dachte daran, daß man einen Spendenaufruf für den Bau eines kleinen Denkmals verfassen sollte, in das folgende Widmung eingemeißelt werden könnte:

Den Klammern,
in Dankbarkeit, die mathematischen Ausdrücke.

Raffaele Bombelli hatte noch ein weiteres mathematisches Paar erfunden. Vor ihm gab es bereits das Paar + 1, – 1, *più* und *meno*. Bombelli fügte diesem Paar noch ein weiteres hinzu, *più di meno:* $+\sqrt{-1}$ und *meno di meno:* $-\sqrt{-1}$. Fortan sollte die Algebra ein Schäferstündchen zu viert mit Partnertausch sein. Nachdem er die Regeln dieser erweiterten Rechnung aufgestellt hatte, dichtete er einen Abzählreim, der ihre Verbreitung erleichtern sollte:

Più di meno via più di meno fa meno.
Più di meno via meno di meno fa più.
Meno di meno via più di meno fa più.
Meno di meno via meno di meno fa meno.

Das ergibt:

$$\sqrt{-1} \times \sqrt{-1} = -1$$
$$\sqrt{-1} \times (-\sqrt{-1}) = +1$$
$$(-\sqrt{-1}) \times \sqrt{-1} = +1$$
$$(-\sqrt{-1}) \times (-\sqrt{-1}) = -1$$

Von nun an konnte mit diesen neuen Gebilden gerechnet werden! Allerdings hütete man sich vor einer Definition, weil sie viel zu fiktiv zu sein schienen. Sie wurden als reines Rechenwerkzeug betrachtet und wie Zwischenglieder benutzt, die am Ende zu verschwinden hatten, ohne irgendeine Spur ihrer Existenz zu hinterlassen. Eine ziemlich krumme Tour! Irgendwie erinnerte das an die Kunst der Perspektive, die ein paar Jahrzehnte zuvor in derselben Gegend erfunden worden war. Die feinen Linien, die der Herstellung der Perspektive dienten, wurden sorgfältig gelöscht, so daß sie auf dem fertiggestellten Gemälde nicht mehr zu sehen waren.

Sind diese Gebilde als Zahlen zu bezeichnen? Selbst wenn man sie als Zahlen bezeichnet, sind es vielleicht genaugenommen unmögliche Zahlen. Descartes sollte ihre Stellung verbessern. Um zu zeigen, welchem Realitätsbereich er sie zuordnete, nannte er sie *imaginär*. Nachdem noch später endlich ihre Realität anerkannt wurde, sah der deutsche Mathematiker Gauß in ihnen nur noch *komplexe* Zahlen.

Im Gegensatz dazu nannte man die bis dahin verwendeten Zahlen, unabhängig davon, ob positiv oder negativ, rational oder irrational, *reelle* Zahlen.

Erst 1777 ersetzte Leonhard Euler das infernalische $\sqrt{-1}$ durch das heute noch gebräuchliche Symbol.

Er notierte:

$$\sqrt{-1} = i, \text{ i wie imaginär.}$$

Monsieur Ruche zuckte zusammen. War dieser Euler nicht einer der Mathematiker auf Grosrouvres Liste? Er sah nach. Euler kam direkt nach Fermat, der wiederum unmittelbar nach Tartaglia kam. Er befand sich im Reich der Erkenntnis.

Monsieur Ruche dachte lange darüber nach, welchen Weg diese mathematischen Gebilde zurückgelegt hatten. Galten sie zunächst als unmöglich, so galten sie später zunächst als imaginär und dann als komplex. Wie viele Ideen, politische Systeme, Theorien und Verfahren hatten nicht denselben Weg beschritten, um endlich zu einer »Realität« zu werden?! Manchmal sogar zu einer schlichten Realität!

Wie verhielten sich diese neuen Zahlen? Wenn sie ihrem Namen gerecht werden wollten, mußten sie … komplexer sein als alle anderen. Um zu einer komplexen Zahl zu werden, bedurfte es zweier reeller Zahlen. Aus dem Paar (2,3) bildete man beispielsweise die komplexe Zahl:

$$2 + 3i$$

Aus dem Paar (2,0) bildete man die komplexe Zahl $2 + 0i$, das heißt ganz einfach 2! Das bedeutet, daß eine reelle Zahl eine besondere komplexe Zahl ist. Der Kreis war geschlossen. Im Grunde genommen bestand die Fortentwicklung darin, die reellen Zahlen in einen größeren Zusammenhang einzuordnen. Man hatte das Universum vergrößert, in dem man sich bislang bewegte, um das möglich zu machen, was zuvor unmöglich war.

Eine Sache ließ Monsieur Ruche keine Ruhe. Konnte nun die Quadratwurzel aus einer negativen Zahl gezogen werden oder nicht? Die Antwort war eindeutig. Und zugleich zweideutig.

Nein! Im Universum der reellen Zahlen gab es keine Quadratwurzel einer negativen Zahl. Was unmöglich war, blieb da, wo es unmöglich war, auch weiterhin unmöglich.

Ja! Im Universum der komplexen Zahlen ließ sich die Quadratwurzel einer negativen Zahl ziehen.

Was war genaugenommen i?

»Eine imaginäre Wurzel aus einer negativen Größe«, sagen die Mathematiker! Da diese nicht zum Universum der reellen Zahlen gehört, erzeugt ihr Erscheinen in der Welt der Mathematiker keinen Widerspruch.

Monsieur Ruche fiel auf, daß er sich seit Beginn seiner Reise in das Reich der Mathematik bei mehreren Gelegenheiten mit Problemen konfrontiert sah, die sowohl mathematischer als auch philosophischer Natur waren: das Problem der Existenz und dasjenige der Unmöglichkeit.

Müßte er seine Erkenntnisse zusammenfassen, würde er sagen: Im Laufe der Geschichte hat es immer wieder Situationen gegeben, in denen Mathematiker, die sich mit Fragen auseinandersetzten, die sie nicht zu lösen vermochten, zu unerlaubten Mitteln greifen mußten. Sie tun dies hinter den verschlossenen Türen ihrer Stuben. Wenn sie weitergehen wollten, würden sie, dessen waren sie sich bewußt, die Welt verlassen müssen, in der sie bislang gewirkt hatten. Wie Alice würden sie auf die andere Seite des Spiegels treten. Dort, wo die Gesetze der Welt, die sie verlassen haben, nicht galten, führen sie verwirrende, aber effektive Operationen aus, mit deren Hilfe sie das Dilemma, in dem sie stecken, lösen. Nachdem sie dann, durch ihre Kühnheit gestärkt und um ihre neue Einsicht bereichert, wieder durch den Spiegel in ihre Welt zurückkehren, werden sie, oder ihre Nachfolger, das mathematische Universum erweitern, um die auf der anderen Seite des Spiegels erschaffenen Gebilde aufnehmen zu können.

Man kann sich immer auf die andere Seite des Spiegels begeben, zu den negativen, den irrationalen, den imaginären usw. Zahlen, vorausgesetzt, man kehrt mit lauter Wunderwerken zurück!

Aber weder in der Poesie noch in der Mathematik gibt es eine reine Schrift. Benennt man das Unmögliche, dann geht man das Wagnis ein, die Frage nach seiner Existenz zu stellen und die Versuche seiner Erklärung zu legitimieren. In der Mathematik tut man dies durch die Entwicklung einer Theorie, in der diese bislang unzulässige Schreibweise ein genau definiertes Objekt darstellt. Neue Gebilde lassen sich immer definieren. Vorausgesetzt, ihre Existenz ist eine Koexistenz. Das Auftauchen neuer Gebilde darf die Existenz der bereits existierenden genausowenig gefährden, wie es den bereits bestehenden Ergebnissen widersprechen darf.

Die mathematischen Revolutionen zeichnen sich dadurch aus, daß sie die alte Welt, die ihre Legitimität und Wahrheit beibehält, nicht zerstören. Sie bringen neue Universen hervor, die die bereits bestehenden entweder einschließen oder ihnen zur Seite treten. Die neuen Gebilde vernichten niemals die alten. Ein schönes Beispiel für das Zusammenleben von Vorfahren und Nachkommen.

Als Monsieur Ruche Jonathan-und-Léa erzählte, was er über die imaginären Zahlen herausgefunden hatte, reagierten sie ganz spontan.

Jonathan:

»Es ist das genaue Gegenteil dessen, was Sie uns über Lineal und Zirkel erzählt haben, wo am Anfang ein Verbot steht: ›Zur Lösung darfst du nur Lineal und Zirkel verwenden!‹«

Léa:

»Bei den imaginären Zahlen dagegen ist man bei den Mitteln, mit deren Hilfe das Problem gelöst werden soll, nicht zimperlich. ›Das Ziel heiligt die Mittel.‹ Hat man dieses erst einmal erreicht, pfeift man darauf! Alles, womit man das Ergebnis erzielt hat, überdeckt man mit dem Schleier der Verschwiegenheit und …«

Sie beendete ihren Satz nicht. Mit sanfterer Stimme sagte sie:

»Dem Ergebnis jedenfalls ist es Wurscht. Es trägt nicht das Mal seiner Entstehungsbedingungen.«

Und fröhlich fügte sie hinzu:

»Wichtig ist nur, das es geht!«

Monsieur Ruche bewegte seinen Rollstuhl lärmend hin und her.

»Und was ist, wenn es nicht geht, hä?«

Sie blickte ihn liebevoll an:

»Wenn es nicht funktioniert, Monsieur Ruche? Dann fliegt man eben!«

Nofutur schlug mit den Flügeln, hob ab und landete auf Léas Schulter.

Das hatte er bisher noch bei niemand anderem als Max getan. Léa war vollkommen überwältigt.

Am nächsten Tag nahmen Jonathan-und-Léa die Angelegenheit in die Hand. Da Monsieur Ruche es nicht für notwendig erachtete, eine Sitzung zum Thema abzuhalten, organisierten die Zwillinge eine. Nachdem die Anwesenheit des engeren Familienkreises, Monsieur Ruche, Max und Perrette, sicher war, luden sie auch den erweiterten Kreis, Albert und Habibi, ein. Und Nofutur war sowieso mit von der Partie.

Ganz fest auf seiner obersten Sitzstange festgekrallt, vollführte er zunächst einen anmutigen Überschlag im Zeitlupentempo. Als sein Kopf gerade unten war, verkündete er:

»Das Drama der imaginären Zahlen!«

Er erhöhte die Geschwindigkeit, beendete mit einer schnellen Umdrehung seinen Überschlag und saß wieder kerzengerade auf der Stange. Mit langgestrecktem Hals erklärte er, während er mit den scharlachroten Spitzen seiner Schwungfedern fächelte:

»Ein Stück in i Aufzügen!«

Unter den Klängen der Wolgaschiffer traten Jonathan-und-Léa stark ächzend auf, während sie fortwährend rhythmisch »hau ruck, hau ruck« ausriefen, um musikalisch (!) die elenden Daseinsbedingungen der Galeerensträflinge darzustellen, die im Dunkel der Laderäume ruderten. Als der Singsang des Chors abbrach, fühlten sie sich nach Persien versetzt, und beseelt vom Talent eines al-Hayyam, trugen sie eine Art selbstkomponierten *Rubâ'iyât*-Vier-zeiler vor:

> *Arbeiter seid ihr, doch imaginär,*
> *von jenseits der Grenzen kamt ihr her,*
> *einen Rang, der keiner war, wies man euch zu,*
> *ließ euch nur schuften immerzu.*

> *Die Zeit verrann,*
> *'nen Rang bot man euch deshalb längst nicht an.*
> *Das stete Wirken war nicht provisorisch,*
> *mehr denn je obligatorisch.*

> *Euer unermüdliches Tun,*
> *ließ dann so manchen nicht mehr ruh'n,*
> *bedingte auch so manche Frage.*
> *Endlich förderte man euch mal zu Tage!*

> *Da wart ihr nun, nicht existierende Gebilde*
> *und führtet noch so einiges im Schilde.*
> *Zu spät, um einen Charterflug noch zu bestellen.*

In der Hoffnung, er wird an einem Berg zerschellen.
Damit ihr euch in Luft auflöst!
Es gab nur noch eine Lösung,
die Regulierung, ierung, ierung!

Nofutur hatte das Schlußwort. Womöglich zu Ehren Tartaglias, des Stotterers, setzte er mehrmals dazu an, das »i« auszusprechen. Aber sein »i« klang wie ein »ai«. Er hatte die größte Mühe, ein »i« herauszubringen, das nicht wie ein Schrei klang. Nach den Vierzeilern eines al-Hayyam, den Dreizeilern eines Tartaglia und den Abzählversen eines Bombelli hatten sie jetzt die Gedichte von J-und-L Liard zu hören bekommen! Die Buchhandlung befand sich auf dem besten Wege, zu einem In-Salon für Dichtung zu werden.

Habibi schwebte auf Wolke sieben. Die Worte verstand er zwar nicht, aber die Musik fand er hinreißend. Perrette hatte das Drama der imaginären Zahlen und ihrer Entstehung wortlos verfolgt.

Die von Jonathan-und-Léa zusammengestellte Nummer hatte Monsieur Ruche weniger wegen ihres künstlerischen Wertes als vielmehr wegen ihrer politischen Schärfe beeindruckt. Er hätte nicht gedacht, daß J-und-L über ein so ausgeprägtes Gespür für derlei Fragen verfügten, über die sie zu Hause nie sprachen. Sprachen sie aber zu Hause über Dinge, die ihnen am Herzen lagen? Obwohl, seit einiger Zeit …

Monsieur Ruche gehörte nie irgendeiner Partei an, aber er hatte eine politische Ader; sein Engagement in der Widerstandsbewegung gegen die deutschen Besatzer hatte bei ihm zur Entstehung eines tiefen Hasses gegen jede Art von Terror, mochte er politischer, ideologischer, religiöser oder ökonomischer Herkunft sein, geführt. Er haßte ganz einfach jede Art von Unterdrückung; in seinem Kopf war so etwas wie ein Axiom verwurzelt, das dazu führte, das er immer auf der Seite des Unterdrückten in seinem Kampf gegen den Unterdrücker stand.

17. KAPITEL

Brüderlichkeit, Freiheit. Abel, Galois.

War die Gleichung fünften Grades nun durch Radikale zu lösen oder nicht? Die Vollversammlung hatte beschlossen, die Forschungsarbeiten so lange fortzusetzen, bis die Lösung gefunden wäre. Der Tatsache, daß bisher keine der drei großen Fragen der Antike beantwortet worden war, fiel bei der Entscheidungsfindung ein erhebliches Gewicht zu. Sie konnten nicht ihre ganze Zeit damit verbringen, keine Antworten auf die Fragen zu finden, die sie sich stellten.

> So spielten sie das Knobelspiel,
> zu sehn, auf wen das Los denn fiel,
> die viele Arbeit dann zu tun.
> Das Los fiel auf den alten Mann,
> der all die Arbeit machen kann,
> denn schließlich ist ihm nichts zuviel!

Monsieur Ruche war also genötigt, die Arbeit zu leisten. Zu diesem Zweck holte er wieder seinen Federhalter aus Murano-Glas hervor. In sein großkariertes Heft schrieb er:

Zunächst darlegen, daß die Probleme der Lösung durch Radikale sich nur auf einen ganz besonderen Typ Gleichungen beziehen; die sogenannten algebraischen Gleichungen, bei denen es ausschließlich um Polynome geht.

Zum Beispiel ist
»$2x^2 + 3x + 1 = 0$« eine algebraische Gleichung zweiten Grades,
»Sin $x + 1 = 0$« nicht.

Die allgemeinste Form der algebraischen Gleichung ist
$a_n x^n + a_{n-1} x^{n-1} + \ldots + a_2 x^2 + a_1 x + a_0 = 0$.
n ist der Grad der Gleichung und die Koeffizienten a_i sind Zahlen.

Die ersten Algebraiker waren vor eine einfache Wahl gestellt: Eine Gleichung war lösbar oder unlösbar, sie hatte eine Wurzel oder hatte keine. Cardano, Bombelli und andere mußten erkennen, daß die Angelegenheit nicht ganz so einfach war. Und damit auch interessanter.

Man stellte nun allgemein die Frage nach der Anzahl der Wurzeln einer Gleichung und nahm an, daß es gut wäre, im voraus zu wissen, wie viele es sind, und sie vor dem eigentlichen Beginn zu berechnen und zu bestimmen. Kann eine Gleichung dritten Grades 3 Wurzeln haben? Kann eine Gleichung vierten Grades überhaupt keine haben? Gab es bezüglich dieses Problems irgendwelche Sicherheiten?

In seiner 1629 erschienenen *Neuen Entdeckung in der Algebra* sprach Albert Girard die Vermutung aus, daß eine Gleichung nten Grades genau n Wurzeln hat, wenn man auch die imaginären Wurzeln und jede Wurzel entsprechend ihrer Vielfachheit berücksichtigte. Eine doppelte Wurzel zum Beispiel zählte zwei,

D'Alembert, der Mitarbeiter an der *Encyclopédie,* unternahm 1746 den ersten Versuch eines Beweises, gefolgt von Euler im Jahre 1749. Später sollten noch zwei weitere Franzosen folgen: Louis Lagrange und Pierre-Simon Laplace. Am Ende war es ein Deutscher, Carl Friedrich Gauß, der »Fürst der Mathematiker«, der den ersten vollständigen Beweis erbrachte. Noch nicht zufrieden mit dem einen, erbrachte er noch drei zusätzliche Beweise. Was, falls dies überhaupt noch erforderlich sein sollte, die Notwendigkeit belegt, zwischen der Behauptung eines Satzes und seinem Beweis zu unterscheiden.

Nun war man sicher, daß jede algebraische Gleichung nten Grades nicht nur Wurzeln hatte, sondern daß sie genau n Wurzeln hatte: *Der Fundamentalsatz der Algebra!* Ein wunderbarer Satz! Kann es ein zugleich einfacheres und allgemeineres Ergebnis geben? Eine Gleichung dritten Grades hat immer 3 Wurzeln; eine zweiten Grades immer 2.

Monsieur Ruche zuckte zusammen. Wie Dornröschen erwachte ein im hintersten Winkel seines Gedächtnisses verborgener Satz, der dort ein dreiviertel Jahrhundert lang geschlummert hatte, ganz plötzlich zum Leben: »Gleichung zweiten Grades. Ist die Diskriminante negativ, keine Wurzel. Ist sie gleich null, eine doppelte Wurzel. Ist sie positiv, zwei Wurzeln!«

Man hat mich also angelogen! Aber wer log? Der in seinem Gedächtnis verborgene Satz, der behauptete, daß es für bestimmte Gleichungen zweiten Grades keine Lösungen gab? Oder der Fundamentalsatz, daß es für *alle* Gleichungen zweiten Grades auch zwei Lösungen gab? Er war von der Richtigkeit des in seinem Gedächtnis verborgenen Satzes überzeugt.

Er blieb ruhig. Sicher, er befolgte Grosrouvres Programm, und natürlich war es besser, es zu verstehen, als es nicht zu verstehen. Aber es bestand für ihn keine Notwendigkeit, immer alles zu verstehen. Seine rechte Gehirnhälfte riet ihm, darauf zu pfeifen. Monsieur Ruche beschloß, ihrem Rat zu folgen. Die linke Gehirnhälfte begehrte auf und weigerte sich, einen Widerspruch zuzulassen, der eine Beleidigung der Logik darstellte. Schließlich fand Monsieur Ruche die Antwort. Sie war beruhigend: Weder der in seinem Gedächtnis verborgene Satz noch der Fundamentalsatz logen.

Der Widerspruch zwischen den beiden Aussagen resultierte aus folgendem Umstand: Sie bezogen sich nicht auf dasselbe Zahlenuniversum. Der in seinem Gedächtnis verborgene Satz bezog sich auf das Universum der »reellen« Zahlen, der Fundamentalsatz auf dasjenige der »komplexen« Zahlen, das ersteres mit einschloß. Es gab keinen Widerspruch. Immer wieder stellte sich dieselbe Frage: Wo sucht man das, was man sucht? Denn man sucht ja immer irgendwo. Und meistens weiß man es selbst nicht. Das erinnerte ihn an jene Geschichte mit dem Mann, der in der Dunkelheit seine Pfeife unter einer Straßenlaterne suchte. Ein Passant fragt ihn: »Haben Sie Ihre Pfeife hier unter der Straßenlaterne verloren?« – »Nein! Aber nur hier könnte ich sie sehen, wenn sie hier läge.« Seine Mutter hatte immer zu ihm gesagt … Meine Mutter! Wie lange ich schon nicht mehr an sie gedacht habe! Ich bin jetzt älter als sie damals. Dank des Fundamentalsatzes denke ich an meine Mutter! Die Mathematik ist auch wirklich für alles gut. Also, meine Mutter sagte immer zu mir: »Würde man dich ans Meer schicken, fändest du das Wasser nicht.« Die Suche nach Lösungen für algebraische Gleichungen im Universum der komplexen Zahlen war wie die Suche nach Wasser am Meer: Man wird immer fündig.

In diesem Moment erfaßte Monsieur Ruche die ganze Bedeutung der komplexen Zahlen. Ihre Kraft resultierte aus ihrer Menge. Es gab genug davon, um jeder algebraischen Gleichung ihren Posten an Lösungen bereitzustellen und so ihr natürliches Universum zu bilden!

In Tokio liefen die Geschäfte von GGGT gut. Nicht nur die, wegen denen er in die japanische Hauptstadt geschickt worden war und denen er im Shinjuku NS nachging. Für seine persönlichen galt dasselbe. Er war noch mehrmals in die Karaoke-Bar zurückgekehrt. Die junge Frau vom Nebentisch, nicht die, die ihm die Zeitung gezeigt hatte, die andere, war auch wieder dorthin gekommen. Zunächst setzten sie sich zusammen an einen Tisch, dann sangen sie zusammen. Als Duo.

Er hatte ihr gestanden, daß er kein Franzose, sondern Italiener sei. Sie versicherte, daß dies einerlei sei. Er sagte ihr, die Italiener seien große Sänger. Die besten, mit den Bulgaren, aber die Bulgaren hätten Baßstimmen, wogegen die Italiener Baritonstimmen hätten.

»Und die Schwarzen?« fragte sie.

»Ach ja, ich habe die Neger vergessen«, gab er zu.

Und mit zärtlicher Stimme gestand er ihr:

»Ich habe die Neger vernachlässigt, und dich habe ich auch vernachlässigt.«

Das gefiel ihr sehr. Diese Art der Schmeichelei war ihr völlig unbekannt.

»Soll ich dir zeigen, wo ich geboren wurde?«

Auf dem niedrigen lackierten Tisch breitete er eine Europakarte aus. Ganz am unteren Ende von Italien zeigte er ihr eine Insel.

Sie umarmte ihn:

»Du bist auf einer Insel geboren worden, und ich auch. Wir waren dazu bestimmt, uns zu begegnen. Und zusammen zu singen.«

Er wußte nicht, warum, aber mit einemmal dachte er an Madame Butterfly. Vielleicht, weil ihr leicht geöffneter Kimono den Blick auf eine kleine weiße Brust freigab. Er bewunderte die Puccini-Oper. Eine Vorahnung überkam ihn.

Am darauffolgenden Tag erhielt er ein Telegramm. Der Chef verlangte von ihm, unverzüglich nach Paris zurückzukehren. Er fügte hinzu: »Luigi, dieser Idiot, hat den

Papagei immer noch nicht wiedergefunden. Du mußt dich persönlich dieser Sache annehmen.«

Den Anweisungen des Chefs widersetzte man sich nicht. Die junge japanische Sängerin bekam das zu spüren. Am Abend saß sie wieder allein am Tisch in der Bar. In ihrer Hand hielt sie ganz fest das einzige, was ihr von ihm geblieben war; die Europakarte mit der Insel ganz am unteren Ende. Den ganzen Abend sang sie traurige Lieder.

»Kopenhagen, im Jahr der Kubikwurzel 6064321 219 (die Dezimalstellen beachten).«

Als Bernt Holmboe den ersten Satz des Briefes las, den man ihm gerade ausgehändigt hatte, mußte er lächeln. Er wußte sofort, von wem er stammte. Angespornt von dem Rätsel in der Kopfzeile, begann er zu rechnen. Das Ziehen einer Kubikwurzel ist keine leichte Sache. Aber als Mathematiklehrer wußte er sehr gut, wie man Logarithmen verwendete. Das Ergebnis stand: 1823,590827 Jahre.

0,590827 Jahre, das machte $0,590827 \times 365 = 216$ Tage. Es handelte sich also um den 216. Tag des Jahres 1823. Er suchte seinen Kalender. Der Brief war am 4. August 1823 in Kopenhagen abgeschickt worden. Er stammte von Niels Henrik Abel, seinem ehemaligen Schüler, der sich in Dänemark aufhielt. Er hatte ihn fünf Jahre zuvor kennengelernt, als er seine erste Stelle als Mathematiklehrer in Christiania antrat.

Am Ende des ersten Jahres hatte er in das Schulheft von Niels geschrieben: »Zu seiner erstaunlichen Intelligenz gesellt sich sein unersättliches Bedürfnis, Mathematik zu betreiben. Er wird, wenn er das entsprechende Alter erreicht, der beste Mathematiker der Welt.« Warum hatte er »wenn er das entsprechende Alter erreicht« hinzugefügt? Holmboe wußte es nicht. Niels war sechzehn Jahre alt. Holmboe erinnerte sich mit Stolz daran, daß er es war, der Niels die Mathematik nahegebracht hatte. Bisher war seine Vorhersage alles andere als unzutreffend. Niels durfte ganz zweifellos als der beste norwegische, vielleicht sogar skandinavische Mathematiker gelten. Und das mit gerade einmal 21 Jahren. Mit verblüffender Leichtigkeit hatte er sich in das riesige Werk Eulers eingearbeitet.

Seit einiger Zeit beschäftigte man sich fast überall in Europa mit der alten Frage der Lösung von Gleichungen 5. Grades durch Radikale. Euler, dem so vieles gelungen war, hatte sich daran versucht. Er fand sie nicht. Aber er war davon überzeugt, daß die Formel existierte.

Sobald Abel genügend mathematische Kenntnisse besaß, begeisterte er sich für dieses Problem. Und ziemlich schnell hatte er auch die Formel zur Lösung der Gleichung fünften Grades gefunden. Ihm gelang das, was Euler verwehrt geblieben war! Holmboe fand seinerzeit keinen Fehler in Abels Beweisführung. Genausowenig wie alle anderen Mathematiker, die sie geprüft hatten. Zum Glück stellte Niels nach einiger Zeit selbst fest, daß sie falsch war. Die Formel war nicht auf alle Fälle anwendbar. Als Formel jedoch hätte sie auf alle Fälle anwendbar sein müssen. So wie es auch mit den vier anderen Graden der Fall war.

Daraufhin revidierte Niels seine Ansicht von Grund auf. Er sagte sich, daß man die Formel deshalb nicht gefunden hatte, weil man sie nicht finden konnte. Und man konnte sie nicht finden, weil es sie nicht gab. Eine totale Umkehrung. Dachte er zunächst: »Da es solche Formeln bis zum vierten Grad gibt, muß es sie auch für den fünften geben«, so stellte er sich nun die Frage: »Warum gibt es sie nicht für den fünften Grad, wo es sie doch bis zum vierten gibt?«

Zurück aus seinem Urlaub in Kopenhagen, arbeitete Abel unermüdlich und vertiefte sich insbesondere in die

Werke Lagranges, der einige Jahre zuvor in Paris gestorben war. Lagrange war von allen Mathematikern am weitesten gegangen, er hatte all denen den Weg gewiesen, »die sich mit dieser Frage befassen wollten«. Lagrange hatte selbst den von ihm bezeichneten Weg beschritten. Erfolglos. Abel wählte Lagrange zu seinem Gewährsmann.

Es war spät im Herbst. Die ersten Schneeflocken fielen. Monatelang würde alles schneebedeckt sein. Abel machte sich an die Arbeit. Plötzlich gelangte er zu der Überzeugung, daß er, sobald der Schnee verschwunden und der Frühling die Kälte vertrieben haben würde, das Problem gelöst haben würde. Jetzt verfügte er über die Mittel, die den Erfolg seines Unternehmens garantierten. Weihnachten nahte.

Kurz vor Weihnachten war die Beweisführung abgeschlossen. Sie war komplex, aber verständlich. Er ging sie nochmals durch. Seit seinem ersten Versuch hatte er mehr Übung bekommen. Er war zu einem echten Mathematiker gereift. Das Ergebnis war eindeutig. Ein einfacher Satz, ein einziger Satz – aber was für ein Satz! – leuchtete auf seinem Rechenblatt auf:

»Algebraische Gleichungen fünften Grades sind nicht durch Wurzeln lösbar!«

Ein langer Weg von dreihundert Jahren. Wie viele Reisende hatten sich dabei gegenseitig abgelöst? Mal barsch, mal freundschaftlich. Del Ferro, Tartaglia, Cardano, Ferrari, Bombelli, Tschirnhaus, Euler, Vandermonde, Lagrange, Ruffini und jetzt eben Niels Henrik Abel. Er erreichte das Ziel, beendete die Reise.

Abel verfaßte einen Artikel mit dem Titel *Abhandlung über algebraische Gleichungen, in der die Unmöglichkeit der Lösung der allgemeinen Gleichung fünften Grades be-*

wiesen wird. Er war gerade einmal sechs Seiten lang, und Abel mußte ihn auf eigene Kosten drucken lassen. Um Geld zu sparen, fertigte er eine verkürzte Fassung von einer halben Seite an. Das kostete weniger, aber der Text wurde dadurch schwerer verständlich.

Wie war er zu diesem Ergebnis gekommen? Monsieur Ruche verstand, ehrlich gesagt, nicht besonders viel. Er verstand nur, daß es nicht mehr darum ging, die Lösungen der Gleichungen eine nach der anderen zu betrachten, sondern in ihrer Gesamtheit. Genau dies war der zentrale Gedanke: Alle Wurzeln der Gleichung in ihrer Gesamtheit betrachten und deren Permutationen untersuchen …

Hätte er zwanzig Jahre früher begonnen, wäre er sicher weitergegangen. Allmählich bedauerte er, daß sich Grosrouvre nicht eher mit ihm in Verbindung gesetzt hatte. Er wußte genau, daß ein Teil seiner Gehirnzellen bereits abgestorben war, ohne Aussicht auf Besserung, ja, daß es an ein Wunder grenzte, die übriggebliebenen überhaupt noch einmal ordentlich aktiviert zu haben.

Abel verschickte seine Abhandlung sofort nach ihrer Fertigstellung an alle großen europäischen Mathematiker. Und zunächst an den allergrößten unter ihnen, Gauß, der sie weglegte, ohne sich die Mühe zu machen, einen Blick darauf zu werfen. Nach dem Tod von Gauß fand man unter seinen Papieren den ungeöffneten Artikel.

Abel schrieb eine neue Abhandlung über die *Integration,* die er anderen Schriftstücken hinzufügte, um damit an der Universität ein Stipendium zu beantragen. Das Stipendium bekam er, aber die Abhandlung verschwand. Sie blieb unauffindbar.

Seit zwei Jahren war Abel mit der hübschen Crelly Kemp verlobt. Er hatte nicht genügend Geld, um sie zu heiraten. Also warteten sie darauf, daß Abel eine Stelle als Professor bekam. Er sollte sie nie bekommen, weder in seiner Heimat noch in Berlin oder Paris. Als schließlich an der Universität von Christiania ein Lehrstuhl für Mathematik eingerichtet wurde, wurde Holmboe berufen, sein ehemaliger Lehrer, mit dem er befreundet war. Abel beglückwünschte ihn. Seine materiellen Lebensverhältnisse wurden noch schwieriger. Zu allem Überfluß mußte er einen Teil des Geldes, das er mit Privatstunden verdiente, darauf verwenden, Schulden der Familie zu tilgen. Arm und genial, beinahe schon ein echter Romantiker. Wenn man außer acht ließ, daß er bedächtig und zurückhaltend und die Auflehnung ein ihm fremdes Gefühl war. Unverdrossen setzte er seine Bemühungen fort, seine Arbeit bekannt zu machen.

In Paris würden seine Entdeckungen Anerkennung finden, davon war Abel überzeugt. Seine Abhandlungen würde er beim Institut de France einreichen, wo dann Cauchy, Legendre und die anderen französischen Mathematiker deren wahre Bedeutung zu ermessen wüßten. Abel sprach ausgezeichnet französisch, und war es nicht auch ein Franzose, der indirekt das Schicksal seines Landes bestimmte?

Im Jahre 1815, als Niels seine Heimatstadt verließ, um in Christiania zu studieren, wurde zwischen Norwegen und seinem mächtigen Nachbarn Schweden ein Bündnisvertrag unterzeichnet. Ironie der Geschichte: In dem Augenblick, in dem Napoleons Stern in Waterloo endgültig unterging, ging derjenige einer seiner fähigsten Marschälle, der des Grafen Bernadotte, auf: Er hatte kürzlich den schwedischen Thron bestiegen und wurde damit zum Herrscher über Norwegen.

Ende des 18. Jahrhunderts gab es eine in der Menschheitsgeschichte bis dahin einmalige Konzentration von Mathematikern in einem einzigen Land. Während der

Französischen Revolution wirkten in Paris Lagrange, Carnot, Monge, Vandermonde, Laplace, Legendre, Lacrois, Fourier, ganz zu schweigen von Condorcet und Delambre. Im darauffolgenden Jahrhundert traten Cauchy, Poncelet, Sophie Germain, Poisson und Chasles in deren Fußstapfen.

Am frühen Nachmittag war Albert gekommen, um Monsieur Ruche »einzuladen«. Genau wie beim allerersten Mal, als es um Thales ging, fuhren sie in Richtung Stadtzentrum. Als sie am Palais-Royal vorbeigefahren waren und die Place du Caroussel im Louvre überquerten, warf Monsieur Ruche einen Blick auf die Pyramide ... eine alte Bekannte. Das war Anfang Herbst, vor sechs Monaten. Seither waren die Namen vieler Mathematiker aus der Feder seines Füllhalters geflossen. Auch jetzt überquerte wieder eine Gruppe Japaner den Fußgängerüberweg, aber diesmal vermummt in Pelzmänteln und mit Fellmützen auf dem Kopf. Die Pyramide, noch von der morgendlichen Kälte umhüllt, erinnerte mehr noch als sonst an einen Kristall. Die Wasserpfützen ringsherum waren in ihrer fast magischen Glätte erstarrt. Ohne daß eine Eisschicht es bedeckte, wirkte das Wasser schwer. Wie gerade aus dem Kühlschrank geholter eiskalter Wodka.

Albert erkundigte sich, nicht nur aus bloßer Höflichkeit, diskret nach dem Stand der Nachforschungen.

Monsieur Ruche fiel es nicht leicht, ihm zu antworten. Was hätte er ihm anderes sagen können als:

»In den letzten Tagen habe ich mich mit einem merkwürdigen italienischen Mathematiker beschäftigt, der gleichzeitig Arzt war und vor vierhundert Jahren ein ganz wichtiges Teil für deinen Peugeot 404 erfunden hat.«

»Damals gab es doch noch gar keine Autos!«

»Stimmt. Aber es gab Schiffe, und auf den Schiffen gab es Kompasse, und unter dem Schiffsrumpf gab es das

Meer. Und wenn es zu unruhig war, geriet der Kompaß ins schwanken und wurde nutzlos. Man verlor die Orientierung. Mein Mathematiker hat eine Aufhängung erfunden, um den Kompaß nicht mehr dem Rollen und Stampfen des Schiffs auszusetzen. Und mit genau dieser Aufhängung in leicht veränderter Form ist auch dein 404 ausgestattet. Wenn ich dir seinen Namen nenne, verstehst du sofort. Cardan.«

»Ach, das ist ein Typ! Ein Italiener; eigentlich nicht besonders erstaunlich. Bei Autos sind die Italiener echte Cracks: Ferrari, Maserati, Lamborghini ... Das ist ja toll! Genauso habe ich gestaunt, als ich erfuhr, daß das Wort für unsere guten alten Abfalleimer, die *poubelles,* nichts anderes ist als der Name des Präfekten von Paris, der sie erfunden hat, ... eben Poubelle. Eine wunderbare Erfindung. Nein, nicht der Abfalleimer, obwohl ... Sie verstehen wohl nicht besonders viel von Mechanik. Das Kardangelenk ermöglicht zwei ganz wesentliche Dinge. Erstens«, und dabei zeigte er auf die Motorhaube, »treibt der Motor mit Hilfe des Kardangelenks die Räder an. Und es dient dazu, die Räder mit dem Lenkrad zu lenken.«

Zu Demonstrationszwecken schlug er das Lenkrad ein. Und da die Kardangelenke tadellos funktionierten, reagierte der Wagen sofort. Der 404 geriet auf den schmalen Seitenstreifen und hätte beinahe die Gruppe Japaner überrollt, die gerade den Fußgängerüberweg überquerte.

»Ist gut, ich habe verstanden!« schrie Monsieur Ruche.

Albert setzte Monsieur Ruche am Quai du Louvre in Höhe der Passerelle des Arts ab. Welch Wunder! Links und rechts neben den Stufen befand sich eine Rampe, über die er auf die Fußgängerbrücke gelangen konnte. Albert fuhr beruhigt weiter in Richtung Quai de la Mégisserie. Ob Cardan oder nicht, der Lärm der Autos war unerträglich. Jedesmal wenn ein Stück die Seine hoch die Ampel

460

auf Rot sprang, wurde es abrupt still, beunruhigend still, wie ein Atemaussetzer bei einem schweratmenden Kranken.

Ein paar Radumdrehungen, und Monsieur befand sich auf der Fußgängerbrücke über dem Wasser. Die Seine war von erhabener Schönheit. Ihr blaugraues Wasser hätte einen flämischen Maler in einen Taumel versetzt. Der Odem der Seine: Ein bläulicher Dunst, als würde das Wasser dampfen. In diesen Momenten, wenn der Pariser Winter sich entschloß, sein Licht zu entfalten, konnte man die ganze übrige Welt vergessen!

Unter seinem Rollstuhl glitt ein mit Sand beladener Frachtkahn geräuschlos hindurch. Monsieur Ruche sah ihm hinterher. Als er die Spitze der Ile de la Cité erreicht hatte, steuerte er auf den rechten Flußarm zu und verschwand unter dem Pont Neuf.

Monsieur Ruche hielt in der Mitte des Stegs an. Die fahle Sonne strahlte eine innerliche, unsichtbare Hitze aus, erwärmte die ganz allmählich erwachende Landschaft, drehte der schleichenden Kälte, die Monsieur Ruche in ihren Fängen hielt, den Hals um. Es wurde langsam milder. Diese winterliche Wärme empfand Monsieur Ruche als Geschenk.

Die Seine schluckte den Autolärm. Es waren nur die Schritte und Stimmen der Fußgänger zu hören. Die laublosen Bäume, die das Ufer wie nackte Wachposten säumten, markierten die Grenze dieses *no man's river.* Hier, in der Mitte des Flusses, fühlte Monsieur Ruche sich Tausende Kilometer von beiden Ufern entfernt.

In seinem Arbeitszimmer an der Universität von Christiania war Holmboe in seine Arbeit vertieft, als der Hausmeister an die Tür klopfte und ihm einen Brief aushändigte. Holmboe nahm den Brieföffner, der immer griffbereit auf seinem Schreibtisch lag, und öffnete den Umschlag.

Nein, der Brief begann nicht mit »Froland, Kubikwurzel aus 6 121 085 701«. Er begann konventioneller mit: »Froland, den 6. April 1829«. Ein einziger Satz folgte: »Niels Henrik Abel ist heute nachmittag um 16 Uhr verstorben.« Holmboe konnte seine Tränen nicht zurückhalten. Sein Schüler, sein Freund, war von einer Krankheit dahingerafft worden. Im Alter von nicht einmal 27 Jahren.

Er erinnerte sich an den Satz, den er Niels in dessen Schulheft geschrieben hatte: »Er wird, wenn er das entsprechende Alter erreicht, der beste Mathematiker der Welt.« Wenn er das entsprechende Alter erreicht.

Bedrohte denn schon den Gymnasiasten der verfrühte Tod und das Unglück dermaßen spürbar, daß der junge Lehrer, der er damals noch war, gar nicht anders konnte, als diesen Satz zu notieren, ohne sich dabei allerdings seiner Unerbittlichkeit bewußt zu sein, und so auf die Bedrohung hinzuweisen, der der junge Niels ausgesetzt war?

Holmboe lächelte traurig. Genau betrachtet hatte er sich bei seiner Voraussage getäuscht. Niels war kein langes Leben beschieden, und er war einer der besten Mathematiker der Welt. Und als Grabbeigabe erhielt er die langersehnte wissenschaftliche Anerkennung.

Die Berliner Universität, die seine Bewerbungen mehrmals abschlägig beschieden hatte, sandte ihm einen Brief; sie wünschte ihn in ihren Lehrkörper aufzunehmen. Als der Brief in Norwegen eintraf, war Niels bereits begraben. Und das Institut de France in Paris? Diese Geschichte war noch unglaublicher.

Im Jahre 1793 schloß die Revolutionsregierung die Akademien. Dreißig Monate später gründete sie das Institut und richtete es im Louvre ein. 1805 veranlaßte Napoleon den Umzug über die gerade errichtete Passerelle des Arts auf die andere Seite der Seine, wo es direkt gegenüber vom Louvre im ehemaligen Palais Mazarin untergebracht wurde.

Monsieur Ruche hatte nie zuvor darauf geachtet. Das Tor des Louvre-Innenhofs auf der einen und die Kuppel des Instituts auf der anderen Seite der Seine befanden sich genau in der Verlängerung der Passerelle des Arts. Die Gerade ist die kürzeste Strecke … Sicher, aber zwischen was? Zwischen der Hoffnung und der Hoffnungslosigkeit. Monsieur Ruche konnte es sich nicht verkneifen, die Ankunft des jungen Mannes aus dem kalten Norden in Paris, der voller Hoffnung und mit seiner Abhandlung im Gepäck in der Stadt der Mathematiker eintraf, vor seinem geistigen Auge ablaufen zu lassen.

Im Juli 1826 war es heiß, auf der Brücke drängte sich eine heitere Menschenmenge. Die Brücke war *en vogue*, die erste Metallbrücke in Paris! Abel bewunderte die Stahlkonstruktion mit ihren gegossenen Bögen und ihrem von Stahlträgern getragenen Fahrdamm. Auf seiner langen Reise quer durch Deutschland, Österreich und Italien hatte er nichts Vergleichbares gesehen. Der Steg war gesäumt von Orangenbäumchen in Töpfen. In der Schenke hatte Abel ein Glas Limonade in einem Zug ausgetrunken. Beim Klang einer kleinen fröhlichen Kapelle, die populäre Melodien spielte, dachte er an seine Verlobte Crelly, die in Norwegen auf ihn wartete. Dann blieb er vor einem winzigen Marionettentheater stehen. Er lachte wie ein kleines Kind und lief dann in Richtung Ufer. In wenigen Augenblicken würde seine Abhandlung am Institut de France zur Kenntnis genommen werden!

Der höllische Autolärm hatte Monsieur Ruche unvermittelt in sein Jahrhundert zurückversetzt. Er wartete geduldig, bis die Ampel auf Grün schaltete, und überquerte den Quai Conti ohne jede Eile. Er hatte alle Zeit der Welt. War er nicht in der Heimstatt der Unsterblichen mit der Vergangenheit verabredet?

In der Pförtnerloge unter der Toreinfahrt mußte er einen Ausweis hinterlegen. In dem Gebäudekomplex waren zwei Bibliotheken untergebracht. Die Mazarin-Bibliothek, die älteste öffentliche Bibliothek von Paris, kannte Monsieur Ruche noch aus Studienzeiten. Dort würde er heute nicht arbeiten. Man gab ihm eine Plakette. Zweiter Hof, linker Hand hinter dem Durchgang. Die uniformierten Pförtner halfen ihm die beiden Stufen der Außentreppe hinauf und stellten ihn in einem großen Foyer ab. Der apfelgrüne Teppichläufer, mit dem der Eingangsbereich ausgelegt war, führte nicht nur zum Treppenaufgang, sondern auch zu einem kleinen Aufzug, dessen Tür sich automatisch öffnete, als er am Treppenabsatz stand.

Die Bibliothek des Institut de France! Ein vollkommen anderer Stil als im Institut für Arabienstudien. Obwohl sich beide am linken Seine-Ufer befanden, verband sie darüber hinaus nichts. Schon gar nicht die Stühle. Hier waren sie aus hochwertigem Holz und mit einem olivgrünen Samtstoff bezogen. Und ihre Rückenlehnen waren flach!

Der Saal war schmal, ungefähr vierzig Meter lang, und in seiner Mitte stand eine Reihe schwerer Eichentische, deren Beine mit stilisierten Vogelfüßen verziert waren. Monsieur Ruche nahm Platz. Kurze Zeit später lag die *Abhandlung über eine allgemeine Eigenschaft einer sehr großen Klasse transzendenter Funktionen* von Niels Abel vor ihm; und zwar eben das Exemplar, das drei Jahre lang in einer Schublade geschlummert hatte, bevor es, eine Woche nach Abels Tod, in einer Sitzung des Instituts besprochen wurde. Von Legendre gedrängt, hatte Augustin Cauchy schließlich einen Bericht über Abel verfaßt. Aber dieser große Mathematiker war von seinem eigenen Werk so sehr in Anspruch genommen, daß er sich nicht die Zeit nahm, seine ungeheure Intelligenz darauf zu verwenden, die Theorien dieses jungen, unbekannten Norwegers zu verstehen, dessen Schrift zu allem Überfluß auch noch offensichtlich unleserlich war!

Einen Monat zuvor hatte ein junger Mann, noch jünger als Niels Abel – er war gerade einmal 18 Jahre – demselben Institut eine Abhandlung vorgelegt: *Untersuchungen über algebraische Gleichungen ersten Grades.*

Der Verfasser war Gymnasiast. In seinen Schulheften las man Anmerkungen folgender Art: »Immer mit Dingen beschäftigt, mit denen er sich nicht beschäftigen soll«, »wird von Tag zu Tag schlechter«, »ein wenig merkwürdig in seinem Verhalten«, »sehr schlechtes Betragen, kein zugängliches Wesen«. Ein anderer Lehrer hatte hinzugefügt: »Ich halte ihn für wenig intelligent, oder er hat seine Intelligenz so gut zu verbergen vermocht, daß sie mir nicht aufgefallen ist.«

Schließlich ist es doch ein Geschenk, jemand anderem seine Intelligenz zu zeigen, dachte Monsieur Ruche unwillkürlich. Was hat denn der Lehrer dafür getan, damit Galois das Bedürfnis verspürte, ihm seine Intelligenz zum Geschenk zu machen? Es gibt Menschen, dachte er mit Verbitterung, die verdienen es, nur dummes Zeug dargeboten zu bekommen.

Nicht alle Schüler sind in der glücklichen Lage, einen Holmboe zum Lehrer zu haben. Dennoch war einigen Lehrern von Galois nicht entgangen, daß er »über hervorragende Anlagen verfügt« und daß dieser Schüler »von seiner Leidenschaft für die Mathematik beherrscht ist«. Einer hatte sogar geschrieben: »In ihm brennt das Feuer der Mathematik.«

Und einen weiteren Lehrer gab es, der nicht ahnte, in welchem Maße seine spöttische Bemerkung sich als zutreffend erweisen sollte: »Er hat einen ausgeprägten Hang zu großer Originalität!«

Schließlich fand sich in einem dieser Zeugnisse noch der folgende Satz, der wie ein Aufschrei klang: »Er begehrt gegen das Schweigen auf!«

Dieser auf Mathematik versessene Gymnasiast, der kürzlich seine Abhandlung am Institut eingereicht hatte, hieß Évariste Galois. Wieder war es der unumgängliche Cauchy, der den Text zu würdigen hatte.

Diesmal ermaß er die Bedeutung des Textes, den er in Händen hielt. Aber bedauerlicherweise erkrankte er just an dem Tag, an dem er den Text vorstellen sollte, und konnte nicht an der Sitzung teilnehmen. Cauchy genaß schnell wieder, vergaß aber den Bericht.

Monsieur Ruche vermochte sich sehr gut vorzustellen, wie der junge Mann seine Abhandlung abholen wollte und bei dieser Gelegenheit vom Hochschuldiener mitgeteilt bekam, daß sie unauffindbar sei. Nicht genug damit, daß seine Arbeit nicht in der Sitzung vorgestellt wurde, sie mußte obendrein noch verlorengehen.

Empörung!

Und dieser junge Évariste Galois, dem ein aufbrausendes, aufrührerisches Wesen nachgesagt wurde, was machte er? Er kehrte ruhig nach Hause zurück und schrieb seine Abhandlung vollständig neu.

Später, mitten im Winter des Jahres 1829, an einem Tag ähnlich dem heutigen, trat er erneut über die Schwelle des Instituts und reichte seine Abhandlung über *die Lösungsvoraussetzungen von Gleichungen durch Radikale* ein, mit der er sich für den Großen Preis für Mathematik bewarb, der am Sommeranfang vergeben werden sollte. Unglücklicherweise war diesmal nicht Cauchy, sondern Baron Fourier mit der Abfassung des Berichts betraut.

Joseph Fourier – der Erfinder der nach ihm benannten Fourier-Analyse –, der in Ägypten an Napoleons Seite gekämpft und die Angriffe der Mamluken überlebt hatte, starb in Paris in seinem Bett ..., wenige Tage vor der Sitzung. Demzufolge stellte niemand Galois' Abhandlung vor. Der nie erfuhr, daß er nicht am Wettbewerb teilgenommen hatte.

Abels Abhandlung war nach dem Tod von Gauß in dessen Papieren wiedergefunden worden; die von Galois fand sich nicht in Fouriers Papieren. Einmal mehr war eine Arbeit von Galois verlorengegangen. Am 28. Juni 1830 ging der Preis an ... Niels Abel! Als hätte sich die Académie dafür entschuldigen wollen, ihm den Preis nicht zu Lebzeiten zugesprochen zu haben. Durch diese Auszeichnung, mit der die Jury unglücklicherweise den Preis seinem noch unter den Lebenden weilenden Kollegen Galois verweigerte, handelte sie ein zweites Mal nach dem bekannten Schema.

Bei zwei gescheiterten Versuchen bleibt es in den seltensten Fällen. Es gab noch einen dritten. An einem Wintertag des Jahres 1831 trat Galois ein drittes Mal über die Schwelle des Instituts und reichte eine Abhandlung ein.

Diesmal wurde sie gelesen. Und man antwortete ihm.

Denis Poisson, dem man unter anderem ein nettes Gesetz zur Theorie der Wahrscheinlichkeitsrechnung verdankte, prüfte die Abhandlung.

»Wir haben alle Anstrengungen unternommen, um die Beweisführung von Galois zu verstehen. Seine Argumente sind weder klar genug noch hinreichend ausgearbeitet, um ihre Genauigkeit überprüfen zu können, und wir sind noch nicht einmal dazu imstande, in unserem Bericht eine Vorstellung vom Kern der Beweisführung zu vermitteln ...«, schrieb Poisson.

Dieser Brief besiegelte das Ende der Beziehung zwischen dem Institut und Évariste Galois. In dem Augenblick, in dem Poisson seiner Arbeit mit Unverständnis begegnete, setzte Galois sich mit einer anderen Institution auseinander: dem Gefängnis. In seiner Zelle des Sainte-Pelagie-Gefängnisses erhielt er auch diese Zeilen, die seinen Wunsch nach Anerkennung und Verständnis für seine Arbeit zerstörten. Mit seinen zwanzig Jahren saß Évariste Galois im Gefängnis.

»Wir sind noch nicht einmal dazu imstande, in unserem Bericht eine Vorstellung vom Kern der Beweisführung zu vermitteln ...«, hatte Poisson geschrieben. Und wie sollte Monsieur Ruche es dann erst anstellen? Er nahm sich fest vor, es zu Ehren von Galois trotzdem zu versuchen. Vielleicht würden Grosrouvres Karteikarten ihm ja ein wenig mehr Klarheit bringen.

Die Bibliothek schloß um 18 Uhr. Es war 17.45 Uhr. Eine merkwürdige Pendeluhr mit zwei Ziffernblättern, die ganz am Ende des Saales hinter dem Tisch des Bibliothekars stand, zeigte die Uhrzeit an. Sie war im Jahr IX der Republik gebaut worden. Das obere Ziffernblatt war eine Sonnenuhr, das untere zeigte die normale Uhrzeit, aber auf zweierlei Arten: Die Monate und Jahre waren entsprechend des gregorianischen und des republikanischen Kalenders markiert. Monsieur Ruche konnte ablesen, daß es jetzt mitten im Regenmonat, das heißt im 5. Monat des Revolutionskalenders, war.

Während er seine Sachen zusammenpackte, erinnerte er sich daran, irgendwo gelesen zu haben, daß es in der Bibliothek gegenüber des Eingangs eine Voltaire-Statue gab. Sie stellte den »nackten Voltaire im Alter von 71 Jahren« dar.

Sie stand nicht an ihrem Platz.

Die Statue zeigte den normalerweise verhüllten Körper eines alten Menschen. Und obendrein war es der Körper eines Philosophen. Monsieur Ruche erkundigte sich, wohin man die Statue gebracht hatte. Er erfuhr, daß sie gegen ein Kenotaph Mazarins ausgetauscht worden war. »Es empfiehlt sich wohl eher, den Mitgliedern der Académie Française den leeren Sarkophag eines Kardinals zu zeigen als den zwar alten, aber lebendigen Körper eines Philosophen!« dachte Monsieur Ruche, als er die Bibliothek verließ.

Monsieur Ruche kehrte tief bewegt in die Rue Ravignan zurück. Nachdem er von der Ausbeute seines Nachmittags erzählt hatte, war die Erregung auf dem Höhepunkt. Außer Max, der noch zu jung, und Nofutur, der ein Papagei war, hatten natürlich alle schon einmal von Galois gehört. Mal hier, mal da ein paar Sätze. Monsieur Ruche vermittelte ihnen zum erstenmal einen Einblick in zusammenhängende Abschnitte seines Lebens und Werks. Von Abel dagegen hatten sie nie zuvor etwas gehört.

»Mein mir lieber Sohn,
das ist der letzte Brief, den Du vors mir erhältst. Wenn Du diese Worte liest, weile ich bereits nicht mehr unter den Lebenden. Ich will nicht, daß Du verzweifelt bist und trauerst. Versuche so schnell wie möglich wieder ein normales Leben zu führen. Ich weiß, daß es schwer für Dich sein wird, einen Vater zu vergessen, der Dir auch ein Freund war.«

Léas Stimme war kaum zu hören. Sie saß auf ihrem Bett. Jonathan, der neben ihr saß und mit verlorenem Blick durch das Dachfenster hindurch den Himmel suchte, hörte zu:

»*Ich werde mein möglichstes tun, um Dir zu erklären, warum ich mich zu dieser unwiderruflichen Tat entschlossen habe. Du weißt, mein Sohn, daß ich siebzehn Jahre lang der Bürgermeister unserer Stadt war. Nach Waterloo haben die Feinde der Freiheit vergeblich versucht, mich zu verdrängen. Ein jeder kannte meine Überzeugungen und meine Meinung über die Bourbonen und Jesuiten.*

Ich bin mir sicher, mein Sohn, daß der Gemeindepfarrer und die Männer, die ihn geschickt hatten, genau wußten, daß sie meine Autorität nicht in einem offenen Kampf zu untergraben vermochten. Sie wandten neue Methoden an. Ich war nicht mehr der gefürchtete Gegner, man machte mich lächerlich. Manch einer begegnete mir mit nur mühsam unterdrücktem Lächeln. Andere, die immer schon meine Feinde gewesen waren, lachten mir offen ins Gesicht, während sie kleine Lieder über Bourg-la-Reine sangen, das sich zum Gespött des ganzen Landes machte, weil es einen verrückten Bürgermeister hatte.

Reagierte ich nicht, lachte man mir ins Gesicht, versuchte ich zu überzeugen, lachte man mir ins Gesicht, wurde ich wütend, lachte man mir um so dreister ins Gesicht.

Indem ich zu diesem letzten Mittel greife, wird man mir wieder die mir und meiner Familie zustehende Achtung zollen. Niemand wird es dann mehr wagen, Deine Mutter und Dich zu verspotten.

Ich sterbe den Erstickungstod. Ich sterbe an Luftmangel. Es waren Menschen aus Bourg-la-Reine, die die Luft verspestet haben, die mich tötet. Es fällt mir sehr schwer, Dir Lebewohl zu sagen, mein lieber Sohn. Du bist mein Erstgeborener, und ich war immer stolz auf Dich. Eines Tages wirst Du ein großer und berühmter Mann sein. Ich weiß, daß dieser Tag kommen wird, aber ich weiß auch, daß Dir noch viel Leid, Kampf und Enttäuschung bevorstehen.

Du wirst Mathematiker. Aber auch die Mathematik, die edelste und abstrakteste alter Wissenschaften, hat, mag sie auch noch so ätherisch sein, ihre Wurzeln in der Erde, auf der wir leben. Selbst die Mathematik ermöglicht es Dir nicht, Dich Deinem eigenen Leiden und dem der anderen Menschen zu entziehen. Kämpfe, mein liebes Kind, kämpfe mit mehr Mut, als ich es getan habe. Mögest Du vor Deinem Tod die Glocken der Freiheit ertönen hören.«

Als Léa den Brief wieder weglegte, den Galois' Vater kurz vor seinem Selbstmord an seinen Sohn geschrieben hatte, zitterte sie.

Mit einer beängstigenden Vorahnung hatte der Vater die Zukunft des Sohnes beschrieben. Leiden, Kampf, Enttäuschung, Genie, Freiheit und Tod. Fast so, als hätte der Vater, unmittelbar bevor er starb, seinem Sohn das Lebensprogramm diktiert.

Kampf, Freiheit … Jetzt war die Reihe an Jonathan, Léa zu berichten, was er in Erfahrung gebracht hatte. Man schrieb das Jahr 1830. Seit 15 Jahren dauerte in Frankreich nun schon die Restauration an; die Bourbonen beglichen unbarmherzig ihre Rechnung mit der Pariser Bevölkerung. Im Juli dann brach in der Hauptstadt der Aufstand aus, die sogenannten »Trois Glorieuses«, an denen Galois, der als Internatsschüler der Classes Préparatoires am berühmten Gymnasium Louis-Le-Grand Ausgangsverbot erhalten hatte, nicht teilnehmen konnte. Er würde das Versäumte nachholen.

Jonathan faltete ein Blatt Papier auseinander, auf dem er sorgfältig einen Polizeibericht abgeschrieben hatte:

»War an fast allen Erhebungen und Unruhen in Paris beteiligt. Auf einer öffentlichen Versammlung der revolutionären Vereinigung Societe des Amis du Peuple versucht er

die Versammlung aufzuhetzen, indem er ruft: ›*Tod den Ministern!*‹ *Er tritt in die Artillerie der Nationalgarde ein und verbringt die Nächte des 21. und 22. Dezember 1830 damit, die Artilleristen davon zu überzeugen, ihre Kanonen dem Pöbel zu übergeben. Am 9. Mai 1831 nimmt er an einem republikanischen Bankett in den* ›*Vendages de Bourgogne*‹ *teil und spricht, einen Dolch in der Hand haltend, einen Toast* ›*auf den Bürgerkönig Louis-Philippe*‹ *aus.*

Charakter: In seinen Reden mal ruhig und ironisch, mal leidenschaftlich und aufbrausend. Soll ein mathematisches Genie sein, das allerdings nicht von den Mathematikern anerkannt wird. Keine Beziehung zu Frauen. Er ist einer der besessensten Republikaner. Sehr mutig, extremistisch, fanatisch. Wegen seiner Kühnheit vielleicht auch einer der gefährlichsten. Für unsere Männer ist es nicht schwer, sich ihm zu nähern, weil er den Menschen im allgemeinen vertraut und keine Lebenserfahrung besitzt.«

»Die Spitzel haben gesagt, er hätte keine Beziehung zu Frauen gehabt?« fragte Léa ungläubig. In Wahrheit gab es aber eine Frau. Eine einzige. Er verliebte sich in eine junge Frau, die offensichtlich seine Leidenschaft nicht erwiderte. Aus vollkommen idiotischen, unnachvollziehbaren Gründen forderte ihn einer seiner republikanischen Freunde, der ebenfalls die junge Frau liebte, zum Duell heraus.

Galois hatte keine Chance. Sein Gegner und politischer Freund war ein mit der Handhabung von Waffen vertrauter Offizier. In der Nacht vor seinem Duell schrieb Galois einen langen Brief an seinen Freund Auguste Chevalier:

»... *im wesentlichen habe ich seit einiger Zeit über die Anwendung der transzendentalen Analyse der Theorie der Ambiguität nachgedacht. Es ging darum, bei einer Bezie-*

*hung zwischen transzendenten Größen oder Funktionen
a priori zu wissen, welchen Austausch man vornehmen
konnte, gegen welche Größen man die gegebenen Größen
austauschen konnte, ohne daß sich die Beziehung auflöste.
Das bedeutet sogleich die Unmöglichkeit vieler Ausdrücke
anzuerkennen, nach denen man suchen könnte ...«*

Léa übersprang den Satz ...

*»Aber mir bleibt nicht die Zeit, und meine Überlegungen
zu diesem ungeheuer großen Gebiet sind noch nicht weit
genug gediehen. In meinem Leben bin ich schon oft das
Risiko eingegangen, Sätze aufzustellen, ohne daß ich mir
ihrer Gültigkeit vollkommen sicher gewesen wäre. Aber
alles, was ich gerade schrieb, habe ich seit mindestens einem Jahr im Kopf, und es ist in meinem Interesse, mich
nicht zu irren, damit man mir nicht nachsagen kann,
Theoreme aufzustellen, die ich nicht vollständig zu beweisen vermag.«*

Beim Morgengrauen schloß Galois: »Ich umarme Dich auf
das herzlichste.«
Er beendete sein mathematisches Testament und verließ
in Begleitung seiner beiden Zeugen das Zimmer.

Am darauffolgenden Tag begab Monsieur Ruche sich wieder in die BAU. Einmal mehr erfreute er sich am Anblick
der Regale, in denen das Dunkelrot und Gold der Bücher-
rücken vorherrschte. Die vielen Bücher hier im Raum!
Alle zu seiner Verfügung. Das schönste Geschenk, das man
ihm je gemacht hatte. Ah, Grosrouvre, Grosrouvre! Wunderbare Bücher. In seinen Besitz gebracht hatte er sie allerdings auf eine Weise, die nicht gerade ... Er selbst sagte es
ja. Man kann mich aber nicht der Hehlerei beschuldigen,

denn schließlich hat er sie ja gekauft, wenn auch auf eine sicher nicht gerade ..., sprechen wir es ruhig aus, es war eine Art unsaubere Geldwäscherei.

Mit Ausnahme einiger Eingeweihter würde niemand vermuten, daß im hinteren Teil eines so einfachen Hinterhofs ein derartiger Schatz aufbewahrt wird. »Zum Glück!« rief er. Er dachte, daß ein mit allen Wassern gewaschener Geist die Buchhandlung für eine »Geldwäscherei« halten konnte, einen Deckmantel für die Abwicklung illegaler Geschäfte mit seltenen Büchern, deren ursprüngliche Besitzer, das mußte er zugeben, er niemals zu benennen imstande wäre. Grosrouvre hatte ihm keinerlei Papiere geschickt, und sein Haus in Manaus war verbrannt. Zwar gab es den Brief, aber das reichte natürlich bei weitem nicht. Diese Bibliothek war eine Zeitbombe.

Monsieur Ruche ließ seinen Blick noch einmal ausgiebig im Raum schweifen. Irgend etwas fehlte hier! Eine Skulptur! War nicht ein Künstleratelier der ideale Ort für eine Skulptur? Um so mehr, als eine Gruppe von Malern und Bildhauern die beiden Ateliers genutzt hatte, bevor Monsieur Ruche sie kaufte.

Monsieur fragte sich, ob seine Bildhauer-Freunde aus Montmartre nicht einen »Nackten Monsier Ruche im Alter von 84 Jahren« gestalten könnten, den er am Eingang der BAU aufstellen würde, um dem Institut eins auszuwischen. Er malte sich schon die Sitzungen aus, in denen er nackt Modell säße, er, der sich erkältete, sobald er auch nur seinen Pullover auszog. So, genug phantasiert! Was war heute morgen nur mit ihm los? Sicher mußte er irgendwie seine Wut abreagieren, die seine gestrige Lektüre in ihm hervorgerufen hatte.

Auf einer Strecke von nur wenigen Metern wechselte Monsieur Ruche vom Stein der phantasierten Statue zum sehr realen Papier der in den vergangenen Jahrhunderten verfaßten Bücher über. In den Regalen der 3. Abteilung der BAU stand Galois, der die Aristokraten verachtete, zwischen einem Baron und einem Fürsten. Der Baron war Joseph Fourier und der Fürst Carl Friedrich Gauß. Mathematisch gesprochen konnte er sich kaum bessere Nachbarn wünschen.

Bevor er wieder die Lösung algebraischer Gleichungen in Angriff nahm, wollte Monsieur erst einmal eine Zwischenbilanz ziehen. Er holte seinen gläsernen Füllfederhalter und sein Tintenfaß hervor und schlug sein in Pappe gebundenes Heft mit dem breiten Rand auf.

Dann notierte er die verschiedenen, von ihm nachvollzogenen Entwicklungsstadien, die die Mathematiker durchlaufen hatten.

Natürlich haben sie zunächst versucht herauszufinden, ob eine Gleichung gleich welcher Art eine Wurzel hat oder nicht. Und zwar, indem sie diese errechneten. Dann fiel ihnen auf, daß es auch Gleichungen mit mehreren Wurzeln gab. Hieraus ergab sich ein neues Problem: Wie viele Wurzeln kann eine Gleichung haben? Gibt es eine obere Grenze? Eine untere Grenze? Die Antwort wurde gefunden: Eine Gleichung nten Grades hat genau n Wurzeln, der Fundamentalsatz der Algebra, der schon behandelt wurde.

Mit der Frage nach der sicheren Berechnung der Lösungen, der *Lösung durch Radikale,* haben sie gleichzeitig Formeln für die Lösungen der ersten vier Grade definiert. Es sollte dreihundert Jahre dauern, bis Abel beweist, daß die allgemeine Gleichung fünften Grades sich nicht durch Radikale lösen läßt. Dann haben sowohl Abel als auch Galois, jeder auf seine Weise, bewiesen, daß nicht nur die Gleichung fünften Grades, sondern alle Gleichungen ab dem fünften Grad aufwärts nicht durch Radikale lösbar sind.

Bei diesem Stafettenlauf durch die Jahrhunderte hatte Galois den Stab aus den kalten Händen Abels übernommen. Er war es, der endlich das Ziel erreichen und den in der Renaissance begonnenen Wettlauf beenden sollte.

Monsieur Ruche setzte seine Zusammenfassung fort:

> Zu behaupten, daß Gleichungen ab dem fünften Grad aufwärts sich nicht durch Radikale lösen lassen, bedeutet noch nicht, daß keine einzige sich so lösen ließe. Galois hat nach einer Möglichkeit gesucht, a priori zu entscheiden, ob eine gegebene Gleichung durch Radikale lösbar wäre. Gibt es ein Kriterium? Galois hat es gefunden!
>
> Wie hat er es bewerkstelligt? Ist es das Verständnis dieses Kriteriums und der von Galois – mit gerade einmal 19 Jahren – eingeschlagene Weg, um den Poisson redlich bemüht war und wovon er in seinem Bericht noch nicht einmal eine Vorstellung zu geben vermochte?

Galois' *Gesammelte Werke* waren ein einziger schmaler Band. Monsieur Ruche behalf sich wieder mit Grosrouvres Karteikarten.

Die erste Karteikarte begann mit einem schön säuberlich abgeschriebenen Satz von Galois:

> »Alle Anstrengungen der besten Geometer gelten der Eleganz.«

Monsieur Ruche hielt inne. Diese Eigenschaft lag ihm am Herzen. In seinen Augen war die Eleganz eine der bewegendsten Kategorien des Wissens. Daß ein junger, kaum dem Kindesalter entwachsener Mann darin das eigentliche Ziel seines gesamten Schaffens sah, mußte denjenigen zu denken geben, die hemdsärmelig in das Universum des Wissens eintreten. Galois saß seit neun Monaten im Gefängnis, als er diese Zeilen schrieb. Wut und Originalität, war das die Mischung, die Galois zu seinen eleganten Geistesblitzen anregte?

Monsieur Ruche las weiter:

> Anstatt die Wurzeln einer Gleichung einzeln zu studieren, betrachtete Galois sie in ihrer Gesamtheit. Dann untersuchte er, wie diese Gesamtheit sich verhielt, wenn bestimmte Veränderungen, die Substitutionen, vorgenommen wurden ...

Grosrouvre schloß:

> Mit seiner kurzen und intensiven Arbeit löste Galois das Problem endgültig. Die Mittel jedoch, die er zu diesem Zweck ersann, sollten der Mathematik ein neues, riesiges Arbeitsfeld eröffnen.
>
> Die Gebilde, die er erschaffen hatte, wurden zu den neuen Akteuren der Mathematik, und die von ihm verwendeten Verfahren sollten eine neue Form mathematischer Praxis hervorbringen.
>
> Man kann sagen, daß die Algebra durch Galois ihr Gesicht verändert hat. Die Objekte, auf die sie fortan ihr Augenmerk richtet, sind keine Zahlen oder Funktionen mehr, sondern »Strukturen«. Das heißt Objekte, die nicht als einzelne, sondern in ihrer Gesamtheit betrachtet und mittels Verbindungen miteinander in Beziehung gesetzt werden, die diese Einheiten *strukturieren*.
>
> Es ist die von Galois erfundene Gruppenstruktur, die zum bevorzugten Objekt der Algebra des 20. Jahrhunderts werden sollte. Diese neue »Sichtweise« stellt das dar, was man dummerweise als *moderne Mathematik* bezeichnet hat.
>
> N.B. Definiert man die Struktur einer Gruppe, dann vermag man zu beschreiben, wodurch sich zwei Elemente, die nicht eins sind, unterscheiden. Das bedeutet das Ende der Ununterscheidbarkeit zwischen den Elementen einer Gruppe.

Monsieur Ruche gefiel die letzte Anmerkung sehr. Das waren die Momente, in denen sich die Mathematik mit der Philosophie verband. Oder umgekehrt, wie Monsieur zugeben mußte. Das waren die Momente, in denen sie, mittels Grosrouvre, eins wurden.

Das absolut Neue der Mathematik Galois' mildert die Strenge des Urteils, das man über seine Prüfer fällen kann. Man kann ihnen nicht vorwerfen, dessen Arbeiten nicht verstanden zu haben. Allerdings muß man ihnen vorwerfen, daß sie sich nicht bemüht haben, sie zu verstehen. Galois hat den hohen Preis dafür bezahlt, seiner Zeit so weit voraus zu sein. Er hat sich nicht die Zeit gelassen, so lange zu warten, bis die anderen Mathematiker sich ihm anschließen.

Als Monsieur Ruche die *Gesammelten Werke* von Galois zuschlug, fiel ihm ein Satz von Cardano ein, der am Anfang dieser Geschichte stand: »Trachte danach, daß dein Buch einem Anliegen Genüge tut und daß diese Zweckmäßigkeit dich verbessert. Nur so kann es als vollendet gelten.«

In diesem Sinne war das Buch, das Monsieur Ruche zwischen die Werke von Fourier und Gauß ins Regal zurückstellte, unzweifelhaft vollendet. Es beantwortete endgültig eine der zentralen Fragen der Algebra. Beim Verlassen des Raums betrachtete er ausgiebig die Regale und fragte sich, wie viele der Bücher, die darin eingestellt waren, wohl »einem Anliegen Genüge taten«. Als Buchhändler sprachen Galois' Überlegungen ihm aus dem Herzen. Er, der den Großteil seines Lebens mit Büchern verbracht hatte, wie viele mochte er verkauft haben, die vollendet waren? Monsieur Ruche löschte das Licht und verließ das Atelier. Obwohl es noch kalt war, blieb er im Hof stehen. Es fiel ihm schwer, das alles, was er gerade erfahren hatte, zu verarbeiten. Der Inhalt von Grosrouvres letzter Bemerkung ging ihm nicht aus dem Kopf. Schon seit geraumer Zeit beschäftigte ihn eine Frage. Es gelang ihm nicht recht, sie zu formulieren. Doch dann stand sie plötzlich ganz klar vor ihm: Gibt es andere als die von Galois eingesetzten Mittel, um das Problem der algebraischen Gleichungen zu lösen? Andere Mittel, die seine Zeitgenossen hätten verstehen können? War also eine andere Vorgehensweise denkbar? Gab es auf der Entwicklungsstufe, auf der sich die Mathematik um 1830 befand, andere Alternativen, als entweder das Problem in der Weise zu lösen, wie Galois es getan hat, und unverstanden zu bleiben, oder es nicht zu lösen?

Es kam nur deshalb zur mathematischen – und menschlichen – Tragödie, weil es Galois, diesem unglaublichen Genie, gelungen war, das Problem zu lösen. Wenn er gescheitert wäre … Abgesehen davon hatten ihn seine Lehrer, die sich in bezug auf ihren Schützling genauso hellsichtig erwiesen wie Holmboe bei Abel, gewarnt: Immer mit Dingen beschäftigt, mit denen er sich nicht beschäftigen soll! Er hat einen ausgeprägten Hang zu großer Originalität!

War die »Originalität« nicht der einzig mögliche Weg?

Auf einem Gebiet wie der Mathematik, wo der Beweis das alles Entscheidende ist, resultierte die Tragödie Galois' aus dem Umstand, tatsächlich die Beweise für seine Behauptungen erbracht zu haben, ohne daß es allerdings jemanden gab, der dazu in der Lage gewesen wäre, sie zu verstehen. Das heißt, niemand unterstützte sie. Er stand mit seinen Gewißheiten allein. Nur aus sich selbst konnte er die Gewißheit gewinnen, daß seine Arbeit richtig war. Denn niemand anderes als er allein vermochte die Richtigkeit seiner Beweise zu überprüfen.

Monsieur Ruche fröstelte und rollte in sein Garagenzimmer zurück.

Nofutur war ganz durchgefroren. Den Winter mochte er überhaupt nicht. Seitdem die Temperaturen gesunken waren, sah man ihn viel seltener. Er sprach weniger, flog weniger, nahm nur halbherzig am Geschehen im Haus teil. Obwohl es nicht kälter war als in den zurückliegenden

Jahren, wurde das Haus in seinem Interesse sehr viel stärker geheizt, aber es reichte nicht.

Trüber Sonntag nachmittag. Ungemütliches Wetter. Nofutur döste auf seiner Sitzstange in der Nähe des Heizkörpers. Sie saßen zusammen im Wohn-Eßzimmer, um Bilanz zu ziehen. Léa brachte Tee für Monsieur Ruche und Kaffee für die anderen. Es war so dunkel, daß sie die Stehlampe anmachten. Dieselbe, mit der Monsieur Ruche sein Lichtspiel für die Kegeln des Apollonios inszeniert hatte. Dabei hatte der Lampenschirm eine Beule davongetragen, die ihn immer noch verunstaltete.

»Wenn ich mich recht erinnere«, eröffnete Perrette das Gespräch, »fing alles mit Tartaglia an, der seine Formeln geheimhalten wollte und der sie sich abschwätzen ließ, weil er jemandem vertraute, der sich für seinen Freund ausgab.«

»Hätte er sie nicht geheimhalten wollen, wäre niemand auf den Gedanken gekommen, sie ihm zu entlocken«, bemerkte Léa.

»Er wollte sie veröffentlichen«, erinnerte Jonathan. »Er war kein Geheimniskrämer.«

»Aber als er sich dazu durchgerungen hatte, sie zu veröffentlichen, war es zu spät«, gab Max zu bedenken.

»Das konnte er nicht vorhersehen«, wandte Jonathan ein.

»Was soll's! Er ist selbst daran schuld, daß seine Formeln den Namen desjenigen tragen, der sie bekannt gemacht hat. Er hat sich zweimal reinlegen lassen«, stellte Léa befriedigt fest.

Perrette dachte nach. Man spürte, daß sich in ihrem Kopf ein Gedanke festgesetzt hatte.

»Und diese Geschichte endet mit Abel und Galois. Was ist ihnen widerfahren? Sie haben alles dafür getan, daß ihre Arbeiten veröffentlicht, gelesen und verstanden werden.

Insbesondere Galois hat das überhaupt nichts genützt. Das ist es, was Grosrouvre Ihnen sagen wollte, Monsieur Ruche. Deshalb hat er sie die lange Reise durch das Universum der algebraischen Gleichungen machen lassen. Um Ihnen die Gründe mitzuteilen, die ihn dazu veranlaßt haben, seine Beweise geheimzuhalten. Um Ihnen zu sagen, daß er, hätte er sie veröffentlichen wollen, nur unnötigerweise enttäuscht worden wäre.«

Monsieur Ruche hörte sehr aufmerksam zu. Alle Blicke waren auf ihn gerichtet. Nach einer Weile sagte er:

»Ihr habt sicher recht. Ein alter, vollkommen unbekannter Mann, der mitten im Urwald des Amazonas lebt, schickt seine Beweise an die Großmeister der Mathematik! Sie wären auf direktem Wege in den Papierkörben gelandet.«

»Ich sehe in der ganzen Geschichte noch etwas anderes«, verkündete Jonathan. »Tartaglia wollte, daß seine Ergebnisse geheim bleiben, und sie wurden veröffentlicht! Galois wollte sie veröffentlichen, und sie blieben geheim!«

»Und was folgerst du daraus?« fragte ihn Perrette.
»Daß niemals das eintritt, was man beabsichtigt«, entfuhr es Léa.

»Was man beabsichtigt, oder was man sich wünscht?« fragte Perrette.

»Was man sich wünscht«, bestätigte Jonathan.

Perrette sah Jonathan aufmerksam an. Was konnte er sich mit seinen siebzehn Jahren so sehr gewünscht haben, ohne daß es sich erfüllt hätte? Sie hatte Lust, ihm über die Wangen zu streicheln. Und ihn zu küssen; aber das war nicht ihre Art. Abgesehen davon hätte er sie angeherrscht. Nofutur sprach kein Wort.

Max sagte sich, daß er einschreiten müßte.

»Verglichen mit all diesen Leuten war das Vorhaben Ihres Freundes am erfolgreichsten«, ermutigte er Monsieur

Ruche. »Er wollte seine Geheimnisse geheimhalten. Sie sind geheim geblieben.«

»Bisher«, stellte Léa klar.

Jonathan schnitt eine Fratze. Er war überhaupt nicht mit Max einverstanden. Er zog ein Blatt aus der Tasche und sagte:

»Ich habe diesen Text für euch abgeschrieben, den Galois im Gefängnis verfaßt hat: ›Wenn man sich zum Studium zusammenschließt, wird die Vorherrschaft des Egoismus in den Wissenschaften zu Ende sein. Anstatt versiegelte Pakete an die Akademien zu senden, wird man bestrebt sein, kleinste Entdeckungen zu veröffentlichen, und man wird hinzufügen: Das Übrige weiß ich nicht‹.

Und dann noch folgendes: ›Ein junger Mann, der zweimal von ihnen zurückgewiesen wurde, interessiert sich nicht für die Abfassung didaktischer Bücher, sondern ihn interessieren solche Bücher, die Lehrsätze enthalten. Ich opfere mich auf, denn ich setze mich der schlimmsten aller Prüfungen aus, dem Gelächter der Hohlköpfe. Das sind die Gründe, die mich dazu veranlaßt haben, alle Vorbehalte hintanzustellen und trotz allem die Früchte meiner durchwachten Nächte zu veröffentlichen.

Damit meine Freunde, die ich gewonnen habe, bevor man mich hinter Gefängnismauern begrub, wissen, daß ich sehr wohl lebendig bin.‹«

Nach diesen letzten Worten herrschte betretenes Schweigen. Diese wenigen Zeilen enthielten ein vernichtendes Urteil über Grosrouvre.

»Er hat das geschrieben, nachdem seine beiden Abhandlungen verlorengegangen waren, und trotzdem war er weiter gegen jede Form von Geheimhaltung. Was Galois mir damit sagt, ist, daß Grosrouvre ein Egoist ist, und ich neige stark dazu, seine Ansicht zu teilen«, sagte Jonathan.

»Wäre ich an Galois' Stelle gewesen …«, hob Léa an.

Sie konnte ihren Satz nicht beenden. Bei allen löste sich die Anspannung. Es herrschte allgemeine Heiterkeit.

»Ja, was hättest du dann gemacht?« fragte Jonathan, der so tat, als wartete er gespannt auf Léas Antwort.

»Ich hätte meinen großen Bruder gebeten, ihnen eins reinzuhauen!«

»Was ich liebend gern getan hätte«, versicherte Jonathan.

»Meint ihr nicht, daß er auch so schon genügend Probleme hatte?« fragte Perrette.

»Ein Problem mehr oder weniger. Wenn es meine Abhandlungen gewesen wären, die ständig verlorengingen, wäre ich durchgedreht.«

»Was sagst du da?« entfuhr es ganz unvermittelt Monsieur Ruche.

»Sie selbst haben uns doch erzählt, daß alle drei Abhandlungen, die er beim Institut eingereicht hatte, verlorengegangen sind!«

Aber Monsieur Ruche war mit den Gedanken ganz woanders.

»Erinnert ihr euch noch, was wir über den treuen Gefährten Grosrouvres sagten?« fragte Monsieur Ruche.

»Daß er ein verdammt gutes Gedächtnis haben müßte!« antwortete Perrette.

»Erlitte dieser treue Gefährte also einen Gedächtnisverlust, wären die Beweise für immer verloren!«

»He?« machte Jonathan. »Wo soll das nun schon wieder hinführen? Wollen sie, daß wir auch noch die kleinste Kleinigkeit interpretieren? Diese Krankheit hat einen Namen: Paranoia.«

Das saß.

Jonathan hatte recht, er mußte sich in acht nehmen. War er nicht im Begriff, sich langsam in einen regelrechten Interpretationswahn hineinzusteigern?

Perrette stand, vollkommen aufgewühlt, auf. Diese Gefühlsregung kannte man bei ihr kaum.

»Vielleicht hat mich ja auch der Interpretationswahn gepackt. Jedenfalls hatte Galois einen treuen Gefährten. Wie hieß er noch?«

»Chevalier. Auguste Chevalier«, antwortete Léa.

»In der Nacht vor seinem Duell schrieb er ihm einen Brief, in dem er ihm erzählte, was passiert war und wie es zu dem bevorstehenden Duell gekommen war. Darüber hinaus vertraute er ihm seine Arbeiten an.«

Das stimmte. Die Verwandtschaft zu Grosrouvre war so offensichtlich, daß niemand sie zur Sprache gebracht hatte. Auch Grosrouvre hatte am Abend vor seinem Tod einen Brief geschrieben. Ob nun am Vorabend selbst und kurz zuvor, änderte nichts an dem Sachverhalt. Und dieser Brief war für Monsieur Ruche bestimmt.

Monsieur Ruche hob den Kopf, er war verwirrt.

»Treuer Gefährte, ich weiß nicht. Aber sein alter Kamerad, das ganz sicher. Und in seinem Brief vertraut er mir nicht seine Erkenntnisse an. Das ist der Unterschied.«

Dennoch war die Vergleichbarkeit der Ereignisse erstaunlich. Die beiden folgten derselben Dramaturgie.

Jonathan ertrug es nicht, daß Galois und Grosrouvre auf eine Stufe miteinander gestellt wurden. Er explodierte:

»Dieselbe Dramaturgie? Nur daß es im einen Fall um einen jungen Mann von gerade mal 20 Jahren geht und im anderen um einen viermal so alten Greis. Daß der eine ein Genie ist und der andere ...«

»Das der eine vierzig Jahre nach seinem Tod als Genie anerkannt wurde«, stellte Perrette richtig.

»Nun, dann warten wir eben vierzig Jahre, bis wir Grosrouvres Leistung beurteilen!«

»Dann müßt ihr aber ohne mich warten«, gab Monsieur Ruche zu bedenken.

Nachdem die Zwillinge weg waren, fragte Monsieur Ruche Perrette. »Haben Sie eine Ahnung, warum der Vergleich die beiden so stört?«

»Ich glaube schon.«

Und nach einer kurzen Pause fügte sie hinzu.

»Es geht um Geheimnisse, und die konnten sie noch nie ertragen. An der Geschichte, die die Kinder erzählt haben, hat mich eine Sache überrascht. Ich kannte diese Duell-Geschichte, aber ich war immer davon überzeugt, daß Galois sich mit einem Royalisten duelliert hat. In Wahrheit aber war es einer seiner Freunde, ein Republikaner wie er, der ihn zum Duell herausgefordert hat. Ein republikanischer Offizier.«

»Was wollen Sie damit sagen?«

»Ich weiß nicht recht. Mir ist es eben nur aufgefallen. Man denkt immer, daß es die Feinde sind, die einen töten.«

Perrette deutete nun schon zum zweiten Mal an, daß Grosrouvres Mörder vielleicht dessen Freunde waren. Zum ersten Mal tat sie dies im Zusammenhang mit Umar al-Hayyam, Alamut und den »drei Freunden«. Diesmal hob sie den Umstand hervor, daß Galois sich mit einem Offizier duellierte und von vornherein feststand, daß er gegen einen geübten Militär keine Chance hatte. Seine Chancen waren genauso gering wie die von Grosrouvre gegen die Bande.

»Es gibt viele Übereinstimmungen!« konnte Monsieur Ruche sich nicht verkneifen zu betonen. »Jonathan bezeichnete es als Paranoia …«

»Ein starkes Wort.«

Unmittelbar bevor sie einschlief, lief die ganze Geschichte von der Klinge, die Tartaglias Gesicht entstellte, bis zur

Kugel, die Galois tötete, im Bruchteil einer Sekunde vor ihrem inneren Auge ab. In ihr Gedächtnis hatte sich ganz tief der letzte Satz von Galois an einen seiner republikanischen Freunde eingegraben: »Lebewohl! Ich habe mein Leben in den Dienst des öffentlichen Wohls gestellt.«

Gleich neben ihr durchlebte Jonathan, ausgestreckt auf seinem Bett unter dem Dachfenster, zum zehnten Mal das Duell. Die beiden zwanzig Schritte voneinander entfernt. Die per Los bestimmten Pistolen. Galois und sein Gegner, ein ehemaliger Freund, die auseinandertreten. Die beiden Männer von Angesicht zu Angesicht. Der andere schießt. Galois, der ihn ausdruckslos ansieht und zusammenbricht. Und wie Galois noch hört: »Sie haben eine Minute Zeit, sich wieder zu erheben.« Dann hört er nichts mehr. Im Gras liegend, begehrt er gegen das Schweigen auf.

18. KAPITEL

Fermat, der Fürst der Amateure

Ah, der Duft der Mimosen!

Im Hinterland der Var, auf den Höhen von Bormes, verliehen die Mimosen der Landschaft das Aussehen eines Flammenmeers. Ein Ereignis. Der erste Wohlgeruch nach der langen Duftlosigkeit des Winters! Jetzt begann die Natur wieder zu duften. Die kleinen flauschigen Kügelchen streichelten Monsieur Ruches Wange.

Und das alles, weil er in dem Blumengeschäft am unteren Ende der Rue Lepic seine Nase in einen frischen Blumenstrauß steckte, der in einer großen Steinvase stand. Er wäre gern nach unten gereist. Unten war für Monsieur Ruche das Mittelmeer. Anstatt einer Zugfahrkarte an die Côte d'Azur kaufte er den Blumenstrauß, den er Perrette schenkte. Sie stellte ihn auf die Kasse in der Buchhandlung, wo er mehrere Tage lang dem Geschäft einen gelben Farbtupfer verlieh.

Die algebraischen Gleichungen hatten Monsieur Ruche erschöpft. Kaum weniger, als hätte er sie selbst lösen müssen. Er verspürte das Bedürfnis, eine Pause einzulegen. Eine mehrtägige Unterbrechung. Keine BAU, kein Grosrouvre, kein Manaus, kein treuer Gefährte. Er hatte große Lust, Urlaub zu machen. Urlaub! Ein Wort, das aus seinem Wortschatz gestrichen war. Allerdings arbeitete er zur Zeit. Und wer arbeitet, hat auch das Recht auf Urlaub. Aber auf keinen Fall fünf Wochen lang. Das würde er nicht überleben.

Seit Albert ihn am Pont des Arts abgesetzt hatte, hatte er ihn nicht mehr gesehen. Als er ihn anrief, willigte dieser sofort ein. Er würde sich seinen freien Tag nehmen, und so wie früher, vor dem ganzen Durcheinander, würden sie beide ganz allein einen Tag zusammen verbringen. Schade, daß es noch nicht warm genug für ein Picknick ist. So würden sie eben irgendwo in ein nettes Gasthaus einkehren.

Gegen zehn Uhr hielt der Peugeot 404 vor der Buchhandlung. Das Metallicgrau der neulackierten Karosserie glänzte, die Radkappen funkelten. »Autos sind wie Menschen«, sagte Albert immer wieder, »je älter sie werden, um so mehr muß man sich um sie kümmern. Wenn man sie gut pflegt, Ölwechsel, Schmierung, Lichtmaschine, Rostschutz, dann halten sie das ganze Leben!«

Die Vorbereitungen des Ausflugs war dem jungen Gemüse nicht entgangen. Alle zusammen hatten sie das Haus verlassen, um auf den Markt zu gehen. In ihren strengen Blicken lag weder Tadel noch Mißbilligung. Aber Neid. Am liebsten hätten sie wohl ihre Körbe und Tragetaschen stehen- und liegenlassen und sich mit den beiden Alten ins Auto gezwängt, um einen netten Tag miteinander zu verbringen.

Über die Ringstraße erreichte der 404 schnell die Autobahn Richtung Westen. Sie nahmen die Ausfahrt Mantes-la-Jolie und fuhren weiter über die Nationalstraße Richtung Vernon. Unmittelbar vor der Côte de Rolleboise bogen sie ab und fuhren an der Seine entlang. Albert nahm Gas weg, im Fluß schloß sich gerade eine Schleuse. Ein Kahn glitt in die Schleusenkammer. Albert hielt an, und ohne auszusteigen, beobachteten sie bei heruntergedrehten Fensterscheiben durch die makellos saubere Windschutzscheibe das Treiben auf dem Fluß.

Die Straße führte vom Fluß weg und schlängelte sich eine steile Steigung auf ein Hochplateau hinauf. Sie durchquerten einen kleinen Wald, Straßenschilder warnten vor »Wildwechel«. Albert fuhr langsamer. Plötzlich war der Wald zu Ende. Freier Ausblick auf die Landschaft, bis die Straße unversehens wieder auf die Seine stieß. Dort tauchte, wie in einem Märchen, am Flußufer ein ringsum verglastes Gasthaus mit einem Strohdach auf: Au Rendezvous des Canotiers.

Sie gingen hinein. Der Raum war leer. Nicht ein Gast. War der Ort verwunschen? Durch die Wärme im Raum waren die Fensterscheiben leicht beschlagen. Monsieur Ruches scharfem Blick fiel sofort ein kleines Plakat mit einem Spruch auf: »*Curva Sequana, mens recta.*« Alberts Zigarettenstummel wippte auf und ab. »Die Seine ist gekrümmt, unser Geist gerade«, übersetzte Monsieur Ruche, als aus einer kleinen Bar auf der gegenüberliegenden Straßenseite ein junger Mann mit der Speisekarte in der Hand eintrat. Sowohl was die Gerichte als auch die Tische betraf, hatten sie die Qual der Wahl.

Gegenüber, am anderen Seine-Ufer, stand eine schöne Kirche. Sie war leicht erhöht, so daß man sie von dieser Seite aus gut sehen konnte. Wie in einem Traum glaubte Monsieur Ruche, sie wiederzuerkennen, obwohl er sich sicher war, sie nie zuvor gesehen zu haben. Er vertraute es Albert im Flüsterton an, obwohl sich außer ihnen niemand im Raum befand. Albert sprach von eingebildeten Erinnerungen: Einen Fahrgast in einer Straße absetzen, in der man nie zuvor gewesen ist, und trotzdem …, eine Person wiedererkennen, die man nie zuvor gesehen hat, eine Situation erleben, die man meint, früher schon einmal erlebt zu haben … Jeder kennt diesen Mechanismus, dessen sich der Geist zuweilen bedient, um Neues aufzunehmen, indem er bislang Unbekanntes wie eine Wiederholung von etwas schon Dagewesenem erscheinen läßt.

Da sie nun schon einmal über Unbekanntes sprachen, fragte Monsieur Ruche Albert, ob er sich in letzter Zeit vielleicht ein paar neue Länder zu Gemüte geführt habe. »Neue Städte!« stellte Albert richtig. »Länder gibt es nicht, nur die Städte gibt es wirklich ...«

Er hatte eine ganze Menge Fahrten zu den Pariser Flughäfen. »Wenn Paris traurig ist, dann beginnt für mich die Reisezeit.« Unter den Städten, mit denen er in letzter Zeit Bekanntschaft geschlossen hat, war ihm eine ganz besonders in Erinnerung geblieben. Und zwar, weil sie genaugenommen nicht eine, sondern zwei Realitäten hat: Johannisburg. Er hatte sich abwechselnd schwarze und weiße Fahrgäste ausgesucht. Die Bilanz war eindeutig: Sie lebten nicht in derselben Stadt. Sie bewegten sich in zwei verschiedenen Welten. Eine solche Kluft war ihm nie zuvor begegnet. Und dabei hatte er sich noch nicht einmal mit Bewohnern der Townships unterhalten.

Auf der Höhe des Restaurants glitt ein Kohleberg vorüber. Ein Schubboot, so lang wie ein Zug und bis oben hin beladen, bremste mit der ganzen Kraft seiner Motoren, um eine der schwierigsten Flußschleifen zwischen Paris und Rouen zu meistern.

Das Hühnchen war ein freilaufendes, die Schnecken kamen aus Burgund, der Rosé von der Tarn. Es war wunderbar warm. So wie sie mit ihren leicht geröteten Gesichtern hinter den Fenstern saßen, hätten sie sich ohne weiteres für Gewächshausblumen halten können.

Am darauffolgenden Tag fühlte Monsieur Ruche sich voller Energie. Trotzdem beschloß er, nichts zu tun. Der Tag wurde ihm lang. Er begab sich mehrmals in die Buchhandlung. Beim ersten Mal wollte er nur etwas in einem Buch über die Impressionisten nachschlagen. Schließlich fand er, was er eigentlich suchte: Die Kirche, die sie vom Restaurant aus gesehen hatten, war die von Monet gemalte Kirche von Vétheuil. Er hatte sie von einem kleinen, auf einem Boot eingerichteten Atelier aus gemalt, das in unmittelbarer Nähe der Stelle festgemacht war, wo sie zu Mittag gegessen hatten.

Die Mimosen in ihrer Vase verbreiteten immer noch ihren Wohlgeruch. Monsieur Ruche fuhr einmal durch die Buchhandlung. Er langweilte sich sehr und fragte sich, wie er vorher – vor Grosrouvres Briefen – seine Tage verbracht hatte, ohne vor Langeweile zu sterben.

Der nächste Name auf Grosrouvres Liste war Fermat. Der Urheber einer der Vermutungen, die zu lösen er behauptet hatte! Demnach ein ganz zentraler Mathematiker in Grosrouvres Geschichte. Pierre Fermat.

Monsieur Ruche notierte ganz mechanisch »πR«, so wie Grosrouvre es in seinem ersten Brief gemacht hatte. Darunter schrieb er »Fermat« und zeichnete in einem Zug einen Kreis darum.

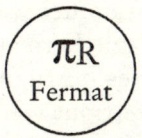

Damit war der Vorrat an Gemeinsamkeiten zwischen den beiden Pierres erschöpft. Fermat hatte eine hohe Stirn, ein Grübchen am Kinn und fünf Kinder. Ein Buchhändler in Montmartre konnte es schwerlich mit einem Parlamentsrat in Toulouse, einem Sachverständigen für die Revisionskammer und Berater der gesetzgebenden Kammer aufnehmen. Obwohl, was den letzten Titel betraf, fühlte sich Monsieur Ruche als »Berater der Ermittlungskammer« gewissermaßen auf einer Wellenlänge mit Fermat.

Er fuhr mit seinem Rollstuhl zu den Regalen der 3. Abteilung: Abendländische Mathematik von 1400 bis 1900.

Erste Überraschung: Von Fermat gab es nur dessen Gesammelte Werke. Fünf Bände. Aus dem ersten Band zog Monsieur Ruche Grosrouvres Karteikarte heraus. In Wahrheit waren es mehrere Karteikarten.

Zum Glück für die Mathematik machte Fernrat noch andere Entdeckungen als die seiner berühmten Vermutung. Im Verhältnis zu seinem Gesamtwerk nahm sie einen vergleichsweise kleinen Raum ein. Er begründete die moderne Zahlentheorie, schuf zusammen mit Pascal die Grundlagen für die Wahrscheinlichkeitsrechnung, erfand mit Descartes, aber unabhängig von diesem, die analytische Geometrie und war, noch einige Jahre vor Leibniz und Newton, ein Vorläufer der Differential- und Integralrechnung.

Verblüfft von einer solchen Produktivität, platzte es aus Monsieur Ruche heraus: »Und mit Mathematik beschäftigte er sich nur in seinen Mußestunden!«

Schon diese kurze Zusammenfassung machte ihm klar, daß er sich wohl kaum mit Fermat beschäftigen konnte, ohne Pascal und Descartes hinzuzuziehen. So unbekannt ihm der erstere war, so vertraut war er mit den beiden anderen. Allerdings kannte er nur dessen philosophische, nicht dessen mathematische Arbeiten. Eine gute Gelegenheit zur Vervollständigung seines lückenhaften Wissens.

Genau wie Viète, von dem er sich inspirieren ließ und dessen Bezeichnungen er übernahm, war er kein professioneller Mathematiker. Die Nachwelt verlieh ihm den beneidenswerten Titel eines »Fürsten der Amateure«.

Zu Lebzeiten hat er nicht ein vollständiges Werk veröffentlicht. Die meisten seiner Arbeiten legte er in Korrespondenzen und unveröffentlichten Manuskripten nieder.

Schnell blätterte Monsieur Ruche das Werk durch. Briefe und nochmals Briefe! Der Großteil der fünf Bände bestand in der Tat fast ausschließlich aus Briefen, die an die großen Mathematiker und Gelehrten in ganz Europa adressiert waren: Mersenne, Carcavi, Frenicle, Pascal, Descartes usw.

Ein Werk in Briefen! Monsieur Ruche begann zu begreifen, was Fermat für Grosrouvre so interessant machte. Beide waren sie »Amateure«. Genau wie er hatte er kein Werk veröffentlicht. Genau wie er hielt er sich weit weg von den großen Zentren des mathematischen Schaffens auf – obwohl Toulouse im 17. Jahrhundert natürlich nicht mit Manaus im 20. Jahrhundert und der Südwesten von Frankreich nicht mit Amazonien zu vergleichen war. Allerdings unterschied sie eines ganz grundlegend: Fermat verbreitete seine Arbeiten so bald als möglich. Das genaue Gegenteil des Schweigens, für das Grosrouvre sich entschieden hatte. Plötzlich fragte sich Monsieur Ruche, ob Grosrouvre wohl mit anderen Mathematikern einen Briefwechsel über seine Arbeit unterhalten hatte. Bisher deutete nichts darauf hin. Monsieur Ruche las weiter.

Fermat ist Fortführer und Urheber in einem. In seinen Briefen gibt es keine Spuren von Erklärungen, die auf so etwas wie einen Bruch hindeuten. Ihm ging es nicht, wie Descartes, darum, die Mathematik zu revolutionieren. Und trotzdem veränderte er sie tiefgreifend. In Fortführung von Appolonios begründete er die analytische Geometrie. In Fortführung von Diophant begründete er die moderne Zahlentheorie, in Fortführung von Archimedes schuf er die Grundlagen der Integralrechnung.

Von welcher Seite sollte er sich dem Denkmal »πR Fermat« nähern?

Monsieur Ruche nahm das Blatt, auf das er den kleinen Kreis gezeichnet hatte, und begann die großen Linien dessen aufzuschreiben, was er gerade in Erfahrung gebracht hatte.

Mitte des 17. Jahrhunderts erwies sich Fermat als eine echte mathematische Windrose. Er bildete den Ausgangspunkt für vier Entwicklungsrichtungen, von denen jede einzelne ein riesiges Tätigkeitsfeld eröffnete. Das erinnerte ihn an Bagdad, die runde Stadt, mit dem Palast des Kalifen im Zentrum, von wo aus die vier Hauptverkehrsachsen zu den vier Stadttoren in der Ringmauer führten. Nur durch diese vier Tore, daran erinnerte er sich noch genau, gelangte man in die Stadt.

Monsieur Ruche verstand intuitiv, daß er nur zu Fermat vordringen konnte, wenn er jede einzelne der vier Richtungen nahm. Der Lebensweisheit folgend, daß man immer zwei braucht, die kleiner sind als man selbst, fragte er die Zwillinge um Rat. Nachdem er ihnen seine Windrose gezeigt hatte, fragte er sie, welche Himmelsrichtungen sie gern übernehmen würden. Da sie nicht ganz richtig zugehört hatten, meinten sie, sie sollten sich zusammen mit nur einer Richtung befassen, obwohl Monsieur Ruche jedem von beiden eine Richtung überlassen wollte.

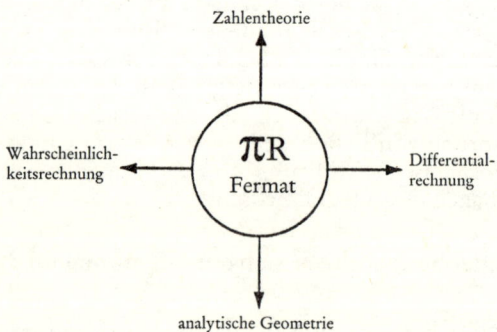

494

Ohne auch nur eine Sekunde zu zögern, entschieden Jonathan-und-Léa sich für Westen: die Wahrscheinlichkeitsrechnung. Ohne daß Monsieur Ruche noch irgend etwas sagen konnte, fiel die Tür mit einem dumpfen Schlag ins Schloß, und die beiden waren weg. Monsieur Ruche blieb wie betäubt mit seinen drei übrigen Richtungen allein zurück.

Die Tür öffnete sich wieder. Es war Léa. Gute Kinder! Sie würden ihm eine zweite Richtung abnehmen. Léa kam auf ihn zu, ging an ihm vorbei, trat an die Regale der BAU, zog die Werke Pascals heraus und verließ den Raum wieder.

Zu Ehren der Mimosen, die jetzt verwelkt auf der Kasse in der Buchhandlung standen und ihren Wohlgeruch verloren haben würden, beschloß Monsieur Ruche, mit dem Süden zu beginnen.

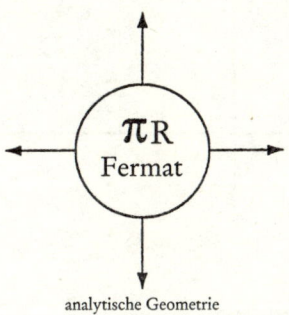

analytische Geometrie

Von den vier Pfeilen der Windrose wechselte er zu den beiden Achsen der *analytischen Geometrie*.

Das Prinzip der analytischen Geometrie läßt sich in einem Satz zusammenfassen: Mit Hilfe der Gleichung einer Kurve lassen sich alle Eigenschaften der Kurve beschreiben. Diese Entdeckung, die Fermat und Descartes mit einem Abstand von einigen Jahren unabhängig voneinander machten, wurde als *Geometrie der Koordinaten* bezeichnet.

Monsieur Ruche wußte auf Anhieb, worum es sich hierbei handelte, wunderte sich allerdings, daß in der Schule der Name Fermat in diesem Zusammenhang nie genannt wurde. Wohl aber der von Descartes, mein Gott, der ja! Der Liebling der Lehrer, die seinen Namen sogar adjektiviert haben: *kartesische* Koordinaten.

Seine von einem inneren Automatismus geführte Hand, der im Lauf der vielen Schuljahre entstanden war, zeichnete eine horizontale Achse: »x'x, Abszissen-Achse«, murmelte er. Dann eine vertikale Achse: »y'y Ordinaten-Achse«, murmelte er wieder. An den Schnittpunkt schrieb er ein großes O als »Ursprung der Koordinaten«.

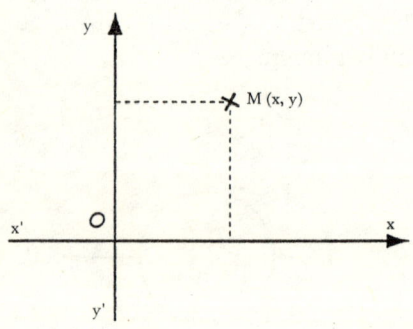

»(A, 8)«
»Treffer, versenkt!«
Schiffchen versenken!
Wie oft hatte er als Kind Schiffchen versenken gespielt! Sein Lieblingsspiel. Ein Spiel für brave Kinder, das nicht viel kostete. Zwei Bleistifte, zwei Radiergummis und zwei Blätter, allerdings nicht irgendwelche, sondern karierte! Er riß sie aus seinen Schulheften heraus. Er, der nicht schwimmen konnte, der es beim kleinsten Wasserplätschern mit der Angst zu tun bekam, der in Panik geriet, sobald eine

Welle den Rand der Mole von Camaret benetzte, wo er vor vielen Jahrzehnten einmal ein paar Tage verbrachte, durchlebte hitzige Trafalgar-Schlachten, endlose Seeschlachten im Atlantik. Ob als spanischer Kapitän oder holländischer Freibeuter, als Admiral der Royal Navy oder bretonischer Pirat, er lieferte sich Seegefechte auf allen Weltmeeren. Ein Spiel für brave Kinder? Tartaglias Kanonenkugeln mit der parabolischen Flugbahn schlugen auf Deck ein, so daß das Wasser ungehindert in den Schiffskörper eindrang. Versenkt! Auf den karierten, mit kleinen Kreuzen übersäten Blättern schwammen die Wrackteile an der Wasseroberfläche.

Mein Gott, wie spät ist es? Monsieur Ruche war eingeschlafen.

Irgend etwas kraulte ihn am Kopf. Nofutur durchstöberte mit seinem Schnabel vorsichtig seine weißen Haare.

Merkwürdiger Vogel. Sprachgewandt wie Jaurès, liebevoll – und trotzdem merkwürdig. Er hatte etwas, was Monsieur Ruche nicht durchschaute. Nur wenige Zentimeter von seinem Gesicht entfernt auf dem Schreibtisch sitzend, betrachtete Nofutur ihn. Seine tiefschwarzen, gelb umrandeten Irisse starrten ihn reglos an. Mit seiner Narbe mitten auf der blauen Stirn erinnerte er ein wenig an eine Comicfigur, kurz bevor ihr der Kopf wegfliegt. Welche Schlachten hatte Nofutur wohl heil überstanden?

Monsieur Ruche kraulte ihm genau an der Stelle den Nacken, an der Max es auch immer tat. »Nie gegen die Federn!« betonte Max immer wieder. Dann tunkte er seine Feder ins Tintenfaß und, mit einem schelmischen Lächeln auf den Lippen, notierte er gleich unter der Zeichnung mit den Koordinatenachsen in sein Heft:

So wie die Schiffe auf dem Meer lassen sich die Punkte im Linienraster der Ebene durch ihre Koordinaten lokalisieren.

Wie kann man jemandem eine Position übermitteln, der nicht imstande ist, sie zu sehen? Die Position eines Punktes in einer karierten Ebene ist gleichbedeutend mit seinem Namen. Genau wie die Menschen im Leben benötigen die Punkte in der Ebene einen Bezug!

Grosrouvre wies darauf hin, daß man die Koordinatenachsen an jeder beliebigen Stelle anbringen konnte und die Einheiten auf den Achsen beliebig lang sein konnten. Er machte auch darauf aufmerksam, daß negative Koordinaten einen ganz schlechten Ruf genossen, insbesondere bei Descartes. Erst ein Engländer, John Wallis, erkannte sie erstmals vollständig an. Auf seiner Karteikarte hatte Grosrouvre notiert:

Wallis war, genau wie Viète, ein Spezialist für die Entschlüsselung von Geheimbotschaften.

Einmal mehr ein Verweis auf verschlüsselte Briefe! In einer Anmerkung ging Grosrouvre kurz auf Wallis ein. Nachdem er für Cromwell und das Parlament und gegen König Charles I. Partei ergriffen hatte, entschlüsselte John Wallis Geheimbotschaften der royalistischen Anhänger, die den Parlamentsanhängern in die Hände gefallen waren. Trotzdem sprach er sich gegen die Hinrichtung des Königs aus. »Stimmt«, sagte Monsieur Ruche zu sich selbst, »was die Hinrichtung von Königen betrifft, waren die Engländer die ersten. Auch in bezug auf die Republik! Auch wenn sie nicht lange bestanden hat, haben sie doch ihre Republik ein gutes Jahrhundert vor der unseren ausgerufen!

Erstaunliche Persönlichkeit, dieser Wallis. Da absolviert jemand sein ganzes Studium in Cambridge und erhält eine Professur in ... Oxford!« Mathematiker, Logiker, Grammatiker und Arzt. Noch einer! Auch er hat sich für das 5. Axiom interessiert und hat die Werke von Nasir al-Din al-Tusi übersetzt. Wie weit weg das alles zu sein schien! Hayyam, Alamut, der Bücherkarren … Wallis war der erste Gelehrte, der es wagte, öffentlich für die Existenz des Blutkreislaufs einzutreten, den sein Landsmann William Harvey kurz zuvor entdeckt hatte. Er gründete die erste Schule für Taubstumme in Großbritannien.

Max hatte nie eine Schule für Taubstumme besucht. Seine Schwerhörigkeit hatte sein Sprachvermögen nicht beeinträchtigt. Er hatte eine ganz eigene Sprechweise. Langsam, eindringlich, jedes Wort betonend, lange Pausen einhaltend. Und er hatte eine eigene Art zu hören: Max der Äolier!

Er war weit abgeschweift von den negativen Koordinaten! Monsieur Ruche kehrte wieder zum eigentlichen Thema zurück. So wie es manchmal der Fall ist, wenn man wieder über etwas nachdenkt, was man einen Augenblick lang vernachlässigt hat, erfaßte er mit einemmal ganz klar das Neuartige an Fermats und Descartes' Entdeckung. Diese kleinen und unscheinbaren Achsen verursachten eine wahrhafte »Denaturierung« des Raums. Unter diesem Blickwinkel – das war die treffende Bezeichnung – wurde ein geometrisches Gebilde wie ein algebraisches Gebilde »gesehen«: Der Punkt M hatte sich in ein Zahlenpaar (x, y) verwandelt! Hierbei handelte es sich um eine echte Revolution. Durch die Achsen wurde die reine Geometrie verjagt!

Dasselbe galt für eine geometrische Kurve. Ihre Gleichung wurde ihr algebraischer Name. Sie funktionierte wie eine Vorrichtung, mit der sich ohne weiteres der Name jedes Punktes der Kurve erzeugen ließ.

Das Beste kam aber erst noch: Die Kenntnis dieser Gleichung ermöglichte die Ermittlung aller geometrischen Eigenschaften der Kurve! Und tief bewegt, hatte Mon-

sieur Ruche wieder die berühmte graphische Darstellung
seiner Jugend vor Augen!

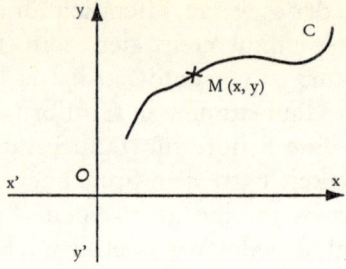

Fermat hatte sein System erarbeitet, um der alten Geometrie den neuen Reichtum der Algebra zu zeigen. Für
ihn stand ganz zweifelsfrei auch weiterhin die Geometrie
im Zentrum des gesamten mathematischen Gebäudes.
Descartes dagegen vertrat die Meinung, die Algebra sei
eine sehr viel allgemeinere Wissenschaft als die Geometrie,
die fortan als eine Wissenschaft der reinen Rechenmethode zu betrachten sei.

Die Griechen hatten aus der Mathematik eine geometrische Wissenschaft gemacht. Im 17. Jahrhundert wurde
sie zu einer algebraischen Wissenschaft. Auf den Thron,
den gerade noch die Geometrie innehatte, setzte Descartes
die Algebra.

Im Anschluß an die Revolution das Trankopfer. Monsieur Ruche gönnte sich seine nachmittägliche Teepause.
Diesmal fiel seine Wahl auf einen Earl Grey.

Descartes hat sehr viel geschrieben. In den Regalen der
BAU fanden sich jedoch nur wenige seiner Werke. Die
Geometrie in einem gesonderten Band.

Dann *die Abhandlung über die Methode, die Vernunft
richtig zu führen und die Wahrheit in den Wissenschaften*

zu suchen. Schließlich seine *Regeln zur Lenkung des Geistes.*

Den Anfang dieses Werkes kannte Monsieur Ruche auswendig: »Wenn Schauspieler die Bühne betreten, tragen sie eine Maske, damit man die Röte in ihren Gesichtern nicht sieht. Genau wie sie bin auch ich maskiert auf die Bühne der Welt getreten, die ich bisher nur als Zuschauer erlebte.«

Monsieur Ruche zog die *Geometrie* aus dem Regal. Das Buch war überraschend schmal. Von allen Essays sicherlich derjenige mit dem besten Verhältnis »Seitenzahl zu Bekanntheitsgrad«.

Auf einer Handvoll Seiten entwickelte Descartes ein regelrechtes Fünf-Punkte-Programm. Unabhängig davon, daß man es mit einer geometrischen Fragestellung zu tun hatte, waren die folgenden Vorschriften zu befolgen:

1. Das Problem als gelöst betrachten. Auf diese Weise läßt es sich analysieren (das heißt, so gelangt man vom Unbekannten zum Bekannten).
2. Das Problem in einfache Größen zerlegen. Diese erfassen, unabhängig davon, ob sie unbekannt oder bekannt sind. Sie dann mit einem Buchstaben bezeichnen.
3. Die Beziehungen zwischen den Größen herstellen, wobei nach wie vor nicht zwischen bekannten und unbekannten unterschieden wird.
4. Es so einrichten, daß ein und dieselbe Größe auf zwei verschiedene Weisen dargestellt wird. Indem man diese zwei Ausdrücke gleichsetzt, erzeugt man eine Gleichung.
5. Versuchen, so viele Gleichungen zu finden, wie es unbekannte Größen gibt. Wenn das nicht gelingt, so bedeutet dies, daß das Problem nicht vollständig gelöst ist.

Mit Bewunderung, aber ohne Enthusiasmus begriff Monsieur Ruche, daß die analytische Geometrie ihre außerordentliche Effizienz aus diesem Programm bezog. Vorbei die Zeit der schrittweisen Konstruktionen. Man brauchte nur noch seine Gleichung zu bestimmen und sofort die Figur zu zeichnen.

In seiner *Abhandlung über die Methode* erklärte Descartes: »Auf der Suche nach der Wahrheit der Dinge kann man nicht auf eine Methode verzichten.« Für ihn war die Algebra keine Wissenschaft, sondern eine Methode. Monsieur Ruche meinte sich zu erinnern, daß Methode sich von *meta-hodos* ableitete. Und *hodos* bedeutete Weg. Die Methode ist also ein Weg, der zum Ziel führt. Wenn man ihm folgt.

Welcher Methode war er im Laufe seiner Untersuchungen gefolgt?

Hatte er überhaupt darauf geachtet, irgendeine Methode anzuwenden? Ohne jedes Programm hatte er mal hier, mal da gesucht und sich dabei verhalten wie ein junger Hund. Auf welcher Karte fand sich der Weg verzeichnet, der ihn ans Ziel führte?

Jonathan-und-Léa hatten sich bei der πR-Fermat-Windrose natürlich deshalb für Westen entschieden, weil sie jeden Abend unter ihrer Dachschräge in diese Richtung aufbrachen. In Richtung Manaus, über den Atlantik, den Amazonas hinauf.

Jonathan suchte den Mond. Erst als er sich in seinem Bett aufrichtete, konnte er sehen, wie er den äußersten Rand des Dachfensters streifte. Es war Halbmond, er stand »in Quadratur« zur Sonne.

Wenn der Mond in Quadratur zur Sonne steht, erreicht das Wasser im Strom der Gezeiten seinen Tiefstand. Im Amazonas machte sich die Ebbe noch 1 000 Kilometer flußaufwärts, mitten im Urwald, bemerkbar. Sie reichte nicht bis Manaus, wohl aber bis Santarém.

Obwohl sein Herz bis zum Hals schlug, beantwortete Henry Alexander Wickham die Fragen des brasilianischen Zollbeamten, der gerade die Kontrolle des Schiffs abgeschlossen hatte, sehr ruhig: Ich nehme einige seltene Pflanzen mit, die ich persönlich in wenigen Tagen in den Gewächshäusern des Botanischen Gartens von Ken einpflanzen werde. Nachdem er keine Bedenken gegen diese Fracht anzumelden hatte, verließ der Chef des Zolls das Schiff.

Wickham stürzte daraufhin in den Schiffsraum und betrachtete liebevoll die Dutzende ordentlich verstauter Körbe. Sie enthielten einen wahren Schatz. Ein Schatz, der den Engländern ein Vermögen und Manaus den Ruin bescheren sollte. Der Dampfer verließ Santarém, erreichte Belém und begab sich aufs offene Meer. Auch dieser Dampfer hieß Amazonas und nahm Kurs auf Liverpool. Die Reise fand Ende Mai 1876 statt, gerade einmal ein Vierteljahrhundert nach derjenigen von Wallace.

Nicht der kleinste Sturm, nicht das kleinste Feuer während der Überfahrt.

Was waren das also für Pflanzen, die für den Botanischen Garten von Ken bestimmt sein sollten? Es waren überhaupt keine Pflanzen, sondern Samen; sie waren nicht selten, sondern außerordentlich wertvoll, und es handelte sich nicht um einige Exemplare, sondern um 70000. Sorgfältig zwischen Lagen aus getrockneten Blättern wilder Bananenbäume gebettet und gut verstaut in mehreren Dutzend Körben aus Zuckerrohrfasern. 70000 Samenkörner *hevea braziliensis!* Der beste Kautschuk-Baum im Amazonas, der zugleich widerstandsfähigste und ertragreichste.

Die Ausfuhr dieser Samenkörner war nicht erlaubt. Zum großen Unglück für Manaus hatte Wickham mit seinem Täuschungsmanöver Erfolg.

Einige Jahrzehnte später waren aus Wickhams Körnern, die man im Urwald von Malaysia gesät hatte, riesige Hévéas-Plantagen geworden, wo der Kautschuk in Strömen floß. Das bedeutete für Manaus den Ruin. Die Bevölkerung verließ die Stadt, die langsam verfiel.

Die aus Europa über den Atlantik gebrachten und Stein für Stein entlang der Hauptverkehrsstraßen wieder aufgebauten Schlösser. Die von Gustave Eiffel in England gebaute Markthalle, die über den Amazonas transportiert und in Manaus wieder aufgebaut wurde. Die Straßen mit den aus Lissabon importierten Pflastersteinen. Die erste elektrische Eisenbahn in ganz Südamerika. Das Telefon mitten im Urwald, das elektrische Licht ab dem Ende des 19. Jahrhunderts. Und das Opernhaus! 1400 Plätze! Das Opernhaus, in dem sogar Caruso gesungen hat. Glasierte Ziegel aus dem Elsaß, Marmor aus Carrara, Intarsien aus Frankreich, Kunstschmiedearbeiten aus England, Kronleuchter aus Italien und Mosaik-Wellenbänder auf dem Vorplatz am Fuß der Marmorsäulen ... alles zerfiel und verrottete.

Das Ende für Manaus!

Während er diese Zeilen las, fragte Jonathan sich, ob diese Geschichte Grosrouvre nicht vielleicht beeinflußt hat. Ob er sich nicht gesagt hat: »Dieses Schicksal widerfährt dem, der sich sein Bestes entwenden läßt!« Hatte ihn der Diebstahl der Saatkörner davon überzeugt, daß man geheimhalten muß, was man geschaffen hat? Das Geheimnis des Waldes für sich behalten. »Ja, sicher«, sagte Jonathan zu sich selbst. »Aber ein Saatkorn ist nicht dasselbe wie ein Beweis. Verpflanzt man einen Beweis?«

Léa stieß ihn an: »Ich habe eine kleine Zusammenfassung gemacht.«

Während Jonathan auf seinem Bett liegend das Ende von Manaus durchlebte, hatte Léa sich auf ihrem Bett in die Anfänge von Pascal eingearbeitet, der als der Begründer der Wahrscheinlichkeitstheorie gilt.

»Pascal hatte einen Vater, keine Mutter, zwei Schwestern und einen Schwager. Seine Mutter starb, als er drei war. Jacqueline, die ältere Schwester, wurde Nonne, und Gilberte, die jüngere, wurde Madame Périer. Etienne Pascal ist ein Musterbeispiel für Väter von Wunderkindern. Wie Mozarts Vater besorgte er selbst dessen gesamte Ausbildung. So kam es, daß der kleine Blaise nicht in die Schule ging, daß er keine kleinen Kameraden hatte, mit denen er Dummheiten anstellte. Und daß er nie einen anderen Lehrmeister hatte als seinen Vater.«

»Das ist nicht so gut für die Psyche«, bemerkte Jonathan.

»Das denke ich auch! Etienne war Vorsitzender der öffentlichen Wohlfahrtsbehörde und Mathematiker. Er hat sogar eine Kurve erfunden, die seinen Namen trägt. Die *Schnecke* von Pascal dem Älteren ist eine *Konchoide*. Du verstehst, was ich damit sagen will? Die Konchoide ist in einem besonderen Fall ein Oval von Descartes, und in einem anderen Fall eine … Trisektrix. Alles überschneidet sich, wenn ich so sagen darf. Kannst du mir folgen?«

»Ich sauge deine Worte förmlich in mich auf. Aber leider bin ich nicht besonders durstig.«

»Pascal der Ältere hat seinem Sohn verboten, sich mit Geometrie zu befassen, weil er fürchtete, daß es zu anstrengend für ihn sei. Und was ist passiert?«

»Er hat sich heimlich mit Geometrie beschäftigt! Und obendrein fand er es aufregend, weil er fürchtete, daß sein Vater es herausbekäme.«

»Gut. Als Blaise so alt war wie Max, hat er ganz allein, wie ein Großer, herausgefunden, daß die Summe der Winkel eines Dreiecks 180° beträgt! Der 32. Satz des Euklid! Es ist seine Schwester, die es ihm schließlich sagt. Er kannte noch nicht einmal den Namen des Euklid, den sein Vater ihm verschwiegen hatte. Als der Vater erfuhr, was sein Sohn selbständig herausgefunden hatte, weinte er vor Freude und war so glücklich, daß er ihm die dreizehn Bücher der *Elemente* des Euklid schenkte.«

»Meine Güte!«

»Vorsicht, es klappt nicht immer. Es gibt haufenweise Eltern, die ihren Kindern verboten haben, sich mit Mathematik zu beschäftigen, und es hat noch lange nicht dazu geführt, daß die Kinder sich dann mit Mathematik beschäftigten. Dieselben Ursachen haben nicht immer dieselben Wirkungen.«

»Abel mit 21 Jahren, Galois mit 18 und jetzt Pascal mit 12. Eine fallende Linie. Die gegen 0 tendiert!« frotzelte Jonathan, den diese Ansammlung von Genies langsam, aber sicher auf die Nerven ging.

Er dachte: »Wie stehe ich mit meinen siebzehn Jahren ohne die geringste geniale Idee eigentlich da?«

»Und Grosrouvre will seine Vermutungen mit 60 Jahren beweisen! Wenn es ihm wirklich gelungen ist, chpeau! Eine super Sache, nicht nur, weil er es geschafft hätte, sondern weil er es mit sechzig geschafft hätte.«

»Ich habe mal gelesen: Für einen Mathematiker, der nicht alles Wesentliche vor seinem 20. Lebensjahr fabriziert hat, besteht fast keine Chance mehr, daß er später noch mal irgend etwas Wichtiges entdeckt.«

»Fast keine Chance? Wie groß ist sie? Genau das ist Wahrscheinlichkeitsrechnung! Kommen wir also doch noch darauf zu sprechen! Gymnasiasten sind mit 20 Jahren auch fertig!«

»Ist doch ganz klar. Mathematik ist Denksport. Und im Denksport war Blaise ein echtes As! Mit 16 verfaßte er seine *Abhandlung über Kegelschnitte*. Sie steht in der BAU. Man hat insgesamt nur zwei Exemplare der Origi-

nalausgabe wiedergefunden. Ich frage mich, wie Grosrouvre es geschafft hat, sich eines davon zu beschaffen. In
dieser Abhandlung hat Pascal den Beweis für ein Theorem erbracht, der bei seiner Veröffentlichung ein ziemliches Aufsehen erregte. Nimm ein Polygon mit sechs Seiten.«

»Ein Hexagon, sprich es ruhig aus! Du brauchst dich
nicht vor Worten zu fürchten.«

»Du Schlauberger. Ein in einen Kreis einbeschriebenes
Hexagon. Sechs Seiten, damit gibt es logischerweise drei
Paar gegenüberliegender Seiten. Wenn deren Verlänge-
rungen sich schneiden, nun, dann liegen die drei Schnitt-
punkte auf einer Geraden. Da bist du baff, was?«

»Stinktier …«

»Und das ist erst der Anfang! Der Clou kommt erst
noch. Er hat bewiesen, daß dies auch dann noch gilt, wenn
das Hexagon in einen beliebigen Kegelschnitt einbeschrieben ist! Ellipse, Parabel, Hyperbel …«

»Verstehst du eigentlich alles, was du da erzählst?«
fragte Jonathan sie barsch.

»Die Hälfte! Jeden zweiten Satz.«

»Warum erzählst du es mir dann?«

»Weil ich nicht will, daß du dumm stirbst.«

»Willst du, daß ich sterbe?« Jonathan stand auf.

»Ich mache dir das schönste Theorem der Geometrie
zum Geschenk, und du sprichst nur von dir! Hör dir doch
mal die Namen an. Sein Hexagon hat Pascal *mystisches
Hexagramm* genannt. Und irgend jemand hat seinem
Theorem den Namen Katzennest gegeben.«

»Weißt du, was dir die Katze jetzt sagt?«

Eine Sekunde später schnarchte Jonathan, eingerollt in
seine Decke.

Léa sah nicht ein, warum sie es nicht wie Monsieur
Ruche machen sollte, der jedesmal, wenn er sich mit einem

neuen Mathematiker beschäftigte, einen anderen Ort aufsuchte: den Louvre, das GAS, das Institut ... Léa suchte sich auch einen für ihren Pascal.

Max schloß sich ihnen an. Er kam in Begleitung von Nofutur, der schon seit einiger Zeit nicht mehr das Haus verlassen hatte. Von der Oper aus gingen sie gegen den Verkehrsstrom die Boulevards in Richtung Porte Saint-Martin hinauf. Kurz davor, an der Porte Saint-Denis, zeigten sie Max das Basrelief, das die Schlacht von Maastricht darstellte, in der d'Artagnan den Tod fand. Während sie weitergingen, versuchten sie sich daran zu erinnern, wo die drei anderen Musketiere gestorben waren.

Ganz unvermittelt erzählte Léa ihnen von Pascals Karren. Die Brüder taten so, als sei es etwas vollkommen Normales, und wollten sich keinesfalls darüber wundern, daß Pascal eine Theorie des Karrens entwickelt und technische Verbesserungen an dem Gerät vorgenommen hat, die bis heute Bestand haben. Leider befand es sich nicht im Conservatoire national des arts et métiers, dem CNAM, wo Léa mit ihnen hinging. Dafür gab es dort eine andere Erfindung Pascals zu sehen.

Das während der Französischen Revolution gegründete CNAM ist in einem ehemaligen Kloster untergebracht, das noch gut erhalten ist. Sie warfen einen Blick in das ehemalige Refektorium, das so hoch war, daß einem der Appetit vergehen konnte. Dort hatte man die Bibliothek eingestellt. Dann gingen sie in die Kirche. Dort waren Flugzeuge an Seilen aufgehängt! Und das berühmte Foucault'sche Pendel, das einem der semiotischen Romane von Umberto Eco, den Jonathan gelesen hatte, den Namen gab.

In einem solchen Raum konnte Nofutur sich einfach nicht mehr bremsen. Er verließ Max' Schulter und flog wild umher, wobei er eine ganze Serie atemberaubender Loopings um die Flügel der aufgehängten Flugzeuge vollführte. Zum großen Vergnügen der Besucher, bis dann einer der Wärter einschritt. Wenn er doch nur ein Gewehr zur Hand gehabt hätte!

Der Wärter redete und redete. Max verstand kein Wort. Unmöglich, etwas von seinen Lippen abzulesen, die Laute quollen aus seinem Mund wie Hackfleisch aus einem Fleischwolf. Max verabscheute diese Art Menschen, Silbenfresser und Interpunktionsschlucker. Diese Leute machten ihn wirklich taub.

Nofutur landete wieder auf Maxens Schulter. Der Wärter wollte ihn hinauswerfen. Angesichts der Mißbilligung der Besucher, vor allem aber wegen des bösen Gesichtsausdrucks von Max, erklärte er sich damit einverstanden, daß das Quartett die Besichtigung fortsetzte, unter der Voraussetzung, Nofutur verließe nicht mehr Maxens Schulter. Nofutur versprach es.

Der Wärter war baff!

Sie mußten schließlich noch das zu sehen bekommen, weswegen sie überhaupt hergekommen waren. Zurück zu Pascal. Léa übernahm die Rolle einer Führerin und erzählte ihnen vom Vater: Um den Lebensunterhalt der Familie zu verdienen, wurde Étienne Steuereintreiber in der Normandie. Ein einträglicher Posten; je mehr Steuern er eintrieb, um so mehr verdiente er. Da bedarf es keiner weiteren Motivation. Das einzig Unangenehme daran war, daß eine Unzahl an Additionen auszuführen war. Was machte Blaise, da er seinen Vater immer noch sehr liebte? Er erfand eine kleine, wunderbare Rechenmaschine für ihn: Die *Pascaline*. Damals bezeichnete man so etwas als »arithmetische Maschine«.

Die Maschine stand vor ihnen in einer Vitrine. Ein Holzkasten mit sechs grauen Rädchen, von denen jedes mit zehn goldenen Streifen versehen war, die für die 10 Ziffern standen.

»Ein alles in allem ziemlich klassischer Holzkasten«, bemerkte Léa.

»Ein wunderbares Wortspiel! Alles in allem vermute ich, die Pascaline arbeitet mittels Addition!«

Als er Léas erstauntes Gesicht bemerkte, fügte Jonathan hinzu:

»Und dazu kommt, daß es keine Absicht war!«

»Ein wunderbares Wortspiel. Dazu!«

»Darf ich das Ende der Geschichte erfahren?« drängte Max.

»Das ganze Problem bei einem mechanischen Rechengerät läßt sich wie folgt benennen: Was macht man, wenn man bei 9 ist und 1 hinzuaddiert?« sagte Léa. »Das Problem der zurückbehaltenen Zahl.«

»Wie behält man eine behaltene Zahl zurück, ist es das?« fragte Max.

»Ein wunderbares Wortspiel!« sagte Jonathan zu ihm.

Verlegen gestand Max:

»Es war keine Absicht.«

»Pascal hat einen kleinen Mechanismus erfunden, auf den vor ihm noch niemand gekommen war, eine ›Übertragsregistratur‹, die die behaltene Zahl automatisch festhielt.«

Der Wärter von vorhin, der sie nicht aus den Augen gelassen hatte, forderte sie auf zu gehen. Das Museum würde gleich schließen.

Im Strom der Besucher, die zum Ausgang drängten und Nofutur freundlich zulächelten, erzählte Léa ihnen, wie Blaise Pascal Kleinunternehmer geworden war. Er gründete ein Unternehmen, fertigte Pläne seiner Maschine an, stellte Arbeiter ein, ließ sein Verfahren patentieren und produzierte ungefähr fünfzig Pascalinen. Die in Serienproduktion hergestellten Maschinen wurden für 100 Pfund das Stück verkauft, so daß Pascal einen ansehnlichen Gewinn damit machte. Sie verließen das CNAM.

»In seinen *Pensées*«, berichtete Léa, »sagt Pascal, daß seine Pascaline dem Denken näher ist als alles, was Tiere zu tun imstande sind.«

Wegen des Autolärms hatte Max sie nicht gut verstanden. Er hob den Kopf auf eine Weise, die Léa vertraut war. Sie wiederholte:

»Er sagte, daß seine Maschine dem menschlichen Denken näher ist als als alles, was Tiere zu tun imstande sind. Und er fügte hinzu«, fügte Léa hinzu, »daß allerdings nichts von dem, was sie tut, zu der Aussage berechtigt, sie habe, so wie die Tiere, einen Willen.«

»Was hältst du davon?« fragte Max Nofutur, der sich von seinen Loopings um das an der Decke des CNAM befestigte alte Flugzeug erholte. Offensichtlich war es Nofutur vollkommen Wurscht, was Pascal über Tiere gedacht haben mochte. Fast genauso Wurscht, wie es Pascal Wurscht gewesen sein dürfte, was Nofutur über die jansenistischen Mathematiker und Philosophen des 17. Jahrhunderts denken mochte. Und beide hatten ihre guten Gründe.

Ein anderes, größeres Flugzeug landete auf dem Flughafen Paris-Roissy. Der Mann trat auf das erste Taxi zu, das er sah. Durch das heruntergedrehte Fenster hindurch fragte er:

»Können Sie mich nach Paris fahren?«

Zu seiner großen Überraschung fragte der Taxifahrer ihn nicht, wohin er wolle, sondern:

»Woher kommen Sie?«

Der Mann zögerte einen Augenblick, dann antwortete er:

»Aus Tokio.«

»Das interessiert mich nicht«, erwiderte der Taxifahrer und fuhr an, um sich vor einen anderen, etwas weiter vorn gelegenen Ausgang zu stellen. Verblüfft ging der Mann zur nächsten Taxischlange. Während er darauf wartete, daß er an der Reihe war, sah er, wie weiter vorn in das Taxi, das ihn nicht mitnehmen wollte, Fahrgäste einstiegen und es daraufhin wegfuhr.

Als er an der Reihe war, stieg der Mann in einen nagelneuen Kombi ein, der auf die Nordautobahn Richtung Paris auffuhr. Es nieselte.

Der Taxifahrer, der ihn abgewiesen hatte, ging ihm einfach nicht aus dem Kopf. Plötzlich nahm er seinen Diplomatenkoffer, stellte den Code ein, öffnete den Koffer, kramte in seinen Papieren, zog eine Mappe heraus. Kaum hatte er sich das Schriftstück angesehen …

»Mein Gott!« rief er aus.

»Ist etwas nicht in Ordnung, mein Herr?« fragte der Fahrer, während er ihn im Rückspiegel beobachtete.

Der Mann betrachtete immer noch das Schriftstück. Jeder Zweifel war ausgeschlossen.

Der Kerl, der auf dem Foto vom Louvre neben dem Jungen mit dem Papagei auf der Schulter stand, war der Taxifahrer von vorhin. Unglaublich! Dieselbe Mütze. Er hätte am liebsten einen Freudenschrei ausgestoßen. »Das nenne ich Dusel!« Beinahe hätte er sich bekreuzigt. Das würde ihm niemand glauben. Er wetterte: »Ich hatte ihn am Haken und habe ihn entwischen lassen!« Er lehnte sich zum Fahrer vor:

»Kurz vor uns ist ein anderes Taxi vom Flughafen abgefahren. Wir müssen es einholen.«

»Bei diesem Wetter kann ich kaum schneller fahren, mein Herr.«

»Ich habe gesagt: Wir müssen!«

Während der Taxifahrer seinen Fahrgast im Rückspiegel betrachtete, schätzte er diesen gutgekleideten, kräftigen Typen mit dem entschlossenen Auftreten ab.

»Wenn Sie es einholen, soll das nicht zu Ihrem Schaden sein«, sagte der Mann.

»Was für eine Automarke ist das Taxi, das ich einholen soll?« »Ein Peugeot 404.«

»Und das Taxiunternehmen? Haben Sie feststellen können, für welches Unternehmen es fuhr?«

»Äh … nein.«

»Dann wird es schwierig werden. Sehen Sie mal, wie viele Taxis hier fahren.«

Sie waren von einem ganzen Schwarm Taxis umgeben, die fast alle vom Flughafen kamen. Und kein einziger 404!

»Sind Sie sicher, daß es ein Taxi war?«

»Wofür halten Sie mich eigentlich?« fragte GGGT drohend.

»Ich meine, ein zugelassenes Taxi. Hatte es ein Leuchtschild auf dem Dach?«

»Ja, es leuchtete. Es war frei.«

»Und hinten. Haben Sie ein kleines Leuchtschild auf der hinteren Ablage gesehen? So eins wie das hier?«

Er zeigte auf das Schild gleich hinter dem Kopf des Mannes.

»Von innen können Sie nicht sehen, was es anzeigt; es zeigt die Zeit des Fahrtendes und das Datum. Ich sage Ihnen das, weil es immer mehr illegale Taxis gibt. Die Typen gehen mittlerweile sogar so weit, daß sie geschmuggelte Taxameter kaufen. Die einzige Möglichkeit, sicherzugehen, daß Sie es mit einem offiziell zugelassenen Taxi zu tun haben, ist das.« Er zeigte mit dem Finger auf ein an der Windschutzscheibe angebrachtes rosafarbenes Stück Papier. »Es zeigt Ihnen, ob man im laufenden Jahr in das Taxi-Verzeichnis eingeschrieben ist.«

»Wo gibt es dieses Verzeichnis?«

»Bei der PP.«

»Der Polizeipräfektur!«

Sie hatten die Ringstraße erreicht; der Kombi würde den 404 nicht mehr einholen. Es war daneben gegangen!

Diesmal war es noch daneben gegangen. Aber GGGT hatte jetzt eine Spur. Er würde dieses Taxi wiederfinden. Er war wie Giulietta, wenn er einmal etwas gesehen hatte … Der arme kleine Luigi dagegen lief sich die ganze Zeit erfolglos die Füße platt.

Der Chef würde zufrieden sein. Jetzt gab es zwei Fährten: das Foto und das Taxi.

Mimosen sind wie vierblättriger Klee: Man braucht sich gar nicht erst die Mühe zu machen und lange zu suchen, um festzustellen, daß es keine gibt. »Wenn es am Vergänglichen mangelt, halte dich an das Ewige!« Unter Berufung auf diese Lebensweisheit schlug die Floristin unten in der Rue Lepic Monsieur Ruche Rosen vor. Er verließ die Blumenhandlung mit einem Strauß Rosen in der Hand, den er Perrette schenkte, die ihn in die Vase auf der Kasse in der Buchhandlung stellte.

In der BAU wartete auf seinem Schreibtisch eine andere Rose auf Monsieur Ruche. Er warf einen Blick auf die Windrose und zog kurz Bilanz.

Jonathan-und-Léa waren in Richtung Westen aufgebrochen, wo sie das Reich der Wahrscheinlichkeitsrechnung durchforschten. Was würden sie von ihrer Reise mit zurückbringen? Er für seinen Teil kehrte gesättigt von einer langen Fahrt durch den Süden zurück, wo er, gut geleitet von seinem Koordinatensystem, algebraisch durch die von der analytischen Geometrie zivilisierte Welt spazierte. Blieben noch der Norden und der Osten. Der Norden, daran bestand für ihn kein Zweifel, war die Richtung,

in die Grosrouvre ihn lenken wollte. Er bewahrte sie sich
bis zum Schluß auf.

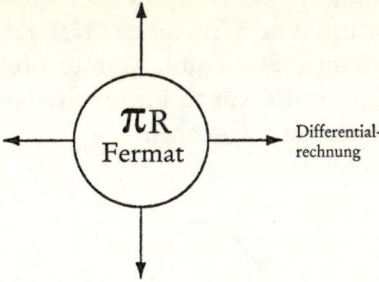

Er bereitete sich darauf vor, in Richtung Osten aufzubre-
chen, fest entschlossen, die *terra incognita* zu erforschen,
die die *Differentialrechnung* für ihn darstellte.

Die Liste derjenigen, die an der Entstehung dieser neuen
mathematischen Wissenschaft mitgewirkt hatten, war eine
Art *Who's who* der Mathematiker des 17. Jahrhunderts.
Zwei Italiener, Bonaventura Cavalieri und Evangelista
Toricelli; Franzosen zuhauf, Fermat natürlich und Rober-
val, Pascal, Descartes, der Marquis de l'Hospital; ein Hol-
länder, Christian Huygens; zwei Schweizer, die Gebrüder
Bernoulli, Jacques – der das Wort *Integral* erfand – und
sein Bruder Jean; eine ganze Reihe Engländer, Issac Bar-
row, Christopher Wren, John Wallis, James Gregory,
Brook Taylor, Colin Mac Laurin. Und die beiden Bau-
meister dieses Gebäudes, das als das schönste Gebäude der
Mathematik überhaupt gilt: Isaac Newton und Gottfried
Wilhelm Leibniz (N und L).

Monsieur Ruche wand sich in seinem Rollstuhl. Ihn
schmerzte das Gesäß. Seit zehn Jahren saß er nun im Rollstuhl! Das neue flache Kissen, das Perrette ihm geschenkt
hatte, war noch nicht eingesessen. Weich und fest, luftig

und geschmeidig, wie lange würde es noch dauern, bis es
»paßte«? Das alte war am Ende völlig zerschlissen, rissig
wie eine alte, von zu vielen Schönheitsoperationen zerknitterte Haut. Er hob die eine Gesäßhälfte und verschob
das Kissen um eine Winzigkeit. Das reichte. Gut eingerichtet in seinem Rollstuhl, konnte Monsieur Ruche zu
seiner Reise in die vierte Himmelsrichtung seiner πR-
Fermat-Windrose aufbrechen.

Eine Kurve.

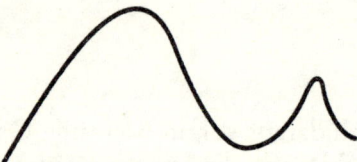

Was erkennt man auf den ersten Blick? Die *Maxima* und
Minima, die höchsten und die tiefsten Punkte; die *Krüm-*
mung; die *Wendepunkte,* wo ihre Krümmung die Richtung ändert und sie entsprechend mal nach oben, mal nach
unten geöffnet ist, usw.

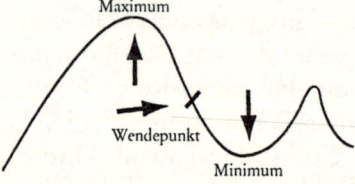

Was genau ist ein Maximum oder ein Minimum? Wenn
man genau hinschaut, sieht man, daß die Werte unmittelbar davor und unmittelbar dahinter identisch sind! Diese
Eigenschaft bezeichnet einen »Extremwert«. Fermat machte sie zur Grundlage seiner Methode für die Suche nach

516

den Maxima und Minima, indem er sie in die Sprache der Algebra übersetzte, das heißt in Gleichungen.

»Davor« ist nicht schwer zu übersetzen. Bei »*unmittelbar davor*« verhält es sich anders! Wie läßt sich mathematisch »unmittelbar« ausdrücken? Das war die zentrale Frage.

Der Abstand zwischen einem Punkt und »unmittelbar davor« ist klein, sehr klein sogar, so klein es eben geht. Er ist unendlich klein!

»Das differentielle Denken« trat seinen Siegeszug durch das 17. Jahrhundert an.

Es zog ein mikroskopisches Gespür in das Denken ein, und in zahlreichen Bereichen begannen die Mathematiker »genauer hinzusehen«. Bis dahin ermöglichte ein begrenztes Wissen zuweilen eine globale Erkenntnis. Nun wurde eine Stufe übersprungen: Jetzt führte ein mikroskopisches Wissen zu einer globalen Erkenntnis.

Die »unendlich kleinen Größen«. Was waren das für neue Gebilde? Geometrische Größen, wie für Cavalieri? Oder Zahlengrößen, wie für Fermat? Leibniz betrachtete sie als Fiktionen, nützliche Fiktionen. Dasselbe Szenario wie bei den imaginären Zahlen: ohne genau zu wissen, wer oder was sie waren, ließ man sie agieren. Sie brachten wunderbare Ergebnisse hervor!

Das Heft füllte sich in dem Maße, in dem Monsieur Ruche voller Begeisterung in das Universum der unendlich kleinen Größen eindrang. Während meines langen Studiums habe ich die ganze Zeit danebengelegen. Daneben oder »unmittelbar« daneben? Sehr daneben. Für seinen Abschluß in Philosophie war er gezwungen gewesen, sich mit diesen Dingen zu beschäftigen, aber sie hatten ihn so wenig gereizt, daß ihm deren Kernpunkte völlig entgangen waren. Mit sechzigjähriger Verspätung begriff er, was Fermat drei Jahrunderte zuvor begriffen hatte: Ein unendlich kleiner Bogen einer Kurve ist mit dem entsprechenden

Abschnitt der *Berührenden* vergleichbar. Was für wunderbare Worte! Er begriff, was Roberval begriffen hatte: Die Bewegungsrichtung eines Punktes, der eine Kurve beschreibt, ist die Tangente der Kurve in jeder Lage des Punktes. Schließlich verstand er noch folgendes: Die Form einer Kurve hängt einzig ab von der Richtung ihrer Tangente. Die Kenntnis einer Klasse von Punkten ermöglicht die Kenntnis der ganzen Kurve! Die ganze Angelegenheit lief im Kern darauf hinaus, die Kurve mittels der Geraden zu bestimmen.

Damals hießen die unendlich kleinen Größen noch *Verschwindende* und die Tangenten *Berührende*. Die beiden zentralen Begriffe. Als verschwindende Größe bestimmte Newton solche »Größen, die sich verkleinern, aber nicht bevor sie dahinschwinden oder nachdem sie dahingeschwunden sind, sondern in genau dem Moment, in dem sie dahinschwinden.« In genau dem Moment, in dem sie dahinschwinden! Das hörte sich fast an wie ein Gedicht über Hysterie.

Und die Berührende? Sie ist die Grenze einer Sekante, wenn sich die beiden Punkte M und M', an denen sie die Kurve schneidet, »einander unendlich annähern«.

Berühren ist nicht schneiden! Es ist ein leichtes Streifen. Monsieur Ruche zeichnete eine Berührende.

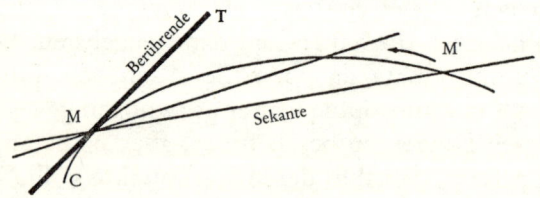

In der Mathematik war es genau umgekehrt wie im Leben: Man begann mit dem »Eindringen« der Sekante und hörte mit dem Flirt der Berührenden auf. Besser noch, der zweite Zustand war das Ergebnis der schrittweisen Aufgabe des ersten. Eine schöne Vorstellung von Erotik!

Ein Foto nach dem anderen. Fünfundzwanzig, dreißig pro Foto. Die beiden vorderen Reihen, sitzend, die beiden hinteren, stehend. Kinder, Kinder, Kinder. Wenn er wenigstens pädophil gewesen wäre! Er ertrug keine Kinder: Er war Pfadfinder gewesen. Sie sahen alle gleich aus! Sogar mit der Lupe besehen hatten sie alle dieselbe Birne. Aber keines von ihnen ähnelte dem kleinen Giftzwerg vom Flohmarkt. GGKT stand kurz vor dem Zusammenbruch. Seine Anfragen bei den Fotografen waren nicht ungehört geblieben, er ertrank in Fotos von 5. und 6. Klassen. Ein Foto nach dem anderen. Und der Chef wurde ungeduldig.

Ganz vertieft in die Differentialrechnung, fand Monsieur Ruche langsam, daß diese Himmelsrichtung seiner Windrose ihn ziemlich weit forttrug. Brauchte er wirklich dieses ganze Wissen für seine Nachforschungen, die Funktionen, Variationen, Grenzwerte, Ableitungen …? Sicher nicht. Aber dennoch. Wie sollte er wissen, wo er aufhören konnte?

Bei der Ableitung, ein Begriff, den er nicht gerade in guter Erinnerung behalten hatte, glaubte er verstanden zu haben, worum es sich handelte: Die Berechnung der unmittelbaren Variation einer Funktion. Wie der Name schon sagt, variiert eine Funktion in Abhängigkeit von der Variablen. Die Bestimmung der Variation der Funktion in einem Intervall ist einfach. Aber wie verhält es sich bei einem genau festgelegten Wert der Variablen? Das ist die der Ableitung zugedachte Rolle. Die Ermittlung der Ableitung lief darauf hinaus, die unmittelbare Variation zu

berechnen. Wie das? Ganz einfach durch die Berechnung
der Beziehung zwischen einer unendlich kleinen Veränderung der Funktion und der entsprechenden Veränderung der Variablen. Und indem man schließlich beide gegen 0 tendieren läßt.

Das war's! Er steckte fest. Es gab eine Formel für die
Definition der Ableitung f'(x) der Funktion f(x).

Wenn f(x) eine Funktion der Variablen x ist,
wird ihre Ableitung f'(x) notiert.
Δx: Variation der Variablen x
Δf: entsprechende Variation der Funktion,
also
$$f'(x) = \frac{\Delta f}{\Delta x} \text{ wenn } \Delta x \text{ gegen 0 strebt}$$
$$\text{oder } f'(x) = \lim_{\Delta x \to 0} \frac{\Delta f}{\Delta x}$$

Er verstand immer noch nicht mehr. Nur daß der Begriff
des Grenzwertes auftauchte, gefiel ihm. Gegen eine Grenze tendieren, sich so weit wie irgend möglich einer Sache
nähern, ohne sie je zu erreichen! In dieser mathematischen
Teildisziplin war auf eine ganz zauberhafte Art und Weise
von Lust die Rede ... Schon wieder eine erotische Asso-
ziation. Was war heute nur mit ihm los? Eine Wiederkehr
des Feuers, eine Lustanwandlung! War das der Frühling,
oder was? Es war der Frühling. Der Kalender zeigte den
22. März. Oh, gerade mal ein Tag ...

Monsieur Ruche war fröhlich. Er wußte nicht, warum
diese unendlich kleinen Größen, diese Unteilbaren, die
Berührenden eine so anregende Wirkung auf ihn ausübten.
Eine Frage des Blicks.

Neben dem »differentiellen Denken« war auch ein »in-
tegraler Blick« entstanden. Wenn die Mathematiker des

17. Jahrhunderts eine ebene Fläche betrachteten, sahen sie darin nicht ein festes Ganzes, sondern die Gesamtheit der in ihr enthaltenen Strecken, die sie, alle aneinandergefügt, vollständig ausfüllten.

Das erinnerte ihn an etwas. Alamut! Kurz bevor die Zwillinge in die Skiferien aufbrachen. Als Hassan al-Sabbah in Alamut eintraf, hatte er eine Schaf- oder Rinderhaut ausgebreitet und dem Kommandanten der Festung angeboten, ihm 5 000 Goldstücke zu geben, wenn er ihm so viel Grund überließe, wie er mit dieser Haut eingrenzen konnte.

Anstatt die Haut einfach auf dem Boden auszubreiten, zerschnitt Hassan sie in feine Streifen, die er aneinanderband, um daraus ein Seil zu machen. Genau wie Cavalieri hatte er die Fläche der Haut in eine Vielzahl von Linien zerschnitten! Je feiner die Streifen waren, um so länger wurde das Seil und um so größer die damit einzugrenzende Fläche. Auf diese Weise hat Hassan al-Sabbah die uneinnehmbare Festung Alamut nicht mit Waffengewalt erobert, sondern mit Hilfe der Integralrechnung.

Hm ... Monsieur Ruche sah ein, daß der Vergleich ganz schön hinkte. Sei's drum. Er verließ Hassan und widmete sich wieder dem »integralen Blick«. Für diesen war die Fläche einer Figur eine Summe. Aber eine ganz besondere Summe. Eine fast unendliche »Summe« von »Linien«, die alle eine Fläche von fast gleich null haben! Monsieur Ruche wiederholte den Satz noch einmal: Eine fast unendliche »Summe« von »Linien«, die alle eine Fläche von fast gleich null haben.

Nun ging es darum, herauszufinden, was die »Summe« unendlich vieler und zudem noch unendlich kleiner Elemente sein mochte.

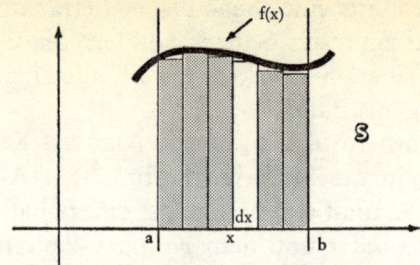

Eine merkwürdige Operation, diese Addition, bei der keine endliche Zahl endlicher Größen addiert wurde, sondern »unendlich« viele unendlich kleine Elemente. Und bei der am Ende eine endliche Größe herauskommt. Diese neue Form der Summenbildung ist die Integration.

Monsieur Ruche spürte das Bedürfnis, Bilanz zu ziehen. Nachdem er einen Augenblick lang nachgedacht hatte, sagte er sich, daß die Integration letztlich darauf hinauslief, unendlich viele »Winzigkeiten« zu addieren, wobei am Ende etwas genau Definiertes herauskommt. Er dachte, ein gutes Stück vorangekommen zu sein.

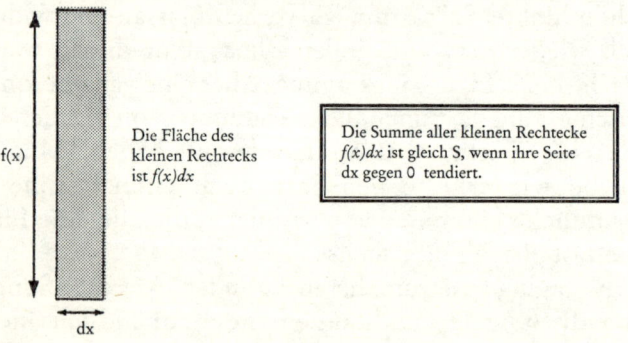

Die Fläche des kleinen Rechtecks ist $f(x)dx$

Die Summe aller kleinen Rechtecke $f(x)dx$ ist gleich S, wenn ihre Seite dx gegen 0 tendiert.

Leibniz stellte diese Summenbildung mit Hilfe des Symbols Σ dar: das Zeichen des Integrals, der Summe einer

unendlichen Menge unendlich kleiner Rechtecke, deren
Gesamtfläche die Fläche der Figur ist.

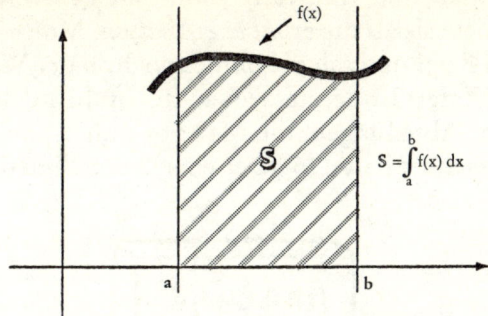

$$S = \int\limits_{a}^{b} f(x)\, dx$$

Wozu diente das alles? Nicht außerhalb der Mathematik,
denn Monsieur erinnerte sich nur zu gut sowohl an die
Frage, die ein Schüler Euklids gestellt hatte, als auch an die
der »dummen Gans« in der Bar-Tabac an der Sorbonne.
Nein, er wollte wissen, wozu das alles *innerhalb der Mathematik* diente!

Im normalen Leben bedeutet rektifizieren soviel wie
»korrigieren«, »richtigstellen«. In der Mathematik bedeutet es begradigen. Und wenn eine Kurve begradigt ist,
vorausgesetzt, sie ist endlich, dann läßt sich ihre Länge
berechnen.

Monsieur Ruche bekam also seine Antwort: Das alles
diente der Rektifizierung von Kurven, der Quadratur von
Flächen, der Kubatur von Körpern. Das heißt der Berechnung einer Länge, einer Fläche, eines Volumens.

Es wurde »quadriert« wie nie zuvor! Die Spirale des
Archimedes, Parabeln, Hyperbeln, Zykloiden … Was für
ein unglaublicher Weg, der seit der Quadratur der Möndchen des Hippokrates von Chios zurückgelegt worden war!
Aber auch was für ein ungeheurer Zeitraum: 2 000 Jahre!

Neben der Geometrie und der Algebra, den »alten« mathematischen Teildisziplinen, stand jetzt in ihrer ganzen Schönheit die junge *Analysis,* eine neue Disziplin, die die Differential- und Integralrechnung in sich vereint. Man bezeichnete sie als die *erhabene Analysis.* Monsieur Ruche hob den Kopf und sah die immer noch an der Wand angebrachte Tafel. Er setzte seinen Rollstuhl in Bewegung. Den acht Abteilungen, die Max vor nun schon so langer Zeit gezeichnet hatte, fügte er eine neunte hinzu:

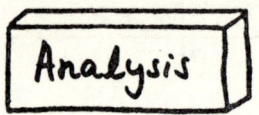

Hier traten die beiden eigentlichen Begründer der Analysis auf den Plan. N und L, Newton und Leibniz, die beiden verfeindeten Brüder, die sich in Streitigkeiten um Anerkennung und Autorität zerfleischten. Ihnen verdanken wir zwei ganz wesentliche Erkenntnisse.

Die erste: Sie fanden heraus, daß die beiden unterschiedlichen Richtungen, die bisher die Arbeit der Mathematiker geprägt hatten, Bestimmung der Tangenten und Flächenberechnung, in Wahrheit die beiden Seiten einer Medaille waren und man vom einen zum anderen wechseln konnte. Ausgehend von den Tangenten, konnte man zur Kurve, und ausgehend von der abgeleiteten Funktion zur Funktion, deren Ableitung sie war, vordringen. Eine Rektifikation war auf eine Quadratur zurückgeführt worden! Wenn die Griechen das sehen würden!

In der Welt der Mathematiker kam dies einer Offenbarung gleich. Mit ein und demselben Werkzeug ließen sich derlei unterschiedliche Operationen durchführen wie die

Berechnung der Länge einer Kurve, die Bestimmung der Fläche einer Figur, die Berechnung eines Körpervolumens, die Festlegung des Gravitationszentrums einer Figur, die Lokalisierung der Minima und Maxima einer Kurve, die Determination der Tangenten und die Beschreibung der Geschwindigkeiten und Beschleunigungen! Eine Art Universalwerkzeug, das vor allem jene begeisterte, die sich mit Physik beschäftigten. Die Variationen jeder Art von Erscheinungen sollten künftig mit Hilfe dieser Technik analysiert werden können. Das Tor zur Erkenntnis physikalischer Phänomene öffnete sich weit. Sowohl die Physik als auch die Mechanik hatten ihr Werkzeug gefunden! Und hierbei handelte es sich um ein mathematisches Werkzeug.

Folge: Die nur allzuoft von der Mathematik ausgeschlossene »Bewegung« hielt großen Einzug. Ende des 17. Jahrhunderts geriet die starre Welt der Figuren des antiken Griechenland in Bewegung. Man vollzog den Übergang von der Fotografie zum Kino.

Die zweite: »N und L« machten aus diesem neuen Arbeitsgebiet eine mit Regeln versehene »Rechnung«: die *Infinitesimalrechnung.* Die Ableitung wurde eine Rechenoperation. Eine neue Form der Operation, die sich nicht mehr mit Zahlen beschäftigte, sondern mit variablen Größen, die von Kurven abhingen. Eine Operation, die mit einem systematischen Algorithmus durchführbar war.

Nach den vielen Jahrhunderten, in denen die Welt nur über die vier Grundrechenarten der Arithmetik und das Ziehen von Wurzeln verfügte, erschienen innerhalb eines Zeitraums von nur wenigen Jahren die *Differentiation* und die *Integration.* So wie die bis dahin bekannten Operationen immer entgegengesetzte Paare bildeten – Addition/Subtraktion, Multiplikation/Division, Erhebung zum

Quadrat/Quadratwurzel –, verhielt es sich auch beim neuen Duo Differentiation und Integration, denn die eine war das Gegenteil der anderen. Allerdings besaß erstere Priorität gegenüber der zweiten.

Offenbar war Newton bei seiner Geburt so klein, daß er in ein 1-Liter-Gefäß paßte. Mit zehn Jahren baute er Drachen, an denen er Leuchtlaternen anbrachte. Die Dorfbewohner liefen nachts erschrocken davon, weil sie glaubten, brennende Fledermäuse fliegen zu sehen.

Mit für ihn ungewohnter Sorgfalt hatte Grosrouvre zwei Sätze notiert.

Der erste stammte von Newton:

> Die Umstände meiner Geburt sind mir unbekannt; ich selbst bilde mir ein, nichts anderes als ein ganz gewöhnlicher Junge gewesen zu sein, der am Flußufer spielte und sich darüber freute, wenn er von Zeit zu Zeit einen glänzenden Kieselstein oder eine Muschel fand, die schöner war als gewöhnlich; vor mir erstreckte sich der große Ozean des Wissens, und ich war ahnungslos.

Der zweite stammte von Pascal:

> Diejenigen, die die Wahrheit der Geometrie der Indivisiblen klar erkennen, können die Größe und die Macht der Natur in jener uns überall umgebenden zweifachen Unendlichkeit bewundern und sich mit Hilfe dieser wunderbaren Anschauung besser kennenlernen, indem sie entdecken, daß sie zwischen der Unendlichkeit und dem Nichts von Flächen, der Unendlichkeit und dem Nichts von Zahlen, der Unendlichkeit und dem Nichts von Bewegung, der Unendlichkeit und dein Nichts von Zeit stehen. Dies mag den Menschen lehren, sich angemessen einzuschätzen und Überlegungen zu formulieren, die mehr Wert sind als die ganze übrige Geometrie.

Zwischen Unendlichkeit und dem Nichts! Die Arme ausbreiten. Mit der Hand die andere berühren, mit der anderen über die eine fahren. Lange Zeit hatte Monsieur Ruche das Rauschen der Wellen im Kopf ... Dann kam die große Flut, und er vergaß alles. Er schlief in seinem Rollstuhl mitten in der BAU ein. Die ganze Nacht lief er barfuß über den Kieselstrand.

19. KAPITEL

Die Windrose

Am Ausgang der Metrostation hielt ihr ein mit einem langen Gewand bekleideter großer Schwarzer einen Werbezettel hin. Keinen großen Zettel, sondern eine kleine, diskrete Karte.

> Großes Medium – Monsieur SIMAKHA –
> Großer Hellseher
> Verfügt über außergewöhnliche, vererbte Gaben

Es folgte ein ganz kleingedruckter Text:

> Für jedes Problem gibt es eine Lösung.

Léa steckte die Karte in die Gesäßtasche ihrer Jeans, während sie zu dem Café in der Rue Lepic ging, in dem Max und sie die Gleichung von Monsieur Ruche über das Alter der Liard-Kinder gelöst hatten.

»Ich weiß zwei oder drei Dinge über sie«, erklärte Jonathan und setzte sich auf der Terrasse des Cafés Léa gegenüber.

»Wer, sie?‹

»Die Wahrscheinlichkeitsrechnung! Du hast wohl vergessen, daß wir eine Richtung zu bearbeiten haben, und dein Abstecher ins CNAM hat uns nicht unbedingt weitergebracht. Also: Eine Wahrscheinlichkeit liegt immer zwischen 0 und 1. Wahrscheinlicher als 1, das wäre weißer als weiß! Weniger wahrscheinlich als 0, das wäre unmöglicher als unmöglich! In der Wahrscheinlichkeitsrechnung ist 0 der mathematische Ausdruck für das Unmögliche, 1 für die Gewißheit. Dazwischen liegen alle Grade der Wahrscheinlichkeit. Soviel ich verstanden habe, besteht das Anliegen der Wahrscheinlichkeitstheorie darin, ›die Wahrscheinlichkeit zu mathematisieren‹, wie die Mathematiker es nennen. Pascal bezeichnete sie als die *Geometrie des Zufalls:* die Verknüpfung der Strenge der geometrischen Beweise mit der Unsicherheit des Zufalls!«

»Schwachsinn«, entfuhr es Léa. Sie zog ein schiefes Gesicht. »Den Zufall der Strenge unterwerfen! Das ist, als wollte man einem Vogel die Flügel stutzen.«

»An wen denkst du?«

»Ich frage mich schon lange, wie hoch die Wahrscheinlichkeit gewesen sein mag, daß Max in einem alten Flohmarktschuppen Nofutur begegnet.«

»Jedenfalls keine Wahrscheinlichkeit null. Und hast du dich auch gefragt, wie groß die Wahrscheinlichkeit für uns war, als Zwillinge geboren zu werden?«

»Oh, ja!«

Léa hatte es sich auf ihrem Stuhl gemütlich gemacht und hörte Jonathan zu. Er schien gut vorbereitet zu sein. Er hatte »geschuftet«, wie er sich auszudrücken pflegte. Er redete sehr eindringlich. Sie hörte jetzt aufmerksamer zu und fand sich ins 17. Jahrhundert zurückversetzt, wo sie gebannt ein heftiges Streitgespräch zwischen Pascal und seinem Nachbarn, dem Chevalier de Méré, verfolgte, einem unverbesserlichen Spieler. Bei einer Rast, während die Pferde gewechselt wurden, überredete Méré Pascal zu einem Würfelspiel. Die Abfahrt der Kutsche unterbrach sie mitten im Spiel. Was sollte mit den Einsätzen geschehen? Sie zu gleichen Teilen untereinander aufteilen, natürlich. Aber wie sollte das bewerkstelligt werden? Gleich nach der Ankunft schrieb Pascal an Fermat, um ihm das *Problem der Teile* darzustellen. Unterbrochene Spiele hat es vor ihrem schon unzählige gegeben. Vor allem Tartaglia und Cardano hatten darüber geschrieben.

»Ein Spiel zwischen den beiden, das wird was gewesen sein! Tartaglia, der seine Karten verdeckt hielt, und Cardano, der wollte, daß er sie aufdeckte!«

»Ich muß ehrlich zugeben, daß ich mir nicht ganz sicher bin, ob es sich tatsächlich so abgespielt hat, wie ich es dir erzählt habe«, gestand Jonathan. »Wie dem auch sei, Pascal und Fermat tauschten mehrere Briefe zu diesem Thema aus. In diesen Briefen skizzierten sie die Grundlagen der Wahrscheinlichkeitsrechnung. Pascal beschäftigte sich ebenfalls mit der *Kombinatorik,* in der die verschiedenen Formen untersucht werden, in denen eine Anzahl von Größen angeordnet und in Gruppen zusammengefaßt wird, ohne daß man sie wie ein Bauerntölpel einzeln zusammenzählt. Das *Pascal'sche Dreieck,* das wir in diesem Jahr in der Schule behandelt haben, spare ich mir … Ah, ich habe die Definition vergessen: ›Die Wahrscheinlichkeit eines Ereignisses ist die Zahl der günstigen geteilt durch die Zahl der möglichen Ausfälle.‹«

»Du meinst also, als Zwilling geboren zu sein, ist ein günstiger Fall …«

»Ich neige stark dazu, das zu denken. Warte ab, wie es weitergeht.«

Der Kellner, der sie bisher nicht bedient hatte, trat an ihren Tisch heran. Jonathan bestellte eine Milch, wegen des »weißer als weiß«, Léa einen Kaffee.

»Nachdem sie uns viel Spaß mit ihren Spielen bereitet haben«, fuhr Jonathan fort und überflog seine Notizen, »mit Karten, Würfeln, Roulette, weißen Kugeln in schwarzen Säcken, schwarzen Kugeln in weißen Säcken, haben sich die Leute, die sich für Wahrscheinlichkeitsrechnung interessierten, mit ernsthafteren Dingen beschäftigt. Stell dir mal vor, sie haben sogar Tabellen zur Lebenserwartung der Menschen erstellt. Sie haben mathematisch die Lebenserwartung einer willkürlich ausgewählten Person errechnet. Und die Wahrscheinlichkeit des Zusammenlebens von Menschen.«

»Hm.« Léa setzte ein nachdenkliches Gesicht auf. »Wir sind gleich alt, haben dieselben Eltern, wir haben dieselben Krankheiten, wir haben immer am selben Ort gelebt, also haben wir dieselbe Lebenserwartung.«

»Und was ist mit Unfällen?«

»Unfälle zählen nicht. Demnach«, fuhr sie fort, »ist die wahrscheinliche Größe unseres Zusammenlebens gleich 1. Wenn wir gleichaltrig sterben, haben wir das ganze Leben zusammengelebt.

Das ist doch eine gute Neuigkeit, oder?«

»Von friedlichem Zusammenleben war aber nicht die Rede.«

»Das würde auch gerade noch fehlen! Das wäre ja der Tod!« rief Léa.

»Genau. Eines der ersten Betätigungsfelder der Wahrscheinlichkeitsrechnung war die Erstellung von *Sterbetabellen.*«

»Erst Fortpflanzungstabellen, dann Verwesungstabellen.«

»Mir gefällt es, wie gewählt du Dinge auszusprechen verstehst. In Wahrheit bist du die Poetin.«

Der Kellner brachte die Milch und den Kaffee. Léa zeigte zuerst auf den Kaffee, dann auf die Milch:

»Schwarz: unmöglich. Weiß: sicher.«

Dann mit einer unbestimmten Handbewegung:

»Zwischen den beiden die ganze Bandbreite an Milchkaffees, die allem Anschein nach schlecht für den Magen sind.«

Jonathan blätterte seine Aufzeichnungen durch. Wie wollte er sich da nur zurechtfinden? Ein Wunder.

»Monsieur Ruche hat uns schon von den diversen Bernoulli berichtet, auf die man ständig und überall stößt. In einem Zeitraum von weniger als zwei Jahrhunderten gab es zehn! Fast alle Mathematiker! Innerhalb der Familie herrschte aber alles andere als Harmonie. Zwischen Jakob, dem ältesten, und Johann, dem jüngsten, herrschte blanker Haß! ›Kain und Abel der Mathematik‹, die sich ihr ganzes Leben lang heftig befehdet haben. Wenn sie gemeinsam an einer Sitzung der Akademie teilnahmen, kam es fast immer zu Handgreiflichkeiten. Ihre Kollegen schritten ein, um die Streithähne zu trennen.

Jakob Bernoulli hat in seinem Buch *Ars conjectandi,* also die Kunst der Mutmaßung, des Ratens, die Grundlagen für die Wahrscheinlichkeitsrechnung geschaffen. Er starb, als er gerade am letzten Teil seines Buchs arbeitete. Genau wie Tartaglia.«

»Aus den Tabellen ging das natürlich nicht hervor!«

»Genausowenig wie die Entdeckung des Manuskripts durch einen anderen Bernoulli mehrere Jahre nach Jakobs Tod. Als das Buch erschien, schlug es ein wie eine Bombe.« Dann sagte er unversehens mit einem fürchterlichen Akzent: »*stokhasticos,* ›die Kunst des Speerwerfens. Wissen, wie man das Ziel erreicht‹.«

Sie sah ihn an.

»Ich kann auch meinen Ruche geben! Für Bernoulli ist die Kunst der Mutmaßung die Stochastik: Die Kunst zu wissen, wie man, genau wie beim Speerwurf, ein angepeiltes Ziel trifft. Wie läßt sich das Ungewisse abwägen? Nach welchen Kriterien entscheidet man sich für das eine oder das andere, wenn man sich in einer ungewissen Situation befindet? Ist doch ganz einfach. Wenn man es nicht weiß, geht man nicht los!«

Jonathan lachte laut los:

»Nur daß es für Bernoulli unumstößlich feststeht, daß man alles weiß!

Und wenn man nicht alles weiß, dann funktioniert unsere Birne nicht richtig. Die Unsicherheit ist nicht in den Dingen begründet, sondern in unserem Kopf: Unsicherheit ist eine Unkenntnis. Er drückt es folgendermaßen aus: ›Das Wetter des folgenden Tages kann nur sein, was es wirklich ist.‹«

»Das klingt wie die Wettervorhersage vor 250 Jahren! Also gibt es keinen Zufall!«

Sie zog die Karte von Monsieur Simakha aus der Gesäßtasche ihrer Jeans und las in theatralischem Ton: »*Großes Medium. Großer Hellseher. Für jedes Problem gibt es eine Lösung. Auf alle Fragen gibt es eine Antwort!*«

»Genau das behauptet auch Bernoulli. Sein Ziel ist, ich zitiere: ›Die Entdeckung der allgemeinen Gesetze, die das bestimmen, was die Menschen in ihrer Unkenntnis des Zusammenhangs von Ursache und Wirkung als Glück oder Schicksal bezeichnen.‹«

»Und was ist mit meinen plötzlichen Gelüsten? Meinem unvorhersehbaren Begehren? Mit meinen Schrullen? Meinen …«, vor lauter Wut stotterte sie. »Und die Freiheit?« rief sie schließlich. Sie stieß ihren Kaffee um, den sie vollkommen vergessen hatte. »Kein Zufall?« Auf ihrer Jeans war ein riesiger Kaffeefleck. »Ich hasse diese Weltsicht. Als Max im Schuppen auf dem Flohmarkt Nofutur begegnete, war das vorhersehbar! Es war ausgeschlossen, daß er ihm nicht begegnete! Und für Nofutur gilt dasselbe! Sie waren seit jeher dazu verurteilt, sich genau dort zu genau diesem Zeitpunkt zu begegnen!

Die Flugbahn zweier Geschosse!

Das ist menschliche Ballistik!

Wie der Speer deiner Stoch…«

»*Stokhasticos.* Wir sind nicht viel, meine Alte«, wimmerte Jonathan.

Léa richtete sich auf:

»Ja, aber wir sind nicht nichts! Ansonsten würde nämlich gar nichts passieren. Nicht einmal das Vorhersehbare. Keine Chance, den Kaffeefleck auf meiner Jeans zu vermeiden, und ich versuche wie eine Wahnsinnige, ihn mir zu ersparen!«

Jonathan nahm den Kassenzettel und zeichnete eine Spirale:

»Erinnert dich das nicht an etwas? Die *logarithmische Spirale.* Eine der Erfindungen von Jakob Bernoulli; er war darauf so stolz, daß er sie, ergänzt um folgende Inschrift, auf seinem Grabstein eingraviert haben wollte: ›In mich selbst verwandelt, erstehe ich wieder auf.‹«

Jonathan ergänzte die Zeichnung. »Diese Spirale ist ungeheuer berühmt geworden. Weißt du, wo man sie findet? Auf dem Bauch von Vater Ubu.«

Nicht alle Himmelsrichtungen sind gleichermaßen wichtig; diejenigen, die einen Weg suchen, wissen das. Der Norden. Es gibt nichts Besseres, um sich nicht zu verirren. In der Windrose von πR Fernrat bedeutete er:

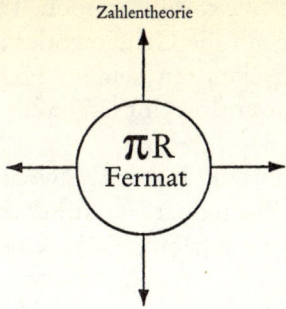

Monsieur Ruche brach in Richtung Norden auf, die Himmelsrichtung, die er nach dem Willen Grosrouvres als letztes erkunden sollte. Dieser hatte nämlich die Karteikarten zur Zahlentheorie in den *Gesammelten Werken* Fermats hinter all den anderen eingeordnet.

In der Mathematik sind die »guten« Fragen in der Regel solche, die einfach formuliert sind, deren Lösung sich aber als außerordentlich schwierig erweist. Je größer der Abstand zwischen der Schlichtheit der Formulierung und der Komplexität der Lösung, um so »besser« ist die Frage. In diesem Sinne ist die Zahlentheorie eine wahre Fundgrube guter Probleme!

Und in der Zahlentheorie ist Fermat unbestreitbar der Beste! Weder Pascal noch Descartes, noch irgendein anderer zeitgenössischer Mathematiker erzielte auf diesem Gebiet Ergebnisse, die mit den seinen vergleichbar gewesen wären.

Es geht um die Suche nach den Eigenheiten der Zahlen. Auf der Grundlage der Unterscheidung zwischen geraden und ungeraden Zahlen, Primzahlen und zusammengesetzten Zahlen lautet die Frage, wie eine Zahl als Summe von Quadraten oder Kuben darzustellen ist. Wie viele Quadrate, wie viele Kuben?

N.B. Seit einiger Zeit sind die Primzahlen für Verschlüsselungen und Kodis ungeheuer wichtig geworden. Die meisten modernen Kodierungen basieren auf den Eigenschaften von Primzahlen.

Monsieur Ruche zuckte zusammen. Das war deutlich! Grosrouvre zielte auf die Geheimcodes ab. Er mußte sein Gedächtnis auffrischen! In seinem Heft fand Monsieur Ruche wieder, was er dort vor längerem notiert hatte:

Eine Zahl ist dann eine *Primzahl*, wenn sie nur durch 1 und durch sich selbst teilbar ist. Außer der Zahl 2 sind alle anderen Primzahlen ungerade: 3, 5, 7, 11, 13, 17, 19, 23 …

Daraus folgten zwei Ergebnisse:

- Jede ganze Zahl läßt sich in genau ein Produkt aus Primfaktoren zerlegen.
- Wenn eine Primzahl das Produkt *ab* teilt, teilt sie entweder *a* oder *b*. (Das heißt, eine Primzahl kann kein Produkt teilen, ohne einen der beiden Faktoren zu teilen. Das Interessante daran: Eine Teilbarkeit bedingt eine zweite.)

Klar, prägnant, diese Notizen! Waren das die Eigenschaften, die Grosrouvre in bezug auf die Kodierung im Sinn hatte?

Ein Geräusch im Hof lenkte ihn ab. Nofutur flog beharrlich vor der Fensterfront hin und her. Monsieur Ruche rollte zur Tür und ließ Nofutur herein, der sich auf seine Stange setzte. Es war das erste Mal, daß er von sich aus in die BAU wollte.

Da Monsieur Ruche nicht wußte, wie er in der Frage der Kodierung vorankommen sollte, beschloß er, die Karteikarte weiterzulesen. Grosrouvre zitierte eine Liste mit Ergebnissen von Fermat, der er folgende Anmerkung des Autors voranstellte:

Das ist, grob gefaßt, das Ergebnis meiner Überlegungen zu den Zahlen. Ich habe es nur deshalb schriftlich festgehalten, weil ich fürchte, daß mir die Muße fehlt, die entsprechenden Beweise und Verfahren ausführlicher und erschöpfender darzulegen; in jedem Fall wird dieser Hinweis den Gelehrten dabei behilflich sein, selbst herauszufinden, was ich nicht verstehe.

Jede ganze Zahl ist entweder ein Quadrat oder eine Summe aus zwei, drei oder vier Quadraten. Und noch allgemeiner gilt, daß jede ganze Zahl die Summe aus drei dreieckigen Zahlen, vier Quadratzahlen, fünf fünfeckigen Zahlen usw. ist.

Etwas weiter unten gab Grosrouvre dessen berühmten »Satz der zwei Quadratzahlen« wieder.

Die Primzahlen (außer 2) lassen sich in zwei Gruppen unterteilen:
- Die erste Gruppe: 5, 13, 17, 29 ... besteht aus Zahlen, deren Division durch 4 immer 1 als Rest ergibt (man kann sie 4k + 1 schreiben).
- Die zweite Gruppe: 3, 7, 11, 19, 23 ... besteht aus Zahlen, deren Division durch 4 immer 3 als Rest ergibt (man kann sie 4k + 3 schreiben).

Er fährt fort, indem er ausführt:
1. Alle Zahlen der ersten Gruppe lassen sich als die Summe zweier Quadrate darstellen, und das auf nur eine Weise,
2. Bei keiner Zahl der zweiten Gruppe ist das möglich. Beispiel: Wenn $k = 3$, dann gilt für die Primzahl $4 \times 3 + 1 = 13 = 2^2 + 3^2$.

Darüber dachte also ein Parlamentsrat von Toulouse mitten im 17. Jahrhundert nach! Und worüber denken die Abgeordneten im Europaparlament heute nach? fragte sich Monsieur Ruche. Denken sie überhaupt nach? Fermats Auflistung seiner Ergebnisse zu den Zahlen war beeindruckend.

Dann bewies Fermat seinen berühmten »kleinen Satz«. Ist p eine Primzahl und a nicht durch p teilbar, so gilt $a^{p-1} \equiv 1$ (modulo p).

Er hat auch bewiesen, daß kein rechtwinkliges Dreieck ein Quadrat zur Fläche hat. Einen Großteil dieser vielen Ergebnisse verdankte Fermat der Methode des *unbeschränkten Abstiegs*.

Ein hübscher Name für dieses von Fermat entwickelte Verfahren: Will man beweisen, daß es für ein Problem keine Lösung mit ganzen Zahlen gibt, dann zeigt man, daß es zu jeder Primzahl eine kleinere Primzahl mit dieser Eigenschaft geben müßte, hatte Grosrouvre notiert. »In Ordnung, aber was beweist das?« fragte sich Monsieur Ruche. »Selbstverständlich gibt es nur eine begrenzte Anzahl ganzer Zahlen, die kleiner sind als eine gegebene ganze Zahl. Das heißt natürlich, daß es keinen unbeschränkten Abstieg gibt!«

Wenn eine Treppe im Erdgeschoß endet und man diese Treppe Stufe für Stufe hinuntergeht, kommt der Moment – und zwar dann, wenn man das Erdgeschoß erreicht –, in dem man nicht mehr weiter hinuntergehen kann. Fermats Hypothese jedoch zwingt uns dazu, immer weiter hinunterzugehen. Widerspruch! Folglich ist die Hypothese falsch. Demnach gibt es keine Zahl, die die fragliche Eigenschaft besitzt. *Quod erat demonstrandum.* Monsieur Ruche gefiel diese feinsinnige Mischung aus einem apagogischen und einem gegen den Strich gelesenen Beweis.

Alle Karteikarten zu Fermat trugen einen Titel, was bei den bisherigen Autoren nicht der Fall war. Vielleicht lag das ja daran, daß sich Fermats Arbeiten zu ein und demselben Thema über alle fünf Bände der *Gesammelten Werke* verteilten, so daß Grosrouvre selbst dessen Überlegungen zusammenfassen mußte.

Der großgeschriebene Titel der folgenden Karte lautete:

Entstehung der Fermatschen Vermutung

Es war soweit! Er hatte die Hand im Schlangennest. Monsieur Ruche traute sich nicht allein weiter. Was folgte, hatte zuviel mit einem der beiden von Grosrouvre gelösten Probleme zu tun. Der Zeitpunkt für eine Vollversammlung war gekommen.

Aber er konnte seiner Neugierde nicht widerstehen.

Alles beginnt mit Diophant.

Ein Freund von Fermat, Bachet de Méziriac, hatte die sechs Bücher der *Arithmetica* des Diophant ins Lateinische übersetzt und herausgegeben. Er schenkte ihm eine Ausgabe. Fermat war sogleich Feuer und Flamme! Ihn begeisterten die Fragestellungen des alten Mathematikers aus Alexandria.

Diophantische Gleichungen. Sie stellen sich in folgender Form dar:

$$P\,(x,t,z) = 0,$$

wobei P ein Polynom mit mehreren Variablen ist, dessen Koeffizienten ganze oder rationale Zahlen sind. Gleichungen, deren Lösungen man nur unter den ganzen oder rationalen Zahlen sucht (die irrationalen Zahlen werden ausgeschlossen). Die ganze Schwierigkeit besteht in diesen Einschränkungen.

Obwohl es unendlich viele ganze Zahlen gibt, stellen sie nur einen verschwindend kleinen Teil in der Gesamtheit der Zahlen dar. Je kleiner die Klasse ist, in der man nach Lösungen sucht, um so geringer die Aussicht, welche zu finden!

Fermat notierte auf jeder einzelnen Seite Anmerkungen. Hier waren es Bemerkungen, da bisher unbekannte Ergebnisse … Aber alles ohne Beweise!

»Das ist ja wunderbar!« murmelte Monsieur Ruche. »Aber warum müssen sie Bücher vollschmieren? Können sie sich keine Hefte leisten? Grosrouvre wird das nicht sonderlich stören, weil er ja selbst fleißig Stellen in jahrhundertealten Büchern ankreuzt.« Monsieur Ruche fiel auf, daß er über seinen Freund in der Gegenwart sprach. Tatsächlich war Elgar seit einiger Zeit allgegenwärtig; er lebte mit ihm zusammen und bestimmte gewissermaßen seinen Tagesablauf. Solange der Dichter den Held besingt, ist er lebendig. Verklingen jedoch die Oden, beginnen das Vergessen und der eigentliche Tod, sagten die Griechen. So gesehen war Grosrouvre in den vergangenen fünfzig Jahren nie lebendiger als jetzt.

Zwei Tage nachdem er ein Plädoyer in einem Prozeß gehalten hat, von dem nicht bekannt ist, ob er ihn gewonnen oder verloren hat, starb Fermat. Weil er fürchtete, seine Entdeckungen könnten verlorengehen, hatte er kurz zuvor seine Mathematikerfreunde gebeten, diese zu sammeln – es handelte sich vor allem um Korrespondenzen –, um sie dann zu veröffentlichen. Manche machten sich an die Arbeit, gaben aber angesichts der riesigen Herausforderung das Vorhaben wieder auf. Sein Sohn Samuel übernahm schließlich die Aufgabe. Er veröffentlichte alles, was sein Vater geschrieben hatte. Oder beinahe fast alles.

Die schönsten Ergebnisse der Zahlentheorie waren nie zuvor veröffentlicht worden. Samuel hatte die gute Idee, die Anmerkungen seines Vaters in der Diophant-Übersetzung von Bachet zusammenzufassen. Im 2. Buch neben dem Problem 8: »Eine gegebene Quadratzahl in zwei Quadratzahlen zerlegen«, hatte Fermat an den Rand geschrieben:

Einen Kubus in zwei andere Kuben oder eine vierte Potenz oder allgemein irgendeine Potenz in zwei Potenzen derselben Ordnung zu zerlegen, ist, außer für die Potenz 2, unmöglich.

Und (ebenfalls am Rand!) hatte er noch hinzugefügt:

Ich habe einen wirklich wunderbaren Beweis hierfür gefunden, aber leider ist der Rand zu schmal, um ihn aufzuschreiben.

Monsieur Ruche konnte sich den Gedanken nicht verkneifen, daß der Seitenrand nicht zu schmal gewesen wäre, hätte Fermat nicht sein Buch vollgekritzelt. Auf einem normalen Blatt Papier hätte er allen Platz der Welt gehabt, um seinen Beweis in allen Einzelheiten niederzuschreiben. Mehr hätte es nicht bedurft!

Wie, mehr hätte es nicht bedurft? Als er die Geschichte und seine Überlegungen dazu nach dem Abendessen der versammelten Familie erzählte, hagelte es sofort Proteste.

»Hätte er genügend Platz gehabt, würde es keine Geschichte geben. Kein Geheimnis«, erklärte Jonathan.

»Und was hätte Ihr Freund mitten im Urwald gemacht?« fragte Léa.

»Sie wissen doch ganz genau, Monsieur Ruche, daß Mythen immer dann entstehen, wenn etwas nicht funktioniert. Ein Rand ist zu schmal, ein Fluß zu breit, ein Finger zu dünn, eine Tür verschlossen ...«

Jonathan-und-Léa hielten den Atem an, und sie fragten sich, ob sie es aussprechen würde. Ob sie sagen würde: »Ein Kanaldeckel fehlt.« Sie brauchte es gar nicht zu tun. Es war, als hätte sie es ausgesprochen.

Léa drehte sich abrupt um. Wie bei einer Vollversammlung in der Schule rief sie:

»Ich stelle folgenden Antrag: Es ist ein Glücksfall, daß der Rand im Buch von Bachet de ... de wie? ...«

»de Méziriac«, erinnerte Monsieur Ruche mit leicht verkniffener Miene.

»Daß der Buchrand von Bachet de Méziriac zu schmal gewesen ist. Wer ist dafür?«

Hätte die Abstimmung stattgefunden, wäre folgendes passiert: Perrette hätte den Arm gehoben. Léa und Jonathan ebenfalls.

Max hätte beide Arme gehoben, so einverstanden war er. Monsieur Ruche hätte vielleicht auch den Arm gehoben, aber er konnte seine Meinung nicht so schnell ändern. Er hätte sich enthalten. Nofutur hätte nicht an der Abstimmung teilgenommen. Der Antrag wäre angenommen worden.

»Gide hat *Die schmale Pforte* geschrieben, und Fermat hat auf dem schmalen Rand geschrieben«, erkühnte sich Léa zu sagen.

Jonathan pfiff.

»Da merkt man, daß unsere Léa in einer Buchhandlung aufgewachsen ist.«

Perrette machte Nägel mit Köpfen.

»Weil der Rand so schmal gewesen ist, hat sich also Ihrem Freund Grosrouvre die Möglichkeit geboten, die Fermatsche Vermutung zu beweisen.«

»Mutter, darf ich mir erlauben, anzumerken: Ihm hat sich die Möglichkeit geboten zu glauben, sie bewiesen zu haben. Wenn er in dem an Monsieur Ruche gerichteten Brief behauptet hat, sie bewiesen zu haben, dann beweist das noch nicht, daß er es auch tatsächlich getan hat. Es belegt nur, daß er glaubte, sie bewiesen zu haben.«

Perrette kniff die Augen zusammen, sah Jonathan eindringlich an:

»Und was wäre dir lieber? Daß er sie bewiesen hat oder nicht?«

Die Augen auf Jonathan gerichtet, schwiegen alle. Er antwortete auf Perrettes Frage:

»Mir wäre es lieber, er hätte sie nicht bewiesen.«

Monsieur Ruche öffnete den Mund. Es kam kein Ton heraus. Dann fragte er fast stammelnd:

»Aber warum, warum, mein Kleiner?«

Léa antwortete:

»Er hätte seine Arbeit doch nur zu veröffentlichen brauchen, dann wüßten es alle, und basta!«

»Nun, bei mir ist es genau umgekehrt. Mir wäre es lieber, er hätte sie bewiesen«, sagte Perrette mit unterkühlter Stimme.

Jonathan beendete das eisige Schweigen, indem er ernst erklärte:

»Ob ihr es wollt oder nicht, dieses Geheimnis ist der Grund für seinen Tod.«

Monsieur Ruche verharrte stumm.

»Aber …«, sagte Max, »… wenn Grosrouvre seine Beweise nicht geheimgehalten hätte, nun, dann gäbe es keine Geschichte! Es ist genauso wie mit den Mythen von vorhin, oder?«

Max wechselte in Perrettes Lager.

»Und im übrigen«, fügte er hinzu, »braucht man nicht immer alles zu wissen.«

Max hatte jedes Wort, das gesprochen worden war, mitbekommen. Wie immer, wenn die Diskussion ernst wurde, versetzte er sich in einen Zustand höchster Konzentration. Eher der Aufnahmebereitschhaft denn der Konzentration. Mit allen Sinnen registrierte er, was ausgetauscht wurde, nahm wie niemand sonst die Empfindungen, das emotionale Engagement wahr, das die Gesprächsteilnehmer nur widerwillig zu erkennen gaben und das die Worte so oft kaschierten.

Für ihn waren Töne wie Eisberge, das, was man hörte, war nur der sichtbare Teil. Der größte Teil der Wortinhalte war unhörbar und gehörte überhaupt nicht in den Zuständigkeitsbereich des Hörbaren. Der ganze Körper war an der Aufnahme beteiligt und mußte das erfassen, was dem Ohr entging. Monsieur Ruche war diese erstaunliche Eigenschaft von Max schon manches Mal aufgefallen. Deshalb hatte er ihm auch den Spitznamen Max, der Äolier gegeben. Denn er vermutete, daß er für alle Stimmungen, alle Schwingungen empfänglich war.

Aus diesem Grund wogen die letzten Worte Maxens schwer. Er, der imstande war, alles zu erspüren, erklärte, daß er nicht alles wissen wolle. Dann fügte er hinzu:

»An irgend etwas muß man ja schließlich sterben.« Seine Augen strahlten auf eine ganz unglaubliche Weise. »Er ist an Mathematik gestorben. Was Besseres konnte ihm gar nicht passieren.

Sie sahen ihn verblüfft an. Er war noch nicht fertig. »Um ehrlich zu sein, ich habe mich lange gefragt, ob es Grosrouvre überhaupt wirklich gegeben hat, ob er nicht eine Erfindung von Monsieur Ruche war.«

»Was ist heute nur mit ihm los?« dachte Monsieur Ruche erschrocken. »Und wer hätte dann die Briefe geschrieben?« fragte Perrette.

»Beim ersten habe ich geglaubt, Monsieur Ruche hätte ihn an sich selbst geschickt. Hätte ihn uns geschickt, um genau zu sein. Er hätte damit ein Mittel gefunden, um über sich selbst zu sprechen. Denn bis zu diesem Brief wußte ich nichts über Sie, Monsieur Ruche. Und ich habe Sie auch nie gefragt. Jetzt … ist es anders: der Widerstand gegen die Deutschen, die Sorbonne, Ihr Freund …«

»Und die BAU?« fragte Perrette.

»Sie ist der Grund dafür, daß ich meine Meinung geändert habe. Als sie eintraf und ich all die Bücher gesehen habe, bestand für mich kein Zweifel mehr. Ich bin oft auf dem Flohmarkt, ich weiß genau, was Bücher wie diese kosten. Es sind wahre Schätze. Monsieur Ruche hätte nicht genug Geld, sich auch nur halb soviel davon zu kaufen, wie in das kleinste Regal passen.«

»Willst du damit sagen, daß ich arm bin?« fragte Monsieur Ruche.

»Nicht arm. Aber auch nicht so reich wie Ihr Freund.«

»Gut. Nachdem Max davon überzeugt ist, daß es Grosrouvre wirklich gegeben hat, können wir ja vielleicht wieder auf Fermat zu sprechen kommen?« schlug Perrette vor. »Wann geschah das alles eigentlich?«

Monsieur Ruche war ganz durcheinander.

»Wann? Äh … warten Sie!« Er blätterte nervös in seinem Heft herum. »Mein Gott, wo habe ich es nur? Es war um 1650.«

»Nun gut«, fuhr Perrette fort. »Seit dreihundert Jahren rankt sich, wegen eines zu schmalen Randes, ein Mythos um Fermat, und seit sechs Monaten rankt sich, wegen eines Geheimnisses, das zu bewahren er sich tief im Urwald entschlossen hatte, ein Mythos um Grosrouvre.«

»Jedem seinen Mythos«, rief Max vergnügt, so als sei er erleichtert.

»Nicht wahr, Nofutur. Und was ist mit deinem Mythos?«

Nofutur stieß eine Reihe rauher Schreie aus. Jetzt sprach er nur in Papageiensprache. Niemand verstand etwas. Dann trank er einen großen Schluck Wasser. Als wollte er gurgeln.

Perrette kam wieder auf die Fermatsche Vermutung zu sprechen und wies darauf hin, daß es sich einmal mehr um ein Ergebnis handelte, das eine Unmöglichkeit behauptete:

»Wenn ich recht verstanden habe, könnte man das, was Fermat behauptete, so ausdrücken:

›MAN KANN NICHT!‹«

»In der Tat«, bestätigte Monsieur Ruche.

»Jetzt, wo wir uns mit Viète, Descartes und *tutti quanti* beschäftigt haben, dürfen wir vielleicht die Vermutung so schreiben, wie man sie heute schreiben würde«, bemerkte Léa.

»Was kann man nicht?« beharrte Perrette.

Léa schrieb einen Satz auf ein herumliegendes Stück Papier und rahmte es anschließend ein:

> MAN KANN KEINE vier ganzen Zahlen x, y, z und n finden mit x, y, z ungleich 0 und n größer als 2, die die Gleichung
> $$x^n + y^n = z^n \text{ erfüllen.}$$

»Oder etwas eleganter«, flüsterte Jonathan. »Man kann keine Potenz in die Summe zweier gleicher Potenzen zerlegen, ausgenommen die Quadratzahlen. Es ist ganz einfach!«

»Nun, dann mal los!«

»Ich meine, einfach zu formulieren! Zu einfach. Diese Einfachheit ist verdächtig«, meinte Jonathan und stand unvermittelt auf. »Meine Gehirnzellen brauchen ein wenig frische Luft.«

Als hätte die Pausenglocke geläutet, standen alle auf einmal auf.

Das Atelier leerte sich.

»Trödeln Sie nicht, Monsieur Ruche, wir essen gleich«, rief Perrette ihm zu, als sie die Tür schloß.

Eine Frage quälte Monsieur Ruche. Warum traf in Fermats Gleichung etwas bis 2 zu und danach mit einemmal nicht mehr? Genau das besagte der Fermatsche Satz.

Warum diese Unstetigkeit? Warum gefriert Wasser bei genau 0 Grad und beginnt bei genau 100 zu kochen? Es störte Monsieur Ruche nicht, daß es Schwellen gab. Ganz im Gegenteil. Eine gleichbleibende Natur, die einem ruhigen Fluß gleich dahinfließt, ohne Brüche oder Schwankungen, ohne Sprünge oder plötzliche Veränderungen, was für eine langweilige Welt das wäre! Eine Welt, in der jede Erscheinung sich gemächlich entfalten würde. Eine geruhsame Natur … Kalter Kaffee!

Warum ist das, was in einem Augenblick noch denkbar ist, es im nächsten schon nicht mehr? Warum ist etwas bis zu einem bestimmten Punkt möglich und darüber hinaus nicht mehr? Warum erhebt sich hier plötzlich die Grenze zwischen dem Möglichen und dem Unmöglichen?

Diese Kluft zwischen der 2 und der 3 bei der Fermatschen Vermutung! Monsieur Ruche hoffte, jemand würde es ihm erklären. Denn er wußte, ehrlich gesagt, ganz genau, daß er nie imstande wäre zu verstehen, wie die Mathematiker es bewerkstelligt hatten. Vielleicht hatte Grosrouvre in seinem Beweis ja die Frage beantwortet. Monsieur Ruche fiel auf, daß er sich zum ersten Mal ernsthaft für den eigentlichen Inhalt von Grosrouvres Arbeit interessierte. Und alles hatte mit Diophant begonnen.

Diophant, über den man nichts wußte, … bis auf das Todesdatum. Er erfuhr es beim Einstellen der *Gesammelten Werke* von Fermat. Es stand auf einer Karte, die sich im 1. Band befand und die er beim ersten Mal übersehen hatte, weil Grosrouvre sie ausnahmsweise vorne und nicht wie sonst hinten ins Buch eingelegt hatte. Sie enthielt das Epitaph des Diophant, das er aus der *Anthologia palatina* des Metrodoros abgeschrieben hatte:

»Passant, unter diesem Stein ruht Diophant.
    Oh, großes Wunder, die Wissenschaft zeigt Dir die Dauer seines Lebens. Höre. Gott gewährte ihm die Gunst, den sechsten Teil seines Lebens jung zu sein. Ein Zwölftel dazu, und er ließ bei ihm einen schwarzen Bart sprießen. Ein weiteres Siebentel später war der Tag seiner Hochzeit. Und im fünften Jahr ging aus dieser Verbindung ein Kind hervor.
    Ach, bedauernswerter Jüngling: Er bekam die Kälte des Todes zu spüren, als er nur halb so alt war, wie sein Vater

schließlich wurde. Vier Jahre danach fand dieser dann Trost für seinen Schmerz, und mit dieser Weisheit schied er aus dem Leben. Wie lange währte es?«

Die Rückseite der Karteikarte war leer. Typisch Grosrouvre! Er hatte natürlich keine Antwort gegeben. »Nun, wir werden sehen! Wir werden sehen, ob ich nach sechs Monaten harter Arbeit nicht dazu in der Lage bin, das zu rechnen! Sehen wir mal!« All diese Worte dienten selbstverständlich keinem anderen Zweck, als Monsieur Ruches Nervosität zu kaschieren, der natürlich fürchtete, dieses arithmetische Rätsel nicht lösen zu können.

»Es ist eine Gleichung. Mit einer Unbekannten. Das Ding benennen, hat al-Hwarizmi gesagt. Die Unbekannte ist, wie immer im Leben, die Lebensdauer. In diesem Fall diejenige von Diophant. Nennen wir sie klein v, um es so zu machen wie Descartes, der forderte, die letzten Kleinbuchstaben des lateinischen Alphabets den Unbekannten vorzubehalten.

Was weiß man über das Leben? Daß es sich, so wie jedes Leben, aus einzelnen Abschnitten zusammensetzt, die zusammengefügt das Leben ausmachen.

- Seine Kindheit und Jugend währte ein Sechstel seines Lebens: $v/6$;
- er mußte sich ein weiteres Zwölftel gedulden, bis ihm ein Bart wuchs: $+ v/12$;
- und noch ein weiteres Siebentel bis zu seiner Heirat: $+ v/7$;
- und noch einmal fünf Jahre bis zur Geburt seines Kindes: $+ 5$:
- und die Hälfte seines eigenen Lebens bis zu dessen Tod: $+ v/2$;
- und noch mal vier Jahre bis zu seinem eigenen Tod: $+ 4$.«

Monsieur Ruche machte sich an die Arbeit und schrieb:

$$v = \frac{v}{6} + \frac{v}{12} + \frac{v}{7} + 5 + \frac{v}{2} + 4$$

Was trieb er da eigentlich? Das war doch Irrsinn. Er würde sich doch nicht alle Übungen und Probleme Diophant betreffend aufhalsen! 189 in den sechs Büchern des Regiomontanus! Gott weiß wieviel in den vier im Iran entdeckten Büchern …

Max öffnete die Tür. Er war in Begleitung von Nofutur.

Monsieur Ruche ging es nicht gut. Das konnte Max nicht entgehen, der ihn fragte, was er hat.

»Ich betreibe Kaffeesatzleserei.«

»Was suchen Sie? Darf ich?«

»Oh, sieh es dir an, so lange du magst.«

Max beugte sich über das Blatt, sah die Gleichung, lächelte.

»Was ist v?«

»Es ist ein Leben.«

»Gut. Also ist es positiv.«

Er war fabelhaft.

Als er merkte, daß Monsieur Ruche seine Bemerkung mißverstanden hatte, stellte er klar:

»Ich meine damit, es ist eine positive Zahl. Ein Leben in negativen Zahlen wäre wie ein unterirdisches Leben, ein Leben in einem unterirdischen Parkhaus. Ich lasse Sie jetzt wieder allein.«

»Max, nein, das kannst du mir nicht antun!«

»Ich bin nur gekommen, um Ihnen zu sagen, daß wir jetzt zu Abend essen. Und Sie halten mich als Geisel fest.« Er warf noch mal einen Blick auf das Blatt. »Hören Sie, Monsieur Ruche: Summe der Brüche, Gleichnamigmachen, Kürzung. Reine Routine also.«

Daraufhin ging er.

»Man lebt allein, man stirbt allein, man rechnet allein.«
Nachdem er gekürzt hatte, fand Monsieur Ruche heraus ...

»Monsieur Ruche!« Vom Balkon des Wohn-Eßzimmers aus rief Perrette ihn. Die Suppe stand bereits auf dem Tisch.

Er steckte das Blatt mit der Rechnung in seine Jackentasche, warf einen letzten Blick auf die Windrose, mit deren Hilfe er sich in den für ihn neuen Welten der Mathematik orientiert hatte. Nachdem er sich vergewissert hatte, daß die Reise in alle vier Himmelsrichtungen beendet war, verließ er das Atelier.

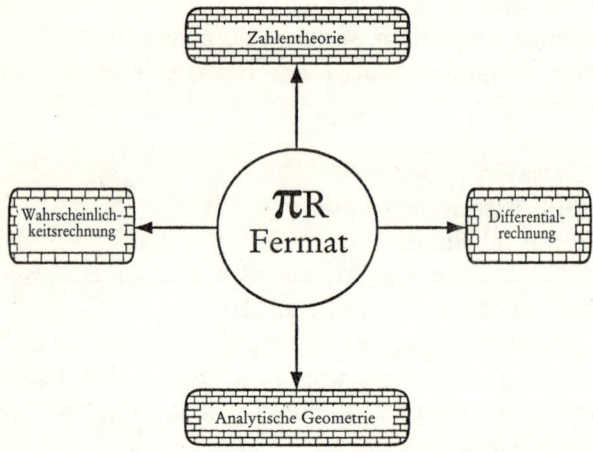

Als das Abendessen beendet war und alle ausnahmsweise einmal still waren, wandte sich Léa plötzlich an Monsieur Ruche:

»Ich habe etwas für Sie gefunden.«
Überrascht, daß sie weiter nichts sagte, hob Monsieur Ruche neugierig den Kopf. Léa machte Nofutur Zeichen,

der sich plötzlich aufrichtete. Er hatte seinen Part vergessen! Das war ihm noch nie passiert.

Nofutur sammelte sich und sagte in einem Zug:

»Beim Studium der Wahrheit lassen sich drei wesentliche Prinzipien erkennen: das erste, sie zu finden, wenn man sie sucht, das zweite, sie zu beweisen, wenn man sie besitzt, und das letzte, sie von der Unwahrheit zu unterscheiden, wenn man sie ergründet.«

Monsieur Ruche zuckte zusammen:

»Pascal! *Vom Geist der Geometrie und der Kunst der Überzeugung.*«

»Bravo!« riefen Perrette und J-und-L mit aufrichtiger Bewunderung.

Monsieur Ruche tat bescheiden.

»Bildung, wißt ihr, ist das, woran man sich erinnert, wenn man alles vergessen hat. Ah, wenn ich gewollt hätte, wäre ich …«

Er streckte den Arm in den Himmel. Die Kinder sahen ihn an, er ließ seinen Arm wieder auf das Knie zurückfallen:

»Ich wäre genau das geworden, was ich geworden bin.«

»Ich hätte gar nicht gewollt, daß Sie anders sind«, bemerkte Max fast trocken.

»Los, Nofutur, noch mal den Satz!« befahl Léa.

Nofutur sah sie ernst an. Dann sagte er würdevoll und mit tiefer Stimme: »Ich wiederhole nicht, ich rezitiere nichts! Ich erzähle.«

Er wandte den Anwesenden den Rücken zu, flog auf seine Sitzstange und begann Körner aus seinem Napf zu knabbern. Léa wiederholte den Satz selbst und erläuterte der Versammlung ihre Analyse.

»Das erste Prinzip gilt für uns hier: Die Wahrheit finden, wenn man sie sucht. Das zweite für Grosrouvre: Als er sich mit den Vermutungen befaßte, war es genau das, was er wollte: Eine Wahrheit beweisen, wenn man sie besitzt. Er war beileibe erfolgreicher als wir!«

Monsieur Ruche begab sich schleunigst in sein Garagenzimmer zurück. Als er seinen Schlafrock überzog, griff er gewohnheitsmäßig noch mal in seine Taschen. Da fiel ihm das vollgekritzelte Blatt Papier in die Hände. Es sollte niemand sagen können, er hätte eine »Routinerechnung« nicht gelöst, wie Max sie verächtlich nannte.

Es ging wieder weiter! Lebensdauer des Diophant. Mit anderen Worten, wie alt war er, als er starb? Nachdem er gekürzt hatte, ergab sich folgende Gleichung:

$$v = \frac{75v}{84} + 9 = \frac{25v}{28} + 9.$$

Das ergibt $v = \frac{25v}{28} = \frac{28v}{28} - \frac{25v}{28} = \frac{3v}{28} = 9.$

Das ergibt $v = 28 \times \frac{9}{3}.$

Er begann zu schreiben. »O nein, jetzt geht es doch wieder von vorne los!« Er entledigte sich seines Schlafrocks, zog seine Jacke an, streifte einen Mantel über, setzte einen Hut auf und verließ das Garagenzimmer. Er raste förmlich die Rue Ravignan herunter. Zum Glück war niemand auf den Gehwegen.

Er fuhr in das Café in der Rue des Abbesses. Es war furchtbar voll, furchtbar laut, furchtbar verraucht! Man machte ihm Platz. Er bestellte ein Bier, und gleich danach noch ein weiteres. Er strich das Blatt mit den Rechnungen glatt, das er wütend zusammengeknüllt hatte. Das Blatt lag so gefaltet, daß er die Lösung direkt vor sich hatte:

$$v = 28 \times \frac{9}{3} = 84$$

Diophant war also auch mit 84 Jahren gestorben. Fast so etwas wie ein Fälligkeitsdatum. Er bestellte noch ein paar Biere.

Er sang zusammen mit den jungen Leuten, an deren Tisch er saß. Zur Überraschung der Anwesenden rief er zwischen zwei kräftigen Schlucken: »Sie wollen meinen Tod, sie bekommen mich nicht lebendig!« Darüber mußte er lachen.

Er wußte nicht wie, jedenfalls schaffte er es, tief in der Nacht die steile Rue Ravignan hinaufzufahren und in sein Garagenzimmer zu gelangen. Er legte sich angezogen in sein Himmelbett, und im Schutz der schweren Samtvorhänge träumte er, betrunken zu sein.

20. KAPITEL

Euler, der Mann, der die Mathematik sah

Kater!

Dank seiner Kopfschmerzen beim Aufwachen merkte Monsieur Ruche, daß er noch lebte. Aber er war nicht imstande, sich als guter Pythagoreer zu erweisen. Ein guter Pythagoreer stand nie auf, bevor er sich nicht alle Ereignisse des Vortages in Erinnerung gerufen hatte.

Monsieur Ruche erinnerte sich an rein gar nichts.

Am frühen Nachmittag hörte er, während er in seinem Garagenzimmer ein wenig schlummerte, ein eigenartiges Geräusch, das allem Anschein nach aus der Wohnung kam. Unmittelbar danach hörte er das Geschrei Nofuturs. Dann nichts mehr. Dann das Geräusch von Schritten. Dann nichts mehr.

Das konnte nicht Perrette sein. Montags öffnete sie die Buchhandlung erst um fünf Uhr, um vorher durch die Buchhandlungen im Quartier Latin gehen zu können und sich über Neuerscheinungen zu informieren. Sie begutachtete die Auslagen, um zu sehen, welche Bücher ihre Kollegen besonders gut präsentierten, hörte bei Kundengesprächen zu und beobachtete deren Reaktionen; so erhielt sie eine Vorstellung davon, welche Bücher sie bei den Verlagsvertretern bestellen sollte.

Mein Gott, die Bücher! Monsieur Ruche hievte sich eilends in seinen Rollstuhl. Die BAU! Die Geräusche waren von dort gekommen. Er schloß das Atelier nie ab. Wozu auch? Potentielle Einbrecher wußten nur zu gut, wie man

Schlösser knackt. Er hätte zumindest eine Alarmanlage einbauen lassen sollen, wie fast alle anderen auch … Während er über den Hof raste, ließ er die Tür zum Atelier nicht aus den Augen. Grosrouvre hatte ihm Schätze anvertraut, und er ließ sie sich stehlen. Monsieur Ruche verfluchte sich für seine Nachlässigkeit. Das Rad seines Rollstuhls blieb am Brunnengitter hängen. Er wäre beinahe gestürzt. Er drückte gegen die Tür. Sie war geschlossen! Das hieß noch gar nichts; der Dieb hatte sie beim Fortgehen wieder verschlossen. Monsieur Ruche drehte den Knauf um, stürzte hinein. Was für eine Katastrophe! Er sah sich überall um … es gab keine Katastrophe. Keine Lücken in den Regalen. Der Raum sah genauso aus, wie er ihn am Abend zuvor verlassen hatte. Offensichtlich hatte niemand ihn in der Zwischenzeit betreten. Also? Als der Einbrecher gerade die Tür der BAU aufbrechen wollte, hat ihn das Geschrei von Nofutur erschreckt, und er ist geflohen. Nofutur? Jetzt erinnerte sich Monsieur Ruche, daß der Lärm gar nicht aus dem Atelier kam, sondern aus der Wohnung.

»Nofutur!« rief Monsieur Ruche. Um schneller zu sein, ließ er nicht die Sicherheitsschranke des Ruche-Aufzugs herunter. Mein Gott, wie langsam diese Maschine ist! Die Wohnungstür stand weit offen! Ein furchtbarer chemischer Geruch drang nach draußen. Er rollte zurück, und vom Türabsatz aus rief er mehrmals nach Nofutur. Monsieur Ruche hielt sich ein Taschentuch vor den Mund und rollte hinein. Er sah das umgestürzte Sitzgestell; dann die über dem Kachelboden verstreuten Körner und das vergossene Wasser. Gleich daneben drei herausgerissene Federn. Nofutur ist entführt worden! Die Gangster hatten ihre Tat ganz bewußt an Perrettes freiem Nachmittag geplant. Sie waren gut informiert.

Als Perrette ins Wohn-Eßzimmer trat, hatte sich der Geruch noch nicht ganz verzogen. Chloroform! Man hatte Nofutur betäubt. Er hatte sich trotzdem wie der Teufel gewehrt; die Federn auf dem Kachelboden deuteten auf seinen heftigen Widerstand hin.

Nachdenklich hob Perrette sie auf, legte sie auf den Tisch, hob das Sitzgestänge auf, kehrte die Körner zusammen, wischte noch einmal feucht nach. Sie nahm das Zimmer genau in Augenschein und stellte fest, daß nichts fehlte. Sie hatten es nur auf den Papagei abgesehen.

Monsieur Ruche, der seit der Ankunft von Perrette kein Wort gesagt hatte, bat sie, die Federn nicht auf dem Tisch liegenzulassen.

»Soll ich sie wegwerfen?« fragte Perrette erstaunt. »Es sind bestimmt Fingerabdrücke darauf, mit deren Hilfe die Polizei die Diebe leichter zu fassen bekommt.«

Sie wußte nicht, ob sie Diebe oder Entführer sagen sollte.

»Max kommt bald aus der Schule zurück, es ist besser, wenn er die Federn nicht sieht.«

»Stimmt. Aber was haben Sie denn, Monsieur Ruche?«

Eingefallen und mit bleichem Gesicht in seinem Rollstuhl sitzend, wirkte er niedergeschlagen. Natürlich hing er an Nofutur. Im Laufe der Sitzungen im Atelier hatten sie sich richtiggehend angefreundet. Nie zuvor war Monsieur Ruche einem so … einem so intelligenten Tier begegnet. Intelligent und faszinierend. Was ihn jedoch tief betrübte, war, daß er nichts hatte tun können, um die Entführung zu verhindern. Irgendwelche Leute verschaffen sich Zutritt in mein Haus, entführen direkt über meinem Bett einen Papagei, und ich kann nichts dagegen tun. Wenn sie so genau wußten, wann Perrette nicht da war, dann mußten sie auch über meinen Zustand auf dem laufenden sein. »Überhaupt kein Risiko, der Alte kann nichts machen, er ist …« Nein, das Wort »machtlos« würde er nie in den Mund nehmen. Es ist ein furchtbares Wort. Invalide, gelähmt, körperbehindert, alles, nur nicht machtlos. Wenn ein Mann sein Haus nicht mehr gegen Eindringlinge zu verteidigen vermag, ist er überhaupt nichts mehr.

»Zum Glück konnten Sie nicht rechtzeitig kommen«, rief Perrette. »Diese Leute sind zu allem entschlossen. Wer weiß, was sie mit Ihnen gemacht hätten. Dann müßte ich mich jetzt um Sie kümmern. Bei allem, was ich zu tun habe …«

Max kam die Treppe heraufgelaufen. Monsieur Ruche blieb gerade noch die Zeit zu rufen: »Perrette, die Federn!« Perrette steckte sie gerade in die Tasche, als Max ins Zimmer trat. Als er Perrette und Monsieur Ruche sah:

»Die Buchhandlung ist geschlossen. Irgend etwas ist passiert.«

Dann sah er die Sitzstange:

»Wo ist Nofutur?« Perrette erzählte ihm alles.

»Diese Dreckskerle!« Seine kleinen anthrazitfarbenen Augen glänzten vor Wut. »Hoffentlich haben sie ihm nichts angetan. Sonst …«

Sein Blick hatte etwas so Bedrohliches, daß Perrette erschrak.

»Das waren diese Typen!« murmelte er vor sich hin.

»Wer?«

»Die Tierschieber-Bande!«

»Welche Bande?«

»Die vom Flohmarkt, Mama. Du hast wohl vergessen, wie Nofutur überhaupt hierherkam.«

»Das ist mehrere Monate her, Max. Wie hätten sie dich wiederfinden sollen?«

Max erzählte ihnen von seinem Abstecher ans Quai de la Mégisserie und beschrieb ihnen das Verhalten der Verkäuferin.

»Sie hätten dich also bis hierher verfolgt? Aber wieso haben sie dann so lange gewartet? Jedenfalls sind sie ungeheuer hartnäckig!« rief sie aus. Dann sagte sie mit einem leisen Lächeln: »Dein Papagei muß sehr wertvoll sein, wenn sie sich so viel Mühe geben ...«

»Ich bin mir sicher, daß sie mich nicht verfolgt haben!« bekräftigte Max. »Ich habe genau darauf geachtet.«

»Und wie haben sie dann den Weg hierhergefunden? Nein, das ist die einzige Möglichkeit.«

»Ich sage dir, daß mir niemand gefolgt ist. Wenn ich es dir sage, mußt du es mir glauben.«

Er schien sich absolut sicher zu sein. Nach einer kurzen Weile fügte er hinzu:

»Genau das ist das Problem. Sie sind mir nicht gefolgt, und sie haben die Spur von Nofutur gefunden. Mir ist nicht klar, wie sie das gemacht haben.«

Trotz allem dachte Perrette, daß Max durch seine Anwesenheit in der Vogelhandlung den Typen vom Flohmarkt unfreiwillig die Möglichkeit gegeben hatte, die Fährte zu Nofutur wieder aufzunehmen.

»Ich verständige jetzt die Polizei.«

Max zuckte zusammen.

»Nein, Mama, auf gar keinen Fall!«

Er erzählte ihnen, was er über die obligatorischen Bescheinigungen, die Kaufbelege und Gesundheitszeugnisse, die Quarantänebestimmungen, die Impfungen in Erfahrung gebracht hatte.

»Wenn wir zur Polizei gehen, bekommen wir Schwierigkeiten. Falls sie Nofutur wiederfinden, nehmen sie ihn uns weg. Was auf dem Plakat stand, war eindeutig: Eingeschmuggelte Vögel werden beschlagnahmt und kommen in Quarantäne. Ich will ihn wiederfinden, um ihn zu behalten!«

»Was halten Sie davon, Monsieur Ruche?«

»Ich bin ganz seiner Meinung. Der Ansatzpunkt ist die Vogelhandlung. Wir müssen so schnell wie möglich diese Verkäuferin ausfindig machen.«

»Ich gehe morgen hin.«

»Je eher, desto besser«, riet Monsieur Ruche.

»Ich kann die Buchhandlung nicht den ganzen Nachmittag schließen.« Sie zögerte. Dann sagte sie:

»Sie haben recht. Ich werde einen Aushang machen, um die Kunden zu informieren.«

»Das wär's«, sagte Monsieur Ruche, »Sie machen einen Aushang, auf dem dann steht:

**Die Buchhandlung bleibt wegen
Papagei-Entführung geschlossen!**

»Dann schließen wir eben das Geschäft, ohne einen Aushang an die Tür zu machen«, erklärte Perrette.

»Wieso schließen? Während Sie in der Vogelhandlung sind, bleibe ich in der Buchhandlung.«

»Aber … seit zehn Jahren …«

»Wollen Sie damit sagen, daß ich es nicht kann? Sie haben vielleicht vergessen, daß ich die Buchhandlung über dreißig Jahre lang geführt habe.«

Perrette wollte nicht, daß Max mitkam. Das letzte Mal war sie mit den Zwillingen zusammen am Quai de la Mégisserie; sie dürften damals sieben oder acht gewesen sein.

Bei einem ersten Rundgang durch die Vogelhandlung hatte sie die von Max beschriebene Verkäuferin nicht ausfindig gemacht. Sie verlangte den Inhaber zu sprechen. Während sie wartete, dachte sie an Monsieur Ruche. Sie wäre gern dort gewesen, um ihn zu beobachten. Ob er sich wohl sofort wieder zurechtfand, oder ob er das Gefühl

haben mochte, sie hätte seine Buchhandlung vollständig
umgekrempelt?

»Gnädige Frau, waren Sie es, die nach mir gefragt hat?
Ich habe nur wenig Zeit.«

Der Eigentümer wirkte nicht gerade freundlich.
Perrette beschrieb ihm die Verkäuferin.

»Ah, ja Anna. Anna Giletti. Seit letzter Woche ist sie
nicht mehr bei uns; sie hat nur ein paar Monate hier gearbeitet. Ein angenehmes Mädchen, sehr zuverlässig. Sie
hat gekündigt, ich hätte sie gern behalten. Sind Sie eine
Freundin? Eine Familienangehörige also?«

Der Eigentümer weigerte sich, ihr die Adresse von
Anna Giletti zu nennen. Perrette mußte ihm erklären,
warum sie sie suchte. Sie erzählte ihm von Maxens Be-
such der Vogelhandlung, vom Verhalten der Verkäuferin.
Allerdings verschwieg sie ihm die Entführung Nofuturs.
Schließlich erklärte sie ihm, sie würde die junge Frau ver-
dächtigen, in illegalen Tierhandel verwickelt zu sein.

»Illegaler Tierhandel? Hier?« Der Eigentümer erstarrte. »Meine Dame, wollen Sie mir damit etwa zu verstehen
geben, daß unser Geschäft …«

»Keinesfalls, mein Herr, ich …«

»Ihre Behauptungen sind beleidigend. Sie müssen wissen, meine Dame, daß unsere Vogelhandlung seit mehr als
hundert Jahren besteht. Und wir sind immer hier ansässig
gewesen, Quai de la Mégisserie. Wir sind ein angesehenes
und anständiges Haus. Sie müssen ebenfalls wissen, daß
Tierhandlungen, jedenfalls die, die ein eigenes Ladenge-
schäft haben, regelmäßig kontrolliert werden. Das läßt
sich nicht von allen Orten sagen. Wegen der exotischen
Krankheiten greifen die zuständigen Verwaltungsstellen in
bezug auf die Impfungen außerordentlich streng durch.
Die Importbescheinigungen unserer Tiere werden regelmäßig überprüft.« Und in einem anderen Tonfall: »Seit

einigen Jahren hat sich in Paris ein florierender illegaler Tierhandel entwickelt. Das bereitet uns sehr große Sorgen. Wir wissen auch genau, wo die Geschäfte abgewickelt werden.«

Sie sah ihn eindringlich an, forderte ihn auf, konkreter zu werden.

»Auf dem Flohmarkt, meine Dame, die Geschäfte werden auf dem Flohmarkt abgewickelt.«

Es paßte alles zusammen. Max hatte richtig beobachtet.

Er forderte sie auf, ihm in sein Büro zu folgen. Er zeigte ihr eine Mappe mit Zeitungsartikeln. Der erste berichtete von einer Polizeioperation, die unter dem Namen Victor (V wie Vogel) lief. Der zweite Zeitungsausschnitt berichtete über die Operation Romeo, in deren Verlauf fünf illegale Tierhändler verhaftet worden waren. Ein dritter schilderte die FM, wie Flohmarkt von Montreuil, getaufte Operation; die größte Polizeiaktion gegen den illegalen Tierhandel, die jemals in der Hauptstadt stattgefunden hat. 499 Tiere, hieß es in dem Artikel, wurden beschlagnahmt: Zeisige, Seidenlaubenvögel, Rotschwanzsittiche, Florida-Schildkröten. Aber keine Papageien.

Der Eigentümer legte die Mappe ordentlich zurück. Dann holte er ein Adreßverzeichnis heraus, blätterte es durch und hielt Perrette ein Post-it hin:

»Hier haben Sie die Adresse.«

Perrette machte sich sofort auf den Weg dorthin. Natürlich war die Adresse falsch. Keine Anna Giletti! Was ihren Verdacht erhärtete: Die Entführer – jetzt sagte sie Entführer – waren Max gefolgt und so in die Rue Ravignan gelangt.

Max schloß sich in seinem winzigen Zimmer ein. Er hatte Nofutur schon einmal aus den Händen dieser beiden

Typen befreit. Wenn er zu Hause gewesen wären, als sie hier eindrangen, hätte er erbittert gekämpft, um ihn zu beschützen. Er nahm es sich übel, daß er in der Schule war. Er konnte ihn aber nicht mit in den Unterricht nehmen. Es gab doch Blindenhunde, und warum eigentlich keine Taubenpapageien?

Es wäre falsch, die vor sechs Monaten begonnene Arbeit aufzugeben. Nofutur war einer der aktivsten Mitwirkenden an der Untersuchung, deshalb war sein Fehlen ein großer Verlust, aber die Arbeit mußte weitergehen. Das Verschwinden eines Inspektors durfte nicht zum Abbruch der Ermittlungen des ganzen Teams führen. Monsieur Ruche hoffte, daß alle in der Rue Ravignan sich seiner Meinung anschlössen. Der Name nach Pierre Fermat auf Grosrouvres Liste war Euler. Leonhard mit »h«. Leonhard Euler, 1707 in Basel geboren.

Monsieur Ruche hatte es zuletzt nacheinander mit zwei bemerkenswerten Philosophen-Mathematikern zu tun: Descartes und Leibniz. Von allen modernen Philosophen des Abendlandes war Leibniz der größte Mathematiker; von allen abendländischen Mathematikern war er der größte Philosoph. Bei Euler verhielt es sich vollkommen anders. Im Zusammenhang mit Philosophie hatte Monsieur Ruche nie etwas von Euler gehört. Um sich ein wenig mit Euler vertraut zu machen, beschloß Monsieur Ruche, in einem Mathematiklexikon nachzuschlagen. Gleich nach Euklid kam Euler. Was den Platz betraf, den man ihm darin widmete, gab er im Vergleich zu Euklid kein schlechtes Bild ab. Acht Seiten!

Grosrouvre war in die vollen gegangen. Fermat für das 17. Jahrhundert, Euler für das 18. Jahrhundert! Zwei Denkmäler, die beide für ihr Jahrhundert standen. Und wenn Fermat eine Windrose mit vier Himmelsrichtungen war, als was sollte man dann erst Euler bezeichnen, der wichtige Beiträge zu fast allen Gebieten der Mathematik geleistet hatte? Es schien, als sei ihm rein gar nichts von dem, was sich zu seinen Lebzeiten in der Mathematik tat, entgangen.

Eines war sicher, von allen Mathematikern war Euler derjenige, der die meisten »Herkunftsbezeichnungen« geliefert hat und dessen Name eine beeindruckende Liste von Formeln, Theoremen, Methoden, Kriterien, Beziehungen, Gleichungen usw. ziert.

In der Geometrie gibt es Dreiecke und Kreise, eine Gerade und Punkte, die nach Euler benannt sind, die Eulerrelation bezeichnet den Umkreis eines Dreiecks. In der Zahlentheorie gibt es ein Eulerkriterium, einen Eulerindikator, eine Eulerkongruenz, eine Eulersche Vermutung »auch bei ihm!« Der Eulerwinkel in der Mechanik. In der Analysis die Eulerkonstante. In der Logik das Eulerdiagramm. In der Theorie der Graphen noch mal eine Eulerrelation. In der Algebra das Eulerverfahren für die Lösung einer Gleichung 4. Grades. In der Differentialrechnung das Eulerverfahren zur Lösung von Differentialgleichungen. In seinem Kopf drehte sich alles. Aber er würde bis zum bitteren Ende gehen. Die Eulergleichung eine Gerade in ihrer normalen Form betreffend sowie die Eulergleichung (die er mit Lagrange teilt) zur Berechnung des Variationsproblems. Die Eulereigenschaft (die er mit Poincaré teilt) die Vielecke, Graphen, Flächen, differentiellen Variablen betreffend. Noch mal eine Eulerrelation bei Graphen und eine weitere bei Dreiecken. Eine Eulertransformation zu den partiellen Ableitungen und eine weitere zu den Reihen. Sowie das Problem der 36 Euleroffiziere. Und eine Vielzahl von Sätzen zu vollkommenen Zahlen, zur Verallgemeinerung der Formel des Binoms, der zusammenhängenden Graphen. Dann noch der Satz zu den Vielecken, der die Topologie begründete. Und nicht zu vergessen natürlich die Masse an Formeln. Soviel zu den Substantiven.

Dann waren da noch die Adjektive.

Maskulin Singular: Der Eulersche Kreis und der Eulersche Graph.

Feminin Singular: Die Eulersche Integralfunktion 1. Gattung oder *Betafunktion* und die 2. Gattung oder *Gammafunktion.* Feminin Plural: Die Eulerschen Zahlen (die nicht dasselbe sind wie die Eulerzahlen) in der Kombinatorik und die Eulerschen Entwicklungen bezüglich des Sinus und des Kosinus komplexer Zahlen!

Und jeder dieser Namen stand für eine neue Methode, eine neues Ergebnis, ein neues Konzept!

Die meisten dieser Bezeichnungen waren ihm unbekannt. Natürlich wußte er nicht, wofür sie standen. Was ist eine Variable, was eine Reihe, ein Graph? Um so größer war dafür die Freude darüber, daß ihm manche der Namen seit kurzem vertraut waren: komplexe Zahlen, Umkreis, algebraische Gleichung, Binom, Vieleck, Differentialgleichung. Eines war sicher, diese Reise durch das Universum der Mathematik hatte seinen Wortschatz erweitert.

Und dann war da noch diese Information, der das Verdienst zukam, Monsieur Ruche den Eindruck zu vermitteln, er bewege sich auf vertrautem Terrain: Euler, der »König der befreundeten Zahlen«. Während seine Vorgänger sich damit zufriedengaben, bestenfalls zwei oder drei Paare befreundeter Zahlen aufzuspüren, entdeckte er mehr als sechzig!

Noch ganz unter dem Eindruck der acht Lexikonseiten stehend, bewegte Monsieur Ruche seinen Rollstuhl in Richtung der 3. Abteilung der BAU. Da war Euler nicht neben Euklid, sondern neben Descartes eingestellt. Nein! Das ist doch nicht möglich! Der Rollstuhl fuhr und fuhr und fuhr an den Regalen entlang. 75 Bände! 45 000 Seiten Mathematik, ausgedacht und niedergeschrieben von einem einzigen Menschen! Leonhard Euler war für sich allein genommen ja schon fast eine Art Bibliothek.

Hinzu kam sein Briefwechsel. 4 500 Briefe! Und ich mache so viel Aufhebens wegen zweier Briefe eines verstorbenen Freundes.

Seine *Gesammelten Werke* erschienen anläßlich seines 200. Todestages im Jahre 1983. Falls es denn noch eines Beweises bedurft hätte, hier war er: Grosrouvre hielt sich auch bei Neuveröffentlichungen auf dem laufenden. Monsieur Ruche befiel ein Gefühl der Niedergeschlagenheit. Er, der am Tag zuvor nicht das Eindringen von Dieben in sein Haus und den Diebstahl eines Papageis zu verhindern vermochte, den er ins Herz geschlossen hatte, war aufgefordert, sich mit einem solchen Denkmal zu befassen. Mutlosigkeit. Wozu noch? Ja, was sollte das für einen Sinn haben? Warum sollte er Punkt für Punkt Grosrouvres »Programm« befolgen? Auf einmal geriet alles ins Wanken, alles schien unsinnig. Aufhören, Schluß mit dieser Kinderei. Hierfür bin ich zu alt! Beim letzten Satz zuckte er zusammen. Genau das Gegenteil war der Fall: Für alles andere war er zu alt!

Nach diesem kurzen Zwischenspiel war es an der Zeit, anzufangen. Aber womit? Mitten auf der Seite, wo er zu lesen aufgehört hatte, zog eine Formel wegen ihrer diskreten Eleganz seine Aufmerksamkeit auf sich:

$$\frac{\pi^2}{6} = 1 + \frac{1}{4} + \frac{1}{9} + \frac{1}{16} + \ldots + \frac{1}{n^2} + \ldots$$

Monsieur Ruche versuchte die Formel mündlich auszudrücken: Das Sechstel von π Quadrat ist gleich die Summe

... der Kehrwerte ... der Quadrate der verschiedenen ganzen Zahlen. »Siehst du, du kannst es doch«, sagte er zu sich selbst, stolz darauf, daß ihm auf Anhieb etwas gelungen war, was er fast als eine Glanzleistung bezeichnet hätte: Eine geschriebene Formel in Worte zu fassen, ohne sich irgendwelcher Formeln zu bedienen. Das heißt, sie zu entschlüsseln und das zutage zu fördern, was sie aussagt. Das Quadrat von π ... Das ist es! Er wußte, welche Richtung er einzuschlagen hatte. Max würde es guttun, ein wenig herauszukommen.

Sollten sie oben oder unten aussteigen? Oben, das war der Arc de Triomphe. Unten, die Place de la Concorde. Dazwischen, die Champs-Élysées. Sie entschieden sich für unten, das war näher. Von der Place de la Concorde aus bewegten sich Max und Monsieur Ruche die »schönste Straße der Welt« hinauf.

Als sie sich in Höhe des Grand Palais mit seiner riesigen, im Verfall begriffenen Kuppel befanden, erzählte Monsieur Ruche Max, was über die Geschichte des Gebäudes in den Zeitungen stand. Der Grand Palais war anläßlich der Großen Weltausstellung von 1900 erbaut worden. Das Gelände fiel von den Champs-Élysées bis zur Seine leicht ab. Es mußte begradigt werden, aber anstatt es mit Erde aufzuschütten, benutzte man Eichenpfähle. Mehrere tausend Stück wurden in die Erde eingelassen.

Achtzig Jahre später begann der Grand Palais sich zur Seine hin zu neigen. Man suchte nach der Ursache. Das Holz war inzwischen ausgetrocknet, weil das Wasser der Seine, das die Holzstämme feucht gehalten hatte, nicht mehr bis zu ihnen hinaufreichte. Und es reichte deshalb nicht mehr bis zu ihnen hinauf, weil die später gebauten Uferstraßen einen wasserundurchlässigen Damm bildeten. Max ging neben Monsieur Ruche. Sie waren da.

»Es war 1937«, erzählte Monsieur Ruche.

»Die Straßen von Paris hallten noch wider vom Lärm der großen Demonstrationen der Front Populaire. Die Menschen waren ganz glücklich darüber, endlich wegfahren zu können. Aufs Land, in die Berge, ans Meer, irgendwohin. Einfach nur wegfahren. Man sagte damals nicht ›Ferien‹, das war etwas für die Reichen, sondern ›bezahlter Urlaub‹. Ein Zauberwort, das alles auf den Kopf stellte. Wenn früher ein Chef zu seinem Arbeiter sagte: ›Ich gebe dir frei‹, dann bedeutete das nichts anderes als einen Rauswurf. Jetzt war der Chef nicht nur gezwungen, einem frei zu geben, damit man sich ausruhen konnte, sondern er mußte darüber hinaus die freien Tage auch noch bezahlen!

Ich erinnere mich noch genau, daß alle Menschen, denen man im Winter auf der Straße, in der Metro oder im Bus begegnete, ganz eigenartig dreinblickten. Sie warteten auf den nächsten August, um wegfahren zu können.

In den ersten Sommertagen '37 wurde die Große Ausstellung am Seine-Ufer eröffnet. Eiffelturm, Champ-de-Mars, Jardins des Champs-Élysées, Palais du Trocadéro, Petit Palais, Grand Palais.

Überall in Paris waren neue Museen gebaut worden. Fünf auf einmal. Das Museum für Volkskunde und Volkskunst, das Marinemuseum, das Museum für französische Denkmäler und zwei weitere, in denen ich mich ständig aufhielt, das Museum des Menschen und das Museum für Moderne Kunst.

Das Studienjahr war zu Ende. Eines Morgens überrumpelte mich Grosrouvre beim Frühstück regelrecht und schleifte mich mit. Kaum waren wir angekommen, wies er mich darauf hin, daß die Halle nicht rund war.«

Monsieur Ruches Rollstuhl glitt über das – denkmalgeschützte – Mosaik der riesigen ovalen Halle des Palais de la Découverte, eine der Attraktionen der Internationalen Ausstellung 1937, das Ziel ihres Ausfluges.

Mit nach hinten geneigtem Kopf betrachtete Max die Kuppel und das Glasdach, durch das das Tageslicht eindrang. Monsieur Ruche erinnerte sich, daß damals zahlreiche Glasplatten in den Boden eingelassen waren. Er suchte sie vergeblich. Die meisten waren ersetzt worden, denn man konnte noch genau die Stellen erkennen, wo sie einmal gelegen hatten. In der Mitte des Ovals angekommen, orientierte Monsieur Ruche sich nach rechts in Richtung Seitentreppe.

»Wir sind damals die Treppe hinaufgestürzt, so sehr brannte Grosrouvre darauf, mir …«

Monsieur Ruches Rollstuhl blieb an der ersten Treppenstufe hängen.

Es gab keinen Aufzug. Die Querschnittsgelähmten mußten sich mit der Besichtigung des Erdgeschosses zufriedengeben. Allerdings gab es einen Lastenaufzug, zu dem man wie ein Paket schmutziger Wäsche heimlich durch den Wirtschaftstrakt im Untergeschoß gelangen konnte.

Monsieur Ruche weigerte sich. In vollstem Einvernehmen mit Max.

Er wollte gerade umkehren, als eine Gruppe Gymnasiasten, die die Szene beobachtet hatten, während ihr Lehrer die Eintrittskarten kaufte, den Rollstuhl griff, ihn anhob und die Treppe hinauftrug. Monsieur Ruche wurde durchgerüttelt wie nie zuvor in seinem Leben, so daß es ihm im Bauch kitzelte und er lauthals zu lachen anfing.

Die anderen Besucher sahen sich »das« mißbilligend an. Max lief hinterher. Die ganze Gruppe hatte den oberen Treppenabsatz schneller erreicht, als der schnellste Ruche-Aufzug es jemals vermocht hätte. Nicht im mindesten außer Atem, die jungen Leute! Es war eine Gruppe von Schülern eines Sportgymnasiums, die einen Ausflug mit ihrem Mathelehrer machte. Sie hatten dasselbe Ziel wie der Rollstuhl.

Während dieser wieder in einem gemächlicheren Tempo fuhr, kamen ein paar Verse über Monsieur Ruches Lippen. Grosrouvre hatte sie ihm seinerzeit während ihres Besuchs hier eingeimpft. Es stimmte, daß die Erinnerung zurückkehrte, wenn man die Orte aufsucht, an denen sich die Dinge ereignet haben!

»»Die erste der Wissenschaften, die den farblosen Gewässern des Abstrakten entstieg, hüllt sich in das fleischliche Gewand der schaumgeborenen Aphrodite. Unter der Kuppel, die der Ausstattung eines kubistischen Films entlehnt ist, verläuft die aus 707 Dezimalstellen der Zahl π bestehende Zahlenreihe.‹«

Sie waren am Ziel! Der Tempel des π. Ein einzigartiger Raum, der ganze Generationen junger Menschen ins Schwärmen versetzt hatte. Und es, betrachtete man die vielen jungen Leute, die sich darin drängten, immer noch tat. Der Raum war natürlich rund!

Auf einem an der Wand befestigten Band, das den ganzen Raum umspannte, waren die Namen aller berühmten Mathematiker vermerkt. Darüber befand sich unter einer beleuchteten Kuppel ein spiralförmiges Fries, auf dem in abwechselnd roten und schwarzen Zehnergruppen die ersten 707 Dezimalstellen von π aufgeführt waren.

Von diesen Zahlengraffitis in den Bann gezogen, fixierte Max die erste 3, übersprang das Komma und begann: **1415926535**, rote Spalte, **8979323846**, schwarze Spalte, **2643383279**, rote Spalte, **502** …, er machte schneller, schwarze Spalte, rote Spalte, erste Runde, er war wieder bei der ersten 3 angekommen, schwarze Spalte, rote Spalte. Dezimalzahlenläufer! Er machte noch schneller, rot, schwarz, wie beim Roulette. Seine schwarzen Augen sprangen wie die rote Kugel von einer Zahl zur nächsten.

Gewonnen! Verloren! Ihm standen Tränen in den Augen, wo mochte Nofutur jetzt wohl sein? Schwarz, rot, rot, wie die Spitze seiner Federn. Max drehte sich immer schneller um die eigene Achse, in seinem Kopf drehte sich alles, nie zuvor in seinem Leben hatte er so viele Zahlen verschlungen. Vierte Runde, der vierte Tag seit Nofuturs Entführung. Er würde abheben! Sein Kopf kochte, wie der Blitz überflog er die letzte Zahl, ohne aufhören zu können. Warum bei der 707 aufhören? Weiter, weiter, der unendliche Ringelreihen der Zahlen! Als es ihm endlich gelang, innezuhalten und die Augen vom Fries abzuwenden, auf dem die Dezimalen von π weitertanzten, klammerte er sich an Monsieur Ruches Rollstuhl fest. Der Saal drehte sich, der Boden schwankte. Gaben unter seinen Füßen vielleicht die Eichenpfähle noch ein wenig mehr nach?

Es wurde still. Der Referent trat ein. Er wirkte ernst und ulkig zugleich. Er begann unverzüglich:

»In einer Ebene ist die Gerade die kürzeste Strecke zwischen zwei Punkten. Wenn Sie genügend Muße haben und die Strecke in einem Bogen zurücklegen wollen, so ist der Weg länger.

Aber um wieviel? Er ist $\pi/2$ länger!«

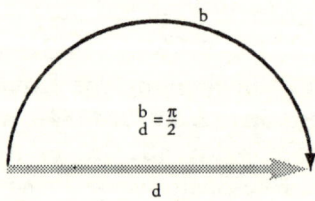

»Babylonien, Ahmes, der Ägypter, Archimedes, Archimedes, Archimedes, Aryabhata, der Hindu, Zu Chongshi, der Chinese ..., das π hat eine lange Geschichte.

Es gelang Max nicht, sich zu konzentrieren.

»Al-Kashi in Samarkand, 14 Dezimalstellen, Ludolph van Ceulen, 35 Dezimalstellen, die er in seinen Grabstein meißeln ließ ...«

Schon waren mehrere Blätter des Paperboards vollgeschrieben worden. Der Referent ließ den Marker fallen. Das war der Auslöser. Max tauchte aus seinen Gedanken auf. Monsieur Ruche entspannte sich.

»Wir treten jetzt in das Zeitalter der Formeln ein«, kündigte der Referent an, der seinen Marker wieder aufgehoben hatte. »François Viète bildete eine ganz und gar erstaunliche Formel. Sie arbeitete mit nur einer einzigen Zahl, der 2! Ihr Konstruktionsprinzip basierte auf der Aneinanderreihung von Quadratwurzeln. Es handelte sich um die erste unendliche Formel.

Er schrieb sie langsam auf die Tafel:

$$\pi = 2 \times \frac{2}{\sqrt{2}} \times \frac{2}{\sqrt{2+\sqrt{2}}} \times \ldots$$

»Wie Sie sehen, passiert alles auf der Ebene der Nenner, die zwangsläufig immer größer werden müssen, weil ansonsten das Produkt unendlich groß würde.«

»Dann«, fuhr er fort, »nahm die Berechnung des π den Weg über den Ärmelkanal. Im 17. Jahrhundert wird sie zu einer britischen Spezialität. Die verschiedenen Formeln arbeiten mit unendlichen Ausdrücken, Summen, Produkten, Quotienten, haben aber den Vorteil, keine Radikale mehr zu enthalten. Die erste Formel dieser Art stammte von John Wallis.«

»Da ist er also wieder, der Geheimbotschaften entschlüsselnde Arzt!« sagte sich Monsieur Ruche.

Der Referent schrieb sie an die Tafel und entschlüsselte sie für die Zuhörer:

»Im Zähler jeweils mit sich selbst multiplizierte gerade Zahlenpaare: zwei mal zwei mal vier mal vier mal sechs mal sechs usw. Im Nenner mit sich selbst multiplizierte ungerade Zahlenpaare: drei mal drei mal fünf mal fünf mal sieben mal sieben usw.«

»Man könnte meinen, sie stottert«, flüsterte Max Monsieur Ruche ins Ohr. Wenn er gewußt hätte, daß Wallis die erste Schule für Taubstumme gegründet hat …!

$$\frac{\pi}{2} = \frac{2 \times 2 \times 4 \times 4 \times 6 \times 6 \ldots}{3 \times 3 \times 5 \times 5 \times 7 \times 7 \ldots}$$

Es sah tatsächlich so aus, als würde die Formel stottern.

»Dann«, fuhr der Referent fort, »kam William Brounker, der erste Präsident der Royal Society, dem Äquivalent unserer Akademie der Wissenschaften. Er konstruierte einen Bruch, der sich von denjenigen unterscheidet, die wir normalerweise benutzen, einen kontinuierlichen Bruch. Sein Nenner besteht aus einer ganzen Zahl in Verbindung mit einem Bruch …, der seinerseits zum Nenner eine ganze Zahl in Verbindung mit einem Bruch hat, der genauso gebildet wird wie der Bruch zuvor usw. Diese Definition stammt von Leonhard Euler. Hier arbeitet die Formel mit Quadraten ungerader Zahlen.«

Er begann die Formel an die Tafel zu schreiben, wobei er sich immer weiter bücken mußte, je länger die Formel wurde.

$$\frac{4}{\pi} = 1 + \cfrac{1}{2 + \cfrac{3^2}{2 + \cfrac{5^2}{2 + \cfrac{7^2}{\ldots}}}}$$

»Sie geht unter!« rief jemand. »Das ist die Titanic.«

Einer der Schüler des Sportgymnasiums, einer von denen, die Monsieur Ruche heraufgetragen hatten, rief:

»Da wird man wohl abtauchen müssen, um sie zu Ende zu schreiben!«

»Los, Henry! Tauche!«

Henry holte tief Luft. Alle Schüler verfolgten interessiert, wie sich Henrys Brustkorb aufblähte. Als er fertig eingeatmet hatte, setzte er seine Turnschuhe fest auf den Boden.

»Top!«

Ohne jede Eile, mit flüssigen und sicheren Bewegungen, fing der Junge an. Man merkte, daß er gut durchtrainiert war.

»Eins plus eins über zwei plus drei im Quadrat über zwei plus fünf im Quadrat über zwei plus sieben im Quadrat über zwei plus neun im Quadrat …«

Er kam bis 27! Ein Rekord. Monsieur Ruche schätzte, daß er am Spirometer bis fünf käme, ein bißchen weniger als Grosrouvre, aber trotzdem! Der Referent nahm sich vor, daß er, sobald er wieder in seinem Büro unter dem Dach wäre, aus Interesse ausprobieren würde, wie weit er herunterkäme. Er stellte sich vor, wie der Direktor des Palais die Übung benutzte, um die Referenten zu prüfen. Diejenigen, die es nicht bis zu einem bestimmen ungeraden Nenner schafften, würden gefeuert!

Dann kam er wieder auf das π zu sprechen.

»Dann kamen James Gregory Isaac Newton und John Machin. Newton schrieb an einen seiner Freunde: ›Da ich im Augenblick nichts anderes zu tun habe, habe ich sechzehn Dezimalen von π errechnet.‹ John Machin war der erste, der die ersten hundert Dezimalstellen errechnete. Kehren wir aufs Festland zurück.

Das 17. Jahrhundert neigt sich seinem Ende entgegen. Gottfried W. Leibniz bildete eine unendliche Summe, die ebenfalls mit der Folge ungerader Zahlen arbeitete:

$$\frac{\pi}{8} = \frac{1}{1 \times 3} + \frac{1}{5 \times 7} + \frac{1}{9 \times 11} + \cdots$$

Mögen all diese Formeln auch sehr ›schön‹ sein, so sind sie doch nicht zwangsläufig ›gut‹, insofern sie nicht unbedingt effektiv bei der Erzeugung von Dezimalzahlen sind. Manche konvergieren sehr langsam, sie bewegen sich im Schneckentempo, andere sind sehr viel schneller. Auf diesem Gebiet bevorzugen die Mathematiker Hasen. Jetzt kommen wir zu Leonhard Euler, Leonhard mit h!«

Monsieur Ruche rezitierte leise vor sich hin: »Summe der Kehrwerte der Quadrate der verschiedenen ganzen Zahlen.« Die Formel auf dem Paperboard unterschied sich von der, die er in sein Heft in der BAU eingetragen hätte.

$$\frac{\pi^2}{6} = \sum_{\pi=1}^{\infty} \frac{1}{\pi^2}$$

»Ich sehe, daß einige von Ihnen zusammenzucken«, sagte der Referent, als er Monsieur Ruches skeptischen Gesichtsausdruck bemerkte. »Der Grund hierfür ist bestimmt das Symbol nach dem Gleichheitszeichen, nicht wahr, der griechische Großbuchstabe *sigma*, der unserem ›S‹ entspricht. Dieses Symbol ermöglicht eine verkürzte Schreibweise und stellt ein sehr ökonomisches Verfahren zur Darstellung einer Summe dar, vor allem dann, wenn sie unendlich ist:

$$\sum_{\pi=1}^{\infty}$$

Es liest sich wie folgt: ›Summe von *n* gleich 1 bis Unendlich.‹ Ja, die kleine liegende acht über dem Sigma symbolisiert das Unendliche, gegen das die Zahl *n* strebt. Dieses Symbol wurde von John Wallis erfunden, über den wir schon sprachen.«

Max und Monsieur Ruche warfen sich einen kurzen Blick zu.

»Der Wettlauf um die Dezimalen war eröffnet. Es folgt eine wahre Rekordschwemme. Erst 127, dann 140. Professionelle Rechner, ›Dezimalzahljäger‹, wie sie genannt werden, treten auf den Plan. Manche von ihnen sind echte Zirkusattraktionen. 1844 ist man bei der 200. Stelle angekommen. Sehr schnell ist man bei 440. In der Überzeugung, lange unerreicht zu bleiben, ruht sich der Rekordhalter, William Rutherford, auf seinen Lorbeeren aus. Pardauz! Zwei Jahre später, man schreibt das Jahr 1874, wird er von einem anderen William in den Schatten gestellt: William Shanks veröffentlicht seine 707 Dezimalen! Gefeiert wie ein Held; er hat es verdient. Zwanzig Jahre seines Lebens hat er damit zugebracht, seine 707 Dezimalstellen eine nach der anderen zu errechnen!«

Den Bruchteil einer Sekunde lang stellte sich Monsieur Ruche das Leben dieses Menschen vor. Wie er sich zwanzig Jahre lang jeden Morgen an seinen Schreibtisch setzte und er sich fragte: »Nun, wo war ich stehengeblieben?« Ihm wurde schwindelig.

Die Dezimalstellen des William Shanks waren auf dem Fries in der Kuppel dargestellt. Sie waren es, die Grosrouvre ihm an jenem Morgen im Juli 1937 zeigen wollte, als er ihn in den Palais de la Découverte mitgenommen hatte.

Der Referent fuhr fort:

»Shanks Rekord hat 73 Jahre gehalten. 1947, kurz nach dem Ende des 2. Weltkriegs, rechnete ein gewisser Ferguson alles noch einmal durch und entdeckte ...«

Er beendete seinen Satz nicht, nahm ein langes Lineal zur Hand, das dem Publikum bisher verborgen geblieben war, und mit dem Ausfallschritt eines Fechters spießte er eine »9« der vierten Spalte unmittelbar über den zwei »S« von »POISSON« und vor »PONCELET« auf. Und indem er sich wieder dem Publikum zuwandte, sagte er:

»... entdeckte, daß die 528. Stelle falsch war!«

Erschreckt erklang aus dem Publikum ein »Ah! ...«, das der Widerhall noch verstärkte und noch erschreckter klingen ließ.

»Verdammt!« entfuhr es Monsieur Ruche. Er triumphierte. Grosrouvre hatte ganze Vormittage vor Bewunderung wie erstarrt vor falschen Zahlen gestanden! Es war dasselbe, als hätte man ihm einen falschen Rembrandt angedreht, für den er sich begeisterte. Die beste Neuigkeit seit langem! Monsieur Ruche empfand Genugtuung. Er begann lauthals zu lachen.

Alle dachten, es sei eine Folge der Dekompression. Und Grosrouvre hat es nie erfahren! Als die Neuigkeit des Irrtums bekannt wurde, wo war da Grosrouvre? Im Amazonas, im Dschungel, damit beschäftigt, Kautschuk aus den Heveas zu gewinnen, sich den ganzen Tag, von Mücken zerstochen, abzurackern. Hätte er damals erfahren, daß die 528. Dezimalzahl von π falsch war, wäre ihm das, darauf wette ich, vollkommen Wurscht gewesen.

Der Lehrer, der die Klasse des Sportgymnasiums begleitete und der seit Beginn des Vortrags kein Wort gesagt hatte, holte tief Luft, damit man ihn besser hörte, und erlaubte sich die Bemerkung:

»Wenn aber die 528. falsch ist, dann sind es die nachfolgenden auch!«

»Genau«, stimmte der Referent entspannt zu.

»Das heißt also«, schluckte der Lehrer, »daß die 180 letzten, die wir hier sehen, falsch sind!«

Alle Blicke waren auf den Referenten gerichtet.

»Sie sind es gewesen! Seit 1949 sind sie es nicht mehr. Die Leitung des Palais hat die falschen Stellen ab dieser 9«, die er nochmals mit dem Lineal aufspießte, »löschen lassen. Die Zahlen, die Sie hier sehen, sind absolut korrekt!«

Das Publikum trat einen Schritt nach vorn, um sich die Zahlen genauer anzusehen und irgendwelche Spuren der vorgenommenen Veränderung auszumachen. Weder die Farben noch die Form der Zahlen oder die Zwischenräume verrieten, was geschehen war. Nichts deutete auf das Drama hin, das der Fries durchlebt hatte.

Ohne seinen Zuhörern länger Zeit zu lassen, fuhr der Referent vollkommen routiniert fort:

»Im selben Jahr, also 1949, wurde die Tausendergrenze durchbrochen. Dann übernahmen Maschinen das Rechnen; mit Hilfe entsprechender Programme sollte es von nun an ihre Aufgabe sein, weitere Dezimalstellen von π aufzuspüren. 1958 erreichte man die Grenze von 10 000, 1961 die von 100 000, 1973 die von einer Million, 1983 die von 10 Millionen, 1987 die von 100 Millionen und 1989 die von 1 Milliarde!«

Atemlos und ganz gefesselt von der Flut der Zahlen, verfolgten die Schüler des Sportgymnasiums diese Rekordjagd. Das war echter Sport! Der Vortrag war zu Ende.

»Noch zwei oder drei Kleinigkeiten, bevor wir auseinandergehen. Denken Sie nicht, daß π nur in der so reinen Mathematik vorkommt. Auch bei physikalischen und kosmologischen Erscheinungen spielt es hier und da eine Rolle.«

Er zeigte auf die beleuchtete Kuppel über der Dezimalzahlspirale. Er drückte auf einen Knopf, und die Kuppel verschwand in der Dunkelheit.

»Manche Astronomen behaupten, π gäbe es auch am Himmel. Wenn jeder Stern des gewölbten Universums mittels seiner beiden Koordinaten, seiner Höhe und seiner Richtung, zu orten ist, die ganze Zahlen sind, dann ist die Wahrscheinlichkeit, daß diese beiden Zahlen sich wie Primzahlen zueinander verhalten, d.h., daß sie keinen gemeinsamen Teiler haben, $6/\pi^2$.«

Die Kuppel wurde wieder beleuchtet.

»Und auf der Erde«, fuhr der Referent fort, »steht n in Verbindung mit den großen, trägen Strömen. Diejenigen Ströme, deren Lauf Mäander und Schleifen aufweist. Wenn man aus der Vogelperspektive die Entfernung zwischen der Quelle und der Mündung einerseits und der tatsächlichen Länge des Flusses mit all seinen Windungen vergleicht, muß man feststellen, daß das Verhältnis zwischen beiden fast 3,14 beträgt. Je niedriger das Gefälle ist, um so mehr nähert sich dieser Wert π an. Der Amazonas bietet hierfür das beste Beispiel.

Monsieur Ruche hörte, wie Max vollkommen ernst flüsterte:

»π ist in der Luft und im Wasser.«

»Wenn Sie den Saal verlassen, vergessen Sie bitte nicht, einen Blick auf die über der Tür eingravierte Formel zu werfen. Sie stammt von Leonhard Euler. Hierbei handelt es sich zweifellos um die schönste mathematische Formel überhaupt.«

Beim Verlassen des Saales hoben alle den Kopf und lasen:

$$e^{i\pi} = -1$$

Monsieur Ruche reckte den Hals und betrachtete die Formel. Kurz war sie schon. Aber schön, warum zum Teufel sollte sie schön sein? Nicht nur schön, sondern sogar die schönste?

Monsieur Ruche zählte. Fünf Zeichen. Er kannte sie alle. Außer einem.

Da war einmal das π, was an diesem Ort, seiner Heimstatt, wenig verwunderte. Dann das Gleichheitszeichen »=« von Record, das »–1« der Parkhäuser, das »i« für imaginär von … Leonhard Euler, das er in seiner Liste der Eulerschen Herkunftsbezeichnungen vergessen hatte.

Und dann war da noch dieses e. Nie zuvor gesehen. War es dieses Zeichen, das der Formel ihre Schönheit verlieh? Max, der auch den Hals langgestreckt hatte und die Formel betrachtete wie die Touristen in Rom die Decke der Sixtinischen Kapelle, fragte er:

»Findest du sie wirklich so schön?«

»Was ist denn Schönheit eigentlich, Monsieur Ruche? … Ein rothaariger Junge mit kleinen schwarzen Augen, ist der schön oder nicht? Sie brauchen nicht zu antworten.«

»Wir machen es wohl wie Thales, Monsieur Ruche, wir betrachten den Himmel!«

Vor ihnen standen drei kleine Teufel, die aus der Höhle des π herausgetreten waren:

Jonathan, Léa und Perrette.

»Wir stehen hier seit fünf Minuten. Diese Formel muß Sie aber ziemlich in ihren Bann gezogen haben, sonst hätten Sie uns längst bemerken müssen«, sagte Perrette.

Monsieur Ruche, der nicht gern überrascht wurde, fiel nichts Besseres zu sagen ein als:

»Wißt ihr, was e ist?«

»Ja, wir wissen es«, sagten J-und-L im Chor.

Da die Schüler des Sportgymnasiums nach dem Ende des Vortrags das Gebäude fluchtartig verlassen hatten, waren sie jetzt nicht mehr da, um den Rollstuhl hinunterzutragen. Nicht schlimm! Monsieur Ruche hatte ja jetzt seine ganze Familie bei sich, die ihm zur Hand gehen konnte. Jonathan, der stämmigste, und Max, der kleinste, auf einer Seite, die Frauen, Perrette und Léa, beide schlank und zäh, auf der anderen. Das Quartett faßte den Rollstuhl, und Monsieur Ruche schwebte am Absatz der großen Treppe in der Luft.

Die, die ihnen auf der Treppe entgegenkamen, konnten die feinen blauen Boots bewundern, die der alte Invalide an den Füßen trug. Es war ein souveräner Abstieg. Seit jenem Tag, als er vor den Regalen in der Buchhandlung auf dem Boden lag, war ihm nicht mehr so viel Aufmerksamkeit zuteil geworden. Clovis auf seinem Schild, dem seine Untertanen die Ehre erweisen! Monsieur Ruche setzte ein gleichgültiges Gesicht auf, um sich seine tiefe Erregung nicht anmerken zu lassen. Plötzlich fiel ihm auf, daß Perrette an einem Nachmittag mitten in der Woche hier war!

»Perrette, Sie haben das Geschäft geschlossen!«

»Ja, Monsieur Ruche. Ich habe Ihren Ratschlag befolgt, das Gitter geschlossen und einen Aushang gemacht, auf dem steht:

Die Buchhändlerin ist gerade auf der Treppe.

Sie stellten den Rollstuhl mitten auf dem – denkmalgeschützten – Mosaikfußboden in der riesigen ovalen Halle ab.

In Wahrheit hatten sie geprahlt. Weder J noch L, noch J- und-L gemeinsam wußten, was es mit dem *e* genau auf sich hatte, außer daß es der Anfangsbuchstabe von *Exponent* war.

Geschichte des e

Es stellte sich eine Frage: »Was war *e*?« Die Antwort war erstaunlich einfach: *e* ist eine Zahl! Sonst nichts! Wie 1, 2 oder π, dem sie übrigens ähnelt. Im Unterschied zu 1 oder

2 läßt sich ihre Größe jedoch nicht als endliche Dezimalzahl darstellen. Léa drückte es folgendermaßen aus: »Eine Zahl, die nicht aufhört und sich auch noch verhält, wie sie will.« In etwas rohen Worten verdeutlichte Léa, daß die Anzahl der Dezimalstellen von e nicht nur unendlich viele waren, sondern daß sie darüber hinaus keiner Gesetzmäßigkeit unterlagen, d.h., daß es keine Möglichkeit gab, sie vorherzusagen, bevor man sie nicht errechnet hatte.

$$e = 2,718281828\ldots$$

Damit hätten sie es gern bewenden lassen. Aber das war keine Geschichte. Konnten sie vor Monsieur Ruche treten und ihm sagen: Was das e betrifft, nun ja, äh …?

Um eine solche Demütigung zu vermeiden, waren sie bereit zu schuften. Das heißt genaugenommen, daß Léa anfangs alles machte und Jonathan nichts.

»Ich möchte es einmal so ausdrücken: Das Interessante an e sind die Zinsen«, erklärte Léa »Paß auf! Es ist natürlich nur eine Geschichte. Nimm einmal an, du hättest vor einem Jahr ein hübsches Sümmchen zusammengespart, mit dem du unsere Reise nach Manaus bezahlen könntest. Dieser Spargroschen ist S. Du hast das Geld angelegt. Du bist ein Glückskind, dein Banker hat dir einen geradezu phantastischen Zinssatz angeboten: 100 %. Lach nicht, das hat es schon gegeben. Nicht bei armen Leuten, aber bei reichen. Nichts spricht dagegen, ein wenig zu träumen.

Rechne! Nach einem Jahr hättest du S + S = 2 S. Du hättest deinen Spargroschen verdoppelt. Wenn du die Zinsen nicht nach einem Jahr abgehoben hättest, sondern alle sechs Monate, um sie wieder anzulegen, würde das nach einem Jahr S $(1 + 1/2)^2$ machen. Rechne nach. Du hättest mehr als das Doppelte deiner Sparsumme, nämlich 2,25 S.

Wenn du die Zinsen nicht alle sechs, sondern alle drei Monate abgehoben und wieder angelegt hättest, betrüge die Summe nach einem Jahr $S(1 + 1/4)^4$. Rechne nach! Dein Gewinn wäre noch größer: 2,441 S. Hättest du sie jeden Monat abgehoben und neu angelegt, betrüge die Summe: $S = (1 + 1/12)^2$. Rechne nach! 2,5996. Der Gewinn wäre also noch mal größer. Und wenn du dein Geld täglich neu angelegt hättest: $S = (1 + 1/365)^{365}$. Noch mal mehr! Jede Sekunde: wieder mehr! Du rechnest all die ›unendlich‹ vielen kleinen Sümmchen zusammen. Du bist außer dir, du hebst ab, du schwebst, du wähnst dich in Byzanz, du denkst, deine Sparsumme wächst immer weiter an, sie vervierfacht sich, verzehnfacht, verhundertfacht, vermillionenfacht, vermilliardenfacht sich. Du denkst an deine kleine Schwester, der du die Hälfte deines Gewinns abgibst, was dir gar nichts ausmacht, denn im nächsten Augenblick wirst du schon wieder das Doppelte gewonnen haben. Kehr auf den Boden der Tatsachen zurück, mein armer Jon! Dein schöner Traum zerplatzt. Deine Zinseszinsen sind ganz schön zusammengeschmolzen, denn am Ende hast du nicht das Dreifache deiner ursprünglichen Sparsumme heraus, nicht einmal das 2,9fache, nicht das 2,8fache, nicht das 2,75fache und auch nicht das 2,72fache …

Dein Gewinn betrüge lediglich das 2,718281828fache! … Mein armer Jon, nach all dem Reichtum bist du jetzt gerade e mal weniger arm als zu Anfang! Schade!«

Sie warf ihm ein Geldstück zu, das er auf den Boden fallen ließ, während er seinem Traum nachtrauerte.

»Was soll's, das hindert uns nicht daran, nach Manaus zu reisen.«

»Deine Geschichte des e ist eine alberne Banker-Geschichte, um nicht bankrott zu gehen! Das ist nicht e, das ist bäh!«

»Schütte nicht das Kind mit dem Bade aus. Die Exponentialfunktion ist trotz allem ein kleines Wunder. Erinnerst du dich an die Kegel des Apollonius, die auch im Zusammenhang mit der Bewegung der Planeten eine Rolle spielten? Hier ist es ungefähr dasselbe: Die Exponentialfunktion ist in den unterschiedlichsten Bereichen von Bedeutung. In der Natur genauso wie in der Gesellschaft. Das Wachstum einer Pflanze, die Ausbreitung einer Seuche, die Bevölkerungsentwicklung, die Entwicklung von Radioaktivität usw. Ich zitiere den entsprechenden Satz: ›Ist der Grad der Entwicklung proportional zur Beschaffenheit der Entwicklung, dann hat man es vermutlich mit einem Exponenten zu tun.‹«

»Je reicher du bist, um so mehr Geld verdienst du! Je kränker du bist, um so mehr Krankheiten handelst du dir ein! …«

»Schlimmer noch! Nicht nur verdienst du um so mehr Geld, je reicher du bist, du verdienst es auch noch schneller. Wie soll ich es dir nur verständlich machen? Du beschäftigst dich mit einer Sache, die stetig wächst, neugierig, wie du bist, interessierst du dich in dem Maße stärker dafür, wie sie wächst. Zum Beispiel … Es geht nicht anders, am besten läßt es sich mathematisch veranschaulichen. Wenn deine Sache wächst wie eine Gerade, die Gerade ›2x‹ zum Beispiel, ist ihr Wachstum linear. Ihre Ableitung, erinnere dich an die Sitzung über Fermat und die anderen …«

»Ihr Differentialquotient ist gleich 2!«

»Folglich ist ihr Wachstum konstant! Wächst deine Sache dagegen wie die Parabel: ›x^2‹, ist ihr Wachstum …«

»… 2x!«

»Also ebenfalls anwachsend! Aber darüber hinaus ist das Wachstum des Wachstums, du kannst mir hoffentlich folgen, konstant, es ist gleich 2.«

Als sie Jonathans Gesichtsausdruck bemerkte, sagte sie heftig:

»Keine Schwäche zeigen, Jon, wenn ich folge, dann folgst du auch!«

»Nein, nein! Ich, Epiphanios, du, Hypatia! Er sehr viel weniger begabt als seine Schwester.«

»Die man verbrannt hat!«

»Genau.«

»Ich bin lieber schlecht in Mathe und ende dafür nicht auf dem Scheiterhaufen.«

»Du dramatisierst wie immer! Geschichte des e, Fortsetzung und Ende. Wenn deine Sache also anwächst wie ›e^x‹, dann wächst nicht nur ihr Wachstum und das Wachstum ihres Wachstums an! Vielmehr wächst das Wachstum des Wachstums ihres Wachstums an! Und das immer so weiter ... Warum?«

»Weil der Differentialquotient von e^x eben e^x ist. Das ist absolut außergewöhnlich. Es ist nur in diesem einen Fall so. Er ist der einzige, der gleich seinem Differentialquotienten ist.«

Léa nahm Haltung an und spielte den Lautsprecher:

»Achtung, Achtung! Die Exponentialfunktion ist exponential. Sie ist die einzige, die mit ihrem Differentialquotienten identisch ist!«

»Sag mal, was ist eigentlich aus dem Lautsprecher geworden? Wir haben ihn lange nicht gesehen.«

»Du meinst, wir haben ihn lange nicht gehört. Nach meinen letzten Informationen ist seine Membran geplatzt.«

»Ein Lautsprecher ohne Membran«, deklamierte Jonathan, »ist wie eine Kehle ohne Stimmbänder, ein Ohr ohne Trommelfell, Augen ohne Pupillen ... und Erklärungen ohne Skizzen.«

Die Botschaft war unmißverständlich. Léa sollte eine Skizze anfertigen. Sie schmierte sie hin.

Ihr Mathelehrer, dem sie während des Unterrichts kurz ihr Problem darstellten, zeigte sich überrascht, daß sie sich nicht daran erinnerten, daß e und *log* eng miteinander verknüpft waren. Die beiden Möchtegerngenies lachten hämisch. Oh, nicht lange! Die beiden zweieiigen Zwillinge machten sie fertig. Dennoch kam die ganze Angelegenheit für J-und-L einer Demütigung gleich. Nachdem sie eine solche Schmach erlitten hatten, nahmen sie sich vor, so lange keinen Fuß mehr ins Klassenzimmer C 113 zu setzen, wie sie nicht zu »log-Meistern« geworden wären. Sie teilten sich die Arbeit. Das heißt genaugenommen, zunächst machte Jonathan alles und Léa nichts.

Folgendes las Jonathan in einer Abhandlung:

»Wenn a, b und c Zahlen der Art $a^b = c$ sind, dann ist b der *Logarithmus* von c zur *Basis* a:

$$a^b = c \Leftrightarrow b = \log_a c$$

Da $10^2 = 100$, ist der Logarithmus von 100 zur Basis 10 gleich 2: $\log_{10} 100 = 2$.

Da $10^3 = 1\,000$, ist der Logarithmus von 1 000 zur Basis 10 gleich 3: $\log_{10} 1000 = 3$ usw.

In der Basis 2 zum Beispiel ist der Logarithmus zur Basis 2 von 8 gleich 3: $\log_2 8 = 3$, da $2^3 = 8$.

Demnach gibt es genauso viele mögliche Basen, wie es Zahlen gibt. Aber doch nicht ganz. Die Zahl 1 sowie die negativen Zahlen kommen als Basen von Logarithmen nicht in Betracht.«

»Warum nicht alle Zahlen?« fragte Léa.

»Vor noch nicht einmal zehn Sekunden gab es für dich überhaupt keine Logarithmen, und jetzt willst du sie mit allen Zahlen bilden!«

»Ein einziger log fehlt, und es herrscht vollkommene Leere!«

»Damit mußt du dich abfinden. Ich erkläre:

Kein log zu einer negativen Basis oder zur Basis 1!

Es bleiben aber noch genügend übrig. Alle Logarithmen weisen ein gemeinsames Merkmal auf, das ich verkünde:

$$\log_a 1 = 0$$

»Und e?« fragte Léa.
»Du brennst ja vor Ungeduld!«
»Das ist eine wirklich passende Bemerkung!«
»Da e größer ist als 1 …«
»**2,718281828 …**«
»Also gibt es einen Logarithmus zur Basis e. Sein Name ist großer log, und man schreibt ihn mit einem großen ›l‹:

Log

Hierbei handelt es sich um den ›natürlichen‹ oder ›neperschen Logarithmus‹. Diese Bezeichnung leitet sich vom Erfinder der Logarithmen, Napier, ab.«

Sie hätten aufhören können, denn sie hatten genügend über die Logarithmen herausgefunden. Aber rachsüchtig, wie sie waren, wollten sie alles über die Logarithmen in Erfahrung bringen, was es darüber zu erfahren gab. Sie liefen in die BAU, stürzten sich auf den Buchstaben N in der 3. Abteilung. Zwischen Claude Mydorge und Isaac Newton stand dort Napiers *Mirifici Logarithmorum*. Der Anfang war alles andere als vielversprechend, denn allein der Titel des Werkes ließ sie verzagen: *Mirifici Logarithmorum canonis descriptio, ejusque usus, in utraque Trigonometria, ut etiam in omni Logistica Mathematica amplissimi, facillimi et expedissimi explicatio, de Johanne Neper. Barone Merchistonii.*

Zum Glück folgte gleich darauf die Übersetzung: »Beschreibung der wunderbaren Regeln der Logarithmen und ihres Gebrauchs in der einen oder anderen Trigonometrie sowie in jeder Art mathematischer Berechnung. Mit der allerausführlichsten, einfachsten und ungezwungensten Erklärung von Schwierigkeiten. Veröffentlicht in Edinburgh in der Werkstatt von Andre Hart, Buchhändler, 1614.«

56 Seiten Darstellungen, Definitionen und Erklärungen. Dann Tafeln, Tafeln und nochmals Tafeln. Eine Art Zahlenverzeichnis. Nüchterner ging es wohl kaum noch. Ein geeignetes Geschenk für die beste Freundin, dachte Léa.

Die berühmten Logarithmentafeln.

Jahrhundertelang war ernsthaftes Rechnen ohne sie schlichtweg unmöglich, und auch sie gehörten mittlerweile zum Fundus des Kuriositätenkabinetts. Selbst in der Mathematik haben die Dinge Verfallsdaten!

Welches waren also diese »wunderbaren Regeln«, von denen Napier sprach? Ein reiner Reklametrick? Die ganze Schönheit und Effizienz der Logarithmen ließ sich in einem einzigen Satz zusammenfassen: *»Der Logarithmus eines Produkts ist die Summe der Logarithmen.«*

$$\log xy = \log x + \log y$$

Habibis Akzent nachahmend, sagte Jonathan: »Du willst eine Multiplikation? Ich mach eine Addition!« Dann imitierte er mit einemmal einen Teilnehmer an einer Expertenrunde beim staatlichen Radiosender France Culture: »Da die Mechanismen der Addition bekanntermaßen sehr viel grundlegender sind als die bei der Multiplikation wirksamen, ist der Gewinn offenkundig. Der log ist mit einem Untersetzungsgetriebe vergleichbar.«

Alles übrige folgte zwangsläufig: Aus einer Division wird eine Subtraktion:

$$\log x/y = \log x - \log y$$

Um etwas zu einer Potenz zu erheben, bedarf es lediglich einer Multiplikation:

$$\log x^n = n \log x$$

Das schönste aber ist das Ziehen von Wurzeln! Um eine Wurzel zu ziehen, braucht man nur noch zu teilen. Bei einer Quadratwurzel zum Beispiel braucht man nur durch 2 zu teilen!

$$\log \sqrt{x} = 1/2 \log x$$

»Du willst die 17. Wurzel aus 1789: $\sqrt[17]{1789}$? Du teilst einfach log 1789 durch 17. Dann suchst du in der Logarithmentafel die Zahl des entsprechenden Logarithmus. Diese Zahl ist die 17. Wurzel von 1789! Du hast dir damit ganz schön Arbeit gespart, mein Fräulein!«

Das Versprechen, das Napier in seinem Werk von 1614 gab, war also keine Vortäuschung falscher Tatsachen!

Nachdenklich sagte Léa:

»Das muß eine echte Revolution gewesen sein! Die 17. Wurzel, mein Gott! Wenn ich da nur an die Quadratwurzel denke! Das muß ja Tage gedauert haben. Und dann, paff, die Logarithmentafeln, eine Sache von Minuten. Man kann sich heute bestimmt nicht mehr recht vorstellen, was das bedeutet haben muß. Jetzt übernehmen die Taschenrechner für uns die Arbeit.«

»Der Fellache des Thales!«

»Was erzählst du da?«

»Ich erzähle nicht, ich wiederhole.«

Der Satz war ihm herausgerutscht. Sie blickten ostentativ zur leeren Sitzstange. Léa stand auf, trat darauf zu. Das Wasser war frisch, der Napf mit frischen Körnern gefüllt, gerade so, als würde Nofutur jeden Augenblick zurückkehren. J-und-L glaubten nicht an die Rückkehr Nofuturs. Um ehrlich zu sein, sie glaubten noch nicht einmal, ihn jemals wiederzusehen. Nur echte Profis waren in der Lage, am hellichten Tag ins Haus einzudringen, Nofutur mit Chloroform zu betäuben und unbemerkt zu flüchten.

Sie sagten sich, daß Nofutur ungeheuer wertvoll sein mußte, wenn die Typen vom Flohmarkt ihn sechs Monate später immer noch gesucht und zurückgeholt hatten. Sicher, er war kein gewöhnlicher Papagei. Obwohl sie sich auf diesem Gebiet nicht besonders gut auskannten, stimmten J-und-L doch einhellig darin überein, daß Nofutur außergewöhnliche Fähigkeiten besaß. »Vielleicht ist er ja ein Zirkuspapagei. Gar kein uninteressanter Gedanke, vielleicht sollten wir mit den anderen darüber reden und in dieser Richtung suchen. Man hört doch immer wieder davon, daß Tiger, Boas oder Hyänen aus Zirkussen entlaufen. Warum nicht auch ein Papagei? Diese beiden gutgekleideten Typen waren vielleicht Zirkusleute, die ihren sprechenden Papagei zurückholen wollten. Und keine Tierschmuggler. Ich tue nichts anderes, als alle Hypothesen in Betracht zu ziehen«, schloß Jonathan.

Nachdem J-und-L durch ihr neu erworbenes Wissen frisches Selbstbewußtsein getankt hatten, konnten sie wieder vor Monsieur Ruche treten. Im Garagenzimmer stieg der Geruch von Motorenöl vom Erdreich Montmartres auf. Monsieur Ruche lag ausgestreckt auf seinem Himmelbett und hörte ihnen zu:

Jonathan kündigte an:

»Die Geschichte des e! e wie Euler. Halten Sie sich gut fest, Monsieur Ruche. Es wird heftiger Seegang herrschen!«

»In meinem Himmelbett fürchte ich rein gar nichts. Es ist garantiert unsinkbar.«

»Sie haben den Osten der Windrose von πR Fermat erkundet?«

»Positiv.«

»Es ging um Differentialrechnung?«

»Positiv.«

»Folglich sind Sie mit Differentialquotienten und Stammfunktionen vertraut?«

»Positiv.«

Sie redeten lange. Als sie fertig waren, hatte Monsieur Ruche viel über das e und die Logarithmen gelernt, aber:

»Euer e erklärt nicht, warum die Formel im Palais de la Découverte die schönste aller mathematischen Formeln ist.«

»Das war nicht Gegenstand unseres Auftrags«, empörte sich Jonathan.

»Stimmt, ich habe Max die Frage gestellt.«

»Er ist er, und e, das sind wir. Übrigens, wo ist er eigentlich?«

»Auf dem Flohmarkt. Er hält sich die ganze Zeit dort auf. Er befragt die Leute dort, er stellt seine Nachforschungen an. Er will die beiden Typen finden, die Nofutur entführt haben. Er ist sich sicher, daß es die beiden aus dem Schuppen waren.«

»Das ist vielleicht gefährlich«, sagte Jonathan.

»Wenn er es so beschlossen hat, kann nichts und niemand ihn daran hindern, hinzugehen. Das weißt du doch genau«, sagte Léa.

Sie machte es sich am Fußende von Monsieur Ruches Bett gemütlich. Eingehüllt in den Samtbehang, kündigte sie an:

»Geschichte des *e*, die zweite! John Napier hat zwanzig Jahre seines Lebens damit zugebracht, die Logarithmentafeln zu erstellen.«

»Noch einer!« rief Monsieur Ruche, während er sich ein großes Kissen unter den Kopf legte. »Womit hätte ich zwanzig Jahre meines Lebens verbringen können …?«

Es klopfte an der Tür. Max trat ein. Überrascht, sie alle hier anzutreffen, wollte er wieder gehen.

»Nein, bleib hier!«

Léa zog ihn zu sich.

»Komm, setz dich!«

Er sah traurig aus. Ganz unvermittelt sagte sie:

»Hähne sind keine Papageien!«

Allgemeines Erstaunen. Schelmisch lächelnd fuhr sie fort:

»Aber beide haben Federn. Die des Hahns von John Napier waren pechschwarz. Napier war ein Zauberer. Sein Hahn teilte ihm alle Geheimnisse seiner Nachbarn mit. Eines Tages wurde in sein Haus eingebrochen. Alle Indizien wiesen darauf hin, daß es nur einer seiner Bediensteten gewesen sein konnte.

Napier kratzte heimlich Ruß aus seinem Schornstein ab. Nachdem er den Hahn damit eingerieben hatte, schloß er ihn in ein dunkles Zimmer.

Er rief seine Bediensteten zu sich und trug ihnen auf, einer nach dem anderen in das Zimmer zu treten und den Hahn zu streicheln. Sobald der Dieb das Federvieh berührte, würde es zu schreien anfangen. Die Bediensteten traten in das Zimmer. Nachdem sie einen Augenblick mit dem Hahn darin verbracht hatten, kamen sie alle erleichtert wieder heraus. Der Hahn schrie nicht ein einziges Mal.«

»War er stumm?« fragte Monsieur Ruche.

»War keiner der Bediensteten der Dieb?« fragte Max.

»Hatte man den Hahn geknebelt?« fragte Monsieur Ruche.

»Falsch geraten! Napier verlangte von seinen Bediensteten, ihm ihre Hände zu zeigen. Alle hatten schwarze Hände, mit Ausnahme von einem.«

Max richtete sich auf:

»Der Dieb! Der mit den sauberen Händen hatte in Wahrheit schmutzige Hände!«

Dann, nach einem Augenblick des Schweigens:

»Ich hätte auch gern einen solchen Hahn. Mit seiner Hilfe würde ich sicher die Banditen ausfindig machen, die Nofutur entführt haben.«

Er ging hinaus.

»Max, warte!« rief Jonathan und holte ihn auf der Türschwelle wieder ein. Indem er sich an Monsieur Ruche wendete: »Gesagt, getan! Es geht um die Formel, auf die Sie so sehr fixiert sind.«

»Wieso fixiert?« Monsieur Ruche richtete sich in seinem Rollstuhl auf. »Man versichert mir, es handele sich um die schönste Formel auf der Welt, und ich soll sie nicht ernst nehmen. Für mich, ihr jungen Leute, ist Schönheit etwas sehr Wichtiges.«

»Der hier anwesende Max Liard hatte sich verpflichtet, Ihnen unverzüglich eine Antwort zu geben«, erklärte Léa. »Da ihn ein privates Problem darin hinderte, selbst der Sache nachzugehen, hat er uns mit dieser Aufgabe betraut.«

Max nickte zustimmend und nahm, vollkommen erstaunt, das zusammengefaltete Blatt entgegen, das sie ihm hinhielten. Monsieur Ruche, der gespannt zuhörte, las er die Antwort vor:

$$e^{i\pi} = -1$$

Diese Formel kann man auch in folgender Form notieren:

$$e^{i\pi} + 1 = 0$$

In dieser einfachen Formel sind die grundlegenden Zahlen der Mathematik enthalten:

$$1, 0, \pi, e, i.$$

Brandgeruch liegt in der Luft ... An diesem Nachmittag im Mai des Jahres 1771 breitet sich das Feuer in Sankt Petersburg mit unglaublicher Geschwindigkeit aus. Mehr als 500 Gebäude werden den Flammen zum Opfer fallen. In dem Raum, der ihm als Arbeitszimmer dient, ist Euler gerade in seine Arbeit vertieft. Er hält sich allein in seiner großen Wohnung auf. Die Flammen haben das Zimmer eingeschlossen, die Luft läßt sich kaum mehr atmen. Euler könnte sich allein nicht mehr helfen, er ist fast blind, er findet die Zimmertür nicht. Vollkommen atemlos stürmt ein Mann ins Zimmer, Peter Grimm, ein Baseler, der bei ihm in Dienst steht. Er lädt Euler auf seinen Rücken, fordert ihn auf, sich an seinen Schultern festzuhalten, und läuft durch die Flammen. Vor dem Haus wartet eine verängstigte Menschenmenge. Peter tritt aus dem Rauch heraus. Er setzt Euler ab. Keiner der beiden Männer hat schwere Brandwunden davongetragen. Ein Wunder. Euler erklärt ganz aufgeregt, wo sich seine Manuskripte befinden. Dutzende von Kartons, gefüllt mit Notizen, Abhandlungen, Rechnungen ... Die Leute bilden eine Menschenkette.

Die meisten Manuskripte wurden gerettet. Aber diejenigen, an denen Euler gerade arbeitete, als das Feuer wütete, verschwanden in den Flammen. In dem Zimmer war auch seine Bibliothek untergebracht. Verbrannt! In

Bernoullis Schilderung der Ereignisse heißt es, daß Euler »gerade einmal seinen Nachtrock retten konnte«.

Monsieur Ruche spürte einen Herzstich. Nichts als verbrannte Bücher in dieser Geschichte! Er sah auf, betrachtete liebevoll die BAU. All diese wunderbaren Bücher. Sie hat wirklich Glück gehabt!

Plötzlich dachte er an seine Angst zurück, als er glaubte, ein Einbrecher sei in die BAU eingedrungen. Es hat keinen Diebstahl gegeben. Aber hatte er die Möglichkeit eines Feuers in Erwägung gezogen? Nicht eine Sekunde hatte er bisher daran gedacht, daß im Atelier ein Feuer ausbrechen und die Bibliothek vernichten könnte. Welch eine Unbedachtheit! Grosrouvre hatte diese Bücher aus Manaus evakuiert, um sie in Sicherheit zu bringen, sie hatten den Atlantik überquert und waren knapp dem Untergang entkommen, um in einem Künstleratelier in Montmartre in einem Flammenmeer zu enden! In dem es weder ein Schloß noch eine Alarmanlage oder einen Feuermelder gab. Was für ein Wahnsinn! Sicher, er liebte sie, wie man sie nur lieben konnte. Aber er hatte nichts zu ihrem Schutz unternommen. Er hatte schon nicht die Entführung Nofuturs verhindern können. Das sollte ihm mit der BAU nicht passieren, und diesmal sollten seine Beine nicht als Rechtfertigung herhalten, denn sie hatten damit nichts zu tun. Das, was man liebt, muß man beschützen. Ich bin ein verantwortungsloser Alter. Er verließ die BAU und rollte in Richtung Buchhandlung. Es mußte schnell gehandelt werden. Perrette wüßte, was zu tun sei. Zwischen zwei Kunden legte er ihr seine Befürchtungen dar.

Obwohl er seinen Lebensunterhalt immer nur durch den Verkauf von Büchern verdient hatte, gehörte Monsieur Ruche zu der Gattung Buchhändler, für die ein Buch stets viel mehr wert ist als der aufgedruckte Preis. Perrette, die ihn fragte, wie hoch er den Wert der BAU schätzte, antwortete er:

»Mehrere hundert Millionen.«

Er fügte hinzu:

»Vorsichtig geschätzt! Erführe jemand, daß unser kleines Haus in der Rue Ravignan einen solchen Schatz beherbergt, käme das einem Aufruf zur Plünderung, zum Raub, zum Diebstahl gleich.

Was für ein Saukerl!«

Der Saukerl war natürlich Grosrouvre. Monsieur Ruche hatte die Falle erkannt, in die sein alter Freund Elgar ihn gelockt hatte. Grosrouvre zwang ihn, gerade so zu verfahren, wie er mit seinen Beweisen verfahren war: Er nötigte ihn zur Geheimhaltung. Monsieur Ruche saß in der Falle, er mußte die Existenz der BAU geheimhalten. Mitten aus dem Amazonas hatte Elgar seinen Entschluß zur Geheimhaltung hierher exportiert, und Monsieur Ruche hatte keine andere Wahl, als sich daran zu halten. Nicht nur er allein, sondern auch Perrette, Max, Jonathan-und-Léa. Und natürlich auch Nofutur. Albert und Habibi gar nicht erst mitgerechnet. Das war unglaublich.

Perrette wartete, bis seine Wut sich legte, und schlug dann vor, sich an ein Fachunternehmen für Gebäudeschutz zu wenden. Unter dem Vorwand, in der Buchhandlung eine Feuermeldeanlage zu installieren, würde er auch eine im Atelier der BAU einbauen lassen, von dem er behauptete, es sei das Magazin, in dem die Lagerbestände untergebracht wären. Um den Wert der Bücher zu kaschieren, würden sie die Regale mit Planen abhängen, um sie vorgeblich vor dem bei den Einbauarbeiten entstehenden Staub zu schützen.

Aber das alles würde ziemlich kostspielig sein.

Zur Finanzierung der Einbauarbeiten schlug Jonathan vor, eines der Bücher aus der BAU zu verkaufen. Monsieur Ruches Gesichtszüge verhärteten sich.

»Eines verkaufen, um alle anderen zu retten!« erklärte
Léa. »Wir wählen das unwichtigste, das jüngste aus …«

»Das jüngste? Wie der Schiffsjunge, den man opfert,
um die Besatzung zu retten. Wir spielen das Knobelspiel,
um zu bestimmen, wer, ja wer gefressen wird«, sang Monsieur
Ruche mit bitterer Stimme. »Niemals!« Monsieur
Ruche würde seine Ersparnisse verwenden, Perrette sich
um alles kümmern.

Nachdem er sich um die materiellen Dinge nicht mehr
zu kümmern brauchte, konnte Monsieur Ruche darüber
nachdenken, was passiert war, seit er die wenigen Zeilen
über Eulers Leben gelesen hatte. Einmal mehr bestätigten
diese Zeilen seine Vermutung, daß Grosrouvre nichts dem
Zufall überlassen hatte. Der Grund dafür, daß er Leonhard
Euler in seinem Brief erwähnt hatte, war das Feuer. Das
schien offensichtlich. Nur daß es nicht zusammenpaßte.

1. Es war nicht Eulers Haus, das brannte.
2. Seine Manuskripte sind nicht verbrannt.
3. Seine Bibliothek ist verbrannt.

Genau das Gegenteil dessen, was Grosrouvre widerfahren
war! Aber etwas anderes wog noch schwerer. In seinen
Überlegungen brachte Monsieur Ruche die Chronologie
der Ereignisse durcheinander. Der Brief war einen Monat
vor dem Brand in Manaus geschrieben worden, Grosrouvre
konnte Euler also gar nicht erwähnt haben, um auf das
Feuer hinzuweisen. Es handelte sich um eine falsche Interpretation
der Ereignisse, um eine Interpretation *a posteriori*.
Die Analogie zwischen Sankt Petersburg und Manaus
war rein zufällig, sie hatte nichts mit Grosrouvres Absichten
zu tun. Es mußte also eine andere Erklärung für
die Anwesenheit Eulers auf der Liste geben. Monsieur

Ruche beschloß, sich weiter mit Eulers Leben zu beschäftigen.

Wenn Max nicht auf den Flohmarkt ging, kam er in die BAU, setzte sich schweigend neben Monsieur Ruche. So saß er auch, als Monsieur Ruche wieder Eulers *Gesammelte Werke* zur Hand nahm. Maxens Anwesenheit veranlaßte ihn dazu, laut zu lesen:

»1760, während des Siebenjährigen Krieges, hielten die russischen Truppen einen Teil Deutschlands besetzt. In der Nähe von Charlottenburg beschlagnahmten sie Eulers Besitz. Nachdem der russische General Tottleben dies erfahren hatte, entsandte er sofort einen Boten zu Euler: ›Wir sind nicht hier, um die Wissenschaft zu bekämpfen.‹«

»Natürlich nicht«, stellte Max fest. »Sie waren gekommen, um die Menschen zu bekämpfen. Den Theoremen soll kein Leid geschehen, es sollen nur Menschen getötet werden! Tottleben, allein schon dieser Name!«

»Tod und Leben.«

»Habe ich doch gesagt«, rief Max, während er in die Hände klatschte. »Tod, Leben!«

Monsieur Ruche sah ihn erstaunt an, als säße ein alter Hexer vor ihm. »Was hat Tottleben gemacht?« fragte Max.

Es fiel Monsieur Ruche nicht ganz leicht, weiterzulesen: »Euler wurde auf der Stelle entschädigt«, sagte er.

»Jemanden für mathematische Manuskripte entschädigen! Wieviel ist ein Satz Ihrer Meinung nach wert, Monsieur Ruche?«

Monsieur Ruche fragte sich, ob er sich über ihn lustig machte. Dessen ungeachtet las er weiter, fest entschlossen, nicht eher aufzuhören, als er nicht eine Erklärung für die Anwesenheit von Euler auf Grosrouvres Liste gefunden hätte.

»Die Russische Kaiserin, Katharina die Große, wollte Euler an ihre Akademie der Wissenschaften berufen. Glücklich darüber, den Preußenkönig Friedrich II., mit dem er sich überhaupt nicht verstand, verlassen zu können, kehrte Euler Berlin den Rücken zu, um nach Sankt Petersburg zu gehen. Ich lese dir den Brief von Friedrich II. an D'Alembert vor, in dem er Eulers Reise beschrieb: ›Herr Euler, der den Großen und den Kleinen Bären sehr liebt, ist von Norden her angereist, um sie ausführlicher beobachten zu können. Ein Schiff, das seine xz und sein kk geladen hatte, ist gesunken. Alles ist verloren, und das ist sehr bedauerlich, denn es wären genügend Seiten gewesen, um sechs Foliobände mit Abhandlungen zu füllen, die vom Anfang bis zum Ende aus Zahlen bestünden, und Europa ist dadurch des Vergnügens beraubt, das ihre Lektüre ihm verschafft hätte.‹«

»Es ist untergegangen? Und Euler?«

»Er war nicht auf dem Schiff«, antwortete Monsieur Ruche äußerst verwirrt.

Er rollte zum elektrischen Wasserkocher.

Wallace, der Botaniker, hatte mitten auf dem Atlantik gleichzeitig mit dem Meer und dem Feuer zu kämpfen. Euler hatte auch mit beiden zu kämpfen, allerdings in einem gewissen zeitlichen Abstand voneinander: Mit dem Wasser auf der Ostsee, mit dem Feuer in Sankt Petersburg.

Es war Zeit für den Nachmittagstee. Monsieur Ruches Wahl fiel auf einen bitteren Chinatee; ein kräftiger schwarzer Tee, den er lange ziehen ließ. Erst die Manuskripte von Tottleben beschlagnahmt, dann in der Ostsee untergegangen! Sechs verlorene Bände mit Abhandlungen! Vielleicht würden Taucher ja eines schönen Tages auf dem Grund der Ostsee Eulers xz's und kk's finden, und ein amerikanischer Regisseur würde einen Erfolgsfilm drehen, jedenfalls wären Wissenschaftshistoriker auf der ganzen Welt jahrelang beschäftigt. Die Ostsee ist nicht der Atlantik, und ein russisches Segelschiff aus dem 18. Jahrhundert ist kein brasilianisches Frachtschiff des 20. Jahrhunderts.

Monsieur Ruche schenkte sich eine Tasse Tee ein und las weiter:

»Nach jedem erlittenen Verlust schrieb Euler eilends alles neu, was verlorengegangen war. Er muß über ein außergewöhnliches Gedächtnis verfügt haben. Hör zu! Eines Nachts beschloß er, die ersten sechs Potenzen der ersten hundert Zahlen zu berechnen und sie auswendig zu lernen. Zum Beispiel einundfünfzig mit der Potenz fünf oder ...«

Max ließ ihm nicht die Möglichkeit weiterzulesen, tippte Zahlen in seinen Taschenrechner ein und verkündete:

»Dreihundertfünfundvierzigmillionenfünfundzwanzigtausendzweihunderteinundfünfzig.«

»Oder, ich weiß nicht, siebenundsiebzig mit der Potenz sechs«, schlug Monsieur Ruche vor.

Max nannte das Ergebnis:

»Zweihundertachtmilliardenvierhundertzweiundzwanzigmillionendreihundertachtzigtausendneunundneunzig.«

»Auswendig, alle sechshundert! Wenn ich nur daran denke, wird mir schwindelig! Wie kann man nur mit all diesen Zahlen im Kopf ruhig schlafen? Euler ging es nicht um irgendwelche Glanzleistungen, denn alle diese in sein Gedächtnis geschriebenen Zahlen brauchte er für seine Arbeiten: Auf diese Weise machte er sich mit den Zahlen vertraut. Er setzte Fermats Werk fort. Er hat 150 Abhandlungen verfaßt! Er konnte alle Formeln der Trigonometrie und der Analysis aufzählen, obwohl das eigentlich nicht unbedingt etwas mit Mathematik zu tun hatte, denn er war ebenso ohne weiteres in der Lage, die gesamte *Äneis* zu rezitieren! Darüber hinaus nannte er die erste und die letzte Zeile jeder Seite der Ausgabe, die er als Kind gelesen hatte.«

»Das Gedächtnis!« rief Max. »Monsieur Ruche, das Gedächtnis! Das ist es, was Grosrouvre Ihnen sagen wollte. Sein treuer Gefährte konnte einen Text auswendig aufsagen. Den Text seiner Beweise!«

»Bravo, Max. Du hast es herausgefunden. Nicht das Feuer, sondern das Gedächtnis!«

Max nahm Monsieur Ruche das Buch über Eulers Leben aus der Hand und las weiter:

»Mit 28 Jahren wurde Euler mit einem sehr komplizierten astronomischen Problem konfrontiert. Er nahm es sich sofort vor, und nach drei Tagen ununterbrochener Arbeit hatte er es gelöst. Aber die Anstrengung war so groß, daß er einen Schlaganfall erlitt. Zum Glück wurde das Gehirn nicht nachhaltig geschädigt. Aber ein Auge erblindete. Voltaire gab ihm den Spitznamen ›einäugiger Geometer‹.

Euler wußte, daß er eines Tages vollkommen erblinden würde. Er beschloß, sich darauf vorzubereiten. Zunächst lernte er, ›blind‹ zu schreiben. Er schloß sein gesundes Auge, nahm ein Stück Kreide, und auf eine große Schiefertafel schrieb er alle möglichen mathematischen Formeln. Zunächst war es unleserlich, aber Schritt für Schritt gelang es ihm, mittels entsprechender Korrekturen seiner Schreibbewegungen, mit geschlossenen Augen lange und schwierige analytische und alle anderen Arten mathematischer Formeln leserlich niederzuschreiben.

Er machte täglich Übungen, um sich an die größtmögliche Zahl mathematischer Texte zu erinnern. Wenn er einmal nicht mehr sehen würde, brauchte er nur noch sein Gedächtnis zu benutzen wie eine Bibliothek. Er wurde zu einer lebenden Bibliothek.«

Eine lebende Bibliothek! Genau die Rolle, die Grosrouvre seinem treuen Gefährten zugewiesen hatte. Euler lernte Texte auswendig, um sie zu nutzen, wenn er nicht mehr lesen könnte. Was hat Grosrouvre gemacht? Er hat seinen treuen Gefährten den Text seiner Beweise auswendig lernen lassen. Nicht weil er erblinden würde, sondern weil diese Texte verschwinden, d.h. verbrennen würden.

Monsieur Ruche war äußerst erregt: Das war es, was Grosrouvre mir mitteilen wollte, als er Euler in seiner Liste aufnahm.

»Wir können jetzt mit Euler aufhören.«

Was für ein Weg, um zu diesem Punkt zu gelangen! Er schenkte sich noch einmal Tee nach, trank in kleinen Schlucken, während er dachte, daß es wohl doch unerläßlich wäre, nach Manaus zu reisen, wenn man herausfinden wollte, wer der treue Gefährte Grosrouvres war. Die Reise in den Amazonas drängte sich immer mehr auf. Léa hatte schon vor langem darauf hingewiesen. Wer würde fahren? Ich jedenfalls nicht! Ich will mich nicht von der Stelle bewegen. Sollen die Zwillingen fahren, es ist ihre Idee.

»Gut«, sagte Monsieur Ruche, der zum Spaßen aufgelegt war, »ich gehe jetzt die ganze BAU auswendig lernen. Das ist die beste Brandschutzversicherung.«

»Sie sind ein Aufschneider, Monsieur Ruche! Euler hatte ein außergewöhnliches Gedächtnis, weil er sich nicht mehr recht auf seine Augen verlassen konnte. Wenn einem etwas fehlt, entwickelt man eine andere Fähigkeit besonders stark, um den Mangel auszugleichen.«

Maxens Bemerkung verfehlte ihre Wirkung nicht. Monsieur Ruche verstand absolut, was Max, der Äolier, ihm sagen wollte, er, der in dem Bemühen, für sein unzureichendes Gehör einen Ausgleich zu schaffen, die Fähigkeit ausgebildet hatte, die Klänge mit dem ganzen Körper »zu fühlen«. »Und welche Fähigkeit habe ich ausgebildet, seit ich nicht mehr laufen kann? Keine! Ich habe mir noch nicht einmal Flügel wachsen lassen! Wenn man spät anfängt, erreicht man noch später sein Ziel ...« Da war er wieder, der Gedanke.

Unempfänglich für die Beunruhigung, die Monsieur Ruche umtrieb, fuhr Max fort. Er bemerkte, daß Euler ganz schön Glück hatte, alle mathematischen Texte auswendig gelernt zu haben, »denn selbst wenn er nicht erblindet wäre, so hätten ihm doch die Bücher in jedem Fall gefehlt, denn sie sind beim Brand seines Hauses in Rauch aufgegangen.« Und er fügte hinzu:

»Genau dasselbe wäre passiert, wenn Ihr Freund Grosrouvre Ihnen nicht die BAU geschickt hätte.«

Ein furchtbarer Gedanken schoß Monsieur Ruche durch den Kopf. Das, was er bisher für ein Wunder hielt, war vielleicht gar keines. Es war kein »wunderbarer Zufall«, daß Grosrouvre ihm die Bibliothek geschickt hatte, bevor sein Haus niederbrannte. Er hat sie ihm geschickt, weil er wußte, daß es niederbrennen würde. Mit einem Mal ...

Oje! Träfe diese Vermutung zu, wäre der Brand kein Zufall mehr, sondern Absicht. Monsieur Ruche weigerte sich jedoch, noch einen Schritt weiterzugehen, und schloß aus, daß Grosrouvre selbst das Feuer gelegt haben könnte.

Max war noch nicht fertig mit Euler.

»Die Sehkraft seines linken Auges ließ stark nach. Kurz nachdem er in Sankt Petersburg angekommen war, sah er überhaupt nichts mehr. Er beschloß, seinen grauen Star operieren zu lassen. Die Operation gelang. Er sah wieder alles, was er jahrelang nicht mehr gesehen hatte, alle Menschen, angefangen bei denen, die ihm am nächsten standen. Das größte Glück seines Lebens! Wie groß die Freude war, wieder selbst seine Briefe schreiben zu können. An all die vielen Persönlichkeiten, mit denen er korrespondierte: Bernoulli, Lagrange, Goldbach ...«

»Wiederhole den Namen!«

»Goldbach.«

»Goldbach, Goldbach … Das ist die zweite Vermutung, die Grosrouvre bewiesen hat! Das müssen wir sofort nachprüfen. Würdest du vielleicht in mein Zimmer gehen, um den Brief zu holen?«

»Nicht alles auf einmal, Monsieur Ruche! Erst schließen wir Euler ab, und dann beschäftigen wir uns mit Goldbach«, schlug Max vor, und ohne zu zögern, las er weiter.

Aber ganz in Gedanken versunken, hörte Monsieur Ruche ihm nicht zu. Das plötzliche Auftauchen von Goldbach bei Euler veränderte die Gegebenheiten und stellte seine letzte Annahme in Frage: Nicht auf das Gedächtnis seines treuen Gefährten wollte Grosrouvre ihn mit Hilfe von Euler hinweisen, sondern auf die zweite Vermutung.

Warum nicht beides auf einmal?

»Euler litt an einem Infekt, und nach furchtbaren Qualen büßte auch sein zweites Auge seine Sehkraft ein; jetzt war er völlig blind. Sicher, er hatte sich darauf vorbereitet. Er war 59 Jahre alt. Das alles ereignete sich vor dem Brand. Er sollte die letzten 18 Jahre seines Lebens blind sein. Sobald die Schmerzen abklangen, nahm er seine Arbeit wieder auf und verfaßte ein großes Werk zur Algebra. Er stellte einen jungen Schneiderlehrling ein, der eine schöne Handschrift hatte und dem er seine Überlegungen diktierte. Euler beschloß, das Werk so aufzubauen, daß der Junge Schritt für Schritt verstand, was er schrieb. Um dieses Vorhaben erfolgreich zu gestalten, mußte der Text so aufgebaut sein, daß der junge Mann sich beim Schreiben mathematische Kenntnisse aneignete. Als das Buch abgeschlossen war, war der Schneiderlehrling in der Lage, wirklich schwierige algebraische Probleme zu lösen.«

Diese Geschichte erinnerte Max an etwas. Monsieur Ruche war schneller:

»Ferrari, Ludovico Ferrari! Cardano hatte ihm eine Anstellung als Laufbursche gegeben, und er ist ein großer Mathematiker geworden!«

»Aber er war ein Teufel«, erinnerte Max. »In dem Text steht nichts darüber, ob der kleine Schneider ein Teufel war. Euler hat weitergearbeitet, und der Schneiderlehrling hat weitergeschrieben. Seine Frau starb. Euler war 69 Jahre alt. Wissen Sie, was er gemacht hat? Er hat im darauffolgenden Jahr wieder geheiratet. Wie Sie sehen, ist es nie zu spät. Und er hat die Halbschwester seiner ersten Frau geheiratet. Seine Halbschwägerin.«

»Das kann mir nicht passieren. Ich habe keine erste Frau gehabt«, erwiderte Monsieur Ruche.

Max, den nichts aufzuhalten vermochte, fuhr fort:

»In den ersten Septembertagen des Jahres 1783, zwei Jahre nach dem Brand seiner Bibliothek, erlitt Euler Schwindelanfälle, was ihn jedoch nicht daran hinderte, die Bewegung aero … aerostatischer Globen zu berechnen. Am 7. September diskutierte er beim Mittagessen mit einem Freund. Dann spielte er mit einem seiner 26 Enkelkinder. Beim Tee erlitt er einen Gehirnschlag.«

»Was ist das, ein Gehirnschlag?«

»Das Gehirn streikt.«

»Er rief: ›Ich sterbe‹ und verlor das Bewußtsein. Noch am selben Abend starb er. Er war 76 Jahre, 5 Monate und 3 Tage alt.«

»Endlich mal einer, der nicht mit 84 stirbt«, konnte Monsieur Ruche sich nicht verkneifen zu bemerken.

Max legte das Buch weg. Sein Gesichtsausdruck wurde ernst. Mit seinen kleinen schwarzen Augen sah er Monsieur Ruche eindringlich an. »Monsieur Ruche, trinken Sie bitte keinen Tee mehr.«

21. KAPITEL

Vermutungen & Co.

Eine ganz einfache Behauptung, die ein mittelmäßiger Oberstufenschüler verstehen würde. Eine Behauptung, die jeder für wahr hält, die aber nie von irgend jemandem bewiesen werden konnte. Genau das, was ich brauchte. Was für herrliche Knochen gab es da zu nagen! Monsieur Ruche hatte Grosrouvres Brief vor sich liegen. Er rollte zu den Regalen der BAU. 3. Abteilung.

Folgendes stand auf Grosrouvres Karteikarte:

Goldbachsche Vermutung

Eines schönen Tages im Jahre 1742 schrieb der Mathematiker Christian Goldbach seinem Kollegen Leonhard Euler einen Brief, der unter anderem folgenden kurzen Satz enthielt: »Jede gerade Zahl (außer 2) ist die Summe zweier Primzahlen.« Zum Beispiel $16 = 13 + 3$ oder $30 = 23 + 7$.

Seit Gauß ist bekannt, daß sich jede ganze Zahl auf eine eindeutige Weise in ein unbegrenztes Produkt aus Primzahlen zerlegen läßt. Goldbach behauptete, daß sie in eine Summe zerlegbar war, und zwar in eine begrenzte Summe von Primzahlen! Wunderbar!

Seither sind zweieinhalb Jahrhunderte vergangen; man weiß immer noch nicht, ob diese unter dem Namen *Goldbachsche Vermutung* bekannte Behauptung wahr ist.

Ich werde mich damit befassen.

Es folgte eine Anmerkung. Sie war mit einer anderen Tinte geschrieben und ganz offensichtlich später hinzugefüg worden.

N.B. Der Russe I.M. Winogradow hat bewiesen, daß jede natürliche Zahl größer als $3^{14348907}$ die Summe dreier Primzahlen ist. In jüngster Zeit hat der Chinese Chen Jing-Run große Fortschritte auf diesem Gebiet erzielt. Aber die Vermutung ist noch nicht bewiesen. Ich bin dabei, es zu tun.

Darüber hinaus besagte die Karteikarte im wesentlichen folgendes: Christian Goldbach war es, der Euler auf Fermats Arbeiten zur Zahlentheorie aufmerksam machte. Euler, der sich sofort brennend für diese Fragen interessierte, lieferte vollständige Beweise für mehrere Sätze Fermats, womit er bestätigte, daß dieser eine klare, eine erstaunlich klare Vorstellung von diesem Sachgebiet hatte.

Zunehmend begeistert von Fermats Werk, besorgte Euler sich nach und nach dessen Unterlagen. Er arbeitete sie aufmerksam durch. Mitten im Beweis von »kein rechtwinkliges Dreieck hat ein Quadrat zur Fläche« entdeckte er am Rand von Diophants *Arithmetica* einen Beweis der Vermutung für n = 4:

Für $x^4 + y^4 = z^4$ gibt es keine ganzzahlige Lösung.

Hierbei handelte es sich im übrigen um das einzige Mal, daß Fermat ausdrücklich den *unbeschränkten Abstieg* anwendete.

Unter Zuhilfenahme dieser berühmten Methode machte sich Euler sofort an die Arbeit und versuchte die Vermutung für n = 3 zu beweisen, wobei er keine reellen, sondern komplexe Zahlen verwendete. Am 4. August 1753 verkündete er, daß er soeben bewiesen habe:

»Ein Kubus aus ganzen Zahlen kann nicht die Summe zweier Kuben sein.«

Nur daß, schrieb Grosrouvre auf seiner Karteikarte, Eulers Beweis einen Fehler enthält! Seine Methode jedoch war scharfsinnig. Sie wurde später mit großem Erfolg angewandt.

Das Epos der Vermutung begann.

Monsieur Ruche arbeitete die folgenden Karteikarten Grosrouvres gewissenhaft durch, bevor er zu einem »Vermutungs-Abend« einlud.

Ein bedeutender Abend. Nach mehr als sechs Monaten begannen sie endlich, sich ernsthaft mit dem vierten Problem zu beschäftigen: Hatte Grosrouvre die Vermutungen bewiesen, von denen er behauptete, sie bewiesen zu haben?

Die Bedeutung dieses Abends war allen bewußt. Alle waren da. Mit Ausnahme von Nofutur. Er war im Geiste aller anwesend. Niemand ließ es sich anmerken. Monsieur Ruche holte seine Munition heraus. Er las den Titel von Grosrouvres Karteikarte vor:

> Die bisher bewältigten Etappen des
> Unternehmens, die Fermatsche
> Vermutung zu lösen.

Das »u« von »zu« und das »l« von »lösen« hatte Grosrouvre mit einem kleinen Bogen verbunden und vor das »z« ein »auf« eingefügt. Die Fermatsche Vermutung aufzulösen!

Erstes Ergebnis. Es reicht, die Vermutung für die Exponenten n der Primzahlen zu beweisen. Das macht alles übersichtlicher, und man kann alle Zahlen, die keine Primzahlen sind, ausklammern.

Alle Generationen von Mathematikern, die sich mit Vermutungen befaßten, sind graduell vorgegangen, sie zerlegen sie in kleine Häppchen. Wenn es ihnen nicht gelingt, auf Anhieb ihre Allgemeingültigkeit zu beweisen, unterscheiden sie Sonderfälle voneinander, bei denen sie ihre Gültigkeit nachweisen. Und Schritt für Schritt gelingt es so vielleicht …

Anfangs ging alles sehr langsam. Ein Jahrhundert verstrich. Man zerlegte weiter. Legendre bewies die Vermutung für n = 5, ein gewisser Lamé bewies sie für n = 7, Lejeune-Dirichlet für n = 14.

Eine junge Frau namens Sophie Germain, die einige ihrer Schriften unter dem Pseudonym »Monsieur Le Blanc« veröffentlicht hatte, war die erste, die 1820 ein allgemeines Ergebnis lieferte, das nicht mit einer bestimmten Größe des Exponenten arbeitete, sondern mit einer ganzen Klasse von Primzahlen mit einer bestimmten Form.

Léa sprang auf. Ihr lag immer noch die Bluttat an Hypatia im Magen. Was für eine wunderbare Revanche an den Dreckskerlen und Fanatikern. Schade nur, daß die Mathematikerin ihre Identität hinter der Maske eines Mannes verbergen mußte! Trotzdem war es eine wunderbare Revanche. Und obwohl man den Frauen vorwirft, sie würden sich nur für ihre ganz persönlichen Belange interessieren, war es doch eine Frau, die als erste die Allgemeingültigkeit der Vermutung in Angriff nahm.

Monsieur Ruche, der Léas Energie wie stets bewunderte, las weiter den Text der Karteikarte vor:

Am 1. März 1847 fand an der Akademie der Wissenschaften eine turbulente Sitzung statt. Nacheinander erhoben sich zwei Männer, Gabriel Lamé und Augustin Cauchy, einer der großen Mathematiker des 19. Jahrhunderts. Beide übergaben einen versiegelten Brief, der den vollständigen Beweis der Fermatschen Vermutung beinhaltete. Allgemeines Erstaunen im Auditorium. Welcher der beiden würde das Rennen gewinnen und die Goldmedaille umgehängt bekommen?

Ein Monat verging. In der nächsten Sitzung wartete man auf Lamé, man wartete auf Cauchy. Ernst Kummer, ein deutscher Mathematiker, hatte in einem Brief an die Akademie aufgezeigt, daß beide den komplexen Zahlen eine Eigenschaft der reellen Zahlen zuerkannt hatten. Die Beweise von Cauchy und Lamé waren falsch! Sie hatten denselben Fehler begangen wie Euler ein Jahrhundert zuvor.

Fast zur selben Zeit bewies Kummer mittels des Rück-
griffs auf Eigenschaften von Zahlen, die er selbst als *ideale*
Zahlen bezeichnet hatte, die Vermutung für fast alle Primzah-
len, die kleiner als 100 waren. In der zweiten Hälfte unseres
Jahrhunderts beschleunigte sich die Entwicklung auf einmal
ungeheuer. Dank der Computer bewies man die Vermutung
erst für Zehntausende, dann für Hunderttausende Zahlen.
Aber dabei handelte sich immer noch um eine endliche
Anzahl. In den 80er Jahren wurden dann mehrere wichtige
Ergebnisse erzielt:

Innerhalb eines Zeitraums von dreihundert Jahrhunderten
hatte man den großen Fermatschen Satz erst für 1, dann für
2, für 3, für 4, für 10, für viele, für unendlich viele, für fast alle
Zahlen bewiesen. Die Fermatsche Vermutung wird aber erst
dann bewiesen sein, wenn »ALLE« gefunden sind!

Ich bin dabei, es zu tun.

Es war Jonathan gelungen, so lange zu warten, bis Monsieur Ruche den endlos langen Text der Karteikarte zu
Ende gelesen hatte.

»Ich halte lediglich fest«, sagte er, »daß einer der größten Mathematiker des 19. Jahrhunderts, der glaubte, den
großen Fermatschen Satz bewiesen zu haben, sich geirrt
hat.«

Man hielt fest, was Jonathan festgehalten hatte, und
Monsieur Ruche nahm die nächste Karteikarte:

Auf einer der vorherigen Karteikarten schrieb ich, daß Euler
mehrere Sätze Fermats vollständig bewiesen hatte und
bestätigte, daß dieser eine sehr klare Vorstellung von den
Gegebenheiten der Zahlentheorie gehabt habe. Das trifft zu.
Lediglich bei einer Gelegenheit ...

Im Jahre 1640 schrieb Fermat an seinen Freund Frénicle:
»Ich bin überzeugt, daß $2^{2n} + 1$ immer eine Primzahl ist. Ich
verfüge über keinen endgültigen Beweis, aber ich habe mittels
unfehlbarer Beweise eine große Menge von Teilern ausgeschlossen, und mein Denken wird von einem so hellen Licht
erleuchtet, daß es mir schwerfiele, das Gesagte zurückzuneh-
men.« Und um jeden Zweifel endgültig auszuräumen, schrieb

er kurz darauf an Pascal: »Ich bürge für die Wahrheit dieses Satzes.«

1732 zeigte Leonhard Euler, daß Fermåts fünfte Zahl: 2^{2^5} + 1, d.h. 2^{32} + 1, ist gleich ...

»Zum Glück habe ich gute Augen«, rühmte sich Monsieur Ruche .

... ist gleich 4 294 967 297, durch 641 teilbar war. Folglich war sie keine Primzahl. Die zweite Fermatsche Vermutung war falsch! Fermat hatte sich also einmal geirrt. Warum nicht auch zweimal? Warum sollte seine erste Vermutung wahr sein?

»Ich halte lediglich fest«, sagte Jonathan, »daß einer der größten Mathematiker des 17. Jahrhunderts, der glaubte, einen Satz bewiesen zu haben, sich geirrt hat.«

Man hielt fest, was Jonathan festgehalten hatte, und Monsieur Ruche las weiter:

Ich kümmerte mich nicht um die unzähligen Versuche Dutzender Mathematiker, die, von der Richtigkeit dieser Vermutung überzeugt, vor mir versucht haben, sie zu beweisen, und so bemühte ich mich zunächst zu beweisen, daß sie falsch war. Ich habe lange daran gearbeitet. Ohne Erfolg. Aber diesen Arbeiten kam das riesige Verdienst zu, mich zutiefst von ihrer Richtigkeit zu überzeugen, denn schließlich hatte ich selbst herausgefunden, daß sie in einigen Punkten nicht unwahr sein konnte. Seither habe ich es mir zur Aufgabe gemacht, sie zu beweisen.

Anfang des 19. Jahrhunderts waren alle von Fermat offengelassenen Fragen, alle jene Fragen, die nur Mutmaßungen oder deren Beweise unvollständig waren, beantwortet. Ausgenommen einer! Die einzige jungfräuliche Vermutung war die von 1637 über die Summen der Potenzen. Man beschloß, sie Fermats letzten Satz (FLS) zu nennen. Diesem Namen wohnte ein gehöriges Maß an Ironie inne, denn es handelte sich gerade nicht um einen Satz. Und genau darin bestand auch das Problem. Zu einem Theorem würde sie erst, wenn sie bewiesen wäre, falls sie es denn eines Tages werden sollte.

Je länger das Problem ungelöst blieb, um so berühmter wurde es. 1816 beschloß die Akademie der Wissenschaften einen Preis für denjenigen zu stiften, dem es gelänge, die Vermutungen zu beweisen. Vierzig Jahre danach war sie immer noch nicht bewiesen. Die Akademie stiftete einen zweiten Preis, zuzüglich einer Goldmedaille und einer ansehnlichen Geldsumme in Höhe von 3 000 Francs. Der Preis wurde Ernst Kummer zugesprochen.

Monsieur Ruche konnte es sich nicht verkneifen, die Geschichte des Preisträgers zum besten zu geben:

»Im Gegensatz zu Galois, Abel und Gauß hatte Kummer sich nicht schon in jungen Jahren der Mathematik gewidmet. In seiner Jugend war Europa von den Napoleonischen Feldzügen verwüstet. Die französischen Truppen hielten auch seine Heimatstadt besetzt und schleppten dort eine Pest- oder Typhusepidemie ein, genau erinnere ich mich nicht mehr daran. Kummers Vater war Arzt, der Dutzende Kranke rettete, am Ende aber selbst der Epidemie erlag. Der kleine Ernst beschloß, Soldat zu werden, um sich jeder zukünftigen Besetzung seiner Heimatstadt widersetzen zu können. Er trat in die Fußstapfen eines Tartaglia, Galileo und Newton, beschäftigte sich mit der Flugbahn der Kanonenkugeln und wurde zu einem der besten Ballistiker in ganz Europa.«

»Da, wo die französischen Truppen durchziehen, gedeihen ganz offensichtlich die besten Ballistiker«, bemerkte Perrette.

»Kummer erhielt also den Preis der Akademie, der aber nicht mal ein Taschengeld war im Vergleich zu dem Preis, den ein superreicher Deutscher namens Paul Wolfskehl kurz vor dem Ersten Weltkrieg stiftete. Die mit dem Preis verbundene Summe war ungeheuer. Allerdings war er an eine Bedingung geknüpft: Der Beweis von FLS mußte vor dem 13. September 2007 erfolgen.«

»Warum dieses Datum?« fragte Perrette.

»13/9/2007? 13 ist eine Primzahl, 9 aber nicht«, rief Jonathan erregt. »Und 2007 … ist vielleicht auch eine Primzahl.«

»Überhaupt nicht«, fiel ihm Perrette ins Wort. »Als ich klein war, hat man mir beigebracht, daß, wenn die Summe der Ziffern durch 3 teilbar ist, auch die Zahl durch 3 teilbar ist. Das heißt, 7 plus 2 plus 0 plus 0 ist gleich 9. Und 9 ist durch 3 teilbar, also …«

Die Anwesenden waren verblüfft. Zum ersten Mal hatten sie aus Perrettes Mund diesen Ausdruck gehört. Perrette war einmal klein!

»Was ist denn los?« rief sie, als sie das Erstaunen bemerkte, das sie ihren rechnerischen Fähigkeiten zuschrieb.

Plötzlich erklang hinter ihr die Stimme von Max:

»Weil es das Jahr der Kubikwurzel aus 8 092 772 751 sein wird. Die Dezimalstellen beachten!«

Mit einem Taschenrechner in der Hand, seinen Taschenkalender aufgeschlagen neben sich, saß Max auf dem Boden und sah sie ruhig an.

»Woher weißt du das?« fragte Léa beinahe gereizt.

»Ich habe in meinem Taschenkalender nachgesehen, der wievielte Tag des Jahres der 13. September ist. Es ist der 256. Ich habe 256 durch 365 geteilt, das ergibt 0,701 369, was ich zu 2007 hinzuaddiert habe. Das ergibt 2007,701 369, was ich zweimal mit sich selbst multipliziert habe, um die Kubikzahl zu erhalten. Die ich euch sofort serviert habe.«

Perrette dachte sofort: »Wenn er mir nur nicht mit vierundzwanzig Jahren an Tuberkulose erkrankt, wie Abel!«

»Nun, meine Lieben, ihr liegt alle daneben«, sagte Monsieur Ruche vor allem deshalb ganz schnell, um zu vermeiden, daß sich bei Max der Eindruck festsetzte, er habe gerade etwas für einen Jungen in seinem Alter Außergewöhnliches geleistet.

Dann erzählte Monsieur Ruche die Geschichte des hochdotierten Preises. Der junge Paul W. war sehr reich und sehr unglücklich. Er liebte eine Frau, die seine Liebe nicht erwiderte.

»Wie Galois! Auch er liebte eine Frau, die seine Liebe nicht erwiderte«, erinnerte Jonathan. »Warum verknallen sie sich auch alle in Frauen, die sie nicht lieben?«

»Das ist fast immer so, nicht wahr, Monsieur Ruche?« fragte Léa

Monsieur Ruche antwortete nicht.

»Bei mir ist es so«, behauptete Jonathan großtuerisch, »eine Frau, die mich nicht liebt, die liebe ich auch nicht. Ich mag es nicht, wenn man mich nicht mag.«

»So einfach ist das nicht«, sagte Perrette. »Also liebst du überhaupt keine Frau! Hi, hi!« frotzelte Léa.

»Würdest du vielleicht jemanden lieben, der dich nicht liebt?«

»Die Frage stellt sich für mich überhaupt nicht. Alle Männer sind verrückt nach mir!«

»Keine Psychositzung, bitte!‹ unterbrach sie Monsieur Ruche. »Kommen wir wieder zur … wie lautete deine Zahl noch mal?«

»Kubikwurzel aus 8092772751. Auf die Dezimalstellen achten!« erinnerte Max.

»Galois' unglückliche Liebe war der Grund für das Duell, in dem er den Tod fand. Paul W.s unglückliche Liebe war der Grund für einen schrecklichen Entschluß. Er beschloß, sich umzubringen.

Nachdem er das Datum festgelegt hatte, bestimmte er die Uhrzeit: Paul W. würde seinem Leben am Ende seines letzten Tages ein Ende bereiten. Unmittelbar vor Mitternacht, würde er sich eine Kugel in den Kopf schießen. Der letzte Abend kam. Paul W. war ein ordnungsliebender Mensch, er ordnete seine Sachen, regelte, was es zu regeln gab. Dann verfaßte er sein Testament. Als er damit fertig war, sah er, daß ihm noch zwei Stunden bis Mitternacht blieben. Er betrachtete lange seine auf dem Schreibtisch liegende Pistole und begab sich dann in die Bibliothek. Paul W. war ein recht guter Mathematiker, er dachte, daß dies in den letzten Augenblicken seines Lebens die einzige Lektüre wäre, die ihn zugleich fesseln und beruhigen könnte. Er blätterte mehrere Werke durch und stieß schließlich auf den Text seines Landsmanns Ernst Kummer über FLS, in dem er Cauchys und Lamés Fehler beschrieben hatte. Paul W. vertiefte sich in den Text. Plötzlich pochte sein Herz …, er entdeckte einen Fehler! Er sah zur Wanduhr, ihm blieb noch ein klein wenig Zeit. Genügend, um zu beweisen, daß Kummer sich geirrt hatte. Wenn er in der letzten Stunde seines Lebens in der Lage wäre, einen Fehler im Werk eines so großen Mathematikers nachzuweisen, was würde das für ein schönes Ende sein!

Er setzte sich an seinen Schreibtisch und machte sich an die Arbeit, indem er sich Kummers Text Zeile für Zeile vornahm. In der letzten Zeile angekommen, mußte er die Tatsache anerkennen: Kummers Arbeit war absolut korrekt. Nicht der kleinste Fehler. Enttäuscht und erschöpft, massierte Paul W. sich die Schläfen und löste seinen Blick von den mit seinen Berechnungen vollgeschriebenen Blättern. Der Tag war angebrochen. Mitternacht war vorbei. Er lebte!

Er schlug Kummers Text zu, faltete die Blätter zusammen, räumte die Pistole weg, zerriß sein Testament und vergaß die junge Frau. Das Geschehene hatte eine Lösung gebracht: Wiederauferstehung durch Beweis.

614

Er war Fermat und seinem LS etwas schuldig. Er beschloß, einen Preis zu stiften, mit dem derjenige belohnt werden sollte, dem es gelänge, das Problem zu lösen, das ihm das Leben gerettet hatte. Das Datum, an dem Paul W. sich das Leben nehmen wollte, war der 13. September 1907!«

Léa begann zu singen:

> *Der Liebeskummer währt nur einen*
> *Augenblick,*
> *die Liebeswonnen aber wohl ein ganzes*
> *Leee...heben!*

Es blieb noch eine Karteikarte. Sie war erst kürzlich geschrieben worden. Ein merkwürdiger Anfang:

Letzte Minute.

Eulersche Vermutung

Extrapolation der Fermatschen Vermutung: Die Summe zweier nten Potenzen einer ganzen Zahl kann nicht die nte Potenz einer ganzen Zahl sein: $x^n + y^n = z^n$. Euler hat eine bescheidenere Vermutung aufgestellt, die nicht drei, sondern vier Zahlen ins Spiel brachte und sich auf die vierte Potenz beschränkte:

»Die Summe dreier Biquadrate kann kein Biquadrat sein.«
In heutiger Form ausgedrückt, heißt das:
Es gibt keine Lösung mit ganzen Zahlen für:
$x^4 + y^4 = z^4 = w^4$.

Die Vermutung wird ein Jahrhundert Bestand haben, dann ein zweites. Und mit einemmal zieht der Mathematiker Noam Elkins – im Jahr 1988 – vier Zahlen aus dem Hut, die Eulers Behauptung widerlegen. Ich habe es überprüft.
$2\,682\,440^4 + 15\,365\,639^4 + 18\,796\,760^4 = 20\,615\,673^4$.

Die Eulersche Vermutung ist falsch!

Die Neuigkeit schlug ein wie eine Bombe und elektrisierte die Anwesenden, die, das muß gesagt werden, vor sich hin schlummerten.

»Ich halte lediglich fest«, sagte Jonathan, »daß einer der größten Mathematiker des 18. Jahrhunderts ...«

»Wir halten fest, wir halten fest!« riefen alle zusammen.

Der außergewöhnliche Mathematiker aus Basel, der Mann, dem acht Seiten im Lexikon gewidmet waren, dessen Arbeiten 75 Bände füllten, der 4 000 Briefe geschrieben hatte, der Mann mit dem bewundernswerten Gedächtnis hatte eine falsche Vermutung aufgestellt!

Was suchte Grosrouvre, der so offensichtlich auf den Fehlern großer Mathematiker beharrte? Der Fehler Cauchys, der von Lamé, die beide einen falschen Beweis anstellten? Der Fehler Fermats, derjenige von Euler, die beide eine falsche Vermutung formulierten?

22. KAPITEL

In der Mathematik ist nichts unmöglich

»›Königliche Akademie der Wissenschaften von Paris, anno 1775. Die Akademie hat in diesem Jahr den Beschluß gefaßt, keine Lösungen zum Problem der Würfelverdoppelung, der Trisektion des Winkels oder der Quadratur des Kreises zu prüfen, gleiches gilt für Maschinen, die als *perpetuum mobile* angekündigt sind.‹«

J-und-L, die sich in ihre Schulbücher vertieft hatten, um mit ziemlicher Verspätung für das Abitur zu büffeln, hoben die Nase. Perrette las Zeitung. Max, die Augen starr auf die verwaiste Sitzstange gerichtet, dachte an Nofutur. Monsieur Ruche kam ins Wohn-Eßzimmer gefahren und wedelte mit einer Fotokopie aus der BN in der Luft herum.

»›Dank einer mehr als sechzigjährigen Erfahrung‹«, fuhr er fort, »›ist die Akademie zu der Überzeugung gelangt, daß niemand, der einen Lösungsvorschlag der genannten Probleme eingereicht hat, ausreichend mit dem eigentlichen Kern und den Schwierigkeiten des Problems vertraut war, um mit auch nur einer einzigen der aufgezeigten Methoden eine Lösung zu finden, selbst dann nicht, wenn sie möglich wäre.

Diese langjährige Erfahrung hat die Akademie von dem geringen Nutzen einer Prüfung dieser angeblichen Lösungen für die Wissenschaft überzeugt. Auch andere Gründe haben diese Entscheidung der Akademie bedingt. Es geht allgemein das Gerücht um, daß die Regierungen demjenigen eine beachtliche Belohnung zahlen, dem es gelingt, die Quadratur des Kreises zu finden; mit diesem Problem sind die berühmtesten Geometer schon lange beschäftigt. Den genannten Gerüchten ist es zuzuschreiben, daß sehr viel mehr Menschen, als man sich vorstellt, ihre nützlichen Tätigkeiten aufgeben, um sich mit der Lösung dieses Problems zu beschäftigen, nicht selten, ohne daß sie es verstehen, und immer, ohne daß sie über die notwendigen Kenntnisse verfügen, um einen erfolgversprechenden Lösungsversuch zu unternehmen.

Nicht wenige hatten das Pech zu glauben, es sei ihnen gelungen. Sie sperrten sich gegen die Argumente, mit denen die Geometer ihre Lösungen widerlegten. Oft verstanden sie diese nicht, so daß sie sie des Neids und der Unaufrichtigkeit bezichtigten. Manchmal ist ihre Hartnäckigkeit in regelrechten Wahn umgeschlagen. Jedes hartnäckige Festhalten an einer als falsch erwiesenen Meinung ist, gepaart mit einer fortwährenden Beschäftigung mit demselben Gegenstand, einer heftigen Aufgeregtheit über den Widerspruch, zweifellos ein wahrer Wahn; allerdings wird es so lange nicht als ein solcher betrachtet, wie die Meinung, die diesen Wahn hervorruft, nicht das gewohnte Denken der Menschen stört, wenn es keine Auswirkungen auf die Lebensführung hat, wenn es nicht die gesellschaftliche Ordnung stört.

Infolgedessen hat die Menschheit die von der Nutzlosigkeit jeder weiteren Prüfung der Lösung der Quadratur des Kreises vollkommen überzeugte Akademie aufgefordert, mittels einer öffentlichen Erklärung die weitverbreiteten falschen Anschauungen zu zerstreuen, die schon so mancher Familie zum Verhängnis geworden sind.‹«

Die letzten Worte hallten in der Stille wider: »... die schon so mancher Familie zum Verhängnis geworden sind!«

Was wollte Monsieur Ruche mit der Lektüre dieses Textes bewirken? Wollte er damit andeuten, daß, ähnlich wie die drei Probleme der Antike, die drei Probleme der Rue Ravignan verhängnisvoll sein könnten? Welche Risiken gingen sie ein? Verrückt zu werden? Seit Beginn der Nachforschungen hatte noch niemand von ihnen den Verstand verloren. Nützliche Tätigkeiten aufgeben? Perrette führte nach wie vor die Buchhandlung, Max ging immer noch in die Grundschule, J-und-L aufs Gymnasium. Und was Monsieur Ruche betraf, konnte er nutzlosere Dinge tun als vor seiner Suche nach der Lösung der drei Probleme der Rue Ravignan?

Verhängnisvoll ist etwas, was den Tod zur Folge hat oder ein großes Unglück mit sich bringt. Was für eine furchtbare Warnung! Würde die Fortsetzung der Nachforschungen zu den DPDRR zu einem Unglück führen? Seit Beginn der Untersuchungen war das größte Unglück die Entführung von Nofutur …, die aber nichts mit der Geschichte von Grosrouvre zu tun hatte. Sicher, ein trauriges Ereignis, aber ganz sicher keine Tragödie. Doch, für Max war es eine. Seine erste Tragödie.

Diese Gedanken gingen allen durch den Kopf, nachdem Monsieur Ruche die Erklärung der Königlichen Akademie der Wissenschaften vorgelesen hatte.

Perrette brach als erste das Schweigen.

»Könnten Sie noch einmal den Satz lesen, der mit ›Dank einer mehr als sechzigjährigen Erfahrung‹ anfängt?«

Monsieur Ruche las den Absatz noch einmal vor. Als er bei »eine Lösung zu finden, selbst dann nicht, wenn sie möglich wäre« ankam, rief Perrette: »Ja, da! Ich hatte richtig verstanden. Für die Mitglieder der Akademie besteht also durchaus die Möglichkeit, daß die Probleme nicht lösbar sind!«

»Was!« riefen J-und-L. »Nicht lösbar, alle drei …!«

»Holla! Langsam! Nicht schneller als die Musik!« erinnerte Monsieur Ruche sie.

»Das würde bedeuten«, zischte Léa, »daß alle Mathematiker der Antike …«

»… und alle danach«, ergänzte Jonathan, »… sich damit abgequält haben, unlösbare Probleme zu lösen!«

»Voreilige Schlußfolgerung! Im Text heißt es: ›wenn sie möglich wäre‹, nicht ›unmöglich‹!«

Gerade jetzt, wo J-und-L sich verspätet daran machten, für ihr Abitur zu büffeln, stellte sich ihnen eine Frage von solcher Tragweite. Sie schlugen ihre Schulbücher zu, womit sie die Erklärung der Akademie bestätigten und ihrer »nützlichen Tätigkeiten entsagten«. Denn war es nicht das, was J-und-L gerade taten? Es sei denn, die Paukerei wäre keine so nützliche Beschäftigung, als daß …

In Anbetracht des diesbezüglichen Wissensstandes in der Rue Ravignan war es offensichtlich, daß sie nicht weiterkommen konnten. Sie gingen auseinander.

Monsieur Ruche sah ein: Léa hatte die Erklärung der Akademiemitglieder richtig interpretiert. Sie neigten eindeutig zur Unlösbarkeit. Alle griechischen Mathematiker, dann alle arabischen Mathematiker und nach ihnen noch viele Generationen weiterer Mathematiker waren davon überzeugt, daß diese Probleme lösbar wären. Wann hatte die Neuorientierung eingesetzt? In welchem Augenblick war man von dem Bemühen, sie zu lösen, zu dem Bemühen übergegangen, den Beweis dafür zu erbringen, daß ihre Lösung unmöglich ist?

Wer war »man«? Eine schwierige Frage. Die Mathematiker? Was ist das überhaupt, ein Mathematiker? Gibt es eine Definition? Gibt es eine Karte, ein Zeugnis, eine vollständige Liste? Sagen wir, die »Gemeinschaft der Mathematiker«. Wann also gelangte die Gemeinschaft der Mathematiker zu der Überzeugung, daß die Quadratur des Kreises unmöglich sei?

»Genau diese Art Fragen haben nichts mit Philosophie zu tun«, sagte sich Monsieur Ruche. »Es gibt keine Gemeinschaft der Philosophen, und erst recht keine Gemeinschaft, die bei irgendeinem Problem ›einer Meinung‹, von irgend etwas ›überzeugt‹ wäre. Schrecklich! Kein Konsens in der Philosophie, weder Beweise noch allgemeingültige Wahrheiten, die die Philosophen miteinander teilten.« Insofern war Monsieur Ruche stolz, Philosoph zu sein.

Anläßlich einer feierlichen Sitzung haben die DPDRR einen aufsehenerregenden Einzug in die Rue Ravignan gehalten, auf einer feierlichen Sitzung sollte bekannt werden, was aus ihnen geworden war. Ob sie gelöst wurden, und wenn ja, von wem. Wenn es um sie ging, sprach Jonathan von »Bezwingern«. Er war bis aufs äußerste gespannt, die Namen der heldenhaften »Bezwinger« der DPDRR zu erfahren.

In der Zwischenzeit – die Sitzung, auf der Monsieur Ruche sie zum erstenmal erwähnte, fand vor Weihnachten statt, und mittlerweile war Ostern vorüber – hatte sich die Schauspielertruppe aufgelöst.

Nur noch Max und Monsieur Ruche waren von den Schauspielern übriggeblieben. Nofutur und LS waren verhindert. Alles würde in einem ganz schlichten Rahmen stattfinden.

»Beginnen wir mit der Quadratur des Kreises«, schlug Monsieur Ruche Jonathan-und-Léa sowie Perrette vor.

In der Vorahnung, daß die Sitzung von strategischer Wichtigkeit wäre, hatte Perrette die Buchhandlung früher geschlossen, um von Anfang an anwesend zu sein. Der große Vorhang war zugezogen, aber ansonsten gab es kein besonderes Bühnendekor.

»Mitte des 16. Jahrhunderts äußerte ein deutscher Mathematiker namens Michael Stifel die Vermutung, daß die Quadratur des Kreises vielleicht unmöglich sei! Sie blieb ungehört. Jedes Jahr wuchs die Zahl der Freiwilligen im Heer der Quadratoren: Ein Kardinal, de Cusa; ein königlicher Professor, Oronce Fine; ein Domherr, Charles de Bovelles; ein Jesuit, Vater Leuréchon; ein Däne, Logomontanus; ein Holländer, Van der Eyck; ein Geograph, Rémy Baudemont; ein Schweizer Offizier, Nicolas Wursten und Dutzende andere mehr.

Jeder neue Versuch brachte neue Irrtümer mit sich, jedes Scheitern entmutigte die Prätendenten keineswegs, sondern es wurde vielmehr wie eine gute Nachricht aufgenommen: Die Tür zu weiteren Versuchen blieb offen. Es war wie bei den Turnieren im Mittelalter, wo der Kampf um so wertvoller war, je größer die Leichenberge wurden.«

»Wenn sich so viele Leute, die guten Gewissens glaubten, die Quadratur bewiesen zu haben, täuschten, wer garantiert dann dafür, daß sich Ihr Freund nicht auch geirrt hat?« fragte Léa.

»Nur weil andere sich irrten, muß er sich nicht auch geirrt haben«, erklärte Perrette entschieden.

»Sie haben sich alle geirrt! Es gibt eine Annahme …«
Monsieur Ruche gab Max hastig ein Zeichen.

»Reise in das Universum der Zahlen!« verkündete Max entschieden, aber traurig.

Normalerweise waren die Ankündigungen Nofutur vorbehalten. »Dank Tartaglia, Cardano, Ferrari, Bombelli, Abel, Galois …«

Während Monsieur Ruche die Namen aufzählte, dachte Max: »Die gute alte Zeit.«

Mit zwölf Jahren der Vergangenheit nachhängen …

»… Wir haben uns lange mit algebraischen Gleichungen beschäftigt«, fuhr Monsieur Ruche fort. »Mit ihrer Hilfe sind wir imstande, eine neue Eigenschaft der reellen Zahlen zu definieren. Wäre LS noch da, würde er jetzt verkünden: ›Achtung, Achtung, das ist eine Definition: Eine *algebraische Zahl* ist eine Zahl, die die Lösung einer algebraischen Gleichung ist.‹«

LS war aber nicht mehr da. Seine Stimmbänder waren endgültig durchgebrannt. Im Vertrauen: Max war froh darüber, er hatte sich nie »mit ihm verstanden«. Ihm war es nie gelungen, auch nur einen einzigen Ton von seinem gefühllosen Trichter abzulesen.

Max verkündete:

»Die ganzen Zahlen, positiv wie negativ, sind algebraisch.«

Monsieur Ruche erläuterte:

»1 zum Beispiel ist die Lösung von ›$x - 1 = 0$‹.«

Max verkündete:

»Die rationalen Zahlen sind algebraisch.«

Monsieur Ruche erläuterte:

»2/3 ist die Lösung von ›$3x - 2 = 0$‹.«

Max wies darauf hin:

»Es gibt aber auch noch andere! Auch $\sqrt{2}$ ist algebraisch!«

Monsieur erläuterte: »Sie ist die Lösung von ›$x^2 - 2 = 0$‹. Damit stellt sich eine Frage …«

Der Motor des Overheadprojektors summte. Auf der Wand erschien:

Umfassen die algebraischen Zahlen alle reellen Zahlen?

»Mit einem Wort«, fuhr Monsieur Ruche fort, »gibt es Zahlen, die nicht algebraisch sind?«

»Worauf wollen Sie eigentlich hinaus?« fragte Léa.

»Nicht schneller als die Musik!«

»Langsam nervt er mich mit seiner Musik!« tobte Léa.

»Er hat recht«, raunte Jonathan ihr zu, »hör doch einfach mal einen Moment lang zu …«

Unerschütterlich fuhr Monsieur Ruche fort:

»Da, wie wir im Fall von $\sqrt{2}$ gesehen haben, manche irrationalen Zahlen algebraisch sind, stellt sich natürlich die Frage, ob das nicht vielleicht für alle zutrifft. Was auf die Frage hinausläuft:

> Gibt es irrationale Zahlen, die nicht algebraisch sind?

Ohne zu wissen, ob es solche Zahlen überhaupt gibt, nannte man sie *transzendente* Zahlen … Nebenbei möchte ich auf die Qualität der Bezeichnungen der Mathematiker für die Zahlen hinweisen: gebrochen, absurd, unmöglich, stumm, fraktal, imaginär, komplex, ideal und schließlich transzendent. Allein schon die Tatsache, die Existenz transzendenter Zahlen anzunehmen, ermöglichte eine zweifache Unterteilung der reellen Zahlen:

> • rational / irrational
> • algebraisch / transzendent

Wie überschneiden sich diese beiden Unterteilungen? Die Frage beschäftigte die Mathematiker das ganze 18. und 19. Jahrhundert lang.

Abgesehen von den gewohnten Zahlen und ihren Wurzeln, über welche weiteren Zahlen verfügten die Mathematiker? Es gab noch π, e, die Logarithmen, Sinus und
Kosinus. War π zum Beispiel rational oder irrational, algebraisch oder transzendent?«

Monsieur Ruche nutzte die Gelegenheit, um auf einen
entscheidenden Unterschied zwischen Quadrat und Kreis
hinzuweisen. So einfach es war, die Irrationalität des
Verhältnisses zwischen dem Umfang und der Diagonalen
eines Quadrats zu $2 \cdot \sqrt{2}$ beweisen, so schwer war es, die
Irrationalität des Verhältnisses zwischen dem Umfang und
dem Durchmesser eines Kreises π zu beweisen.

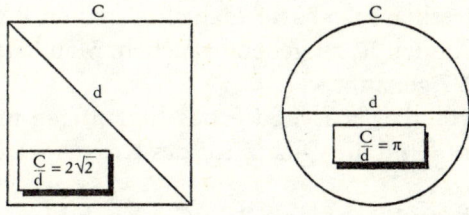

»An diesem Punkt begegnet uns wieder Leonhard mit ›h‹.
Er war der erste, der vermutete, daß π nicht nur irrational, sondern auch transzendent ist. Er vermochte es nicht
zu beweisen. Einige Jahre später, 1761, gelang dies dann
Heinrich Lambert.

Eine eigenartige Gestalt, dieser Johann Heinrich Lambert. Mathematiker, Philosoph, Astronom. Als er einmal
im Potsdamer Schloß von König Friedrich II., derselbe, der Euler nicht besonders mochte, empfangen wurde,
fragte dieser ihn: ›Lambert, was wißt Ihr?‹ – ›Alles, Eure
Majestät.‹ – ›Und wem verdankt Ihr es?‹ – ›Mir selbst.‹
Sich selbst also. Lambert bewies:

»Sagt man also, π ist gleich 22/7, dann ist das falsch?« fragte Perrette arglos.

»Das ist ja schrecklich!« rief Monsieur Ruche mit dem Gesichtsausdruck, den manche Mathematiklehrer aufsetzen, wenn einer ihrer Schüler einen furchtbaren Fehler macht.

»Aber, als ich noch klein war …«

Zum zweiten Mal innerhalb weniger Tage war Perrette klein gewesen!

»Wäre π gleich 22/7 gewesen«, versuchte Monsieur Ruche zu erklären, »hätte man ihm keinen besonderen Namen, nämlich π, zu geben brauchen. Man hätte es ganz einfach 22/7 genannt.«

Er spürte, daß er irgend etwas hinzufügen mußte. Erregt rief er: »Und die Quadratur des Kreises wäre möglich gewesen.«

Von seinem Platz hinter dem Gerät gab Max zu bedenken:

»Und die Mathematik wäre langweiliger gewesen.«

Das Licht des Overheadprojektors beleuchtete sein Gesicht und ließ seine Haare noch ein wenig roter erscheinen.

Monsieur Ruche hob den Kopf.

»Sicher, sicher.« Und mit einem tragischen Gesichtsausdruck fügte er hinzu: »Und den Saal im Palais de la Découverte hätte es auch nicht gegeben!«

»Und die Milliarden und Abermillarden Dezimalstellen, ab in den Papierkorb!« fügte Jonathan hinzu. »Mutter, du siehst ja, wohin uns das führt!«

»Wenn ich recht verstehe, sind wir noch einmal davongekommen!«

Um ehrlich zu sein, war die Irrationalität von π J-und-L ziemlich egal. Der einzigen Sache, der sie wirklich entgegenfieberten, das war seine Transzendenz.

Monsieur Ruche erzählte, daß es besagtem Lambert, der »alles wußte«, nicht gelungen war, sie zu beweisen. Nicht mehr als Adrien Legendre, der sich auch daran versuchte, der dabei jedoch die Irrationalität von π bewies.

»An diesem Punkt kommt es zu einer ganz entscheidenden Veränderung bei der Herangehensweise an das Problem. Die erste Veränderung bestand darin, nicht mehr von der Möglichkeit, sondern der Unmöglichkeit der Quadratur auszugehen, die zweite bestand im Wechsel von der Geometrie zur Algebra. Da seit 2000 Jahren alle Versuche, mit geometrischen Mitteln die Möglichkeit bzw. Unmöglichkeit der Quadratur zu beweisen, sich als vergeblich erwiesen hatten, wurde es ›algebraisiert‹.

Das war das große Werk eines jungen Repetitors an der École polytechnique. 1837 war Wantzel 23 Jahre, als er ein kleines Theorem mit ungeheuren Folgen bewies. Dieses Theorem leistete nicht weniger, als die Form derjenigen Gleichungen von Problemen preiszugeben, die unmöglich mit Lineal und Zirkel zu lösen waren.«

Monsieur Ruche schwieg einen Augenblick lang. Dann erklärte er feierlich:

»Die Gleichung der Würfelverdoppelung gehörte dazu!«

Die Würfelverdoppelung mit Lineal und Zirkel
ist unmöglich.

Der Satz erschien auf der Leinwand, noch bevor Monsieur Ruche ihn zu Ende gesprochen hatte.

Max verkündete:

»Eines der drei Probleme der Antike ist unlösbar!«

Nur selten waren Jonathan, Léa und Perrette so aufmerksam gewesen. Während sie kurz Blicke austauschten, machte Monsieur Ruche eine weitere Mitteilung:

»Die Gleichung der Trisektion des Winkels gehörte dazu!«

> Die Trisektion des Winkels mit Lineal und Zirkel
> ist unmöglich.

Der Satz erschien unter dem vorherigen.

Max verkündete:

»Zwei von drei Problemen der Antike sind unlösbar!«

»Und die Quadratur?« konnte Jonathan, der vor Ungeduld kochte, sich nicht verkneifen zu fragen.

Monsieur Ruche erklärte:

»Im Jahre 1882 bewies der deutsche Mathematiker Ferdinand Lindemann, daß π transzendent ist. Demnach konnte π nicht die Lösung für eine algebraische Gleichung sein. Das war das Ende der Quadratur des Kreises!«

Eine neue Folie ersetzte die vorherige:

> Die Quadratur des Kreises mit Lineal und Zirkel
> ist unmöglich.

Der Satz erschien unter den beiden vorherigen. Sie waren beeindruckend, die drei in der Weise vereinten Sätze! Perrette hatte ja geahnt, daß die Sitzung sehr wichtig sein würde.

Max faßte zusammen:

»Die drei Probleme der Antike sind unlösbar!«

2400 Jahre, um das zu beweisen! Im Sitzungsraum herrschte tiefes Schweigen. Alle dachten an die Konsequenzen
dieser Offenbarung, daran, was das für die Untersuchung
bedeutete: Sollte es auch unmöglich sein, die drei Probleme der Rue Ravignan mit den ihnen zur Verfügung
stehenden Mitteln zu lösen? Aber das Leben ist etwas
anderes, in gewisser Weise viel komplizierter als die Mathematik. In der Mathematik gibt es Dinge, die unmöglich
sind! Alle fühlten sich auf eine eigenartige Art und Weise
erleichtert, denn der Beweis einer Unmöglichkeit verbaut
die Zukunft nicht nur nicht, sondern setzt sie zugleich
auch frei …

Der Lieferwagen war am Straßenrand geparkt, die beiden
Hintertüren standen offen. Fünf Uhr. Die Schulglocke
erklang wie jeden Wochentag. Die Gymnasiasten strömten auf die Straße. Max verabschiedete sich von seinen
Schulkameraden. Als er an Habibis Lebensmittelgeschäft
vorbeikam, grüßte er ihn kurz und ging weiter. Plötzlich spürte er, wie er hochgehoben wurde. Er wollte
schreien. Zu spät! Die Türen des Transporters waren
schon zu. Der Lieferwagen fuhr los. Das alles hatte nicht
länger als zehn Sekunden gedauert. Niemand hatte etwas
gesehen.
    Um sieben Uhr wurde Perrette unruhig. Sie rief in der
Schule an, wo sich niemand mehr meldete. Sie beschloß,
hinzugehen, klingelte. Die Hausmeisterin rief die Direk-
torin an. Max hatte zusammen mit seinen Kameraden die
Schule nach dem Unterricht verlassen. Auf dem Nachhauseweg ging sie in Habibis Lebensmittelgeschäft. »Ja,
ich habe ihn gesehen, er hat mich kurz begrüßt, und dann
habe ich ihn nicht mehr gesehen.«
    Vielleicht war Max in der Zwischenzeit ja zu Hause.
Perrette lief.

Vor dem Eingang der Buchhandlung erwartete Monsieur Ruche sie. Er sah furchterregend aus.

»Sie haben Max entführt«, sagte er mit düsterer Stimme.

»Woher wissen Sie das?«

»Sie haben angerufen.«

»Wer hat angerufen?«

»Woher soll ich das denn wissen?«

»Wir müssen sofort die Polizei verständigen.«

»Nein, Perrette. Sie haben ausdrücklich gesagt, keine Polizei, sie werden ihm nichts zuleide tun. Sie rufen im Laufe des Abends noch mal an.«

»Wir hätten es schon machen sollen, als sie Nofutur entführt haben.«

Sie ging ins Geschäft, um die Polizei zu verständigen. Das Telefon klingelte, sie lief hin.

»Hallo! Hallo! Wo ist mein Sohn?«

Es war Jonathan. Er rief an, um Bescheid zu sagen, daß er und Léa nicht zum Abendessen nach Hause kämen.

Sie schrie: »O nein, nicht ihr auch noch!«

Sie fing zu weinen an. Monsieur Ruche nahm ihr behutsam den Hörer aus der Hand und erklärte Jonathan, was geschehen war. Er legte auf:

»Sie kommen, Perrette.«

Das Telefon klingelte erneut. Noch bevor Monsieur Ruche ihr irgend etwas bedeuten konnte, hatte sie abgenommen. Sie wurde bleich.

»Wer sind Sie? Wer sind Sie?«

Sie hielt Monsieur Ruche den Hörer hin. »Sie wollen mit Ihnen sprechen.«

Monsieur Ruche nahm den Hörer.

»Nein, Sie können es mir glauben. Wir haben die Polizei nicht verständigt«, sagte Monsieur Ruche entschlossen.

Perrette nahm den Zusatzhörer.

Nachdem Monsieur Ruche wieder aufgelegt hatte, blickten sie sich verblüfft an.

»Sie werden nicht hinfahren!« rief Perrette.

»Doch, natürlich.«

»Nach Sizilien, in Ihrem Alter! Sie sind verrückt. Ich werde hinreisen.«

»Hören Sie, Perrette, ich glaube, Sie haben noch nicht recht verstanden, was hier gerade passiert.«

»Aber Sie verstehen das alles, ja? Vor Ihrer Nase wird aus unserem Haus ein Papagei entführt, mitten in Paris wird mein Sohn gekidnappt, man verlangt von Ihnen, daß Sie sich sofort auf den Weg machen. Und wohin? Nach Sizilien …«

»Nein. Ich verstehe es nicht, nicht mehr als Sie. Nur eines habe ich verstanden. Diese Typen scherzen nicht. Ich glaube wirklich, daß sie Max nichts antun wollen, … wenn wir genau das tun, was sie von uns verlangen. Sie haben mir gesagt, daß Max bereits auf dem Weg nach Sizilien sei.«

»Warum Sizilien? Die Mafia! Warum sollte die Mafia ein Interesse an Max haben? Ich verstehe nicht, warum sie wollen, daß Sie kommen.«

Plötzlich sah sie ihn ganz erschrocken an: »Monsieur Ruche, Sie haben doch nicht etwa irgendwann einmal etwas mit der Mafia zu tun gehabt?«

Als er verstand, was Sie mit dieser Frage meinte, mußte er loslachen.

»O nein, meine arme Perrette, nie, das schwöre ich Ihnen. Es gibt Situationen, da darf man nicht nach Erklärungen suchen. Ich reise morgen ab.«

Sie packte seinen Koffer.

Am nächsten Morgen wurde es in den Nachrichten gemeldet: Generalstreik in Italien, *sciopero*! Der Sprecher führte aus, daß die Streikbewegung sehr massiv sei, und vor allem im Verkehrswesen sei damit zu rechnen, daß der Streik noch mehrere Tage andauern werde.

Diese Meldung ließ sie verzweifeln. In diesem Augenblick klingelte Albert an der Tür. Es war sein freier Tag. Sie konnten ihm nicht verheimlichen, was geschehen war. Er zerknüllte seine Mütze, zündete mehrmals seinen Zigarettenstummel an.

»Ich fahre Sie hin«, erklärte er Monsieur Ruche ganz unvermittelt.

»Du bist verrückt! Weißt du, wo Sizilien liegt?«

»Wollen Sie damit sagen, daß mein 404 zu alt für den weiten Weg ist?«

»Aber deine Arbeit?«

»Genau darin besteht der Vorteil, wenn man unabhängig ist. Man fährt, wann man will. Kennen Sie das Lied: ›Ich würde Syrakus gern sehen …‹ Syrakus, das ist doch auf Sizilien, oder?«

Als der Peugeot 404 losfuhr, standen Perrette und die Zwillinge vor der Buchhandlung und winkten verstohlen. »Hoffentlich kommen sie gesund zurück.«

Nach allem, was passiert war, erst die Entführung Nofuturs, dann das Kidnapping von Max und jetzt die überstürzte Abreise nach Syrakus, wußten Jonathan-und-Léa, daß ihre Reise im höchsten Maße gefährdet war.

Wenn Max unversehrt zurückkäme, und er würde unversehrt zurückkommen – dessen waren sie sich sicher, weil sie absolutes Vertrauen in die Fähigkeiten ihres kleinen Bruders hatten, auch die schwierigsten Situationen zu meistern –, würden sie dann nach Manaus reisen? J-und-L waren zunehmend davon überzeugt, daß nur dann eine Aussicht darauf bestünde, die DPDRR zu lösen, wenn man zu den Originalschauplätzen reiste, dorthin, wo die Geschichte ihren Anfang genommen hatte.

Als der 404 die Grenze passierte, klingelte in der Buchhandlung das Telefon. Es war … »Hallo Mama!« Max! Er sagte ihr in einem Atemzug, daß er Nofutur wiedergefunden hätte, daß es Nofutur gutging, daß es ihm selbst auch gutging, daß er sie sehr lieb hätte, daß sie sich keine Sorgen machen bräuchte, daß sie die Zwillinge und Monsieur Ruche ganz lieb von ihm grüßen solle.

Perrette wartete, bis dieser Redeschwall vorüber war, um Max zu erklären, daß Monsieur Ruche sich mit Albert zusammen auf den Weg gemacht hätte, um ihn abzuholen, daß er sie in zwei oder drei Tagen sehen würde. Während sie sprach, wurde ihr bewußt, daß er nicht hören konnte, was sie ihm gerade sagte. Sie telefonierte zum ersten Mal mit ihm. Was sollte sie tun? Es folgte eine unendlich lange Stille. Dann eine Frauenstimme: »Ich habe Max ausgerichtet, was Sie ihm gesagt haben. Ich glaube, er hat sich sehr darüber gefreut. Er ist wunderbar, Ihr Kleiner, Madame!«

Die Frau legte auf.

23. KAPITEL

Ich würde Syrakus gern sehen ...

Genau wie in Alexandria gibt es in Syrakus zwei sich gegenüberliegende Häfen. Den großen und den kleinen Hafen. Der 404 hielt im Porto Piccolo vor einer kleinen Bar. Albert ging hinein. Er brauchte sich gar nicht erst vorzustellen. Der Mann hinter dem Tresen übergab ihm eine Nachricht, in der sie aufgefordert wurden, sich zum *Orecchio di Dionisio,* dem Ohr des Dionysios, zu begeben. Der Mann erklärte Albert den Weg, und sobald dieser den Hafen wieder verlassen hatte, nahm er den Telefonhörer hoch.

Nachdem er das Stadtzentrum durchquert hatte, fuhr der 404 Richtung Parco Archeologico della Neapoli, wobei sie am griechischen Theater vorbeikamen, das nach Aussage von Albert das größte in der gesamten antiken Welt war. In den Hügel hineingebaut, faßte es über 15 000 Zuschauer, die über mehr als fünfzig Sitzreihen verteilt saßen! Nachdem die Römer die Stadt erobert hatten, bauten sie es um, so daß sie Wasserspiele mit Najaden darin veranstalten konnten. Unter anderen Umständen hätte Monsieur Ruche angehalten, nicht wegen der Najaden, sondern wegen der Architektur. Das mußte man sich einmal vorstellen, eine wunderschöne *cavea,* durch die hindurch sich ein von einem Fries überragtes *dyazoma* zog, und das alles sehr gut erhalten. Sie setzten ihren Weg fort.

Die Latomien sind riesige antike Steinbrüche in unmittelbarer Nähe von Syrakus. Aus dem hier gehauenen Kalkstein wurde die antike Stadt errichtet. Das Ohr des Dionysios befindet sich in der Latomia del Paradiso. Der Peugeot hielt mitten in einem Hain mit Orangen-, Zitronen- und wilden Granatapfelbäumen.

Vor ihnen erhob sich ein Kalkfelsen mit einer beeindruckenden, ungefähr zwanzig Meter hohen Öffnung. Der Spalt hatte ganz zweifellos die Form eines riesigen Gehörgangs. Das Ohr des Dionysios! Albert erkannte es sofort, weil er es in allen Syrakus-Führern abgebildet gesehen hatte. Ziemlich verunsichert stieg er aus, suchte die Umgebung ab, machte ein paar Schritte, ohne sich allzuweit vom Wagen zu entfernen. Niemand! Er stieg wieder ins Auto ein. Seit ihrer Ankunft in der Stadt hatte Monsieur Ruche kein Wort gesagt. Trotz des vielen Grüns ringsherum war es sehr warm. In der Zeit seiner einzigartigen »Reisen« hatte Albert sehr viel über das Ohr des Dionysios gelesen.

»Der Dionysios des Ohres ist Dionysios, der legendäre Tyrann von Syrakus, der im 4. Jahrhundert vor Christus hier herrschte. Im Alter ist er so mißtrauisch geworden, daß er sein Zimmer in eine regelrechte Festung verwandelte. Hören Sie sich das einmal an! Sein Bett war von einem Graben umgeben! Dieser Graben war so breit und tief, daß man ihn nicht ohne eine Zugbrücke überqueren konnte. Jede Nacht zog er höchstpersönlich die Zugbrücke hoch. So schlief er ruhig ein. Das ist noch besser als Ihr Himmelbett«, sagte er zu Monsieur Ruche, um ihn aufzuheitern. »Es ist nicht so gesundheitsschädlich wie Schlafmittel, dafür aber teurer!«

Monsieur Ruche war zu unruhig, um zu lächeln. Warum waren die Leute, die sie hierherbestellt hatten, nicht da?

Solange er Max nicht mit eigenen Augen gesehen hätte, wäre er nicht ruhig.

»Dieser Dionysios«, fuhr Albert fort, »hatte einen Höfling, der ihm ständig einimpfte, wie glücklich er sein könne, König zu sein! Dionysios beschloß, ihn einen Tag lang König sein zu lassen. Der Höfling konnte sein Glück kaum fassen. Der Tag wurde mit einem Bankett beschlossen, dem er, geschmückt mit dem königlichen Diadem, vorsaß. Mitten beim Essen forderte Dionysios ihn auf, nach oben zu blicken. Der Höfling hob die Augen und erblickte unmittelbar über seinem Kopf ein Schwert. Es hing an einem Pferdehaar. Der Höfling verließ auf der Stelle den Thron. Sein Name war Damokles.«

Und Albert fuhr, einem nicht versiegenden Quell gleich, weiter fort:

»Dionysios ließ seine Gefangenen in die Höhlen von Latomien sperren, die über eine ausgezeichnete Akustik verfügten. Der leiseste Ton wurde verstärkt, das kleinste Murmeln hörte sich an wie das Rauschen eines Sturms. Die überlieferte Legende berichtet, daß Dionysios des Abends, wenn sich die Zungen der Gefangenen lösten, am Höhleneingang die Gespräche der Gefangenen belauschte.«

Albert hatte seinen Satz nicht zu Ende gesprochen, als eine – allerdings reale – Stimme erklang. Sie kam aus dem Ohr des Dionysios. Albert ließ seinen Zigarettenstummel fallen. Die Stimme forderte ihn auf, Monsieur Ruche aus dem Wagen zu holen und ihn in seinen Rollstuhl zu setzen und dann von hier zu verschwinden.

Albert weigerte sich.

»Auf Sie ist eine Waffe gerichtet!«

»Laß gut sein, Albert«, sagte Monsieur Ruche. »Was sollte man mir schon in meinem Alter antun?«

Es war immer noch niemand zu sehen, und die Stimme gab weiter Anweisungen. Albert sollte zurückfahren in die

Bar am Piccolo Porto. Dort würde man ihm das Hotel nennen, in dem er absteigen und auf weitere Anweisungen warten sollte. »Nur ein einziges Wort, zu wem auch immer …«

Albert holte den Rollstuhl aus dem Wagen, half Monsieur Ruche hinein und stellte die beiden Koffer neben ihn, den von Monsieur Ruche und den, den Perrette für Max gepackt hatte. Dann stieg er widerwillig ins Auto. Monsieur Ruche nickte ihm aufmunternd zu. Der 404 fuhr los. Albert drehte sich mehrmals um, bevor er hinter dem wilden Obsthain verschwand.

Zwischen seinen Koffern in seinem Rollstuhl, unter Granatapfel- und Zitronenbäumen, starrte Monsieur Ruche das Ohr des Dionysios an. Er hörte hinter sich ein Geräusch und drehte sich um. Wie aus dem Nirgendwo tauchte ein Kleintransporter auf. Ein Mann stieg aus. Wäre Albert umgekehrt, hätte er den Mann wiedererkannt, den er am Flughafen von Roissy nicht in sein Taxi einsteigen lassen wollte; den Mann, der gerade aus Tokio angekommen war; der GGGT.

Die Hintertür des Lieferwagens ging auf, und eine Rampe wurde automatisch heruntergelassen. Jemand schob Monsieur Ruche in den Lieferwagen.

Nach einer langen Bergauffahrt blieb der Lieferwagen vor dem Eingang eines Schlosses stehen. Unmittelbar nachdem die Kamera den Fahrer identifiziert hatte, öffnete sich das Gitter und schloß sich hinter dem Lieferwagen wieder lautlos. In Begleitung von zwei Wachhunden, die ruhig neben dem Fahrzeug herliefen, fuhr es eine von Eiben gesäumte Allee hinauf, die sich durch einen riesigen Park schlängelte.

Vom Vorwerk eines Schlosses aus dem 18. Jahrhundert aus hatte ein gegen die Brüstung gelehnter Mann die Ankunft des Lieferwagens beobachtet. Die Hunde, die als erste ankamen, liefen japsend auf ihn zu. Eine einzige Geste des Mannes genügte, und sie hielten sofort inne und machten auf dem Kiesweg Platz. Die Sonne stand noch hoch am Himmel.

Der Rollstuhl wurde unter einem großen Orangenbaum abgestellt.

Monsieur Ruche sah, wie ein gutaussehender Greis aufrecht und sicher auf ihn zutrat. Der silbrig-weiße Glanz seiner weißen Haare betonte sein schmales und hartes Gesicht. Er hielt den Elfenbeinknauf eines geschnitzten Stocks – mehr ein Attribut seiner Macht denn eine Gehhilfe –, fest in der Hand. Er war äußerst geschmackvoll gekleidet, trug ein fast durchsichtiges, weißes Leinenhemd, das seinen Bewegungen eine gewisse Leichtigkeit verlieh. Seine weichen Ledersandalen machten überhaupt kein Geräusch auf dem Kiesuntergrund, während er sich Monsieur Ruche näherte. Trotz seines Alters spürte man eine Energie und Gewandtheit, durch die er immer noch beängstigend wirkte.

Er blieb in einigen Schritten Entfernung stehen, zog eine Brille aus der Tasche und betrachtete Monsieur Ruche mit größter Aufmerksamkeit.

»Mein Gott!«

Monsieur Ruche ließ ihm nicht die Zeit fortzufahren. Aufrecht in seinem Rollstuhl sitzend, dröhnte er:

»Ich will sofort den Jungen sehen! Wenn Sie ihm auch nur ein Haar gekrümmt haben …«

Durch seine ungeheure Wut verhärtete sich sein Gesichtsausdruck und ließ ihn bedrohlich wirken.

Der Schloßbesitzer gab dem GGGT ein Zeichen.

»Sofort, Don Ottavio«, sagte dieser respektvoll, bevor er wegging.

»Erkennst du mich nicht?« fragte der Alte.

»Ich habe bisher nicht die Ehre gehabt, Ihre Bekannt-schaft gemacht zu haben. Und auch nicht das Bedürfnis.«

»Ich erkenne dich trotz der vielen Jahre wieder, Pierre!«

Völlig verblüfft sah Monsieur Ruche diesen Mann, der ihn bei seinem Vornamen nannte, aufmerksam an. Der Mann schwenkte seinen Stock. »Pierre Ruche! Der Philo-soph! Du hast immer noch dieses feine Gesicht. Wenig-stens bist du nicht dick geworden.«

Dieser italienische Akzent…, dieser Greis, der behaup-tete, ihn wiederzuerkennen …

»Tavio! Nein, das ist unmöglich. Was machst du hier? Du hast mich hierherkommen lassen? Warum? Was hast du mit dieser schmutzigen Geschichte zu tun?«

Der dritte aus dem Trio des Cafés an der Sorbonne, der kleine Kellner! Er stand da, vor seinen Augen! Grosrouvre, Ruche und Tavio. Monsieur Ruche richtete sich in seinem Rollstuhl auf.

»Sag mir nicht, daß du für die Entführung des Jungen verantwortlich bist! Bist du verrückt geworden? Er ist zwölf Jahre alt, er ist ein Kind. Ich will ihn sofort sehen!« schrie Monsieur Ruche.

Ein Knirschen auf dem Kies. Max lief so schnell er konnte. Er warf sich in seine Arme.

»Mein Kleiner, mein Kleiner. Haben sie dir etwas ange-tan?« Monsieur Ruche drückte Max ganz fest an sich. »Antworte!«

Er weinte, was er zwanzig, dreißig Jahre lang nicht mehr getan hatte. Als Max, der genauso bewegt war, spür-te, wie ihm eine Träne über die Hand lief, flüsterte er ihm ins Ohr:

»Monsieur Ruche, wir werden beobachtet.«

Monsieur Ruche lockerte seine Umarmung.

»Sie haben dir auch wirklich nichts angetan?« fragte er ihn noch mal.

»Nein. Und Nofutur auch nicht.«

»Wie du siehst, sind wir keine Unmenschen«, wagte Don Ottavio hinzuzufügen.

In Monsieur Ruches Kopf herrschte ein riesiges Durcheinander. Er verstand überhaupt nichts mehr. Der Diebstahl des Papageis, die Entführung von Max, dieser Tavio, der aus den tiefsten Tiefen seiner Vergangenheit auftauchte. Dieser Tavio sollte der Chef der Tierschieberbande sein, die seit Monaten alles in Bewegung setzte, um Nofutur wieder in ihren Besitz zu bringen? Plötzlich fiel ihm wieder ein, daß Perrette ihn im Zusammenhang mit ihren Nachforschungen über Umar al-Hayyam und Nasir al-Din al-Tusi aufgefordert hatte, sich an das Trio von der Bar an der Sorbonne zu erinnern. Ja, sie hatte ihn auf die Existenz Tavios hingewiesen, lange bevor dieser in Fleisch und Blut vor ihm stand! Sollte er etwa im Zusammenhang stehen mit dem, was in Manaus passiert war? Sollte er es gewesen sein, der … nein, ausgeschlossen! Seine und Tavios Blicke kreuzten sich. Seine Entschlossenheit stand ihm in den Augen geschrieben.

Jetzt kam ihm die Erleuchtung. Tavio war der Chef der Bande, die in den Besitz der Beweise kommen wollte. Er war es, auf den Grosrouvre ihn mittels all der Indizien hinweisen wollte. Perrette hatte ihn identifiziert. Natürlich, er glaubt, daß Grosrouvre mir vor seinem Tod seine ganzen Papiere geschickt hat, und er hat Max gekidnappt, um mich zu zwingen, sie ihm auszuhändigen, der Dreckskerl! Aber warum hat er auch noch Nofutur entführt? Alles verschwamm. Monsieur Ruche war müde. Die lange Reise hatte ihn erschöpft. Selbst im Schatten des wunderschönen Orangenbaums war es sehr heiß; sie waren weniger als 300 Kilometer von Afrika entfernt.

Der Junge war gesund.

Alles andere zählte nicht.

Alles andere, die Beweise, die Vermutungen, Manaus, Grosrouvre und diese ganze Geschichte, war ihm jetzt vollkommen gleichgültig. Seine Anspannung ließ nach. Er sah, wie Tavio auf ihn zustürzte, und glaubte zu sehen, wie er strauchelte. Max stieß einen Schrei aus. Tavio, der seinen Stock fallen ließ, schaffte es gerade noch, Monsieur Ruche festzuhalten, bevor er aus seinem Rollstuhl glitt. Er war in Ohnmacht gefallen.

Als Monsieur Ruche die Augen öffnete, wußte er nicht, wo er war. Aber es war sehr schön! Das einzige, was er sah: blaue Wände. Seine Hände lagen auf einem unglaublich weichen Stoff. Er lag ausgestreckt auf einem Bett, das weder einem Himmelbett glich noch von einem Graben mit einer Zugbrücke umgeben war, das aber einem Schiff glich und dessen schmaler Bug sich vor ihm erhob und in Richtung des Fensters zu segeln schien, durch das hindurch er den blauen Streifen des Ionischen Meeres sah. Das Zimmer war zwar groß, aber nicht zu groß. Ein wunderschöner Schrank diente als Bücherschrank und enthielt hinter den Gittertüren wertvolle Bücher. Monsieur Ruche begriff, daß er einen Schwächeanfall erlitten hatte. Im Moment fühlte er sich gut. Sehr viel besser als den ganzen furchtbaren Tag über. Es wurde langsam Abend. Er hörte zwei gedämpfte Stimmen. Auf dem Balkon unterhielt sich Don Ottavio mit einem jungen Mann, der einen dunklen Anzug trug. Der kleine Tavio ist also zu diesem angesehenen und gefürchteten Mann geworden, zu einem Bandenchef, dachte Monsieur Ruche. Sie waren in Sizilien …, die Mafia. Don Ottavio, ein Mafiaboß! Das war kaum zu glauben. Don Ottavio drehte sich um und sah zum Bett. Monsieur Ruche schloß schnell die Augen. So hätte er ein wenig Zeit zum Nachdenken.

Obwohl er immer noch nicht verstand, warum Nofutur entführt worden war, war Monsieur Ruche davon überzeugt, daß die Fährte der Tierschieber ins Leere führte. Sie hatte irgend etwas mit Grosrouvre und Manaus zu tun. Er faßte einen Entschluß. Es war ganz einfach. Er würde Tav ..., er konnte ihn jetzt nicht mehr bei seinem Vornamen nennen. Er würde Don Ottavio alles erzählen, ihm bis ins kleinste Detail genau berichten, was geschehen war, von den zwei Briefen, von der Bibliothek, alles, ihm nichts verheimlichen. Ihm aber auch ausdrücklich sagen, daß Grosrouvre ihm nicht die Beweise geschickt hätte. Monsieur Ruche zögerte: Konnte er sich dessen wirklich so sicher sein? Ihm kam ein Gedanke: Und wenn sie in einem der Bücher der BAU versteckt wären? Wenn er sie ihm gerade aus diesem Grund geschickt haben sollte? Sicher, er hatte sie ihm geschickt, um sie vor dem Feuer in Sicherheit zu bringen. Aber auch, weil er seine Beweise darin versteckt hatte. Einmal mehr hätte er ihn hereingelegt. Merkwürdig, daß weder er selbst noch Perrette, noch die Zwillinge, noch Max darauf gekommen sind. Niemand! Die Karteikarten! Vielleicht waren die Beweise auf bestimmten Karteikarten notiert? Aber wenn das der Fall wäre, dürfte er dieses Geheimnis dann Don Ottavio anvertrauen und damit Grosrouvre verraten? Eigentlich hätte er es verdient. Wie er die Sache auch drehte und wendete, sie wurde immer komplizierter. Wie ein Wollknäuel, das bei jedem Versuch, es zu entwirren, nur noch mehr verknotet.

Sei's drum, er würde diesem Greis alles erzählen. Und auf der Stelle zusammen mit Max, Nofutur und Albert, der sich, ohne jede Nachricht von ihnen, in seinem Hotelzimmer sicher große Sorgen um sie machte, nach Paris zurückkehren. Er wollte gerade den Mund aufmachen, um Don Ottavio zu rufen, als er sich an einen Grundsatz erinnerte, den man ihm während seiner Zeit in der Résistance eingeimpft hatte: Der Kerkermeister weiß nie etwas, er erfährt alles vom Gefangenen.

Schweigen und nie voreilig etwas sagen!

Er schwieg und beschloß, Don Ottavio weder etwas von Grosrouvres Briefen noch von der Bibliothek zu erzählen.

Der mit dem Anzug bekleidete Mann auf dem Balkon war der Arzt der Familie. Als er sich ihm näherte, um ihn zu untersuchen, weigerte sich Monsieur Ruche kategorisch. Aber Max bestand so beharrlich darauf, daß er schließlich einwilligte.

Es war alles in Ordnung, Blutdruck, Atmung, Herz.

»Er ist bei bester Gesundheit, Ihr französischer Freund«, bemerkte der Arzt.

Dann ließ er sich zu der Feststellung hinreißen: »Er hat das Herz eines jungen Mannes.«

Er brach den Satz unvermittelt ab, errötete, blickte Don Ottavio an, um sich bei ihm zu entschuldigen.

»Ja, ja, ich weiß, mein Herz schwächelt manchmal ein wenig, ich belle wie ein gebrechlicher Hund«, sagte Don Ottavio. »Gut, was den Kleinen betrifft, kannst du jetzt ganz beruhigt sein. Er schläft bereits.«

Max schlief in einem kleinen Bett im hinteren Teil des Zimmers.

»Wenn du willst, stellen wir morgen sein Bett hier auf. Ruh dich ein wenig aus, wir unterhalten uns später.«

Bei Sonnenaufgang wachte Monsieur Ruche auf. Entgegen seiner sonstigen Gewohnheit. Durch das offene Balkonfenster genoß er den Anblick des Sonnenaufgangs und des Ionischen Meeres.

Ein Zimmermädchen, das diskret ins Zimmer gekommen war, half ihm beim Waschen. Max lag immer noch genauso in seinem Bett wie am Abend. »Don Ottavio erwartet Sie zum Frühstück.« Sie brachte ihn in einen kleinen Salon. Don Ottavio las Zeitungen. Als er sie eintreten hörte, nahm er ganz schnell seine Brille ab. Die Eitelkeit eines alten Mannes. Er begrüßte ihn sehr liebenswürdig, sichtlich erfreut darüber, daß er wieder wohlauf war:

»Ah, dir geht es besser! Wir haben uns Sorgen um dich gemacht.« Er drehte sich zum Fenster um: »Es wird ein heißer Tag. Aber du wirst sehen, hier empfindet man die Hitze nicht. Mach es dir bequem.«

Monsieur Ruche spürte, daß der Widerstand nachließ. Er ging zum Angriff über:

»Warum hast du den Kleinen entführt? Und den Papagei? Warum hast du von mir verlangt, daß ich herkomme? Was willst du eigentlich von uns?«

Don Ottavio beruhigte ihn mit einer Handbewegung:

»Ich werde dir alle deine Frage beantworten. Zunächst aber möchte ich dir mitteilen, daß Elgar vor einem Jahr beim Brand seines Hauses in Manaus im Amazonas umgekommen ist.«

Don Ottavio sah Monsieur Ruche an. Monsieur Ruche zuckte nicht einmal mit der Wimper. Dann, als wäre er tief in die Vergangenheit eingetaucht:

»Ich dachte, er sei schon lange tot. Was hat er denn dort zu suchen? Was hat die ganze Angelegenheit mit meinen Fragen zu tun?«

»Ich werde wohl ziemlich weit ausholen müssen. Du erinnerst dich, wir haben uns ungefähr ein Jahr vor Ausbruch des Krieges kennengelernt. Ich war etwa siebzehn und einige Jahre zuvor mit meinen Eltern nach Frankreich gekommen. Wir kommen aus einem Bergdorf in der Nähe des Ätna.« Er deutete auf den Berg hinter ihm. »Eine Schäferfamilie, mein Vater war Maurer. Wegen der Krise fand er auf der Insel keine Arbeit mehr. Er beschloß, auszuwandern. Seine Brüder lebten in der New Yorker Bronx. Sie haben ihm gesagt, er solle zu ihnen kommen. Sie würden sich darum kümmern, daß er drüben eine Arbeit findet.«

Don Ottavio gab einem athletisch gebauten Butler in Uniform ein Zeichen. Er bot Monsieur Ruche Fruchtsäfte an.

»Die Früchte sind vom Gut«, erläuterte Don Ottavio, der nur einen Kaffee nahm.

Er genoß ihn in kleinen Schlucken, bevor er fortfuhr.

»Mein Vater hat abgelehnt. Weißt du warum? Er fürchtete das Meer. Eine Reise bis nach Amerika würde ihn umbringen, sagte er. Schon die Überfahrt aufs Festland war für ihn eine einzige Qual. In der Meerenge ist die See immer unruhig; Charybdis und Skylla, ich brauche dir ja wohl nicht die Legende der beiden das Meer einschlürfenden und ausspeienden Ungeheuer zu erzählen. Ich wollte hierbleiben. Aber selbst heute noch widersetzt man sich hier nicht den Worten des Vaters. Ich bin der Familie gefolgt. Wie alt war ich damals? Wie dein Kleiner. Er ist elf, zwölf Jahre?« Monsieur Ruche nickte. »Und so kamen wir nach Frankreich.

Mein Vater fand Arbeit in den Bergwerken im Norden von Frankreich. Ich habe mal hier, mal da eine kleine Arbeit gemacht. Dann bin ich nach Paris gegangen, Aushilfskellner in Cafés, und so fand ich mich dann eines Tages in dem Café an der Sorbonne wieder. Dort habe ich euch zwei, Elgar und dich, kennengelernt. Ihr wart die Stars, ›das Sein und das Nichts‹, erinnerst du dich? Wie sehr ich euch beneidete! Und dann haben wir uns angefreundet. Abends habt ihr mich auf euren Kneipentouren durchs Quartier Latin mitgenommen. Durch euch habe ich meine ersten Mädchen kennengelernt. Hübsche Studentinnen. Ah, die Pariserinnen! Nachmittags, wenn nichts los war, blieb Elgar allein, um zu arbeiten oder nachzudenken. Zu dieser Uhrzeit war fast niemand im Café Wenn ich gerade nichts zu tun hatte, ging ich zu ihm an den Tisch, und er erklärte mir die Mathematik. Ich verstand nicht besonders viel, hörte nur zu. Er war ein echtes As.

Dann kam der Krieg. Ihr seid sofort eingezogen worden. Einmal hat Elgar mir ein paar Zeilen geschrieben. Er schrieb, daß er am Bein verletzt sei und von dir keine Neuigkeiten hätte. Ich war sicher, daß du gefallen bist. Mein Vater hatte eine schlimme Lungenkrankheit, die von der Arbeit in den Bergwerken herrührte. Sie hatte sich mit einemmal verschlimmert. Er wollte nach Sizilien zurückkehren. Wir hatten nicht mehr die Zeit, ihn auf die Insel zurückzubringen. So bräuchte er zumindest nicht noch mal über die Meerenge überzusetzen, sagte er, versuchte zu lachen.

Aber ich bin zurückgekehrt. Mit meiner Mutter und meinen Brüdern. In Paris waren überall Deutsche, das widerte mich an. Hier bin ich sofort in den Widerstand gegangen. Die Amerikaner sind gelandet. Und dann begannen meine Onkel aus der Bronx, mir ›Waren‹ zu schicken. Ich habe Zigaretten geschmuggelt. Ich habe Geld verdient. Ich habe immer mehr verdient.

So wurde ich Don Ottavio. Ich habe mich hier im Schloß niedergelassen. Ich konnte mir alles leisten, und ich habe mir alles geleistet. Die schönsten Ländereien, die schönsten Pferde, die schönsten Autos, Ferraris! Und die schönsten Frauen … Alles ist käuflich, weißt du.«

Das alles war so weit weg von Monsieur Ruche!

Don Ottavio erzählte ihm, unter welchen Umständen er Grosrouvre wiedergetroffen hatte. Da er fast überall auf der Welt »Geschäfte« machte, war er auch nach Manaus gereist, um dort mit »Geschäftspartnern« zusammenzutreffen. Eines Abends traf er in einem Café im Stadtzentrum zufällig Grosrouvre.

»Er machte auch Geschäfte. Nicht in derselben Größenordnung, aber er war dabei, ein reicher Mann zu werden. Wir haben ein wenig zusammengearbeitet. Nicht ganz legale Geschäfte. Du würdest es als Schmuggel bezeichnen.«

Und vollkommen unvermittelt: »Goldbach, weißt du, was das bedeutet?«

Monsieur Ruche war völlig überrascht worden. Er zögerte, war unsicher, fing sich aber rasch wieder.

»Ist das deutsch? Warum fragst du mich das?«

Monsieur Ruche nahm sich fest vor, auf der Hut zu bleiben. Er wußte nicht, ob Don Ottavio ihm eine Falle stellen wollte.

»Ja, aber was bedeutet es?« beharrte Don Ottavio.

»Goldbach! Na ja, Goldbach eben, der goldene Bach.«

»Der goldene Bach! Im Amazonas gibt es viele Goldbäche, Elgar kannte sie genau; er war in dieser Zeit einer der größten Schmuggler.«

Don Ottavio erzählte, daß er noch oft nach Manaus zurückgekehrt war. Ein wenig wegen des »Bisniss«, wie er sagte, in erster Linie aber, um Grosrouvre wiederzusehen.

»Er hat wieder angefangen, sich mit Mathematik zu beschäftigen. Er sagte zu mir: Ich brauche es, ich habe das körperliche Bedürfnis danach. Es gibt Leute, die nehmen Drogen, bei ihm war es die Mathematik. Er war recht erfolgreich damit.«

»Recht erfolgreich!« rief Monsieur Ruche aus.

»Ja, er war 84, als er starb.«

»Wir sind gleich alt«, brummte Monsieur Ruche gereizt.

»Ich habe ihm vorgeschlagen, sich hier im Schloß niederzulassen. Es wäre bequem für ihn gewesen, er hätte all seine Sachen hierherbringen lassen können, vor allem seine Bücher. Das Klima dort ist nicht gut, viel zu feucht. Er hat abgelehnt.

Dann hat er sich sehr verändert. Er hat wie ein Wahnsinniger zu arbeiten angefangen. Nach dem Abendessen setzte er sich an seinen Arbeitstisch, von dem er erst beim Morgengrauen wieder aufstand. Er sagte, er würde nur nachts gut arbeiten.

Er, der so stark war, erinnerst du dich an seinen riesigen Brustkorb? Er begann abzumagern. Ich dachte, er hätte ernsthafte gesundheitliche Probleme. Ich fragte ihn. Er wollte mir nichts sagen. Er war von seiner Arbeit besessen, und er wurde immer fanatischer. Sein Schweigen und sein geheimnisvolles Gebaren weckten schließlich meine Neugierde.«

Don Ottavio berichtete, wie Grosrouvre ihm eines Nachts, nachdem sie viel zusammen getrunken hatten, anvertraute, daß er kürzlich zwei sehr berühmte Probleme gelöst habe, die seit Jahrhunderten niemand zu lösen vermochte. Vermutungen. »Als er mir sagte, daß die eine von einem gewissen Goldbach stammte, habe ich zu lachen angefangen. Ich habe ihn gefragt, ob er sie sich absichtlich ausgesucht hätte. Er hat mich mit großen Augen angesehen, weil er meine Reaktion nicht verstand, bevor ich es ihm nicht erklärt hatte. Goldbach! Oh, diese Intellektuellen!«

Grosrouvre hatte beschlossen, seine Beweise geheimzuhalten.

»Oh, er brauchte mir seine Gründe nicht zu nennen. Ich verstand ihn nur zu gut«, fügte Don Ottavio hinzu.

Seine Augen leuchteten. »Willst du wissen, warum ich ihn so gut verstand?‹

Don Ottavio stand auf, bedeutete dem Butler, sie allein zu lassen. In seine Gedanken vertieft, trat er auf die Seitenwand des Salons zu, an der ein ovaler Spiegel von beunruhigendem Glanz hing. Monsieur Ruche sah, wie er beide Hände zum Spiegel führte, als würde er ihn zurechtrücken wollen. Eine Marotte des Hausherrn, dachte Monsieur Ruche, der ganz gespannt war, zu erfahren, warum Don Ottavio so gut verstand, daß Grosrouvre seine Beweise geheimhalten wollte, während er, Ruche, trotz der Gründe, die Grosrouvre in seinem Brief hierfür anführte, es immer noch nicht verstand.

Die Wand schien sich zu bewegen. Wie in einem Film öffnete sich eine bisher unsichtbare Wandplatte. Eine Geheimtür! Sie führte in einen Raum, den Monsieur Ruche von der Stelle aus, an der er sich befand, nicht genau erkennen konnte. Don Ottavio drehte sich zu ihm um. Mit einer gebieterischen Handbewegung forderte er Monsieur Ruche auf, einzutreten. Die Tür war schmal, aber der Rollstuhl glitt ohne Schwierigkeiten hindurch. Unmittelbar nachdem sie sich in dem Raum befanden, betätigte Don Ottavio einen Spiegel, der genauso aussah wie der im Salon. Die Tür schloß sich wieder. Es war düster, die einzige natürliche Lichtquelle war eine Öffnung mitten in der Decke, die zu einem Lichtschacht führte. Don Ottavio betätigte einen Schalter. Der Raum sah aus wie eine Kapelle.

In die Wand eingelassene Lampen erzeugten eine Reihe von Lichtkegeln. Monsieur Ruche entfuhr ein Schrei. Er drehte sich mit seinem Rollstuhl mitten im Raum unablässig nervös um die eigene Achse, um nichts von dem aus den Augen zu verlieren, was er da sah. Ein Dutzend Meisterwerke an den nackten Steinwänden.

»Ausschließlich gestohlene Gemälde!« verkündete Don Ottavio.

Monsieur Ruche drehte sich um. Don Ottavio sah ihn freudestrahlend an. Auf seinen Stock gestützt, stand er so fest, als sei er mit dem Boden verwurzelt. Unerschütterlich.

»Sie gehören zu den meistgesuchten Gemälden auf der ganzen Welt! Für ihre Auffindung werden schwindelerregende Summen geboten. Ich habe unglaubliche Summen ausgegeben, um sie in meinen Besitz zu bringen. *Ansicht von Delft* von Jongking. *Der Liebesbrief* von Vermeer. *Die Flucht aus Ägypten* von Rembrandt. *Der Herzog von Wellington* von Goya. Dieses Dyptichon stammt aus der Schule von Giotto. *Porträt des Vaters* von Rodin. *Estaque oder der Landesteg* von Braque. Und die beiden Picassos: *Gitarre und Obstschale, Kind und Puppe.*

Und mein Lieblingsbild ist natürlich dieses letzte, kleine. *Der Flötenspieler* von Vermeer. Ich habe es gerade aus Tokio bekommen.«

Er setzte seine Brille auf und schien es genau zu untersuchen. Ein wahres Museum! Wer hätte vermutet, daß sich hinter dieser Wand all diese Schätze befanden?

»Es war nicht leicht, den Vermeer zu bekommen. Am besten gibt man eine Bestellung auf. Du bewunderst ein Gemälde, du bestelltst es bei Fachleuten. Es braucht seine Zeit, aber du bekommst es immer geliefert. Du bist der Herr deiner eigenen Sammlung! Du trägst sie Bild für Bild zusammen.«

»Warum hast du sie nicht einfach gekauft, wo du doch so reich bist?« rief Monsieur Ruche erregt.

Auf diese Frage hin lachte Don Ottavio unerträglich laut los. Er trat auf Vermeers *Liebesbrief* zu und betrachtete es liebevoll.

»Sie kaufen? Wie einen Ferrari oder eine Waschmaschine?« Er zog ein verächtliches Gesicht. »Das ist Krämerdenken! Erstens standen die meisten von ihnen nicht zum Verkauf. Sie gehören zum Weltkulturerbe, wie man sagt. Aber das ist nicht der eigentliche Grund.« Er machte eine Pause, rückte seine Brille zurecht. »Trägst du keine Brille?«

»Nie«, antwortete Monsieur Ruche stolz.

»Warum ich sie nicht gekauft habe? Ja, im Grunde genommen wäre es einfacher gewesen«, sagte er, indem er sich über Monsieur Ruche lustig machte. »Das Original besitzen, das niemand sonst auf der Welt besitzt, so daß alle dich beneiden, das verschafft einem sicher ein Gefühl der Befriedigung, aber es ist eine armselige Befriedigung. Ein Kleinbürgervergnügen, eine Pausenhoferregung: Der Besitzer des Murmelbeutels zu sein, um den dich alle anderen beneiden. Ich brauchte eine andere Art von Genuß, einen Genuß mit Doppeleffekt gewissermaßen. Ich wollte und will immer noch im Besitz des Originals sein UND der einzige sein, der von diesem Besitz weiß. Genau das war es, was ich empfand, als ich das erste Mal ein Gemälde kaufte, das im Amsterdamer Rijksmuseum gestohlen worden war.

Hast du dir schon einmal die Frage gestellt, warum manche berühmte Gemälde, die scheinbar unverkäuflich sind, weil man sie sofort identifizieren würde, trotzdem aus Museen gestohlen werden? Was sollten Diebe damit anfangen können? Sie verkaufen? Aber wem? Sammlern. Die was damit machen? Ich werde es dir sagen: die es in einem geheimen Raum wie diesem hier an die Wand hängen, um sie heimlich und allein zu bewundern!

Kannst du als Philosoph mir sagen, was dieses Hochgefühl gemeinsam hat mit dem Gefühl eines stinkreichen Mannes, der unter den Augen und mit dem Wissen aller ein Gemälde auf einer öffentlichen Versteigerung kauft und damit den Saal verläßt wie ein Hausmädchen mit einem Bündel Wäsche unter dem Arm? Und der es dann natürlich in seiner Wohnung oder seinem Schloß aufhängt, damit seine Gäste es wie in einem Privatmuseum der Hautevolée bewundern? Und der ihnen dabei wie ein kleiner Hund hinterherläuft und ihnen dabei irgendwelche nichtssagenden Kommentare ins Ohr flüstert, die er aus einem Kunstbuch auswendig gelernt hat, der die Augen senkt wie eine sizilianische Jungfrau, sobald der Besucher sich zu ihm umdreht und ihm einen bewundernden Blick zuwirft, der aufrichtiger ist als derjenige, den er im Augenblick zuvor noch dem schon wieder vergessenen Meisterwerk zuwarf?

Der heimliche Besitz, von dem ich spreche, ist so …, als würdest du heimlich mit der schönsten Frau im Dorf schlafen, und wenn du ihr dann am darauffolgenden Tag auf der Hauptstraße inmitten all der Menschen begegnest, die nach der Messe aus der Kirche treten, grüßt du sie so zurückhaltend wie eine Unbekannte.«

Völlig verblüfft von diesen Ausführungen, benötigte Monsieur Ruche Zeit, um sich wieder zu sammeln. Er vermochte lediglich zu sagen:

»Wir schweifen ab! Ich habe dir Fragen gestellt, auf die du mir immer noch nicht geantwortet hast. Was haben wir mit der ganzen Sache zu tun, frage ich dich noch mal?«

»Wir schweifen nicht ab.«

Don Ottavio erzählte Monsieur Ruche, wie er, nachdem er von der Existenz der Beweise und von Grosrouvres Wunsch erfahren hatte, sie geheimzuhalten, sie auf der Stelle aus eben denselben Gründen besitzen wollte, die ihn dazu bewegten, die vor ihren Augen aufgehängten Gemälde in seinen Besitz zu bringen.

Monsieur Ruche explodierte:

»Ja, glaubst du denn etwa, man könnte einen mathematischen Beweis besitzen, wie man einen Rembrandt besitzt?« Sein Ausruf klang genauso erstaunt wie herablassend. »Woher weißt du denn, daß diese Gemälde hier auch wirklich Originale sind und daß man dir nicht irgendwelche billigen Fälschungen untergejubelt hat?«

Don Ottavio wurde ganz steif. In eisigem Ton sagte er:

»Derjenige, der sich dazu erdreistet hätte, würde jetzt nicht mehr unter den Lebenden weilen, um sich dessen zu rühmen.«

»Das ist überhaupt nicht die Frage. Nehmen wir den Flötenspieler da in seinem Rahmen, du mußtest ihn doch wohl analysieren lassen, um sicher sein zu können, daß es auch wirklich ein Vermeer ist. Trotz deiner Sachkenntnis bist du selbst nicht dazu in der Lage; du wirst einen Experten zu Rate gezogen haben, der, nachdem er es untersucht hat, dir versichern konnte, daß es keine Fälschung ist. Dieser Experte, der dir die Authentizität des Gemäldes bescheinigt hat, hat dich doch nicht deines Vergnügens beraubt, nur weil er das Gemälde analysiert und für echt befunden hat.«

Monsieur Ruches Überlegungen ließen ihn immer mehr aufhorchen, so daß er ihm aufmerksam zuhörte:

»Das ist zutreffend.«

Monsieur Ruche hatte die Kräfteverhältnisse auf den Kopf gestellt. Jetzt war es Don Ottavio, der Rückfragen stellte:

»Worauf willst du hinaus?«

»Auf folgendes. Falls du eines Tages Elgars Beweise in die Hände bekommen solltest, wer garantiert dir dann, daß sie auch wirklich korrekt und eben keine wahnhafte Ansammlung haarsträubender Irrtümer sind?«

»Ein solcher Verdacht aus deinem Mund! Elgars Beweise eine wahnhafte Ansammlung haarsträubender Irrtümer?«

»Ich nehme ›wahnhaft‹ zurück. Aber trotzdem. Hunderte von Mathematikern vor ihm, und wie du mir sagtest, die größten dazu, haben sich daran versucht und sich daran die Zähne ausgebissen. Sicher haben viele geglaubt, diese Vermutungen bewiesen zu haben, und sich geirrt. Warum nicht auch Elgar? Nur ein Mathematiker, und zwar ein sehr guter Mathematiker, könnte dir versichern, daß sie korrekt sind. Nur, ... ja, nur daß er eben, sobald er sie prüft, genauso von ihrer Existenz weiß wie du. In Wahrheit weiß er sogar mehr als du. Denn er hätte sie verstanden. Und er könnte sie veröffentlichen, wenn er wollte. Derjenige, der die Richtigkeit eines Beweises bescheinigt, kennt ihn!«

Don Ottavio kochte.

»In Sizilien gibt es eine Redewendung, die man häufiger verwendet als irgendwo sonst: Gräber reden nicht.«

Monsieur Ruche fuhr erschrocken auf:

»Was willst du damit sagen?«

»Ich habe gescherzt. Ich wollte damit nur sagen, daß es für alle Probleme eine Lösung gibt.«

Monsieur Ruche dachte an die drei Probleme der Antike. Er war erschüttert. Es ging hier nicht um eine Schulaufgabe, um einen Austausch von Argumenten oder um ein Rededuell, sondern um etwas sehr viel Ernsteres. Vielleicht ging es ja um Menschenleben. Er mußte um jeden Preis wieder die Oberhand gewinnen. Er mußte Don Ottavio davon überzeugen, daß seine Jagd nach den Beweisen auf der ganzen Linie zum Scheitern verurteilt war.

»Du hast also gescherzt«, knüpfte Monsieur Ruche an.

»Das habe ich gern. Alles, was du bisher besessen hast, verfügte, wie soll ich sagen, über eine materielle Dimension: Ländereien, Autos, Pferde, Gemälde, und sogar die Frauen hatten einen Körper.«

»Nun ja, glücklicherweise! Du bist immer noch genauso merkwürdig wie früher.«

»Bei der Mathematik gibt es da aber ein ziemliches Problem. Sie basiert nur auf der Kraft des Denkens. Sie hat keine materielle Dimension. Ein Freund hat einmal von der unglaublichen Leichtigkeit des Denkens gesprochen.

Du kannst diese Beweise niemals besitzen. Laß es gut sein, Tavio.«

»Du redest wie ein Leichengräber. Bist du hergekommen, um mir eine Moralpredigt zu halten, oder was?«

»Du hast vielleicht vergessen, daß ich nicht ganz freiwillig hergekommen bin. Ja, du hast es mit einem echten Paradoxon zu tun. Du hältst einen Stein in der Hand und weißt nicht, ob es Glas ist oder ein Diamant. Um es zu erfahren, mußt du einen Zauberer zu Rate ziehen. Sobald der Zauberer sieht, was du in der Hand hältst, sagt er dir, wenn es ein einfacher Stein ist: ›Es ist ein Stein.‹ Wenn es aber ein Diamant ist, mußt du mit ansehen, wie er sich vor deinen Augen in einen Stein verwandelt!«

»Eines hast du nicht beachtet, geehrter Herr Philosoph: Ich bin davon überzeugt, daß Elgars Beweise korrekt sind. Und das reicht mir. Deshalb, und das wird dich beruhigen, bräuchte ich auch keinen sehr guten Mathematiker umbringen zu lassen, um mir, wessen auch immer, sicher zu sein.« Und in einem anderen Ton fuhr er fort: »Wir reden und reden, aber ich habe sie überhaupt noch nicht, diese verdammten Beweise!«

Während des gesamten Gesprächs war er, auf seinen Stock gestützt, stehengeblieben. Er wirkte müde. Es war noch früh am Morgen.

Er brach das Gespräch abrupt ab, ging zum Spiegel, legte seine Hände auf den Rahmen, das Wandstück verschwand, und die Geheimtür öffnete sich. Monsieur Ruche verließ den Raum. Don Ottavio löschte das Licht, trat auch aus dem Raum heraus und betätigte den Schließmechanismus. Die Wand schloß sich wie der Deckel eines Sarkophags, um die ungeheuren Schätze wieder wegzuschließen.

Der Tisch, an dem sie gefrühstückt hatten, war abgeräumt worden, die Fenstervorhänge zurückgezogen.

Don Ottavio schlug Monsieur Ruche vor, ein wenig im Park spazierenzugehen, bevor es zu heiß dafür werden würde.

Monsieur Ruche stand noch ganz unter dem Eindruck dessen, was er gesehen hatte.

»Und du hast keine Angst, daß ich die Polizei verständige?«

»Nein. Noch bevor es ihnen gelänge, in die Kapelle zu kommen, wären die Bilder längst an einen anderen Ort gebracht worden. Und weißt du, was man mit dem Verräter machen würde ... ihr in Frankreich nennt es ›Abrechnung‹.«

Er fügte noch hinzu.

»Vor allem, wenn es sich um Freunde handelt.«

Inmitten der Bäume war es noch angenehm kühl. Monsieur Ruche schaute nach oben. Das Laubwerk war so dicht, daß kein Sonnenstrahl hindurchdrang. Don Ottavio vollzog seine Bewegung nach und sagte dann ohne Umschweife:

»Ich habe mir gesagt: Es ist unvorstellbar, daß Elgar keine Spuren seiner Beweise hinterlassen hat. Das konnte ich mir einfach nicht vorstellen. Er hätte jahrzehntelang gearbeitet wie niemand sonst, und dann wären seine Ergebnisse verlorengegangen! Also habe ich mich gefragt, was das für Spuren sein könnten. Manuskript, Diskette, Tonband, Videoband, Mikrofilm? Ich habe sogar die Möglichkeit in Erwägung gezogen, daß er sie in einen Stein geritzt haben könnte! Und ich habe mich natürlich gefragt, wo er diese Spuren wohl versteckt haben mochte.

Aus denselben Gründen wie du – du siehst also, daß es durchaus Gemeinsamkeiten zwischen uns gibt – habe ich mir gesagt, daß jede Form von Trägermedium von vornherein das Risiko mit sich brachte, entdeckt zu werden und demjenigen das Geheimnis preiszugeben, in dessen Hände es fiel.«

Er hielt inne.

»Sieh ihn dir an, er wirkt nicht gerade, als würde er an Appetitlosigkeit leiden …«

In der Verlängerung der Allee bemerkte Monsieur Ruche eine pflanzenumrankte Laube. Dort saß Max an einem üppig gedeckten Frühstückstisch.

»Er ist lebhaft, der Kleine, ein echter Rebell. Und deine Frau, wie heißt sie?«

»Ich habe keine Frau.«

»Bist du Witwer?«

»Ich bin nicht verheiratet.«

»Ich auch nicht. Es ist merkwürdig. Keiner von uns dreien hat geheiratet. Weder Elgar noch du, noch ich. Bei uns in Sizilien ist das eigentlich nicht üblich; man braucht eine Nachkommenschaft, wegen des Namens. Aber mir ist es, ehrlich gesagt, völlig Wurscht. Und wer ist er dann, wenn er nicht dein Enkelkind ist?«

»Er ist so etwas wie mein Enkelkind.«

»Und wegen seiner Ohren? Habt ihr da was unternommen?«

»Seine Mutter hat es versucht, aber es war zu spät. Als sie ihn adoptiert hat, war er schon taub.«

»Mir wurde von Zwillingen berichtet. Auch adoptiert? Wo sind sie jetzt?«

»Ist das ein Verhör oder was? Ich rede nur in Gegenwart meines Anwalts!«

Monsieur Ruche lächelte. Das war der erste Satz, den Nofutur sagte, als Max ihn vom Flohmarkt mitbrachte.

Monsieur Ruche ließ Don Ottavio stehen und rollte zur Laube. Max hatte ihn nicht kommen hören. Er drehte sich erst um, als er schon hinter ihm stand.

Monsieur Ruche fragte ihn schnell, ob er schon irgend jemandem gegenüber die BAU und Grosrouvres Briefe erwähnt hatte. Max hatte kein Wort gesagt. Monsieur ermahnte ihn, niemandem etwas zu sagen.

»Ich verspreche es Ihnen. Ich habe sowieso schon viel zuviel gesagt. Wegen mir sind Sie hier. Sie kannten nur einen einzigen Namen: Liard. Sie dachten, Sie würden Liard heißen, wie Perrette. Als ich hierherkam und Don Ottavio sah, war ich so wütend, daß ich zu ihm gesagt habe: ›Wenn Monsieur Ruche erfährt, daß Sie mich entführt haben, werden Sie schon sehen, was passiert!‹ Als er Ihren Namen hörte, zuckte er zusammen. Er hat mich gefragt: ›Wie alt ist dein Monsieur Ruche?‹

›Genauso alt wie Sie‹, habe ich zu ihm gesagt. Und er sagte: ›Pierre Ruche?‹ Ich antwortete: ›Ja, Pierre!‹ Er dachte nach und sagte dann: ›Nun, wir lassen diesen Monsieur Ruche herkommen!‹ Da habe ich verstanden, daß es eine Dummheit von mir war.«

»Überhaupt nicht, Max. Ganz im Gegenteil. Du wirst sehen, alles wird gut werden.«

»Er hat mir nicht gesagt, daß er Sie kennt, der Schurke. Er war ganz in seine Gedanken vertieft. Nach einer Weile hat er mich gefragt: ›Hat dein Monsieur Ruche schon mal was von einem Monsieur Grosrouvre erzählt?‹ Daraufhin habe ich gesagt: ›Gros, was? Das ist aber ein lustiger Name.‹ Dann ist Don Ottavio weggegangen.«

»Bravo, Max!« Monsieur Ruche streichelte ihm über den Kopf. »Erwähne um Himmels willen nicht die Bibliothek oder die Briefe! Nur wenn man dich zwingt.«

»Ich werde schweigen wie ein Tauber.«

»Nein!« schrie Monsieur Ruche. Er dämpfte sofort wieder seine Stimme. Im Flüsterton betonte er jedes Wort einzeln. »Wenn man dich zwingt, redest du sofort, verstehst du, Max. Sofort!«

Monsieur Ruches Schrei hatte Don Ottavios Aufmerksamkeit geweckt. Er kam zur Laube.

»So, genug der Geheimniskrämerei! Euch ist ja wohl klar, daß hier überall Mikros angebracht sind?«

Monsieur Ruche spürte, daß sein Herz wie wild schlug.

»Und dann läßt du ihn nicht in Ruhe frühstücken. In seinem Alter muß man morgens gut essen, wie die Engländer. Brikfast.«

»Nun, Pierre Ruche, setzen wir unseren Spaziergang fort?«

Sie ließen Max allein zurück.

»Ich hatte dir gerade gesagt, daß jedes Trägermedium, auf dem Elgar seine Beweise festgehalten hätte, das Risiko mit sich brachte, entdeckt zu werden und jedem den Beweis preiszugeben, der es in seinen Besitz gebracht hätte. Es sei denn, Elgar hätte sie, um dieses Risiko auszuschließen, jemandem mündlich anvertraut.«

Als er »mündlich« sagte, zuckte Monsieur Ruche zusammen. Aber Don Ottavio, der ganz in seine Erzählung vertieft war, merkte nichts. Er fuhr fort und durchlebte nochmals jede Etappe des Weges, über den er zur Lösung gelangte:

»Allerdings hätte die Person, der er sie anvertraut hätte, sie sofort veröffentlichen können. Genau das, was du in bezug auf die Experten gesagt hast. Das hieß? Es konnte sich weder um ein Trägermedium noch um einen Menschen handeln! Ein Tonband, das kein Objekt ist! Ein Gedächtnis, das über kein materielles Trägermedium verfügt!«

Monsieur Ruche folgte seinen Ausführungen sehr aufmerksam. Worauf wollte er hinaus? Stolz auf seine lange Argumentationskette, wiederholte Don Ottavio:

»Ein Gedächtnis, das über kein materielles Trägermedium verfügt? Ein Papagei!«

Er triumphierte.

»Willst du damit sagen, daß … mein Gott, daß er es ist, der …«

»Der was?«

Fast hätte er gesagt, der »treue Gefährte«.

»Ja, Pierre Ruche. Der Papagei. Und zwar genau dieser!«

Unmöglich! Monsieur Ruche konnte nicht glauben, was er hörte. Don Ottavio sah aber überhaupt nicht so aus, als würde er scherzen. Ganz unvermittelt dachte Monsieur Ruche an die Kinder, an Perrette. Monatelang hatten sie, alle fünf, die Lösung vor ihren Augen! Damit war zumindest eines der drei Probleme der Rue Ravignan gelöst. Aber war es wirklich gelöst? War Nofutur wirklich der von Grosrouvre erwähnte treue Gefährte?

»Hier habe ich Dutzende Tiere bei mir aufgenommen. Es wäre reine Untertreibung zu sagen, daß wir lange Diskussionen miteinander geführt haben.« Lange Diskussionen! Grosrouvre hatte es in seinem Brief erwähnt. Grosrouvre hat alles in seinem Brief gesagt. Er hat mir alles gesagt. Und ich habe nichts verstanden! Ainigmata et symbolo … Ich bin es, der taub ist. Max war der Satz sofort aufgefallen.

Monsieur Ruche musterte Don Ottavio. Sein ernster Gesichtsausdruck sprach dafür, ihm das zu glauben, was er gerade gesagt hat.

Als er bemerkte, wie ihn Monsieur Ruche ansah, fragte Don Ottavio:

»Was hast du? Du wirkst verwirrt.«

»Ich wirke verwirrt? Sollte ich etwa nicht verwirrt wirken? Du erzählst mir allen Ernstes, daß unser Freund Elgar seine größten Geheimnisse, das heißt nicht irgendwelche Geheimnisse, sondern mathematische Beweise,

Beweise, um die sich die größten Mathematiker der Welt reißen würden, einem Papagei anvertraut hat! Wie soll ich da nicht verwirrt sein? Sollte ich dir vielleicht ganz gelassen wie in einem Hollywoodstreifen sagen: ›Alles klar, mein lieber Don Ottavson!‹ Du hattest genügend Zeit, um dich mit diesem Gedanken vertraut zu machen. Ich erfahre es gerade eben aus deinem Munde.«

Monsieur Ruches Hände klammerten sich nervös um die Reifen des Rollstuhls.

»Jetzt verstehe ich auch, warum du um jeden Preis den Papagei zurückhaben wolltest!«

Indem er dies sagte, mußte Monsieur Ruche sich eingestehen, daß dies ein zusätzlicher Grund war, Don Ottavios Darstellungen zu glauben. Es mußte einen triftigen Grund dafür geben, wenn ein Mann wie er derartige Anstrengungen unternahm, um einen Papagei zurückzubekommen.

»Mit zunehmendem Alter werde ich immer ungeduldiger, und man schlägt mir nicht lange etwas aus, was ich beschlossen habe zu bekommen.«

Monsieur Ruche fuhr auf; Don Ottavio hatte genau denselben Satz benutzt, mit dem Grosrouvre ihn in seinem Brief beschrieb.

Wieder begann er zu zweifeln:

»Wie konntest du etwas so Unwahrscheinliches in Erwägung ziehen?« Er sah dermaßen verblüfft aus, daß Don Ottavio laut zu lachen anfing:

»Unwahrscheinlich? Das kannst du nur sagen, weil du deinen Freund Elgar nie zusammen mit seiner Mamaguêna erlebt hast!«

»Womit?«

»Mamaguêna« Das war ihr Name, bevor ihr sie … Nofutur getauft habt, wenn ich mich recht erinnere.«

»Es ist ein Weibchen?«

»Oh ja. Nicht genug damit, daß Elgar seine Beweise einem Papagei anvertraut hat, er hat sie auch noch einem Pagapeienweibchen anvertraut!«

»Den Fortschritt hält man nicht auf«, bemerkte Monsieur Ruche.

Don Ottavio beschrieb Monsieur Ruche das innige Verhältnis, das Grosrouvre mit seinem Papageienweibchen unterhielt.

»Er hatte sie unmittelbar nach seiner Ankunft in Manaus zu sich genommen; sie war damals gerade einmal ein paar Wochen alt. Seither haben sie sich nie mehr voneinander getrennt. Ein halbes Jahrhundert lang! Sie hätten fast ihre Goldene Hochzeit feiern können. Wohin er auch ging, er nahm sie immer mit; auf seinen Abstechern tief in den Urwald und seinen Fahrten über die Flüsse, wenn er Gold und Diamanten suchte. Und danach, wenn er schmuggelte. Er unterhielt sich stundenlang mit ihr wie mit einer alten Freundin. Du hättest sie zusammen sehen müssen! Sie ist eine Blaue Amazone, die zu den besten Sprechern gehört. Wenn er bis zum Morgengrauen in seiner Bibliothek arbeitete, saß sie auf ihrer Sitzstange, ohne einen Laut von sich zu geben. Ich glaube, sie war das, woran er am allermeisten hing«, schloß Don Ottavio. »Zusammen mit seinen Beweisen, natürlich. Und seiner Bibliothek.«

»Und wir dachten, es seien Tierschmuggler gewesen, die ihn entführt haben«, entfuhr es Monsieur Ruche.

»Don Ottavio, Tierschmuggler! Da werden meine Freunde was zu lachen haben, wenn ich ihnen das erzähle. Mit solchen Sachen zerstörst du meinen Ruf. Aber ich kann dir versichern, so falsch habt ihr gar nicht gelegen, denn es gab in der Tat Tierschmuggler, die sich sehr für den Papagei interessiert haben.«

Es klopfte an der Tür. Der GGGT kam herein, flüsterte Don Ottavio ein paar Worte ins Ohr.

»Entschuldige bitte, ich bin sofort wieder zurück.«

Die Unterbrechung kam wie gerufen. Es fiel Monsieur Ruche schwer, sich von all dem zu erholen, was Don Ottavio ihm gerade erzählt hatte. Zuerst dachte er an Léa, sie würde entzückt sein: Der erste Mathematikpapagei war ein Papageienweibchen! Mamaguêna rächte Hypatia.

Don Ottavio kam zurück. Monsieur Ruche empfing ihn mit den Worten: »Jetzt kannst du glücklich sein, Don Ottavio!« Er betonte den Namen ganz besonders. »Du hast ihn, den Papagei! Er ist in deiner Voliere. Was willst du mehr? Ich verstehe nicht, was du von uns willst. Behalte deine Beweise, verstecke sie in deinem Tresor, und laß uns in Frieden! Laß den Jungen frei und uns wieder nach Hause zurückkehren.«

»Du bleibst so lange hier, wie ich will!« sagte Don Ottavio in eisigem Ton.

»Sprich nicht in diesem Ton mit mir!« schrie Monsieur Ruche. »Ich bin nicht einer von deinen Domestiken.«

Von diesem Gewaltausbruch Monsieur Ruches überrascht, preßte er die Lippen aufeinander. Seine Augen funkelten furchterregend. Plötzlich beruhigte er sich wieder. Die acht Jahre Altersunterschied, die sie schon in ihrer Jugend voneinander getrennt hatten, würde er nie mehr aufholen. Für immer wäre Ruche der ältere, und er, Tavio, konnte, trotz all seiner Macht, nichts dagegen ausrichten. Er konnte ihn zwingen, ihn gegen seinen Willen festhalten, aber nicht in diesem Ton mit ihm sprechen. In beschwichtigendem Tonfall sagte er zu ihm:

»Der Papagei hat nicht gesprochen.«

»Nofutur hat nicht gesprochen?«

»Nicht ein Wort!«

»Er ist der geschwätzigste Papagei, den ich je erlebt habe. Allerdings hat er seinen eigenen Kopf«, sagte Monsieur Ruche, ohne einen gewissen Stolz verbergen zu können. »Er will nicht sprechen?«

»Er KANN nicht!« Don Ottavio schrie.

»Er leidet an Amnesie. Verstehst du, er leidet an AMNESIE!«

Es war zum Totlachen. Monsieur Ruche wäre beinahe aus seinem Rollstuhl gefallen. Er sagte sich, daß Don Ottavio, unter seiner bösen Maske, eigentlich sehr lustig war. Schließlich sagte dieser noch:

»Ich komme mir vor wie ein *cretino,* ich, Don Ottavio! Wie ein kleiner, mieser Gauner, der vor einem mit Dollarscheinen gefüllten Koffer steht und merkt, daß er weder den Schlüssel noch den Code, noch das entsprechende Werkzeug hat, um ihn zu öffnen. Im Augenblick befinden sich die Beweise immer noch im Kopf des Papageis. Den Kleinen habe ich herbringen lassen, weil er der einzige ist, der mir dabei behilflich sein kann, sie dort herauszubekommen.«

Plötzlich leuchteten seine Augen:

»Wußtest du, daß Papageien in freier Wildbahn weder die Geräusche, die sie hören, noch den Gesang der anderen Vögel imitieren? Und daß sie, wenn sie mit anderen Papageien zusammen in Gefangenschaft leben, nicht sprechen lernen? Es scheint, als reichte ihnen die Gegenwart ihrer Artgenossen, um sich nicht zu langweilen.«

Er hielt inne, schien nachzudenken:

»Warum sprechen sie nur, wenn sie in Gefangenschaft und in Gesellschaft von Menschen leben?«

»Bestimmt deshalb, damit man ihnen mathematische Beweise anvertraut«, antwortete Monsieur Ruche, als verstünde es sich von selbst.

Eine Voliere wie diese war etwas Außergewöhnliches. Eine größere und höhere fand man bestenfalls im Zoologischen Garten von Paris, und selbst da nicht!

Max stand unten draußen, Nofutur saß drinnen oben. Max redete. Nofutur antwortete nicht. Er hatte sich zusammengekauert. Verstimmt über seine feudale Isolierung, akzeptierte er sein Gefangenendasein nicht. In seinem Alter eingesperrt zu werden! Voliere ist ein schönfärberisches Wort, plumpe Bauernfängerei. Auch wenn sie so groß war, daß Platz für eine Giraffe oder ein Nilpferd gewesen wäre, und daß auf dem Boden nicht der kleinste Haufen Kot lag, änderte nichts an diesem Sachverhalt! Für Papageien gibt es kein 4-Sterne-Gefängnis.

Er war immer ein alleinlebender Vogel gewesen, und jetzt hatte man ihn in eine Gemeinschaftszelle mit anderen Vögeln gesperrt, die, zufrieden mit ihrem Los, trällerten. Was habe ich mit solchen Vögeln gemein? Die offensichtliche Billigung ihrer Lebensumstände entmutigten ihn. Und Max steht da unten und redet beschwichtigend auf mich ein und fordert mich auf, meinen Hungerstreik abzubrechen. Er hat gut reden, denn er ist frei. Sieh an, da ist ja auch Monsieur Ruche. Atemlos kam Monsieur Ruche zu Max und berichtete ihm, was er gerade erfahren hatte. Max sah Monsieur Ruche ganz aufmerksam auf die Lippen, da er nicht wollte, daß ihm auch nur ein einziges Wort entging.

Als Monsieur Ruche fertig war, drehte Max sich zur Voliere um und rief den Papagei. Nofutur, der nichts hören wollte, seit man ihn in diese Voliere gesperrt hatte, verließ seinen erhöhten Sitzplatz und kam zu Max geflogen. Max steckte die Hand durch die Gitter und streichelte zärtlich seine Narbe auf der Stirn. Nofutur ließ es sich gefallen.

Eine Art Gärtner, der seit ein paar Minuten die Szene beobachtete, näherte sich mit einer Gartenschere in der Hand. Monsieur Ruche fragte sich, wie der Mann mit seinen riesigen Pranken auch nur eine einzige Blume am Stiel zu fassen bekam.

Max brüllte: »*Chiuso, chiuso*!«

Der Gärtner-Wächter ging wieder fort.

Mit einem Mal begann Nofutur zu toben und schlug wild mit den Flügeln. Max verstand es nicht, denn gerade noch war er vollkommen niedergeschlagen gewesen. Nofutur hing an den Gitterstangen, den Schnabel drohend nach außen gerichtet. In einigen Metern Entfernung ging der KGGT an der Voliere vorbei. Mit genausoviel Haß wie Angst im Blick sah er zu Nofutur herüber. Der Verband um seinen kleinen Finger leuchtete unter der heißen Sonne weiß.

Monsieur Ruche sagte sich, daß Nofutur, trotz des Hungerstreiks, in dem er sich seit seiner Entführung aus Paris befand, noch nicht mit beiden Flügeln im Grab stand.

Nofutur beruhigte sich. Er war erschöpft. Max sprach leise mit Monsieur Ruche. »Er hat seit Paris nichts gegessen. Wenn wir nichts unternehmen, wird er sterben, da bin ich sicher. Ehrlich gesagt, Monsieur Ruche, diese ganze Geschichte ist mir vollkommen egal. Das einzige, was mich interessiert, ist Nofutur. Ich bin für ihn verantwortlich. Ich setze Sie also davon in Kenntnis, daß ich kollaborieren werde. Wenn Nofutur diesem Spinner Don Ottavio die Beweise liefern kann, dann soll er sie ihm liefern! Ich werde alles Notwendige dafür tun.«

Monsieur Ruche zog es vor, ihm nichts von Mamaguêna zu sagen. Eins nach dem anderen.

24. KAPITEL

Archimedes.
Weniger ist mehr

Die große Limousine verließ das Schloß gegen fünf Uhr. Don Ottavio saß am Steuer; neben ihm saß Monsieur Ruche komfortabel auf einem weichen Ledersitz und betrachtete die vorüberziehende Landschaft. Nach einiger Zeit erkannte er die Strecke wieder, die sie am Tag ihrer Ankunft zum *Orecchio di Dionisio* gefahren waren. Das war vor gerade einmal zwei Tagen! Die Limousine fuhr an der Latomia del Paradiso und an der Grotta dei Cordari vorbei. Die Landschaft war geprägt von der tropischen Vegetation, den steil abfallenden Kalkfelsen und den riesigen Steinbrüchen. Don Ottavio sprach kein Wort. Der Wagen bog nach links ab und erklomm einen kleinen Hügel. Das Bild der Landschaft veränderte sich. Sie durchquerten die Necropoli Groteicelli. Touristen strömten heraus! Die ganze Straße war voll mit ihnen. Taschentücher auf den Köpfen, weite Shorts, die ihre behaarten Beine den Blicken darboten, marschierten sie mit der Entschlossenheit englischer Soldaten, die auf El Alamein vorrücken. Don Ottavio fuhr langsamer. Ein paar Huptöne, und sie stoben auseinander wie Wachteln, die man aus einem Kornfeld aufgescheucht hat. Inmitten des lauten Gepiepses sagte Don Ottavio:

»Als ich dir gestern von meinem Vorhaben erzählt habe, Elgars Beweise in meinen Besitz bringen zu wollen, habe ich dir etwas unterschlagen. Was ich dir gesagt habe, stimmt, aber ich habe etwas ganz Wesentliches unerwähnt gelassen, und zwar, daß es bei dieser ganzen Geschichte um Mathematik geht. Hätte Elgar an irgend etwas anderem gearbeitet, wäre das etwas anderes gewesen.«

Und völlig unvermittelt fragte er:

»Hast du dir schon einmal eine Karte von Sizilien angesehen?«

Mit der Fingerspitze zeichnete er auf der Windschutzscheibe drei Striche, so wie Max es bei der Sitzung über Pythagoras gemacht hatte.

»Weißt du, wie Sizilien in der Antike hieß? Trinakria: Das Land mit den drei Punkten. Das Capo Peloro im Nordosten, das Capo Lilibeo im Westen und das Capo Passero im Südosten. Ein echtes Dreieck, dessen drei Seiten alle einem anderen Meer zugewandt sind, das Tyrrhenische Meer im Norden, das Afrikanische Meer im Süden und hier vor uns das Ionische Meer.«

Mit dem Finger zeigte er auf einen imaginären Punkt im imaginären Dreieck und tat so, als würde sich die Insel vor ihren Augen ausbreiten: »Im Schwerpunkt des Dreiecks liegt die Stadt Enna. Hier haben drei Gebirgszüge ihren Ausgangspunkt, die bis zum Meer reichen; sie unterteilen die Insel in drei Regionen. Ich bin auf einer geometrischen und den Mathematikern geweihten Insel geboren! Das schafft Verbindungen.«

Tief eingesunken in seinen Sitz, dessen extreme Weichheit zu einem Nickerchen einlud, hörte Monsieur Ruche Don Ottavio zu. Er hatte nicht bemerkt, daß ihnen seit ihrer Abfahrt in einigem Abstand ein Wagen folgte.

»Es war in meinem letzten Schuljahr, an einem Nachmittag, es muß um Ostern gewesen sein. Mein Lehrer fuhr mit mir über die Straße nach Agrigento, auf der wir uns auch gerade befinden.«

Er stellte den Wagen ein wenig unterhalb der Straße ab. Während er das Fenster öffnete, zeigte er in der Ferne auf einen steilen Felsen. Unter den Brombeersträuchern und den Dornen erahnte man eine Ruine.

»Wir haben uns der Höhle genähert, der Lehrer hat sich hingekniet und mir in den Stein gemeißelte Zeichen gezeigt. Sie waren im Laufe der Zeit fast völlig verwittert. Auf der Erde zeichnete er auf, was sie darstellten: Eine in einem Zylinder eingeschlossene Kugel. Wir befanden uns vor dem Grab des Archimedes!«

Don Ottavio schloß das Fenster wieder. Die Limousine fuhr wieder langsam an. Der Motor war so leise, daß Monsieur Ruche dachte, er sei ausgegangen.

»Warum ein Zylinder und eine Kugel?« fragte Don Ottavio. »Weil er bewiesen hat, daß das Volumen der Kugel zwei Drittel des Volumens des Zylinders beträgt und auch ihre Oberflächen im selben Größenverhältnis zueinander stehen, darüber hinaus hat er bewiesen, daß das Volumen des Kegels ein Drittel desjenigen des Zylinders beträgt und die Oberfläche der Kugel viermal so groß ist wie der Flächeninhalt eines ihrer Großkreise.«

Er kam nur langsam wieder zu Atem. Monsieur Ruche sah ihn mit großen Augen an.

»Da bist du baff, was? Ich habe nicht wie ihr zwei an der Sorbonne studiert, sondern genau gegenüber im Café!« Er lachte laut los. »Sieh mal!« Beim Fahren machte er seinen Schlüsselanhänger ab.

»Achtung!« schrie Monsieur Ruche.

Die Limousine wich gerade noch rechtzeitig einem Radfahrer aus, der im Wiegetritt die kleine Straße zur Ebene von Epipoleis hochfuhr.

Don Ottavio hielt ihm den Schlüsselanhänger hin. Er war aus Gold und mit Diamanten besetzt. Die eine Seite zeigte folgende Darstellung:

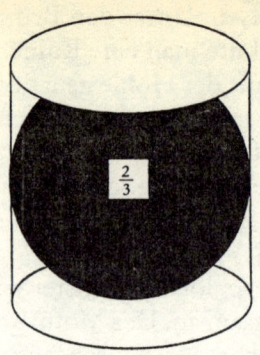

Auf der anderen war das Wappen von Sizilien eingraviert. In einem feingearbeiteten Dreieck befand sich ein von Schlangen und Flügeln umrahmter Frauenkopf inmitten dreier, um den Kopf laufender, abgewinkelter Beine. Die Qualität der Goldschmiedearbeit war atemberaubend gut.

»Archimedes, Trinakria, Sizilien. Verstehst du jetzt? Da kommt mir gerade ein Gedanke! Die drei Beine, das sind in gewisser Weise wir. Manchmal gibt es eben doch Zeichen ... Jedes Bein läuft in eine andere Richtung, aber sie sind doch miteinander verbunden.«

»Beine sind eben zum Laufen da«, brummte Monsieur Ruche.

»Oh, entschuldige. Weißt du was, Pierre Ruche, es ist erstaunlich, aber deine ...«

»... Behinderung.«

»Sie fällt mir überhaupt nicht auf. Es gelingt mir nicht, sie mit dir in Verbindung zu bringen. Das wird dir sicher häufiger passieren.«

Monsieur Ruche antwortete nicht, er hob, ganz in Gedanken versunken, den Kopf:

»Drei laufende Beine! Das eine ist in einem Grab in der Nähe von Manaus. Das andere seit zehn Jahren unbeweglich wie Marmor. Und du, na ja, du läufst für alle drei. Aber das ständige Laufen wird dich am Ende erschöpfen.«

»Das bin ich jetzt schon!«

»Nebenbei bemerkt, du hast den Papagei, Max und mich hierherkommen lassen. Es wäre einfacher gewesen, du hättest dich auf den Weg nach Paris gemacht.«

»Ich wollte, daß du mein Schloß siehst.«

»Du hast Max und Nofutur hierherbringen lassen, bevor du wußtest, daß ich mit der ganzen Geschichte etwas zu tun hatte.«

»Willst du den eigentlichen Grund wissen? Ich habe dir gesagt, daß mein Herz kläfft. Manchmal tut es mehr als das, es bellt. Der Arzt, der dich abgehört hat, ist ein bekannter Herzspezialist. Er behandelt mich seit vielen Jahren, er hat mir davon abgeraten …, ach, was soll's. Ich habe beschlossen, Sizilien nicht mehr zu verlassen. Ich möchte nicht wie mein Vater sterben, fern der Insel, in einem anderen Land. Deshalb bin ich nicht nach Paris gekommen.«

»Also läuft keiner von uns dreien mehr.«

Sie schwiegen.

Es waren überhaupt keine Touristen mehr zu sehen. Don Ottavio beschleunigte, die Limousine fuhr durch eine felsige Hochebene. Die üppige Vegetation war einer wüstenähnlichen Landschaft gewichen: Die Ebene von Epipolai. Die Limousine fuhr wirklich schnell. Monsieur Ruche öffnete das Fenster, ein lauer Wind strich über seine Wangen. Er sah Don Ottavio an, dessen lange graue Haarsträhnen im Wind flatterten. Sein autoritäres Aussehen war verschwunden. Mit einer unbewußten Handbewegung versuchte er, die Haare wieder in Form zu bringen.

Die Limousine blieb am höchsten Punkt der Ebene von Epipolai vor einer zerfallenen Festung stehen. Don Ottavio stieg aus, klopfte an die Tür eines kleinen Hauses. Ohne zu öffnen, schrie der Wächter, daß das Museum eine Stunde vor Sonnenuntergang schließen würde. Deshalb war es hier, wo es normalerweise von Touristen wimmelte, jetzt auch menschenleer. Don Ottavio klopfte noch mal, die Tür ging auf. Als er Don Ottavio erkannte, senkte der Wächter den Kopf, während er sich unbeholfen entschuldigte. Ohne auch nur ein einziges Wort miteinander zu wechseln, ging er schnell wieder hinein und kam mit einem Schlüsselbund zurück. Man merkte, daß er an Don Ottavios Besuche gewöhnt war.

Die von drei in den Fels gehauenen Gräben umgebene Festung wirkte beeindruckend. Auf dem Grund des letzten Grabens sah Monsieur Ruche die Pfeiler der Zugbrücke. Der Bergfried erhob sich noch mit seinen fünf Türmen, die sich im Licht der untergehenden Sonne rosa färbten.

»Das Kastell Euryelos!« verkündete Don Ottavio stolz. »Die Festung von Dionysios I., dem Tyrannen.«

»Hatte er hier sein Zimmer?« fragte Monsieur Ruche.

»Ach so, du meinst den berühmten Graben mit der Zugbrücke, der sein Bett umgab! Ein guter Schutz! In Sizilien kann man gar nicht vorsichtig genug sein.«

Er blickte von der Festung nach unten zum Wagen. Das Auto mit seinen Leibwächtern, das ihnen seit der Abfahrt vom Schloß gefolgt war, stand da. Ein Mann war ausgestiegen. Mit einem Fernglas suchte er, wie ein Tourist, die Landschaft ab. Sein Fernglas war aber mehr auf die Festung gerichtet, wo sich Don Ottavio befand, als auf das Meer, wo es so viele schöne Dinge zu sehen gab.

Mit seinen vom Wind durcheinandergewirbelten Haaren, auf seinen Stock gestützt, erklärte Don Ottavio Monsieur Ruche das Verteidigungssystem von Dionysios, das die Festung uneinnehmbar machte.

In dem Gefühl, diese Szene schon einmal erlebt zu haben, sagte Monsieur Ruche leise: »Uneinnehmbare Festung.« Unter der Sonne und dem blauen Himmel des Ionischen Meeres waren sie nicht so sehr weit von Elbruz, Hassan as-Sabbah und Alamut entfernt.

Don Ottavio zeigte auf die verfallenen Mauerreste, die sich quer über die trostlose Ebene zogen, und erklärte, daß der von Dionysios gebaute Befestigungswall einen langen Halbkreis beschrieb, der an seinen beiden Enden bis ans Meer reichte und die gesamte Ebene einschloß.

»Hier, am Fuß der Festung, trafen die nördliche und südliche Befestigungsmauer aufeinander. Syrakus war perfekt geschützt. Unabhängig davon, ob es vom Meer oder aus den Bergen angegriffen wurde. Die Stadt war von einer zweiundzwanzig Kilometer langen Festungsmauer umgeben! Das war für die damalige Zeit erstaunlich. Wie lang ist eure Ringstraße in Paris?«

»Die innere oder die äußere?«

»Äh …«

Damit hatte Don Ottavio nicht gerechnet.

»Die innere ist 35,014 Kilometer, die äußere 35,063 Kilometer lang.«

Erstaunen bei Don Ottavio.

»So in etwa«, fügte Monsieur Ruche hinzu.

»Ja, das ist annäherungsweise präzise … Komm, ich will dir etwas zeigen. Von dort aus wirst du alles verstehen. Wir müssen uns beeilen, bevor es dunkel wird«, drängte ihn Don Ottavio und schob den Rollstuhl über den unebenen Boden, ohne auf die furchtbaren Schläge zu achten, die Monsieur Ruche hin und her schüttelten.

»Du könntest ein wenig langsamer machen!«

»Wir müssen vor Sonnenuntergang da sein, wenn du die Schlacht miterleben willst.«

Der Rollstuhl blieb am Ende des Festungsvorwerks stehen. In der Ferne, Richtung Osten, war, mit ein paar Minuten Vorsprung auf Syrakus, das Meer bereits in Dunkelheit getaucht.

»Ich bin sicher, daß Archimedes nur deshalb erklären konnte, die Oberfläche aller Flüssigkeiten sei gebogen, weil er, genau wie wir jetzt, von hier aus das Meer beobachtete. Gebogen wie die Erde. Wie das Salzwasser im Meer oder der Espresso in meiner Tasse. Und ihr in Frankreich nennt Mineralwasser ohne Kohlensäure ›flaches Wasser‹! Bei uns heißt es *senza gaz.*«

Stolz auf sein Wortspiel, lachte er. Monsieur Ruche hörte ihm nicht zu. Er bewunderte die Landschaft. Unter ihnen erfreute sich die Stadt an den letzten Sonnenstrahlen des Tages. Die Menschen verließen ihre Büros. Ein wunderbares Schauspiel.

»Dieser kleine, spitze Landzipfel dort ist die Stelle, an der die ersten Griechen gelandet sind. Sie kamen aus Korinth. Da es dort viele Kieselsteine gab, nannten sie die Stelle Ortygia, Insel der Kieselsteine. Damals, im 7. Jahrhundert vor unserer Zeitrechnung, war es eine Insel. Rechts der Porto Grande, links der Porto Piccolo, in dem die kleine Bar liegt. Dahinter das Acradina-Viertel.

Die Schlacht, von der ich sprach, ist die, in der sich Marcellus, der größte römische Feldherr, und Archimedes, der größte griechische Gelehrte, gegenüberstanden. Syrakus war reich und mächtig und Sizilien die fruchtbarste Insel im ganzen Mittelmeer. Ohne ihr Korn wäre Rom verhungert. Die Schlacht fand im Jahr 215 vor unserer Zeitrechnung statt. Marcellus rückte auf Syrakus vor. Der Angriff mußte gleichzeitig von der Meer- und der Landseite aus erfolgen.«

Don Ottavio zeigte mit dem Stock in Richtung des Porto Piccolo.

»Sechzig römische Galeeren tauchten in Schlachtordnung vor der Stadt auf und drangen in Richtung der Stadtmauern von Acradina vor, dem vornehmen Stadtviertel, in dem auch Archimedes lebte.

Die Bogenschützen bezogen sofort ihre Stellung und nahmen den oberen Teil der Stadtmauer unter Beschuß. Es folgten die Wurfschützen, die die Stadt mit Steinsalven bombardieren. Plötzlich lösten sich acht Galeeren aus dem Flottenverband. Sie bildeten zwei Viererpaare, deren Galeeren jeweils mit riesigen Tauen verbunden waren, so daß sie eine Art langen Tisch bildeten, auf dem eine gefürchtete Waffe stand: ein riesiger Wandelturm. Zur selben Zeit, hier, hinter uns …«

Don Ottavio drehte den Rollstuhl um die eigene Achse und zeigte auf die Befestigungsmauer, die über die ganze Ebene führte.

»Die römischen Infanteristen kamen die Hügel heruntergelaufen und stürmten in der Hoffnung auf die Befestigungsmauer zu, eine Bresche zu schlagen, durch die sie dann in die Stadt eindringen konnten, um sie im Rücken zu fassen.

Die Maschinen des Archimedes erwarten sie. Sie laufen ohne Deckung und stoßen Kriegsgeschrei aus, um sich Mut zu machen. Es sind Tausende. Ein Pfeifen durchschneidet das Gebrüll. Hinter den Mauern werden Felsbrocken abgeschossen, die durch die Luft fliegen, als seien es Kieselsteine. Sie gehen auf die römischen Infanteristen nieder, die nie zuvor einem tödlicheren Beschuß ausgesetzt waren. Der Vorstoß wird im Keim erstickt.«

Wieder drehte Don Ottavio den Rollstuhl von Monsieur Ruche um die eigene Achse, der jetzt erneut aufs Meer blicke. Don Ottavio, der neben dem Rollstuhl stand, hatte seine Hand auf die Lehne gelegt, um sich dort unbemerkt abzustützen. Die leichte Brise, die sich in seinem

Hemd fing, blähte den Stoff auf, so daß er aussah, als hätte er einen Schmerbauch. Don Ottavio sah die Schlacht vor seinem inneren Auge, er durchlebte sie, als sei er ein Verteidiger von Syrakus, der 2000 Jahre danach SEINE Schlacht schilderte. Von Zeit zu Zeit zeigte er mit dem Stock, um auf eine ganz bestimmte Stelle hinzuweisen.

Monsieur Ruche ließ sich gefangennehmen. Er hatte alles vergessen, die Entführung von Max, die Gründe, die ihn zu dieser Reise nach Syrakus veranlaßt hatten … Von der Erzählung in den Bann gezogen, hörte er Don Ottavio zu. Wäre ein Passant vorbeigekommen, er hätte geglaubt, zwei alte ehemalige Angehörige der italienischen Streitkräfte wären gerade dabei, ihre Kenntnisse in antiker Kriegsführung aufzufrischen.

»Der riesige Wandelturm wurde gerade aufgebaut. Eine beängstigende Waffe. Eine Art Turm, der aus einem System verschiebbarer Leitern bestand und mit Schildern geschützt war. Wenn diese Leitern zusammengesetzt waren, überragten sie alle Befestigungsmauern. Würde es den Römern gelingen, den Wandelturm an der Mauer aufzustellen, bedeutete dies das Ende von Syrakus. Kampfbereite Soldaten warteten am Fuß der Leiter. Dutzende Männer zogen mit aller Kraft, um ihn mit Hilfe von Seilen aufzurichten. Andere brachten Stützbalken an, um ihn zu stabilisieren. Die Erstürmung stand unmittelbar bevor. Schon erklommen die ersten Soldaten die Leitern. Ein riesiger Felsbrocken flog mit einem beängstigenden Geräusch über die Mauer. Noch bevor er sein Ziel erreichte, schoß ein zweiter, ebenso großer durch die Luft, unmittelbar gefolgt von einem dritten. Der Wandelturm wurde drei Mal getroffen. Er war nicht zerstört worden, stand aber völlig frei. Es wurde still. Alle Augen waren auf ihn gerichtet. Er schwankte unmerklich. Die Soldaten, die die Leitern hinaufgeklettert waren, stießen Angstschreie aus.

Die Schreie der Männer, die unten standen und sahen, wie der Turm über ihren Köpfen wackelte, vermischten sich mit den Schreien der Männer, die auf dem Deck aufschlugen. Viele von ihnen wurden ins Meer geschleudert und ertranken. Der aus seinen Verankerungen gerissene Wandelturm stürzte auf die Decks der Galeeren; durch die Wucht des Aufpralls wurden die Taue durchschlagen, mit denen die Galeeren zusammengehalten wurden. Mehrere von ihnen sanken.

Zerstört von den Maschinen des Archimedes, stürzte die wichtigste Waffe der Römer, mit der Syrakus in die Knie gezwungen werden sollte, ins Meer, wobei sie so hohe Wellen schlug, daß die Begleitschiffe unterhalb der Mauern von Acradina schlingerten.

Auf den anderen Galeeren hatten die verblüfften Römer die Zerstörung des Wandelturms mitverfolgt. Sie waren demoralisiert.

Aber ist Marcellus nicht der größte römische Heerführer? In der Nacht bringt er seine Schiffe lautlos so nah wie möglich an der Befestigungsmauer in Stellung. Unterhalb der Mauern glaubt er, gut gedeckt zu sein, was normalerweise auch der Fall ist. ›Wegen ihrer Kraft und ihrer Reichweite sind die Maschinen des Archimedes nicht dazu geeignet, uns hier unter Beschuß zu nehmen, die Geschosse werden über unsere Köpfe hinwegfliegen. Und was die Maschinen mit kurzer Reichweite betrifft, die sie einsetzen könnten, sie stellen keine Gefahr für uns dar.‹ So dachte der römische Stratege.

Archimedes hatte sich gut vorbereitet. Nichts, was mit Gewichten und Entfernungen zu tun hatte, war ihm unbekannt.

Beim Morgengrauen, als die Römer zum Angriff bliesen, gingen von den Befestigungsmauern riesige Holzbalken auf sie nieder, die Marcellus' Schiffe buchstäblich er-

677

schlugen. Schlimmer noch, wie riesige Bumerangs kehrten sie zu ihrem Ausgangspunkt zurück. An starken Hanftauen befestigt, wurden sie wieder nach oben auf die Mauer zurückgezogen und gingen erneut auf die Schiffe nieder, die Marcellus in Sicherheit gewähnt hatte. Dann brachte Archimedes noch eine seiner Erfindungen zum Einsatz.«

Don Ottavio begann zu rezitieren:

»›Ein oberhalb der Mauer angebrachter Hebel schleuderte einen an einer starken Kette befestigten Metallhaken gegen den Bug seiner Schiffe. Ein riesiges Gegengewicht aus Blei zog den Metallhaken zurück, so daß der Bug nach oben gezogen wurde und das Schiff aufrecht mit dem Heck im Wasser stand; ein plötzlicher Schlag, bei dem die Maschine von der Mauer zu stürzen schien, stieß das Schiff wieder ins Wasser zurück. Zum Entsetzen der Matrosen schlug das Schiff so hart auf das Wasser auf, daß ständig Wasser eindrang, auch wenn es sich wieder in seiner ursprünglichen Lage befand.‹ Diese Beschreibung stammt von Titus Livius.

Marcellus erteilte seinen Galeeren den Befehl, sich zu verteilen und in unterschiedlicher Entfernung zu den Befestigungsmauern Stellung zu beziehen, damit Archimedes nicht die Reichweite seiner Wurfmaschinen einstellen konnte. Archimedes hatte es vorausgesehen.

Seine wie Orgelpfeifen eingestellten Ballisten- und Katapultbatterien, bei denen jede einzelne Maschine auf einen bestimmten Punkt ausgerichtet war, nahmen die Schiffe unter Beschuß und trafen sie, unabhängig von ihrer jeweiligen Entfernung zur Mauer.

Marcellus gab seinen Galeeren den Befehl, nicht an einer Stelle zu verharren. Die Geschosse folgten ihnen.

Die abgehärteten Seeleute und Soldaten, die schon viele Schlachten des Marcellus mit ihm zusammen geschlagen hatten, gerieten in Panik. Einen solchen Beschuß hatten sie nie zuvor gesehen oder erlebt. Der größte römische Heerführer erlitt vor Syrakus eine Niederlage. Marcellus verstand nicht, wie derartige Heldentaten möglich waren.

Hätte er gewußt, woran Archimedes schon seit Jahren arbeitete, wäre es ihm klar gewesen. Die Länge des Hebels, die Größe des Gewichts, die des Gegengewichts, alles, was mit der Kunst der Waage im Zusammenhang stand, beherrschte Archimedes. Er ist der Meister der Hebel und Waagen; mit Hilfe der Geometrie hat er ihre mechanischen Gesetze definiert. Die Syrakuser waren alles andere als überrascht. Sie kannten ihren Archimedes!«

Don Ottavio zitierte wieder:

»›Archimedes hatte sich in einiger Entfernung hingesetzt, und ohne Aufwendung großer körperliche Kräfte zog er, indem er mit der Hand das Ende einer Maschine mit mehreren Rollen betätigte, die Galeere zu sich heran, die genauso leicht und ungehindert über das Wasser glitt, als würde sie von einem starken Wind getrieben.‹

Durch diesen Triumph widerlegte Archimedes eines der großen Aristotelischen Prinzipien, das den Menschen seit einem Jahrhundert eingeimpft wurde, das Stagnationsprinzip.«

»Das Stagnationsprinzip?!«

Soll Don Ottavio doch Feuer und Flamme sein für seinen Syrakuser, das ist seine Sache, wenn er sich jedoch mit Aristoteles abgibt, dann wird es auch zu meiner, empörte Monsieur Ruche sich innerlich. Mit einem Wort: Finger weg von meinem Aristoteles!

»Ja, ich selbst habe es so genannt. Wenn die Kraft klein und der Widerstand groß ist, dann ist die Geschwindigkeit null! Das hat dein griechischer Philosoph behauptet. Wenn das kein Stagnationsprinzip ist, dann wüßte ich gern, was es sonst ist! Die von Archimedes aufgewendete

Kraft, um das Schiff zu sich heranzuziehen, war gering, darin stimmst du doch mit mir überein? Der Widerstand der Galeere auf dem Wasser war groß, einverstanden? Und trotzdem ist das Schiff auf die Küste zugeglitten! Also hat es sich bewegt, und seine Geschwindigkeit war nicht gleich null, einverstanden? Also ist das Prinzip des Aristoteles, in dem er die Stagnation erklärte, vollkommen falsch!«

Monsieur Ruche sagte sich, daß er darüber nachdenken werde.

Die Syrakuser waren noch von einer anderen Großtat des Archimedes begeistert, die im Zusammenhang mit der Königskrone steht. Archimedes hatte den Betrug des königlichen Goldschmiedes entlarvt, der dem Gold der Königskrone Silber beigemischt hatte.

Monsieur Ruche kannte die Geschichte. Nachdem er sich schelmisch lächelnd Don Ottavios Version dieser Geschichte anhörte, konnte er sich nicht verkneifen zu bemerken:

»Es ist verrückt, wozu dich dieser Archimedes veranlaßt! Seit einer halben Stunde hältst du mir eine Lobrede auf das Gleichgewicht! Und das, wo du heute morgen noch bereit warst, Mathematiker umbringen zu lassen! Im Grunde genommen hat dein Held doch nichts anderes getan, als unentwegt Erkenntnisse umzusetzen, die auf der Grundlage der Mathematik gewonnen wurden!«

»Du hast dich wirklich kein bißchen verändert. Du findest immer einen Weg, Dinge auszupacken, die man nie zuvor gehört hat. Ist es das, was dich die Philosophie gelehrt hat?«

Ohne zu antworten, fuhr Monsieur Ruche fort:

»Damit aber noch nicht genug! Don Ottavio, der große Schmuggler vor dem Herrn, findet Gefallen daran, daß sein Archimedes einen Fälscher entlarvt hat! Jetzt bist du es aber, der mich überrascht.«

»Ja, gut«, gestand Don Ottavio verlegen. »Niemand ist perfekt.«

»Wenn du so weitermachst, landest du noch bei Interpol!«

»Ah, erzähle keinen Mist. Das, was ich dir gerade erzählt habe, habe ich selbst zum ersten Mal genau hier an dieser Stelle aus dem Mund meines Lehrers gehört. Seine Erzählung war allerdings sehr viel ausführlicher als meine. Du kannst dir gar nicht vorstellen, was es für mich bedeutet hat, daß ein Mann aus Syrakus diesem Römer eine solche Schlappe beigebracht hat. Ich schrie hurra. Archimedes rächte mich an all diesen Leuten aus Rom, diesen Snobs, den Norditalienern, die auf unsere Insel kamen, sich wie Eroberer gebärdeten und uns wie den letzten Dreck behandelten. Und auf einmal, genau an dieser Stelle, wo ich jetzt stehe, vor … oh, es lohnt nicht, die Jahre zu zählen, denn es ist sehr lange her. Er hat mich stolz darauf sein lassen, hier geboren zu sein.

Ein paar Tage nach diesem Osternachmittag erklärte uns der Lehrer in der Schule das Archimedische Axiom. Kennst du das Archimedische Axiom?«

»Nein«, antwortete Monsieur Ruche innerlich aufgebracht.

»Er wird mir jetzt doch wohl hoffentlich keine Mathematikstunde geben wollen! Nach allem, was ich in den letzten acht Monaten gelernt habe!« Aber es war genauso wahr wie erstaunlich, während dieser acht Monate hatte er es nicht ein einziges Mal mit einem Werk des Archimedes zu tun gehabt. Was diesem alten Mafioso einen Vorteil verschaffte.

»Nun, ich werde es dir erklären«, sagte Don Ottavio, dem das einging wie Milch und Honig. »Der Lehrer hat zu uns gesagt, und ich erinnere mich noch fast wortwörtlich daran: ›Die Differenz zweier gleichartiger Größen ist stets wieder eine Größe derselben Art.‹ Wir verstanden kein Wort davon. Dann erklärte er uns: ›Wenn man ein kleines und ein großes Segment hat, kann das kleine Segment das große übertreffen, wenn man es mit sich selbst multipliziert.‹ Das ist in meinem Kopf eingeschlagen wie eine Bombe. Unmittelbar danach hat die Schulglocke geläutet. Ich hätte gern noch mit dem Lehrer geredet, aber er hatte es eilig. Auf dem Nachhauseweg habe ich mich auf eine der Ruinen gesetzt, die ich dir gezeigt habe. Und ich habe nachgedacht. Es war das erste Mal, daß ich nachdachte. Sicher werde ich auch schon vorher nachgedacht haben, aber eben nicht bewußt, diesmal jedoch habe ich mich bemüht, nachzudenken. Ich habe zu mir gesagt, Tavio, das kleine Segment bist du. Und alles wurde mir klar. Der Lehrer hatte gesagt, Archimedes hätte gesagt: ›Magst du auch ein noch so kleines Segment sein, du kannst dich ›multiplizieren‹ und größer werden als jedes beliebige große Segment. Mag es auch noch so groß sein!‹

Am darauffolgenden Sonntag, als ich, so wie jeden Sonntag, dem Herzog auf dem Dorfplatz begegnete und mein Vater unterwürfig grüßte, habe ich in meinem Innern zu ihm gesagt: ›Magst du auch ein Herzog sein, ich werde größer sein als du!‹ Mir wurde warm ums Herz, als hätte ich getrunken. Wie aber sollte ich mich multiplizieren? Das war es, was ich seit jenem Tag erreichen wollte: Ich wollte mich multiplizieren, um jeden beliebigen Großen, den Größten der Großen zu überflügeln. Und wie du siehst, habe ich es erreicht.«

Monsieur Ruche verharrte stumm. Da ihn das, was Don Ottavio erzählte, ziemlich bewegt hatte, sagte er wie zu sich selbst:

»Es gibt immer neue Kleine ... Und manche von ihnen wollen auch die Großen überflügeln. Und du bist ein Großer geworden.«

»Du ahnst ja gar nicht, wie sehr du recht hast. Aber ich bin ein Großer, der nicht vergessen hat, daß er klein war, also multipliziere ich mich auch weiterhin.«

»Ich weiß: ›Gib mir einen Punkt, auf dem ich stehen kann, und ich werde die Erde bewegen.‹ Dieser Spruch stammt von Archimedes. Eine kleine Masse kann durch ihr eigenes Gewicht mit Hilfe eines Flaschenzugs den schwersten Koloß heben. Er muß nur wissen, wo er sich hinzustellen hat!«

»Vertraue mir! Du hast Archimedes erwähnt, ich werde dir erzählen, wie die Schlacht ausging.

Vor den Mauern von Acradina wurde der größte römische Feldherr vom größten, in Syrakus geborenen griechischen Geometer besiegt. Anstatt nach Norden abzuziehen, hat Marcellus die Waffe der Feiglinge eingesetzt: die Belagerung. Was er mit Hilfe von Waffen nicht bekommen hatte, hoffte er mit Hilfe des Hungers zu bekommen. Zwei Jahre später widerstand Syrakus immer noch.

Die Länge der Mauer des Dionysios, die ihre Rettung gewesen war, wird ihren Fall verschulden. Wie läßt sich ein so langer Befestigungswall über einen so langen Zeitraum bewachen? In einer Festnacht öffnete eine Gruppe von Syrakusern, Verräter, Halunken, die an nichts anderes als Essen dachten, ein schlecht bewachtes Tor in der Epipolai-Mauer. Die Römer drangen in die Stadt ein. Syrakus fiel!

Marcellus hatte es eilig. Er wollte die Maschinen sehen, die ihm die Niederlage beigebracht haben. Er war entzückt, denn er verstand, warum er sich gegen einen solchen Gegner nicht durchsetzen konnte und daß er, ohne diesen Verrat, die Stadt mit Waffengewalt niemals hätte einzunehmen vermocht. Archimedes war unauffindbar. Er begab sich auf die Suche nach ihm.«

Während vor den Augen Monsieur Ruches die Stadt im letzten Tageslicht erstrahlt, erzählt Don Ottavio, was sich in jener Nacht des Jahres 212 ereignet hat, als Syrakus gefallen war. Es fällt Monsieur Ruche nicht schwer, sich die Szenerie vorzustellen. Die Nacht der Plünderungen geht zu Ende. Hier und da einige Brände! Gruppen betrunkener Soldaten singen, verlassen, die Arme voller Goldvasen und Silbergeschirr, die Wohnhäuser der reichen Bürger. Je weiter man sich von Acradina entfernt, um so schwächer werden der Lärm und die Lichter. Der Tag bricht an im verwüsteten Syrakus.

Unterhalb der Stadtmauer, nur wenige Schritte vom Meer entfernt, liegt Archimedes ausgestreckt am Boden. Das Wasser hat die Zeichen noch nicht weggewischt, die er mit dem Finger in den feuchten Sand geschrieben hat. Auf seiner weißen, mit Sand bedeckten Tunika ein Blutfleck. Der römische Soldat, der ihn vor wenigen Augenblicken an dieser Stelle überraschte, ist in die Stadt zurückgekehrt. Vertieft in die Geometrie, hat Archimedes die näher kommenden Schritte nicht gehört oder nicht hören wollen. Er hat sich nicht umgedreht. Die zertretenen Darstellungen zeugen von der Enttäuschung und der Wut des Mörders darüber, bei diesem Alten keine wertvollen Gegenstände gefunden zu haben.«

Don Ottavio verstummte. Dann sagte er:

»An diesem Osternachmittag hat mir der Lehrer innerhalb weniger Stunden den Stolz darüber vermittelt, hier geboren zu sein, die Mittel an die Hand gegeben, mich nicht mit meinen Lebensverhältnissen abzufinden, und er hat mich die Trauer über die Niederlage und den Wunsch nach Rache gelehrt. Innerhalb weniger Stunden ließ er mich altern. Archimedes war fünfundsiebzig Jahre, als er starb.«

Als er diese Bilanz zog, war Don Ottavio tief bewegt. Dieser autoritäre Mann, dieser Patriarch ohne Nachkommen, der nur von Ratgebern, Leibwächtern, Anwälten und Bankiers umgeben war, hatte sich ganz sicher nie zuvor so offen jemandem anvertraut. Außer vielleicht Grosrouvre, aber zweifellos nicht mit soviel Herz und Offenheit. Das war dem Ort zuzuschreiben, denn Don Ottavio befand sich in seiner Stadt, ja sogar an der Stelle, an der das Ereignis stattgefunden hatte. Er schilderte nicht seine Erinnerungen, er durchlebte seine Vergangenheit.

»Es ist spät. Wir wollen umkehren«, sagte Don Ottavio mit müder Stimme.

»Mein Gott«, rief Monsieur Ruche aus. »Ich habe vergessen, Perrette anzurufen. Ich habe ihr versprochen, sie jeden Abend vor 8 Uhr anzurufen. Sie wird sich große Sorgen machen.«

Sehr viel langsamer als auf dem Hinweg schob Don Ottavio den Rollstuhl im Dämmerlicht durch die Felsen hindurch. Monsieur Ruche hörte seinen unter der Anstrengung schweren Atem.

Sie kamen zur Limousine zurück. Monsieur freute sich schon auf das weiche Leder des Sitzes, auf den zu setzen Don Ottavio ihm behilflich war. Der Wagen fuhr geräuschlos an und rollte dann über eine kleine Straße, die die Ebene durchquerte.

Hinter ihnen folgte das Auto mit den Leibwächtern in etwas geringerem Abstand. Die Limousine fuhr langsam zum Schloß zurück, das Don Ottavio vor vielen Jahren gekauft hatte.

Es wurde schnell völlig dunkel. Don Ottavio schaltete das Fernlicht ein. Man sah wie am hellichten Tage.

In der Stille der Nacht dachte Monsieur Ruche an Hippias von Elis. Genau wie Hippias war Don Ottavio in seiner Jugend sehr arm und im Alter sehr reich. Den Grundstock für seinen Reichtum legte er in der kleinen Stadt Inycos auf Sizilien, wo er wahnsinnig viel Geld verdient hatte. Es finden sich nirgendwo Angaben dazu, auf welche Weise er es verdient hatte. Alle Probleme waren für ihn lediglich Probleme technischer Art. Mit Theorien belastete er sich nicht, bediente sich aller Mittel und möglichen Tricks, um seine Ziele zu erreichen. Eine Biographie, die derjenigen von Don Ottavio zum Verwechseln ähnlich war.

»Vierundvierzigtausendneunhundertdreiundsechzig Milliarden fünfhundertvierzig ...«

Monsieur Ruche wurde abrupt aus seinen Gedanken gerissen und sah Don Ottavio an. »Er sagt seinen Kontostand auf, um mich zu verblüffen, oder was!«

»... Millionen Jahre! So lange hätte Archimedes gebraucht, wenn er mit der Geschwindigkeit eines galoppierenden Pferdes versucht hätte, mit Hilfe seines Flaschenzuges die Erde einen Daumen breit zu verschieben! Irgendein Engländer hatte sich in den Kopf gesetzt, das zu berechnen«, sagte Don Ottavio und brach in schallendes Gelächter aus. »Nun gut. Was ändert das? Er könnte sie verschieben, mehr nicht!«

»Seine Begeisterung für Archimedes hat merkwürdige epistemologische Auswirkungen auf Don Ottavio«, dachte Monsieur Ruche. »Sie führt dazu, daß er wie ein echter Mathematiker argumentiert. In der Mathematik ›zählt‹ die Zeit nicht, mögen es Milliarden von Jahren sein. Archimedes hätte mit seinem Flaschenzug die Erde verschoben, nur das zählt!«

»Das Grab, das ich dir vorhin gezeigt habe und das mir auch mein Lehrer gezeigt hatte, ist nicht das Grab des Archimedes. Sondern es handelt sich um ein römisches Columbarium. Aber was ändert das? Halte mich nicht für einen Dummkopf. Ich mag Legenden. Aber wie du gesehen hast, pfeife ich deshalb nicht auf die Realität.«

Eine Frage ließ Perrette keine Ruhe. Wie könnte sie ihnen da unten behilflich sein? Seit Monsieur Ruches Abreise nach Syrakus suchte sie nach einer Antwort, indem sie versuchte, sich alles ins Gedächtnis zu rufen, was seit dem ersten Brief Grosrouvres passiert war. Eines wurde in ihren Augen immer offensichtlicher. Es war nicht vorstellbar, daß Grosrouvre Monsieur Ruche nicht den geringsten Anhaltspunkt zu den beiden Beweisen geschickt hatte, und sollte er auch noch so klein sein. Sicher, nicht die Beweise selbst. Aber einen Fingerzeig, einen Hinweis, einen Wink.

Sie beschloß, in der BAU herumzuschmökern. Sie war sowieso nicht dazu in der Lage, etwas anderes zu tun. Sie überquerte den Hof. Der Ruche-Aufzug stand in Höhe des Balkons mit dem Sonnenschirm. Vor seiner Abreise hatte Monsieur Ruche ihn dort blockiert. Sie trat in das Atelier. Es befand sich in genau dem Zustand, in dem Monsieur Ruche es verlassen hatte, bevor er überstürzt nach Sizilien aufbrach. Ohne Max, Monsieur Ruche und ohne Nofutur wirkte die BAU verwaist. Sie ging schnell zu einem hinter dem Vorhang versteckten Regler. Wenn das Sicherheitssystem eingestellt war und jemand den Raum betrat, hatte er 40 Sekunden Zeit, den Alarm auszustellen.

Sie setzte sich und wußte nicht, was sie tun sollte. Sie war ratlos. Zum ersten Mal in zwölf Jahren war sie von Max getrennt. Er war nie in einem Ferienlager oder auf Klassenfahrt gewesen. Vielleicht hatte sie ihn zu sehr verhätschelt. Nicht, daß er abhängig von ihr gewesen wäre, nein, das nicht. Weder von ihr noch von sonst jemandem.

Gedankenversunken glitt ihr Blick über die Regalreihen. Als sie die Kiste sah, die seit dem Eintreffen der BAU ungeöffnet an einer Stelle stand, beschloß sie, diese auszupacken und ihren Inhalt in die Regale einzuordnen.

Sie öffnete sie: Sie enthielt zwei gewissenhaft verschnürte Stapel mit mathematischen Fachzeitschriften. Sie zerschnitt die Schnur und begann damit, die Zeitschriften in das letzte freie Regal einzustellen, wobei sie darauf achtete, nichts durcheinanderzubringen.

Hatte Monsieur Ruche sie nicht beachtet, weil sie neueren Datums waren? Das meiste waren amerikanische Veröffentlichungen, aber es gab auch einige französisch-, deutsch- und russischsprachige darunter. Perrette las die Titel, um herauszufinden, was sie voneinander unterschied. Sie fand keinerlei Anhaltspunkte. Als sie die erste Zeitschrift durchblätterte, stellte sie bei der Durchsicht des Inhaltsverzeichnisses fest, daß ein Artikel mit Tinte unterstrichen war.

»Mutter!« Léa rief vom Balkon nach ihr. »Komm schnell! Telefon! Syrakus!‹

Es war Max. Er sprach mit Jonathan, Monsieur Ruche wiederholte Max, was Jonathan ihm antwortete. Sie sprachen alle miteinander. Als Léa wieder auflegte, brach Perrette in Tränen aus. Léa und Jonathan waren so verblüfft, daß sie nicht wußten, was sie tun sollten. Sie erinnerten sich nicht, ihre Mutter jemals weinen gesehen zu haben.

In Syrakus lief alles gut! Mit Ausnahme von Nofutur, der sich im Hungerstreik befand. Perrette erinnerte sich, daß sie die Tür der BAU aufgelassen hatte. Sie ging ins Atelier zurück und las weiter in den Zeitschriften. In jeder dieser Zeitschriften war ein Artikel im Inhaltsverzeichnis unterstrichen. Zum Beispiel in der Nr. 29 von *Communication on Pure and Applied Mathematics* aus dem Jahre 1976 ein Artikel von Goro Shimura mit dem Titel: »The special values of the zeta function associated with cusp forms.« In der Nr. 44 von *Inventiones Mathematicœ* aus dem Jahre 1978 ein Artikel von Barry C.

Mazur mit dem Titel: »Rational isogenies of prime degree.«

Als sie einen der beiden Artikel durchblätterte, schnappte sie die folgenden Zeilen auf, mit denen der Artikel von Goro Shimura anfing:

1. Introduction

For a positive integer k and a Dirichlet character X modulo a positive integer n such that $\chi(-1) = (-1)^{X}$, let $G_k(N, \chi)$ denote the vector space of all holomorphic modular forms $f(x)$ satisfying

$$f\big(\gamma(z)\big) = \chi(d)(cz + d)^k f(z) \text{ for all } \gamma = \begin{pmatrix} a\,b \\ c\,d \end{pmatrix} \in \gamma_o(N)$$

where z is the variable on the upper half-plane $\gamma(z) = \frac{(az+b)}{(cz+d)}$,

and

$$\gamma_o(N) = \left\{ \begin{pmatrix} a\,b \\ c\,d \end{pmatrix} \in SL_2(Z) \,\big|\, c \equiv 0\,(\text{mod}\,N) \right\}.$$

Plötzlich fühlte sie sich furchtbar müde.

Giulietta hatte sich ans Steuer eines wunderschönen Coupés gesetzt. Max saß neben ihr. Sie hatte das Verdeck geöffnet. Der GGKT warf ihnen einen düsteren Blick zu, als er sie sah.

In Monsieur Ruches Zimmer war ein hübsches kleines Bett aufgestellt worden. Die Wangen und die Stirn gerötet, war Max sofort eingeschlafen. Auf seiner Spritztour mit Giulietta Mari hatte er sich einen Sonnenbrand geholt.

Monsieur Ruche war nicht müde. Er mußte das alles, was er in so kurzer Zeit erfahren hatte, verarbeiten. Die Existenz von Don Ottavio, die Beziehung zwischen ihm und

Grosrouvre, dessen mysteriösen Geschäfte, Nofuturs Rolle, sein unglaublicher Gedächtnisverlust, und ganz zu schweigen von der Geschichte mit den gestohlenen Gemälden in der Kapelle. Er war groggy.

Wie weit weg sie war, die ruhige Buchhandlung in der Rue Ravignan! Ziehen wir einmal kurz Zwischenbilanz! Zwei der DPDRR waren kurz nacheinander gelöst worden: Die Identität des treuen Gefährten und die Identität der Bande, die die Beweise in ihren Besitz bringen wollte. Es war hart, feststellen zu müssen, daß sie selbst nichts zu deren Lösung beigetragen hatten. Die Antworten waren ihnen auf einem Silbertablett serviert worden. Ausgenommen Perrette: Aus der Geschichte von Alamut hatte sie auf die Existenz von Tavio geschlossen. Lediglich Monsieur Ruches Blindheit hatte verhindert, daß diese Fährte konsequent weiterverfolgt wurde. Was den treuen Gefährten betraf, das war schon fast zum Lachen. Sieben Monate lang haben sie mit der Lösung zusammengelebt. Noch letzte Woche behauptete Monsieur Ruche kategorisch, das Problem sei nur lösbar, wenn man sich nach Manaus begäbe!

Bis zum Hals in der Badewanne sitzend, konnten sie, im Gegensatz zu Archimedes, nicht sehen, wie das Wasser überlief, und noch weniger waren sie dazu imstande, die Gründe hierfür zu erkennen. Sie konnten ihr selbstgefälliges *eureka* ausrufen. Zu ihrer Entlastung muß man sagen, daß die Lösung derartig unwahrscheinlich war, daß niemand sie zu finden vermochte. Niemand, außer Don Ottavio. Und darin bestand auch seine Stärke: Er schloß keine Hypothese aus. Hippias von Elis. In dieser Hinsicht ist er sehr viel wissenschaftlicher vorgegangen als wir. Für uns konnte der treue Gefährte nur ein menschliches Wesen sein. Anthropozentristische Sünde! Auch der Heilige Franz von Assisi sprach mit den Vögeln! Wenn er sich mit

Spatzen unterhielt, warum sollte Grosrouvre da nicht mit Papageien plaudern? Was der Heilige den Vögeln in der kleinen Stadt in Norditalien anvertraut hat, ist für immer geheim geblieben. Sollte das für die Vertraulichkeiten eines Mathematikers und Schmugglers aus Manaus seiner Mamaguêna gegenüber auch zutreffen? Vielleicht würde Monsieur Ruche es ja morgen schon wissen.

Trotzdem, ein sizilianischer Mafiaboß, der für einen antiken Geometer schwärmte! Mochte Archimedes auch eine Figur sein, die Neugier und Bewunderung weckte; bei Don Ottavio handelte es sich um eine echte Leidenschaft, die ihn seit seiner Kindheit beherrschte.

Plötzlich erinnerte er sich an einen Sachverhalt, dem er seinerzeit keine Bedeutung beimaß. Auf keiner der vielen Mathematiksitzungen hatte er sich ernsthaft mit Archimedes befaßt. Er hatte ihn höchstens ein- oder zweimal kurz erwähnt. Angesichts der Bedeutung seines Werks hätte ihm das auffallen müssen. Aber er war nun einmal kein Mathematiker. Allerdings war dem Buchhändler Ruche durchaus aufgefallen, daß sich in der BAU keines seiner Bücher befand. Kein einziges seiner Werke stand in den der griechischen Mathematik vorbehaltenen Regalreihen! Und dafür gab es einen Grund! Sie standen da vor seinen Augen in dem wunderschönen kleinen Schrank im blauen Zimmer. Soweit er es beurteilen konnte, war die kleine Bibliothek ausschließlich Mathematikern aus Syrakus gewidmet.

Das erste Buch, das Monsieur Ruche aufschlug, war ein Juwel, und genau deshalb schlug er es auch auf. Eine Ausgabe von *Plutarchs Leben des Marcellus,* von Girolamo von Cremona mit wunderbaren Miniaturen verziert. Genauer gesagt, eine Ausgabe von *Das Leben berühmter Männer,* wo von Plutarch ausführlich die berühmte Schlacht von Euryelus beschrieben wird. Monsieur Ruche suchte das Datum der Drucklegung. MCDLXXVII. Er pfiff vor Erstaunen. Er hielt eines der ersten gedruckten Bücher überhaupt in Händen! Siebzehn Jahre vor der *Summa* des Luca Pacioli!

Und dann waren da noch die Werke der antiken Historiker und Philosophen, die Episoden aus dem Leben des Syrakusers erzählt haben: Titus Livius, Polybios, Athenaios, Cicero. Kein Wunder, daß Don Ottavio nach dieser Lektüre alle Einzelheiten aus dem Leben seines Helden kannte.

In den anderen Regalreihen standen die Werke von Archimedes selbst. Erste Feststellung: Es waren viele. Im Gegensatz zu anderen griechischen Autoren hat man von ihm fast alles wiedergefunden.

Monsieur Ruche blätterte sie ausführlich durch.

Der Titel eines Buchs weckte seine Aufmerksamkeit, weil er dabei an etwas dachte, worüber er lächeln mußte: Dieser Gelehrte aus Syrakus, der seine Zeit damit verbrachte, Galeeren zu versenken, Schiffe zu verbrennen, sie unter Haufen von Steinen zu begraben und sie mit einem Metallhaken in die Luft zu heben, um sie dann aus möglichst großer Höhe wieder ins Wasser zurückfallen zu lassen. Kurz, der seine Zeit damit verbrachte, Schiffe zu versenken, womit beschäftigte er sich? Mit schwimmenden Körpern. *Über schwimmende Körper,* so lautete der Titel des Werkes, in dem er sich mit den Bedingungen befaßte, unter denen feste Körper schwimmen! »Wir sehen es als gegeben an, daß die Flüssigkeit derart beschaffen ist, daß, da seine Teile auf eine gleiche und verwandte Weise beschaffen sind, ein weniger dichtes Element von einem dichteren Element verdrängt wird«, schrieb Archimedes. Und etwas weiter unten stieß er auf die Stelle, auf die Don Ottavio sich bezog, als er von der Form des Wassers sprach: »Die Oberfläche jeder Flüssigkeit im Ruhezustand hat die Form einer Kugel, die dasselbe Zentrum hat wie die Erde.«

Ein Geräusch. Don Ottavios Köpf erschien in der halbgeöffneten Tür. »Du schläfst nicht? Ich habe gesehen, daß Licht brennt.«

»... und du bist hereingekommen. Wie in den Filmen aus den 40er Jahren. Komm herein!« rief Monsieur Ruche.

»Pst!« machte Don Ottavio vorwurfsvoll, indem er auf den schlafenden Max zeigte.

»Ganz schön dreist!« dachte Monsieur Ruche. »Er entführt ihn, steckt ihn in ein Flugzeug, das ihn 2000 Kilometer weit von Paris entfernt zu ihm bringt, und er ermahnt mich, nicht so laut zu sprechen, damit ich ihn nicht aufwecke!«

»Max ist taub, du kannst ruhig lauter sprechen«, informierte ihn Monsieur Ruche.

»Du hast dir die Bücher angesehen. Wunderbar, nicht wahr?«

Zur großen Überraschung von Monsieur Ruche nannte er die Titel auswendig, wie der kleine Tavio, der Abzählverse aufsagt:

Die Quadratur der Parabel. Über Kreis und Zylinder. Über Spiralen. Über Konoide und Sphäroide. Das Maß des Kreises. Über schwimmende Körper. Methodenlehre. Der Sandrechner.

Er setzte die Brille auf, zog das Buch aus dem Regal.

»Ah, der *Sandrechner*!«

Er begann zu rezitieren:

»Niemand, König Gelon, denkt, daß die Zahl der Sandkörner unendlich groß ist, und dabei haben sie nicht nur den Sand in der Umgebung von Syrakus im Auge, sondern den Sand aller bewohnter und unbewohnter Landstriche.«

Don Ottavio warf einen Blick zu Monsieur Ruche herüber, der etwas sagte wie: »Ich trage eine Brille, aber ich habe ein gutes Gedächtnis. Kannst du dasselbe von dir behaupten?«

Er zeigte auf das Buch und geriet in helle Begeisterung: »Hier übertrifft Archimedes sich selbst! Mit Hilfe des Kleinsten, was es auf der Welt gibt, einem Sandkorn, mißt er das Größte, das ganze Universum! Es ist immer dasselbe. Weißt du, wieviel Sandkörner es gibt? Das Ergebnis ist eine 64stellige Zahl! Eines Abends in Manaus, es war drückend heiß, und wir saßen auf der Terrasse, erzählte Elgar mir, wie Archimedes diese Zahl berechnet hat. Es hat stundenlang gedauert. Er hatte ein großes Talent, Geschichten zu erzählen, mathematische Geschichten, wie er sie nannte. Je größer die Zahl wurde, um so mehr tranken wir. Schließlich waren wir einigermaßen betrunken. Er sagte mir, daß Archimedes ein System entwickelt hätte, mit dem er Zahlen mit …«, er rückte seine Brille zurecht, blätterte im Buch herum »… mit 80 Millionen Milliarden Ziffern erzeugen konnte. Eine unglaubliche Menge! Ich habe davon geträumt. Eine unendliche Menge von unendlichen Einheiten der unendlichen Menge unendlicher Ordnung der unendlichen Menge unendlicher Perioden. Das ist mir auf einmal wieder eingefallen«, rief er entzückt aus. »Und diese elenden Römer mit ihren erbärmlichen Zahlen. Elgar mochte sie überhaupt nicht. Da waren wir vollkommen einer Meinung. Er hat mir erzählt, daß sie in tausend Jahren nicht einen einzigen großen Mathematiker hervorgebracht haben! Das brachte ihn auf die Palme. Du kannst dir gar nicht vorstellen, wie sehr ich mich gefreut habe, als ich erfuhr, daß sie in Mathematik Nieten waren. Ich habe an meinen Lehrer zurückgedacht. An jenem Abend hat Grosrouvre mir erzählt, daß du in eurer Studienzeit immer für Thales Position bezogen hast und er für Pythagoras. Ich erinnere mich noch daran, daß ihr euch in allem widersprochen habt; es war komisch, ihr wart immer zusammen, aber nie einer Meinung. Wie ein altes Ehepaar. Ich erinnere mich noch an eure Streitgespräche über Danton-Robespierre und Verlaine-Rimbaud. Für mich war es insgeheim immer Archimedes. Noch gerade, bevor ich zu dir ins Zimmer kam, habe ich gedacht, daß wir, hätten wir auf Thales, Pythagoras und Archimedes gesetzt, den Jackpot gewonnen hätten. Eine berühmte Dreierwette! Aber das Glücksspiel ist nun mal nicht *my glass of whisky,* wie die Engländer sagen.«

Plötzlich hielt er, tief bewegt, inne und deutete auf die Bücher:

»Das ist alles, was mir von Elgar geblieben ist. Er hat sie mir vor vielen Jahren geschenkt. Diese Bücher stammen alle aus seiner Bibliothek. Ich glaube, ich habe es dir noch gar nicht erzählt.«

Die Situation war gefährlich. Jetzt nur keinen Fehler machen, sagte sich Monsieur Ruche.

»Es war sicher eine der schönsten Bibliotheken der Welt, nur sehr seltene mathematische Werke, so wie dieses hier«, sagte er, indem er auf das Buch von Plutarch wies. »Er hat sie selbst zusammengetragen, Buch für Buch. Er hat Jahre darauf verwendet. Sie hat ihn ein Vermögen gekostet; alles, was er verdiente, floß in die Bibliothek. Wenn ich konnte, habe ich ihm geholfen, entweder indem ich ihm ein wenig Geld dazugegeben habe, oder indem ich zögerliche Eigentümer freundlich um die Herausgabe des Werkes bat; aber das alles ist mit der angemessenen Höflichkeit geschehen, und niemand wurde hereingelegt. Ich kannte mich mit Büchern nicht aus, aber du bist ja Buchhändler. Ah, sie hätte dich ins Schwärmen geraten lassen. Aber das merkwürdigste an der ganzen Sache ist, daß sich eine so einmalige Bibliothek in einem Haus mitten im Urwald befand. Diesen Umstand fand ich, wie soll ich sagen, geradezu ironisch. Bücher voller Berechnungen und mathematischer Lehrsätze inmitten von Heveas! Typisch Elgar! Oh, sicher, er hatte Maßnahmen ergriffen. Sie befand sich nicht irgendwo, sondern in einem kühlen und relativ trockenen Raum. Die dort herrschende Feuchtigkeit zerstört nämlich alles. Er hatte Geräte bestellt, um die Luftfeuchtigkeit und andere Dinge zu messen. Sie sahen aus wie die EEG-Geräte in den Krankenhäusern, mit einer Feder, die Linien auf Papier aufzeichnet, weißt du. Als ich einmal gerade da war, ist das System ausgefallen. So habe ich ihn nie zuvor erlebt, er war völlig außer sich. Er hing sehr an seiner Bibliothek. Was mich betrifft, Bücher sind nicht …«

»*My glass of whisky*«, flüsterte Monsieur Ruche ihm ironisch zu.

»Und das alles, um am Ende doch zu verbrennen!«

Monsieur Ruche mußte reagieren:

»Verbrennen!« rief er aufgeregt aus.

»Beim Brand seines Hauses. Alles ist verbrannt! Er selbst auch!«

Monsieur Ruche spürte, wie die Wut in ihm aufstieg. Er mußte sich sehr beherrschen, um sich nicht zu verraten. Nichts von dem, was er sagte, durfte auch nur den leisesten Verdacht aufkommen lassen, daß er über die ganze Angelegenheit bestens Bescheid wußte. Er hatte noch die Worte des Briefs im Kopf. Er mußte die ganze Sache geschickt umgehen:

»Plötzlich fällt mir eine Geschichte ein, die sich unweit von hier, in Crotone, zwei- oder dreihundert Jahre vor deinem Archimedes ereignet hat«, sagte Monsieur Ruche. »Vielleicht hat Grosrouvre sie dir ja erzählt, es geht um die Pythagoreer. In Crotone lebte ein reicher und mächtiger Mann namens Kylon. Er bewunderte die Pythagoreer, wollte unbedingt Aufnahme in ihren Reihen finden. Die Pythagoreer hielten ihn für, sagen wir, fragwürdig. Er wurde abgewiesen. Die Ablehnung durch die Pythagoreer machte ihn wütend; er war nicht daran gewöhnt, daß man ihm etwas verwehrte, was er begehrte. Eines Abends waren die Mitglieder der Schule in ihrem Raum versammelt; Kylon und seine Anhänger näherten sich dem Gebäude und setzten es in Brand. Alle Pythagoreer kamen in den Flammen um, mit Ausnahme eines einzigen.«

Ganz bleich im Gesicht, richtete Don Ottavio sich auf. Er verharrte einen Augenblick lang stumm, während seine Hand krampfhaft den Knauf des Stocks umfaßte.

»Willst du damit sagen, daß ich der reiche und mächtige Mann bin? Willst du damit sagen, Pierre Ruche, daß ich das Feuer an Elgars Haus habe legen lassen? Willst du damit sagen, daß ich ihn umbringen ließ?« Monsieur Ruche bekam Angst. Don Ottavios Zorn war furchterregend:

»Du tust mir ungeheures Unrecht an. Einen Freund umbringen …«

»… der dir das verweigerte, was du begehrtest. Und er war sicher der einzige, der das jemals gewagt hat …«

»Ja, Elgar hat mir verwehrt, was ich begehrte. Er ist der einzige, der das je getan hat. Ja, ich war wütend darüber. Aber an besagtem Abend wollte er mir seine definitive Entscheidung mitteilen. Deshalb waren wir auch bei Anbruch der Dunkelheit bei ihm verabredet. Ich hatte ihm eine riesige Summe geboten. Niemand weiß, welche Antwort er mir geben wollte.«

Monsieur Ruche biß sich auf die Lippen, um nicht zu explodieren. Das alles wußte er.

Bei Einbruch der Dunkelheit werden sie zurückkommen. Eines kannst Du mir glauben, Pierre, sie werden meine Beweise nicht bekommen! Ich werde sie verbrennen, sobald ich diesen Brief beendet habe …

»Meine Leute waren die ersten am Ort des Geschehens. Das Haus stand in Brand. Ich bin unmittelbar danach eingetroffen. Es war furchtbar; ein großes Holzhaus, unmöglich, das Feuer zu löschen, unmöglich, Elgar zu retten. Ich war verzweifelt. Wir sind schnell wieder fort. Die Polizei würde bald eintreffen, und es war besser für uns, daß sie uns nicht dort antraf.«

Don Ottavio bückte sich zu Monsieur Ruche herunter und sah ihm in die Augen:

»Es ist mir sehr wichtig, daß du mir glaubst, Pierre Ruche. Du bist der einzige Mensch auf der Erde, an dessen Meinung mir etwas liegt. Verstehst du mich? Das ist auch ein Grund dafür, weshalb ich dich herkommen ließ, als ich erfuhr, daß du noch lebst.«

»Dafür hättest du nicht mein Enkelkind zu entführen brauchen. Du hättest mich einfach nur einladen müssen. Willst du mir ernsthaft sagen, daß du die Antwort Elgars nicht kanntest?«

Don Ottavio senkte den Kopf:

»Solange etwas nicht ausgesprochen ist …«

Plutarchs Werk lag immer noch aufgeschlagen auf einem Beistelltisch, auf dem Don Ottavio es abgelegt hatte. Die Miniaturen Girolamos von Cremona, die die Seite zierten, vollführten mit ihren zarten Farben einen phantasmagorischen Tanz.

Don Ottavio betrachtete sie und sagte wie zu sich selbst:

»Es war ein wenig so, als hätte ich allein mit Archimedes eines seiner geheimen Theoreme geteilt.«

Als er plötzlich seinen Kopf hob, glänzte sein silbernes Haar im Licht der Lampe:

»Ich will, daß du mir zuhörst, Pierre Ruche. Ganz abgesehen von meiner Freundschaft mit Elgar hatte ich keinerlei, keinerlei Interesse an seinem Tod. Sein Tod war eine Katastrophe für mich. Mit seinem Tod verschwanden auch seine Beweise.«

»Stell dir vor, du hättest sie ihm mit Gewalt entrissen«, sagte Monsieur Ruche, der sich auf keinen Fall von Don Ottavios Geständnissen beeindrucken lassen wollte, »dann wärst du gezwungen gewesen, ihn umzubringen. Denn er hätte sie, genau wie unser Experte von heute morgen, jederzeit veröffentlichen können.«

»Das hätte er, das kann ich dir versichern, niemals getan. Ihm wäre es tausendmal lieber gewesen, wir besitzen sie beide, als sie zu veröffentlichen. Genau das war es auch, was ich wollte. Ich wollte sie ihm nicht wegnehmen, sondern mit ihm zusammen besitzen. Wir zwei, allein. Auf diese Art der Komplizenschaft habe ich gehofft.«

Nach einer gewissen Zeit, in der er sich an seinen vergeblichen Wunsch zurückerinnerte, faßte er sich wieder:

»Tatsache ist, er ist tot UND ich habe die Beweise nicht. Und das ist ein Beweis. Keine Vermutung.«

Das letzte Argument ließ Monsieur Ruche schwankend werden. Grosrouvre hätte tatsächlich seine Beweise niemals veröffentlicht. Nicht einmal, um sich an Don Ottavio zu rächen.

»Tatsache ist aber auch, daß der Brand, du selbst hast es gesagt, unmittelbar vor eurer Verabredung ausgebrochen ist, unmittelbar bevor er dir eine Antwort auf das geben wollte, was man wohl als ein Ultimatum bezeichnen muß. Und dieser Brand hat seinen Tod verursacht. Das kannst du nicht leugnen. Ob er sich umgebracht hat, um dir zu entkommen, oder ob der Brand ein Unfall war, zu dem es kam, weil er seine Papiere verbrennen wollte, damit sie dir nicht in die Hände fallen. Du bist in jedem Fall für seinen Tod verantwortlich. Du hast seinen Wunsch nicht respektiert, weil deine Wünsche immer wichtiger sind als die der anderen. Du hast seinen Willen nicht respektiert. Du bist ihm ein schlechter Freund gewesen.«

Don Ottavio setzte sich. Der letzte Satz von Pierre Ruche tat ihm weh. Monsieur Ruche mußte noch eines loswerden. Es war eine Art Aufrichtigkeit und Treue zu seiner Jugend, die ihn dazu veranlagte. Er war müde, es war spät, es war alles zuviel. Und schließlich war Don Ottavios Geschichte ja nur auf Umwegen in sein Leben getreten. Ein Umweg allerdings, der ihn mit einer fürchterlichen Wucht traf. Max wurde immer noch in diesem wunderbaren, oberhalb von Syrakus gelegenen Schloß aus dem 18. Jahrhundert festgehalten.

»Ich muß dir noch etwas sagen. Es steht im Zusammenhang mit dem, was du mir heute nachmittag über deinen Lehrer und Archimedes erzählt hast. Es steht aber auch im Zusammenhang mit dem, worüber wir gerade eben sprachen. Vieles von dem, was du mir erzählt hast, habe ich sehr gut verstanden, es hat mich manchmal auch sehr gerührt. Ich glaube, daß du noch nie zuvor mit jemandem darüber geredet hast. Ich verstehe dein Aufbegehren, deinen Stolz, den du wiedergefunden hast dank dieses Lehrers und dank … Archimedes. Die Mittel aber, derer du dich für deine Rache bedient hast, haben die Welt nicht verändert, Tavio.«

»Kannst du mir Taten, Menschen nennen, die die Welt verändert haben?«

»Was ich damit sagen will, ist, deine Rache hat die Welt nicht verbessert; sie hat sie sogar noch ein wenig mehr verdorben. In den Straßen von Syrakus und auf dem Land deiner trinakrischen Insel wird es immer kleine Tavios geben. Zwar mögen die römischen Aristokraten aus deiner Jugend den Kopf ein wenig gesenkt haben, dafür sind aber die Mafiabosse aus Palermo, Catania oder Corleone die neuen Tyrannen geworden. Dein Geld fließt in Strömen.

Sicher, du bist zu Don Ottavio geworden, man grüßt dich, du lebst ganz oben, auf dem Schloß des Herzogs! Man erzittert vor dir. Und die Kinder werden von klein auf an die Nadel gebracht. Das Heroin fließt durch ihre Adern wie das Serum einer Infusion, das sie tötet.«

»Ich verbiete dir, so etwas zu sagen! Ich habe nichts mit Drogengeschäften zu tun. Nie zu tun gehabt! Auch für mich, Pierre Ruche, gibt es Grenzen, ich habe sie nur ein wenig weiter gesteckt als du.«

»Tatsache bleibt, daß du alles in allem mit deiner Aktion ein großes Defizit gemacht hast, auch wenn du persönlich unbeschadet aus allem hervorgehst. Sieh mal, um dein Vergnügen zu befriedigen, hast du nicht davor zurückgeschreckt, mein Enkelkind zu entführen. Ein Kind!«

»Du vergißt den Papagei«, sagte er trotzig.

»Ein Kind und zusätzlich einen Papagei. Noch eine Sache in bezug auf das Axiom des Archimedes, der dir so viel Kraft gegeben hat. Unmittelbar bevor du hierher-kamst, habe ich in einem der Bücher gelesen, warte, ich habe es auf einem kleinen Zettel notiert. Verdammt, wo ist er? Ah, da: ›Jedes Segment kann, unabhängig von seiner Größe, wenn man es immer wieder durch zwei teilt, klei-ner gemacht werden als jedes beliebige andere Segment, unabhängig davon, wie klein es ist.‹«

In Don Ottavios Gesicht zeichnete sich die Anstren-gung ab, verstehen zu wollen. Aber seine Augen strahlten denselben Glanz aus, den Monsieur Ruche immer dann bemerkt hatte, wenn von Archimedes die Rede war.

»Das bedeutet, man kann dich kleiner machen als den Allerkleinsten. Das ist die Kehrseite der Medaille von Ar-chimedes«, erklärte Monsieur Ruche mit kalter Stimme.

Nachdem Don Ottavio wieder gegangen war, rollte Monsieur Ruche zum Bett von Max. Der Kleine schlief tief und fest und hatte von alledem nichts mitbekommen. Hätte Perrette ihn früher adoptiert, vielleicht hätte man seine Taubheit heilen können, zumindest aber seine Hörfähigkeit verbessern. Zum ersten Mal schlief er mit einem von Perrettes Kindern in einem Zimmer. Seit wie vielen Jahren hat niemand mehr bei ihm im Zimmer geschlafen? Genau das bedeutet es, alleinstehend zu sein; man wacht genaugenommen über den Schlaf von niemandem. Das langsame und regelmäßige Atemgeräusch von Max zu hören, verwirrte ihn …, er mochte diesen Jungen wirklich sehr. Heute hatte er etwas gewonnen, das keinen Preis hat. Am Morgen im Park hatte er noch gesagt: »Er ist so etwas wie mein Enkelkind«, und erst vor wenigen Augenblicken hatte er gesagt: »Mein Enkelkind!«

Monsieur Ruche rollte zum Balkon. Wie wunderbar der Süden doch war! Genau die richtige Temperatur und das Duftgemisch, das vom Park aufstieg. Der im Vergleich zur gestrigen Nacht etwas vollere Mond beleuchtete das Meer, auf dem die furchtbaren Schlachten stattgefunden hatten, die Don Ottavio ihm schilderte, noch ein wenig mehr. Lichter, die sich durch den großen Park bewegten, zogen seinen Blick an. Es waren die starken Taschenlampen der Wächter, die, begleitet von den Wachhunden, die auch das Empfangskomitee für den Lieferwagen bildeten, mit dem sie hier ankamen, ihre Runde machten.

Diese Lichter rissen ihn abrupt aus seinen Träumen. Er dachte an Schlachten, die vor 2 000 Jahren stattgefunden hatten, und vergaß darüber, daß er in einem luxuriösen und sehr gut bewachten Schloß gefangen war. In Wahrheit war es natürlich viel komplizierter, denn er war kein Gefangener, konnte den Ort aber nicht verlassen. Das erinnerte ihn daran, was Platon in eben dieser Stadt ungefähr hundert Jahre vor Archimedes passiert war. Dionysios der Jüngere, der Sohn des Erbauers der Festung, interessierte sich leidenschaftlich für die Philosophie und bat Platon, nach Syrakus zu kommen, um ihn in der Philosophie zu unterweisen. Platon reiste nach Syrakus. Aus finsteren politischen Erwägungen hielt Dionysios ihn in Syrakus fest und ließ ihn nicht nach Athen zurückkehren. Archytas, der das nahe gelegene Tarent regierte und ein Freund Platons war, schickte eine Galeere nach Syrakus, die ihn dort abholen sollte. Dionysios wagte es nicht, sich dem mächtigen Tarent zu widersetzen, und Platon konnte nach Athen zurückkehren.

Ohne sich für Platon halten zu wollen, ähnelten sich die Situation des Atheners und seine eigene doch auffällig. Mit einem Zeitunterschied von 2400 Jahren wurden zwei Philosophen gegen ihren Willen in Syrakus festgehalten! Logischerweise fragte Monsieur Ruche sich, wer wohl der Archytas sein würde, der sie alle drei, Max, ihn selbst und Nofutur, befreite.

Monsieur Ruche wußte, daß seine Reise durch die Welt der Mathematik hier zu Ende war. Sie begann mit einem Griechen vom Ägäischen Meer, sie endete mit einem Griechen vom Ionischen Meer. Thales brauchte eine Pyramide, Eratosthenes einen Brunnen und Archimedes ein Wasserbecken, starke Spiegel, einen Metallhaken usw. Weder die Pyramide des einen noch der Brunnen des anderen oder die Geräte des dritten sind notwendig, um eine wissenschaftliche Wahrheit zu begründen oder die Strenge der Beweise zu verbessern. Sie dienen dazu, die Phantasie anzuregen und eine Antwort auf die Frage zu ermöglichen: »Inwiefern betrifft uns diese Wahrheit?«

Die wissenschaftlichen Wahrheiten benötigen schöne Geschichten, damit die Menschen sich für sie interessieren. Der Mythos soll hier nicht mit der Wahrheit konkurrieren, sondern er soll dazu dienen, eine Verbindung zu dem herzustellen, woran den Menschen etwas liegt und wovon sie träumen.

Monsieur Ruche fröstelte. Es begann kühl zu werden. Als er den Balkon verließ, hörte er, wie jemand mit schöner Stimme im Park sang. Der GGGT sang für seine Japanerin.

Die Sonne stand bereits hoch am Himmel. Der als Wächter fungierende Gärtner öffnete das große Vorhängeschloß, und Max trat in die Voliere. Ganz oben, gewissermaßen in den Wolken, gleich unterhalb des großen Strohdachs, saß Nofutur zusammengekauert. Max rief ihn leise. Nofutur erwachte aus seiner Lethargie, schüttelte sich und flog, immer noch mit derselben Geringschätzung den anderen gefangenen Vögeln gegenüber, an ihnen vorbei auf Maxens Schulter.

Monsieur Ruche, der die Szene aus der Ferne beobachtete, fiel Platons Satz ein: »Ein Vogelzüchter, der in einer Voliere Vögel in schillernden Farben einfängt«, mit dem er die Mathematiker beschrieb!

Max und Nofutur verließen erhobenen Hauptes die Voliere. Die Sonne blendete Nofutur.

Kaum hatte er die Voliere verlassen, beendete er seinen Hungerstreik und stürzte sich auf die Körner, die Max in seinen beiden Händen aufbewahrte.

Der große Tag war gekommen. Don Ottavio hatte alle Trümpfe auf seine Seite gebracht. Nachdem er mit Max geredet hatte, war er davon überzeugt, daß der Kleine mitarbeiten wollte. Das einzige, was Max interessierte, war, daß man seinen Papagei freiließ.

Sie gingen zu einem Nebengebäude des Schlosses. Nachdem sie eine große Eingangshalle durchquert hatten, blieben sie vor einer kleinen, gepolsterten Tür stehen. Don

Ottavio öffnete sie. Als Monsieur Ruche Nofutur, Max und Don Ottavio hineinfolgen wollte, verbot dieser ihm den Zutritt:

»Je weniger die Beweise zu hören bekommen, um so besser für alle.«

Monsieur Ruche mußte zustimmen.

Ein Aufnahmestudio auf dem neuesten Stand der Technik; ein imposantes Pult mit einer Vielzahl von Reglern und kleinen Lämpchen, etlichen Tonbändern und einem Filmvorführgerät; die Wände mit Schaumstoff verkleidet, der Boden mit Teppichboden ausgelegt.

In der Mitte des Raums hing ein Mikrofon von der Decke herunter. Vor dem Mikrofon stand eine mit einem 3-Sterne-Freßnapf versehene Sitzstange. Don Ottavio hatte an alles gedacht. Max setzte Nofutur auf die Sitzstange und sich dann in den Sessel. Don Ottavio begab sich an das Schaltpult. Es war kein Techniker da. Don Ottavio hatte beschlossen, den Papagei nicht direkt anzusprechen. Max sollte als Mittler fungieren; ihm hatte Don Ottavio ein kleines Heft gegeben, in dem alles notiert war, was er den Papagei fragen sollte.

Es waren ganz einfache Worte. Aber jedes einzelne dieser Wörter wog schwer durch die mit ihm verbundenen Hoffnungen. Gemäß den Ratschlägen der Fachleute, die Nofutur untersucht hatten, sollten sie, Schlüsseln gleich, die durch den Schock plötzlich zugeschlagenen Türen des Gedächtnisses öffnen. Es sollten Worte aus der Zeit vor dem Trauma sein, Worte aus der vergessenen Welt. Sie dienten als Köder, und wenn Nofutur auch nur bei einem einzigen anbeißen würde, könnte man damit beginnen, an der Schnur der Erinnerung zu ziehen.

Don Ottavio drückte auf den Knopf. Über der Studiotür leuchtete ein kleines rotes Licht auf. So wußte Monsieur Ruche, daß die Sitzung begann. In seinem tiefsten Inneren hoffte er, daß Nofutur sein Gedächtnis wiederfände. Dann wäre endlich Schluß mit der ganzen Geschichte. Auch wenn es ein Geschenk für die Lumpen wäre, aber die Rue Ravignan verfügte nicht über die Mittel, dauerhaft gegen das Schloß in Syrakus anzukämpfen.

Gleichzeitig wußte er, darüber konnte er nicht hinwegsehen, daß, sollte Nofutur reden, Don Ottavio ihn nie mehr von hier wegließe. Falls er ihn nicht sogar ganz einfach verschwinden ließe. Dieser Gedanke empörte Monsieur Ruche so sehr, daß er sich sehnlichst das genaue Gegenteil dessen wünschte, was er vor wenigen Augenblicken begehrt hatte. Immer vorausgesetzt, Nofutur fände sein Gedächtnis zurück. Sein Gedächtnisverlust würde ihn schützen, er würde ihm das Leben retten, auch wenn er ihn seiner Freiheit beraubte. Quadratur des Kreises. Wie man es auch drehen und wenden mochte, die Situation war verfahren.

Auf ein Zeichen von Don Ottavio hin begann Max die Liste der Wörter zu lesen, die er erstellt hatte. Er las das erste Wort, wartete die Reaktion Nofuturs ab, wiederholte es in allen möglichen Tonfällen, indem er es mit Koseworten ergänzte. Nofutur zeigte keine Reaktion. Dann las er das nächste Wort und beobachtete wieder seine Reaktion. Er reagierte nicht anders als beim vorausgegangenen Wort. Sprach Max ihn jedoch direkt an, antwortete Nofutur genau so, wie er es immer getan hat. Nach jedem weiteren Wort ermutigte Max ihn, forderte ihn auf, sich zu erinnern.

Mit seinem Kopfhörer verfolgte Don Ottavio den Verlauf des Verhörs. Jedesmal wenn ein Wort nicht »funktionierte«, konnte er seine Enttäuschung nur schlecht verbergen. Die Neurologen und Fachleute für Fragen des

Gedächtnisverlusts hatten ihm einhellig erklärt, daß man geduldig sein müsse, daß man nie genau wüßte, wie die Erinnerung wieder zu Tage befördert wird. Diese Machtlosigkeit brachte Don Ottavio ganz aus der Fassung. Hier gab es keinen Spiegel, dessen Rahmen man nur berühren brauchte, damit sich die Geheimtür öffnet. Der Ort, an dem die Beweise verborgen lagen, war sehr viel unzugänglicher als die Kapelle, in der die gestohlenen Meisterwerke hingen.

»Elgar«, »Manaus«! … Die Liste näherte sich ihrem Ende. Dann kam Max zum letzten Wort der Liste. Er las es für sich. Es war das Wort, in das Don Ottavio die größten Hoffnungen setzte. Max sah Don Ottavio fragend an, Don Ottavio nickte ihm aufmunternd zu, und Max sprach das Wort aus: Mamaguêna. Max versuchte nicht, es zu verstehen. Don Ottavio hielt seinen Atem an und wartete.

Nofutur sah Max an, das Wort war für ihn bestimmt.

Max wiederholte den Namen mehrfach. Nofutur erinnerte sich nicht, daß er jemals Mamaguêna geheißen hatte! Es war, als sei Nofutur neun Monate zuvor im Schuppen auf dem Flohmarkt von Clignancourt neu geboren worden. Wie auf einer beschädigten Diskette waren die fünfzig Jahre, die er in Manaus verbracht hatte, gelöscht. Es handelte sich um einen massiven Gedächtnisverlust. Zweifellos nicht wieder zu beheben. Don Ottavio war leichenblaß.

Das Licht ging aus. Auf der Leinwand erschien ein großes Holzhaus mitten im Wald. Vor dem Haus drehte sich ein Mann zur Kamera. Groß, schwarze Haare, um die siebzig Jahre, mit einer weiten Hose und einem weißen Stoffhemd bekleidet, wie es die Mexikaner tragen. Unter seinem weitgeöffneten Hemd war ein riesiger Brustkorb erkennbar. Grosrouvre vor seinem Haus in Manaus. Der Film hatte keinen Ton. Nofutur blinzelte nicht einmal.

Das Licht ging wieder an.

Düster nahm Don Ottavio den Kopfhörer ab. Nofutur trank einen großen Schluck Wasser und verschlang zwei Schnabelvoll Körner. Max wußte nicht, ob er glücklich sein sollte. Oder traurig.

Im Gang ging das rote Licht aus.

»Du kannst nicht abreisen, ohne das Meer gesehen zu haben!«

Don Ottavio setzte Monsieur Ruche in die Limousine.

»Kehren wir nach Paris zurück?« fragte Monsieur Ruche.

»Für euch gibt es hier nichts mehr zu tun. Das Ergebnis des Experiments von heute morgen war unmißverständlich. Der Papagei wird hier nicht sein Gedächtnis wiederfinden. Unnötig, es länger zu versuchen.«

Monsieur Ruche stieß einen Seufzer der Erleichterung aus und ließ sich in den weichen Ledersitz fallen, an den er sich langsam zu gewöhnen begann.

Die Limousine fuhr an einem kleinen Fluß entlang, der von Orangen- und Eukalyptusbäumen gesäumt war. Hier war es deutlich kühler als anderswo.

»Sieh dir genau die Stiele im Wasser an. Einfaches Schilfrohr? Weit gefehlt. Papyrus.«

»Halt an! Ich würde gern einen pflücken.«

»Das ist streng verboten!«

»Das ist nun wirklich ein starkes Stück! Du entführst einen Jungen und verbietest mir, einen Papyrusstiel zu pflücken, weil es gesetzlich verboten ist. Variables Verhältnis zum Gesetz«, sagte er und lachte laut los.

»Das ist die einzige Stelle in Europa, wo Papyrus noch wild wächst«, rechtfertigte sich Don Ottavio. »In Ägypten gibt es keine einzige Pflanze mehr. Sie waren nicht so widerstandsfähig wie die Pyramiden. Auch hier wird es sie nicht mehr lange geben. Das Wasser ist zu salzig und die Wurzeln stehen fast in der Luft. Die Pflanze muß tief im Wasser stehen, es ist ihr Element. Alle Werke von Archimedes wurden auf Papyrus geschrieben! Aber man hat keine einzige Rolle entdeckt, ausschließlich Kopien auf Papier oder Pergament.«

Die Limousine fuhr Richtung der Nordküste von Sizilien. Die Straße führte kilometerlang am Meer vorbei. Keine weichen Sandstrände, sondern kleine, kegelförmige Buchten mit Felsen, die direkt ins Meer abfielen. Genau so, wie es Monsieur Ruche mochte. Seit gut zwanzig Jahren hatte er das Meer nicht mehr so nah gesehen. Beim letzten Mal hatte er noch gebadet, war sogar richtig geschwommen. Jetzt würde er untergehen wie ein Stein.

Don Ottavios Stimme riß ihn aus seinen Gedanken:

»Ich möchte dir etwas vorschlagen. Wir reisen alle zusammen nach Manaus. Du, der Kleine, der Papagei und ich.«

Monsieur Ruche zuckte zusammen.

»Du bist verrückt. Das kommt überhaupt nicht in Frage. Ich will endlich meine Ruhe haben; aus dem Alter für Seniorenreisen bin ich heraus, verstehst du. Und Perrette? Die würde umkommen vor Angst. Sie wird die Polizei verständigen, dessen bin ich mir sicher; bisher hat sie durchgehalten, aber …«

Don Ottavios Gesicht erstarrte, und mit kalter Stimme sagte er:

»Es ist nicht in ihrem Interesse, das zu tun. Bisher ist alles gutgegangen …«

»Ach ja, findest du?«

»Sage ihr, sie soll keine Dummheiten machen. Es wird bald vorbei sein.«

»Was sollen wir da?« ließ Monsieur Ruche nicht locker, der begriffen hatte, daß Don Ottavios Entschluß bereits feststand und er nur so tat, als würde er ihnen die Wahl lassen, wobei er mit seiner Einsicht rechnete, daß es besser wäre, aus freien Stücken einzuwilligen.

»Du hast doch selbst gesehen, daß er vollkommen verschlossen ist, dieser Papagei. Du wirst nichts aus ihm herausholen.«

»Die Spezialisten behaupten das Gegenteil. Er muß wieder in seine ihm vertraute Umgebung zurück, zu den Orten, an denen er lebte, bevor er sein Gedächtnis verlor.«

»Aber das Haus ist abgebrannt, es ist nichts davon übriggeblieben.«

»Schließlich hat er fünfzig Jahre in der Gegend von Manaus gelebt, in der Nähe des Urwalds, zwei Schritte vom Strom entfernt. Selbst wenn das Haus abgebrannt ist, so erinnert die Gegend wohl doch mehr an den Ort, an dem er gelebt hat, als dieses Schloß in Syrakus oder deine Buchhandlung in Paris, oder? Ich gebe dir mein Wort, wenn der Papagei dort nicht redet, lasse ich euch alle drei nach Hause fahren. Ich habe gesagt, alle drei, also auch den Papagei, und du wirst nie mehr etwas von mir hören.«

»Und wenn ich mich weigere, mitzukommen?«

»Dann behalte ich den Papagei. Und wenn ich den Papagei behalte, wird Max auch hierbleiben.«

»Du bist wirklich brutal.«

Da er nicht mehr wußte, was er sagen sollte, bemerkte er nur noch:

»Du hast nicht das Recht dazu, den Papagei zu behalten.«

»Ach ja, weil er dir gehört? Wo sind die Bescheinigungen? Wem hast du ihn abgekauft? Du verfügst über kein einziges Dokument, das dich als Besitzer dieses Papageis ausweist, mein armer Pierre Ruche.«

Monsieur Ruche saß in der Falle, er hätte am liebsten vor Wut losgeschrien. Don Ottavio hatte alles geplant.

»Bei mir dagegen«, fuhr Don Ottavio fort, »ist alles völlig legal. Ich habe alle notwendigen Papiere.«

Er parkte die Limousine neben der Straße. Er holte eine Ledermappe aus dem Handschuhfach und zog mehrere offiziell aussehende Schriftstücke heraus, die mit Siegelstempeln versehen waren. Als er sie wieder zurücklegen wollte, hielt Monsieur Ruche ihn am Arm fest. Er sah sich die Papiere an. Soweit er es beurteilen konnte, handelte es sich tatsächlich um offizielle Bescheinigungen des Veterinäramtes und des Zolls von Palermo. Monsieur Ruche saß in der Klemme.

»Vergiß nicht, Leute wie wir verfügen immer über die notwendigen Papiere.«

Er fuhr weiter.

Monsieur Ruche sagte sich, daß er keine Wahl mehr habe, er mußte einwilligen, mit nach Manaus zu reisen. Alles oder nichts!

»Sieh mal!«

Der entspannte Don Ottavio zeigte auf einen merkwürdig geformten Felsen in der Nähe des kleinen Flüßchens, der in der Mitte ausgehöhlt war und auf zwei Stützpfeilern zu stehen schien.

»Der *Fels der Zwei Brüder*!«

Und nach einer kurzen Pause fügte er hinzu:

»Der Kleine war wirklich gut heute morgen. Er mag dich sehr, das sieht man. Er respektiert dich und empfindet Zuneigung zu dir. Du hast wirklich Glück.«

Monsieur Ruche konnte es sich nicht verkneifen zu erwidern:

»Das läßt sich nicht kaufen. So wie Gemälde oder sogar mathematische Beweise. Man muß es sich verdienen!«

»Ich habe beschlossen, für seine Zukunft zu sorgen. Ich werde ihm etwas vermachen.«

»Du hast beschlossen? Für wen hältst du dich, daß du für uns entscheidest?«

»Nicht für euch! Für ihn.«

»Wir brauchen kein Geld.«

»Du kannst mir nicht verbieten, ihm etwas zu vermachen.«

»Du kannst uns nicht zwingen, dein Geld anzunehmen.«

Beinahe hätte Don Ottavio zu ihm gesagt: »Deine Meinung zählt überhaupt nicht, denn du gehörst nicht zur Familie.« Er schwieg. Dann:

»Niemand kann etwas entscheiden, bevor er nicht volljährig ist. Dann entscheidet er selbst. Bis dahin gibt es dann ja vielleicht, man weiß es nicht, bei all den Fortschritten der Medizin ..., jedenfalls wird es viel Geld kosten. Nichts gibt dir das Recht, ihm diese Möglichkeit zu nehmen!«

Am einzigen Tisch der Bar saß Albert mit einem Glas Marsala. Es war nicht sein erstes Glas. Der GGGT trat auf den Tisch zu und setzte sich. Albert hob andeutungsweise den Kopf. In einem Französisch mit sizilianischem Akzent fragte der GGGT:

»Würden Sie mir sagen, welche Zigarettenmarke Sie rauchen?«

»Was geht Sie das an?«

Albert hatte den bedrohlichen und etwas verschwommenen Blick von Leuten, die man in ihrem Trübsinn stört. Die beeindruckende Statur seines Gegenüber unterband bei ihm jedes Bedürfnis nach einem Gewaltausbruch.

»Das geht Sie nichts an.«

»Aldo, bringe noch einen Marsala für Monsieur ...«

Er blickte Albert fragend an:

»Monsieur?«

»Monsieur Albert«, antwortete Albert düster dreinblickend.

»Ist das Ihr Auto da draußen, der wunderbare 404? Ich
liebe dieses Auto. Man sieht ihn fast gar nicht mehr. Weiß
Gott, hier in Italien haben wir schöne Autos, aber so ein
vollendetes wie dieses haben wir nie gebaut.«

Albert begann sich zu entspannen.

»Sie sind Taxifahrer, Sie müssen ziemlich viele Kilometer mit ihm gefahren sein«, fuhr der andere fort.

»Da können Sie aber sicher sein. Es ist zuverlässig«,
sagte Albert.

Er spie seinen Stummel in den Aschenbecher, holte sein
Zigarettenpäckchen heraus, öffnete es und hielt es seinem
Gegenüber hin, der ablehnte.

»Ich rauche nicht.«

»Sie rauchen nicht! Warum wollten Sie dann wissen,
welche Zigarettenmarke ich rauche?«

»Das ist ganz einfach. Ich hatte ein Foto von Ihnen
mit einem Zigarettenstummel im Mund, und ich wußte
nicht, was für eine Marke es war. Jetzt weiß ich es. Gitanes
bleues!«

Er stand auf.

Albert legte seine Hand auf seinen Arm, um ihn am Gehen zu hindern. Der andere sah ihn an, als sei er ein Insekt,
das auf seinem Ärmel saß. Er machte sich behutsam los.

»Oh nein. So einfach lasse ich Sie nicht wieder wegge-
hen«, sagte Albert in einem Anflug von Mut. »Was für ein
Foto?«

»Das hier!«

Der GGGT zog das in der japanischen Zeitung erschie-
nene Foto der Louvre-Pyramide heraus.

Albert verschlang es.

»Wie haben Sie es bekommen? Ich habe dieses Foto noch nie gesehen. Aber …«

Er dachte angestrengt nach: »Ich erinnere mich, wann das war.«

Der GGGT platzte fast vor Stolz, und in vertraulichem Ton flüsterte er Albert ins Ohr:

»Dank Ihres Zigarettenstummels konnte ich die Spur des Papageis bis zum Jungen zurückverfolgen.«

Albert schoß hoch wie eine Rakete: »Wie das, wieso mein Zigarettenstummel?«

»Eines Morgens kam in Roissy ein Passagier aus Tokio zurück, den sie nicht in Ihr Taxi einsteigen lassen wollten …, der Passagier war ich, und der Fahrer am Steuer des 404 mit dem Zigarettenstummel im Mund, das waren Sie. Derselbe Stummel wie auf dem Foto.«

»Verdammte Scheiße!«

Albert sank auf seinen Stuhl zurück.

»Aldo, noch einen Marsala für den Herrn«, sagte der GGGT.

Schamerfüllt trank Albert das Glas in einem Zug leer. Er war für all die Entführungen und Kidnappings verantwortlich. Und das allein wegen seines verfluchten Zigarettenstummels. Augenblicklich – allerdings nicht, ohne einen letzten Zug gemacht zu haben – faßte er einen folgenschweren Beschluß. Er beschloß, mit dem Rauchen aufzuhören.

»Ah, da kommt Ihr Freund«, verkündete der GGGT.

Die Limousine blieb vor dem Eingang der Bar stehen. Albert stand auf und lief zu Monsieur Ruche, der bei geöffnetem Fenster im Auto saß.

Ohne ihm die Zeit zu lassen, auch nur ein Wort zu sagen, erklärte Monsieur Ruche:

»Es ist alles in Ordnung, Albert. Wir werden ein paar Tage Urlaub in Manaus machen. Du fährst nach Paris zurück. Sag Perrette, daß sie sich wirklich keine Sorgen zu machen braucht. Sie wird dir eher glauben als mir. Ich rufe sie natürlich an.«

»Und der Kleine?«

»Ihm geht es gut. Und du, fahr langsam. Vorsicht, die fahren hier wie die Verrückten. Nachdem du so gern Syrakus sehen wolltest, hoffe ich, daß du genügend Zeit gehabt hast, es auch zu tun.«

Albert sagte Monsieur Ruche nicht, daß er seit seiner Ankunft diese verdammte Bar nicht verlassen hatte. Er hatte die ganze Zeit an seinem Tisch gesessen, Marsalas getrunken, sich große Sorgen gemacht und auf Neuigkeiten von ihnen gewartet. Er sagte ihm nicht, so wie der Schauspieler in *Hiroshima mon amour:* »Ich habe nichts von Syrakus gesehen.«

Als er sich ans Steuer seines 404 setzte, las Albert den Namen des Platzes, an dem er drei Tage und drei Nächte verbracht hatte: Piazza Archimede.

Als die Zwillinge erfuhren, daß Monsieur Ruche, Max und Nofutur an den Amazonas flogen, wußten sie, daß ihre Reise nach Manaus endgültig ins Wasser gefallen war. Vorbei mit dem Fluß! Vorbei mit dem Urwald!

25. KAPITEL

Mamaguêna!

Als das Flugzeug abhob, war das für Max sehr unangenehm. Der Druck brachte seine Trommelfelle fast zum Platzen. Sein Gesicht verzerrte sich, er schloß die Augen. Giulietta, die es so eingerichtet hatte, daß sie, zum großen Bedauern des KGGT, der auf seinem Sitz im hinteren Teil des Flugzeugs schmollte, neben Max saß, bemerkte, wie er litt. Es zerriß ihr das Herz. Wie Perrette es ihm gesagt hatte, atmete Max ganz tief ein, so daß sich sein Bauch aufblähte.

Der von Don Ottavio gecharterte Privatjet stieg immer höher.

Auch Nofutur gefiel es nicht, als das Flugzeug abhob. Seine Federn sträubten sich. Er klammerte sich an seine Sitzstange, die fest an der Sitzlehne befestigt worden war. In Wahrheit war er der Star. Fand diese Reise nicht einzig und allein seinetwegen statt? Sicher wurde nie zuvor ein Vogel so sehr hofiert. Und doch gibt es immer noch Leute, die einen als »Spatzenhirn« betiteln, um damit anzudeuten, daß man nichts im Kopf hat. In diesem Kopf waren zwei der wichtigsten Beweise in der Geschichte der Mathematik aufgehoben!

Direkt hinter Max besetzte der GGGT zwei Plätze, um seine langen Beine ausstrecken zu können. Von hier aus hatte er auch Nofutur sehr gut im Auge.

Don Ottavio und Monsieur Ruche, die nebeneinander saßen, redeten die meiste Zeit des Fluges miteinander.

Hätte jemand die Ohren gespitzt, wäre er Zeuge eines Gesprächs geworden, in dem es um Wahrscheinlichkeit und den Unterschied zwischen »unwahrscheinlich« und »wahrscheinlich« ging. Jeder berichtete dem anderen von seinem Erstaunen. Don Ottavio von seinem Erstaunen, als er entdeckte, daß der Junge, der Grosrouvres Papagei in seinen Besitz gebracht hatte, mit Pierre Ruche zusammenlebte. Und Monsieur Ruche von seinem Erstaunen, als er entdeckte, daß der Papagei, den er eines Tages zu Hause hatte, der von Grosrouvre war. Selbstverständlich sagte Monsieur Ruche nichts von den Nachforschungen und von seiner Verblüffung, als er erfuhr, daß der, von dem sie immer als »der treue Gefährte« sprachen und dessen Identität sie schon seit Monaten herausfinden wollten, eben dieser Papagei ist.

Es war die unerwartete Begegnung zwischen Max und Nofutur, die die Ereignisse in Gang gesetzt hatte. Mit einer rührenden Synchronität drehten Don Ottavio und Monsieur Ruche sich nach hinten, um die beiden Protagonisten der Geschichte anzusehen. Durch den Gang getrennt, saß Nofutur auf einer Armlehne und Max auf seinem Sitz.

Wie war es möglich, ohne daß irgend jemand es so beschlossen oder gewollt hätte, daß ein Papagei aus Manaus, der einem alten, mathematikbegeisterten Goldsucher gehörte, sich eines Tages in einer Buchhandlung in Montmartre wiederfindet, die seinem Freund gehört, den er seit fünfzig Jahren aus den Augen verloren hat?

Warum war Max an jenem Morgen im August in diesen Schuppen auf dem Flohmarkt gegangen? Die Gründe hierfür ließen sich zurückverfolgen. Warum hielt sich an eben jenem Augustmorgen Nofutur in dem Schuppen auf? Die Gründe hierfür ließen sich zurückverfolgen. Warum hielten sich der Junge und der Papagei zur selben

Zeit am selben Ort auf? Die Gründe hierfür ließen sich zurückverfolgen. Aber das erklärte gar nichts. Es war ein Ereignis mit der Wahrscheinlichkeit fast null eingetreten. Aber eben nicht null. Ein völlig unwahrscheinliches Ereignis. Aber eben nicht unmöglich.

Zwei Wege, deren Ausgangspunkt vor Jahrzehnten das Café an der Sorbonne war, trafen wieder aufeinander. Der erste, sehr lange, führte bis in die andere Hemisphäre, um eine halbe Ewigkeit später zu einem Punkt wenige Kilometer vom Ausgangspunkt zurückzukehren. Der andere, sehr viel kürzere, hatte in derselben Zeit vom linken Ufer der Seine über Montmarte in den Norden von Paris geführt, um an genau demselben Punkt anzugelangen. Wie der kleine und der große Bogen eines Kreises.

Automatisch zeichnete Monsieur Ruche es auf seine Papierserviette.

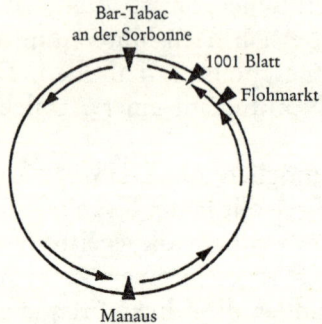

Warum hatten sich die beiden Ereignisreihen in einem Schuppen auf dem Flohmarkt von Clignancourt getroffen? Unter welchem Blickwinkel sie die Fakten auch betrachteten, sie fanden keine Erklärung. Der Flohmarkt, der prädestinierte Ort für unwahrscheinliche und gewünschte Begegnungen.

Vollzieht man die beiden Faktenreihen nach, so erklärt das noch lange nicht, warum sie sich gekreuzt haben, und genausowenig läßt sich dadurch der Anteil des Zufalls an dem Ereignis ausschließen oder ermitteln. Es lassen sich Gründe finden, mit deren Hilfe man zwar erklären kann, warum es nicht unmöglich war, daß auf der Erde Leben entstand, nicht aber, warum es entstand. Monsieur Ruche glaubte weder an Gott noch an das Schicksal. Die Begegnung auf dem Flohmarkt stand in keinem großen Buch, war nicht Teil irgendeines Programms, sie hätte genausogut nicht stattfinden können. Sie war auf die denkbar zufälligste Art und Weise zustande gekommen. So war es, und es war schön so, genau wie die zufällige Begegnung zwischen einem Regenschirm und einer Nähmaschine auf einem Operationstisch, wie Lautréamont sagte. Wer war der Regenschirm? Wer die Nähmaschine?

Monsieur Ruche drehte sich zu Max und Nofutur um. Sie waren eingeschlafen.

Monsieur Ruche lehnte ein Weltbild ab, bei dem jedes Ding SEINEN Platz hatte. In diesem Moment erinnerte er sich an die Diskussion, die er mit Léa über die Entstehung der griechischen Mathematik geführt hatte, während er den vorzüglichen *osso bucco* zubereitete. Er hatte gesagt: »Wenn etwas passiert, dann gibt es dafür Gründe.« Er hätte hinzufügen müssen, daß diese Gründe nicht immer alles erklären.

Daß die beiden Kabel mit derselben Stromquelle in diesem Schuppen wieder aufeinandertrafen, hat zu einen Kurzschluß geführt. Sicherungen waren herausgesprungen, so daß sie im Dunkeln tappten. Sie mußten Kerzen anzünden und sich mit anderen Lichtern behelfen, so daß die Wirklichkeit eine andere geworden war.

Während das Flugzeug sich gerade mitten über dem Atlantik, mehrere tausend Kilometer weiter westlich, befand, schlug Perrette am frühen Nachmittag gewohnheitsmäßig die *Monde* auf. Nachdem sie kurz die Überschrift auf der Titelseite gelesen hatte, überflog sie die erste Seite. Und plötzlich: »Nein, das ist nicht möglich!«

Im selben Moment servierte die Stewardeß den Fluggästen ein schmackhaftes Menü. Wenn man den Runzeln um die Augen von Monsieur Ruche beim ersten Schluck Champagner Glauben schenken durfte, war er ausgezeichnet.

Durch das Kabinenfenster erkannte er ganz weit unten, durch den dicken grünen Teppich des Urwaldes hindurch, die weiten Windungen, die den Lauf des Amazonas verlängerten. π, hatte ihnen der Referent im Palais de la Découverte erklärt.

Es stellte sich in der Tat die Frage, warum Nofutur sich zu jenem Zeitpunkt im Schuppen auf dem Flohmarkt von Clignancourt aufhielt, während er noch einige Tage vorher, zum Zeitpunkt des Brandes, im Haus in Manaus war? Das war das fehlende Glied. Don Ottavio beantwortete die Frage.

»Ich hatte dir ja erzählt, daß in der Geschichte tatsächlich auch Tierschmuggler eine gewisse Rolle spielten. Und mit dieser Frage haben sie zu tun. Nach dem Brand haben wir, sobald mir klargeworden war, daß Grosrouvre die Beweise seinem Papagei anvertraut hatte, überall nach ihm gesucht. Er war verschwunden. Nachdem er vor dem Feuer aus dem Haus geflohen war, brachte er sich in der Stammbar Grosrouvres in Sicherheit. Dort begann er zu reden; allem Anschein nach gelang es nicht, ihn zum Schweigen zu bringen. Niemand verstand, was er sagte. An einem der Tische saßen Tierschmuggler. Sie kamen regelmäßig in den Amazonas, um sich geschützte Tierarten, deren Verkauf verboten ist, zu beschaffen. Ihnen war sofort klar, wieviel Geld sie aus dem Papagei herausschlagen konnten. Sie haben ihn entführt. Als wir es erfuhren, war es zu spät; sie hatten Manaus bereits verlassen. Oh, es hat nicht lange gedauert, bis wir sie wieder ausfindig gemacht haben. Sie waren in Paris, eine Drehscheibe des illegalen Tierhandels. Ich habe zwei meiner Männer hingeschickt. Sie haben sich zuerst um die Schmuggler gekümmert, dann um den Papagei, den sie wiedergefunden haben. Damit hätte alles enden können. Aber einer meiner Männer«, er drehte sich um und zeigte auf den KGGT im Heck des Flugzeugs, »hat den Vogel entkommen lassen. Am liebsten hätte ich ihn …, aber er ist ein ausgezeichneter Schütze. Das ist seine einzige Fähigkeit, aber in unserem Metier ist sie von nicht gerade geringer Bedeutung. Gut, wo war ich stehengeblieben? Ach ja, dieser Dummkopf hat ihn entkommen lassen, sie haben ihn quer über den Flohmarkt verfolgt, bis in besagten Schuppen. Sie waren gerade dabei, ihn wieder einzufangen, als dein … Enkelkind hinzukam, ein Dämon! Alles übrige ist dir bekannt.«

Monsieur Ruche trank in kleinen Schlucken.

Wenig später, nachdem die Stewardeß ihm dabei behilflich war, auf die Toilette zu gelangen, und während er es sich wieder in seinem Sitz gemütlich machte, dachte er über das nach, was Don Ottavio ihm erzählt hatte. Eine Sache machte ihn stutzig. Nach dem Brand hatte Nofutur sich in Grosrouvres Stammbar geflüchtet, wo er zu sprechen anfing und niemand ihm Einhalt gebieten konnte …, wie ein Tonband, das abläuft. Die Sache war klar, Nofutur war im Delirium! Sein Gedächtnisverlust war nicht, wie alle glaubten, durch den Schlag verursacht worden, der ihn auf dem Flohmarkt getroffen hatte, sondern durch den

psychischen Schock, den er ein paar Tage zuvor während
des Brandes erlitten hatte.

Der Flugzeugkapitän forderte die Fluggäste auf, die Gurte
anzulegen. Das Essen wurde abgeräumt. Das Flugzeug
durchflog eine Turbulenzzone.

Der Blick des KGGT wirkte ganz verängstigt. Schweiß-
perlen standen ihm auf der Stirn. In einem seiner
schlimmsten Alpträume, den er häufig hatte, sah er sich
am blockierten Steuer eines Kamikaze-Fliegers sitzen, der
auf den Turm des Shinjuku NS im Herzen Tokios, den
ihm der GGGT beschrieben hatte, zuflog.

Die Stewardeß, darin geübt, Passagiere zu erkennen,
die Gefahr liefen, die Sitze zu beschmutzen, hielt ihm
gerade noch rechtzeitig einen Beutel hin, in den er sich
geräuschvoll seines iranischen Kaviars entledigte, den er
gerade zu sich genommen hatte. Dann hörte man ihn
schnarchen.

Max schnarchte nicht. Sein Kopf hing auf seine Brust
herunter. Giulietta Mari hob ihn behutsam wieder hoch.
Er blieb einen Moment lang gegen die Rückenlehne gelehnt, um dann fast unmerklich seitlich auf Giuliettas
Schulter zu rutschen. Sie blieb ganz ruhig sitzen, errötete,
hörte zu atmen auf, weil sie fürchtete, daß er wegen der
geringsten Bewegung wieder die Stellung verändern könnte.
Seine roten Haare streichelten ihr Gesicht. Seit wie vielen
Jahren war sie nicht mehr so glücklich gewesen?

Manaus. Die legendäre Stadt. Ihre erste Nacht verbrachten
sie in einem großen Palast. Das Gebäude hatte noch ein
wenig von seinem Glanz zu Anfang des Jahrhunderts bewahrt.

Eine Meldung beherrschte die Schlagzeilen aller Zeitungen: Das Verschwinden des kleinen Blauaras. Don

Ottavio zeigte Monsieur Ruche die Zeitung, der sie an Max weitergab.

»Noch immer keine Neuigkeiten vom kleinen Blauara!

Die Suche nach dem kleinen Blauara ist bisher erfolglos verlaufen. Es liegt die Vermutung nahe, daß dieses Verschwinden eine Folge des letztjährigen Versuchs ist, den wertvollen Vogel gegen seinen Willen mit einem gezüchteten und zu diesem Zweck in die Freiheit entlassenen Weibchen zusammenzubringen.«

Der Artikel stellte den Sachverhalt dar.

»Der Spix- oder Blauara, an seinem leicht silbrigen Kopf erkennbar, ist der seltenste Papagei der Welt. Nur ein einziges Exemplar davon lebt noch in Freiheit. Die Experten, die ihn aufgespürt hatten, überwachten seit Jahren seine Wanderungen innerhalb eines ziemlich genau begrenzten Gebiets. Er hatte sich angewöhnt, sich mit anderen Papageienarten in diesem Gebiet zu paaren. Um ihm eine Nachkommenschaft zu sichern, haben die Experten eines von insgesamt 17 kleinen Blauaraweibchen ausgewählt, die momentan in Gefangenschaft leben. Bevor die Auserwählte in diesem Gebiet ausgesetzt werden konnte, um sich mit ihm zu paaren, mußte sie ein strenges Lehrprogramm absolvieren: Sie mußte lernen, ihre Nahrung allein zu suchen, längere Flugstrecken zurückzulegen, allein zu leben.

Es hat den Anschein, als habe diese Zwangsvereinigung dem kleinen Blauara mißfallen, der es vorzog, in eine andere Ecke des brasilianischen Urwalds zu fliehen, wahrscheinlich in Begleitung eines Makarena-Araweibchens, eine verbreitetere Art, das er sich dafür aber selbst ausge-

sucht hat. Nachdem die Zukünftige abgewiesen wurde,
mußte sie wieder in den Zoo zurück.«

Max beschloß, Nofutur nichts davon zu sagen.

Früh am Morgen brachen sie in Richtung von Grosrouvres Besitz auf. Er lag am Fluß in einer Waldlichtung.
Es muß einmal eine prächtige *fazenda* gewesen sein. Vom
Haus selbst, das Max in dem kurzen Film in Don Ottavios
Studio in Syrakus gesehen hatte, waren nichts als Ruinen
übriggeblieben. Nur ein kleines Nebengebäude war von
den Flammen verschont worden. Es wurde von Indianern
bewohnt.

In der Nähe des Wasser standen zwei prächtige große
Vans. Dort würden sie wohnen. Don Ottavio wollte sofort mit der Befragung Nofuturs beginnen. Er war guter
Hoffnung, weil er diesmal, entsprechend den Ratschlägen
der Fachleute für Gedächtnisverlust, restlos alle Trümpfe
in der Hand hielt. Der Papagei befand sich jetzt an dem
Ort, an dem er mehr als ein halbes Jahrhundert lang gelebt
hatte. Da, wo Grosrouvre ihm die Beweise mitgeteilt hatte. Jetzt oder nie!

Max begann eine Liste mit Wörtern vorzulesen, die sich
ein wenig von der in Syrakus unterschied.

Monsieur Ruche wollte sich gerade in einen der Vans
begeben. Er war müde. Eine ungefähr fünfzigjährige Indi-
anerin trat auf ihn zu.

»Sind Sie der Freund von Senhor Elgar, der aus Paris?
Am Ende hat er mir oft von Ihnen erzählt, anfangs überhaupt nie.«

Sie betrachtete den Rollstuhl.

Sie setzte sich auf den Boden und raffte ihr Kleid hoch.
Ohne Monsieur Ruche anzusehen, begann sie mit verlorenem Blick zu sprechen:

»Als er in unser Dorf kam, das dort hinten im Wald
liegt, war ich noch ein kleines Mädchen. Mitten auf dem

Dorfplatz stand ein Riese, schmutzig, mit einem Bart. Er war schön! Er war ein Kautschukzapfer, ein *seringuero*, ein harter Beruf, den ganzen Tag Kautschuksaft zapfen. Er aber verfügte über eine ungeheure Energie, bevor er müde wurde, zapfte er viele Heveas. Die anderen sind Wilde, sie mögen die Indianer nicht, sie behandeln uns nicht gut. Er war nicht wie sie. Er drohte nie, nahm sich nie etwas mit Gewalt. Er hätte gekonnt«, sagte sie mit unverhohlenem Stolz. »Wenn er sich etwas nahm, zahlte er dafür.

Er ist mehrmals wiederkommen, und dann hat er sich hier niedergelassen; er war wie wir. Er war genauso arm wie wir. Ich bin herangewachsen. Sein Kopf«, sie machte eine in die Ferne deutende Handbewegung, »sein Kopf war woanders. Das sah man. Er beschrieb Blätter, die er in seine Hosentasche steckte. Man hätte meinen können, daß ihm das irgendwie guttat. Der Medizinmann hat gesagt: ›Das sind seine Kräuter.‹

Eines Tages hat er zu mir gesagt: ›Ich gehe zum Goldbach. Ich werde Gold und Diamanten suchen.‹ Er ist ein *garimpeiro* geworden, mehrere Jahre lang habe ich ihn nicht wiedergesehen. Ich war zu einer jungen Frau geworden. Man sagte über mich: ›Sie ist nicht häßlich, diese Mélissa.‹ Meine Eltern wollten, daß ich heirate. Ich habe mich geweigert.

Und dann ist er eines Abends aus dem Wald herausgetreten. Ich habe ihn nicht wiedererkannt. Er war ganz sauber, kein Bart, man hätte meinen können, daß er noch größer war als vorher. Ich bin mit ihm nach Manaus gegangen. Er hat Geld verdient. Viel Geld! Die ganze Zeit kaufte er Bücher. Es war gut mit uns zweien. Und dann begann etwas, seine Gedanken zu zernagen. Nachts ist er nicht mehr zu mir gekommen. In seinem Zimmer oben schrieb er bis zum Morgen. Morgens schlief er ein. Mamaguêna verließ ihn nie. Ich war eifersüchtig.«

Mélissa redete lange. Sie sagte, daß sie nach dem Tod von Grosrouvre wegen ihrer Tochter nicht in ihr Dorf zurückgegangen sei.

»Sobald sie einen Mann gefunden hat, gehe ich zurück in den Wald. Da ist meine Tochter!«

Eine junge Frau ging in Richtung Straße, eine schöne Mulattin, ungefähr zwanzig, groß, schlank, ein Lianenkörper.

»Sorbonne!« rief Mélissa.

Die junge Frau machte ein Zeichen, um ihr zu bedeuten, daß sie es eilig hätte, und ging fort.

»Wie haben Sie sie genannt?‹ fragte Monsieur Ruche. »Sorbonne!«

Dem überraschten Monsieur Ruche erklärte sie:

»Senhor Elgar sagte die ganze Zeit: ›Wie schön sie war, die Sorbonne! Wie schön sie war, die Sorbonne!‹ Als dann meine Tochter geboren wurde, habe ich sie Sorbonne genannt. Damit sie die Schönste von allen wird.«

Monsieur Ruche lachte laut. Tiefer bewegt, als er es zeigen wollte, beobachtete er die schwingenden Hüften Sorbonnes, während sie auf einen buntbemalten Bus zuging, der auf der Straße hupte.

Monsieur Ruche begab sich in den Van. Unglaublicher Luxus, Klimaanlage und aller Komfort. Er legte sich auf das weiche Bett und schlief auf der Stelle ein.

Jemand rüttelte ihn wach. Giulietta Mari beugte sich über ihn:

»Don Ottavio verlangt nach Ihnen. Sie müssen kommen. Es geht ihm nicht gut.«

Sie brachte ihn in den anderen Van und ging wieder hinaus, um ihn mit Don Ottavio allein zu lassen. Mit fahlem Gesicht lag er auf dem Bett.

»Ah, Pierre Ruche. Ich wollte dir noch etwas sagen …, es ist wichtig, daß du mir glaubst. Ich habe das Haus nicht in Brand gesetzt, ich habe Elgar nicht umgebracht. Oh, ich war wütend auf ihn, weil er mir nicht seine Beweise überlassen wollte. Stell dir einmal vor! Er hat sie lieber einem Papagei anvertraut. Ich weiß nicht, was mit all den Büchern passiert ist, vielleicht sind sie verlorengegangen.« Er hielt inne, kam dann aber wieder zu Atem:

»Glaubst du, er hat es selbst getan?«

Er legte seine Hand auf die Brust.

»Wir müssen einen Arzt rufen.«

»Laß gut sein, Pierre Ruche! Irgendwann kommt der Moment, da kann man sich noch so oft multiplizieren, dann geht es nicht mehr weiter. Ich wußte, daß ich Sizilien nicht hätte verlassen sollen. Es wird mir wie meinem Vater ergehen. Ich werde fern von meiner Heimat sterben.

Man richtet es immer so ein, daß genau das passiert, wovor man sich am meisten fürchtet.«

»Ich wollte dir auch noch etwas sagen«, vertraute Monsieur Ruche ihm an und beugte sich zu ihm hinunter. »Elgar hatte wieder Kontakt zu mir aufgenommen. Es ist noch nicht lange her.«

»Glaubst du, ich wüßte es nicht? Ich habe meine Nachforschungen angestellt, sobald ich erfahren habe, daß du in die Geschichte verwickelt bist. Ich habe gewußt, daß er dir seine Bibliothek geschickt hat.«

Monsieur Ruche sah ihn erstaunt an und errötete.

»Du lügst auch nicht schlecht, Pierre Ruche. Hat dich das die Philosophie gelehrt? Ich dachte, sie würde die Wahrheit lehren.«

Erschöpft hielt er inne. Dann sagte er:

»Gib gut acht auf die Bibliothek, das ist alles, was von ihm bleiben wird. Ich glaube, der Papagei wird nicht reden.«

Ganz in der Nähe war ein Schuß zu hören. Monsieur Ruche blickte beunruhigt zum Fenster.

»Pierre, schau nach, was da vor sich geht«, forderte Don Ottavio ihn mit tiefer Stimme auf.

Monsieur Ruche verließ den Van, so schnell er konnte. Ungefähr fünfzig Meter weiter gab es einen Menschenauflauf.

Wenige Augenblicke zuvor war Max mit Nofutur spazieren gegangen, als der KGGT völlig aufgeregt zu ihnen kam und sich am Papagei zu schaffen machte:

»Na, mein Früchtchen, du hast wohl nicht gesprochen! Du pfeifst auf uns! Sieh dir einmal an, was du mit dem Chef gemacht hast.«

Seine Wut wurde immer größer.

»Wenn du nicht sprichst und ihm irgend etwas zustößt, wirst du nie mehr sprechen.«

Er streckt die Hand aus, um Nofutur zu packen.

»Laß ihn!« schrie Max.

»Und du halt's Maul!«

Nofutur, der um ihn herumflog, begann zu schreien:

»Halt's Maul, shut up, ferme-la! Fermat, Fermat!«

Dann flog er davon.

»Komm zurück, komm zurück«, flehte ängstlich der GGKT, der begriff, was für eine Riesendummheit er begangen hatte.

Max schrie:

»Nein, Nofutur, ich habe versprochen …«

Aber Nofutur hörte nichts mehr. Er erhob sich in die Lüfte und flog in Richtung Wald davon. Mit einem schallenden Lacher schrie er noch einmal: »Fermat, Fermat!«

Am Himmel des Amazonas verschwanden die Beweise der zwei Vermutungen.

»Er macht sich aus dem Staub, dieser Blödmann! Er wird alles überall rumerzählen!«

Der GGKT zückte seinen Revolver, zielte und schoß. Das war der Schuß, den Don Ottavio gehört hatte.

Max warf sich auf den GGKT, um ihn daran zu hindern, noch einmal zu schießen. Der GGKT stieß ihn rüde zurück. Es war zu spät. Max erstarrte. Nofutur flog nicht mehr. Wie ein Stein fiel er vom Himmel und verschwand in den großen Bäumen, die das Haus umgaben.

»Du hast ihn getötet, du Dreckskerl, du hast ihn getötet!« schrie Max, der einen Stein aufhob

Der GGKT, der, genau wie Max, Nofutur in die Bäume fallen sah, zischte ihn an:

»Du wirst niemandem etwas sagen!«

Als er begriff, was er da gesagt hatte, wurde sein Gesicht aschfahl. Ihm wurde bewußt, was er getan hatte. Eine Riesendummheit! Die ihm Don Ottavio nie verzeihen würde und die ihn sein Leben kosten könnte. Er begann zu zittern, bedrohte Max mit seinem Revolver, der aber schrie weiter:

»Du hast ihn getötet, du hast ihn getötet!«

Er geriet in Panik, sein Finger zitterte auf dem Abzug. Der GGKT hörte hinter sich ein Geräusch. Er hatte nicht die Zeit, sich umzudrehen. Wie ein Stein fiel er zu Boden.

Giulietta Mari stand mit einem Knüppel in der Hand da:

»Ist alles in Ordnung mit dir, mein Kleiner, ist alles in Ordnung?«

»Danke«, sagte Max und erhob sich vom Boden.

Er lächelte. Giulietta glaubte, sein Lächeln würde ihr gelten. Ausgestreckt auf dem Boden liegend, hatte Max gesehen, wie etwas, das wie Nofutur aussah, an der Stelle über den Bäumen erschien, wo er ihn herunterfallen sah, und in Richtung Urwald davonflog.

Nichts von dem, was Max gesehen hatte, sagte er Monsieur Ruche. Es sollte sein Geheimnis bleiben! Monsieur Ruche dachte, daß es nun, da Nofutur verschwunden war, nicht mehr notwendig sei, Max mitzuteilen, daß er eigentlich Mamaguêna hieß. Dennoch erstaunte es ihn, wie wenig traurig Max wirkte, schrieb es aber seiner üblichen Zurückhaltung zu.

Monsieur Ruche rollte in Richtung Van. Er mußte Don Ottavio berichten, was geschehen war. Monsieur Ruche öffnete die Tür des Van. Don Ottavio lag tot auf dem Bett.

Auf dem Nachttisch ein handschriftlicher Zettel von ihm. Die Tür öffnete sich. Mélissa kam, ganz außer Atem, in den Van. Sie beugte sich zu Monsieur Ruche herunter und flüsterte ihm wegen des Toten ganz leise ins Ohr:

»Im Hotel ist eine Nachricht für Sie hinterlassen worden. Sie müssen sofort nach Paris anrufen. Eine Senhora Perrette. Sie sagte, es ist dringend.«

Dringend! Monsieur Ruches Herz pochte. Nach dem Tod Don Ottavios und dem Mord an Nofutur ...

Giulietta bot ihm an, ihn ins Hotel zu fahren.

Der Mann an der Rezeption wählte die Nummer der Buchhandlung.

»Hallo Perrette, ich bin es.«

In Paris war es mitten in der Nacht. Er hatte sie geweckt. Sie richtete sich in ihrem Bett auf:

»Ist dem Kleinen etwas zugestoßen?« fragte sie.

»Nein, beruhigen Sie sich. Sie hatten mir ausrichten lassen, daß ich Sie dringend zurückrufen soll. Ist den Zwillingen etwas zugestoßen?«

»Nein.«

»Der Bibliothek?«

Er dachte sofort an einen Brand.

»Nein. Lassen Sie es mich Ihnen erklären. In der Zeitung, auf der Titelseite, habe ich gelesen ...«

Monsieur Ruche hörte zu. Er wurde bleich. »Meine Güte! Was für ein Schlag ins Kontor!«

Giulietta sah ihn fragend an. Monsieur Ruche drückte auf den Knopf, damit sie mithören konnte:

»Der letzte Fermatsche Satz ist vor kurzem bewiesen worden«, sagte Perrette und las den Artikel aus der *Monde* vor. »Ein englischer Mathematiker, Andrew Wiles, hat jetzt die berühmteste Vermutung in der Geschichte der Mathematik bewiesen ...«

Giulietta drückte wieder auf den Knopf. Perrettes Stimme war nicht mehr zu hören.

Ganz leise sagte sie zu sich selbst:

»Zum Glück ist der Patron gestorben, ohne vorher davon erfahren zu haben.«

Und mit einem traurigen Lächeln fügte sie hinzu:

»Das hätte ihn umgebracht.«

26. KAPITEL

Die Steine in der Furt

Rue Ravignan. Buchhandlung *Tausendundein Blatt*, 9 Uhr abends. Die Rückkehr von Max und Monsieur Ruche mußte gebührend gefeiert werden.

Das Essen war ausgezeichnet. Beim Dessert ergriff Perrette feierlich das Wort:

»Wir sind wieder vereinigt. Natürlich fehlt Nofutur. Er fehlt uns. Es ist der Zeitpunkt gekommen, Bilanz zu ziehen. Zwei der DPDRR sind gelöst. Nicht wir waren es, die sie gelöst haben, das gebe ich zu, aber sie sind nichtsdestoweniger gelöst. Was das dritte betrifft, die Ursache für Grosrouvres Tod, hat Monsieur Ruche uns gerade mitgeteilt, was Don Ottavio ihm anvertraute: Der Brand war kein Verbrechen. Es bleibt nur noch die Möglichkeit eines Unfalls oder die eines Selbstmords. Bei unserem gegenwärtigen Kenntnisstand sind wir nicht imstande, die eine oder andere Hypothese zu favorisieren.

Ein Problem jedoch bleibt vollkommen ungeklärt: Hat Grosrouvre die zwei Vermutungen bewiesen oder nicht? In den hinter uns liegenden bewegten Zeiten, habe ich versucht, in dieser Frage voranzukommen. Zwei Gründe sprachen von vornherein für eine negative Antwort: Grosrouvres Alter sowie der Umstand, daß er keinerlei Kontakte zu anderen Mathematikern unterhielt. Ich habe mich über Andrew Wiles informiert.

Während es zum guten Ton gehört zu behaupten, daß ein Mathematiker spätestens mit 25–30 Jahren die wesentlichen Bestandteile seines Werkes geschaffen haben muß, habe ich in Erfahrung gebracht, daß A. Wiles um die Vierzig war, als er den LFS bewies; Grosrouvre war jenseits der Sechzig.

Was seine Isolation betrifft, was sagten Sie uns dazu, Monsieur Ruche? Abgesehen von der Zeit, in der sie allein vor einer schwarzen Tafel, einem weißen Blatt Papier oder dem Computerbildschirm arbeiten, verbringen die Mathematiker einen Gutteil ihrer Zeit auf Seminaren, Kolloquien, Symposien, internationalen Kongressen oder noch regelmäßiger auf den wöchentlichen Sitzungen der Fachbereiche oder Forschungszentren, denen sie angehören. Sie diskutieren, sprechen über die Fortschritte ihrer Arbeit, prüfen ihre neuen Ideen in Gesprächen mit Kollegen. Kurz gesagt, sie tauschen sich aus, und das öffentlich.

Daß einem zurückgezogen im Urwald des Amazonas lebender Mann, der sich mit keinem seiner Kollegen direkt austauscht, etwas gelingt, woran Hunderte von Mathematikern – und darunter die größten Mathematiker der Geschichte – gescheitert sind, das konnten Sie sich kaum vorstellen. Nicht wahr?«

Monsieur Ruche bestätigte es, indem er Perrette ermutigte, fortzufahren.

»Ich habe erfahren«, erklärte Perrette, ›daß A. Wiles, obwohl er einen Lehrstuhl an einer Universität innehatte, in den sieben Jahren vor der Veröffentlichung seines Erfolges an keinem Seminar, keinem Treffen, keinem Kongreß teilnahm. Genausowenig hat er Artikel in Fachzeitschriften veröffentlicht. Seine Kollegen glaubten schon, er sei für die Forschung verloren. Das heißt, er hat den LFS bewiesen, ohne daß er enge und dauerhafte Beziehungen zur mathematischen Gemeinde unterhalten hätte. Seine einzige Verbindung mit den anderen Forschern bestand in der Lektüre ihrer Bücher und Zeitschriftenartikel.

Und Grosrouvre? Wir haben die BAU bei uns im Haus. Sie besteht zwar im wesentlichen aus antiquarischen Sammlerstücken von unschätzbarem Wert, aber zu ihrem Bestand gehören auch zahlreiche Bücher neueren Datums. Es ist bekannt, daß in diesem Bereich die Bücher immer dem neuesten Stand des Wissens hinterherhinken, daß die Fachzeitschriften, in denen die neuesten Forschungsergebnisse veröffentlicht werden, ihnen gegenüber immer einen Zeitvorsprung haben. Es ist sogar die Veröffentlichung in einer dieser angesehenen Zeitschriften, die Epoche macht. Sie ist es, durch die der oder die Forscher die Urheberschaft einer Entdeckung anmelden ...«

»Die Forscher halten ihre Ergebnisse eben nicht geheim, so wie Grosrouvre«, bekräftigte Léa.

»Das stimmt. Aber was Wiles betrifft, habe ich erfahren ...« Sie machte eine Pause, um mit ihren Erläuterungen noch mehr Wirkung zu erzielen. »... habe ich erfahren, daß er in vollkommener Zurückgezogenheit gearbeitet hat und sieben Jahre lang kein einziges Zwischenergebnis seiner Forschungen veröffentlichte. Forschungsarbeiten, von denen niemand in seiner engeren Umgebung auch nur eine Zeile gelesen hat, bevor er sie dann komplett publizierte.«

»Aber er hat sie publiziert.«

»Kehren wir zu Grosrouvre zurück. Er hatte die meisten der internationalen mathematischen Fachzeitschriften abonniert. Ich habe die Inventarliste. Mag er auch noch so abgeschieden gelebt haben, Grosrouvre war doch darüber auf dem laufenden, was in der Mathematik passierte. Mit einer zeitlichen Verzögerung von höchstens wenigen Monaten. Seine Isolation stellt also kein wirkliches Hindernis dar und ist keinesfalls ein hinreichender Grund dafür, einen möglichen Erfolg seiner Arbeit auszuschließen.«

Man hätte meinen können, sie hält ein Plädoyer. Aber gegen wen?

Welche Thesen standen zur Diskussion, und wer unterstützte welche Thesen?

J-und-L glaubten und hofften, daß Grosrouvre die zwei Vermutungen nicht bewiesen hatte. Sie verziehen ihm nicht seine Geheimnistuerei. Aber weiter konnten sie nicht gehen: Sie wußten jetzt, wie schwer es war, eine Unmöglichkeit zu beweisen, auch im normalen Leben.

Monsieur Ruche war unentschieden. Anfangs war er davon überzeugt, daß Grosrouvre sie gelöst hatte. Dann aber, im Laufe der Zeit, als ihm bewußt wurde, welche Schwierigkeiten die beiden Probleme enthielten, war er zu der Überzeugung gelangt, daß er sie nicht gelöst haben konnte.

Max war es Wurscht. Für ihn gab es viel wichtigere Dinge im Leben. Und er hatte beschlossen, selbst zu entscheiden, was wichtig war. Auf dieser Liste standen weder der LFS noch die Goldbach'sche Vermutung. Und Perrette?

»Als Monsieur Ruche den zweiten Brief erhielt, dachte ich, daß Grosrouvre die Vermutungen brauchte, um in Manaus überleben zu können: Er hat sich einen Mythos geschaffen, an den er glauben mußte. Demzufolge war er davon überzeugt, die Vermutungen tatsächlich bewiesen zu haben. Und dann begann noch jemand daran zu glauben: Don Ottavio! Genauso funktioniert der Mythos, auch andere müssen daran glauben. Und der Mythos hat sich bis hierher ausgebreitet, über Tausende von Kilometern hinweg.

Anfangs sagte ich mir, daß es nicht wichtig sei zu wissen, ob Grosrouvre die zwei Vermutungen wirklich bewiesen hat. Denn im Mythos spielt die Wahrheit nur eine untergeordnete Rolle. Als ihr beide in Syrakus gewesen seid, habe ich mir gewissermaßen die Position der Mathematik zu eigen gemacht. Eigentlich erstaunlich, daß gerade ich es war, die dies tat. In der Mathematik ist die Frage nach der Wahrheit alles andere als untergeordnet; sie ist sogar ganz wesentlich. Ich habe mir gesagt, daß man herausfinden müßte, wie es wirklich war.«

Es klingelte an der Haustür.

»Um diese Uhrzeit?« wunderte sich Monsieur Ruche.

Jonathan ging hinunter, öffnete und kam mit Albert und Habibi wieder zurück, die mit spöttischer Mine ins Zimmer traten: »Wir haben Licht gesehen, also haben wir geklingelt.« Monsieur Ruche spürte ein leichtes Stechen in der Herzgegend, als er sich daran erinnerte, wann er das letzte Mal diesen Satz gehört hatte.

»Wir möchten eure Rückkehr feiern. Wir konnten leider nicht früher kommen.«

Léa schenkte ihnen zu trinken ein.

»Ihr wart gerade mitten in der Diskussion, laßt euch nicht stören«, sagten sie.

Max stand vom Tisch auf, sah traurig zu der Stelle herüber, an der mehr als sechs Monate lang Nofuturs Sitzstange stand, und schloß sich in sein Zimmer ein.

Perrette nahm den Faden wieder auf. Sie berichtete von den beiden Stapeln mit Fachzeitschriften und den unterstrichenen Artikeln:

»Ich habe mir gesagt, daß das vielleicht die Hinweise wären, die ich suchte, die Anhaltspunkte, die Grosrouvre Ihnen geben wollte. Aber wie sollte ich es herausfinden? Und dann las ich die Meldung über die Lösung des LFS durch A. Wiles. Da ich nun wußte, auf welche Weise jemand diesen Beweis erbracht hatte, war ich einen kleinen Schritt vorangekommen. Natürlich gibt es manchmal mehrere Möglichkeiten, ein Ergebnis zu beweisen, aber dennoch. Ich hielt einen Faden in der Hand. Wen hätte ich fragen können? Ich kenne keinen Mathematiker. Ich habe an den Referenten im Palais de la Découverte gedacht, an den ihr euch vielleicht erinnert.

Ich habe die Titel aller unterstrichenen Artikel in den beiden Zeitschriftenstapeln abgeschrieben und bin zu ihm gegangen. Ich habe ihn gefragt, ob es eine Verbindung gibt zwischen diesen Listen mit Artikeln und dem Beweis von A. Wiles. Er war sehr überrascht von meiner Frage. Er hatte es eilig, eine Besuchergruppe wartete auf ihn im π-Saal. Ich habe ihm meine Telefonnummer hinterlassen.

Tags darauf klingelte das Telefon. Ich bin so schnell es ging in den Palais de la Découverte gefahren. Er erwartete mich schon. Und er hat mir erklärt: ›Jeder dieser auf der Liste aufgeführten Artikel – er zeigte mir die längere der beiden – enthält Ergebnisse oder Methoden, derer sich Wiles bei seinem Beweis bedient hat!‹

Ich fragte ihn, was das bedeutete. Er hat mir mit einem Bild geantwortet: ›Stellen Sie sich einen Fluß vor, der als unüberquerbar gilt. Auf der einen Liste, die Sie mir gegeben haben, sind die Steine der Furt. Alle! Und wir wissen, daß es eine Furt ist, denn Wiles hat, indem er sie nahm, tatsächlich das andere Ufer erreicht.‹

Das waren seine Worte.«

Perrette geriet in Wallung.

»Das bedeutet, daß Grosrouvre die Stelle der Furt ganz allein gefunden hatte. Hat er sie aber auch wirklich genommen? Das ist wahrscheinlich. Hat er aber das andere Ufer erreicht oder ist er auf dem Weg dorthin ertrunken? Nichts beweist, daß er das andere Ufer erreicht hat, nichts beweist, daß er ertrunken ist. Nichts beweist, daß er den LFS tatsächlich bewiesen hat, aber …«

Damit hätte sie es beinahe bewenden lassen. Aber genug der Geheimnisse, jetzt würde sie alles sagen.

»Wir haben uns wiedergesehen, er wird demnächst zum Essen kommen. Ich habe ihn auch wegen der zweiten Liste gefragt.«

»Und?« fragte Jonathan erregt.

»Die aufgeführten Artikel betreffen alle die Goldbachsche Vermutung!« antwortete Perrette.

»Sind die unterstrichenen Artikel Steine in der Furt, die es Grosrouvre ermöglicht haben, den Goldbach zu überschreiten?«

Das war keine Frage.

Das Licht ging aus.

Habibi und Albert kicherten wie Kinder und schrieen: »Wir haben Licht gesehen, da haben wir geklingelt!«

Die Tür zu Maxens Zimmer ging auf. Max erschien, strahlend wie an Heiligabend. Er ging langsam, weil er eine riesige Torte mit einem Kerzenwald trug.

Alle riefen:

»Herzlichen Glückwunsch zum Geburtstag!«

Max trat mit der von 85 Kerzen beleuchteten Torte auf Monsieur Ruche zu. Diophant, al-Hayyam, Grosrouvre! Monsieur Ruche hatte sein 86. Lebensjahr erreicht; womit er dem Gesetz der Serie eine lange Nase machte.

In der Tasche trug er den Zettel bei sich, auf den Don Ottavio in Manaus folgende Worte gekritzelt hatte: »Bei dem von Kylon gelegten Brand in Crotone war es einem der Pythagoreer gelungen zu entkommen. Gr ...«

Monsieur Ruche beschloß, niemandem etwas von diesem Zettel zu sagen. Er sollte sein Geheimnis bleiben.

Die Konferenz der Vögel

Es wurde dunkel. In dem Augenblick, in dem in den meisten Gegenden dieser Welt die Löwen zur Tränke gehen und die Geräusche im Wald abklingen, herrschte mitten auf dieser Lichtung im Herzen des Amazonas-Urwaldes völlige Stille.

Eine gebrochene Stimme erklang.

In der Krone eines riesigen Baumes sitzend, begann Mamaguêna, alias Nofutur, zu sprechen. Er wiederholte nicht, er berichtete nicht, informierte nicht, lehrte nicht. Er erzählte. Genauer gesagt, er bewies …

Alle Äste ringsherum waren besetzt. Dutzende Vögel aller Gattungen, Größen und Farben verharrten stumm und aufmerksam. Auf einem Ast ihm gegenüber blickte ein wunderschöner kleiner Blauara mit silbrigem Kopf Mamaguêna begehrlich an.

Diese ausgedehnte Konferenz der Vögel fand in einer von Respekt geprägten Stille statt. Zeile für Zeile rekonstruierte Nofutur die beiden unendlich langen Beweise, die Grosrouvre ihm anvertraut hatte. Es wurde schnell dunkel. Genauso schnell ging der Mond auf und beleuchtete die Lichtung. Plötzlich begann einer der Zuhörer zu piepsen, mit den Flügeln zu schlagen und ein Höllenspektakel zu veranstalten. Alle Köpfe drehten sich mißbilligend zu ihm um. Er machte weiter, Nofutur hielt verstört inne. Sollte der Störer in Grosrouvres Beweis der Goldbachschen Vermutung vielleicht einen verhängnisvollen Fehler entdeckt haben …

Glossar

BAU	Bibliothek aus dem Urwald
BN	Bibliothèque Nationale
CNAM	Centre National des Arts et Métiers
DPDRR	Drei Probleme der Rue Ravignan
GGGT	Gutgekleideter großer Typ
GGKT	Gutgekleideter kleiner Typ
GGT	Größter gemeinsamer Teiler
IFAS	Institut für Arabienstudien
J-und-L	Jonathan-und-Léa
KGV	Kleinstes gemeinsames Vielfaches
LFS	Letzter Fermatscher Satz
LS	Lautsprecher
N und L	Newton und Leibniz
PDF	Pascal-Descartes-Fermat
πR	Pierre

Mein Dank gilt

(in der Reihenfolge ihres Auftretens)

Umar al-Hayyam
Nasir al-Din al-Tusi
Nicolò Fontana, genannt Tartaglia
Pierre Fermat
Leonhard Euler
Thales
Pythagoras
Philolaos von Kroton
Hippasos von Metapont
Hippokrates von Chios
Archytas von Tarent
Parmenides
Zenon
Hippias von Elis
Platon
Eudoxos
Antiphon
Theodoros von Kyrene
Theaitetos
Aristoteles
Menaichmos
Autolykos von Perge
Euklid
Appolonios von Perge
Archimedes
Hipparchos von Nikaia

Thedosius
Heron
Menelaos
Claudius Ptolemaios
Nikomachos von Gerasa
Theon von Smyrna
Pappos
Diophant von Alexandria
Hypatia
Prosklos
Boethius
Bhaskara
Ahmes
Aryabhata
Bramagupta
Jiuzhang Suanshu
al-Hwarizmi
Abu Kamil
al-Karagi
al-Farisi
al-Kasi
al-Farabi
Gebrüder Banu Musa
Tabit B. Qurra
Abu al-Wafa
al-Nairizi
al-Hujandi
al-Biruni
Ibn al-Haitam
Ibn al-Khawwam
as-Samaw'al
Saraf al-Din al-Tusi
Abbas al-Hasib
Anton Maria Del Fiore

Gironimo Cardano
Ludovico Ferrari
Raffaele Bombelli
John Napier
François Viète
Simon Stevin
Albert Girard
Thomas Harriot
William Oughtred
René Descartes
Bonaventura Cavalieri
Gilles Personier de Roberval
Grégoire de Saint-Vincent
Gottfried Wilhelm Leibniz
Issac Newton
Gérard Desargues
Blaise Pascal
Philippe de La Hire
Jean Le Rond D'Alembert
Alexis Claude Clairaut
Abraham De Moivre
Gabriel Cramer
Gaspard Monge
Louis Lagrange
Pierre-Simon Laplace
Adrien Marie Legendre
Augustin Cauchy
Joseph Fourier
Niels Henrik Abel
Évariste Galois
Michel Chasles
Felix Klein
Carl Friedrich Gauß
Nikolai Iwanowitsch Lobatschewski

Janos Bolyai
Bernhard Riemann
George Boole
Georg Cantor
David Hilbert
Iwasawa
Eugéne Charles Catalan
Eratosthenes
Abu Nasar
al-Yasdi
al-Kindi
Leonardo Bigolli, genannt Fibonacci
Luca Pacioli
Scipione Del Ferro
Hannibal de la Nave
Robert Recorde
Johan Widmanm
Christoff Rudolff
John Wallis
Nicolas Chuquet
Lazara Carnot
Alexandre Vandermonde
Condorcet
Jean-Baptiste Delambre
Jean Victor Poncelet
Sophie Germain
Denis Poisson
Evangelista Toricelli
le Marquis de l'Hospital
Christian Huygens
Isaac Barrow
Christopher Wren
James Gregory
Brook Taylor

Colin Mac Laurin
Regiomantanus
Metrodoros
Zu Chongshi
Ludolph van Ceulen
William Brounker
William Rutherford
William Shanks
Claude Mydorge
I.M. Winogradow
Chen Jing-Run
Gabriel Lamé
Peter Gustav Lejeune-Dirichlet
Ernst Kummer
Bernard Frénicle de Bessy
Noam Elkins
de Cusa
Oronce Fine
Charles de Bovelles
Vater Leuréchon
Logomontanus
Michael Stifel
Wantzel
Johann Heinrich Lambert
Ferdinand Lindemann
Andrew Wiles
Goro Shimura
Barry C. Mazur

Angela Carter

WIE'S UNS GEFÄLLT

Wie's uns gefällt – so lautet das Motto von Dora und Nora, den unehelichen Töchtern von Englands größtem Shakespeare-Darsteller. Ein Motto, das Doras beschwingten Rückblick auf die 70-jährige Karriere der Zwillinge als Glamour-Girls auch für den Leser zu einem höchst amüsanten Erlebnis werden lässt.

Angela Carter erzählt mit kunstvoller Leichtigkeit, shakespearschem Elan und bisweilen derbem Humor vom Leben und Sterben einer Künstlersippe. Ein Genuss nicht nur für Shakespeare-Fans.

Angela Carter
Wie's uns gefällt
Roman

BLT

Nr. 92062

BLT

Mit der Welt
auf Buchfühlung

Jón Kalman Stefánsson

DER SOMMER
HINTER DEM HÜGEL

Sveit – so nennt man die
kleinen Landgemeinden
Islands, in denen das Le-
ben noch in ganz anderen
Bahnen verläuft als in
dem längst »globalisierten«
Reykjavik. Jón Kalman
hat sich dieser angenom-
men und präsentiert einen
höchst unterhaltsamen
Reigen aus scheinbar ganz
alltäglichen Episoden,
schrägen Typen, skurrilen
Begebenheiten und
schließlich sogar wahren
Wundern – nicht ohne
Logik und Kausalgesetze
immer mal wieder mit
einem fröhlichen
Augenzwinkern zu über-
schreiten ...
»Witzig und originell!«
Morgunblaðið

Nr. 92071

Mit der Welt
auf Buchführung

William Boyd

ARMADILLO

Als Lorimer Black, ein
erfolgreicher Versiche-
rungsangestellter, einen
Geschäftstermin wahr-
nimmt, findet er einen
Erhängten vor. Von dem
Tag an gerät sein Leben
aus den Fugen: Er verliebt
sich in eine verheiratete
Frau, sein Boss entzieht
ihm seine Gunst, ein
Kollege samt seiner
Geliebten nistet sich in
seiner Wohnung ein, sein
Auto wird demoliert, er
selbst von Unbekannten
zusammengeschlagen.
Seine sorgfältig inszenierte
Doppelexistenz gerät ins
Wanken. Und je weiter er
eindringt in die Verflech-
tungen eines gigantischen
Schwindels, desto mehr
wird er zum Werkzeug
fremder Kräfte.

William Boyd
ARMADILLO
Roman
BLT

Nr. 92 075

Mit der Welt
auf Buchführung